카오스 워킹

절대 놓을 수 없는 칼

CHAOS WALKING BOOK ONE

절 대 놓 을 수 없 는 칼

카오스 워킹

패트릭 네스 지음 | 박산호 옮김

THE KNIFE OF NEVER LETTING GO

문학수첩

《절대 놓을 수 없는 칼》에 쏟아진 찬사들

"쉴 새 없이 몰아치면서, 무시무시하고 흥미진진하며 가슴이 미어지는 이야기. 당신의 뇌리에서 결코 떠나지 않을 근사한 책." -선데이 텔레그래프

"독창적이면서, 힘 있고, 문학적으로 깊고 풍성하다." -더 타임스

"강력하면서 도발적이다." -데일리 메일

"어두운 상상력을 발휘해 환상적으로 빚어낸 고통이 가득 찬 디스토피아. 모든 사람의 생각을 들을 수 있는 소음으로 가득 찬 세계가 한시도 긴장을 늦출 수 없는 이 놀라운 성장담의 배경이다." -가디언

"좋든 나쁘든 모든 남자의 생각을 모두 듣게 되는 세상을 상상해 보라. 패트릭 네스의 이 소설은 폭풍처럼 질주하는 스릴러인 동시에 두려움과 사랑과 구원에 대한 감동적인 우화다." -인디펜던트 온 선데이

"네스는 눈이 핑핑 돌아가는 속도로 이야기를 끌고 간다. 토드의 세계는 인상적인 등장인물들과 잔혹한 악당들로 가득 찼다." -파이낸셜 타임스

"복잡 미묘하면서도 세련되고 정교한 소설……." -선데이 타임스

"진정 독창적인 비전." -인디펜던트

"강하다……. 디스토피아 소설 세계에 대단히 독창적인 작가가 등장했다."
-아이리시 타임스

"인상적이다." -뉴요커

"독자의 심장을 움켜쥐는, 이 환장하게 재미있는 소설은 독자에게 인간
의 정체성과 윤리와 진실의 본질에 대한 어려운 질문들을 제시한다."
-북 트러스트

"지금까지 이런 책은 없었다. 독자들의 마음을 사로잡는 비범한 판타지."
-선데이 익스프레스

"대단히 감동적이다……. 프렌티스타운에서 소음 세균 때문에 인간은
서로의 생각뿐만 아니라 동물들의 생각까지 들을 수 있는 능력이 생겼
다. 토드는 늪지에서 홀로 있는 한 소녀를 우연히 발견했을 때 그녀와
함께 도망쳐야 한다는 사실을 깨닫는다. 하지만 그들을 쫓아오는 사냥
꾼들이 그의 생각을 죄다 들을 수 있으니 고난이 시작된다. 사춘기, 믿
음, 자유 의지에 대한 독창적이고 비범한 생각들로 가득 찬 이 소설은
지적이면서도 첫 페이지부터 빠져들 수밖에 없는 마력으로 가득하다."
-스코츠맨

〈카오스 워킹〉 시리즈는 이메일이나 문자, 페이스북, 트위터 등을 통한 정보의 홍수가 오늘날 우리의 일상 속에 얼마나 만연해 있는가를 실감 하면서 시작되었습니다. 원하지 않아도 우리는 다른 누군가의 생각을 보고 듣게 될 수밖에 없지요.

만약 당신이 어리다면 이런 상황이 얼마나 더 끔찍할까요?

요즘 10대들은 역사상 그 어느 때보다 개인의 자유를 존중받지 못하 고 있습니다. 10년 전에는 상상도 못 할 정도로 현대의 삶은 온라인에 기반을 두고 있지요. 누구나 휴대전화로 동영상을 찍고 5분 안에 유튜 브에 올릴 수 있기 때문에 이젠 더 이상 마음 놓고 바보 같은 짓을 할 수도 없습니다.

저는 개인의 자유나 사생활이 가장 필요한 순간에 이것을 전혀 보장

받지 못하고, 이런 상황으로부터 도망칠 수도 없다면 어떨지 궁금해지기 시작했습니다. 그리고 이런 생각이 가지를 뻗어 소설 속의 '소음'과 지나치게 개방된 정보의 무게로 인해 고통받는 '토드'라는 주인공이 탄생했습니다. 어느 날 아주 우연히, 토드는 전혀 예상 못 한 방식으로 자신이 바라던 '고요함'을 얻을 수 있다는 사실을 발견합니다.

어둡고 고통스럽기도 한 이 소설들은 청소년에게 가장 중요한 것이 무엇인가에 대한 저의 생각을 담고 있습니다. 그것은 누군가에게 다가가는 법을 배우고, 타인의 참모습을 깨닫고, 그리고 무엇보다도 사람을 믿는 법을 배우는 것입니다.

패트릭 네스

미셸 카스를 위해

우리에게 풀이 자라는 소리와
다람쥐의 심장이 뛰는 소리가 들리는 것처럼
일상을 예리하게 보고 느끼는 감각이 있다면,
침묵의 맞은편에서 들리는 거대한 아우성 때문에
이 세상과 작별하게 될 것이다.

조지 엘리엇, 《미들마치》

PART 1

1

소음 속 구멍

개의 말문이 트였을 때 처음 알게 되는 사실은 개는 할 말이 별로 없다는 점이다. 뭐든 그렇다.

"똥 마려, 토드."

"닥쳐, 만시."

"똥. 똥. 토드."

"닥치라고 했잖아."

우리는 마을의 남동쪽에 있는 들판을 가로질러 걷고 있다. 이 들판은 차츰 강 쪽으로 기울어져서 계속 가다 보면 늪이 나온다. 벤 아저씨는 늪에 가서 사과를 몇 개 따 오라고 심부름을 보내면서 만시도 데리고 가라고 했다. 만시는 킬리언 아저씨가 프렌티스 시장의 비위를 맞추려고 산 개다. 우리 모두 그 사실을 알고 있다. 나는 작년 생일에 느닷없이 이 개를 선물로 받았다. 갖고 싶다는 말도 안 했는데, 킬리언 아저씨에게 바랐던 건 이 멍청한 마을의 쓸쓸한 곳들을 걸어 다닐 필요 없게 아저씨가 마침내 자전거를 수리해주는 것이었는데. 그랬건만 젠장,

빌어먹을. 생일 축하한다, 토드. 여기 이 새 강아지 받아라, 토드야. 나 원 참 강아지를 원한 적도 없고 달라고 한 적도 없는데 이놈을 먹이고, 훈련시키고, 씻기고, 데리고 나가서 산책시키고 이제는 좀 컸다고 말하는 세균에 옮아서 알아듣지도 못하도록 떠들어 대는 걸 누가 들어주겠는가? 과연 누구겠습니까?

"똥, 똥, 똥, 똥." 만시는 혼잣말을 하듯 나직하게 짖어댔다.

"그 멍청한 똥 빨리 싸버리고 그만 좀 떠들어."

나는 길가에 길게 자란 풀 한 포기를 뽑아서 만시를 한 대 때렸다. 풀은 만시의 몸에 닿지도 않았고 애초에 때릴 생각도 없었지만, 만시는 그냥 개처럼 웃어대면서 계속 걸어갔다. 나는 길가 양쪽에 있는 풀들을 손에 쥐고 있는 풀로 후려치면서, 햇빛에 눈이 부셔 눈을 찡그린 채 아무 생각 없이 만시를 따라가려고 애썼다.

사실 내가 꼭 늪에 가서 사과를 따 올 필요는 없다. 정말 먹고 싶으면 펠프스 아저씨네 가게에서 살 수 있으니까. 늪에 가서 사과 몇 개 따 오는 것은 사나이가 할 일이 아니다. 사나이는 절대 그렇게 빈둥거리지 않으니까. 나는 앞으로 30일은 더 있어야 공식적으로 사나이가 된다. 나는 매년 열세 달씩 12년을 살았고, 거기서 열두 달이 더 지났으니까 대망의 열세 살 생일 파티를 하기까지 이제 한 달 남았다. 계획이 세워지고, 슬슬 준비되고 있으니 파티를 하게 될 것 같다. 그 파티에 대해 무시무시하게 어두우면서 동시에 지나치게 밝은 묘한 영상들이 마음속에 떠오르기 시작했지만, 그래도 늪에서 사과를 따는 건 사나이가 할 일이 아니고 거의 사나이가 된 사람이 할 일도 아니다.

하지만 벤 아저씨는 내게 그 일을 시킬 수 있고, 내가 하겠다고 대답할 것도 알고 있다. 늪은 프렌티스타운에서 남자들이 쏟아내는 모든 소음, 결코 줄어드는 법이 없는 시끄럽고 어수선한 소음들을 피해 조금이라도 쉴 수 있는 유일한 곳이니까. 그 소음은 그들이 잘 때마저 그치지 않고 흘러나온다. 사람들이 모두 그 소리를 들을 수 있을 때조차 자신이 하는지도 모르고 하는 생각들. 사람들과 그들의 소음. 그들이 어떻게 그렇게 사는지 모르겠다. 어떻게 그 끔찍한 소음을 견뎌내는지 모르겠다는 말이다.

인간은 참 시끄러운 생물이다.

"다람쥐!" 만시가 소리치면서 길을 벗어나서 달려갔다. 내가 아무리 소리를 지르면서 쫓아가도 소용이 없다. 그래서 나도 어쩔 수 없이 만시를 쫓아 그 망할(여기 혼자 있는지 확인하려고 주위를 슬쩍 둘러봤다) 놈의 들판을 가로질러 달려가야 한다. 만일 만시가 망할 놈의 뱀 구덩이에 떨어지면 킬리언 아저씨가 졸도할 테고, 당연히 그건 빌어먹을 내 잘못이 될 테니까. 애초에 이 망할 놈의 개를 달라고 하지도 않았는데.

"만시! 돌아와!"

"다람쥐!"

길고 무성하게 자란 풀을 발로 차면서 달려가다 보니 신발에 벌레들이 달라붙었다. 발로 차서 털어버리자 벌레 하나가 뭉개지면서 운동화에 초록색 얼룩이 묻었다. 경험상 이런 얼룩은 절대 지워지지 않던데. "만시!" 순간 열이 뻗쳤다.

"다람쥐! 다람쥐! 다람쥐!"

만시가 나무 주위를 빙글빙글 돌면서 짖었고, 다람쥐는 나무 위를 쪼르르 오르내리며 그를 놀렸다. 자, 빙글빙글 돌아라, 개야. 자, 덤벼 보라고, 날 잡아봐라. 어서. 와서 잡아보라니까. 빙글 빙글 빙글 빙글. 다람쥐의 소음이 말했다.

"다람쥐, 토드! 다람쥐!"

빌어먹을, 짐승들은 정말 미련하다니까.

나는 만시의 목걸이를 붙잡고 놈의 뒷다리를 세게 걷어찼다.

"아야, 토드. 아야." 나는 만시를 때리고, 또 때렸다. "아야, 토드."

"가자." 내 소음이 너무 광분한 데다 소리가 너무 커서 내 생각인데도 제대로 들리지 않았다. 그러다가 후회하게 되니 그 꼬락서니를 지켜보시라.

뱅글뱅글 도는 아이, 뱅글뱅글 도는 아이, 다람쥐가 날 보며 생각한다. 날 잡아봐라, 뱅글뱅글 도는 아이야.

"너도 씨바 꺼져." 다만 나는 "씨바"라고 하지 않았다. 나는 "씨발"이라고 했다.

그때 정말 뒤를 돌아봤어야 했다.

왜냐하면 바로 그 자리에 아론 아저씨가 떡 서 있었으니까. 아저씨는 난데없이 풀 속에서 나타나 그 자리에 우뚝 서서, 딱 소리가 나게 내 얼굴을 갈기면서 끼고 있던 큰 반지로 내 입술을 사정없이 긁어버렸다. 그러고 나서 또다시 손을 올려 이번에는 주먹을 쥐고 내 광대뼈를 쳤지만 내가 풀 위로 쓰러지면서 피해서 코는 맞추지 못했다. 그 바람에 내가 만시의 목걸이를 놓자 만시는 다시 다람쥐에게 달려가면서 고개가 떨어져 나가게 짖어댔다. 배신자. 나는 풀 위로 무릎을 꿇고 땅바닥에 두 손을 짚으며 쓰러졌다. 그 바람에 풀벌레 얼룩이 사방에 묻었다.

나는 땅바닥에 무릎을 꿇은 채 거칠게 숨을 몰아쉬었다.

아론 아저씨가 날 내려다보며 서 있었고, 나를 향해 날아오는 그의 소음 속에서 성경 구절들과 그가 다음에 할 설교와 언어, 꼬맹이! 토드와 제물의 발견과 성자는 그가 갈 길을 선택한다와 하느님이 듣고 계십다와 모든 사람의 소음에 있는 심상들이 들렸다. 그 와중에 익숙한 뭔가가 언뜻 비쳤는데…….

뭐지? 저게 대체 뭐지……?

하지만 그때 바로 그의 요란한 소음이 날아와 그걸 차단해 버렸다. 나는 고개를 들어 아저씨의 눈을 봤고, 알고 싶은 마음이 쑥 들어가 버렸다. 이미 그의 반지에 맞아 찢어진 입술에서 피 맛이 났고, 더 이상은 알고 싶지 않았다. 그는 절대 여기까지 나오지 않는다. 사나이들은 절대 안 나온다. 그들에겐 그들만의 이유가 있어서 그렇다. 그래서 여기는 나와 내 개만 나오는데 여기 그가 서 있는 것이다. 나는 절대, 절대, 절대 그 이유를 알고 싶지 않다.

그는 고개를 숙이고 풀 속에 엎드려 있는 나를 내려다보며, 덥수룩한 수염 사이로 보이는 입술을 움직여 싱긋 웃었다.

주먹 쥐고 있으면서 웃는단 말이지.

"꼬맹이 토드야, 언어는 죄인을 묶은 사슬처럼 우리를 속박한다. 교회에서 지금까지 뭘 배웠니, 이놈아?" 그리고 주구장창 입에 달고 다니는 설교를 또 시작했다. "우리 중 하나가 쓰러지면, 우리 모두 쓰러진다."

암요, 아론 아저씨.

"입으로 소리 내서 말해, 토드."

"네, 아론 아저씨."

"그 씨바라는 말? 빌어먹을, 이라는 말? 내가 그 말을 못 들었을 것 같니? 네 소음은 너의 안 보이는 면까지 드러낸다. 우리 모두 그렇지."

다 그렇진 않거든요. 동시에 나는 소리 내어 대답했다. "잘못했어요, 아론 아저씨."

그는 고개를 더 숙여서 내 얼굴에 자신의 입을 가까이 댔다. 날 와락 움켜쥐는 손아귀의 힘처럼 무게가 느껴지는 입 냄새를 풍기며 그가 속삭였다. "하느님이 듣고 계신다. 하느님이 듣고 계신다고."

아론은 다시 손을 들었다가 내가 움찔하자 껄껄 웃더니 자신의 소음과 함께 마을을 향해 갔다.

나는 느닷없이 맞는 바람에 핏속에서 전류가 정신없이 날뛰어서 떨고, 너무 흥분하고 놀라고 화가 나서 떨고, 이 마을과 이 마을에 사는 인간들이 너무 싫어서 주체할 수 없을 정도로 떨었다. 그래서 한참 지난 후에야 간신히 일어나서 다시 개를 데리러 갈 수 있었다. 그나저나 그 인간은 씨바 대체 여기서 뭘 하고 있었던 거야? 문득 이런 의문이 들었지만 너무 흥분한 데다 아직까지도 너무 짜증 나고, 열 받고, 세상 모든 게 다 너무 싫어서(그리고 두렵기도 하고, 그래, 두렵다고, 닥쳐) 아론 아저씨가 내 소음을 들을까 봐 주위를 둘러보지도 않았다. 나는 주위를 둘러보지 않았다. 나는 그러지 않았다.

그러다가 주위를 휘휘 둘러보고 개를 데리러 갔다.

"아론은, 토드? 아론은?"

"그 이름은 다신 입에 올리지 마, 만시."

"피 나, 토드. 토드? 토드? 토드? 피 나?"

"나도 알아. 입 다물어."

"뱅글뱅글." 만시는 마치 그 말에 아무 의미가 없는 것처럼, 머릿속에 똥만 가득 찬 놈처럼 말했다.

나는 만시의 엉덩이를 세게 갈겼다. "그 말도 하지 마."

"아야. 토드."

우리는 왼쪽에 있는 강을 피해 계속 걸어갔다. 마을 동쪽에 있는 일

련의 협곡을 통해 흐르는 이 강은, 우리 농장을 지나 북쪽 위에서 시작해 마을 옆으로 내려오다가 습지로 흘러와서 결국엔 늪이 된다. 그래서 강을 피해 가야 하고, 특히 늪가의 나무들이 나오기 전에 습지가 있는 곳을 조심해야 한다. 거기엔 악어들이 사는데, 사나이가 거의 다 된 소년과 그 소년의 개도 아주 쉽게 죽일 정도로 큰 놈들이다. 그 악어들의 등에 돋이 있는 비늘이 늪에서 자라는 골풀처럼 생겨서 방심하고 가까이 다가가면 **철썩!** 물속에서 느닷없이 튀어나와 발톱으로 사냥감을 낚아채면서 입을 떡 벌려 콱 물어버린다. 그러면 살아날 가능성은 거의 없다.

우리는 조용히 습지를 지나갔다. 나는 조용한 늪으로 다가가면서 그곳을 눈여겨보려고 애썼다. 여긴 사실 볼 만한 게 하나도 없다. 그래서 사나이들이 오지 않는다. 거기다 냄새도 한몫하고. 냄새가 아예 안 나는 척할 순 없지만, 사람들 말처럼 그렇게까지 끔찍하진 않다. 사람들은 여기서 기억의 냄새를 맡아서 그러는 것이다. 정말 그렇다니까. 그들은 현재 이곳이 아닌, 과거 이곳의 냄새를 맡는다. 여기 있는 모든 죽은 것들의 냄새. 스팩족과 인간들은 매장에 대한 생각이 달랐다. 스팩들은 늪을 묘지로 이용해서 죽은 동족들을 바로 이 물속에 던져 가라앉게 놔뒀다. 그래도 괜찮았던 게, 그들에게는 늪 매장이 잘 맞았다. 벤 아저씨가 그렇게 말했다. 물과 진흙과 스팩족의 피부가 서로 잘 어우러져서 아무것도 오염시키지 않고, 그냥 인간이 흙에 묻혀서 흙이 비옥해지는 것처럼 늪이 더 풍요로워질 뿐이라고.

그러다가 갑자기 평소보다 엄청나게 많은 스팩들을 여기에 묻어야 했다. 이렇게 큰 늪으로도 다 삼킬 수 없을 만큼 너무 많았다. 여기는 어마어마하게 거대한 늪인데도. 그러다가 결국 스팩이 하나도 안 남고

다 죽었다. 그냥 스팩의 시체들만 늪 속에 층층이 쌓여 썩어가면서 악취를 풍겼다. 징그러운 파리 떼와, 악취와, 우리를 노리는 또 어떤 세균이 도사리고 있을지 모를 늪에서 다시 원래의 늪으로 돌아오기까지는 아주 오랜 시간이 걸렸다.

나는 바로 그런 온갖 일이 벌어지던, 모든 게 엉망진창이던, 스팩족의 시체들로 늪이 터질 것 같고 인간의 시체들로 묘지도 남아나질 않은, 마을에 사람이 거의 없던 시절에 태어났다. 그래서 기억하는 것이 하나도 없고, 소음이 없는 세상도 기억할 수 없다. 아빠는 내가 태어나기도 전에 병에 걸려 돌아가셨고, 그다음에는 우리 엄마도 세상을 떠났다. 그건 놀랄 일도 아니지. 벤과 킬리언 아저씨가 날 입양해서 키웠다. 벤 아저씨는 우리 엄마가 이 세상에 남은 마지막 여자였다고 하지만, 모두 엄마에 대해 말할 땐 그렇게 말하니까 뭐. 벤 아저씨가 거짓말을 하는 게 아닐지도 모른다. 아저씨는 그걸 사실이라고 믿지만, 대체 누가 알겠는가?

나는 우리 마을에서 가장 어리다. 어렸을 때는 렉 올리버(나보다 7개월 8일 일찍 태어났다)와 리암 스미스(4개월 29일 일찍 태어났고)와 셉 먼디와 함께 들판에 나가 까마귀들에게 돌을 던지며 놀았다. 나 다음으로 어린 셉 먼디는 나보다 석 달하고 하루 일찍 태어났지만, 그런 셉조차도 지금은 사나이가 돼서 더 이상 나랑 말을 섞지 않는다.

일단 열세 살이 되면 그 누구도 자기보다 어린 사람과 어울리지 않는다.

프렌티스타운에서는 다들 그렇게 살아간다. 소년이 남자가 되면 그들은 남자만의 모임에 가서 자기들끼리, 나는 알 수도 없는 이야기를 한다. 소년들은 그 모임에 출입 금지다. 만약 당신이 마을에 남은 마지막 소년이라면 사나이가 될 때까지 죽 혼자서 기다려야 한다.

뭐, 달라고 하지도 않았던 개 한 마리도 같이.

하지만 그런 건 신경 끄기로 하고. 이제 늪지에서 가장 위험한 곳을 피해 돌아가는 길로 들어섰다. 우리는 크고 시커먼 나무들이 줄줄이 서 있는 길을 따라 늪지를 빠져나와, 바늘처럼 뾰족뾰족한 나뭇잎들이 천장처럼 넓게 펼쳐지면서 끝도 없이 위로 올라가는 키다리 나무들이 있는 곳으로 나왔다. 이곳의 공기는 걸쭉하면서 어둡고 묵직하지만, 소름이 오싹 끼치는 그런 분위기는 아니다. 여기는 아주 많은 생물들이 마을은 전혀 아랑곳하지 않은 채 살아가고 있다. 새들과 초록색 뱀들과 개구리들과 키빗들과 두 종류의 다람쥐들과 캐서도 한두 마리 있고(정말이라니까) 조심해야 할 붉은 뱀들도 있다. 여기가 어두컴컴하긴 해도 천장처럼 하늘을 가린 나무들 사이로 햇살이 비친다. 누가 물어본다면 나는 이 늪지가 크고 편하면서 별로 시끄럽지 않은 방 같다고 인정하겠다. 어둡지만 살아 있고, 살아 있으되 우호적이고, 우호적이면서 탐욕스럽게 날 붙잡으려 들지도 않는다.

만시는 온갖 것에 대고 다리를 치켜들었다가, 더 이상 찍 하고 갈길 오줌이 안 나오자 덤불 밑으로 달려가서 중얼중얼 혼잣말을 해댔다. 아마 큰 일을 볼 자리를 찾고 있을 것이다.

하지만 늪은 신경 쓰지 않는다. 어찌 일일이 신경 쓸 수 있겠나? 늪의 모든 것이 생명 그 자체로, 떠났다가도 다시 돌아와 이 거대한 곳의 일부로 순환하면서 스스로를 먹으며 성장하고 있는데. 여기는 시끄럽지 않다는 말이 아니다. 물론 시끄럽다. 이 세계에서는 어디를 가도 소음에서 도망칠 수 없지만 그래도 마을보다는 조용하다. 여기의 소음은 종류가 다르다. 늪의 소음은 여기 사는 생물들이 침입자인 내가 누구고 그들에게 위협이 될 존재인지 궁금해하는 소리일 뿐이다. 반면 마을의 소음은 이미 나에 대해 모든 걸 알고 있으면서 더 알려 하고, 그렇게 알아낸 걸 무기로 나라고 할 수 있는 것이 하나도 남지 않을 때까지 후려친다고 해야 하나?

늪의 소음은, 그저 새들이 새답게 걱정하는 소심한 소리일 뿐이다. *먹이는 어디 있지? 집은 어디 있지? 어딜 가야 안전하지?* 약아빠진 말썽쟁이 반짝이 다람쥐들은 누구든 보면 놀려대고, 놀릴 상대가 없으면 자기들끼리 놀린다. 반면 갈색 다람쥐들은 멍청한 꼬맹이들 같고, 늪의 여우들은 가끔 나뭇잎 사이로 빠져나와 자기들이 잡아먹는 다람쥐의 소음을 흉내 내서 다람쥐 사냥을 한다. 특유의 기이한 노래를 부르는 메이븐들이 아주 간혹 보이기도 한다. 한번은 캐서 한 마리가 긴 두 다리로 달려서 도망치는 모습을 봤다고 맹세할 수 있지만, 벤 아저씨가 캐서들은 늪에서 사라진 지 아주 오래됐다며 그럴 리가 없다고 했다.

나도 모르겠다. 난 내 눈을 믿는다.

만시가 덤불에서 나와 길 한가운데 멈칫 서버린 내 옆에 앉았다. 만시는 내가 뭘 보고 있는지 보려고 주위를 둘러보다가 말했다. "똥 눠서 시원해, 토드."

"어련하겠어, 만시."

이번 생일에 또 망할 놈의 개를 선물로 받으면 안 되는데. 올해 받고 싶은 선물은 벤 아저씨가 허리띠 안쪽에 차고 다니는 것 같은 사냥칼이다. 그거야말로 사나이가 받아야 할 선물이지.

"똥." 만시가 조용히 말했다.

우리는 계속 걸어갔다. 사과나무들은 대부분 늪지 안쪽으로 조금 들어가서 길을 몇 개 지나 길바닥에 쓰러져 있는 통나무를 넘어가야 나온다. 만시는 그걸 못 넘어가서 항상 도와줘야 한다. 거기 도착했을 때 나는 만시의 배를 껴안아서 통나무 위에 올려놨다. 만시는 내가 왜 자길 안아 올리는지 알면서도, 항상 허공에서 떨어지는 거미처럼 네 다리를 사방으로 차면서 버둥거리며 수선을 피운다.

"가만 좀 있어, 이 바보야!"

"내려줘, 내려줘, 내리딜라고!" 만시는 낑낑거리면서 허공에서 허우적거렸다.

"멍청한 개."

나는 만시를 통나무 위에 올려놓고 나도 올라갔다. 우리 둘 다 반대편으로 뛰어내렸을 때, 만시는 "점프!"라고 짖으면서 땅바닥에 뛰어내려 계속 "점프!"라고 외치며 달려갔다.

늪지는 통나무 너머부터 본격적으로 어두워지기 시작하는데, 처음 보이는 건 바로 스패클의 오래된 건물들이다. 그늘에서 내가 있는 쪽으로 기울어진 그 건물들은, 크기는 오두막집 정도인데 생긴 건 아이스크림 수저로 떠냈다가 녹아가는 갈색 덩어리 같다. 이 건물들의 용도가 뭔지 아는 사람도, 기억하는 사람도 없지만 벤 아저씨는 스패클들이 죽은 동족을 매장하는 관습과 관계가 있는 곳이 아닐까 짐작했다(아저씨는 그 방면에 재주가 있다). 어쩌면 교회 같은 곳일지도 모르는데, 다만 스패클들에게 프렌티스타운 주민들이 알아볼 수 있는 그런 종교는 없었다.

나는 그 건물들로부터 멀찍이 떨어져서 야생 사과나무들이 자라는 작은 숲으로 들어갔다. 사과는 익어서 거무스름해졌다. 킬리언 아저씨가 보면 먹을 만하다고 판단할 수준이다. 사과 하나를 따서 한입 베어 물자 즙이 턱으로 줄줄 흘러내렸다.

"토드?"

"뭐, 만시?" 나는 접어서 뒷주머니에 넣어둔 비닐봉지를 꺼내 사과를 담기 시작했다.

"토드?" 만시가 다시 짖기 시작했다. 이번에는 짖는 소리가 이상해서 돌아보니 만시가 스패클 건물을 향해 서 있었다. 등의 털이 바짝 곤두서고 귀가 사방을 향해 쫑긋거리고 있었다.

나는 허리를 쭉 펴고 일어섰다. "왜 그래?"

만시는 이제 이를 드러낸 채 으르렁거리고 있었다. 다시 전류가 내 핏속을 세차게 흐르기 시작했다. "악어가 나타났어?"

"조용, 토드." 만시가 으르렁거렸다.

"뭔데?"

"조용하다고, 토드." 만시는 짧게 한 번, 아무 뜻 없이 그냥 '멍!' 소리를 내며 짖었고, 그 소리에 내 몸은 그 안을 흐르는 전류가 피부를 뚫고 나올 것처럼 팽팽히 당겨졌다.

"들어봐." 만시가 으르렁거렸다.

그래서 들었다.

그리고 또 들었다.

그리고 고개를 조금 돌려서 조금 더 들었다.

소음 속에 구멍이 하나 있었다.

그럴 리가 없는데.

어딘가에 뭔가 이상한 것이 숨어 있었다. 저기 나무들 속 또는 내 시선이 미치지 않는 어딘가에 소음이 없다고 내 귀와 마음이 말해주고 있었다. 이건 마치 그 자체는 투명해서 안 보이지만, 그것이 건드리는 주위의 다른 것들에 나타나는 변화로 알게 되는 그런 존재 같았다. 물속에 컵의 형태는 있는데 컵은 없는 그런 상황인 셈이다. 소음에 구멍이 하나 있는데 거기 떨어진 모든 것은 더 이상 소음이 아니게 되고, 아무것도 아니고, 그냥 다 정지해 버린다. 이건 늪지의 조용함과는 다르다. 늪지는 단 한 번이라도 조용했던 적이 없고 그저 다른 곳보다 조금 덜 시끄러울 뿐이다. 하지만 이것, 이 형태, 이 무無의 형태, 이 구멍 속에서는 모든 소음이 정지한다.

이건 불가능한데.

이 세상에는 그저 끊임없이 나를 덮쳐오는, 사람들과 다른 생물들이 생각하는 소음만 있을 뿐이다. 전쟁 때 스팩족이 소음 세균을 퍼뜨린 후로 쭉 그랬다. 그 세균이 남자들 절반과 여자들 전부를 죽였는데, 우리 엄마도 피해 가지 못했다. 그 세균은 살아남은 나머지 남자들을 미치게 만들었고, 광기에 사로잡힌 남자들이 총을 들면서 스팩족도 멸망했다.

"토드?" 만시는 겁을 먹었다. 목소리에 훤히 드러난다. "뭐야, 토드? 저게 뭐야, 토드?"

"저거 냄새 맡을 수 있겠어?"

"그냥 조용한 냄새가 나, 토드." 만시는 한 번 짖고 나서 좀 더 큰 소리로 짖었다. "조용해! 조용해!"

그때 스패클 건물들 주위 어딘가에서 그 조용한 것이 움직였다.

순간 내 핏속을 흐르는 전류가 너무 세게 치솟아서 하마터면 쓰러질 뻔했다. 만시가 낑낑거리면서 내 주위를 빙빙 돌며 계속 짖어대서 더 무서워진 나는 만시의 엉덩이를 세게 때려("아야, 토드?") 가까스로 마음을 가라앉혔다.

"세상에 소음의 구멍 같은 건 없어. 아무것도 없는 건 없다고. 그러니까 분명 뭔가 있을 거야, 그렇지 않아?"

"뭔가 있어, 토드." 만시가 짖었다.

"그게 어디로 갔는지 소리 들었어?"

"그건 조용하다니까, 토드."

"내 말이 무슨 뜻인지 알잖아."

만시는 허공에 대고 냄새를 킁킁 맡더니 한 발짝을 떼고, 또 한 발짝을 뗀 후에 스패클 건물 쪽으로 더 다가갔다. 뭐 일이 이렇게 됐으니 우리가 그걸 찾을 수밖에. 나는 녹아내리는 아이스크림 덩어리 같은 건물들 중에서 가장 큰 건물을 향해 아주 천천히 다가갔다. 그 건물의 삼각형 문간 안쪽에서 뭔가가 바깥을 내다볼 것 같은 방향을 피해 걸어갔다. 만시는 문틀의 냄새를 맡았지만 으르렁거리지는 않았다. 그래서 심호흡을 한 번 하고 안을 들여다봤다.

실내는 텅 비어 있었다. 천장은 내 키의 두 배는 될 정도로 높았고 바닥은 흙투성이였다. 늪에서 자라는 덩굴 같은 식물들 말고는 아무것도 없었다. 그러니까 정말로 구멍이고 뭐고 아무것도 없고, 조금 전까지 여기에 뭐가 있었는지 알려줄 만한 단서도 없었다.

멍청한 생각이지만 문득 이런 생각이 들었다.

혹시 스팩족이 돌아온 건 아닐까?

하지만 그건 불가능하다.

하지만 소음에 구멍이 있는 것도 불가능하지.

그러니까 불가능한 뭔가가 있는 것이다.

만시가 다시 밖에서 뭔가 킁킁거리며 냄새 맡는 소리가 들려서, 슬금슬금 나가 두 번째 아이스크림 덩어리로 갔다. 이 집 바깥에는 글자가 쓰여 있는데, 스패클 언어에서 본 유일한 문자다. 그들 생각에 이렇게 적을 만하다고 여긴 유일한 말이었던 모양이다. 벤 아저씨는 그들이 이 글자를 에스파킬리 또는 에스파킬이라고 발음했다고 했다. 그래서 그들은 '스패클', 내뱉듯 말한다면 '스팩'이 되어서 이후로 그렇게 불려왔다. '그 사람들'이라는 뜻이다.

두 번째 집에도 아무것도 없었다. 나는 늪으로 나와 다시 들어봤다. 고개를 숙여 들어보고, 뇌에서 청각을 담당하는 부분에 힘을 주어 들어보면서 하염없이 들었다.

나는 계속 들었다.

"조용해! 조용해!" 만시가 아주 빠르게 두 번 짖고 나서 마지막 아이스크림 덩어리를 향해 달려갔다. 나도 만시를 따라 달려가기 시작했다. 온몸이 짜릿짜릿해졌다. 거기가 바로 그 소음 속의 구멍이 있는 곳이니까.

나도 그걸 들을 수 있었다.

음, 엄밀히 말해서 들을 순 없었다. 그게 이 사태의 발단이지만. 내가 그걸 향해 달려갔을 때 아무 소리도 나지 않는 그것이 내 가슴을 건드렸고, 그 정적이 날 끌어당겼다. 그 안은 너무나 조용했고, 아니, 조용한 정도가 아니라 **침묵**으로 가득 차 있었다. 믿을 수 없을 정도의 침묵으로 가득 찬 그것 때문에 정말 가슴이 찢어지는 듯한 느낌이 들기 시작했다. 세상에서 가장 소중한 것을 이제 곧 잃을 것만 같았고, 죽을 것 같았다. 그렇게 달려가는 동안 눈물이 고이고 가슴이 으스러질 듯 아파왔다. 주위에 날 보는 이는 하나도 없었지만 그래도 여전히 신경이 쓰이는 와중에 울음이 터져 나왔다. 어이없게도 나는 망할, 울고 있어서 잠시 멈춰 서서 허리를 숙였다. 아오, 빌어먹을. 이런 상황에 대해 부디 입을 다물고 있길 바란다. 아무튼 나는 바보같이 무려 1분이나 낭비하면서 허리를 숙인 채 거기 서 있었고, 그 어이없는 1분이 지나갔을 무렵 그 구멍은 이미 움직여서 사라져 버렸다.

만시는 그걸 쫓아갈까 아니면 내게 돌아올까 마음을 못 정하고 중간에서 망설이다가 마침내 돌아왔다.

"울어, 토드?"

"닥쳐." 나는 그렇게 말하면서 만시에게 발길질을 했다. 일부러 빗맞혀서.

2

프렌티스타운

우리는 늪지에서 나와 마을 쪽으로 돌아가기 시작했다. 해가 중천에 떠 있는데도 세상이 온통 시커먼 회색으로 보였다. 만시도 들판을 거쳐 집으로 돌아가는 동안 거의 말이 없었다. 내 소음이 보글보글 끓는 스튜처럼 쉴 새 없이 부글거리는 바람에 마음을 가라앉히기 위해 잠시 멈춰야 했다.

세상에 침묵은 없다. 여기에도 없고, 세상 그 어디에도 없다. 잘 때도 없고, 혼자 있을 때도 결코 침묵이란 존재하지 않는다.

나는 눈을 감은 채 생각했다. 나는 토드 휴잇이다. 나는 12세 12개월이 됐다. 나는 신세계의 프렌티스타운에 산다. 한 달 후에 나는 사나이가 된다.

벤 아저씨가 가르쳐 준 소음을 진정시키는 요령이다. 눈을 감고 최대한 분명하고 침착하게 자신이 누구라는 걸 스스로에게 일깨운다. 그렇게 정신을 가다듬지 않으면 이 모든 소음 속에서 나를 잃게 되니까.

나는 토드 휴잇이다.

"토드 휴잇." 만시가 옆에서 혼잣말로 중얼거렸다.

나는 심호흡을 하고 눈을 떴다.

그게 바로 나다. 나는 토드 휴잇이다.

우리는 늪지를 떠나 강을 따라 들판에 있는 비탈길을 올라가, 마을 남쪽에 있는 작은 산등성이로 올라갔다. 거기에 한때, 아주 짧은 기간 동안 별 쓸모도 없는 학교가 있었다. 내가 태어나기 전에 남자아이들은 집에서 엄마에게 배웠고, 세상에 남자아이들과 남자 어른들만 남게 됐을 때는 비디오와 학습 컴퓨터로 세상을 배웠다. 그러다가 프렌티스 시장이 그런 학습은 '우리 마음을 단련시키는 데 해롭다'는 이유로 금지시켰다.

사실 프렌티스 시장의 의견에도 일리가 있다.

그래서 거의 반년 동안, 언제나 울상인 로열 아저씨가 모든 소년을 불러 모아 마을의 소음에서 멀리 떨어진 여기 별채에 앉아 있게 했다. 그렇다 해도 달라지는 건 없었다. 소년들의 소음으로 가득 찬 교실에서 뭘 가르치는 건 불가능했고, 시험을 보는 것 역시 완벽하게 불가능했다. 설사 그럴 마음이 없어도 남의 것을 보고 쓰게 되고, 여차하면 모두 그럴 마음을 먹고 있으니까.

그러던 어느 날 프렌티스 시장이 책이란 책은 한 권도 빼놓지 말고, 심지어 사람들이 각자 집에 가지고 있는 책까지 몽땅 태우라고 결정했다. 그런 수업뿐만 아니라 책까지 우리의 정신 수양에 해로운 모양이다. 원체 심약해서 위스키의 힘을 빌려 교실에서 억지로 마음을 다잡던 로열 아저씨는 결국 포기하고 총으로 자살했다. 그것으로 교실에서 내가 받던 수업은 모두 막을 내렸다.

나머지는 집에서 벤 아저씨에게 배웠다. 기계를 다루는 법과 요리와 옷을 수선하는 방법과 기본적인 농사 같은 것들에 대해. 마찬가지로 사냥과 먹을 수 있는 열매를 구분하는 방법, 길을 찾기 위해 달을 따라가는 방법과 칼과 총을 쓰는 법과 뱀에 물렸을 때의 치료법과 소음을 진정시키는 방법 같은 생존 기술도 배웠다.

벤 아저씨는 내게 읽고 쓰는 법도 가르치려고 했지만, 프렌티스 시장이 어느 날 아침 내 소음에서 그 기미를 알아채고 벤 아저씨를 1주일 동안 가뒀다. 그렇게 책을 들고 하는 수업은 모두 물 건너가 버렸다. 하지만 농장에서 매일 행하고 기본적으로 살아남기 위해 해야 할 일은 변함없이 배워야 했다. 나는 결국 읽는 법을 제대로 배우지 못했다.

상관없다. 프렌티스타운에서 앞으로 책을 쓸 작가는 나오지 않을 테니까.

만시와 나는 학교를 지나서 작은 산마루 위로 올라가 북쪽을 봤다. 거기에 문제의 우리 마을이 있다. 뭐 남은 것도 별로 없다. 예전엔 두 개였던 가게 하나, 역시 예전엔 두 개였던 술집 하나. 진료소 하나, 감옥 하나, 이제는 문 닫은 주유소 하나, 시장이 사는 큰 집 하나, 경찰서 하나. 교회. 과거에는 포장이 돼 있었지만 관리를 제대로 안 해서 얼마 못 가 자갈길로 돌아간 짧은 길 하나가 마을 한가운데를 지나간다. 집들은 다 마을 외곽에 있다. 주택들과 처음부터 농장으로 쓰려고 외곽에 지은 농장들 중 몇 채에는 여전히 사람들이 살고 있지만 몇 채는 비어 있고, 나머지는 그보다 못한 상태에 있다.

그게 프렌티스타운의 전부다. 인구는 147명인데 계속 줄어들고 있다. 사나이 146명과 거의 사나이가 된 소년 하나.

전에는 신세계 곳곳에 다른 정착민들이 세운 마을들이 흩어져 있었다고 벤 아저씨가 말해줬다. 모든 우주선이 내가 태어나기 약 10년 전쯤 거의 같은 시기에 이곳에 착륙했지만, 스팩족과 전쟁이 시작돼 그들이 세균을 퍼뜨렸을 때 다른 마을 주민들은 몰살됐고 프렌티스타운도 거의 그 지경까지 갔다. 프렌티스 시장이 악몽 같은 존재이긴 하지만 적어도 그의 전쟁 기술 덕분에 우리가 살아 있는 것이다. 덕분에 여자라곤 하나도 없는 이 크고 텅 빈 세계에서 우리만 살아남았다. 내세울 것이라곤 하나도 없는 이 세계에 사는 우리들 147명은 하루하루 조금씩 계속 죽어가고 있다.

어떤 사람들은 도저히 이 상황을 받아들이지 못했다. 그들은 로열 아저씨처럼 자살하기도 하고, 우리처럼 양을 치던 이웃 농장 주인인 골트 아저씨처럼 그냥 사라지기도 했다. 우리 마을에서 두 번째로 솜씨 좋은 목수였던 마이클 아저씨나 아들이 사나이가 되던 바로 그날 사라진 판베이크 아저씨도 있다. 이런 일들은 드물지 않다. 당신이 사는 세상이 미래도 없이 소음으로 가득 찬 마을이 전부라면, 달리 갈 곳이 없다 해도 그냥 떠나야 할 때도 있는 법이다.

왜냐하면 거의 사나이가 다 된 내가 멀리서 우리 마을을 보고 있는 지금도 거기 남아 있는 146명이 내는 소리를 들을 수 있으니까. 나는 마을의 망할 모든 주민 하나하나가 내는 소리를 다 들을 수 있다. 그들의 소음은 홍수처럼, 타오르는 불길처럼, 하늘만큼 어마어마하게 큰 괴물이 잡으러 오는 것처럼 어디에도 숨을 곳 없는 나를 향해 언덕을 타고 흘러온다.

이게 바로 내가 사는 세상이다. 이 멍청하고 냄새나는 마을에서 나의 멍청하고 냄새나는 일상의 1분, 1초, 매 순간이 이렇게 흘러간다. 귀를 막아봤자 아무 소용이 없다.

아주 조금 모가지 먹어 미쳐버린 행진하고 내 마음
럼쓰레기들 세균 하나 1234 하고 먹들고 세균들
이건 불공평해 불공평하다고 사고
의 한 점 원의 한사람 하는 캐릭 진의 질서
내가 너에게 그래서 내가 그에게 말하걸
하기 2는 4 2 곱하기 5는 8 2 곱하기 8
그게 보일 테데
모든 생각을 정리하세요
꺼거그러 멍났어 토마스를 도와줘
팬이 세균 버텄어 원의 한 팔이
손에 있는 두 워레 비져버워 끝이
한 법 한 달이란 시간 휴잇이란 사과
두근을 모으고
토도? 네 모가지를 잡고온 날의 復어
내 행진을 하고 있어 신통처하고 날의 復어
오 나의 소중한 팔 한 달 사랑하는 캐릭
진을 하구 있어 베이고 멍들고 버클 서
그버내가그게맒리 어먹을 뜨표버클 서
프고 먹들고 칼에 베이고 멍들고
해 불공평하다고 1234 4321 멍들고
인 그대로해 강변 스페글의 세뤼기들
그땐 아파 얍주 조금 모가줘 손을 모으
저 조그만 손 좀 봐 하나만 더 하면 1
사과 사과 거짓말이죠, 선생님
녀의 얼굴 베이고 멍들고 오 사랑하는
마음 A 321
생각을 정리하세요 개미들이 행진을 하고
흘이이라 아이내 손에 있는 나무 걸레

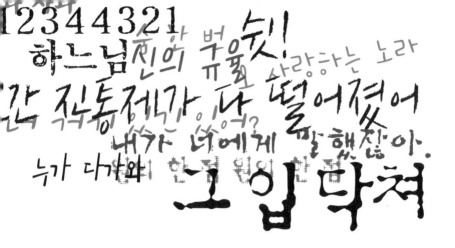

그건 그저 말들, 말하고 신음하고 노래하고 울부짖는 목소리들이다. 거기다가 영상도 있다. 아무리 원하지 않아도 마음속으로 사정없이 거세게 밀려오는 영상들, 사람들의 기억과 환상과 비밀과 계획과 거짓말, 거짓말, 수도 없는 거짓말 영상들이 보인다. 왜냐하면 우리는 소음 속에서 거짓말을 할 수 있으니까. 모두 내가 무슨 생각을 하는지 알고 있을 때조차 다른 생각들 속에 은밀히 그 생각을 묻어버릴 수 있다. 남들이 다 볼 수 있는 곳에 숨기고 그 생각을 흐려버리거나 그것의 정반대가 진실이라고 확신해 버리면, 그 무수한 생각의 물결 속에서 어떤 물결이 진짜고 어떤 물결이 만져도 젖지 않는 가짜라는 걸 그 누가 분간하겠는가?

인간은 거짓말을 하기 마련이고, 그중에서도 최악은 스스로에게 하는 거짓말이다.

예를 들어 나는 태어나서 지금까지 단 한 번도 여자나 스패클을 직접 본 적이 없다. 둘 다 비디오로는 봤다. 물론 비디오 시청이 금지되기 전에 말이다. 그리고 남자들의 소음에서 여자들과 스패클들을 항상 본다. 섹스와 적 말고 남자들이 달리 무슨 생각을 하겠나? 하지만 소음에 보

카오스 워킹 1

이는 스패클들은 비디오에 나온 스패클들보다 훨씬 더 크고 사납다. 마찬가지로 소음에 보이는 여자들은 비디오에 나온 여자들보다 머리색이 훨씬 더 옅고, 가슴은 더 크고, 옷은 훨씬 덜 입고, 애정 표현은 훨씬 더 자유롭다. 그러니까 여기서 기억해야 할 점, 소음에 대해 내가 하는 말 중 핵심은 소음이 진실이 아니라는 것이다. 소음은 사람들이 진실이길 바라는 생각인데, 진실과 현실 간의 간극이 너무 커서 조심하지 않으면 목숨을 잃을 수도 있다.

"집에 가, 토드?" 만시가 내 다리 옆에서 아까보다 더 큰 소리로 짖으며 물었다. 소음 속에서 이야기를 나누려면 그렇게 큰 소리를 내야 한다.

"응, 가고 있어." 우리는 마을 맞은편인 북동쪽에 살고 있어서 집에 가려면 마을을 거쳐야 하니 최대한 빨리 지나가야 한다.

제일 먼저 펠프스 아저씨의 가게가 나온다. 그 가게는 마을처럼 죽어가고 있고, 펠프스 아저씨는 하루 24시간 절망에 빠져 있다. 내가 가게에서 물건을 살 때면 더할 나위 없이 정중하게 응대하는 와중에도 아저씨의 절망이 베인 상처에서 흘러나오는 고름처럼 내게 스며든다. 끝이야, 끝이야, 모든 게 끝나가고 있어. 허섭스레기들, 허섭스레기들, 허섭스레기들, 나의 줄리, 나의 사랑하는, 사랑하는 줄리. 줄리는 펠프스 아저씨의 아내로 아저씨의 소음 속에서 실오라기 하나 걸치지 않고 있다.

"안녕, 토드." 만시와 내가 서둘러 가는데 펠프스 아저씨가 인사했다.

"안녕하세요, 펠프스 아저씨."

"오늘은 화창하구나, 그렇지 않니?"

"정말 그러네요, 아저씨."

"화창!" 만시가 그렇게 짖자 펠프스 아저씨가 웃었다. 하지만 그의 소음은 그저 계속 끝, 줄리, **허섭스레**기라고 말했고, 아내를 그리워하는 영상과 아내가 예전에 그에게 해주던, 뭔가 특별한 일인 모양인데 뭔지 잘 알 수 없는 영상을 계속 비췄다.

펠프스 아저씨가 듣는 내 소음에 뭔가 색다른 게 있을 것 같진 않다. 그저 어쩔 수 없이 드러나는, 다른 때와 똑같은 소음뿐. 다만 늪지에서 발견한 그 구멍에 대한 생각을 감추고 차단하기 위해 평소보다 더 큰 소음을 내고 있을 뿐이다.

내가 왜 이렇게 해야 하는지 알 수 없고, 그걸 왜 감춰야 하는지도 알 수 없다.

하지만 나는 그렇게 하고 있다.

다음에 지나쳐야 할 곳은 주유소와 해머 아저씨였기 때문에 만시와 나는 아주 빨리 걸었다. 휘발유를 만들어 내는 핵분열 발전기가 작년에 고장 나서, 이제 주유소 옆에 거대하고 못생긴 부상당한 발가락처럼 덩그러니 놓여 있다. 해머 아저씨 말고는 아무도 이제 무용지물이 되어 버린 주유소 옆에서 살지 않으려 한다. 해머 아저씨는 만나는 상대에게 곧바로 자신의 소음을 쏘아댄다는 점에서 펠프스 아저씨보다 훨씬 끔찍하다.

그것은 분노에 찬 추악한 소음으로 내가 결코 보고 싶지 않은, 폭력적인 상황에 처해 피범벅이 된 내 모습이 나오는 영상을 비춘다. 그럴 때마다 나는 그저 최대한 크게 소음을 내서 펠프스 아저씨의 소음을 덮어 해머 아저씨에게 반사시킬 뿐이다. **사과**들, 끝, 닥치**는 대로 긁어모**아, 벤 **아저씨**, 줄리, 화창, **토드? 발전**기가 깜박거려, 허섭스레기들, 닥쳐, 그냥 닥쳐, 날 봐, 얘야.

나는 마음과 달리 어쨌든 고개를 돌려 아저씨를 본다. 가끔은 멍하니 있다가 아무 생각 없이 시키는 대로 하게 되니까. 그러자 해머 아저씨가 자기 집 창가에 서서 날 똑바로 보면서 **한 달**이라고 생각한다. 아저씨의 소음에 영상이 하나 떠오르는데, 거기서 나는 혼자 서 있지만 어찌된 일인지 그 어느 때보다 더 세상 천지에 나만 홀로 있는 것처럼 보인다. 나는 그게 무슨 뜻인지, 그게 현실인지 아니면 아저씨의 의도적인 거짓말인지조차 분간할 수 없어 망치가 아저씨의 머리를 계속 내리치는 생각을 한다. 그러자 아저씨는 창가에서 빙긋 미소만 짓는다.

길은 주유소를 빙 둘러서 진료소를 지나간다. 거기에 볼드윈 의사 선생님이 있다. 특별히 아픈 데도 없으면서 선생님을 찾아와 울며 넋두리를 늘어놓는 사람들의 소음이 들려온다. 오늘은 폭스 아저씨가 와서 숨을 잘 못 쉬겠다고 하소연을 하고 있다. 담배만 좀 줄여도 그럴 일은 없을 텐데. 진료소를 지나치면, 맙소사, 빌어먹을, 빌어먹을 술집이 나온다. 그곳에서는 이렇게 훤한 대낮에도 어마어마한 소음이 흘러나온다. 사람들의 소음이 들리지 않도록 술집에서 음악 소리를 무지막지하게 키워놓지만, 그것에도 한계가 있어서 시끄러운 음악 소리에 시끄러운 사람들의 소음과 함께 그보다 더 끔찍한 술에 취한 소음들이 마치 내 머리를 나무망치로 후려치는 것처럼 몰려온다. 표정 하나 변하지 않는 남자들의 고함과 울부짖는 소리와 엉엉 흐느껴 우는 소리들. 거기다가 소름 끼치는 과거와 예전에 있었던 여자들의 영상도 보인다. 예전에 살았던 여자들에 대한 영상이 아주 많지만 대체 무슨 뜻인지 이해할 수 없다. 술에 취한 소음은 술 취한 사람과 같아서 흐릿하고 지루한 데다 위험하니까.

마을 한가운데를 걸어가는 일은 힘들다. 너무 많은 소음이 한꺼번에 머리를 압박하고 들어와서 그다음에 뭘 해야 할지 생각하는 것조차 힘들다. 솔직히 사나이들이 어떻게 이 마을에서 살아가는지 모르겠고, 내가 사나이가 되면 어떻게 할지도 모르겠다. 아는 거라곤 하나도 없는 그날 뭔가가 변하지 않는 한 말이다.

집으로 가는 길은 술집을 지나 오른쪽으로 꺾여서 경찰서와 감옥 옆을 지난다. 둘은 한 건물에 있고, 이렇게 작은 마을에 있는 것치고는 생각보다 훨씬 종종 사용된다. 우리 마을의 보안관은 프렌티스 주니어로, 나보다 고작 두 살 위라 사나이가 된 지 얼마 안 됐지만 금방 자신의 직업에 적응했다. 그의 감방에는 프렌티스 시장이 매주 본보기로 삼으라고 지시한 사람이 갇혀 있는데, 이번 주에는 터너 아저씨가 들어와 있다. 아저씨의 죄목은 수확한 옥수수를 '마을 주민 모두 잘 쓸 수 있게' 넉넉히 바치지 않은 것이었는데, 사실은 프렌티스 시장과 부하들에게 공짜 옥수수를 바치지 않았다는 뜻이다.

그렇게 만시와 함께 마을을 지나면서 펠프스 아저씨, 해머 아저씨, 볼드윈 의사 선생님, 폭스 아저씨, 귀가 떨어질 것 같은 술집의 소음, 프렌티스 주니어의 소음, 터너 아저씨의 투덜거리는 소음을 뒤로하고 걸어가는데도 아직 마을의 소음은 끝나지 않았다. 이제 교회가 나오니까.

이 교회야말로 애초에 우리가 신세계에 오게 된 이유로 매주 일요일마다 우리가 왜 죄악과 부패로 가득 찬 구세계를 떠났는지, 그리고 이 새로운 에덴동산에서 어떻게 새롭고 순결한 삶과 형제애를 시작하는 걸 목표로 했는지 아론 목사가 설교하는 소리를 들을 수 있다.

그 계획 한번 끝내주게 잘 풀렸네, 안 그런가?

그래도 사람들은 계속 교회에 의무적으로 나간다. 프렌티스 시장이 본인은 나가지도 않으면서 주민들에게, 우리밖에 없는 이 단일 공동체에서 어떻게 뭉치고 단결해야 하는지에 대한 설교를 들으라고 명령했기 때문이다.

우리 중 하나가 쓰러지면, 우리 모두 쓰러진다는 말도 들어야 하고.

아론 목사는 그 말을 입에 달고 산다.

만시와 나는 교회 정문 앞을 최대한 조용히 지나쳤다. 교회에서 기도하는 소음이 흘러나왔다. 그 소음에는 마치 사람들이 피를 흘리는 것처럼 자줏빛이 감도는 특이하고 역겨운 분위기가 배어 있다. 항상 하는 기도인데도 그 흉측한 보라색 피는 언제나 흘러나온다. **우리를 도우소서, 우리를 구하소서, 우리를 용서하소서, 우리를 도우소서, 우리를 구하소서, 우리를 용서하소서, 우리를 여기서 꺼내주소서, 제발, 주여, 제발, 주여, 제발 주여.** 다만 내가 알기론 지금까지 이 하느님이란 양반에게서 그 어떤 소음도 들은 사람은 없다.

아론 목사도 거기 있었다. 그는 산책에서 돌아와 사람들에게 설교하고 있었다. 그의 소음뿐 아니라 목소리를 들을 수 있었는데 죄다 **희생**이니 **성서**니 축복이니 **성자**니 하는 말만 늘어놓고 있었다. 정신없이 떠들어 대는 목소리 너머 그의 소음은 마치 회색 불길 같아서 아무것도 잡아낼 수 없지만 분명 뭔가 꿍꿍이가 있는 듯하다. 그는 지금 뭔가를 감추기 위해 설교하고 있는 것 같은데, 그게 뭔지 알 것도 같았다.

그때 아론의 소음에서 **꼬맹이 토드?** 라는 소리가 들려서 나는 만시를 재촉하며 재빠르게 그곳을 지나쳤다.

프렌티스타운의 언덕 꼭대기에 이르렀을 때 마지막으로 지나치는 곳은 바로 시장의 집이다. 거기서 나는 소음이 가장 기괴하고 매정한데 그 이유는······.

음, 프렌티스 시장이 워낙 유별난 사람이니까.

시장의 소음은 지독하게 또렷한 데다 말 그대로 지독하다. 그는 소음도 체계적으로 정리할 수 있다고 믿고, 그러면 어떻게든 그걸 통제해서 써먹을 수 있다고 믿는다. 그래서 시장의 집 옆을 지나갈 때면 그와 부하이자 측근 들의 소리를 들을 수 있다. 그들은 소위 생각 연습이란 걸 항상 하고 있다. 수를 세면서 완벽한 형체들을 상상하며 질서 정연하게 **나는 원이고 원은 나**라는 뜻도 모를 말을 연달아 복창한다. 마치 시장이 작은 군대를 양성하고 있는 것 같다. 마치 뭔가를 준비하는 것처럼, 마치 일종의 소음 무기를 만들고 있는 것처럼.

그건 위협처럼 느껴진다. 세상이 끊임없이 변하면서 나만 놔두고 가는 듯한 느낌이랄까.

1 2 3 4 4 3 2 1 나는 원이고 원은 나다 1 2 3 4 4 3 2 1 우리 중 하나가 쓰러지면 우리 모두 쓰러진다

나는 곧 사나이가 될 것이고 사나이는 무서워서 달아나지 않지만, 나는 만시를 앞으로 조금 밀면서 발걸음을 좀 더 재촉해 시장 집에서 최대한 멀리 떨어져서 돌아가 우리 집으로 이어지는 자갈길로 들어섰다.

잠시 후에 마을이 우리 뒤로 사라지고 소음이 조금씩 줄어들기 시작했다(절대 멈추진 않지만). 비로소 우리 둘 다 조금 더 편하게 숨을 쉰다.

만시가 짖었다. "소음, 토드."

"그래."

"늪은 조용해, 토드. 조용, 조용, 조용."

"맞아." 나는 그렇게 대꾸했다가 퍼뜩 생각이 나서 얼른 말했다. "입 다물어, 만시." 그리고 탁 소리가 나게 엉덩이를 때렸다. "아야, 토드?" 나는 마을을 돌아봤지만 일단 나온 소음은 어쩔 수 없다, 안 그런가? 만약 소음이 눈에 보여서 공기 중을 흘러가는 모습을 볼 수 있다면, 내게서 흘러나온 소음 속에서 그 구멍을 볼 수 있을지 궁금하다. 내가 감추고 보호하고 있던 바로 그 생각에서 흘러나온 그 소음은 아주 작아서 어마어마하게 큰 소리로 떠들어대는 소음들 속에서 놓치기 쉽겠지만, 어쨌든 사나이들이 사는 세상을 향해 흘러갔다.

3

벤과 킬리언

"대체 어디 있다가 이제 오는 거야?" 만시와 내가 보이자마자 킬리언 아저씨가 다짜고짜 물었다. 아저씨는 집 앞에 있는 작은 핵분열 발전기 밑에 누워서 또 어디가 고장 났는지 고치고 있었다. 팔에는 기름이 묻어 번들거렸고 얼굴엔 짜증이 덕지덕지 붙어 있다. 아저씨의 소음이 미친 벌 떼처럼 윙윙거려서 아직 집에 제대로 도착도 안 한 나도 열이 받기 시작했다.

"벤 아저씨가 시킨 대로 늪지에 사과를 따러 갔었어요."

"할 일은 태산인데 밖으로 놀러 다니기만 하네." 킬리언 아저씨는 다시 발전기를 들여다보다가 안쪽 어딘가에서 쾅 소리가 나자 소리를 질렀다. "빌어먹을!"

"난 놀러 다니지 않았어요. 제발 내 말 좀 똑바로 들어요!" 나도 모르게 소리를 질러버렸다. "벤 아저씨가 사과 먹고 싶다고 해서 망할 놈의 사과를 따러 갔다고요!"

"그랬단 말이지. 그럼 그 사과는 어디 있는데?" 킬리언 아저씨가 날 보며 물었다.

그런데 물론 내 손엔 사과가 하나도 없다. 아까 봉지에 넣은 사과들을 대체 어디서 떨어뜨렸는지 기억도 안 나는데, 그때 분명······.

"그때 뭐?"

"그렇게 일일이 엿듣지 말아요."

킬리언 아저씨는 늘 그렇듯 한숨을 한 번 쉬고 난 후 평소 레퍼토리를 늘어놓았다. "우리가 뭐 일을 엄청 많이 시키는 것도 아니잖아." 이건 거짓말이다. "하지만 벤과 나 둘만으로는 이 농장을 운영할 수 없어." 이건 사실이다. "설사 네가 맡은 일을 다 한다고 해도, 그런 일도 없지만(또 거짓말, 날 노예처럼 부려먹고 있으면서) 그렇다 해도 우리 일은 끝날 수가 없어, 안 그래?" 이 말 역시 사실이다. 마을은 이제 마냥 줄어들기만 하는데도 도움의 손길은 어디서도 오지 않는다.

"내가 이야기할 땐 좀 집중해서 들어."

"집중!" 만시가 짖었다.

"닥쳐." 내가 대꾸했다.

"네 개한테 그런 식으로 말하지 마."

내 개에게 하는 말이 아니라고요. 나는 킬리언 아저씨도 들을 수 있을 만큼 크고 선명하게 생각했다.

킬리언 아저씨가 날 노려보자 나도 지지 않고 노려봤다. 우리 둘은 항상 이런 식이다. 우리의 소음은 항상 붉게 물든 채 언쟁하며 서로에게 내는 짜증으로 울려댄다. 킬리언 아저씨와는 항상 티격태격한다. 벤 아저씨는 시종일관 다정한 편이고 킬리언 아저씨는 그 반대다. 내가 사나이가 돼서 아저씨의 잔소리를 듣지 않아도 될 날이 다가오면서 우리의 언쟁은 더 심해지고 있다.

킬리언 아저씨는 눈을 감고 큰 소리로 심호흡을 한 번 했다. "토드……." 다시 입을 여는 아저씨의 목소리가 조금 전보다 살짝 낮다.

"벤 아저씨는 어디 있어요?"

킬리언 아저씨의 얼굴이 조금 더 굳었다. "양들이 새끼를 낳을 날이 1주일밖에 안 남았어, 토드."

나는 그 말은 들은 척도 하지 않았다. "벤 아저씨는 어디 있냐고요?"

"양들에게 먹이를 주고 방목지에 몰아넣은 후에 동쪽 들판의 울타리 좀 고치라고 마지막으로 말하마, 토드 휴잇. 내가 전에도 두 번이나 얘기했잖아."

나는 상체를 한껏 뒤로 젖히면서 비아냥거렸다. "늪지는 잘 갔다 왔니, 토드? 아주 근사하고 멋졌어요, 킬리언 아저씨. 물어봐 줘서 고마워요. 늪지에서 뭐 흥미로운 거라도 봤니, 토드? 음, 그렇게 물어보다니 재밌네요. 사실 거기서 정말 흥미로운 걸 하나 봤는데 그것 때문에 입술이 찢어졌거든요. 아저씨는 물어보지도 않는 상처 말이에요. 하지만 그 얘기는 내가 양을 다 먹이고 그 빌어먹을 울타리를 고칠 때까지 기다렸다 해야겠죠!"

"말조심해라, 토드. 난 지금 너랑 말장난할 시간 없어. 가서 양을 돌봐."

나는 불끈 주먹을 쥐고 "아아아악!" 소리를 질러서 더 이상 아저씨의 말도 안 되는 소리를 참을 수 없다는 내 뜻을 분명히 밝혔다.

"어서 가자, 만시."

걸음을 떼는데 킬리언 아저씨가 불렀다. "양 떼, 토드. 양 떼부터 먼저 보살펴."

"알았어요, 그 망할 놈의 양 떼를 보살핀다고요." 나는 혼잣말로 중얼거렸다. 이제 좀 더 빠르게 걷기 시작했다. 온몸의 피가 펄쩍펄쩍 뛰었고, 만시는 격렬하게 요동치는 내 소음을 듣고 흥분했다. "양!" 만시가 짖었다. "양, 양, 토드! 양, 양, 조용, 토드! 조용, 늦지는 조용해, 토드!"

"닥쳐, 만시."

"그게 뭔 소리니?" 그렇게 묻는 킬리언 아저씨의 목소리가 평소와 달라서 만시와 나 둘 다 돌아보았다. 아저씨는 이제 일어나서 발전기 옆에 앉아 우리 둘을 뚫어져라 보고 있었다. 아저씨의 소음이 마치 레이저처럼 나를 향해 똑바로 날아왔다.

"조용, 킬리언."

"'조용'이라니, 만시 말이 무슨 뜻이니?" 킬리언 아저씨의 눈과 소음이 내 마음속을 샅샅이 캐고 있었다.

"무슨 상관이에요? 난 빌어먹을 양 떼에게 먹이를 줘야 하는데." 나는 다시 돌아서면서 말했다.

"토드, 기다려." 킬리언 아저씨가 불렀지만 그때 발전기 안에서 뭐가 또 삐삑 소리를 내며 울리기 시작했다. "빌어먹을!" 아저씨는 어쩔 수 없이 다시 기계 수리 작업으로 돌아가야 했다. 하지만 아저씨의 소음 속에서 온갖 종류의 물음표가 날 따라오는 것이 느껴졌다. 들판으로 나가자 그 물음표들은 점점 희미해졌다.

망할, 킬리언 아저씨. 아저씨랑 모두 다 꺼져버려. 나는 그런 말과 좀 더 심한 말들을 머릿속에 떠올리면서 쿵쿵 발소리를 내며 농장을 걸어갔다. 마을에서 북동쪽으로 약 1킬로미터 떨어진 우리 농장의 반은 양을 치고 나머지 반은 밀을 재배한다. 밀 농사가 더 힘들기 때문에 그쪽 일은 벤 아저씨와 킬리언 아저씨가 대부분 하고 있다. 나는 양보다 키가 커졌을 무렵부터 양들을 돌보는 일을 맡았다. 나, 그러니까 나와 만시가 아니라 나 혼자. 두 사람이 내게 만시를 생일 선물로 줬을 때 댔던 가짜 핑계 중 하나는 만시를 가르쳐서 양치기 개로 쓰라는 것이었는데, 당연한 이유(만시가 완전 멍청이라) 때문에 계획대로 풀리지 않았다.

양들에게 먹이와 물을 주고, 털을 깎고, 새끼를 받아내고, 거세하고, 도살하는 것까지 전부 내 몫이다. 우리는 마을에 양고기와 양모를 공급하는 세 농가 중 하나다. 원래 다섯 군데였던 농가는 이제 곧 둘이 될 것이다. 마저리뱅크스 아저씨가 술 때문에 언제 세상을 떠나도 이상하지 않으니까. 그러면 우리는 아저씨가 키우던 양 떼를 떠맡아 우리 양 떼와 합칠 것이다. 아니, 내가 아저씨의 양 떼를 떠맡아 우리 양 떼와 합치겠지, 2년 전 겨울에 골트 아저씨가 사라졌을 때 그랬던 것처럼. 양들을 새로 도살하고, 거세하고, 털을 깎고, 적절한 시기에 암양들과 숫양들을 한 우리에 넣어야 할 텐데 고맙다는 말을 듣게 될까? 아니, 그런 일은 없을 것이다.

나는 토드 휴잇이다. 난 거의 사나이가 됐다. 오늘은 정말이지 내 소음이 끝도 없이 커지는 날이구나.

"양!" 내가 양들이 있는 들판을 그대로 지나쳐 가자 양 떼가 말했다. "양!" 그들은 내가 가는 모습을 지켜보며 말했다. "양! 양!"

"양!" 만시가 짖었다.

"양!" 양 떼가 대꾸했다.

양은 개보다도 더 할 말이 없는 종이다.

나는 벤 아저씨의 소음을 들으려고 농장 너머까지 귀를 기울이다가 밀밭 한쪽 구석에 있는 아저씨를 찾아냈다. 씨는 다 뿌려놨고 수확하려면 몇 달 남았으니 지금 할 일은 별로 없다. 발전기와 트랙터와 전기 탈곡기들이 제대로 작동하는지 점검만 하면 된다. 그렇다고 내가 양 떼를 돌볼 때 도움을 좀 받을 수 있을 거라고 생각하면 완전 오해다.

한 용수로에서 노래를 흥얼거리는 아저씨의 소음이 들려서 가던 방향을 틀어 밀밭을 가로질렀다. 아저씨의 소음은 킬리언 아저씨의 그것과 다르다. 좀 더 차분하고, 좀 더 깨끗하며, 소음이 눈에 보이진 않지만 킬리언 아저씨의 소음이 항상 불그스름하다면 벤 아저씨는 파랗거나 가끔은 초록색으로 느껴진다. 두 사람은 물과 불처럼 극과 극이지만 내게는 부모나 다름없다.

우리 사연을 털어놓자면 우리 엄마랑 벤 아저씨는 신세계로 떠나기 전부터 친구였다. 둘은 같은 교회를 다니다가 구세계를 떠나 신세계에서 정착해 보자는 제안을 받았다. 엄마가 아빠를 설득하고 벤 아저씨가 킬리언 아저씨를 설득해서, 우주선들이 이곳에 착륙해 정착지를 만들기 시작했을 때 엄마와 아빠가 양을 키우고 그 옆 농장에서 벤 아저씨와 킬리언 아저씨가 밀을 재배했다. 그때는 모두 다정하고 사이좋게 지냈고, 해는 결코 지지 않았고, 남자들과 여자들은 함께 노래를 부르면서 사랑하며 살았다. 병에 걸리는 사람도 없었고, 죽는 사람도 없었다.

아무튼 사람들의 소음에서 나온 이야기는 그랬지만 그때 정말 그렇게 살았는지는 누가 알겠는가? 그러다가 내가 태어났고 모든 것이 변했다. 스팩족이 풀어놓은 여자들을 죽이는 세균 때문에 엄마가 죽었다. 그 후에 스팩 대 인류의 전쟁이 발발해서 우리가 승리했지만 신세계의 대부분이 무너졌다. 그리고 아무것도 모르는 갓난아기인 내가 남았다. 물론 신세계에 남은 아기가 나 하나는 아니었고, 갑자기 마을에 살아남은 남자끼리 갓난이들과 어린 아들들을 돌봐야 하는 상황이 벌어졌다. 그때 아이들이 많이 죽었지만 나는 운이 좋았다. 벤 아저씨와 킬리언 아저씨가 자연스럽게 나를 맡아서 먹이고 가르치면서 키워줬다.

그래서 나는 이들에게 일종의 아들이나 다름없다. 음, '일종'이라고 하기엔 정이 깊지만 어쨌든 친아들은 아니니까. 벤 아저씨는 킬리언 아저씨와 내가 시도 때도 없이 다투는 이유는 킬리언 아저씨가 날 너무나 아껴서라고 하지만, 그게 사실이라면 애정 표현을 아주 웃기게 하는 것 같다. 내가 보기엔 별로 그런 것 같지도 않은데 말이야.

하지만 벤 아저씨는 킬리언 아저씨와 성격이 전혀 달라서 다정하기 그지없다. 프렌티스타운에 벤 아저씨 같은 사람은 흔치 않다. 킬리언 아저씨는 정도가 좀 덜한 편이지만 이곳 남자 145명은, 이제 막 사나이가 된 남자들까지 일진이 좋으면 나를 무시하고 안 좋을 때는 다짜고짜 주먹부터 날린다. 그래서 나는 두들겨 맞지 않기 위해 그들에게 무시당할 수 있는 법을 궁리하는 데 주로 시간을 보낸다.

벤 아저씨만 빼고. 아저씨 이야기를 하면 내가 물러터지고 멍청한 아이처럼 보일까 봐 이만 입을 다물기로 하겠다. 다만 나는 아빠를 한 번도 본 적은 없지만, 만약 어느 날 아침 일어나 어느 한 사람을 아빠로 고를 수 있게 된다면, 그러니까 어떤 사람이 와서 자, 여기서 누구든 원하는 사람을 아빠로 고르라고 한다면 무조건 벤 아저씨다.

우리가 다가갈 때 휘파람을 불고 있던 아저씨는, 아직 보이진 않았지만 내가 다가오는 걸 감지하자 내가 아는 노래로 바꿔 불었다. **어느 이른 아침 해가 떠오르고 있을 때.** 아저씨는 우리 엄마가 좋아하던 노래라고 했지만, 사실은 아저씨가 좋아하는 노래 같다. 내가 기억할 수 있는 한 아주 오래전부터 날 위해 항상 그 노래를 불러주거나 휘파람을 불었으니까. 아직도 킬리언 아저씨와 한판 한 것 때문에 속이 부글부글했지만, 그 노래를 듣자 조금씩 진정되기 시작했다.

아이들한테 불러주는 노래라는 건 나도 알지만, 놀리지 마.

"벤!" 만시가 짖으면서 용수로 근처를 빙글빙글 돌았다.

"안녕, 만시." 아저씨의 목소리를 들으면서 모퉁이를 돌아가자 만시의 두 귀 사이를 긁어주는 아저씨가 보였다. 만시는 눈을 지그시 감은 채 좋아서 다리로 땅바닥을 탁탁 치고 있었다. 벤 아저씨는 내가 또 킬리언 아저씨와 다툰 걸 소음으로 들어서 알고 있을 텐데도 이 말만 했다. "토드 왔구나."

"네, 아저씨." 나는 땅바닥만 보면서 돌멩이를 하나 찼다.

벤 아저씨의 소음에서 사과, 킬리언, 네가 어느새 이렇게 커버렸구나, 그리고 다시 킬리언, 팔이 아프다, 사과, 저녁 식사, 맙소사 오늘 날이 덥네, 라는 말이 들렸다. 아저씨의 소음은 아주 보드라운 데다 아무런 탐욕도 없어서, 마치 어느 더운 날 시원한 시냇물 속에 누워 있는 것처럼 싱그러운 느낌이다.

"좀 진정됐니, 토드? 마음을 진정시키는 연습 좀 했어?" 벤 아저씨가 마침내 입을 열었다.

"네. 킬리언 아저씨는 왜 그렇게 날 못 잡아먹어서 안달일까요? 그냥 '왔어?'라고 말해주면 어디가 덧나나? 왜 잘 다녀왔냐는 말 한 마디 없이 난 네가 무슨 짓을 했는지 알고 있다, 그게 뭔지 알아낼 때까지 널 가만 안 놔둘 거다, 라는 말만 하냐고요."

"킬리언이 원래 그런 건 너도 알잖아."

"만날 그 말만 해." 나는 아직 여물지 않은 밀 잎사귀 하나를 뽑아서 입속에 쑤셔 넣으면서 벤 아저씨의 눈을 피했다.

"사과는 집에 놔두고 왔니?"

나는 아저씨를 바라보며 밀 잎사귀를 씹었다. 아저씨는 내가 사과를 안 가져온 걸 알고 있다. 아저씨는 척 보면 안다.

"안 가져온 이유가 있구나." 벤 아저씨는 계속 만시를 긁어주며 말했다. "네가 밝히지 않으려는 이유가 있어." 아저씨는 내 소음을 읽으려고 애쓰면서, 거기서 어떤 진실을 가려낼 수 있는지 보려고 했다. 다른 사람들이 이랬으면 시비 걸기 딱 좋지만 벤 아저씨는 상관없다. 아저씨는 고개를 갸웃거리면서 만시에게서 손을 뗐다. "아론 때문이냐?"

"네. 그 아저씨를 만났어요."

"아론이 네 입술을 그렇게 만들어 놨니?"

"네."

"그 인간이 진짜. 아론이랑 이야기 좀 해야겠다." 아저씨는 얼굴을 찌푸리며 앞으로 몇 발자국 나섰다.

"그러지 마세요. 그럴 것 없어요. 그래 봤자 일만 더 커지고, 별로 아프지도 않아요."

아저씨는 상처를 보려고 손으로 내 턱을 쥐고 얼굴을 들어 올렸다. "그 새끼가 정말." 아저씨가 다시 나직한 목소리로 말했다. 아저씨가 손가락으로 상처를 만지자 내가 움찔해서 몸을 뒤로 뺐다.

"별거 아니라니까요."

"앞으로 그 인간은 피해 다녀, 토드."

"참 나, 내가 그 아저씨와 마주치고 싶어서 숲으로 달려갔겠어요?"

"그 사람은 정상이 아니야."

"아이고, 그 중요한 걸 알려주셔서 고마워요, 아저씨." 그렇게 말하는데 불현듯 아저씨의 소음에서 **한 달 남았군**, 이란 소리가 들렸다. 느닷없이 무슨 말인가 하는 사이에 아저씨는 재빨리 다른 말로 그 소리를 가려버렸다.

"무슨 일이에요, 아저씨? 내 생일에 무슨 일이 일어나나요?"

아저씨는 미소를 지었다. 그 미소에 잠시 수심이 어렸지만, 아저씨는 곧 다시 활짝 얼굴을 폈다. "널 깜짝 놀라게 해줄 거야. 그러니까 그게 뭔지 알려 하지 마."

난 이제 거의 사나이가 다 됐고 아저씨와 키도 얼추 비슷해졌지만, 아저씨는 아직도 허리를 조금 숙여서 나와 눈을 맞춘다. 불편할 정도로 가깝지는 않으면서 내가 안전하다고 느낄 정도로 아저씨가 다가오자 나는 살짝 눈을 돌렸다. 이 코딱지만 한 빌어먹을 마을에서 내가 가장 신뢰하는 사람이 벤 아저씨다. 아저씨는 내 목숨을 구해줬고 앞으로도 다시 그럴 사람이지만, 그래도 여전히 늪지에서 일어난 일에 대한 내 소음을 열어주기가 내키지 않았다. 그 일이 생각날 때마다 또다시 가슴이 묵직하게 짓눌러 오는 게 느껴져서다.

"토드?" 벤 아저씨가 날 유심히 살펴보면서 말했다.

"조용. 늪지가 조용." 만시가 나직하게 짖었다.

벤 아저씨는 만시를 보다가 다시 나를 봤다. 다정한 아저씨의 눈이 의문과 근심으로 가득 찼다. "만시가 무슨 소리를 하는 거니, 토드?"

나는 한숨을 쉬었다. "우리가 뭘 봤어요. 늪지에서. 흠, 보진 **못했죠**. 그게 숨어버렸으니까. 하지만 그건 마치 소음의 어느 한 부분이 찢어진 것처럼……."

나는 말을 멈췄다. 아저씨는 더 이상 내 말을 듣지 않고 있었다. 나는 아저씨를 위해 내 소음을 열면서 그때 그 상황을 최대한 있는 그대로 생생하게 기억해 냈다. 아저씨는 온 정신을 집중해서 날 봤다. 뒤쪽 멀리서 킬리언 아저씨가 다가오는 소리가 들렸다. 킬리언 아저씨가 "벤?" 하고 불렀다가 "토드?" 하고 부르는 소리가 났다. 킬리언 아저씨의 목소리와 소음 둘 다 수심이 가득했고, 벤 아저씨의 소음 역시 조금 흥분하기 시작했다. 난 계속 그 소음 속에서 우리가 발견한 구멍에 대해 최대한 솔직히, 동시에 가능한 한 마을 사람들은 듣지 못하게 조용히 생각했다. 킬리언 아저씨가 계속 우리를 향해 다가오고 벤 아저씨는 날 뚫어지게 보기만 해서 결국 내가 물어봐야 했다.

"그건 스패클인가요? 그게 스팩족이에요? 그들이 돌아왔나요?"

"벤?" 킬리언 아저씨는 이제 밀밭을 가로질러 오면서 소리를 질렀다.

"우리가 위험에 처했나요? 또 전쟁이 일어나는 거예요?"

하지만 벤 아저씨가 한 말이라곤 이게 다였다. "아, 맙소사." 아저씨는 아주 나직한 목소리로 탄식하고는 또다시 "아, 맙소사"라고 내뱉은 후에 움직이거나 고개를 돌리지도 않고 말했다. "널 여기서 빼내야겠다. 당장 빼내야겠어."

카오스 워킹 1

4

그건 생각하지 마

킬리언 아저씨가 달려왔지만 미처 입을 열기 전에 벤 아저씨가 먼저 나서서 말했다. "그건 생각하지 마!"

그리고 내게 돌아섰다. "너도 그 생각은 하지 마. 네 소음으로 가려. 숨기는 거야. 최선을 다해 숨겨야 한다." 아저씨는 그 말을 하면서 내 어깨를 힘껏 움켜쥐어서, 그렇지 않아도 흥분한 날 더욱 흥분시켰다.

"대체 무슨 일이에요?"

"너 마을을 거쳐서 집에 왔니?" 킬리언 아저씨가 물었다.

"당연히 마을을 거쳐서 왔죠. 집에 오는 망할 길이 거기 말고 또 있어요?" 내가 쏘아붙였다.

킬리언 아저씨의 얼굴이 굳었다. 내가 버릇없이 쏘아붙여서 화가 난 게 아니라 두려워서였다. 아저씨의 소음 속에서 두려움이 지르는 소리가 아주 크게 들려왔다. 두 사람 다 내가 '망할'이라는 나쁜 말을 했는데도 나를 야단치지 않았다. 어쩐지 기분이 더 찜찜했다. 만시는 이제 고개가 떨어져 나가게 짖고 있었다. "킬리언! 조용! 망할! 토드!" 하지만 아무도 만시에게 입 닥치라고 말할 정신이 없었다.

킬리언 아저씨가 벤 아저씨를 봤다. "당장 그걸 해야 해."

"나도 알아." 벤 아저씨가 말했다.

"대체 무슨 일이에요? 지금 뭘 하는데?" 나는 큰 소리로 물었다. 그러면서 몸을 비틀어 벤 아저씨의 손아귀에서 빠져나와 두 사람을 마주 보고 섰다.

두 사람은 다시 서로 눈길을 주고받은 후에 나를 봤다. "넌 프렌티스타운을 떠나야 해." 벤 아저씨가 말했다.

나는 두 사람을 번갈아 봤지만 둘 다 근심 외에 소음에서 아무것도 비치지 않았다. "내가 프렌티스타운을 떠나야 한다니 무슨 뜻이에요? 신세계에 프렌티스타운 말고 다른 곳은 없잖아요."

두 사람은 다시 서로를 힐끗 봤다.

"그건 좀 제발 그만해요!"

"어서 가자. 우리가 미리 네 가방을 싸뒀어." 킬리언 아저씨가 말했다.

"어떻게 내 가방을 미리 싸둘 수 있죠?"

킬리언 아저씨가 벤 아저씨에게 말했다. "아마 시간이 별로 없을 거야."

벤 아저씨가 킬리언 아저씨에게 말했다. "토드는 강가를 따라 내려가면 돼."

"이게 무슨 뜻인지 너도 알지?"

"이 일로 계획이 바뀌진 않아."

"대체 시바 뭔 일이냐고요?" 난 버럭버럭 소리를 질렀다. 이런 상황에선 아무래도 좀 세게 나가야 할 것 같았다. **"시바 뭔 계획?"**

하지만 두 사람 다 여전히 나를 혼내지 않았다.

벤 아저씨가 목소리를 낮췄다. 아저씨가 자신의 소음을 진정시키려고 애쓴다는 걸 알 수 있었다. "늪지에서 일어난 일이 네 소음에 나타나지 않게 최선을 다해야 한다. 이건 아주 중요한 일이야."

"왜요? 스패클들이 우리를 죽이러 돌아왔나요?"

"그건 생각하지 말라니까! 그건 숨겨, 아주 깊이 묻어버려. 아무도 네 소리를 들을 수 없는 아주 먼 곳으로 가기 전까지는 그래야 해. 자, 서둘러!" 킬리언 아저씨가 사나운 목소리로 말했다.

그리고 킬리언 아저씨는 집을 향해 달려갔다. 정말로 **달렸다**.

"우리도 서두르자, 토드." 벤 아저씨가 말했다.

"무슨 일인지 설명해주기 전까진 안 가요."

"설명해 줄게." 벤 아저씨는 내 팔을 잡아끌고 가면서 말했다. "네가 원하는 것보다 훨씬 자세히 설명하마." 그때 아저씨 표정이 너무나 슬퍼 보여서 더 이상 반항하지 않고 같이 달렸다.

우리가 집에 도착했을 때쯤 나는…….

나도 내가 뭘 예상했는지 모르겠다. 숲에서 뛰쳐나오는 스패클 군대. 총을 들고 일렬로 서서 대기하고 있는 프렌티스 시장의 부하들. 불타서 무너지는 우리 집. 나도 모르겠다. 벤 아저씨와 킬리언 아저씨의 소음은 전혀 말이 되지 않았고, 내 생각은 화산에서 넘쳐흐르는 용암처럼 부글부글 끓었으며, 만시는 머리가 터질 듯이 짖어댔다. 그러니 이 난장판에서 대체 무슨 생각을 할 수 있겠는가.

하지만 거기엔 아무도 없었다. 우리 집은 원래 있던 자리에 조용히 농장답게 서 있었다. 킬리언 아저씨가 뒷문을 박차고 들어가서 평소에는 절대 쓰지 않는 기도실로 들어가 바닥의 나무판자를 하나씩 뜯어 올리기 시작했다. 벤 아저씨는 식료품 저장실로 들어가서 옷을 담는 자루에 건조식품들과 과일을 던져놓은 후에 화장실에 가서 작은 구급약 상자를 꺼내 그것도 자루에 넣었다.

난 얼간이처럼 멍하니 서서 빌어먹을 대체 이게 다 무슨 난리인지 궁금해했다.

나도 당신이 무슨 생각을 하고 있는지 안다. 어떻게 매일매일, 한 지붕 아래 같이 사는 두 사람이 하는 생각을 다 듣고 있으면서 모를 수가 있냐는 거겠지? 하지만 바로 그게 문제다. 소음은 소음일 뿐이다. 그것은 요란하고 어수선하며, 대개 수많은 소리와 생각과 영상이 한 덩어리로 뭉쳐서 그게 무슨 뜻인지 모를 때가 자주 있다. 인간의 마음은 혼란스럽기 그지없고 소음은 그 혼란의 살아 숨 쉬는 얼굴과 같다. 소음은 그 사람의 진실과 믿음과 상상과 환상이 뒤죽박죽으로 섞여 있어서 뭔가를 말하면서 동시에 그것과 완전히 반대되는 이야기를 한다. 분명 그 속에 진실이 있긴 있지만, 그중 뭐가 진실이고 뭐가 아닌지 다른 사람이 어떻게 분간할 수 있겠는가? 이 모든 것이 뒤범벅이 됐는데.

소음은 필터 없는 인간과 같고, 필터 없는 인간은 걸어 다니는 혼돈 그 자체다.

"난 안 가요." 두 사람이 계속 정신없이 돌아다니는 동안 내가 말했다. 하지만 둘 다 내 말은 귓등으로도 듣지 않았다. 벤 아저씨가 내 옆을 지나쳐서 기도실로 들어가 킬리언 아저씨가 마룻바닥의 판자를 뜯어 올리는 걸 돕는 사이, 나는 다시 안 간다고 말했다. 두 사람은 찾고 있던 것을 발견했고, 내가 오래전에 잃어버렸다고 생각한 배낭 하나를 킬리언 아저씨가 그 밑에서 들어 올렸다. 벤 아저씨가 배낭을 열고 안을 재빨리 훑어봤는데 거기에는 내 옷가지 몇 개와 뭔가……

"그거 책이에요? 그건 오래전에 태웠어야 하잖아요?"

하지만 두 사람은 날 무시했고, 벤 아저씨가 그걸 배낭에서 꺼내는 순간 공기의 흐름이 그대로 정지해 버렸다. 두 사람은 그 책을 바라봤다. 그건 책이라기보다는 고급스런 가죽 커버가 달린 일기장 같은 것이었다. 벤 아저씨가 휙휙 넘겨 보는 크림색 페이지마다 손 글씨가 빽빽하게 채워져 있었다.

벤 아저씨는 아주 중요한 물건인 것처럼 조심스럽게 책을 덮은 후에 비닐봉지에 싸서 배낭에 넣었다.

그리고 두 사람은 내게로 돌아섰다.

"난 아무 데도 안 가요."

그때 현관문을 두드리는 소리가 들렸다.

순간 모두 그대로 그 자리에 얼어붙었다. 만시는 짖고 싶은 말이 너무 많았던 나머지 잠시 입을 다물고 있다가 마침내 짖었다. "문!" 하지만 킬리언 아저씨가 한 손으로 만시의 목걸이를 움켜쥐고, 다른 한 손으로 만시의 주둥이를 잡아서 입을 다물게 했다. 우리 모두 서로를 쳐다보면서 이제 어떻게 해야 할지 고민했다.

또다시 문 두드리는 소리가 나더니 벽을 통해 목소리가 들려왔다. "너희들 안에 있는 거 다 알아."

"빌어먹을." 벤 아저씨가 말했다.

"망할 놈의 데이비 프렌티스군." 킬리언 아저씨가 말했다.

프렌티스 주니어. 경찰이다.

"내가 너희들 소음을 못 들을 거라고 생각하는 건 아니지? 베니슨 무어. 킬리언 보이드." 프렌티스 주니어가 문 밖에서 말했다. 그리고 잠시 뜸을 들이고는 다시 입을 열었다. "토드 휴잇도 있네."

"음, 그럼 숨바꼭질은 이제 그만하죠." 나는 여전히 이 상황에 조금 짜증이 나서 팔짱을 끼면서 말했다.

두 사람은 다시 서로를 바라본 후에, 킬리언 아저씨가 만시를 놔주고 우리 둘에게 "여기 있어"라고 말하고 나서 문 쪽으로 갔다. 벤 아저씨는 음식이 든 자루를 배낭 안에 밀어 넣고 배낭끈을 야무지게 묶어 내게 그걸 건네며 속삭였다.

"이걸 메라."

처음에는 안 받으려다가 아저씨가 심각한 표정으로 손짓을 하는 바람에 받아서 멨다. 어마어마하게 무거웠다.

킬리언 아저씨가 문을 여는 소리가 들렸다. "어쩐 일이야, 데이비?"

"난 프렌티스 보안관이야, 킬리언."

"우린 점심 먹는 중이야, 데이비. 나중에 다시 와."

"그럴 생각 없는데. 토드랑 이야기를 좀 해야겠어."

벤 아저씨가 나를 봤다. 그의 소음에 근심이 가득했다.

"토드는 농장에서 해야 할 일이 있어서 방금 뒷문으로 나갔어. 나가는 소리가 들리거든."

킬리언 아저씨의 말은 나와 벤 아저씨에게 그렇게 하라는 뜻이었다. 하지만 나는 두 사람이 하는 이야기를 너무나 듣고 싶은 나머지, 벤 아저씨가 내 어깨를 잡고 뒷문을 향해 끌고 가려는 걸 무시해 버렸다.

"내가 무슨 바보 천치인 줄 알아, 킬리언?"

"정말 내 대답을 듣고 싶어, 데이비?"

"당신 뒤에 있는 토드 소리 다 들려. 벤도 마찬가지고." 대화의 분위기가 바뀌고 있었다. "난 그저 토드와 이야기하고 싶을 뿐이야. 토드에게 무슨 문제가 생긴 게 아니라고."

"그럼 소총은 왜 가지고 왔는데, 데이비?" 킬리언 아저씨가 묻자 내 어깨를 잡은 벤 아저씨의 손에 힘이 들어갔다. 무의식중에 그런 것 같았다.

프렌티스 주니어의 목소리와 소음 둘 다 또다시 변했다. "토드를 밖으로 데리고 나와, 킬리언. 내가 왜 왔는지 당신도 알잖아. 당신의 그 꼬맹이에게서 뭔가 웃긴 소음이 마을까지 흘러온 것 같았어. 우리는 대체 무슨 일인지 들어보고 싶을 뿐이야. 그게 다야."

"우리라고?"

"우리 시장님이 꼬맹이 토드와 이야기를 하고 싶다고 하시네." 프렌티스 주니어가 언성을 높이며 말했다. "모두 당장 나와, 내 말 들려? 아무 문제 없을 거라니까. 그냥 정답게 대화 좀 나누자는 것뿐이야."

벤 아저씨가 뒷문을 향해 아주 단호하게 고개를 끄덕였다. 이번에는 절대 토를 달 수 없었다. 우리는 천천히 뒷문으로 걸어가기 시작했지만, 그동안 참을 만큼 참은 만시가 입을 벌려 짖어버렸다. "토드?"

"당신들 모두 뒷문으로 몰래 빠져나갈 생각을 하는 건 아니겠지? 당장 비켜, 킬리언." 프렌티스 주니어가 소리쳤다.

"내 땅에서 나가, 데이비." 킬리언 아저씨가 말했다.

"나 두 번 말하지 않겠어."

"그 말을 벌써 세 번은 한 것 같은데, 데이비. 그러니까 네가 지금 날 협박하는 거라면 전혀 안 먹히고 있어."

두 사람은 잠시 아무 말도 하지 않았지만 두 사람에게서 나오는 소음이 더 커졌고, 벤 아저씨와 나는 그다음에 무슨 일이 일어날지 알아차렸다. 갑자기 모든 것이 쏜살같이 움직이더니 탁 소리가 크게 나고, 이어서 또다시 뭔가를 빠르게 후려치는 소리가 두 번 났다. 모두 부엌으로 달려갔을 때 상황은 이미 종료돼 있었다. 프렌티스 주니어가 바닥에 쓰러져 있었고, 손으로 가리고 있는 입에서는 피가 흘렀다. 킬리언 아저씨가 프렌티스 주니어의 소총을 들고 그에게 겨누고 있었다.

"내 땅에서 나가라고 했지, 데이비."

프렌티스 주니어는 피가 흐르는 입을 잡은 채 킬리언 아저씨를 보다가 우리 쪽으로 시선을 돌렸다. 전에 언급한 것처럼 그는 나보다 고작 두 살 많고 변성기라 목소리가 갈라지지만, 어쨌든 사나이고 우리의 보안관이다.

그의 입에서 흐른 피가 자칭 콧수염이라고 하는 듬성듬성 난 갈색 털 위에 묻었다.

"이게 내 질문에 대한 답인 건 알지?" 주니어가 입에서 피를 뱉어내자 마룻바닥에 이가 하나 떨어졌다. "이게 끝이 아니란 것도 알 거고." 그는 내 눈을 똑바로 바라봤다. "너 뭔가 찾아냈지, 꼬맹이?"

킬리언 아저씨가 그의 머리에 총을 겨냥하면서 말했다. "나가."

"우리에겐 널 위한 계획이 아주 많단다, 꼬맹아." 프렌티스 주니어는 피를 질질 흘리며 내게 씩 웃어 보인 후에 일어났다. "마을에 마지막 남은 아이. 한 달만 있으면 사나이가 되지, 그렇지?"

나는 킬리언 아저씨를 바라봤다. 아저씨는 요란하게 소총의 공이치기를 잡아당겨서 자신의 의사를 분명하게 표현했다.

프렌티스 주니어는 다시 우리를 보고, 침을 또 뱉은 다음, 말했다. "또 보자고." 터프한 척했지만 목소리가 또 갈라졌다. 그는 재빨리 꽁무니를 뺐다.

킬리언 아저씨는 현관문이 부서져라 세게 닫아버렸다. "토드는 이제 가야 해. 늪지를 거쳐서 가."

"나도 알아. 내가 바랐던 건 그저……." 벤 아저씨가 말했다.

"나도 그래." 킬리언 아저씨가 대꾸했다.

"와우, 와우. 난 절대 늪지로 돌아가지 않을 거예요. 거기 스패클이 있다니까!"

"소음으로 시끄럽게 하지 마. 이건 네 생각보다 훨씬 중요한 일이야." 킬리언 아저씨가 말했다.

"뭐 떠들고 싶어도 아는 게 없으니 그럴 수도 없어요. 이게 다 무슨 일인지 말해주기 전까지는 아무 데도 안 가요!"

"토드." 벤 아저씨가 입을 열었다.

"놈들이 돌아올 거야, 토드. 데이비 프렌티스가 혼자 돌아오진 않겠지. 놈들이 떼거리로 몰려오면 우린 널 보호해줄 수 없어." 킬리언 아저씨가 말했다.

"하지만……."

"내 말에 토 달지 마!" 킬리언 아저씨가 소리쳤다.

"서둘러, 토드. 만시도 너랑 같이 가야 해." 벤 아저씨가 말했다.

"아우, 진짜. 갈수록 태산이네."

"토드." 킬리언 아저씨가 불러서 돌아보자 뭔가 달라진 게 느껴졌다. 아저씨의 소음에서 새로운 감정, 그러니까 크나큰 슬픔이 새어 나왔다. "토드." 킬리언 아저씨가 다시 날 부르더니 갑자기 확 끌어당겨서 힘껏 안았다. 너무 거친 동작에 아저씨의 가슴에 찢어진 입술이 부딪히고 말았다. "아얏!" 나는 아저씨를 밀어냈다.

"이 일 때문에 우리를 증오할지도 모르겠지만, 이건 그저 우리가 널 사랑하기 때문이라고 믿어봐. 알겠니?" 킬리언 아저씨가 말했다.

"아니. 이건 옳지 않아요. 하나도 옳지 않다고."

하지만 킬리언 아저씨는 평소처럼 내 말은 듣는 둥 마는 둥 했다. 아저씨가 일어나서 벤 아저씨에게 말했다. "가, 어서 달려. 내가 최대한 놈들을 오래 막아볼게."

"난 다른 길로 돌아서 올게. 놈들을 따돌릴 수 있을지 보겠어."

두 사람은 손을 맞잡은 채 잠시 아무 말도 하지 않고 있더니, 벤 아저씨가 날 보며 서두르라고 재촉했다. 벤 아저씨가 날 방에서 끌어내 뒷문으로 나가는 사이, 나는 다시 소총을 집어 들고 날 힐끗 보는 킬리언 아저씨의 눈과 마주쳤다. 아저씨의 표정과 소음에서 이건 지금 내가 생각하는 것보다 훨씬 오랜 작별이란 걸, 지금이 우리가 함께하는 마지막 순간이라는 것을 알 수 있었다. 나는 입을 열어서 뭔가 말하려고 했지만, 그때 문이 닫히면서 킬리언 아저씨의 모습이 사라져 버렸다.

5

네가 아는 것들

"내가 널 강으로 데려다주마." 오늘 아침 이후 두 번째로 우리 밀밭을 가로지르며 달리는 동안 벤 아저씨가 말했다. "강을 따라 내려가서 늪지와 만나는 곳으로 가."

"거긴 길이 없어요, 아저씨. 그리고 사방에 악어가 있단 말이에요. 날 죽일 셈이에요?"

그 말에 아저씨가 날 돌아봤다. 눈빛은 침착하지만 여전히 서두르고 있었다. "다른 길은 없어, 토드."

"악어들! 늪! 조용! 똥!" 만시가 짖어댔다.

나는 이제 더 이상 이게 무슨 일이냐고 묻지 않았다. 우린 그냥 계속 달려가면서 양 떼를 지나쳤다. 양들은 아직 우리에 들어가지 않는데, 아마 영원히 못 들어가지 싶다. "양!" 양들은 그렇게 말하면서 우리가 지나가는 모습을 바라봤다. 우리는 계속 달려서 헛간을 지나쳐, 커다란 용수로를 따라 내려갔다가, 오른쪽으로 꺾어서 더 작은 수로로 들어가 황무지가 시작되는 곳으로 향했다. 그곳은 이 텅 빈 행성에서 우리 마을을 제외한 나머지 땅이 시작됨을 의미하는 장소다.

벤 아저씨는 숲이 시작되는 곳에 도착해서야 다시 입을 열었다. "배낭에 한동안 먹을 식량이 있지만 최대한 아껴서 오래 먹어라. 가면서 과일을 발견하면 따 먹고 사냥할 수 있으면 뭐든 사냥해."

"얼마나 오랫동안요? 다시 돌아올 때까지 얼마나 버텨야 하는데요?"

벤 아저씨가 멈춰 섰다. 우린 이제 막 숲속으로 들어왔다. 강은 여기서 30미터 정도 떨어져 있지만 물소리를 들을 수 있었다. 여기서 강이 시작돼서 아래로 흘러가 늪지까지 가니까.

갑자기 여기가 이 넓은 세상에서 가장 외로운 곳처럼 느껴졌다.

"돌아와선 안 돼, 토드. 넌 돌아올 수 없어." 벤 아저씨가 조용히 말했다.

"왜 안 돼요?" 그렇게 묻는 내 목소리가 가냘프게 우는 새끼 고양이 같았지만 나도 어쩔 수 없었다. "내가 뭘 잘못했길래 그래요, 아저씨?"

벤 아저씨가 내게 다가왔다. "넌 아무 잘못도 하지 않았어, 토드. 넌 아무것도 하지 않았단다." 아저씨가 날 정말 세게 끌어안았다. 가슴이 으스러지는 것 같았다. 난 너무나 혼란스럽고 무섭고 화가 났다. 오늘 아침에 일어났을 때 평소와 다른 건 하나도 없었는데 갑자기 나더러 멀리 떠나라고 하고, 벤 아저씨와 킬리언 아저씨는 마치 나를 금방이라도 죽을 사람처럼 대하고 있다. 이건 공정하지 않다. 뭐가 공정하지 않은지는 잘 모르겠지만 어쨌든 공정하지 않아.

"나도 이게 공정하지 않다는 건 알아." 벤 아저씨는 내게서 몸을 떼면서 내 얼굴을 들여다봤다. "하지만 여기에 그에 대한 설명이 들어 있다." 아저씨는 날 돌아서게 해서 배낭을 열어 뭔가를 꺼냈다.

그 책.

나는 아저씨를 보다가 고개를 돌려버렸다. "내가 글을 잘 못 읽는 거 알잖아요, 아저씨." 나는 창피하기도 하고 어쩐지 바보가 된 것 같기도 한 기분을 느끼며 말했다.

아저씨는 허리를 숙여서 나와 눈높이를 맞췄다. 아저씨의 소음을 들어도 마음이 편해지지 않았다.

아저씨는 다정하게 말했다. "나도 알아. 항상 너랑 시간을 좀 더 보내려고 노력을……." 아저씨는 도중에 말을 멈추고 그 책을 다시 내밀었다. "이건 네 엄마 거야. 토드. 네가 태어난 날부터 네 엄마가 쓰기 시작한 일기장이야." 아저씨는 그 일기장을 내려다보면서 말을 이었다. "네 엄마가 죽은 날까지."

내 소음이 활짝 열렸다.

엄마. 우리 엄마의 일기장이라니.

벤 아저씨가 손으로 일기장 표지를 쓸어내렸다. "우린 네 엄마에게 너를 안전하게 지키겠다고 약속했다. 그렇게 약속하고 그걸 마음속에서 몰아내야 했어. 그래야 우리 소음에 아무것도 남아 있지 않을 테니까. 아무도 우리가 하려는 일을 눈치챌 수 없게 말이다."

"나까지 포함해서 말이죠."

"너까지 포함해야 했어. 그게 조금이라도 너의 소음에 들어가 버리면 마을 전체가 알게 되고……."

아저씨는 말을 잇지 못했다.

"오늘 내가 늪에서 발견한 그 침묵처럼. 그 소음이 마을로 들어와 이 소란을 일으킨 것처럼 말이죠."

"아니야, 그건 예상치 못한 일이었어." 아저씨는 그게 얼마나 갑작스럽고 놀라운 일이었는지 말하려는 것처럼 하늘을 올려다봤다. "그런 일이 일어날 거라고는 아무도 짐작 못 했을 거야."

"그건 위험해요, 아저씨. 난 느낄 수 있었어요."

하지만 아저씨는 다시 내게 그 책을 내밀기만 했다.

난 고개를 젓기 시작했다. "아저씨, 난……."

"나도 알아, 토드. 하지만 최선을 다해봐."

"하지만, 아저씨……."

아저씨는 다시 눈을 마주치면서 나를 뚫어져라 바라봤다. "날 믿니, 토드 휴잇?"

나는 옆구리를 긁었다. 어떻게 대답해야 할지 알 수 없었다. "물론 믿죠. 적어도 난 있는지도 몰랐던 가방을 싸기 전까지는 믿었어요."

아저씨는 아까보다 더 강렬한 눈빛으로 바라봤다. 아저씨의 소음이 태양 광선처럼 내게 집중되었다. "날 믿니?"

나는 아저씨를 봤고, 지금도 아저씨를 믿는다고 생각했다. "믿어요, 아저씨."

"그럼 네가 지금 알고 있는 것들이 사실이 아니란 내 말을 믿어라."

"어떤 것들요? 왜 그냥 전부 말해주지 않아요?" 나도 모르게 목소리가 조금 커졌다.

"왜냐하면 안다는 건 위험한 일이니까." 아저씨는 지금까지 본 중에 가장 심각한 표정으로 말했다. 아저씨가 뭘 감추고 있는지 보려고 아저씨의 소음을 들여다보자 그것이 날 꾸짖으며 사정없이 후려쳤다. "지금 너에게 말하면 그게 꿀벌들이 벌집에서 꿀을 모을 때 내는 소리보다 더 크게 윙윙거릴 것이고, 그러면 프렌티스 시장이 당장 널 찾아낼 거다. 넌 여길 떠나야 해. 최대한 아주 멀리 가야 한다."

"하지만 어디로요? 여기 말고 다른 곳은 없잖아요!"

벤 아저씨는 심호흡을 한 번 했다. "있어. 여기 말고 다른 곳이 있어."

난 그 말에 아무 대꾸도 하지 않았다.

"그 일기장 앞에 접혀 있는 지도가 있어. 내가 직접 만든 거야. 마을에서 아주 멀리 떨어지기 전까진 절대 그 지도를 보지 마, 알았지? 그냥 늪지로 가. 거기 가면 앞으로 어떻게 해야 할지 알게 될 거야."

하지만 아저씨의 소음에서 내가 거기 가도 뭘 해야 할지 알 거라는 확신이 없음을 알 수 있었다. "아니면 거기서 내가 뭘 찾아낼지 알게 되나요?"

아저씨는 아무 대꾸도 하지 않았다.

난 생각했다.

"아저씨는 왜 미리 짐을 싸놨어요?" 나는 그렇게 말하면서 뒤로 조금 물러섰다. "만약 늪지에 있는 그것이 그렇게 느닷없이 일어난 일이었다면, 왜 오늘 나를 이렇게 황무지로 쫓아낼 준비를 해놨죠?"

"그건 처음부터 계획돼 있었다. 네가 아주 어릴 적부터." 나는 벤 아저씨가 마른침을 삼키는 모습을 지켜보면서 사방으로 퍼져가는 아저씨의 거대한 슬픔을 들었다. "네가 혼자 살아남을 수 있을 정도로 크면 바로……."

"악어 떼한테 잡아먹히라고 날 내쫓을 셈이었군요." 나는 조금 더 뒤로 물러났다.

"아니야, 토드……." 아저씨는 그 책을 쥔 채 앞으로 다가왔다. 나는 또다시 뒤로 물러섰다. 아저씨는 괜찮다는 몸짓을 했다.

아저씨는 눈을 감고, 나를 위해 자신의 소음을 열었다.

소음이 제일 먼저 한 말은 **한 달 후에**, 였다.

그러면 내 생일이 되고…….

내가 사나이가 되는 날…….

그리고…….

그리고…….

그때 그 모든 일이…….

일어난다…….

다른 소년들이 사나이가 되는 날 했던 일…….

오로지 혼자…….

혼자 해야 하는…….

어떻게 유년기의 남은 조각 하나하나까지 모두 파괴되는지…….

그리고…….

그리고…….

그 사람들에게 실제로 일어났던 일들…….

맙소사…….

그 일에 대해서는 더 이상 말하고 싶지 않다.

그것 때문에 어떤 느낌이 드는지도 결코 말할 수 없고.

나는 벤 아저씨를 바라봤다. 아저씨는 평소 내가 알던 아저씨와 달랐다. 내가 평생 알고 지냈던 사람과 다른 사람이었다.

안다는 건 위험하다.

"그래서 아무도 너에게 말하지 않은 거야. 네가 도망치지 못하게 하려고."

"아저씨들이 날 보호해 주지 않았을 건가요?" 나는 또다시 울 것 같은 목소리로 말했다(쪽팔리지만).

"우리는 널 보호하려고 이러는 거야, 토드. 널 여기서 빼내는 방식으로 말이야. 우린 네가 혼자서도 살아남을 수 있게 키워야 했어. 그래서 너에게 그 모든 걸 가르친 거야. 토드, 넌 이제 가야…….”

“만약 한 달 후에 그런 일이 일어난다면 왜 지금까지 이렇게 오래 기다렸어요? 왜 좀 더 일찍 나를 데리고 마을을 떠나지 않았어요?”

“우린 너랑 같이 갈 수 없어. 그게 바로 문제였어. 거기다가 우린 차마 너를 혼자 보낼 수 없었어. 네가 떠나는 모습을 차마 볼 수 없었다. 이렇게 어린 나이에 말이야.” 벤 아저씨는 다시 손으로 책 표지를 문질렀다. “그리고 우리는 *기적*이 일어날지도 모른다는 희망을 품고 있었어. 우리가 널…….”

잃지 않아도 되는 기적. 아저씨의 소음이 말했다.

“하지만 결국 일어나지 않았군요.” 내가 잠시 후에 말했다.

아저씨는 고개를 저었다. “미안하다. 이런 식으로밖에 해결하지 못해서 너무 미안하구나.”

아저씨의 소음에 너무 큰 슬픔과 걱정과 불안이 서려 있어서, 아저씨의 말이 진실이고 아저씨도 어쩔 수 없다는 사실을 알았다. 이런 상황이 너무나 싫었지만 아저씨에게서 일기장을 받아 다시 비닐에 싸서 배낭에 넣었다. 우리는 더 이상 아무 말도 하지 않았다. 무슨 할 말이 있겠는가? 모두 다 말해야 할 것 같으면서 또 할 말이 하나도 없었다. 모든 걸 말할 순 없으니 아무 말도 하지 않는 것이다.

아저씨가 다시 날 세게 끌어당겨서 아까 킬리언 아저씨처럼 아저씨의 옷깃에 내 입술이 부딪혔지만 이번에는 몸을 빼지 않았다. “항상 기억해라. 네 엄마가 죽었을 때 넌 우리 아들이 됐다. 난 널 사랑하고 킬리언도 널 사랑해. 항상 사랑해 왔고 앞으로도 영원히 사랑할 거야.”

가고 싶지 않다고 말하고 싶었지만, 차마 입을 뗄 수 없었다.

그때 내가 프렌티스타운에서 들어본 중 가장 큰 **쾅!!** 소리가 났기 때문이다. 뭔가가 막 폭발해서 하늘로 솟구친 듯한 소리였다.

그 소리가 나올 곳은 우리 농장밖에 없다.

벤 아저씨가 재빨리 나를 놔줬다. 아무 말도 하지 않았지만 킬리업이라고 비명을 지르는 아저씨의 소음이 순식간에 사방으로 퍼져나갔다.

"아저씨와 같이 돌아가겠어요. 싸우는 걸 도울래요."

"안 돼! 넌 도망쳐야 해. 지금 내게 약속해라. 늪을 가로질러서 도망치겠다고." 아저씨가 소리 질렀다.

나는 잠시 아무 말도 하지 않았다.

"약속하라니까." 아저씨가 이번에는 단호하게 다시 말했다.

"약속!" 만시가 짖었다. 만시의 목소리에도 두려움이 묻어났다.

"약속해요." 내가 말했다.

벤 아저씨는 허리 뒤로 손을 뻗어서 잠시 뭔가를 가지고 씨름하다가 마침내 완전히 풀어서 건넸다. 아저씨의 사냥용 칼이었다. 칼자루는 동물의 뼈로 만들었고, 톱니 모양 칼날은 사실상 세상의 모든 걸 자를 수 있을 정도로 컸다. 사나이가 되는 생일 선물로 받고 싶던 그런 칼이었다. 칼은 칼집에 꽂혀 있어서 허리에 찰 수 있게 돼 있었다.

"받아라. 이걸 가지고 늪으로 가. 이게 필요할 거야."

"난 한 번도 스패클과 싸워본 적이 없어요, 벤 아저씨."

아저씨가 여전히 칼을 내밀고 있어서 하는 수 없이 받아 들었다.

또다시 **쾅** 소리가 났다. 아저씨는 농장 쪽을 돌아본 후에 다시 날 봤다. "가라. 강을 따라서 늪을 향해 내려가. 최대한 빨리 달리고 절대 돌아오지 마라, 토드 휴잇." 아저씨는 내 팔을 잡고 힘껏 움켜쥐었다. "내가 널 찾아낼 수 있으면, 꼭 찾아내마. 맹세한다. 하지만 계속 가야 해, 토드. 약속을 지켜라."

이걸로 끝이다. 이게 작별 인사다. 난 생각도 못 했던 작별이라니.

"벤……."

"가!" 아저씨는 그렇게 소리 지르면서 달려가다가 한 번 뒤돌아본 후에 다시 농장을 향해, 세상 끝에서 무슨 일이 벌어지고 있건 그것을 향해 달려갔다.

6

내 앞의 칼

"어서 가자, 만시." 나는 그렇게 말하면서 돌아서서 달렸다. 아까 말했던 것처럼 우리를 찾아 나선 자들이 헷갈리도록 평소와 다른 길로 농장으로 달려가는 벤 아저씨를 따라가고 싶은 마음이 굴뚝같았지만 꾹 참았다.

농장 쪽에서 소총 소리 같은 탕탕탕 소리가 들렸을 때 잠시 멈춰 서서, 킬리언 아저씨가 프렌티스 주니어에게서 빼앗은 소총과 프렌티스 시장과 부하들이 마을에 보관한 소총들을 떠올렸다. 킬리언 아저씨가 뺏은 소총과 우리 농장에 있는 몇 자루의 다른 총들로는 그 총들에 맞서서 오래 버티지 못할 것 같다는 생각이 들었다. 그러다가 아까 들은 더 큰 폭발음은 무슨 소리였을까 생각해보았다. 아마도 킬리언 아저씨가 사람들을 혼란에 빠뜨려 모든 사람의 소음을 아주 크게 만들어서, 여기서 내가 속삭이는 소리조차 들을 수 없게 하려고 발전기들을 폭파시켰을 것이다.

다 날 도망시키기 위해서다.

카오스 워킹 1

"어서 가자, 만시." 우리는 강까지 남은 마지막 몇 미터를 달려갔다. 그다음에 오른쪽으로 꺾어서 강 하류를 따라가면서 물가의 골풀에서 멀찍이 거리를 두고 달렸다.

그 골풀 아래에는 악어들이 사니까.

나는 정신없이 달려가면서 칼집에서 칼을 꺼내 손에 쥐었다.

"뭐야, 토드?" 만시는 계속 짖었다. 지금 이게 무슨 일이냐고 물어보는 것이다.

"나도 몰라, 만시. 입 좀 다물어, 생각 좀 하게."

달리는 동안 배낭이 계속 내 등을 때렸지만 우리는 강변의 덤불들을 헤치고 쓰러져 있는 통나무들을 뛰어넘으면서 있는 힘껏 달렸다.

난 돌아올 것이다. 반드시, 기필코 돌아올 것이다. 킬리언과 벤 아저씨는 내가 뭘 해야 할지 알게 될 거라고 했는데 이제 알겠다. 늪으로 가서 할 수 있다면 스패클을 죽이고 다시 돌아와 킬리언과 벤 아저씨를 도울 것이다. 그다음에 벤 아저씨가 이야기한 다른 곳으로 두 사람과 만시와 함께 도망칠 것이다.

그래, 그게 바로 내가 할 일이다.

"약속했어, 토드." 우리가 가고 있는 길이 점점 강가의 골풀에 가까워지는 사이에 만시가 걱정스러운 목소리로 말했다.

"닥쳐. 내가 계속 가겠다고 약속하긴 했지만, 그건 일단 돌아간 다음에 계속 간다는 뜻일지도 몰라."

"정말?" 만시가 물었다. 사실 나도 내가 한 말을 믿지는 않는다.

우리는 사람들이 더 이상 우리의 소리를 들을 수 없는 곳까지 달렸다. 강은 동쪽으로 방향을 조금 틀어서 흐르다가 늪의 윗부분으로 흘러든다. 우리는 마을에서 멀어지고 있었다. 1분 정도 지나자 무엇도 우리를 따라오지 않았고, 달리는 동안 나와 만시의 소음과 흐르는 강물 소리 외에는 어떤 소리도 들리지 않았다. 강물 소리는 사냥을 나온 악어 소음도 묻어버릴 정도로 아주 컸다. 벤 아저씨는 그게 '진화'라고 했는데, 아론 목사가 근처에 있을 때는 그것에 대해 생각하지 말라고도 말했다.

나는 헉헉거렸고 만시도 금방이라도 쓰러질 것처럼 헐떡거렸지만 우리는 멈추지 않았다. 해가 지기 시작했지만 아직은 온 세상이 훤해서 숨을 곳은 어디에도 없을 것 같다. 땅이 평평해지면서 점점 강이 가까워지자 주위의 모든 것이 습지로 변하기 시작했다. 모든 곳이 질척거리는 진창으로 바뀌면서 우리의 속도가 점점 떨어지기 시작했다. 골풀도 늘어났는데, 어쩔 수 없는 일이었다.

"악어 떼가 있는지 소리를 들어봐. 귀를 쫑긋 세우고 들어야 해." 내가 만시에게 말했다.

이곳으로 흘러드는 강물의 속도가 점점 느려져서, 스스로의 소음을 줄일 수만 있으면 주위에 있는 악어 소리를 들을 수 있다. 땅은 점점 축축해져 갔다. 진창 속을 철벅거리며 가느라 이제는 걷기도 힘겨울 지경이었다. 나는 칼자루를 힘껏 잡고 칼을 앞으로 내밀었다.

"토드?" 만시가 불렀다.

"놈들 소리가 들려?" 나는 내 발 앞의 진창과 골풀을 보는 동시에 만시 주위를 둘러보려고 애쓰면서 속삭였다.

"악어 떼, 토드." 만시는 최대한 조용히 짖는 소리로 말했다.

나는 그 자리에 멈춰서 온 정신을 집중해 들었다.

저기 저 골풀 속, 한 군데가 아닌 여러 곳에서 악어들의 소리가 들려왔다. **고기**, 악어들이 말했다.

고기와 **포식**과 **이빨**.

"망할."

"악어 떼." 만시가 다시 말했다.

"어서 가자." 우리는 진흙탕 물을 철벅거리면서 가기 시작했다. 우리는 진창에 들어왔다. 한 발씩 디딜 때마다 신발이 진창 속으로 푹푹 **빠져** 들어가면서 흙탕물이 신발 위로 올라왔지만, 골풀 속을 헤치고 가는 것 외에 다른 길은 없었다. 나는 칼을 휘두르며 앞길을 막는 골풀들을 죄다 베어버리려고 애썼다.

앞에 우리가 가는 곳이 보였다. 오르막길이 오른쪽으로 꺾여 있다. 마을을 지나면 학교가 나오고, 조금 더 나가면 늪과 만나는 들판에 닿는다. 이 진창을 지나면 단단하고 안전한 땅에 도착해서 어두운 습지에 이르는 길로 갈 수 있다.

마지막으로 여기 왔던 게 진짜 오늘 아침이었나?

"서둘러, 만시. 거의 다 왔어."

고기와 **포식**과 **이빨** 소리가 들렸다. 맹세코 그 소리가 점점 가까워지고 있었다.

"얼른!"

고기.

"토드?"

나는 칼로 무성한 골풀들을 베면서 진창 속에서 발을 질질 끌며 허겁지겁 달아났고, **고기**와 **포식**과 **이빨** 소리가 뒤를 쫓아왔다.

그러다가 **빙글빙글 도는 개**란 말이 들렸고…….

이제 끝장이다.

"달려!" 내가 소리쳤다.

우리는 달렸고 겁이 난 만시는 컹컹 짖으면서 내 옆을 휙 지나갔다. 느닷없이 악어 한 마리가 만시 앞의 골풀 속에서 머리를 홱 쳐들면서 만시에게 달려드는 모습이 보였다. 하지만 너무 겁이 난 만시가 자기도 모르게 악어보다 훨씬 높이 껑충 뛰어올랐고, 악어의 이빨이 쩍 소리를 내며 허공을 깨물었다. 악어는 첨벙첨벙 흙탕물을 튀기며 엄청 화가 난 표정으로 내 바로 옆 물속에 떨어졌다. 빙글빙글 도는 아이. 악어의 소음이 쉭쉭거리며 떠들었다. 내가 달려가자 악어는 순식간에 뛰어올라 날 덮쳤다. 난 순간 아무 생각도 못 한 채 몸을 돌리면서 손을 높이 치켜올렸다. 악어가 위에서부터 날 찍어 누르려고 입을 떡 벌리고 발톱을 드러내며 다가왔을 때, 난 이제 죽었다고 생각하면서 허우적거리며 뒷걸음쳐서 진창을 빠져나와 마른땅으로 올라왔다. 악어는 이제 두 개의 뒷다리로 서서 날 쫓아 골풀 속에서 달려왔다. 내가 두려움에 차서 고함을 지르고 만시가 고개가 떨어져 나가도록 1분 동안이나 짖어댄 후에야 악어가 더 이상 날 쫓아오지 않는다는 사실을 깨달았다. 악어는 죽었다. 새로 생긴 칼이 악어의 머리를 정통으로 찌르고 들어가 아직도 거기에 박혀 있었다. 악어가 여전히 꿈틀거리는 이유는 내가 버둥거렸기 때문이다. 나는 칼에 박힌 악어를 흔들어서 떨어뜨렸다. 악어는 땅바닥에 쓰러졌고, 나도 죽지 않았다는 기쁨에 사로잡혀 쓰러졌다.

전신에 피가 몰리는 흥분 속에서 나는 숨을 쉬기 위해 헐떡이고 만시는 끝도 없이 짖어댔다. 우리 둘 다 안도해서 큰 소리로 웃다가 문득 우리가 너무 시끄럽게 떠들어대서 정작 중요한 소리를 듣지 못했다는 사실을 깨달았다.

"어디 가니, 꼬맹이 토드?"

아론이다. 바로 옆에 서서 날 내려다보고 있다.

내가 미처 뭔가 해보기도 전에 아론의 주먹이 사정없이 내 얼굴을 때렸다.

나는 땅바닥으로 벌러덩 넘어졌다. 배낭이 등을 파고드는 바람에 뒤집힌 거북이 같은 꼬락서니가 되고 말았다. 통증이 거세게 밀려들어 뺨과 눈에서 윙윙 소리가 났다. 내가 제대로 움직이기도 전에 아론은 인정사정없이 멱살을 잡아서 날 다시 일으켜 세웠다. 너무 아파서 나도 모르게 비명이 나왔다.

만시가 화가 나서 "아론!"이라고 소리 지르며 그의 다리를 물려고 했지만, 아론은 만시를 제대로 쳐다보지도 않고 발로 차서 저쪽으로 날려 버렸다.

아론은 내 멱살을 쥔 채 그대로 끌어 올려서 나와 눈을 마주 봤다. 나는 성한 한쪽 눈으로 간신히 그를 볼 수 있었다.

"하느님의 풍요롭고 영광스러운 낙원의 이름으로, 대체 이 습지에서 뭘 하고 있는 거냐, 토드 휴잇?" 그렇게 말하는 그의 입에서 고기 냄새 같은 것이 풍겼고, 그의 소음에서는 결코 듣고 싶지 않은 무시무시한 광기가 들렸다. "넌 지금 농장에 있어야 하잖아, 이 자식아."

아론은 남은 한 손으로 주먹을 쥐고 내 배를 쳤다. 너무 고통스러워서 허리를 숙이려 했지만, 그는 내 멱살을 꽉 잡은 채 놔주지를 않았다.

"넌 돌아가야 해. 네가 봐야 할 것들이 있거든."

나는 숨을 쉬려고 헐떡였지만 심상치 않은 그의 태도와 소음과 번득이는 몇 개의 영상에서 조금이나마 진실이 보였다.

"당신이 경찰을 보냈군. 경찰이 들은 소음은 내 것이 아니었어. 당신의 소음이었어."

"영리한 아이들은 아무짝에도 쓸모없는 사나이가 되지." 그는 내 멱살을 잡은 손에 힘을 줘서 한껏 비틀며 말했다.

나는 고통스러워 비명을 지르면서도 계속 말을 이었다. "사람들은 내 소음에서 그 침묵을 들은 게 아니었어. 당신 소음에서 들은 거야. 당신은 쫓기지 않으려고 그 사람들을 나한테 보냈어."

"오, 아니야, 토드. 사람들은 네 소음에서 그걸 들었어. 난 그저 일이 그렇게 흘러가도록 힘을 좀 썼을 뿐이야. 우리 마을을 위험으로 몰아넣은 사람이 누군지 알게 해줬을 뿐이라고." 그는 이를 악물면서 콧수염 밑으로 활짝 미소를 지어 보였다. "그렇게 애썼으니 보상을 받아 마땅하지."

"당신은 미쳤어." 나는 그렇게 말했다. 아, 그건 정말이었지만 제발 그가 미치지 않았기를 얼마나 빌었는지 모른다.

아론은 미소를 거두며 다시 이를 악물었다. "그건 내 거야, 토드. 내 거라고."

그게 무슨 뜻인지 모르겠지만 곰곰이 생각해 보진 않았다. 아론과 나 둘 다 한 가지 중요한 사실을 잊어버렸다는 걸 깨달았기 때문이다.

난 결코 손에서 칼을 놓지 않았다.

여러 일이 동시에 일어났다.

아론은 내 소음에서 칼을 들고 자신의 실수를 깨달았다. 그는 내 멱살을 잡지 않은 손으로 주먹을 쥐고 날 다시 때리려고 했다.

나는 칼을 잡은 손을 뒤로 빼면서 내가 정말 그를 찌를 수 있을지 생각했다.

골풀들이 갈라지는 소리가 나면서 만시가 짖었다. "악어!"

그와 동시에 우리는 빙글빙글 도는 인간을 들었다.

아론이 미처 몸을 돌리기도 전에 악어가 그를 덮쳐서 어깨를 콱 물고 두 발로 그를 움켜쥔 채 뒤에 있는 골풀을 향해 질질 끌고 가기 시작했다. 아론에게서 풀려나자마자 나는 다시 바닥에 쓰러지고 말았다. 잔뜩 멍이 든 가슴을 움켜쥐면서 고개를 들어 진창 속에서 아론이 버둥거리며 악어와 싸우는 모습을 봤다. 이제 아론을 향해 다가가는 다른 악어들의 삐죽삐죽한 등지느러미들이 보였다.

"여기서 나가!" 만시가 비명을 지르듯 짖었다.

"완전 맞는 말이야." 나는 그렇게 말하면서 휘청거리며 일어섰다. 배낭이 좌우로 덜렁거리며 내 몸을 때렸고, 나는 비틀대며 다친 눈을 떠보려고 애를 써가면서 멈추지 않고 달리고 또 달렸다.

우리는 습지를 벗어나 들판 끝을 따라 늪으로 들어와 평소 만시 혼자서는 뛰어넘지 못했던 통나무에 이르렀다. 만시는 망설이지 않고 훌쩍 뛰어 나무를 넘었다. 나는 만시 바로 뒤에서 통나무를 넘어가 오늘 아침에 그랬던 것처럼 스패클의 건물들이 있는 곳으로 달려갔다.

난 여전히 칼을 쥐고 있었고, 쿵쿵거리는 내 소음에서 어마어마하게 큰 소리가 났다. 난 너무나 무섭고 다쳐서 아픈 데다 화가 난 나머지, 오늘 일어난 모든 일의 원흉으로 소음의 구멍 속에 숨어 있는 스패클을 찾아서 죽이고 죽이고 또 죽이겠다고 다짐했다.

"그거 어디 있어? 그 조용한 놈 어디 있냐고?"

만시는 미친 듯이 코를 쿵쿵거리면서 이 건물 저 건물로 뛰어다니며 냄새를 맡았다. 나는 최선을 다해 내 소음을 진정시키려 했지만 전혀 진정될 기미가 보이지 않았다.

"서둘러! 놈이 달아나기 전⋯⋯."

그 말을 미처 끝내기도 전에 그 소리가 들렸다. 소음의 찢어진 틈, 마치 인생 그 자체처럼 크고 끔찍한 틈이 조금 떨어진 스패클 건물들 뒤쪽 덤불 너머에서 들렸다.

이번에는 도망 못 간다.

"조용해!" 잔뜩 흥분한 만시가 짖어대면서 스패클 건물들을 지나 덤불 속으로 달려갔다.

그 조용한 것도 움직였다. 다시 가슴이 답답해지면서 어마어마한 슬픔에 눈물이 차올랐지만 이번에는 멈추지 않았다. 이번에는 만시를 따라서 멈추지 않고 달려갔다. 나는 숨을 들이쉬면서 가슴을 짓누르는 무거움을 털어버리고 눈가에 흘러내리는 눈물을 닦으며 칼을 꽉 쥐었다. 만시가 짖는 소리가 들렸고, 침묵이 들렸고, 그건 바로 저 나무 뒤에, 저 나무 뒤에, 저 나무 뒤에 있었고, 나는 소리를 질렀고, 그 나무 뒤를 돌아, 그 침묵을 향해 달렸고, 나는 이를 드러내며 고함을 질렀고, 만시는 짖었고, 그리고…….

나는 멈춰 섰다.

달려가던 그 자리에 그대로 멈춰 섰다.

다만 칼은 결코 내려놓지 않았다.

거기서 그것이 우리를 마주 보며, 거칠게 숨을 몰아쉬면서, 나무 밑동에 기대앉아, 요란하게 짖어대는 만시를 피해 몸을 웅크리고 있었다. 그것의 눈은 겁에 질려 사실상 죽어가고 있었지만, 그래도 여전히 두 팔을 휘두르며 한심하게 우리를 위협하려 들었다.

난 우뚝 멈춰 섰다.

칼을 그대로 쥔 채.

"스패클!" 만시가 짖었다. 다만 내가 꼼짝 않고 있자 만시는 너무 겁이 나서 그것을 공격하진 못했다. "스패클! 스패클! 스패클!"

"입 다물어, 만시."

"스패클!"

"입 다물라고 했잖아!" 내가 꽥 소리를 지르자 만시는 짖기를 멈췄다.

"스패클?" 만시는 이제 조금 의문을 품은 목소리로 물었다.

나는 침을 꿀꺽 삼키면서, 목이 메는 걸 참으려고 애쓰며, 끝도 없이 밀려오는 거대한 슬픔을 느끼면서 날 마주 보는 그걸 바라봤다. 아는 것은 위험하다. 사람들은 거짓말을 하고, 세상은 계속 변하고 있다. 내가 원하건 원하지 않건.

왜냐하면 그건 스패클이 아니었으니까.

"저건 여자아이야."

그것은 여자아이였다.

PART 2

7

만약 여자아이가 있다면

"저건 여자아이야." 나는 다시 말했다. 여전히 숨을 고르면서, 여전히 가슴을 짓누르는 압력을 느끼면서, 여전히 꼭 쥐고 있는 칼을 앞에 내민 채로.

여자아이라.

그것은 우리가 자길 죽이기라도 할 듯한 표정으로 우리를 마주 보고 있었다. 그것은 쪼그려 앉아서 몸을 작은 공처럼 최대한 작게 만들려고 움츠리며 만시를 뚫어져라 노려보다가 순간 눈을 돌려 나를 재빨리 훔쳐봤다.

나와 나의 칼을.

만시는 콧김을 뿜으면서 헐떡거리며 등의 털을 빳빳이 곤두세운 채, 마치 뜨거운 땅바닥을 디디고 있는 것처럼 주위를 홀딱홀딱 뛰어다녔다. 만시는 나만큼이나 혼란스러워 보였고, 너무 흥분해서 도저히 달랠 수 없었다.

"여자아이 뭐야? 여자아이 뭐야?" 만시가 짖었다.

"여자아이가 뭐야?"라는 뜻이었다.

"여자아이 뭐야?" 만시는 다시 짖었고, 그 여자아이가 숨어 있던 커다란 나무뿌리 너머로 다시 도망치려는 듯이 움직이자 사납게 으르렁거리며 말했다. "거기 있어, 거기 있어, 거기 있어, 거기 있어……."

"잘했어, 만시." 나는 만시가 그렇게 한 것이 왜 잘한 일인지도 모르면서 그렇게 말했다. 어쨌든 달리 뭐라고 하겠는가? 이건 말이 안 되는 상황이고, 마치 모든 것이 옆으로 미끄러지는 것처럼 느껴졌다. 세상이 거대한 하나의 테이블인데, 그것이 옆으로 기울어지면서 그 위에 있는 모든 것이 주르르 미끄러지는 그런 기분이었다.

나는 토드 휴잇이다. 난 마음속으로 그렇게 생각했지만 이젠 그것도 사실인지 의심스러웠다.

"넌 누구야?" 나는 마침내 물었다. 만약 그것이 미쳐 날뛰는 내 소음과 신경쇠약에 걸린 것 같은 만시의 짖는 소리 너머로 내 목소리를 들을 수 있다면 말이다. "넌 누구야?" 나는 다시 좀 더 크고 분명하게 물었다. "여기서 뭘 하고 있어? 어디서 왔어?"

그것은 마침내 만시에게서 눈을 떼서 아주 잠깐 날 바라봤다. 먼저 내 칼을 보더니 그 위에 있는 내 얼굴로 시선을 옮겼다.

그 여자아이가 날 봤다.

그 여자아이가 그랬다.

여자아이.

나는 여자아이가 뭔지 안다. 당연히 알고 있다. 딸이 있던 마을 아버지들의 소음에서 봤다. 그들은 아내의 죽음을 슬퍼하듯 딸들의 죽음을 슬퍼했지만, 아내의 죽음만큼 자주 슬퍼하진 않았다. 비디오에서도 봤다. 여자아이들은 몸집이 작고 공손하고 생긋생긋 웃는다. 그들은 드레스를 입고 머리는 길게 길러서 하나로 묶거나 양 갈래로 묶는다. 남자 아이들이 밖에서 일을 하는 동안 여자아이들은 집안일을 한다. 남자아이들처럼 여자아이들도 열세 살이 되면 어른이 되고, 아내가 된다.

신세계는 그렇게 돌아간다, 적어도 프렌티스 사람들은 그렇게 살아간다. 그렇게 살아갔다. 어쨌든 그럴 작정이었지만 프렌티스타운에는 여자아이가 하나도 없다. 모두 죽었다. 여자아이들은 그들의 엄마와 할머니와 자매와 이모와 고모 들과 함께 죽었다. 그들은 내가 태어나고 몇 달 후에 죽었다. 모두, 하나도 남김없이.

그런데 여기 하나가 있다.

그리고 그것의 머리는 길지도 않다. 그녀의 머리. 그녀의 머리는 길지 않다. 그리고 드레스도 안 입었다. 그녀는 내 옷의 새로운 버전처럼 보이는 옷을 입고 있는데, 너무 새것이라 제복처럼 보이기도 한다. 여기저기 찢어지고 진흙투성이긴 하지만. 그리고 언뜻 보아하니 그렇게 작지도 않다. 몸집은 딱 나만 했고, 전혀 성스러워 보이지도 않는 데다가 얼굴에 웃음기라곤 하나도 없다.

그런 기미조차 없다.

"스패클?" 만시가 조용히 짖었다.

"제발 입 좀 처닫고 있을래?"

그래서 내가 어떻게 아냐고? 내가 어떻게 저것이 여자아이인 줄 아냐고?

뭐, 우선 저 아이는 스패클이 아니다. 스패클은 인간보다 신체의 모든 부위가 조금 부풀어 있고, 조금 더 길고, 조금 이상하게 생겼다. 그들의 입은 원래 있어야 할 위치보다 조금 더 높은 곳에 있고, 그들의 귀와 눈은 인간의 그것과 많이, 아주 많이 다르다. 그리고 그들의 옷은 어떤 모양으로든 다듬어 낼 수 있는 이끼처럼 그들의 몸 위에서 자라난다. 벤 아저씨의 추론에 따르면 늪에서 살아서 생긴 결과물이라는데, 저 아이는 전혀 그렇게 보이지 않는다. 아이의 옷은 평범한 옷이니 절대 스패클이 아니다.

그리고 두 번째 이유로 난 그냥 안다. 그냥 안다니까. 설명할 순 없지만 보면 안다. 저 아이는 비디오나 남자들의 소음에 나온 여자아이들처럼 생기지 않았고, 난 한 번도 살아 있는 소녀를 직접 본 적이 없지만 여기 있는 사람은 여자아이다. 더 이상 이 점에 대해선 말하지 않겠다. 더 이상 물어보지 마라. 그녀의 체형의 뭔가, 풍기는 냄새의 뭔가가 잘은 모르겠지만 나와 다르다.

만약 세상에 여자아이가 있다면 바로 저게 여자아이이다.

그리고 그녀는 절대 또 다른 남자아이가 아니다. 그냥 아니다. 그녀는 내가 아니다. 그녀는 전혀 나 같지 않다. 그녀는 나와 완전히 다른 존재인데, 어떻게 아냐고 물어보면 설명할 수 없지만 나는 내가 누군지 안다. 나는 토드 휴잇이다. 그리고 나는 내가 누가 아닌지 안다. 나는 그녀가 아니다.

그녀가 날 보고 있다. 그녀는 내 얼굴을 보고, 내 눈을 보고 있다. 보고 또 보고 있다.

그런데 내 귀에는 아무 소리도 들리지 않는다.

아, 빌어먹을. 내 가슴. 가슴이 무너지는 것 같다.

"넌 누구야?" 다시 물었지만 목소리가 정말 목에서 걸려버렸다. 마치 너무 슬퍼서 목소리가 갈라지는 것처럼(이거 난감하구만). 나는 이를 악물고 조금 더 화가 나서 다시 물었다. "넌 누구냐니까?" 그러면서 칼을 조금 더 앞으로 내밀었다. 그리고 다른 팔로 눈물이 나는 눈을 슥 문질러 닦았다.

이러고 있을 수는 없다. 누군가가 움직여야 한다. 누군가는 뭔가를 해야만 한다.

그런데 바깥세상에서 무슨 일이 일어나고 있건 여기엔 나밖에 없다.

"너 말할 수는 있어?"

그녀는 그저 나를 빤히 보기만 했다.

"조용해." 만시가 짖었다.

"닥치라고, 만시. 난 생각을 좀 해야 해."

그녀는 여전히 날 빤히 보고만 있다. 그 어떤 소음도 없이.

내가 뭘 해야 하지? 이건 공정하지 않아. 벤 아저씨는 내가 습지에 가면 뭘 해야 할지 알게 될 거라고 했는데 전혀 모르겠다. 그들은 여자아이에 대해선 한 마디도 해주지 않았다. 그들은 왜 침묵이 내 마음을 이렇게 아프게 해서 빌어먹을 울음이 터지려는 걸 참아야 하는지 아무 말도 해주지 않았다. 이건 마치 내가 뭔가를 너무 간절하게 그리워해서 아무 생각도 떠오르지 않는 그런 기분이다. 마치 그 텅 빈 구멍은 그녀가 아니라 나에게 있는 것 같고, 세상 그 무엇으로도 고칠 수 없을 것 같은 기분이다.

내가 뭘 해야 하지?

내가 뭘 해야 하지?

그녀는 이제 좀 진정한 것처럼 보인다. 아까처럼 심하게 떨지도 않고, 팔을 높이 처들고 있지도 않고, 기회만 생기면 금방이라도 도망칠 것처럼 보이지도 않았다. 다만 상대에게서 아무 소음도 들리지 않는데 어떻게 확신할 수 있겠는가? 소음이 없다면 어떻게 그가 사람일 수 있을까?

그녀는 내 소리를 들을 수 있을까? 그럴 수 있나? 소음이 없는 사람이 다른 사람의 소음을 들을 수 있을까?

나는 그녀를 보고 최대한 크고 분명하게 생각했다. 내 소리가 들려? 들리냐고?

하지만 그녀의 표정은 변하지 않았다. 아무 변화도 없었다.

"좋아." 나는 그렇게 말하면서 한 발자국 뒤로 물러났다. "좋다고. 넌 그냥 거기 그대로 있어, 알았지? 넌 거기에 딱 그대로 있어."

나는 뒤로 몇 발자국 더 물러났지만 계속 그녀에게서 눈을 떼지 않았고, 그녀도 마찬가지로 날 뚫어져라 바라봤다. 나는 칼을 쥐고 있는 팔을 내려 배낭의 한쪽 끈을 뺀 후에, 몸을 앞으로 기울여서 땅바닥에 내려놨다. 그리고 칼을 한 손에 잡고 다른 손으로 배낭을 열어서 책을 꺼냈다.

그것은 글자만 쓰인 물건치고는 생각보다 무거웠다. 그리고 가죽 냄새가 났다. 그리고 수많은 페이지에 걸쳐 우리 엄마의…….

이건 좀 나중에 보기로 하고.

"네가 저 애를 감시해, 만시."

"감시!" 만시가 짖었다.

일기장의 표지 안쪽을 들여다보니 벤 아저씨 말처럼 종이 한 장이 접혀 있었다. 나는 그것을 폈다. 종이 앞면에는 지도가 그려져 있고 뒷면에는 글씨가 잔뜩 쓰여 있었는데, 지금은 머릿속이 너무 시끄러워서 읽어보려는 시도조차 할 수 없었다. 그래서 그냥 지도만 봤다.

우리 집은 지도의 제일 위쪽에 있고 마을과 강이 바로 그 밑에 있는데, 만시와 내가 강을 따라 습지로 이어지는 곳으로 왔으니 여기가 바로 우리가 있는 곳이다. 하지만 이게 전부가 아니잖아, 안 그런가? 늪은 계속 뻗어나가다가 다시 강이 되는데 그 강둑을 따라 화살표들이 그려져 있다. 그러니까 벤 아저씨는 나와 만시가 바로 여기로 가길 원하는 것이다. 손가락으로 그 화살표들을 따라가 보니 그것은 늪에서 나와 곧바로······,

탁!! 뭔가가 내 옆머리를 세게 때리면서 순간 세상이 환해졌다. 아론에게 주먹으로 맞아서 안 그래도 아픈 곳을 또다시 정통으로 가격당했다. 나는 쓰러지는 순간 칼을 위쪽으로 휘둘렀다. 그때 작은 비명이 들렸다. 나는 비틀거리면서 땅바닥에 세게 엉덩방아를 찧은 후에 칼을 쥔 손등으로 아픈 옆머리를 누르면서 공격이 날아온 곳을 봤다. 그때 생전 처음 아주 중요한 교훈을 배웠다. 소음이 나지 않는 것들은 아무 기척도 없이 슥 다가올 수 있다. 그것들은 아주 감쪽같이 접근한다.

그 여자아이도 엉덩방아를 찧고 내게서 좀 떨어진 땅바닥에 앉아, 한 손으로 한쪽 팔뚝 위쪽을 잡고 있었다. 손가락 사이에서 피가 흘렀다. 날 내리쳤던 나무 막대기는 땅바닥에 떨어져 있고, 칼에 베여 통증이 느껴지는지 여자아이는 얼굴을 사정없이 일그러뜨리고 있었다.

"대체 무슨 짓이야?" 나는 고래고래 고함을 지르면서 옆얼굴을 조심스럽게 매만졌다. 아, 진짜 오늘 이렇게 두들겨 맞는 것도 신물이 난다.

그 여자아이는 날 물끄러미 보기만 했다. 여전히 미간을 잔뜩 찌푸린 채 칼에 베인 팔을 한 손으로 잡고서.

베인 상처에서 피가 좀 나오고 있긴 했다.

"막대기, 토드!" 만시가 짖었다.

"넌 대체 어디 있었어?"

"똥, 토드."

나는 "아씨!"라고 소리를 지르면서 만시에게 흙을 차서 날렸다. 만시는 주춤주춤 뒤로 물러나더니, 아무 일도 없던 것처럼 덤불 냄새를 맡기 시작했다. 개들의 집중력은 성냥개비 하나 태울 시간 정도밖에 안 된다. 멍청한 놈들.

슬슬 날이 어두워지기 시작했다. 해가 지면서 안 그래도 그늘진 늪지가 더 어두워졌다. 나는 아직 그 어떤 답도 찾지 못했다. 시간은 계속 흐르고, 난 여기서 이렇게 기다리고 있어선 안 되고, 집으로 돌아가서도 안 되고, 여기에 여자아이가 있어서도 안 되는 거다.

와우, 피가 정말 열나게 나는데.

"이봐." 내가 여자아이를 불렀다. 한껏 흥분한 탓에 목소리가 떨렸다. 난 토드 휴잇이다. 난 사나이가 거의 다 됐다. "이봐." 이번에는 좀 더 침착하게 말하려고 노력했다.

여자아이가 날 봤다.

"나는 너를 해치지 않을 거야." 나는 그 아이처럼 거칠게 숨을 쉬면서 말했다. "내 말 알아들어? 난 널 해치지 않을 거라고. 네가 또 막대기로 날 후려치려고 하지 않는 한은 말이야, 알았어?"

여자아이가 내 눈을 봤다. 그리고 칼을 바라봤다.

내 말을 알아들었나?

나는 칼을 잡은 손을 얼굴에서 떼서 땅바닥 가까이에 내려놨다. 하지만 절대 손에서 놓지는 않을 것이다. 그리고 남은 한 손으로 배낭 안을 다시 뒤져서 벤 아저씨가 넣어놓은 구급약 상자를 찾아내 들어 올렸다.

"구급약 상자야." 내가 말했다. 그녀의 표정은 변하지 않았다. "약, 상, 자." 나는 천천히 말하고서 내 팔뚝에서 그녀가 베인 곳과 같은 위치를 손으로 가리켰다. "너 피 나잖아."

여전히 아무 변화가 없다.

나는 한숨을 쉬고 몸을 일으켰다. 여자아이는 움찔하더니 땅바닥에 앉은 채로 허겁지겁 뒤로 물러났다. 화가 치민 나는 다시 한숨을 쉬었다. "해치지 않는다니까." 나는 약상자를 들어 올렸다. "이건 약이야. 이게 출혈을 멈춰줄 거야."

역시 아무것도 달라지지 않았다. 아무래도 저 아이 머릿속은 정말 텅 비어 있는 모양이다.

"봐봐." 나는 상자 뚜껑을 확 열어젖히고 한 손으로 상자 속을 더듬거려 지혈 패드를 꺼낸 후에 이로 종이 껍질을 찢어서 버렸다. 나도 아까 아론에게 두들겨 맞고 그다음에 여자아이에게 또 맞은 곳에서 피가 날 것이다. 패드를 잡아서 눈과 눈썹 위를 문질렀다가 떼어냈더니 내 짐작이 맞았다. 피가 묻어 있었다. 그걸 여자아이에게 내밀었다. "보이지?" 그리고 내 눈을 가리켰다. "보여? 이게 피가 흐르는 걸 멈춰준다니까."

나는 앞으로 딱 한 발자국만 나갔다. 그 아이는 움찔하며 몸을 뒤로 뺐지만 움직이진 않았다. 나는 또 한 발자국, 또 한 발자국을 디뎌서 그 아이 옆에 섰다. 그 아이는 계속 칼을 보고 있었다.

"이건 절대 내려놓지 않을 거야. 그러니까 이건 그만 잊어." 나는 그 아이의 팔을 향해 패드를 내밀었다. "깊이 베었어도 이게 상처를 아물게 해줄 거야, 알겠어? 널 도우려는 거야."

"토드?" 만시가 물음표 가득한 소리로 짖었다.

"잠깐. 이것 좀 봐, 너 사방으로 피를 흘리고 있잖아, 알겠어? 내가 치료할 수 있어. 그 빌어먹을 막대기를 또 휘두를 생각만 하지 말라고."

그 아이는 날 지켜봤다. 보고 또 보면서 계속 바라봤다. 나는 금방이라도 폭발할 것 같았지만 침착해지려고 애썼다. 내가 왜 얘를 돕는지 나도 모르겠다. 내 머리를 아작 내려고 후려친 아이를. 하지만 이젠 뭘 어떻게 하면 좋을지 아무것도 모르겠다. 벤 아저씨 말로는 늪에 가면 답을 찾을 수 있을 거라더니, 답은 없고 그냥 피를 질질 흘리는 이 여자애만 있잖아. 내 칼에 베어서 이 꼬락서니가 됐지만. 물론 그래도 싼 짓을 이 아이가 했고. 그러니 내가 출혈을 멈출 수 있다면 그것 역시 뭐라도 하고 있다는 뜻 아닐까.

나도 모르겠다. 뭘 해야 할지 모르니 이거라도 하는 수밖에.

여자아이는 여전히 날 보면서, 계속 거칠게 숨을 쉬었다. 하지만 도망치려 하지 않았고, 움찔하지도 않았다. 그러다가 내가 상처에 손을 댈 수 있게 팔 위쪽을 아주 조금씩 나를 향해 뻗었다.

"토드?" 만시가 다시 짖었다.

"쉿." 애를 더 이상 겁먹게 하고 싶지 않았다. 침묵에 이렇게 가까이 다가와 있으니 심장이 산산조각 날 듯했다. 느낄 수 있었다. 마치 바닥이 보이지 않는 깊은 구덩이 속으로 침묵이 나를 잡아끌어 한도 끝도 없이 추락하도록 유혹하는 것 같았다.

하지만 나는 정신을 바짝 차렸다. 정말 그랬다니까. 나는 정신을 놓지 않고 지혈 패드를 그 아이의 팔에 대고 누른 다음 상처를 문질렀다. 꽤 깊은 상처가 아물고 피가 멈출 때까지 그렇게 꾹 누르고 있었다.

"조심해야 해. 이걸로 치료가 끝난 게 아니야. 알아서 치유될 때까지 조심해야 한다고. 오케이?"

여자아이는 말없이 날 물끄러미 보기만 했다.

"오케이." 나는 굳이 다른 누구에게 말한다기보다 혼잣말을 했다. 이것도 해치웠으니 이제 뭘 하지?

"토드? 토드?" 만시가 계속 짖었다.

"그리고 막대기는 안 돼, 알았지? 날 때리지 말라고."

"토드?" 만시가 다시 불렀다.

"그리고 너도 이제 알겠지만 내 이름은 토드야."

그때, 그 저물어가는 희미한 햇살 속에서 여자아이의 입가에 슬며시 비어져 나오다가 금방 사라져 버린 게 미소였나? 그런가?

"너……?" 나는 점점 가슴이 뻐근해지는 걸 애써 참으면서 그 아이의 눈을 깊숙이 들여다보며 물었다. "너 내 말 이해해?"

"토드?" 만시의 짖는 소리가 조금 더 올라갔다.

나는 만시를 향해 돌아섰다. "왜?"

"토드! **토드!!!**"

그다음에 모두 그 소리를 들을 수 있었다. 덤불들을 헤치고 쿵쿵 다가오는 소리, 가지들이 부러지면서 달려오는 발소리들과 소음, 소음, 오, 망할, 소음이야.

"일어나. 일어나! 당장!"

나는 소녀에게 외치며 배낭을 낚아채서 등에 멨다. 여자아이는 더럭 겁이 나지만 그렇다고 공포에 질린 그런 표정은 아니었다. "서둘러!" 나는 다시 소리치면서 상처고 뭐고 생각할 겨를도 없이 그 팔을 덥석 잡아 일으켜 세우려고 했다. 하지만 너무 늦어버렸다. 고함과 포효와 나무들이 통째로 무너지는 듯한 요란한 소리를 들으며 나와 그 아이 둘다 고개를 돌릴 수밖에 없었다. 아론이었다. 완전히 실성한 데다 처참한 몰골을 한 아론이 우리를 향해 다가오고 있었다.

8

칼의 선택

그는 단 세 걸음 만에 우리를 잡았다. 그는 내가 미처 도망치려고 하기도 전에 두 손을 뻗으며 다가와 내 목을 움켜쥐고 나무에 내리쳤다.

"이 쪼그만 **쓰레기 새끼!**" 아론은 고함을 지르면서 엄지 두 개를 내 목구멍에 대고 사정없이 눌렀다. 나는 그의 두 팔을 정신없이 손톱으로 긁어대면서 칼로 그를 그어버리려고 애썼지만, 배낭이 밑으로 떨어지면서 배낭끈이 내 두 팔을 나무에 옭아매 아론은 마음대로 내 목을 조를 수 있었다.

그의 얼굴은 악몽 그 자체로, 어찌어찌 내가 이 상황에서 벗어난다 해도 결코 잊을 수 없을 정도로 흉측했다. 악어 떼가 그의 왼쪽 귀를 물어뜯었다. 귀가 찢겨 나가면서 귀 옆 왼쪽 뺨의 긴 살점도 같이 뜯겨 나갔는데, 그 자리에 생긴 틈으로 이가 보였다. 왼쪽 눈은 마치 폭발 사고 현장에 있던 사람처럼 앞으로 툭 튀어나와 있었다. 턱과 목에도 여기저기 깊은 상처들이 있고, 옷은 찢겨서 누더기가 된 데다, 모든 상처에서 피가 줄줄 흘렀다. 심지어 악어들에게 갈기갈기 찢긴 어깨에 악어 이빨

하나가 박혀서 툭 튀어나와 있었다.

숨이 막힌 나는 어떻게든 호흡을 해보려고 했지만 어림없었다. 그게 얼마나 고통스러운지 당신은 상상도 못 할 것이다. 세상이 미친 듯이 빙글빙글 돌고, 내 뇌는 맛이 가고 있었다. 그 와중에도 아론은 악어 때의 공격을 받고 죽었지만 내게 맺힌 분노가 풀리지 않아 날 죽이러 부득부득 여기까지 온 것 같다는 멍청한 생각이 들었다.

"뭘 그렇게 히죽거려?" 아론이 고함을 지르자 작은 핏방울들과 침과 너덜거리는 살점들이 내 얼굴 위로 쏟아졌다. 그는 내 목을 더 세게 졸랐다. 나는 금방이라도 토할 것 같았지만 토할 수도 없고, 숨을 쉴 수도 없었다. 모든 빛과 색채가 한데 몰렸다. 나는 죽어가고 있고, 곧 죽을 것이다.

"아악!" 아론이 갑자기 뒤로 홱 물러나면서 날 놓았다. 나는 땅바닥으로 쓰러져 사방에 토하면서 어마어마하게 큰 숨을 쉬었다. 그러면서 몸을 앞으로 숙이고 사정없이 기침을 해댔다. 고개를 들자 만시가 아론의 종아리를 있는 힘껏 물고 있는 모습이 보였다.

착한 우리 개.

아론이 한 팔로 만시의 옆구리를 힘껏 후려치는 바람에 만시는 덤불 속으로 날아가 버렸다. 쿵 소리가 난 후에 깨깽 소리와 함께 만시가 짖는 소리가 들렸다. "토드?"

아론은 날 향해 홱 돌아섰지만 나는 도저히 그의 얼굴에서 눈을 뗄 수 없었다. 그렇게 온몸에 치명적인 상처를 입고도 살 수 있는 사람은 없다. 아무도 그럴 순 없다.

아마 그는 정말 죽은 모양이다.

"그 계시는 어디 있어?" 아론이 물었다. 너덜너덜한 얼굴의 표정이 순식간에 변하면서 그는 갑자기 공황 상태에 빠져 주위를 둘러봤다.

그 계시?

그…….

그 여자아이.

나도 주위를 둘러봤다. 그 아이는 사라졌다.

아론은 다시 이쪽저쪽을 돌아보고 나는 그런 그를 보다가, 우리 둘이 동시에 같은 소리를 들었다. 그 아이가 달려가면서 내는 바스락거리는 소리, 부러지는 소리. 우리를 떠나는 침묵의 소리. 아론은 두 번 다시 나를 보지 않고 그 아이를 쫓아가 버렸다.

그렇게 갑자기 혼자가 됐다.

그렇게 갑자기 여기서 아무 상관없는 존재가 됐다.

정말이지 어이없는 하루다.

"토드?" 만시가 발을 절뚝거리면서 덤불에서 나왔다.

"난 괜찮아, 친구." 나는 전혀 괜찮지 않았지만 그렇게 말하면서 조금이라도 가슴 속에 막혀 있는 것을 뱉어내려고 정신없이 기침했다. "난 괜찮아."

기침하는 내내 숨을 쉬려고 애쓰면서, 땅바닥에 이마를 대고 사방에 침을 흘리며 토했다.

계속 숨을 몰아쉬는 중에 이런 생각이 들기 시작했다. 그들은 모두 불청객이잖아, 안 그래?

그러니까 어쩌면 그게 이유일수도 있겠다, 안 그런가? 어쩌면 이 일은 이처럼 아주 간단하게 끝날 수 있을지도 모르겠다. 아론이 원하는 건 분명 그 소녀다. 아론이 "그 계시"라고 했을 때 대체 그게 무슨 의미였건 간에 말이다. 마을 사람들이 원하는 건 분명 그 소녀일 것이고, 내 소음에 있는 그 침묵 때문에 일어난 모든 야단법석도 다 그 소녀 때문일 것이다. 그러니까 만약 아론과 마을 사람들이 그 아이를 가질 수 있다면, 그렇다면 그걸로 이 난장판을 끝낼 수 있지 않을까? 그들은 원하는 걸 가질 수 있으니 날 내버려 둘 것이고, 나는 집으로 돌아갈 수 있고, 모든 게 예전으로 돌아갈 수 있을 것이다. 그래, 그 여자아이에게는 좋은 일이 아니겠지만 벤과 킬리언 아저씨를 구할 수 있을지도 모른다.

나도 구할 수 있을지 모르고.

이건 그냥 생각만 해보는 거다, 그건 괜찮잖아? 그냥 그런 생각이 들었을 뿐이야, 그게 다야.

떠오르자마자 금방 끝나버릴 생각들.

"끝나." 만시가 중얼거렸다.

그다음에 아주 끔찍한 비명이 들렸다. 물론 아론에게 잡힌 소녀가 내지르는 소리일 것이고, 그걸로 선택은 끝난 것 아니겠는가?

1초 후에 또다시 비명이 들렸지만 나는 사실 별다른 생각도 없이 이미 벌떡 일어나서 배낭을 벗어놓고, 허리를 조금 숙인 채 여전히 기침을 하면서, 조금이라도 더 편하게 숨을 쉬려고 하는 와중에 손에 칼을 쥐고, 달리고 있었다.

그들은 따라잡기 쉬웠다. 아론은 마치 황소처럼 덤불을 뚫고 지나갔고, 그의 소음은 포효하고 있었다. 그리고 언제나, 항상, 변함없이 그 여자아이의 침묵이 흘렀다. 큰 소리로 지르는 비명 이면에조차 침묵이 서려 있었고, 어쩐지 그래서 그 비명이 더 듣기 힘들었다. 나는 있는 힘껏 그들을 쫓아 달렸고, 만시가 내 뒤를 따라서 달렸다. 30초도 못 돼서 그들을 발견했지만 알다시피 내가 워낙 천재라 막상 도착하고 보니 뭘 해야 할지 알 수 없었다. 아론이 쫓던 그 여자아이는 물이 발목까지 차는 물가에 들어가 나무에 등을 기댄 채 서 있었다. 아론은 그 아이의 양 손목을 꽉 쥐고 있었고, 그 아이는 아론과 싸우면서 전력을 다해 발길질을 해대는 중이었다. 그 아이의 표정이 어찌나 겁에 질려 있는지 난 간신히 입을 뗐다.

"여자애를 놔줘." 내 목소리는 거칠었지만 아무도 내 말을 듣지 않았다. 아론의 소음이 너무 우렁차서 내가 버럭버럭 소리를 질렀어도 못 들을 수 있다. 그의 소음에서 **성체**와 **십**의 계시와 **성인의 길**과 교회에 있는 소녀의 모습들이 보였다. 여자아이가 와인을 마시고 성찬식의 빵을 먹는 모습, 천사인 여자아이의 모습들.

제물로 바쳐진 여자아이.

아론은 그녀의 양 손목을 꽉 움켜쥔 채, 입고 있는 예복의 끈을 더듬더듬 풀어서 그걸로 손목을 묶기 시작했다. 만시가 물었던 종아리를 그녀가 세게 걷어차자 아론은 손등으로 여자애의 뺨을 갈겼다.

"그 애를 놔주라니까." 나는 좀 더 큰 소리를 내려고 애쓰면서 말했다.

"놔!" 만시가 짖었다. 만시는 여전히 절뚝거리고 있었지만 변함없이 사나웠다. 이 얼마나 끝내주는 개인가.

나는 앞으로 걸어갔다. 아론은 내가 여기 있는 게 신경 쓰이지 않는 듯, 나를 전혀 위협적인 존재로 생각하지 않는 듯 내게 등을 돌린 채 서 있었다.

"그 아이를 놔주라니까." 소리를 지르려고 해봤지만 기침만 더 터져 나왔다. 여전히 아무 반응이 없다. 아론도, 여자아이도 작은 반응조차 보이지 않았다.

내가 그걸 해야만 한다. 그걸 해야만 한다. 아 이런, 아 이런, 아 이런, 그걸 해야 하다니.

내가 그를 죽여야 한다.

나는 칼을 든다.

나는 칼을 들었다.

아론이 돌아섰다. 홱 돌아서지는 않고, 누가 그의 이름을 부른 것처럼 천천히 돌아섰다. 그리고 거기 서 있는 나를 봤다. 칼을 허공에 들어 올린 채, 얼간이처럼 움직이지도 않는 나를. 그는 빙긋 미소를 지었는데, 맙소사, 너덜너덜한 얼굴에 떠오른 그 미소가 얼마나 징그러운지 말로 다 표현이 안 된다.

"네 소음에 다 나온다, 꼬맹이 토드." 아론은 여자아이를 놔주면서 말했다. 그 아이는 두 손이 꽁꽁 묶인 데다 엄청 세게 맞아서 이제 도망치려는 시도조차 하지 않았다. 아론이 날 향해 한 발자국 다가왔다.

나는 한 발자국 뒤로 물러섰다(제발, 바보처럼 이러지 말자).

"네가 이 속세를 너무 일찍 떠났다는 소식을 들으면 시장님이 실망하실 텐데." 아론은 그렇게 말하면서 한 발자국 더 다가왔다. 나도 한 발자국 뒤로 물러났다. 아무 소용이 없는 것처럼 보이는 칼을 높이 든 채.

"하지만 바보는 하느님에게 아무 쓸모가 없거든. 안 그래, 꼬맹이?"

아론의 왼팔이 뱀처럼 아주 민첩하게 내 오른팔을 쳐서 손에 쥐고 있던 칼이 날아갔다. 아론은 오른 손바닥으로 내 얼굴을 사정없이 갈겨서 날 물속에 쓰러뜨렸다. 그리고 무릎으로 내 가슴을 누르면서 두 손으로 목을 졸라 아까 하던 일을 마저 끝내려고 했다. 이번에는 내 얼굴이 물속에 잠겨서 아까보다 엄청 빠르게 끝날 것 같다.

나는 몸부림쳤지만 졌다. 기회가 있었는데 내 손으로 날려버렸으니 이런 꼴을 당해도 싸다. 나는 아론에 맞서 싸웠지만 아까보다 힘이 더 빠져 있었고, 끝이 다가오는 걸 느낄 수 있었다. 내가 포기하는 걸 느낄 수 있었다.

난 졌다.

졌어.

그때, 물속을 더듬던 내 손에 돌멩이 하나가 잡혔다.

쾅! 나는 돌을 들고 미처 생각도 하기 전에 아론의 옆머리를 세게 후려쳤다.

쾅! 다시 쳤다.

쾅! 또 쳤다.

나는 아론이 내 몸에서 떨어져 옆으로 주르르 미끄러지는 걸 느끼고 고개를 들었다. 물과 공기 때문에 숨이 막혀왔다. 물속에서 일어나 앉아 다시 돌을 들어 내리치려고 했지만, 아론은 물속에 털썩 드러누운 채로 얼굴 절반이 물에 잠기고 나머지 절반은 물 밖으로 나와 있었다. 뺨에 벌어진 긴 상처 사이로 드러난 이가 날 올려다보며 싱긋 미소 지었다. 나는 허겁지겁 그를 밀어내면서 캑캑거리며 물을 토해냈지만, 그는 꼼짝도 하지 않은 채 조금씩 물속으로 가라앉았다.

목이 부러진 것 같았지만, 물을 조금 토해내자 숨 쉬는 게 조금씩 나아졌다.

"토드? 토드? 토드?" 만시가 다가오면서 나를 불렀다. 그러더니 새끼 강아지처럼 사정없이 날 핥아대며 짖었다. 아직은 아무 말도 할 수 없어서 그냥 만시의 귀 사이만 긁어줬다.

그러다가 우리 둘 다 침묵을 느끼고 고개를 들었다. 그 여자아이가 두 손이 묶인 채 우리를 내려다보며 서 있었다.

손가락 사이로 칼을 쥔 채.

나는 순간 그대로 얼어붙어 버렸고 만시는 으르렁거리기 시작했지만, 그때 알아차렸다. 나는 숨을 몇 번 더 들이쉰 후에 손을 올려서 그 아이가 손가락으로 쥐고 있는 칼을 받아 아론이 묶어놓은 끈을 잘랐다. 끈이 물속으로 떨어졌다. 그 아이는 묶인 자국을 문지르면서, 여전히 날 빤히 바라보며, 변함없이 아무 말도 하지 않았다.

그녀는 알고 있다. 내가 그걸 할 수 없었다는 걸 알고 있다.

이 빌어먹을 놈아. 나는 생각했다. 이런 빌어먹을.

그녀는 칼을 보고 물속에 누워 있는 아론을 내려다봤다.

그는 아직 숨을 쉬고 있었다. 숨을 쉴 때마다 꾸르륵거리며 물거품이 나왔지만 어쨌든 아직 숨을 쉬고 있었다.

나는 칼을 꽉 잡았다. 그 아이는 나를 보고, 칼을 보고, 아론을 보고, 다시 나를 봤다.

지금 내게 말을 하는 건가? 당장 해치우라고?

아론은 무방비 상태로 누워 있다. 저러다가 아마도 결국 물에 빠져 죽을 것이다.

그리고 나에겐 칼이 있다.

나는 일어서다가, 어지러워서 허리를 숙였다가, 다시 일어났다. 나는 그를 향해 걸어갔다. 또다시 칼을 들고.

여자아이가 숨을 들이마신 채로 참고 있는 게 느껴졌다.

만시가 말했다. "토드?"

나는 아론 위로 칼을 치켜들었다. 한 번 더 기회가 왔다. 나는 한 번 더 칼을 들었다.

난 할 수 있다. 신세계의 그 누구도 나를 비난하지 않을 것이다. 이건 내 권리가 될 것이다.

난 정말 할 수 있다.

하지만 칼은 그냥 평범한 물건이 아니다, 그렇지 않은가? 그건 선택이다. 그걸 가지고 어떻게 할지 선택하는 물건인 것이다. 칼은 그러라거나 말라거나, 베라거나 그러지 말라거나, 죽으라거나 그러지 말라고 말한다. 칼은 나의 손에서 결정을 가져가 세상에 내놓는다. 그러면 다시는 되돌릴 수 없다.

아론은 죽을 것이다. 그의 얼굴은 너덜너덜해졌고, 머리는 돌에 맞았고, 의식을 잃은 채 얕은 물에 가라앉고 있다. 그는 날 죽이려 했고, 이 여자아이를 죽이고 싶어 했고, 마을에서 소란을 일으킨 장본인이다. 그가 분명 우리 농장에 시장 패거리를 보냈을 것이다. 그러니까 아론은 벤과 킬리언 아저씨에게 일어난 일에도 책임이 있다. 그는 죽어도 싸다. 그래도 싼 인간이다.

그런데 나는 차마 칼을 내리쳐서 그 일을 끝낼 수 없다.

나는 누구인가?

나는 토드 휴잇이다.

나는 인류 최고의 쓰레기다.

나는 그 일을 할 수 없다.

이 빌어먹을 새끼야. 나는 다시 스스로에게 욕을 퍼부었다.

"서둘러. 여길 빠져나가야 해." 내가 여자아이에게 말했다.

9

당신에게 운이 없을 때

처음에는 여자아이가 나랑 같이 갈 거라고 생각하지 않았다. 그 아이에 겐 그럴 이유가 없고, 내가 그러자고 제안할 이유도 없다. 하지만 내가 서두르라고 다시 좀 더 절박하게 손짓하며 말하자 그 아이는 나를, 만 시를 따라왔다. 일이 그렇게 돼서 우리는 같이 갔다. 그게 옳은 일인지 누가 알겠느냐만 아무튼 그렇게 됐다.

밤이 완전히 무르익었다. 늪지의 어둠도 이곳에선 좀 더 짙고 칠흑처 럼 까맣다. 우리는 왔던 길을 급하게 돌아가서 배낭을 다시 찾고 아론 의 시체(제발 시체가 됐기를)에서 거리를 두기 위해 좀 더 멀리 길을 돌 아갔다. 우리는 나무들을 기어오르고 나무뿌리들을 넘어가면서 늪지 속으로 더 깊숙이 들어갔다. 그러다가 땅이 조금 평평해지고 나무들 사 이로 틈이 있는 작은 빈터에 이르렀을 때 나는 모두를 멈추게 했다.

나는 여전히 칼을 쥐고 있었다. 내 손에 잡힌 칼은 마치 비난하듯 날 향해 반짝이고 있었다. 바보라는 말이 끝없이 비치는 것 같았다. 칼날 이 두 개의 달빛을 받아 반짝였는데, 맙소사, 이건 정말이지 강력한 물건이다. 이것이 내 일부가 됐다기보다는 내가 이것의 일부가 되기로 동의한 것처럼 느껴지는 강력한 존재다.

나는 손을 뒤로 뻗어서 등과 배낭 사이에 있는 칼집에 칼을 넣었다. 거기 있으면 적어도 그걸 봐야 할 일은 없을 테니까.

나는 배낭을 벗어서 손전등을 찾아 뒤적거렸다.

"너 이거 어떻게 쓰는지 알아?" 나는 손전등을 두어 번 켰다 껐다 하면서 물었다.

그 아이는 언제나처럼 말없이 나를 멀거니 보기만 했다.

"됐다."

내 목은 아직도 아팠고, 얼굴도 쓰라리고, 가슴은 뻐근하고, 내 소음은 계속 나쁜 뉴스들의 영상으로 날 두들겼다. 농장에서 벤 아저씨와 킬리언 아저씨가 치른 격렬한 싸움의 영상, 내가 어디로 갔는지 프렌티스 주니어가 알아내기까지 얼마나 걸릴지에 대한 영상, 그가 날 쫓아올 때까지 얼마나 걸릴지에 대한 영상, 우리를 쫓아오는 영상(오래 걸리진 않을 것이다, 이미 출발했을지도 모르고). 그러니까 얘가 손전등 쓰는 법을 알건 말건 무슨 상관이 있겠는가? 물론 이 아이는 사용법을 모르고.

나는 배낭에서 일기장을 꺼내고, 손전등을 조명으로 썼다. 그리고 다시 지도를 펼쳐서 우리 농장에서 강을 따라 내려와 늪을 통과한 후에 늪이 강으로 변할 때 빠져나오는 길을 표시한 화살표들을 봤다.

늪에서 나가는 길을 찾기는 어렵지 않다. 지평선 너머로 산이 세 개 보인다. 하나는 가깝고 다른 두 개는 멀리 떨어져 있지만, 그 두 개의 산은 서로 딱 붙어 있다. 벤 아저씨의 지도에 나온 강은 가까이 있는 산과 좀 더 멀리 떨어져 있는 두 개의 산 사이로 흘러간다. 그러니까 우리는 그 산들 사이에 있는 공간을 향해 쭉 가면 된다. 그러면 다시 강을 찾아서 따라갈 수 있다. 그걸 따라 화살표들이 가리키는 방향으로 가면 된다.

계속 가다 보면 또 다른 정착지가 나온다.

여기 있다. 종이 맨 밑 지도가 끝나는 곳에 있다.

내가 아는 곳과는 완전히 다른 곳.

안 그래도 생각해야 할 새로운 것들이 차고 넘쳐서 머리가 아픈데.

나는 그 여자아이를 올려다봤다. 그 아이는 여전히 날 빤히 보고 있었는데, 심지어 눈 하나 깜박이지 않는 것 같았다. 그 아이의 얼굴에 손전등을 비췄더니 얼굴을 찌푸리면서 고개를 돌려버렸다.

"넌 어디서 왔어? 혹시 여기서 왔어?"

그리고 손전등을 지도 밑 부분을 향해 비추고 거기 있는 마을을 손가락으로 짚었다. 여자아이가 꿈쩍도 하지 않아서 오라고 손을 흔들어 보였다. 그래도 여전히 움직이려고 하지 않아서 한숨을 쉬며 일기장을 들고 가 그 페이지를 손전등으로 비췄다.

"나는." 나는 손으로 나를 가리키며 말했다. "여기서 왔어." 지도에서 프렌티스타운의 북쪽에 있는 우리 농장을 가리켰다. "이곳은." 나는 늪지를 보여주기 위해 팔을 휘저어 주위를 가리켰다. "여기야." 지도의 늪을 가리켰다. "우린 여기로 가야 해." 나는 다른 마을을 가리켰다. 벤 아저씨가 그 밑에 마을의 이름을 적어놨지만, 뭐…… 음, 그 이름이 뭐든 무슨 상관이겠는가. "넌 여기서 왔어?" 나는 그 아이를 가리킨 후에 다른 마을을 가리키고, 다시 그 아이를 가리켰다. "너 여기서 왔어?"

그 아이는 지도를 봤지만 그 외에는 미동도 하지 않고, 여전히 무표정했다.

나는 짜증이 나서 한숨을 쉬면서 물러났다. 이렇게 가까이 있으니까 불편했다. "음, 그랬으면 좋겠는데." 나는 다시 지도를 힐끗 보며 말했다. "우리가 가는 곳이 거기거든."

"토드." 만시가 짖었다. 나는 고개를 들었다. 여자아이가 빈터를 맴돌기 시작하면서 자신에게 의미가 있는 것 같은 뭔가를 보고 있었다.

"너 뭐 하니?"

그 아이는 나를 보고, 내가 들고 있는 손전등을 보더니 나무들 사이를 손으로 가리켰다.

"뭐? 우린 시간이 없……."

그 아이는 나무들 사이를 다시 가리키고 그곳을 향해 걸어가기 시작했다.

"야! 이봐!"

아무래도 따라가야 할 것 같다.

"우린 지도에 나온 길로만 가야 하는데!" 나는 그 아이를 따라가기 위해 나뭇가지들을 피해 고개를 숙여 가면서 걸었다. 배낭이 좌우 나뭇가지에 계속 걸렸다. "이봐! 기다려!"

나는 비틀거리면서 걸었고, 만시가 내 뒤를 따라왔다. 이렇게 거대한 늪지에 빌어먹을 자잘한 나뭇가지들과 나무뿌리들과 웅덩이들이 곳곳에 있다 보니 손전등이 별로 쓸모가 없었다. 연신 고개를 숙이며 여기저기 뻗어 있는 나뭇가지에 걸리는 배낭을 힘껏 잡아당겨 빼면서 걷다 보니 그 아이가 어디로 가는지 제대로 살펴볼 정신도 없었다. 그러다가 그 아이가 땅바닥에 쓰러진 나무 옆에 서 있는 모습이 보였다. 그 아이는 불에 탄 것처럼 보이는 그 나무 옆에 서서 날 기다리며 내가 오는 모습을 지켜보고 있었다.

"너 뭐 하는 거야?" 나는 마침내 그 아이를 따라잡으며 말했다. "너 어디……."

그러다가 봤다.

그 나무는 최근에 불에 타서 쓰러진 것 같았다. 불에 안 탄 나뭇조각들은 새것처럼 깨끗하고 희었다. 거기엔 그런 식으로 불탄 나무들이 많았다. 사실 늪지의 흙이 파여서 생긴 것 같은 거대한 도랑의 양쪽에 일렬로 서 있는 나무들이 모두 불타 있었다. 그 도랑은 지금은 물로 가득 차 있지만, 그 주위에 쌓인 흙더미와 타버린 식물들로 봐서 최근에 생긴 모양이었다. 마치 뭔가가 이곳을 통과하면서 단번에 불길로 휩쓸어 파인 것 같았다.

"무슨 일이 있었을까? 원인이 뭐지?" 나는 도랑 주위로 손전등을 이리저리 돌려서 비춰가며 중얼댔다.

그 아이는 고개를 돌려 도랑이 사라져 보이지 않는 어두운 왼쪽만 보고 있었다. 그쪽으로 손전등을 비춰 봤지만 불빛이 희미해서 뭐가 있는지 보이지 않았다. 다만 뭔가가 있는 듯한 느낌이 들었다.

그게 뭐건 간에 여자아이는 그쪽을 향해 어둠 속으로 들어갔다.

"어디 가는 거야?" 내가 물었지만 대답을 기대하진 않았고, 어쨌든 듣지도 못했다. 만시는 나와 그 여자아이 사이로 들어와 걸었다. 마치 이제는 내가 아닌 여자아이를 따라가는 것 같았고, 그렇게 둘은 어둠 속으로 들어갔다. 나는 어느 정도 거리를 둔 채 따라갔다. 그 아이에게서 여전히 침묵이 흘러나오고 있었는데 여전히 그것이 신경 쓰였다. 그 침묵이 금방이라도 나를 포함한 온 세상을 꿀꺽 삼켜버릴 것 같았다.

그러는 내내 손전등을 수면의 사방에 대고 계속 비췄다. 악어들은 늪지라도 보통 이렇게 멀리까진 나오지 않지만 그것도 보통 때 이야기고, 물속에는 독을 품은 붉은 뱀들과 사람을 무는 수달들이 있다. 그리고 오늘은 유달리 운이 없는 날 같으니 또 뭔 일을 당할지 모른다.

우리는 뭔가에 점점 가까워지고 있었다. 나는 우리가 가는 방향으로 손전등을 내려서 계속 길을 비췄다. 그러자 손전등 불빛에 반사된 뭔가가 반짝이기 시작했다. 그건 나무도, 덤불도, 짐승도 아니고 물도 아니었다.

뭔지 모르겠지만 금속이었다. 뭔가 커다란 금속.

"저게 뭐야?"

우리는 더 가까이 다가갔다. 처음에는 그게 커다란 핵분열 오토바이라는 생각이 들어서 대체 어떤 얼간이가 이런 늪에서 오토바이를 타려고 했는지 궁금했다. 물과 나무뿌리들이 사방에 흩어져 있는 이런 곳은 고사하고 평평한 흙길에서도 오토바이는 제대로 작동이 안 되는 무용지물이다.

하지만 그건 오토바이가 아니었다.

"잠깐."

그 아이가 멈췄다.

어라? 멈췄네.

"내 말을 알아먹는구나?"

하지만 여전히 묵묵부답이다.

"뭐, 잠깐만 그대로 있어봐." 나는 갑자기 어떤 생각이 떠올라 그렇게 말했다. 우린 그 물체로부터 조금 떨어져 있었지만 나는 계속 손전등을 그 금속 덩어리 위로 비췄다. 그리고 우리가 왔던 땅속에 파인 도랑을 비추고 다시 그 금속 쪽으로 불빛을 돌렸다. 그리고 도랑 양쪽에 있는 불에 탄 나무들과 식물들을 다시 비춰 봤다. 계속 생각이 떠올랐다.

그 아이가 다시 금속 덩어리가 있는 곳으로 걷기 시작해서 따라갔다.

거기로 가려면 불에 탄 커다란 통나무 하나를 돌아가야 했다. 지금도 나무 한두 곳에서 천천히 연기가 피어오르고 있었다. 마침내 도착해서 마주한 그것은 내가 지금까지 본 그 어떤 큰 핵분열 오토바이보다 훨씬 컸고, 뭔가 더 큰 것의 일부인 듯했다. 대부분 찌그러지고 불타버려서 그 전에 어떻게 생겼는지는 모르겠지만 뭔가의 잔해라는 건 분명했다.

그것은 분명 비행기의 잔해였다.

비행선. 어쩌면 우주선일지도 모른다.

"이거 네 거야?" 나는 손전등을 그 여자아이에게 비추며 물었다. 평소처럼 묵묵부답이었지만, 내 말에 동의한다고 볼 수도 있는 그런 침묵이었다. "너 여기에 추락했어?"

나는 손전등을 들어 그 아이의 위아래를 훑어 내리고, 입고 있는 옷도 다시 살펴봤다. 그 옷은 내가 과거에 입었던 옷과는 물론 좀 다르지만, 그렇다고 크게 다르지도 않았다.

물론 그 아이는 말없이 고개를 돌려 어둠 속 멀리 있는 한곳을 보면서 팔짱을 끼고 그쪽으로 가기 시작했다. 이번에는 따라가지 않았다. 나는 계속 그 비행선을 봤다. 이건 확실히 비행선이 분명하다. 내 말은, 모양을 좀 보란 말이다. 대부분 알아볼 수도 없을 정도로 박살 나긴 했지만 그래도 여전히 선체와 엔진이라고 할 만한 것이 보인다. 창문이었을 수 있는 부분도 있었다.

프렌티스타운에서 최초로 지은 집들은 이곳에 처음 착륙한 정착민들이 타고 온 우주선들로 만들어졌다. 물론 그 후에는 목재와 통나무로 지었지만. 벤 아저씨 말로는 착륙했을 때 제일 먼저 하는 일이 대피처를 짓는 것인데, 그때 손쉽게 구할 수 있는 재료로 짓는다. 그래서 마을에 있는 교회와 주유소의 일부는 우주선의 금속 선체들과 화물실과 선실 같은 것들로 지어졌다. 이 잔해 더미가 박살 나긴 했지만, 자세히 보면 하늘에서 떨어진 오래된 프렌티스타운 집 같기도 하다. 불덩이가 되어 하늘에서 떨어진 집.

"토드!" 만시가 보이지 않는 어딘가에서 짖었다. "토드!"

나는 그 여자아이가 사라진 곳으로 가려고 비행선 잔해 옆을 빙 돌다가 좀 덜 손상된 것처럼 보이는 곳을 봤다. 금속의 한쪽 벽에서 조금 올라간 곳에 밖으로 열려 있는 문이 하나 보였다. 그 안에는 전등도 하나 있었다.

"토드!" 만시가 짖는 소리가 들리는 곳에 손전등을 비췄다. 만시는 여자아이 바로 옆에 서 있었다. 그 아이는 거기 가만히 서서 뭔가를 보고 있었다. 손전등을 비추자 그 아이가 두 개의 긴 옷더미 옆에 서 있는 것이 보였다.

그것은 두 구의 시체였다.

나는 그쪽으로 걸어가서 손전등을 아래로 내려 불빛을 비췄다. 거기에 한 남자가 있었는데 가슴 밑으로 옷과 몸이 거의 다 타버린 상태였다. 얼굴에도 화상을 입었지만 남자라는 건 알아볼 수 있을 정도의 손상이었다. 이마에 상처가 하나 있었는데, 불길에 죽지 않았더라면 그 상처로 죽었을 테지만 그건 중요하지 않았다. 어떤 식으로든 이미 죽어서 시체로 이 늪지에 누워 있으니까.

손전등을 위쪽으로 비추자 옆에 누워 있는 여자가 보였다.

나는 숨을 죽였다.

여자를 직접 본 것은 이번이 처음이다. 여자는 여자아이와 똑같았다. 성인 여자는 태어나서 한 번도 보지 못했지만, 만약 진짜 성인 여자가 존재한다면 바로 이 여자가 그럴 것이다.

물론 이 여자도 죽었지만 불에 타거나 자상을 입은 흔적 따위는 보이지 않았다. 옷에 피 한 방울 묻어 있지 않은 걸 보니 아마 내상을 입어 죽은 모양이다.

하지만 성인 여자다. 진짜 여자.

나는 그 아이에게 손전등을 비췄다. 이번에는 움찔하면서 불빛을 피하지 않았다.

"이 사람들이 네 엄마와 아빠지, 그렇지?" 나는 낮은 목소리로 물었다.

아이는 아무 말도 하지 않았지만 틀림없을 것이다.

나는 다시 손전등으로 잔해를 비추면서 뒤에 있는 불에 탄 도랑을 생각했다. 이 광경에는 한 가지 의미밖에 있을 수 없다. 이 여자아이는 엄마 아빠와 함께 여기에 불시착했다. 그들은 죽고 이 아이는 살았다. 이 아이가 신세계의 다른 곳에서 왔건 완전히 다른 세상에서 왔건 그건 중요하지 않다. 그들은 죽고 이 아이는 살았다. 이 아이는 여기서 완전히 혼자다.

그러다가 아론이 이 아이를 우연히 본 것이다.

행운은 내 편이 아니면, 적이기 마련이다.

이 아이가 추락 현장에서 시체들을 빼내서 여기로 운반하면서 생겼을 질질 끌린 자국들이 땅바닥에 보였다. 하지만 늪은 스패클 외에 다른 뭔가를 묻을 만한 곳이 못 된다. 땅을 5센티미터만 파고 들어가면 바로 물이 차버리니까. 그래서 이들의 시체가 여기 누워 있는 것이다. 이런 말 하긴 정말 싫지만 그들에게선 냄새가 났다. 하지만 늪지의 악취에 비하면 생각만큼 심하지 않으니 이 아이가 여기에 온 지 얼마나 됐을지는 아무도 모른다.

여자아이가 다시 나를 봤다. 울지도 않고, 그렇다고 미소를 짓는 것도 아닌 평소처럼 표정 없는 얼굴이었다. 아이는 날 지나쳐서 질질 끌린 자국들을 따라 왔던 길을 돌아가서, 잔해 옆에 열려 있는 문으로 올라가 그 안으로 사라졌다.

10

식량과 불

"이봐!" 나는 그 아이를 따라 잔해로 가면서 말했다. "우린 이렇게 여기에 죽치고 있을 수 없……."

그 문으로 올라가는데 순간 그 아이가 나오는 바람에 나는 깜짝 놀라 뒤로 뛰어내렸다. 그 아이는 내가 비킬 때까지 기다렸다가 문에서 내려와 내 옆을 지나쳐 걸어갔다. 한 손에 가방 하나를 들고 다른 손에는 작은 봉지 두 개를 들고 있었다. 나는 까치발로 서서 그 문 안을 들여다보려고 애썼다. 누구나 예상할 수 있듯이 추락하면서 흩어진 물건들이 사방에 널려 있었고, 모든 게 부서져 있었다.

"넌 어떻게 이 난장판에서 살았어?" 나는 돌아서서 물었다.

하지만 그 아이는 혼자 가방과 봉지들을 내려놓고 작고 납작한 초록색 상자처럼 보이는 걸 꺼내느라 바빴다. 그 아이는 그걸 땅바닥에서 좀 덜 축축한 곳에 내려놓고 그 위에 나뭇가지들을 쌓았다.

나는 황당해서 그 애를 바라봤다. "지금은 그런 걸 만들 시간이……."

그 아이가 상자 옆에 있는 버튼을 하나 누르자 쉬익 소리가 나면서 상자는 활활 타오르는 즉석 모닥불로 변신했다.

나는 입을 떡 벌린 채 바보처럼 얼빠진 표정으로 서 있었다.

저거 가지고 싶다.

여자아이는 날 힐끗 보고 자기 팔을 살짝 문질렀다. 그제야 내가 물에 홀딱 젖어서 추운 데다 온몸이 쑤시고 아프며, 지금 이 상황에서 모닥불은 축복 같은 존재라는 사실에 생각이 미쳤다.

나는 마치 누가 오는 걸 볼 수 있을 것처럼 어두운 늪을 돌아봤다. 물론 아무도 보이지 않았고, 아무 소리도 나지 않았다. 우리 주변에는 아무도 없다. 아직은.

나는 다시 모닥불을 보고 말했다. "잠깐만 있자."

나는 불가로 걸어가서 배낭을 멘 채 손을 덥히기 시작했다. 여자아이가 봉지 하나를 뜯더니 내게 던졌다. 나는 그 아이가 자기 봉지 속에 손가락을 집어넣어 말린 과일 같은 것을 꺼내서 먹는 모습을 볼 때까지 멍하니 있었다.

그 아이는 내게 음식을 준 것이다. 불도.

그 아이는 여전히 돌처럼 무표정한 얼굴로 불가에 서서 음식을 먹었다. 나도 먹기 시작했다. 과일인지 뭔지 쪼글쪼글해진 동그란 점처럼 생겼지만 달콤했고, 꼭꼭 씹어야 했다. 30초 만에 내 몫을 홀라당 먹어치우고 나서야 만시가 자기도 달라고 애원하고 있다는 걸 알아차렸다.

"토드?" 만시가 입술을 핥으며 말했다.

"아, 미안."

그 아이는 나와 만시를 보고 나서, 자기 봉지에서 음식을 한 줌 꺼내더니 만시에게 내밀었다. 만시가 다가가자 그녀는 자신도 어쩔 수 없는 듯 살짝 움찔하면서 몸을 뒤로 빼고는 대신 과일을 땅바닥에 내려놨다.

　　　　　　　　　　　　　　카오스 워킹 1

만시는 개의치 않고 게걸스럽게 먹어치웠다.

나는 그 아이에게 고개를 끄덕여 보였다. 그 아이는 대꾸도 하지 않았다.

이제 밤이 완전히 깊어져서 우리의 작고 동그란 불가 바깥은 한없이 어두웠다. 추락한 우주선 때문에 생긴 우듬지 사이의 틈으로 별들만 보였다. 전에 멀리서라도 쾅 소리를 들었는지 생각해 보려 했지만, 이렇게 먼 곳에서 나는 소리는 프렌티스타운의 소음에 묻혀 아무도 듣지 못했으리라고 짐작했다.

나는 쉬지 않고 설교를 늘어놓는 이들을 생각했다.

거의 모든 마을 사람을.

"여기 계속 있을 수는 없어. 너희 부모님이랑 이 일은 다 유감이야. 하지만 다른 사람들이 우리를 쫓아올 거야. 아론이 죽었더라도 말이야."

아론이란 이름이 나오자 그 아이는 아주 살짝 움찔했다. 아론이 이 아이에게 자기 이름을 말한 게 분명했다. 아니면 뭔가를 말했거나. 아마도.

"미안해." 대체 뭣 때문에 미안한지는 나도 모르겠지만. 나는 등에 걸친 배낭을 다시 제대로 멨다. 아까보다 훨씬 더 무겁게 느껴졌다. "먹을 거 줘서 고마운데 우린 정말 가야 해. 너도 같이 갈래?"

여자아이는 잠시 나를 보더니 신고 있는 부츠 끝으로 작은 초록색 상자 위에서 타고 있는 나뭇가지들을 차서 땅바닥에 떨어뜨렸다. 그리고 손을 뻗어서 다시 버튼을 누르고 손을 데지도 않은 채 그 상자를 들어 올렸다.

와우, 진짜 저런 거 갖고 싶다.

여자아이는 비행선 잔해에서 가져온 가방에 그 상자를 담은 후에 가방 끈을 머리 위로 넘겨서 몸에 걸쳐 배낭처럼 멨다. 이제부터 나와 같이 갈 것처럼.

여자아이가 날 빤히 바라보자 내가 말했다. "음, 이제 준비가 된 것 같네."

우리 둘 다 움직이지 않았다.

나는 다시 그 아이의 엄마와 아빠를 돌아봤다. 그 아이도 아주 잠깐 그랬다. 이 아이에게 뭔가 말하고 싶다. 그렇지만 뭐라고 하겠는가? 어쨌든 내가 입을 떼는 사이에 그 아이가 자기 가방 안을 뒤지기 시작했다. 그게 뭔지 잘 모르지만, 그러니까 부모님을 기억할 만한 것이거나 어떤 몸짓을 하려나 보다 생각했을 때 찾고 있던 걸 발견했는데 그냥 손전등이었다. 그 아이는 그것의 버튼을 눌러서 켜고(그러니까 어떻게 작동하는지 알고 있었잖아) 걷기 시작했다. 먼저 날 향해 걷다가 내 옆을 지나갔다. 마치 우리가 벌써 길을 떠난 것처럼.

그게 끝이었다. 자기 엄마와 아빠가 저기에 시체로 누워 있지 않은 것처럼.

나는 그 아이가 가는 모습을 잠시 지켜보다가 불렀다. "어이!"

그 아이가 날 향해 돌아섰다.

"그쪽이 아니야. 저쪽." 나는 왼쪽을 가리켰다.

나는 우리가 가야 할 길을 향해 출발했고, 만시가 따라왔다. 돌아보니 여자아이도 따라오고 있었다. 마지막으로 그 아이 너머를 한번 힐끗 봤다. 여기 좀 더 있으면서 저 잔해 속에 근사한 물건들이 더 있는지 찾아보고 싶은 마음이 굴뚝같았지만 가야 했다. 지금이 밤이고, 누구도 못 잤더라도 가야 한다.

그래서 우리는 가면서 그럴 수 있을 때는 나무들 사이로 지평선을 봐

가며, 가까이 있는 산과 멀리 떨어져 있는 두 개의 산 사이의 공간을 향해 걸어갔다. 두 개의 달이 반달보다 더 커지고 하늘이 맑아서, 적어도 별빛을 보며 걸을 수 있었다. 늪지의 키 큰 나무들이 어둠 속에서 하늘을 가리고 있더라도 말이다.

"계속 잘 들어봐." 내가 만시에게 말했다.

"뭘?" 만시가 짖었다.

"우리를 잡으려는 것들인지 말이야, 이 바보야."

밤에 어두운 늪에서 달릴 수는 없다. 그래서 우리는 최대한 빨리 걸었다. 나는 우리 앞길에 손전등을 비추며 나무뿌리들을 돌아가면서 진창이 깊은 곳은 가지 않으려고 애썼다. 만시가 앞으로 갔다가 돌아오면서 주위의 냄새를 맡고 가끔 짖기도 했지만 심각한 건 없었다. 여자아이는 내게서 적당히 거리를 둔 채 계속 잘 따라왔다. 그건 좋았다. 내 소음이 지금은 좀 조용해졌지만, 저 아이가 너무 가까이 다가올 때마다 그 침묵이 여전히 내 가슴을 묵직하게 눌렀으니까.

그곳을 떠날 때 여자아이가 자기 엄마와 아빠에게 아무 인사도 하지 않은 건 좀 이상했다. 아닌가? 울지도 않았고, 마지막으로 한 번 더 얼굴을 보러 가거나 하지도 않았잖아? 내가 틀렸나? 나라면 벤 아저씨와 심지어 킬리언 아저씨조차 다시 볼 수만 있다면 뭐든 할 텐데. 그 두 사람이 설사…… 음, 그 두 사람이.

"벤." 만시가 내 무릎 옆에서 걸어가면서 말했다.

"나도 알아." 나는 만시의 귀 사이를 긁어줬다.

우리는 계속 걸어갔다.

만약 상황이 그렇게 됐다면, 나는 그 두 사람을 묻어주고 싶을 텐데. 나라면 뭐라도 하고 싶을 텐데. 그게 뭔지는 모르겠지만. 나는 멈춰서 다시 여자아이를 봤지만 그 아이의 얼굴은 똑같았다. 언제나처럼 무표정했다. 그게 다 비행기가 추락하고 부모님이 돌아가셔서 그런 건가? 아론에게 발견돼서 그런 건가? 다른 곳에서 와서 그런 건가?

이 아이는 아무것도 느끼지 않을까? 이 아이의 마음속에는 아무것도 없나?

여자아이는 날 보면서 내가 계속 가길 기다리고 있었다.

그래서 잠시 후에 다시 걸었다.

몇 시간 동안. 고요한 밤 시간은 슬금슬금 빨리도 흘러갔다. 몇 시간씩 그렇게. 우리가 얼마나 멀리 갈지 혹은 우리가 맞는 길로 가고 있는지 그 누가 알겠느냐만 아무튼 몇 시간을 걸었다. 가끔 밤 생물들의 소음이 들렸다. 늪에 사는 올빼미들이 구구구거리며 저녁거리를 잡으러 가는 소리도 들렸다. 아마도 꼬리가 짧은 생쥐들을 덮치는 소리 같았다. 생쥐들의 소음은 너무 조용해서 언어 같지도 않았다. 가장 많은 건 가끔씩 빠르게 사라지는 밤 생물의 소음이었다. 한밤중에 우리가 늪을 짓밟고 지나가느라 일으키는 온갖 소동으로부터 도망치는 소리였다.

하지만 이상하게도 우리 뒤에서는 여전히 아무 소리도 들리지 않았다. 우리를 쫓아오는 소리도 없고, 소음도 없고, 나뭇가지들이 부러지는 소리도 없고, 아무것도 없었다. 아마 벤 아저씨와 킬리언 아저씨가 다른 길로 따돌린 모양이다. 아마 내가 도망치는 이유는 결국 그렇게 중요하지 않은 모양이다. 아마…….

여자아이가 멈춰 서서 진창에 빠진 신발을 빼냈다.

여자아이.

아니다. 그들은 오고 있다. 아마 소리가 들리지 않는 유일한 이유는 좀 더 빨리 쫓아오려고 동이 틀 때까지 기다리고 있어서일 것이다.

그래서 우리는 계속 걸어갔다. 시간이 지날수록 점점 지쳐갔지만, 딱 한 번만 멈춰서 모두 덤불 속에서 각자 오줌을 눴다. 나는 벤 아저씨가 준 배낭에서 음식을 꺼내 모두에게 조금씩 나눠 줬다. 이젠 내 차례니까.

그다음에 좀 더 걷고 또 걸었다.

그러다가 동이 트기까지 한 시간 남았을 때 더 이상 갈 수 없는 지경이 됐다.

"우린 멈춰야 해." 나는 나무 밑동에 배낭을 털썩 내려놓으면서 말했다. "좀 쉬자."

여자아이도 더 이상 설득할 필요 없이 다른 나무 옆에 자기 가방을 내려놨다. 우린 둘 다 쓰러지듯이 주저앉아 각자의 가방을 베개 삼아 기댔다.

"5분." 내가 말했다. 만시는 내 다리 옆에 몸을 동그랗게 말자마자 곧바로 눈을 감았다. "딱 5분만." 나는 여자아이에게 소리쳤다. 그 아이는 가방에서 조그만 담요를 꺼내서 덮었다. "너무 퍼지지 마."

우리는 계속 가야 한다, 거기에는 의문의 여지가 없다. 딱 1, 2분 정도만, 아주 잠시 쉴 정도만 눈을 감았다가 뜰 것이다. 그리고 전보다 더 빨리 계속 걸어가야지.

잠깐 눈만 붙이자. 그게 다다.

눈을 뜨자 해가 중천에 떠 있었다. 그냥 눈을 감았다 뜬 것 같은데 망할 놈의 해가 중천에 뜨다니.

망했다. 적어도 한 시간, 아마 두 시간은 잃어버렸다.

그다음에 내가 잠에서 깬 이유를 알아챘다.

소음이다.

나는 사람들이 우리를 찾아냈다는 생각에 두려움을 느끼며 허겁지겁 일어서다가······.

사람의 소음이 아니라는 걸 알아챘다.

캐서가 나와 만시와 여자아이를 내려다보며 우뚝 서 있었다.

먹을 거? 캐서의 소음이 말했다.

거 봐, 이놈들은 늪을 떠나지 않았다니깐.

여자아이가 자고 있는 곳에서 작게 헉 소리가 들렸다. 이제 다 깬 모양이다. 캐서가 돌아서서 여자아이를 봤다. 그다음에 만시가 일어나서 짖어댔다. "잡아! 잡아! 잡아!" 그러자 캐서의 목이 다시 빙 돌아서 우리를 향했다.

당신이 여태까지 본 것 중 가장 큰 새를 상상해 보라. 그 새가 너무 커서 더 이상 날 수도 없게 된 모습을 상상해 보라. 2.5미터에서 3미터 정도의 큰 키에, 어마어마하게 길고 아주 잘 휘는 새의 목이 당신의 머리보다 한참 높은 곳에서 당신을 향해 쭉 뻗어 온다고 상상해 보라. 이 새에게는 깃털이 있지만 깃털이라기보다는 털에 가깝고, 날개는 이제 그들이 사냥해서 먹으려고 하는 동물들을 놀라게 할 때 말고는 별 쓸모가 없다. 하지만 진짜 조심해야 할 부위는 발이다. 내 가슴까지 오는 긴 다리의 끝에 발톱이 달려 있는데, 방심했다가 한 방 차이면 그길로 황천행이다.

"걱정하지 마. 싹싹한 새니까."

정말 그렇다. 원래는 그래야 한다. 이 새들은 설치류를 먹고 공격을 당할 때만 발길질을 한다. 벤 아저씨가 이 새들은 싹싹하고 바보 같은 구석이 있으며 먹이를 주면 순순히 받아먹을 거라고 했다. 게다가 이 새들은 맛도 좋다. 프렌티스타운의 새 정착민들이 이 새고기에 맛을 들여서 열심히 사냥하러 다니느라, 내가 태어났을 쯤엔 몇 킬로미터 내의 캐서는 씨가 말라버렸다. 이 새 역시 비디오나 다른 사람들의 소음에서만 봤던 존재다.

세상이 점점 커져만 가는군.

"잡아! 잡아!" 만시는 짖어대면서 새 주위를 빙빙 돌며 달렸다.

"그거 물지 마!" 나는 만시에게 소리 질렀다.

캐서의 목이 마치 덩굴식물처럼 획획 흔들리면서 곤충을 쫓는 고양이처럼 만시를 쫓으며 물었다. **덕을 거?**

"먹을 거 아니야." 내가 말하자 그 큰 새의 목이 내 쪽으로 획 돌아왔다.

덕을 거?

"먹을 거 아니라니까. 그냥 개야." 내가 다시 말했다.

개? 캐서는 그 말을 생각해 보더니 만시를 따라다니면서 부리로 쪼려고 했다. 마치 거위에게 쪼이는 것 같아서 부리는 전혀 무섭지 않지만, 만시는 온몸으로 거부하면서 캐서 주위를 벗어나 계속 짖어댔다.

나는 만시를 보고 웃었다. 꼬락서니가 아주 웃겼다.

그때 아주 작게 웃음소리가 들렸는데 내 소리는 아니었다.

나는 그쪽을 봤다. 여자아이가 앉아 있던 나무 옆에 서서, 거대한 새가 내 멍청한 개를 쫓아다니는 광경을 보며 웃고 있었다.

여자아이가 활짝 미소 짓고 있었다.

그러다가 내가 자신을 본다는 걸 알고 멈춰버렸다.

덕을 거? 그 소리가 들려서 돌아보니 캐서가 내 배낭 속에 부리를 넣고 쿡쿡 찌르고 있었다.

"야!" 나는 소리를 지르면서 손을 휘휘 저어서 캐서를 쫓기 시작했다.

먹을 거?

"여기 있어." 나는 벤 아저씨가 싸 준 천 속에 있는 치즈를 조금 떼어줬다.

캐서가 냄새를 맡아보더니 치즈를 물어 게걸스럽게 목구멍으로 넘겼다. 치즈를 삼키는 캐서의 목이 물결치듯 길게 흔들렸다. 마치 사람이 뭔가 먹은 후에 입맛을 다시는 것처럼 캐서의 부리가 몇 번 딱딱거리더니, 목이 반대쪽으로 물결치면서 큰 기침 소리와 함께 좀 전에 삼켰던 치즈 덩어리가 침 범벅이 된 채, 하지만 거의 으깨지지도 않은 상태로 날아와 내 뺨을 철썩 때렸다. 내 얼굴에 캐서의 침이 흘렀다.

먹을 거? 새는 그렇게 말하고 천천히 늪으로 걸어갔다. 이제 우리에게는 나뭇잎 한 장 만큼의 관심도 보이지 않으면서.

"잡아! 잡아!" 만시가 새를 쫓아가며 짖었지만 따라가진 않았다. 내가 팔등으로 얼굴에 묻은 침을 닦아내는 동안 여자아이가 날 보며 피식피식 웃었다.

"이게 웃겨?" 내가 말하자 여자아이는 안 웃은 척했다. 그러더니 돌아서서 가방을 들었다.

"그래. 우리가 너무 오래 잤다. 이제 가야지." 내가 다시 주도권을 잡고 말했다.

우리는 더 이상 아무 말도 미소도 없이 계속 걸어갔다. 땅바닥이 점점 오르막으로 변하면서 건조해지기 시작했다. 울창한 나무들도 조금씩 줄어들었고, 가끔 햇빛이 우리 위를 비췄다. 시간이 조금 흐른 후에 우리는 작은 빈터에 이르렀다. 나무들의 우듬지가 내려다보이는, 경사가 완만한 짧은 절벽으로 이어지는 작은 들판 같은 곳이었다. 우리는 그 절벽에 올라가 꼭대기에서 멈췄다. 여자아이가 가방에서 또 다른 과일 봉지를 꺼냈다. 아침 식사였다. 우리는 선 채로 먹었다.

나무들이 내려다보이는 곳에 서자 우리 앞에 펼쳐진 길이 저 멀리까지 보였다. 지평선에 큰 산이 있었고, 희미한 안개 너머 저 멀리로 그보다 더 작은 산들이 보였다.

"저기가 우리가 가는 곳이야. 뭐, 아무튼 우리가 가야 할 곳이라고 생각해." 내가 손으로 가리키며 말했다.

여자아이는 과일 봉지를 내려놓고 다시 가방 안에 손을 넣었다. 그러더니 내가 지금까지 본 것 중 가장 귀엽고 앙증맞은 망원경을 하나 꺼냈다. 몇 년 전에 고장 나서 굴러다니는 우리 망원경은 저것에 비하면 빵 상자처럼 보인다. 그 아이는 망원경을 눈에 대고 한동안 바라보더니 내게 건네줬다.

그걸로 우리가 가야 할 길을 봤다. 모든 것이 아주 또렷하게 보였다. 우리 앞에 길게 뻗어 있는 초록색 숲은 구불구불하게 내려가 골짜기를 이뤘는데, 거기에는 흙탕물이 우묵하게 고인 늪만 있는 게 아니라 진짜 땅이 있었다. 습지로 시작된 부분이 나중에 강으로 흘러 들어가는 곳까지 눈에 띄었다. 그 강물은 산에 가까워질수록 점점 깊은 협곡으로 흘러 들어갔다. 주의 깊게 귀를 기울이면 강물이 세차게 흐르는 소리까지 들을 수 있었다. 망원경으로 보고 또 봐도 정착지는 보이지 않았지만, 저 강의 굽이 너머에 뭐가 있을지는 아무도 모르잖아. 저 너머에 뭐가 있을지 과연 누가 알겠는가?

나는 우리가 왔던 길을 되돌아봤지만 아직 이른 새벽이라 늪지의 대부분이 옅은 안개에 가려져 아무것도 보이지 않았다.

"이거 귀엽네." 나는 그렇게 말하면서 망원경을 돌려줬다. 여자아이는 다시 그걸 가방에 넣었다. 우리는 한동안 그 자리에 서서 아침을 먹었다.

여전히 이 아이의 침묵이 신경 쓰였기 때문에 저만치 떨어져 서 있었다. 나는 말린 과일을 한 조각 씹으면서 자신에게 소음이 없고, 소음이 없는 세상은 어떨까 생각해 봤다. 그건 무슨 뜻일까? 거기는 대체 어떤 곳일까? 좋은 곳일까? 아니면 끔찍한 곳?

당신이 지금 소음이 없는 누군가와 언덕 꼭대기에 서 있다고 가정해 보라. 그렇다면 혼자 서 있는 것과 뭐가 다를까? 당신이라면 어떻게 당신의 소음을 그 사람과 공유하겠는가? 당신이라면 그러고 싶겠나? 내 말은, 여기 이 여자아이와 나 이렇게 단둘이서 위험한 미지의 세상으로 가고 있는데 소음이란 공통점이 없으니 상대가 무슨 생각을 하는지 도무지 알 길이 없다. 이 아이가 온 세상에선 그게 정상일까?

내가 과일을 다 먹고 빈 봉지를 구겨버리자 여자아이가 손을 내밀어서 그걸 다시 자기 가방에 담았다. 아무 말 없이, 그 어떤 말도 오가지 않는다. 이 아이에겐 거대한 공허만이 존재한다.

우리 엄마와 아빠가 처음 여기에 착륙했을 때 이랬을까? 인간이 오기 전에는 신세계가 원래 이렇게 막막하도록 고요한 곳이었을까…….

나는 돌연 그 여자아이를 올려다봤다.

그 전에.

아, 안 돼.

난 너무나 멍청한 바보다.

이 여자아이에게는 소음이 없다. 그리고 우주선을 타고 왔다. 그렇다면 이 아이는 소음이 없는 곳에서 왔단 소리잖아, 딱 보면 모르냐, 이 바보 멍청아.

그렇다면 이 여자아이는 여기 착륙한 후 아직까지 그 소음 세균에 감염되지 않았다는 뜻이다.

그렇다면 그 세균에 감염되면, 다른 여자들에게 일어났던 일이 이 아이에게도 일어날 것이다.

그 세균이 이 아이를 죽일 것이다.

그것이 이 아이를 죽일 것이다.

난 그 아이를 바라봤고, 햇빛이 우리를 비추었다. 내가 그 생각을 하는 동인 여자아이의 눈이 점점 커졌다. 그때 나는 나의 또 다른 멍청함을 깨달았다. 이번 건 좀 알아차리기 어렵긴 했지만.

내가 이 아이의 소음을 들을 수 없다고 해서 이 아이도 내 소음을 들을 수 없다는 뜻은 아니다.

11

해답이 없는 책

"안 돼!" 내가 재빨리 외쳤다. "듣지 마! 내 생각이 틀렸어! 내가 틀렸어! 그건 내 착각이야! 내가 틀렸어!"

하지만 여자아이는 내게서 뒷걸음질을 치면서 자기가 먹은 과일 봉지를 떨어뜨렸고, 눈은 점점 더 커져가기만 했다.

"아니, 아니라니⋯⋯."

나는 그 아이를 향해 다가갔지만 그 아이는 그보다 더 빨리 내게서 멀어졌고, 그 바람에 가방이 땅바닥에 떨어졌다.

"그게⋯⋯." 나는 입을 뗐지만 이럴 때는 대체 뭐라고 해야 하지? "내가 틀렸어. 내가 틀렸다고. 난 다른 사람을 생각하고 있었어."

이번에야말로 정말 바보 같은 말을 했다. 왜냐하면 이 아이는 내 소음을 들을 수 있으니까, 안 그런가? 이 아이는 내가 뭔가 할 말을 생각해 내려고 애쓰는 걸 볼 수 있고, 그러다가 백만 배 더 바보 같은 말을 해버리는 모습도 볼 수 있다. 이 아이는 내 소음에 떠오른 자신의 모습을 다 볼 수 있고 그 이상도 볼 수 있다. 이 정도면 온 세상에 흘려버린 내 소음을 주워 담을 길은 없다는 걸 알아야 하잖아.

망할. 시바 다 꺼지라고 해.

"망할!" 만시가 짖었다.

"왜 내 소리를 들을 수 있다고 **말하지** 않았어?!" 나는 우리가 만난 후로 여자아이가 한 마디도 하지 않았다는 사실을 무시하며 바락바락 소리를 질렀다.

여자아이는 내게서 더 멀찍이 물러나면서 한 손을 들어 입을 가렸는데, 그러는 동안 날 보는 그녀의 눈에는 물음표가 가득했다.

난 이 상황을 바로잡기 위해 뭔가, 뭐든 생각해 내려고 애썼지만 아무 생각도 떠오르지 않았다. 그냥 온통 죽음과 절망으로 가득 찬 소음만 속수무책으로 흘러나왔다.

여자아이는 돌아서서 언덕을 달려 내려가면서 내게서 최대한 빨리 도망쳤다.

제기랄.

"기다려!" 난 소리를 지르면서 그 아이를 쫓아 달려갔다.

그 아이는 우리가 왔던 길을 그대로 돌아가서 작은 들판을 지나 나무들 사이로 사라지고 있었다. 나는 바로 뒤에서 쫓아갔고, 만시가 나를 따라왔다. "멈춰!" 나는 달려가면서 외쳤다. "기다리라고!"

하지만 쟤가 왜 멈춰야 하지? 쟤가 날 기다려야 할 이유가 뭐냐고?

게다가 저 여자아이는 마음이 내킬 때는 정말 어마어마하게 빨리 달린다.

"만시!" 내가 부르자 만시는 내 뜻을 이해하고 여자아이를 쫓아 비호처럼 달려갔다. 정말 저 아이를 잃을 수 있는 상황은 아니었다. 저 아이가 나를 떼버릴 수 없는 것처럼 말이다. 저 아이를 쫓아가는 내 소음이 어마무시하게 요란한 것만큼, 앞에서 달려가는 저 아이의 침묵도 그 정도로 컸다. 심지어는 지금도, 자신이 죽을 거라는 걸 알면서도 저 아이의 침묵은 무덤처럼 고요하고 깊었다.

"기다려!" 나는 냅다 소리를 지르다가 나무뿌리에 걸려서 대차게 넘어져 팔꿈치를 땅바닥에 찧고 말았다. 그 바람에 전부터 욱신거리던 몸과 얼굴의 통증들이 또다시 느껴졌지만 일어나야 했다. 일어나서 여자아이를 쫓아가야 했다. "씨바!"

"토드!" 저만치 앞에 있어서 보이지 않는 만시의 짖는 소리가 들렸다. 내가 조금 비틀거리면서 커다란 덤불 덩어리를 돌아가자 그 아이가 있었다. 그 애는 땅바닥에서 툭 튀어나온 크고 평평한 바위 위에 앉아 무릎을 끌어안고 몸을 앞뒤로 흔들고 있었다. 크게 뜬 눈에는 여전히 아무 표정이 없었다.

"토드!" 나를 본 만시는 다시 짖고 나서 바위 위로 훌쩍 뛰어올라가 그 아이 옆에 가서 킁킁거리며 냄새를 맡기 시작했다.

"혼자 있게 놔둬, 만시." 내가 말했지만 만시는 말을 듣지 않았다. 만시는 그 아이의 얼굴 가까이 코를 대고 킁킁거리더니, 한두 번 핥고 나서 옆에 앉아 몸을 앞뒤로 흔들고 있는 아이의 옆구리에 얼굴을 기댔다.

"있지." 나는 숨을 고르면서, 그다음에 무슨 말을 해야 할지 몰랐지만 그래도 입을 열었다. "있잖아." 다시 시도해 봤지만 아무 말도 나오지 않았다.

나는 그냥 그 자리에 서서 헐떡거리면서 아무 말도 하지 않았고, 그 아이는 거기 앉아 몸을 앞뒤로 흔들었다. 그거 말고는 달리 할 일이 없어 보여서 나도 바위에 앉았지만, 그 아이의 의사를 존중하고 안전을 위해 어느 정도 거리를 유지했다. 그렇게 여자아이는 몸을 앞뒤로 흔들고 나는 가만히 앉아서 어떻게 해야 할지를 고민했다.

우리는 이 상태로 족히 몇 분을 흘려보냈다. 당장 움직여도 모자랄 아까운 몇 분을, 늪지에서의 또 하루가 점점 밝아오고 있는 이 중요한 시간에.

그러다가 마침내 또 다른 생각이 떠올랐다.

"내 생각이 틀릴지도 몰라." 나는 그 생각이 떠오르자마자 곧바로 말했다. "내 생각이 틀릴 수도 있어, 내 말 알겠지?" 나는 그 아이에게 몸을 돌려서 재빨리 말하기 시작했다. "사람들은 내게 모든 것에 대해 거짓말을 했거든. 내 말이 사실인지 확인하고 싶으면 내 소음을 뒤져봐도 좋아." 나는 일어서서 더 빨리 말하기 시작했다. "원래 내가 알기론 우리 마을 말고 다른 정착지는 없어야 했어. 이 멍청한 행성을 통틀어 정착민들이 세운 마을은 프렌티스타운 하나만 있어야 했다고. 그런데 지도에 다른 마을이 있잖아! 그러니까 아마……."

그렇게 나는 생각하고, 생각하고, 또 생각했다.

"어쩌면 그 세균은 프렌티스타운에만 있는 건지도 몰라. 그리고 네가 거기 가지 않는다면 아마 안전할 거야. 아마 넌 괜찮을 거야. 왜냐하면 너에게서 소음 같은 소리는 전혀 들을 수가 없고, 넌 아픈 것처럼 보이지 않거든. 그러니까 넌 아마 괜찮을 거야."

여자아이는 날 보면서 여전히 몸을 앞뒤로 흔들었고, 나는 대체 얘가 뭔 생각을 하는지 알 수 없었다. 아마 넌 죽지 않을 거야란 말이 그렇게 마음 편해지는 말은 아닐 것이다.

나는 계속 생각하면서 최선을 다해 여자아이가 내 소음을 마음대로 분명하게 볼 수 있도록 놔뒀다. "어쩌면 우리 모두 그 세균이 몸속에 들어왔는데, 그래, 그래!" 또 다른 생각이 떠올랐다. 좋은 생각이. "아마 다른 정착지 주민들이 그 세균에 오염되지 않도록 우리 마을 사람들이 스스로를 차단했는지도 몰라! 분명 그럴 거야! 그러니까 네가 만약 늪지에만 있었다면 넌 안전한 거야!"

여자아이는 이제 몸을 흔들지 않았지만, 여전히 날 빤히 바라보았다. 혹시 내 말을 믿는 것일까?

하지만 그때 대체 언제 생각을 멈춰야 할지 모르는 얼간이처럼 나는 그 생각을 계속하고 말았다. 만약 프렌티스타운이 다른 마을들로부터 차단됐다는 게 사실이라면 다른 정착지 주민은 내가 들어오는 걸 별로 좋아하지 않을지도 몰라, 안 그런가? 어쩌면 애초에 우리와 관계를 끊은 건 다른 정착지의 주민들인지도 모른다. 왜냐하면 프렌티스타운 주민들은 정말로 세균을 감염시키는 사람들이니까.

그리고 다른 사람들의 소음을 들을 수 있다면 이 여자아이는 내게서 그 세균이 옮을 수도 있다, 안 그런가?

"아, 맙소사." 나는 고개를 숙이면서 두 손을 무릎에 댔다. 온몸이 밑으로 떨어지는 것 같은 기분이 들었다. 나는 여전히 서 있는데도 그런 기분이 들었다.

여자아이는 다시 자기 몸을 껴안았고, 우리는 아까 이 사태가 시작됐을 때보다 더 나쁜 상황으로 돌아왔다.

이건 공평하지 않다. 정말 이 상황은 너무나 공평하지 않다. 늪에 가면 뭘 해야 할지 알게 될 거야, 토드. 뭘 해야 할지 알게 될 거야. 네, 그런 말을 해주다니 열라 무지하게 고맙네요, 벤 아저씨. 그렇게 도와주고 걱정해 줘서 고마워요. 난 이런 난감한 상황에 처했는데 대체 뭘 해야 할지 아무것도 모르겠다고요. 이건 공평하지 않아요. 난 집에서 쫓겨났고, 열나게 두들겨 맞고, 날 아낀다고 했던 사람들은 지금까지 내게 거짓말을 해왔고, 난 멍청한 지도 한 장 들고 아는 거라곤 하나도 없는 낯선 마을을 찾아가야 하고, 그 멍청한 책을 어떻게든 읽어야……

책.

나는 배낭을 벗어서 그 일기장을 꺼냈다. 아저씨가 모든 답이 여기 있다고 했으니까, 어쩌면 정말 여기 있을지도 모른다. 다만…….

나는 한숨을 쉬면서 일기장을 펼쳤다. 거기에 다 쓰여 있었다, 모든 단어들이 우리 엄마의 필체로. 끝도 없이 페이지가 넘어갔지만 나는…….

음, 뭐 어쨌든 나는 다시 지도로 넘어가서 벤 아저씨의 글이 있는 반대쪽을 봤다. 손전등 불빛이(사실 이게 독서용은 아니잖아) 없는 대낮에 이걸 보기는 처음이다. 그 페이지 맨 위쪽에 벤 아저씨의 말이 한 줄 한 줄 적혀 있었다. 가라, 가 첫 단어였다. 그게 분명 첫 단어고, 그다음에 더 긴 단어가 나왔는데 그 뜻을 제대로 알아내기도 전에 어마어마하게 긴 단락이 두어 개 나왔다. 정말 지금은 이런 걸 읽을 시간이 없지만 그 페이지 맨 밑에 벤 아저씨가 한 무리의 단어에 밑줄을 그어놓은 것이 보였다.

난 여자아이를 힐끗 봤다. 여전히 몸을 앞뒤로 흔들고 있다. 그래서 돌아서서 밑줄 친 단어 중에서 첫 단어 밑에 손가락을 갖다 댔다.

어디 보자. 니? 너, 이건 분명 너라는 말일 거야. 너. 오케이, 내가 뭐? 반? 반무서? 반부서? 반무어서? 대체 이게 무슨 뜻이람? 그. 그드. 그드에? 그드에게? 겨. 겨고? 겨공. 너 반무서 그드에게 겨공? 아니, 잠깐만. 이건 경고구나. 경고잖아. 당연히 경고지, 이 멍청아.

하지만 너 반무서 그드에게 경고?

뭣이라?

벤 아저씨가 내게 글 읽는 법을 가르치려고 했다는 얘기를 할 때 내가 했던 말 기억나나? 난 잘 못 읽는다고 했던 말 기억하느냐고? 음…….

음, 나도 모르겠다.

넌 반무서 그드에게 경고.

바보.

나는 그 일기장을 다시 보면서 페이지를 휙휙 넘겨 봤다. 수십 페이지. 수십 페이지에 또 수십 페이지. 뭐라 뭐라 무슨 말이 잔뜩 쓰여 있는데 내게는 아무 말도 해주지 않았고, 그 어떤 답도 주지 않았다.

빌어먹을 멍청한 일기장.

나는 지도를 일기장 안에 다시 쑤셔 넣고 거칠게 표지를 덮은 후에, 땅바닥에 집어던졌다.

이 멍청아.

"빌어먹을 멍청한 책!" 이번에는 큰 소리를 내서 말하면서 그 일기장을 저쪽에 있는 고사리 쪽으로 차버렸다. 그리고 그 아이에게로 돌아섰다. 그 아이는 아직도 몸을 앞뒤로 흔들고 있었고, 나도 안다, 나도 안다고. 오케이, 나도 저 아이 기분이 어떤지는 알겠지만 슬슬 화가 나기 시작했다. 여기가 막다른 골목이라면 더 이상 뭐라고 해줄 말이 없었고, 그 아이도 아무 대꾸도 하지 않고 있으니까.

내 소음에서 탁탁 소리가 나면서 슬슬 열이 오르기 시작했다.

"나라고 좋아서 이러고 있는 게 아니라고, 알아?" 여자아이는 날 볼 생각조차 안 했다. "이봐! 지금 너한테 말하고 있잖아!"

하지만 아무 반응이 없었다. 반응 전무, 전무, 완전 무.

카오스 워킹 1

"**나도 어떻게 해야 할지 모르겠다고!**" 나는 바락바락 소리를 지르면서 일어나 주위를 쿵쾅거리고 걸어 다니며 목에서 쇳소리가 나올 때까지 소리를 질렀다. "**나도 어떻게 해야 할지 모르겠다고! 나도 어떻게 해야 할지 모르겠어!**" 나는 여자아이에게로 돌아섰다. "**미안하다!** 너에게 이런 일이 일어나서 미안한데 나도 어떻게 해야 할지 모르겠어. **그리고 제발 좀 그만 흔들어!**"

"토드, 소리 실러." 만시가 짖었다.

"아아아악!" 나는 소리를 꽥 지르면서 두 손으로 얼굴을 감쌌다. 그리고 다시 얼굴에서 손을 뗐지만 달라진 건 없었다. 이게 바로 하루아침에 쫓겨나서 혼자가 되면서 배운 교훈이다. 아무도 날 위해 아무것도 해주지 않는다. 내가 나서서 바꾸지 않는 한, 아무것도 변하지 않는다.

"우린 계속 가야 해." 난 화가 머리끝까지 난 상태로 배낭을 집어 들었다. "넌 아직 세균에 감염되지 않았으니까, 아마 그냥 계속 이렇게 내게서 떨어져 있으면 괜찮을 거야. 나도 잘 모르겠지만 우리가 해야 할 일은 그것밖에 없어."

흔들, 흔들, 흔들.

"우린 돌아갈 수 없으니까 앞으로 계속 가야 해. 그뿐이야."

여전히 흔들흔들.

"네가 내 소리를 **들을** 수 있다는 거 **알아!**"

여자아이는 이제 움찔하지도 않았다.

그러자 갑자기 이 모든 게 피곤해졌다. "좋아." 나는 한숨을 쉬었다. "좋아. 맘대로 해. 넌 여기 남아서 몸이나 실컷 흔들고 있어. 누가 상관이나 한대? 빌어먹을 누가 상관이나 하냐고?"

나는 땅바닥에 떨어진 일기장을 봤다. 바보 같은 것. 하지만 저 일기장은 내 것이니 허리를 숙여서, 손으로 집어, 비닐에 싸서, 다시 배낭에 넣고 어깨에 멨다.

"만시, 가자."

"토드?!" 만시는 나를 보다가 여자아이를 보면서 짖었다. "못 가, 토드!"

"쟤는 오고 싶으면 따라오겠지. 하지만……."

하지만 다음에 무슨 말을 해야 할지도 알 수 없었다. 하지만 저 아이가 여기 있고 싶어 했다가 혼자 죽으면? 하지만 저 아이가 돌아가고 싶어 했다가 프렌티스 주니어에게 잡힌다면? 하지만 저 아이가 내게서 나오는 소음에 감염될 위험을 무릅써서 병에 걸려 죽는다면?

이 세상은 정말이지 멍청한 곳이다.

"이봐." 나는 좀 더 부드러운 목소리를 내려고 노력했지만 내 소음은 이미 광분해서 날뛰고 있으니 사실상 별 의미가 없는 짓이었다. "우리가 지금 어디로 가는지 알지? 두 개의 산 사이에 있는 강으로 가고 있어. 정착지에 도착할 때까지 계속 강을 따라가, 오케이?"

아마 얘는 내 말을 듣고 있을 것이다. 어쩌면 아닐 수도 있고.

"내가 앞에 뭐가 있는지 봐줄게. 네가 내게서 멀찍이 떨어져 있고 싶다면 이해해. 내가 먼저 가서 알아봐 준다고."

여자아이가 내 말을 충분히 이해했는지 보려고 그 자리에 잠시 서 있었다.

"음. 만나서 반가웠어." 나는 마침내 그렇게 말했다.

그리고 걷기 시작했다. 덤불이 모여 있는 곳에 이르렀을 때, 돌아보면서 다시 한 번 기회를 줬다. 하지만 그 여자아이는 달라진 게 아무것도 없는 것처럼 계속 몸만 앞뒤로 흔들고 있었다.

그러니까 이걸로 끝이다. 나는 출발했고, 만시는 마지못해 날 따라오면서도 수시로 뒤를 돌아보며 나를 불러댔다. "토드! 토드! 가, 토드? 토드! 못 가, 토드!" 참다못해 나는 만시의 엉덩이를 한 대 때렸다. "아얏, 토드?"

"나도 몰라, 만시, 그러니까 그만 좀 물어봐."

우리는 다시 마른땅이 나오는 나무들 사이로 돌아가서, 빈터로 가 오늘 아침을 먹으면서 화창한 하늘을 보며 여자아이의 죽음에 대해 내가 끝내주는 추리를 했던 그 언덕 꼭대기로 갔다.

거기 땅바닥에 여자아이의 가방이 떨어져 있었다.

"아, 빌어먹을!"

나는 잠시 그 가방을 노려봤다. 정말이지 내 팔자가 너무나 지긋지긋하다. 이걸 다시 그 여자아이에게 갖다 줘야 하나? 아니면 그냥 그 아이가 찾아가길 바라야 하나? 그냥 이렇게 놔두고 가면 그 아이가 위험해질까? 내가 놔두고 가지 않으면 그 아이가 위험해질까?

이제 태양은 내 머리 위에 떠 있었고 하늘은 신선한 고기처럼 푸르스름했다. 나는 허리춤에 손을 짚고 서서 사람들이 뭔가 생각할 때 그러는 것처럼 주위를 오랫동안 둘러봤다. 지평선을 바라보고, 우리가 돌아온 길을 봤다. 이제 아침 안개는 거의 사라졌고 습지의 숲은 햇빛에 잠겨 있었다. 숲 너머 풍경이 눈에 들어왔다. 그 너머로 우리가 계속 그먼 길을 걸어와서 잊힌 존재가 된 곳이 있다. 시야가 맑고 성능이 좋은 망원경이 있다면 아마 그 머나먼 길 너머의 마을까지 볼 수 있을지도 모른다.

성능 좋은 망원경.

나는 땅바닥에 있는 그 아이의 가방을 내려다봤다.

가방에 손을 뻗었을 때 무슨 소리가 들렸다는 생각이 얼핏 들었다. 속삭이는 것 같은 소리였다. 내 소음이 펄쩍 뛰었다. 나는 결국 고개를 들어 여자아이가 날 따라오고 있는지 봤다. 인정하긴 싫지만 그랬다면 마음이 한결 놓일 텐데.

하지만 그건 여자아이의 소리가 아니었다. 하나의 속삭임. 아니, 그 이상이었다. 바람이 어딘가에서 속삭이는 소리를 실어오는 듯했다.

"토드?" 만시가 공기 냄새를 맡으면서 말했다.

나는 반짝이는 햇살에 눈을 가늘게 뜨면서 습지 너머를 봤다.

저기 저쪽에 뭐가 있나?

나는 여자아이의 가방을 잡아채서 망원경을 찾아 뒤졌다. 그 안에 온 갖 종류의 근사한 장비들이 있었지만 마침내 망원경을 찾아서 눈가에 가져갔다.

보이는 거라곤 늪과, 늪에 있는 나무들의 우듬지, 늪지 물가의 작은 빈터들, 강물이 마침내 다시 온전히 강이 되는 부분이었다. 나는 얼굴 에서 망원경을 떼서 살펴봤다. 여기저기에 작은 버튼들이 있어서 몇 개 눌러봤더니 모든 것이 더 가까이 다가오는 듯했다. 그 버튼을 몇 번 더 누르자 이제 그 속삭이는 소리를 들을 수 있다는 확신이 들었다. 100퍼 센트 확신했다.

나는 늪에 있는 그 길게 찢어진 틈, 그 도랑, 그 아이의 우주선 잔해 를 찾아냈지만 우리가 떠난 후로 달라진 점은 하나도 없었다. 나는 망 원경 위를 보면서 뭔가 움직이는 게 보이는지 살펴봤다. 그리고 다시 망원경으로 풍경을 보자 우리에게 아주 조금 더 가까운 곳에 있는 나무 들이 바스락거리는 모습이 보였다.

하지만 저건 그저 바람이야, 그렇지 않나?

나는 앞뒤를 살펴보면서, 버튼을 눌러 좀 더 가까이 보기도 하고 멀리 보기도 했다. 그러면서도 내 시선은 계속 그 살랑거리는 나무들로 돌아왔다. 나는 계속해서 망원경을 나와 그 나무들 사이에 있는 탁 트인 배수로 같은 곳에 겨누었다.

계속 그곳을 주시했다.

계속 망원경으로 그곳을 지켜보면서 어쩌면 속삭이는 소리를 들은 것 같기도 하고, 어쩌면 아닌 것 같기도 해서 속을 바짝바짝 태웠다.

나는 계속 지켜봤다.

마침내 그 바스락거리는 움직임이 그 빈터에 도착할 때까지. 시장이 직접 말을 타고 그 나무들 속에서 나오는 모습이 보였다. 그는 말을 탄 부하들을 거느리고 있었다.

그들이 바로 이쪽으로 오고 있었다.

12

다리

시장이다. 시장 아들도 아니고 시장이 직접 행차했다. 깨끗한 모자를 쓰고 깨끗한 얼굴에 깨끗한 옷을 입고 반짝거리는 부츠를 신고서 허리를 꼿꼿이 세운 자세라니. 프렌티스타운 사람들도 실제로 시장을 자주 보진 못한다. 시장 측근이 아닌 이상은 그렇다. 간혹 실제로 보게 되면 시장은 항상 이런 모습이다. 망원경으로 봤을 때조차도. 마치 시장은 자기 관리 하는 법을 아주 잘 알고 우리는 그러지 못하는 사람인 양.

나는 최대한 그들의 모습이 가깝게 보일 때까지 버튼을 몇 개 더 눌렀다. 그들은 다섯, 아니 여섯 명으로 시장 집에서 들리던 그 소름끼치는 연습을 하던 사내들이었다. **나는 원이고 원은 나다.** 그런 요상한 말을 복창하는 연습. 거기에 콜린스 아저씨, 맥너니 아저씨, 오헤어 아저씨와 모건 아저씨가 모두 말을 타고 있었다. 신세계에서는 말을 키우기가 여간 힘들지 않기 때문에 그 자체가 아주 희귀한 광경이다. 시장은 부하들에게 총을 들려 자기가 개인적으로 키우는 말들을 지키게 했다.

재수 없는 프렌티스 주니어도 제 아버지 바로 옆에서 말을 타고 있었다. 킬리언 아저씨에게 맞은 눈에 시퍼렇게 멍이 들어 있다. 꼴좋다.

하지만 그 순간 나는 저 광경은 우리 농장에서 무슨 일이 일어났건 간에 이제 확실히 끝났음을 의미한다는 것을 깨달았다. 벤 아저씨와 킬리언 아저씨에게 무슨 일이 일어났건 이미 끝난 것이다. 나는 순간 망원경을 내려놓고 솟구치는 감정을 억눌렀다.

그리고 다시 망원경을 들었다. 그 그룹은 잠시 멈춰 이야기를 나누면서 커다란 종이 한 장을 보고 있었다. 저건 분명 내가 가진 것보다 더 나은 지도일 테고…….

아, 이런.

아, 이런, 이건 분명 현실이 아닐 거야.

아론이었다.

아론이 그들 뒤에 있는 나무들 사이에서 걸어 나왔다.

역겹고, 어리석고, 짜증 나는, 빌어먹을 아론.

머리에 붕대를 칭칭 감은 채 시장에게서 조금 떨어진 뒤쪽에서 왔다 갔다 하면서 두 손을 허공에 대고 흔들고 있는 꼬락서니가, 마치 아무도 안 듣는 설교를 하고 있는 듯했다.

어떻게? 어떻게 아론이 살아 있을 수 있지? 저 인간은 염병할 **불사신**이냐?

이건 내 잘못이다. 아둔하고 벼락 맞을 나의 잘못이다. 내가 겁쟁이라서, 내가 나약하고 멍청한 겁쟁이라서 아론이 아직까지 살아 있는 것이다. 그 때문에 놈이 시장을 인도해서 이 빌어먹을 늪을 통과해 우리를 쫓아오고 있다. 내가 놈을 죽이지 않아서 놈이 날 죽이러 오고 있다.

토할 것 같았다. 나는 허리를 구부리고 배를 움켜쥐면서 잠시 신음했다. 내 피가 어찌나 부글부글 끓는지 옆에 있던 만시가 슬금슬금 멀어지는 소리가 들렸다.

"이건 내 잘못이야, 만시. 내 작품이야."

"네 잘못." 혼란스러워진 만시가 방금 내가 한 말을 그냥 따라 했지만 그게 맞는 말이지, 안 그런가?

다시 억지로 망원경을 들자 시장이 아론을 부르는 모습이 보였다. 동물들이 사람들의 생각을 들을 수 있기 시작한 후로, 아론은 동물들이 깨끗하지 않다고 생각해서 가까이 가지 않으려 했다. 그래서 시장은 가까이 오라고 아론을 몇 번이나 불러야 했다. 마침내 아론이 지도를 보려고 무거운 발걸음으로 다가왔다. 시장이 그에게 뭔가를 물어봤다.

그때 아론이 고개를 들었다.

늪지의 나무들 사이로 하늘을 올려다봤다.

이 언덕 꼭대기를 올려다봤다.

바로 나를 올려다봤다.

그는 나를 볼 수 없다. 절대 못 보지. 아니, 볼 수 있나? 이 망원경 같은 장비 없이는 볼 수 없을 텐데. 저기 남자들이 그런 걸 갖고 있는 것 같지는 않다. 프렌티스타운에서 이런 건 한 번도 본 적이 없다. 분명 그럴 것이다. 그는 날 볼 수 없다.

하지만 그는 거대하고 무자비한 괴물처럼 팔을 들어 정확히 나를 가리켰다. 마치 내가 테이블을 사이에 두고 그와 마주 보고 있는 것처럼.

나는 달렸다. 미처 생각도 하기 전에 언덕을 달려 내려가 최대한 빨리 여자아이에게 가면서, 손을 뒤로 뻗어서, 칼을 빼냈다. 만시는 컹컹 짖으면서 내 뒤를 정신없이 쫓아왔다. 나는 나무들 사이를 헤치며 밑으로 내려가 덤불이 모여 있는 곳을 돌아갔다. 그 아이는 여전히 바위 위에 앉아 있었지만 적어도 내가 달려오자 고개를 들었다.

　　　　　　　　　　　　　　　　카오스 워킹 1

"서둘러! 우린 가야 해!" 나는 그 아이의 팔을 홱 움켜쥐면서 말했다. 여자아이는 팔을 빼려고 했지만 내가 놔주지 않았다.

"안 돼! 우린 가야 해! **당장!**" 내가 소리를 질렀다.

아이가 주먹으로 날 때리기 시작했다. 내 얼굴도 몇 번이나 쳤다.

하지만 나는 놔주지 않았다.

"들어봐!" 나는 그 아이가 들을 수 있도록 내 소음을 활짝 열었다. 여자아이는 한 번 더 나를 때렸지만 내게서 흘러나오는 소음 속에서 늪에서 우리를 기다리고 있는 것을 봤다. 아니, 정정하겠다. 우리를 기다리는 것이 아니라 우리를 잡으려고 온갖 노력을 다하고 있는 그들을 봤다. 무슨 일이 있어도 절대 죽지 않는 아론이 우리를 찾아내려고 묘수란 묘수는 다 짜내다가 이번에는 말을 탄 남자들까지 데려왔다. 그들은 우리보다 겁나 빠르다.

여자아이는 참을 수 없는 고통에 시달리듯 얼굴을 일그러뜨리더니 금방이라도 소리를 지를 것처럼 입을 열었지만 아무 소리도 내지 않았다. 여전히 침묵했다. 아무 소음도 나오지 않았고, 그 어떤 소리도 나오지 않았고, 그 어떤 것도 나오지 않았다.

정말이지 이해가 안 된다.

"앞에 뭐가 있는지는 나도 몰라. 난 아는 게 하나도 없지만 앞에 뭐가 있건 간에 우리 뒤에 있는 것보다는 훨씬 나을 거야. 그래야만 해."

내 말을 듣는 여자아이의 표정이 변했다. 또다시 돌처럼 무표정해지면서 입을 꼭 다물었다.

"가! 가! 가!" 만시가 짖었다.

아이가 가방을 달라고 손을 내밀었다. 내가 건네주자 그 아이는 일어서서 망원경을 가방에 밀어 넣고, 가방을 어깨에 메고 내 눈을 똑바로 봤다.

"오케이, 그럼."

그렇게 나는 이틀 만에 두 번째로 강을 향해 전속력으로 달리기 시작했다. 만시가 또다시 옆에서 달렸고, 이번에는 여자아이가 내 뒤에서 달렸다.

음, 이번에는 날 따라잡더니 앞장서서 달렸다. 여자아이는 열라 빨랐다. 정말 빨랐다.

우리는 다시 언덕을 올라가서 반대편으로 내려갔다. 늪지가 끝나고 진짜 숲이 나왔다. 땅바닥이 더 단단해져서 달리기가 훨씬 수월해졌고 내리막길이 이어졌다. 그게 아마도 우리에게 찾아온 첫 번째 행운이었을 것이다. 우리는 달리면서 왼쪽에 있는, 늪지와 섞이지 않은 진짜 강을 힐끗 봤다. 달리는 내내 배낭이 내 등을 사정없이 갈겨댔고, 나는 헉헉거리면서 달렸다.

하지만 나는 칼을 쥐고 있었다.

맹세한다. 신에게든 뭐에게든 지금 당장 맹세한다. 만약 아론이 다시 한 번 내 손에 들어온다면, 죽일 것이다. 두 번 다시 망설이지 않을 것이다. 절대 그럴 일 없다. 천만에! 난 안 그럴 것이다. 맹세한다.

난 놈을 죽일 것이다.

그 망할 인간을 죽일 것이다.

두고 봐라.

우리가 달리는 길이 점점 가파른 오르막으로 변하면서 잎이 더 무성하고 색이 옅은 나무들이 나오기 시작했다. 처음에는 강이 가까워졌다가 달리는 동안 다시 멀어져 갔다. 만시는 혀를 쑥 내민 채 헐떡거리면서 껑충껑충 달렸다. 심장이 미친 듯이 뛰었고 다리는 금방이라도 떨어져 나갈 것 같았지만 그래도 계속 달렸다.

우리가 가는 길이 다시 강가 쪽으로 틀어졌을 때 내가 소리쳤다. "기다려!" 나보다 상당히 앞에서 뛰고 있던 여자아이가 멈췄다. 나는 강가로 달려가서, 악어 떼가 있는지 재빨리 둘러본 후에 허리를 숙여서 물을 몇 차례 입에 넣었다. 물맛은 생각보다 달콤했다. 늪에서 흘러나온 물이니 그 속에 뭐가 들어 있을지 모르지만 아무튼 마셔둬야 한다. 여자아이도 와서 물을 마시자 내 옆에 있는 그 아이의 침묵이 밑으로 기우는 게 느껴졌다. 나는 재빨리 조금 떨어져 섰다. 만시도 할짝할짝 물을 핥았다. 그렇게 우리 셋은 후루룩 물을 마시면서 거칠게 숨을 내쉬었다.

나는 입을 닦으면서 고개를 들어 우리가 가는 곳을 바라봤다. 강 옆은 점점 험준해지면서 가팔라졌다. 거기에 길 하나가 강둑에서부터 위로 올라가서 협곡의 끝까지 뻗어 있는 게 보였다.

나는 문득 그걸 알아차리고 눈을 깜박였다.

길이 하나 보였다. 누군가 그 길을 만들어 놓은 것이다.

여자아이가 돌아서서 봤다. 그 길이 계속 위로 올라가는 동안 강물은 밑으로 떨어지면서 물살이 점점 깊고 빨라져서 급류가 됐다. 누군가가 그 길을 닦아놓았다.

"다른 정착지로 가는 길이 분명해. 분명 그럴 거야."

바로 그때 멀리서 말발굽 소리들이 들렸다. 희미하지만 이쪽으로 오고 있었다.

난 한 마디도 하지 않았다. 우린 이미 일어서서 달리고 있었으니까. 강은 우리 밑에서 점점 더 멀리 흘러갔고 강 맞은편에 큰 산이 우뚝 솟아 있었다. 절벽 꼭대기부터 시작된 울창한 숲이 우리 쪽으로 쭉 뻗어

나가기 시작했다. 저 길은 분명 누군가가 만든 길이다. 사람들이 강을 따라 내려올 수 있도록 말이다.

저 길은 말 여러 마리가 지나갈 수 있을 정도로 넓다. 다섯 혹은 여섯 마리의 말들이 나란히 통과할 수 있을 정도다.

저건 길이 아니다. 저건 도로다.

우리는 이리저리 구부러지고 휘어지는 길을 따라 날듯이 달렸다. 여자아이가 맨 앞에 있고, 그다음이 나고, 마지막이 만시였다.

그러다가 내가 그 아이와 부딪쳐서 길 밖으로 넘어지게 할 뻔했다.

"뭐 하는 거야?" 나는 우리 둘 다 절벽에서 떨어지지 않게 그 아이의 팔을 움켜잡으며 소리 질렀다. 그 와중에도 실수로 그 아이를 죽이지 않도록 칼을 옆으로 치웠다.

그러다가 여자아이가 보고 있는 걸 나도 봤다.

다리 하나가 우리 앞에 걸려 있었다. 이쪽 절벽의 가장자리에서 맞은편 절벽을 이어주는 다리로, 강물이 그 밑을 흐르고 있었다. 다리에서 강물까지 높이가 족히 30~40미터는 될 것 같았다. 도로인지 길인지는 우리쪽 다리 옆에서 끝났고 그 너머로는 바위와 울창한 숲만 있었다. 다리 말고는 저쪽으로 건너갈 방법이 없었다.

그걸 보니 생각이 하나 떠오르기 시작했다.

이제 말발굽 소리가 더 커졌다. 돌아보자 시장 무리가 쫓아오는 곳에서 먼지구름이 뭉게뭉게 피어오르고 있었다.

"어서 가자!" 나는 그 아이 옆을 지나치며 최대한 빨리 그 다리를 향해 달렸다. 쿵쿵 소리를 내며 절벽 위쪽 길을 달리는 우리의 발밑으로 먼지가 일었다. 만시는 두 귀를 머리에 찰싹 붙이고 비호처럼 달렸다. 우리는 거기 도착했다. 그건 그냥 인도교가 아니라 폭이 최소 2미터에 달하는 아주 넓은 다리였다. 이쪽과 저쪽 양끝에 있는 바위에 나무못들을 박아놓고, 거기에 여러 개의 밧줄을 엮어놓은 것처럼 보였다. 그 위로 단단한 나무판자들이 이쪽에서 저쪽으로 뻗어 있었다.

나는 그 위에 발을 올려봤다. 아주 튼튼해서 꿈쩍도 안 했다. 나와 여자아이와 개 한 마리 정도는 너끈히 올라가고도 남는다.

사실 말을 탄 남자들도 건널 수 있을 정도로 튼튼했다.

다리를 지은 사람이 누구건, 아주 오랫동안 쓸 작정이었던 게 분명하다.

나는 다시 우리가 달려온 강 아래쪽을 돌아봤다. 먼지구름이 더 커졌고, 말발굽 소리도 더 요란해졌고, 남자들의 속삭이는 소음이 들려왔다. **꼬맹이 토드**란 말을 들은 것 같았지만 그저 상상일 뿐인지도 모른다. 아론은 걸어오느라 훨씬 뒤에 있을 테니까.

하지만 나는 내가 보고 싶은 걸 봤다. 이 다리가 강을 건널 수 있는 유일한 수단이다.

아마도 두 번째 행운이 우리를 찾아오고 있는 모양이다.

"어서 가자." 내가 말했다. 우리는 달려서 다리를 건너기 시작했는데, 워낙 잘 만들어진 다리라 나무판자들 사이로 틈 하나 보이지 않았다. 여전히 길 위를 달리고 있는 듯한 느낌이었다. 다리 맞은편에 도착하자 여자아이가 멈춰서 날 돌아봤다. 틀림없이 내 소음에서 내 생각을 보고, 내가 그렇게 행동하길 기다리는 것이다.

나는 여전히 칼을 쥐고 있었다. 내 팔 끝에 힘이 깃들어 있다.

어쩌면 마침내 이걸 가지고 좋은 일을 할 수 있을지도 모른다.

나는 바위에 박힌 여러 개의 말뚝에 묶여 있는 다리 끝을 바라봤다. 이 칼의 날 가장자리는 톱니 모양으로 깔쭉깔쭉하다. 그래서 나는 여러 개의 밧줄 매듭 중에서 가장 약해 보이는 걸 골라 칼로 톱질하듯 자르기 시작했다.

나는 칼질을 하고 또 했다.

점점 커지는 말발굽 소리들이 협곡 밑으로 울려 퍼졌다.

하지만 만약 갑자기 다리가 없어진다면…….

나는 좀 더 열심히 잘랐다.

그리고 조금 더.

그리고 조금 더.

하지만 도무지 진척이 없었다.

"대체 이게 뭐야?" 나는 버럭 소리를 지르며 칼질을 하고 있던 부분을 찬찬히 뜯어봤다. 거기에는 칼에 베인 자국조차 거의 없었다. 톱니 모양 칼날을 손가락으로 만져보자 따끔하면서 곧바로 피가 흘러나왔다. 나는 밧줄을 좀 더 가까이서 살펴봤다. 밧줄에 일종의 송진 같은 것이 입혀져 있었다.

무지무지하게 질기고 강철처럼 단단한 종류의 송진으로, 칼로 잘릴 만한 것이 아니었다.

"어이가 없네." 나는 여자아이를 올려다보며 말했다.

그 아이는 망원경을 눈에 대고 우리가 건너온 길을 보고 있었다.

"그들이 보여?"

나는 강 너머를 바라봤다. 굳이 망원경 없이 맨눈으로 봐도 볼 수 있었다. 속도를 늦추지도 않은 채, 마치 오늘만 사는 사람들처럼 천둥 같은 말발굽 소리를 내며 이곳을 향해 달려오는 그들의 모습이 점점 커지고 있었다.

우리에겐 3분 정도 시간이 있었다. 어쩌면 4분.

망할.

나는 다시 칼질을 시작해서 최대한 빨리 팔을 힘차게 휘두르며 썰어댔다. 전신에서 땀이 솟아나면서 그렇지 않아도 쑤시고 아픈 몸에 새롭게 통증이 일었다. 정신없이 칼질을 하는 사이에 땀방울이 콧등을 타고 칼날로 떨어졌다.

"제발, 제발 좀." 나는 이를 악물고 말했다.

나는 칼을 들어 올렸고, 환장하게 거대한 다리의 밧줄에서 아주 작은 매듭 하나의 아주 작은 송진 하나를 끊어놓는 데 성공했다.

"빌어먹을!"

나는 칼질을 하고 또 하고 또 했다. 그리고 또 하고 또 하는 동안 땀방울이 눈 속으로 흘러 들어와 따끔거리기 시작했다.

"토드!" 만시의 불안이 사방으로 흩어져 나갔다.

나는 칼질을 했다. 또 했다.

하지만 달라진 건 하나도 없이 칼날이 밧줄에 걸리는 바람에 애먼 내 손가락 마디들만 말뚝에 그대로 내리쳐서 피가 나고 말았다.

"**젠장!**" 나는 소리를 지르면서 칼을 땅바닥에 내동댕이쳤다. 칼이 데굴데굴 굴러서 여자아이의 발치에 멈췄다. "**다 죽어버려, 다!**"

이제 끝이니까, 그렇지 않나?

우리에게 찾아온 단 하나의 기회는 결국 기회가 아니었다.

우리는 말보다 빨리 뛸 수 없고, 이 우라지게 튼튼한 다리를 잘라낼 수도 없으니 잡힐 것이다. 벤 아저씨와 킬리언 아저씨는 죽었고 우리도 살해될 것이다. 세상은 끝날 것이고, 그게 다다.

내 소음이 붉은색으로 물들었다. 전에는 이런 감정을 한 번도 느껴본 적이 없던 것처럼 갑작스럽고 원초적인 감정이었다. 마치 이글이글 붉게 달구어진 낙인이 내 몸에 찍히면서 날 고통스럽게 했던 모든 부위가 벌겋게 타오르며 계속 통증을 일으키는 것처럼, 지금 이 상황의 불공평함과 부당함과 거짓말들에 대해 격렬한 분노가 치밀었다.

이 모든 것의 원인은 단 하나다.

내가 고개를 들어 그 아이를 쳐다보자 내 기세에 눌린 그 아이가 몇 발자국 뒤로 물러섰다.

"너." 내가 입을 열었다. 이제 아무도 나를 말릴 수 없다. "이게 다 너 때문이야. 네가 그 빌어먹을 늪지에 나타나지만 않았어도 이런 일은 일어나지 않았을 거야! 나는 **지금** 집에 있었을 거라고! 빌어먹을 양 떼를 지키면서 내 빌어먹을 집에서, 내 **빌어먹을 침대**에서 자고 있었을 거라고!"

다만 실제로 "빌어먹을"이라는 말은 하지 않았다.

"하지만 **아니지**." 내 고함은 점점 더 커져만 갔다. "**네가** 왔어! **너와** 그 **침묵**이! 그리고 온 세상이 **지옥이 됐어!**"

나는 그 아이가 뒤로 물러설 때까지 내가 그 아이를 향해 걸어가고 있는 것조차 깨닫지 못했다. 하지만 그 아이는 그저 빤히 나를 바라보기만 했다.

그리고 내 귀에는 빌어먹을 아무 소리도 들리지 않았다.

"넌 **아무것도** 아니야! **아무것도** 아니라고! 네 속은 **텅 비었어!** 네 안에는 아무것도 없어! 넌 **텅 비었고 아무것도 아니고** 우린 **아무것도 아닌 것 때문에** 죽을 거야!" 나는 계속 소리를 지르면서 그 아이에게 조금씩 더 가까이 다가갔다.

주먹을 어찌나 세게 쥐었는지 다섯 손가락의 손톱이 손바닥을 파고들었다. 난 너무나 화가 났고, 내 소음도 격렬하게 으르렁거렸다. 내 소음이 너무나 벌겋게 변해버려서 주먹을 들어야 했다. 주먹을 들어 그 아이를 치고, 그 아이를 때리고, 그 아이의 빌어먹을 침묵을 **멈춰야** 했다. 그 침묵이 **나와 이 빌어먹을 세상을 몽땅 집어삼키기 전에!**

나는 주먹을 들어서 내 얼굴을 세게 쳤다.

그리고 주먹을 다시 들어 아론에게 맞아 퉁퉁 부은 내 눈을 내리쳤다.

그리고 세 번째로 어제 아침에 아론에게 맞아서 찢어진 내 입술을 쳐서 아물어 가던 상처를 다시 벌렸다.

이 바보, 이 아무짝에도 쓸모없는 얼간이.

나는 내 얼굴을 다시 힘껏 쳐서 땅바닥에 벌렁 넘어졌다. 넘어지는 순간 팔로 땅바닥을 짚으면서 피를 뱉었다.

나는 거칠게 숨을 쉬면서 그 아이를 올려다봤다.

그 아이는 아무런 반응을 보이지 않았다. 그저 날 빤히 바라보기만 할 뿐.

우린 고개를 돌려서 강 건너편을 바라봤다. 그들은 다리가 또렷하게 보이는 곳에 다다랐다. 그들은 다리 맞은편에서 우리를 바라보고 있었다. 말을 타고 오는 그들의 얼굴이 보였다. 강 건너 우리를 향해 날아오는 그들의 소음도 들을 수 있었다. 시장의 부하 중에서 가장 말을 잘 타는 맥너니 아저씨가 선두에 서고 시장이 그 뒤에 있었는데, 마치 일요일에 말을 타고 놀러 나온 듯이 침착해 보였다.

우리에겐 시간이 이제 1분 정도, 어쩌면 그보다 더 짧게 남아 있다.

나는 다시 여자아이에게 고개를 돌리면서 일어서려고 했지만, 너무 지쳤다. 너무나, 너무나 지쳤다. "달리는 편이 낫겠어." 나는 피를 좀 더 뱉어내면서 말했다. "시도는 해봐야겠지."

그때 그 아이의 표정이 변했다.

입이 떡 벌어지고, 눈도 커지더니, 갑자기 메고 있던 가방을 앞으로 홱 잡아끌어 내려서 그 안에 손을 넣고 뒤졌다.

"뭐 하는 거야?"

여자아이는 그 모닥불 상자를 꺼내고는, 사방을 둘러보다가 적당한 크기의 돌멩이를 봤다. 그 아이는 상자를 땅바닥에 내려놓고 돌멩이를 들어 올렸다.

"아니, 잠깐만, 그건 써먹을 수…….”

그 아이가 돌멩이를 내리치자 상자가 박살 났다. 여자아이는 그 박살 난 상자를 들더니 세게 비틀어서 좀 더 잘게 부수었다. 상자에서 어떤 액체가 새어 나오기 시작했다. 그 아이는 다리로 가서 그 액체를 가장 가까운 말뚝을 묶은 밧줄 매듭들 위로 뿌리면서 마지막 남은 한 방울까지 그 밑에 고인 웅덩이에 부었다.

말을 탄 남자들이 다리가 보이는 곳까지 와서 이쪽을 향해 다가오기 시작했다.

"서둘러!"

여자아이가 날 향해 돌아서면서 뒤로 물러나라고 손짓했다. 나는 허겁지겁 뒤로 조금 물러나면서 만시의 뒷덜미를 움켜쥐고 데려갔다. 그 아이는 최대한 뒤로 물러나면서 남은 상자 잔해를 앞으로 내밀고 그 위에 있는 버튼을 눌렀다. 딸각 소리가 났다. 그 아이는 상자를 허공에 던진 후에 날 향해 펄쩍 뛰어 뒤로 물러났다.

말들이 다리에 도착했을 때…….

그 아이가 내 몸 위로 넘어졌고, 우리는 그 모닥불 상자가 땅바닥으로 떨어지는 모습을 지켜봤고…….

그 상자는 떨어지고…….

계속 떨어져서…….

그 액체 웅덩이로 떨어지면서 찰칵 소리를 냈고…….

맥너니 아저씨의 말이 다리를 건너려고 발굽 하나를 다리에 올려놨을 때…….

그 모닥불 상자가 웅덩이에 떨어지면서…….

한 번 더 찰칵 소리가 났고…….

그때…….

콰아아아아아아앙!!!!

내 폐에서 공기가 휙 빨려나가는 순간, 그렇게 적은 양의 액체가 만들어 낼 수 있으리라고는 상상도 못 할 만큼 큰 불덩이가 치솟으면서 세상이 잠시 고요해졌다가…….

쾅!!!!!

그 불덩이가 밧줄들과 말뚝을 폭파시켜 날려버리면서 불타는 나뭇조각들이 사방으로 날아가 모든 생각과 소음과 소리를 지워버렸다.

우리가 다시 고개를 들었을 때, 다리는 이미 거대한 불길에 휩싸여 한쪽으로 기울어지기 시작했다. 맥너니 아저씨의 말이 뒷다리로 일어서면서 비틀거리며 뒤에서 오고 있는 너덧 마리의 말들을 향해 물러서려고 애쓰는 광경이 보였다.

불길이 포효하면서 기괴하게 밝은 초록색으로 불타올랐고, 갑작스럽게 우리를 덮쳐오는 열기는 믿을 수 없을 정도로 뜨거웠다. 마치 세계 최악의 햇볕에 타는 것 같았고, 이러다가 우리 몸에도 불이 붙겠다는 생각이 들었을 때 다리 저쪽 끝이 무너지면서 맥너니 아저씨가 말과 함께 아래로 떨어져 내렸다. 우리는 일어나 앉아 그들이 하염없이 강으로 떨어지는 모습을 지켜봤다. 다리 밑은 너무 깊어서 누구든 떨어지면 살아남지 못할 것이다. 저쪽 다리의 끝부분은 아직 끊어지지 않은 채 맞은편 절벽을 후려치고 있지만, 불길이 번지는 속도가 너무 빨라서 곧 다리 전체가 잿더미로 변할 것이었다. 시장과 프렌티스 주니어와 다른 사람들은 말을 탄 채 다리 뒤쪽으로 물러나야 했다.

여자아이는 기어서 내 곁을 벗어났다. 우리는 잠시 그대로 누워 숨만 쉬면서, 기침을 해대며 연기에 취해 기절하지 않으려고 노력했다.

와우.

"너 괜찮아?" 나는 아직도 내 손에 뒷덜미가 잡혀 있는 만시에게 물었다.

"불, 토드!" 만시가 짖었다.

"그래. 큰불이 났어. 너 괜찮아?" 나는 기침을 하며 여자아이에게 물었다. 그 아이는 아직도 쪼그리고 앉아 기침을 해대고 있었다.

하지만 물론 여자아이는 아무 말도 하지 않았다.

"토드 휴잇!" 협곡 맞은편에서 나를 부르는 소리가 들렸다.

나는 고개를 들었다. 시장이 처음으로 내게 직접 말을 걸었다. 연기와 열기 너머에 있는 시장의 모습이 온통 물결처럼 흔들렸다.

"아직 끝나지 않았다, 꼬맹이 토드." 시장은 나무다리가 타닥타닥 불타는 소리와 다리 밑에서 울리는 물소리 너머로 소리를 질렀다. "절대로 끝나지 않았어."

시장은 침착한 데다 여전히 짜증 날 정도로 깔끔해 보였고, 원한다면 무엇이든 얻지 못할 것이 없을 듯이 보였다.

나는 일어나서 팔을 내밀고 엿이나 먹으라고 손가락 두 개를 보였지만, 그는 이미 커다란 연기구름 뒤로 사라지고 있었다.

나는 기침을 하면서 다시 피를 뱉어냈다. "우린 계속 움직여야 해."

나는 기침을 조금 더 하고 난 뒤에 말했다. "저들은 돌아올 거야. 어쩌면 여기로 건너오는 다른 길이 없을지도 모르지만, 그걸 알아내자고 여기서 기다리고 있을 순 없어."

먼지 속에 떨어져 있는 칼이 보였다. 곧바로 수치심이 밀려들었다. 새로운 통증 같은 수치심. 내가 아까 퍼부었던 말들에 대한 수치심. 나는 허리를 숙여서 칼을 집어 다시 칼집에 꽂았다.

여자아이는 여전히 고개를 숙인 채 기침하고 있었다. 나는 그 아이의 가방을 집어서 받으라고 내밀었다.

"어서. 적어도 이 연기에서 빠져나가긴 해야지."

여자아이가 고개를 들어 나를 바라봤다.

나도 그 아이를 바라봤다.

내 얼굴이 벌게졌는데, 열기 때문은 아니었다.

"미안." 나는 그 아이를 외면했다. 그 아이의 눈, 얼굴. 언제나 그렇듯 무표정하고 고요한 그 얼굴을 피했다.

나는 길을 향해 돌아섰다.

"바이올라." 그 말이 들렸다.

나는 돌아서서 그 아이를 바라봤다.

"뭐라고?"

그 아이가 나를 보고 있었다.

그리고 입을 열었다.

여자아이가 말을 하고 있었다.

"내 이름. 바이올라라고."

PART 3

13

바이올라

나는 그 말에 한동안 아무 대꾸도 하지 않았다. 그 아이도 마찬가지로 입을 다물고 있었다. 불길이 타오르고, 연기가 치솟고, 만시는 혀를 쑥 내민 채 경악해서 헐떡거리고 있었다. 마침내 내가 입을 열었다. "바이올라."

여자아이가 고개를 끄덕였다.

"바이올라." 내가 다시 말했다.

이번에는 고개를 끄덕이지 않았다.

"난 토드야."

"나도 알아." 그 아이가 말했다.

나와 눈을 마주치지는 않았다.

"그러니까 말을 할 줄 아네?" 내가 물었지만 그 아이는 말없이 나를 힐끗 보더니 고개를 돌려버렸다. 나는 아직 불타고 있는 다리 쪽으로 돌아섰다. 솟구치는 연기가 우리와 다리 저편 사이를 벽처럼 가리고 있었다. 이걸로 더 안전해진 느낌이 드는지 어떤지는 나도 모르겠다. 시장과 부하들을 보지 못하는 것이 그들을 보는 것보다 더 나은 일인지도 알 수 없었다. "그럼……." 내가 입을 열었지만 여자아이는 이미 일어나서 가방을 달라고 손을 내밀고 있었다.

내가 아직까지 그걸 움켜쥐고 있다는 사실을 깨달았다. 건네주자 여자아이가 받았다.

"우린 계속 가야 해. 여기서 빠져나가야지." 그 아이가 말했다.

여자아이의 억양은 괴상했다. 내 억양과 다르고, 프렌티스타운의 그 누구와도 달랐다. 그 아이의 입술이 그려내는 윤곽선은 단어 하나하나를 발음할 때마다 달랐다. 마치 입술을 위에서 아래로 덮치듯 찍어 내리면서 정확하게 발음하는 것 같았다. 프렌티스타운 사람들은 모두 단어를 발음할 때 구렁이가 담 넘어가듯 대충 뭉개서 하는데.

만시의 눈은 그 아이에 대한 경외심에 가득 차 있었다. "빠져나가." 만시는 낮은 목소리로 말하면서 마치 그 아이가 음식으로 만들어진 것 같은 눈으로 올려다봤다.

이 순간 이 아이에게 뭐든 물어볼 수 있을 듯한 기분이 들었다. 드디어 입을 열었으니 생각할 수 있는 질문이란 질문은 다 퍼부을 수 있을 것 같은 기분이랄까. 예를 들어 넌 누구고, 어디서 왔고, 무슨 일이 있었냐고. 그런 질문들이 내 소음 속에서 사방으로 퍼져나가 그녀를 향해 총알처럼 날아갔다. 묻고 싶은 질문이 너무 많은데 정작 하나도 입 밖으로 나오지 않았다. 그동안 여자아이는 다시 가방을 앞으로 메고 땅바닥을 보고 있다가, 날 지나고 만시를 지나 길을 따라 올라가기 시작했다.

"이봐." 내가 불렀다.

여자아이가 멈춰 서서 돌아봤다.

"기다려."

나는 배낭을 집어 들어서 다시 어깨 뒤쪽에 걸쳤다. 그리고 허리에 찬 칼집에 있는 칼에 손바닥을 갖다 대고 눌렀다. 나는 어깨를 한 번 움츠려서 배낭을 편하게 멘 후에 만시를 불렀다. "가자, 만시." 이렇게 우리는 여자아이를 따라 길을 올라갔다.

강의 이쪽 길은 절벽 옆을 천천히 돌아서 관목과 덤불이 있는 것처럼 보이는 풍경으로 들어가, 우리 왼쪽에 나타나는 거대한 산 옆을 돌아서 빠져나갔다.

우린 길이 구부러진 곳에 멈춰서, 그러자는 말이 없었는데도 동시에 왔던 길을 돌아봤다. 믿을 수 없었지만 다리는 아직도 불타면서 마치 타오르는 폭포처럼 반대쪽 절벽에 매달려 있었다. 초록빛이 도는 노랗고 성난 불길이 위로 치솟았다. 연기가 너무 짙어서 시장과 부하들이 뭘 하고 있는지, 뭘 했는지, 그들이 가버렸는지 혹은 반대편에서 기다리고 있는지 분간할 수 없었다. 그 연기 벽을 통해 그들 소음 속에서 속삭이는 소리가 이쪽으로 흘러 들어올 수도 있겠지만 불길이 활활 타오르고, 다리의 나무판자들이 펑펑 소리를 내며 터지고, 다리 밑을 흐르는 급류가 우렁차게 흐르는 덕에 들리지 않을 수도 있었다. 우리가 지켜보는 동안 불은 강 반대편에 박혀 있는 말뚝을 모조리 태웠다. 순간 아주 큰 뚝 소리와 함께 불타는 다리가 밑으로, 밑으로, 밑으로 떨어지며 절벽 옆에 부딪쳐 덜거덕거리는 소리를 내며 추락하다가, 첨벙 소리를 내면서 강물에 떨어졌다. 순간 더 많은 연기구름과 김이 솟구쳐서 연기가 한층 자욱해졌다.

"그 상자 속에 뭐가 있었어?" 내가 그 아이에게 물었다.

그 아이는 날 보고 입을 벌렸다가 다시 닫아버리더니, 고개를 돌렸다.

"괜찮아. 나는 널 해치지 않아." 내가 말했다.

여자아이는 다시 날 바라봤고, 내 소음은 내가 금방이라도 이 아이를 해칠 것 같던 몇 분 전 모습으로 꽉······.

어쨌든.

우리는 더 이상 아무 말도 하지 않았다. 여자아이는 길을 향해 돌아섰고, 나와 만시는 그 아이를 따라 관목 덤불 속으로 들어갔다.

여자아이가 말을 할 수 있다는 사실을 알았다고 해도 그 침묵이 주는 부담감은 전혀 줄어들지 않았다. 이 아이의 머릿속에 말이 들어 있다는 사실을 알아도, 직접 말을 해야만 들을 수 있으니 아무 의미가 없었다. 걸어가는 여자아이의 뒤통수를 보면서 여전히 내 마음이 그 침묵을 향해 끌려가는 걸 느낄 수 있었다. 여전히 뭔가 끔찍한 것, 뭔가 너무 슬픈 것을 잃어버려서 울고 싶은 마음은 변하지 않았다.

"울어." 만시가 짖었다.

그 아이는 뒤통수를 보인 채 계속 걷기만 했다.

길은 여전히 꽤 넓었다. 말 여러 마리가 나란히 걸어갈 수 있을 정도로 넓었지만 우리 주위의 지형은 점점 험준해졌고, 길은 점점 더 꾸불꾸불해졌다. 강물이 우리 밑을 지나 오른쪽으로 흘러가는 소리가 들려왔다. 마치 우리가 강에서 조금씩 멀어져서 사방이 벽으로 둘러싸인 곳으로 들어가고 있는 듯한 기분이 들었다. 가끔씩 우리가 가는 길가 양쪽으로 암벽이 나타나서 박스 아래쪽을 걸어가는 기분이 들기도 했다. 암벽 틈마다 작고 꺼끌꺼끌한 전나무들이 자라났는데, 가시가 돋힌 노란 덩굴들이 그 전나무의 몸통을 휘감고 있었다. 거기서 지나가는 우리를 향해 노란색 면도칼 도마뱀이 위협하듯 쉭쉭거리는 소리가 들렸다.

물어! 물어! 물어!

여기서 뭐든 건드렸다간 다칠 것 같다.

한 20~30분 지난 후에 길이 넓어지면서 나무 몇 그루가 자라기 시작하는 곳이 나왔다. 거기서 숲이 다시 시작되는 것 같았다. 풀 사이에 사람이 앉을 수 있을 정도로 크고 납작한 돌들을 발견하고 우리는 거기에 앉았다.

나는 배낭에서 말린 양고기를 조금 꺼내서 나, 만시, 여자아이가 먹을 수 있도록 칼로 길게 잘랐다. 여자아이는 말없이 고기를 받았고, 우리는 조금 떨어져 앉아 조용히 먹었다.

나는 토드 휴잇이다. 나는 눈을 감고 그렇게 생각하면서 고기를 씹으며 내 소음에 쑥스러워했다. 이 아이가 내 소음을 들을 수 있다는 사실을 알게 됐고, 그것에 대해 생각해 볼 수 있다는 걸 아니까 말이다.

내 소음에 대해 은밀하게 생각해 볼 수 있으니까.

난 토드 휴잇이다.

난 29일만 지나면 사나이가 된다.

그건 사실이지. 난 그걸 깨닫고 눈을 번쩍 떴다. 시간은 계속 흘러간다. 내가 아무 생각이 없을 때조차.

나는 고기를 한 입 더 베어 물고, 시간이 좀 흐른 후에 땅바닥과 내 고기만 보면서 말했다. "바이올라란 이름은 처음 들어봤어." 아무 대꾸도 없어서 나도 모르게 고개를 들었다.

여자아이가 날 보고 있었다.

"왜?"

"네 얼굴."

나는 얼굴을 찡그렸다. "내 얼굴이 뭐?"

여자아이는 두 손을 주먹 쥐고 자기를 주먹으로 치는 흉내를 냈다.

순간 내 얼굴이 확 달아오르는 게 느껴졌다. "아, 그게."

"그리고 그 전에, 그때……." 여자아이는 말하다가 멈췄다.

"아론." 내가 말했다.

"아론." 만시가 그렇게 짖자 여자아이는 조금 움찔했다.

"그게 그 사람 이름이지. 그렇지?" 아이가 물었다.

나는 양고기를 씹으면서 고개를 끄덕였다. "응. 그게 그 사람 이름이
야."

"그 사람이 그걸 자기 입으로 말한 적은 없어. 하지만 난 그 이름을
알고 있었어."

"신세계에 온 걸 환영해." 나는 양고기를 또 한 입 깨물었고, 유달리
질긴 부위를 찢어야 했다. 그러다가 고기 조각이 입속에서 화끈거리던
상처 부위를 스쳤다. "아야." 나는 씹던 고기 조각과 상당히 많은 양의
피를 뱉어냈다.

여자아이는 그 모습을 보자마자 먹던 고기를 내려놓고 가방에서 작
은 파란색 상자를 하나 찾아냈다. 그것은 초록색 모닥불 상자보다 살짝
컸다. 그 아이는 앞쪽에 있는 버튼 하나를 눌러서 상자를 열고 하얀 비
닐 천처럼 보이는 것과 작은 금속 메스를 꺼냈다. 그리고 앉아 있던 바
위에서 일어나 그것들을 가지고 내 쪽으로 걸어왔다.

나는 계속 앉아 있었지만 여자아이가 내 얼굴에 손을 대려고 해서 몸
을 뒤로 뺐다.

"붕대야." 여자아이가 말했다.

"나도 있어."

"이게 훨씬 나아."

나는 몸을 훨씬 더 뒤로 젖혔다. "네……." 나는 코로 숨을 쉬면서 말

했다. "네 침묵이 조금⋯⋯." 나는 고개를 살짝 흔들었다.

"신경 쓰여?"

"그래."

"나도 알아. 가만히 있어."

그 아이는 부어오른 내 눈 주위를 더 가까이서 살펴보더니 작은 메스로 붕대를 한 조각 잘라냈다. 그 아이가 그걸 막 내 눈 위에 붙이려고 할 때, 나도 모르게 뒤로 물러나고 말았다. 여자아이는 아무 말 없이, 기다리는 것처럼 두 손을 든 채로 가만히 있었다. 나는 심호흡을 한 번 하고, 눈을 감고, 얼굴을 내밀었다.

붕대가 부어오른 부위를 건드리자 곧바로 그 부분이 서늘해지면서 통증이 사라지기 시작했다. 마치 부드러운 깃털로 통증을 쓸어내 버리는 느낌이었다. 여자아이가 또 한 조각을 잘라서 내 이마 위쪽의 상처에 붙였다. 여자아이의 손가락이 내 얼굴을 쓸어내리면서 아랫입술 바로 밑에 또 한 조각을 붙이는 게 느껴졌다. 너무 기분이 좋아서 계속 눈을 감고 있었다.

"이는 어떻게 해줄 수 있는 게 없어."

"괜찮아. 와우, 이건 정말 내 것보다 훨씬 나은데." 나는 속삭이듯 작은 소리로 말했다.

"이 붕대는 인체 조직을 인공적으로 만든 거야. 부분적으로는 살아 있는 셈이지. 상처가 나으면 이 조직들은 죽어."

"아하." 나는 그게 대체 무슨 뜻인지도 모르면서 아는 척을 했다.

또다시 침묵이 흘렀고, 한없이 길어졌다. 나는 눈을 떴다. 여자아이는 뒤로 물러나서 적당한 곳에 앉아 내 얼굴을 바라보고 있었다.

우리는 기다렸다. 어쩐지 그래야 할 것 같아서.

그렇게 조금 기다린 후에 여자아이가 이야기를 시작했다.

"우리는 추락했어." 여자아이는 고개를 돌리면서 조용히 이야기를 시작했다. 그리고 헛기침을 한 번 하더니 다시 입을 열었다. "우리는 추락했어. 저공비행을 하고 있을 때 비행기에 불이 났고, 괜찮을 거라고 생각했지만 안전 용수로의 어딘가가 고장 나서……." 여자아이는 두 손을 벌려서 그다음에 무슨 일이 일어났는지 손짓으로 보여주며 말했다. "그래서 떨어졌지."

그리고 이야기를 멈췄다.

"그분들이 네 엄마와 아빠니?" 나는 조금 후에 물었다.

하지만 여자아이는 파랗고 텅 빈 하늘과 뼈다귀처럼 보이는 구름들만 올려다봤다. "해가 떴을 때 그 남자가 왔어."

"아론."

"너무나 이상했어. 그 남자는 나를 발견하고는 소리치고 비명을 지르더니 가버렸어. 난 도망치려고 했지." 여자아이는 팔짱을 꼈다. "그 남자가 날 찾지 못하게 계속 도망치려고 했지만 같은 곳을 빙빙 돌았고, 어떻게 알았는지 모르겠는데 어디에 숨긴 그 남자가 있었어. 그러다가 그 오두막 같은 것들을 발견했지."

"스패클 건물들이야." 내가 말했지만 여자아이는 사실 내 말을 듣고 있지 않았다.

여자아이가 날 바라봤다. "그러다가 네가 왔어." 그리고 만시를 바라봤다. "너와 말하는 네 개가."

"만시!" 만시가 짖었다.

여자아이의 얼굴은 창백했고, 나와 마주친 눈은 젖어 있었다. "여긴 대체 어떤 곳이야?" 아이의 목소리가 살짝 잠겨 있었다. "왜 동물들이 말을 해? 왜 네 입은 움직이지도 않는데 네 목소리가 들리지? 왜 마치 수백만 명이나 되는 네가 한꺼번에 말하는 것처럼 네 목소리들이 한데 몰려 있는 소리가 들리는 거야? 왜 내가 너를 볼 때 다른 것들의 영상이 보이지? 왜 내가 그 남자가 하는 걸 볼 수 있는……."

여자아이의 목소리가 차츰 작아졌다. 그러더니 두 무릎을 끌어 올려 가슴에 붙이고 껴안았다. 당장 내가 말을 시작하지 않으면 여자아이가 다시 몸을 앞뒤로 흔들 것 같은 기분이 들었다.

"우린 정착민들이야." 내가 입을 열었다. 이 말에 여자아이가 고개를 들었다. 여전히 무릎을 껴안고 있지만 적어도 몸을 흔들진 않았다. "우린 정착민들이었어." 나는 이야기를 계속했다. "약 20년 전쯤 여기에 착륙해서 신세계를 세웠지. 하지만 여기에 외계인들이 살고 있었어. 스팩족이지. 그들은…… 우리를 원하지 않았어." 나는 프렌티스타운에 있는 남자아이들은 다 아는 이야기, 마을에서 가장 멍청한 농장 아이도 달달 외우고 있는 신세계의 역사를 들려주었다. "인간은 몇 년 동안 그들과 평화롭게 지내려고 노력했지만 그들이 받아들이지 않았지. 그래서 전쟁이 시작됐어."

여자아이는 전쟁이라는 말에 다시 고개를 숙였다. 나는 이야기를 계속했다.

"그리고 스팩족이 싸우는 방식은, 그러니까, 세균을 가지고 싸우는 거였어. 병을 퍼뜨리는 거지. 그것이 그들의 무기였어. 그들은 여러 가지 성능이 있는 세균들을 방출했어. 우리가 생각하기에 그중 하나가 우리의 모든 가축을 죽이려고 했던 건데, 대신 그냥 모든 동물이 말을 할 수 있게 됐어." 나는 만시를 힐끗 봤다. "그건 생각만큼 재밌는 일이 아니야." 나는 여자아이를 다시 봤다. "그리고 또 하나가 소음이었어."

나는 기다렸다. 여자아이는 아무 말도 하지 않았다. 하지만 우리 둘 다 다음에 무슨 이야기가 나올지 어느 정도는 알고 있었다. 우리 둘 다 겪었던 일이니까.

나는 숨을 길게 내쉬었다. "그것이 남자들 절반과 여자들 전부를 죽였어. 우리 엄마까지 포함해서. 그리고 살아남은 남자들의 생각이 더이상 비밀이 될 수 없게 만들었지."

여자아이는 자신의 턱을 무릎 뒤에 감췄다. "가끔은 그게 아주 똑똑히 들려. 가끔은 네가 뭘 생각하는지도 정확히 알 수 있고. 하지만 아주 가끔 그럴 뿐이야. 대부분은 그냥……."

"소음이지."

여자아이는 고개를 끄덕였다. "그 외계인들은?"

"이제 외계인은 없어."

여자아이는 다시 고개를 끄덕였다. 우리는 잠시 기다리면서 참을 수 있을 때까지 너무나 당연한 질문을 애써 무시했다.

"나 죽는 거야? 그게 날 죽일까?" 여자아이가 마침내 조용히 물었다.

억양 때문에 그 아이가 그 말을 할 때는 다르게 들렸지만 어쨌든 의미는 똑같았다. 내 소음은 아마도, 라는 말밖에 할 수 없었지만 입으로는 "나도 몰라"라고 대답했다.

여자아이는 나를 좀 더 오래 바라봤다.

"난 정말 몰라." 나는 어느 정도는 진심으로 말했다. "만약 네가 지난주에 물어봤더라면 네가 죽을 거라고 확신했을 거야. 하지만 오늘은……." 나는 배낭과 그 안에 숨겨놓은 책을 보며 말했다. "나도 모르겠어." 그리고 여자아이를 봤다. "그러지 않기를 바라."

하지만 아마도, 라고 내 소음이 말했다. 아마 넌 죽을 거야. 나는 그걸 다른 소음으로 덮어버리려고 애썼지만, 그건 공정하지 못한 짓이라 그렇게 하기가 무척 힘들었다.

"미안해." 내가 말했다.

여자아이는 아무 말도 하지 않았다.

"하지만 아마 우리가 다음 정착지에 도착하면……." 나는 그렇게 말했지만 미처 끝맺지 못했다. 그 답은 나도 모르니까. "넌 아직 아프지 않잖아. 그건 중요한 거야."

"넌 그들에게 경고해야 해." 여자아이는 자기 무릎에 대고 말했다.

나는 재빨리 고개를 치켜들었다. "뭘?"

"아까, 네가 그 책을 읽으려고 애썼을 때……."

"난 애쓰지 않았어." 내 목소리가 갑자기 조금 커졌다.

"너의 그 소음인지 뭔지에서 그 단어들이 보였어. 거기에 '네가 반드시 그들에게 경고해야 한다'라고 적혀 있었어."

"나도 알아! 거기에 뭐라고 적혀 있는지 안다고."

당연히 그건 망할 반드시 그들에게 경고해야 한다는 말이었지. 당연히 그렇지. 이 멍청아.

여자아이가 말했다. "그게 네가 마치……."

"나 글 읽을 줄 알아."

아이는 두 손을 들어 올렸다. "오케이."

"안다니까!"

"난 그냥……."

"음, 그냥 하는 말도 하지 마." 나는 얼굴을 찡그렸다. 내 소음이 어찌나 발끈했는지 만시도 발딱 일어날 정도였다. 나도 일어섰다. 그리고 배낭을 들어서 다시 멨다. "이제 가야 해."

"누구에게? 뭘 경고하라는 거야?" 여자아이는 여전히 일어나지 않은 채 물었다.

내겐 대답할 여지도 없었다(그 답을 모르기도 하지만). 우리 위에서 뭔가가 크게 찰칵 하는 소리가 났기 때문이다. 프렌티스타운에서 그 소리는 오직 하나를 의미한다.

소총의 공이치기를 잡아당기는 소리.

우리 위쪽에 있는 바위에서 누군가가 막 공이치기를 당긴 소총을 두 손으로 잡고, 조준기를 보면서 우리에게 그 총을 겨누고 서 있었다.

"다른 곳도 아닌 이곳에서 지금 내 머릿속에 가장 먼저 떠오르는 건." 총 뒤에서 목소리 하나가 흘러나왔다. "이 쪼그만 강아지 두 마리가 내 다리를 태우면서 무슨 생각을 하고 있었냐는 거야."

14

잘못 조준한 총

"총! 총! 총!" 만시가 먼지 속에서 펄쩍펄쩍 뛰며 짖었다.

"나라면 거기 있는 그 짐승을 조용히 시킬 텐데." 그 소총이 말했다. 우리를 향해 겨눈 총의 조준기에 얼굴이 가려 보이지 않았다.

"그놈한테 무슨 일이 일어나길 바라진 않을 거 아니야, 안 그래?"

"조용히 해, 만시!" 내가 말했다.

만시가 나를 향해 돌아섰다. "총, 토드? 탕, 탕!" 만시가 짖었다.

"나도 알아. 닥쳐."

만시가 입을 다물었다.

내 소음만 제외하면 조용했다.

"난 밑에 있는 강아지 한 쌍에게 분명 질문을 했는데. 그리고 대답을 기다리고 있고." 그 목소리가 말했다.

내가 여자아이를 돌아보자 그 아이는 어깨를 으쓱했다. 우리 둘 다 두 손을 들고 있는 모습이 눈에 들어왔다. "뭐라고요?" 나는 우리 위쪽에 있는 소총을 향해 말했다.

위에서 화가 나서 툴툴거리는 목소리가 들렸다. "내가 묻고 있잖아. 대체 누구한테 허락받고 남의 다리를 불태웠냐고?"

나는 아무 말도 하지 않았다. 여자아이도 마찬가지였다.

"지금 내가 너희에게 겨누고 있는 게 막대기라고 생각하냐?" 소총이 딱 한 번 위아래로 까닥했다.

"우린 쫓기고 있었어요." 내가 대답했다. 그거 말고는 달리 할 말이 없었다.

"쫓기고 있었다고? 누가 너희들을 쫓았는데?" 총이 물었다.

무슨 말을 해야 할지 알 수 없었다. 진실이 거짓말보다 더 위험할까? 저 소총을 든 사람은 시장 편일까? 우리 목에 현상금이 걸렸을까? 저 총잡이 사내는 프렌티스타운이란 이름을 들어본 적은 있을까?

세상에 대해 아는 것이 별로 없을 때, 세상은 위험한 곳이 된다.

예를 들어 세상이 왜 이렇게 조용한지 모를 때?

"아, 프렌티스타운은 들어봤지." 총잡이는 내가 불안해질 정도로 내 소음을 아주 분명하게 읽고 총의 공이치기를 다시 잡아당겨서 쏠 준비를 했다. "네가 거기서 왔다면……."

그때 여자아이가 목소리를 높여 말했는데, 그 말 때문에 난 이제 그 아이를 여자아이가 아니라 바이올라로 생각하게 됐다.

"얘가 제 목숨을 구해줬어요."

내가 그녀의 목숨을 구했다.

라고 바이올라가 말했다.

그 말에 무슨 효과가 있을지는 의심스러웠지만.

"그랬단 말이지? 그럼 너는 저 아이가 그냥 자길 위해 그런 일을 한 게 아니란 걸 어떻게 알지?" 총잡이가 물었다.

그 여자아이, 바이올라가 날 바라봤는데 미간을 찌푸리고 있었다. 이제는 내가 어깨를 으쓱할 차례였다.

"하지만 아니겠지. 아니, 아니야. 너에게서 그런 모습은 보이지 않는구나, 그렇지, 애야? 넌 아직도 그저 어린애에 불과하니까, 안 그래?" 총을 든 사람의 목소리가 바뀌었다.

나는 침을 꿀꺽 삼켰다. "난 29일만 있으면 사나이가 된다고요."

"그건 사랑할 만한 일이 아니다, 애야. 네가 온 곳에선 말이다."

그리고 그는 얼굴에서 총을 내렸다.

그래서 사방이 그렇게 조용했던 거다.

그는 여자였다.

그는 성인 여자였다.

그는 늙은 여자였다.

"날 여자라고 부르다니 고맙다고 해야겠군." 그 여자는 여전히 가슴 높이에 총을 들고 우리를 겨냥한 채 말했다. "그리고 그렇게 늙지도 않았지만 그래도 널 쏘진 않으마."

그 여자는 이제 우리를 좀 더 자세히 살펴보면서, 나를 위아래로 훑어보면서 지금까지 오직 벤 아저씨에게서만 느껴지던 그런 통찰력을 가지고 내 소음을 꿰뚫어 보았다. 여자의 얼굴에 온갖 변화무쌍한 표정이 떠올랐다가 사라졌다. 마치 이제부터 날 어떻게 할지 찬찬히 고려해 보는 표정 같기도 했고, 내가 거짓말을 하는지 알아내기 위해 내 마음을 읽으려고 할 때 킬리언 아저씨가 짓는 표정 같기도 했다. 다만 이 사람에게는 소음이란 게 전혀 없으니 지금 마음속으로 노래를 부르고 있다고 해도 나로선 전혀 알 길이 없다.

그녀는 바이올라에게로 돌아서서 또다시 오랫동안 말없이 살펴봤다.

"아직 어리다곤 하지만, 넌 신생아만큼이나 마음을 읽기 쉽구나, 얘야." 그녀는 다시 날 보며 말했다. 그리고 바이올라 쪽으로 얼굴을 돌렸다. "하지만 너, 쪼그만 여자아이, 네 사연은 평범하지 않지, 그렇지?"

"그 총 좀 치워주시면 그 사연에 대해 아주 기쁜 마음으로 다 이야기해 드릴게요."

그건 너무나 놀라운 말이어서 만시조차 고개를 번쩍 들었다. 나는 입을 떡 벌린 채 바이올라에게로 돌아섰다.

바위 위에서 킬킬 웃는 소리가 들렸다. 그 나이 든 여자가 혼자 웃고 있었다. 그녀는 오랫동안 입어서 해지고 여기저기 구겨진 먼지투성이 가죽 옷을 입고, 테를 두른 모자를 머리에 쓰고, 여기저기 잔뜩 묻은 진흙은 전혀 신경 쓰지 않는 것처럼 보이는 부츠를 신고 있었다. 평범한 농부 같은 차림이었다.

다만 여전히 우리에게 총을 겨누고 있었다.

"넌 프렌티스타운에서 도망쳤지?" 그녀는 다시 내 소음을 들여다보며 물었다. 숨겨봤자 아무 소용이 없기 때문에 우리가 뭘 피해 도망치는지, 다리에서 무슨 일이 있었는지, 누가 우리를 쫓고 있는지 다 소음에 떠올렸다. 그녀는 그 모든 걸 봤다, 그녀가 그랬다는 걸 난 알지만, 내게 보이는 거라곤 그저 입술을 삐죽거리며 눈을 조금 가늘게 뜨는 모습뿐이었다.

"음, 그렇다 해도." 여자는 그렇게 말하면서 소총을 한 팔에 안고 바위에서 우리가 서 있는 곳으로 내려오기 시작했다. "너희가 내 다리를 날려버려서 화가 나지 않았다는 말은 못 하겠다. 저 멀리 있는 우리 농장까지 그 쾅 소리가 들렸어. 암, 그렇고말고." 그녀는 마지막 바위에서 내려와 우리에게서 조금 떨어진 곳에 섰다. 성인 여자인 그녀에게서 흘러나오는 침묵의 힘이 얼마나 강력한지 무의식중에 내가 뒤로 물러서는 게 느껴질 정도였다.

"하지만 그 다리로 통하는 유일한 곳은 갈 만한 가치가 없어진 지 10년이 넘었지. 그저 희망 하나로 남겨졌을 뿐이야." 여자는 우리를 다시 찬찬히 바라봤다. "어쩌면 희망을 품을 만한 이유가 있었을지도 모르겠지?"

우리는 여전히 두 손을 번쩍 들고 있었나. 이 사람은 도무지 말이 안 되는 말만 하고 있으니까.

"이번 한 번만 묻겠다." 여자가 소총을 다시 들어 올리며 말했다. "나한테 이게 필요할까?"

나는 바이올라와 눈빛을 교환했다.

"아뇨." 내가 대답했다.

"아뇨, 부인." 바이올라가 대답했다.

부인?

"그건 선생님과 같은 말이란다, 이 말라깽이야." 그 여자는 소총에 달린 끈을 어깨에 멨다. "숙녀를 부를 때 그렇게 말하는 거야." 그리고 그녀는 만시와 눈높이를 맞춰 쭈그리고 앉았다. "그리고 넌 누구지, 강아지야?"

"만시!" 만시가 짖었다.

"아, 그렇구나, 그게 네 이름이구나, 그렇지?" 그녀는 그렇게 말하면서 만시를 벅벅 문질러 줬다. "그리고 너희 두 강아지는?" 그녀는 고개를 들지 않은 채 물었다. "너희의 훌륭하신 엄마들은 너희를 뭐라고 부르셨니?"

나와 바이올라는 또다시 서로를 힐끗 봤다. 우리의 이름을 알려주려니 어쩐지 대가를 치르는 것처럼 느껴졌지만, 총을 내려놓는 대가로 치면 공정한 교환인지도 모른다.

"난 토드예요. 얘는 바이올라고."

"해가 뜨는 것처럼 확실한 진실이구나." 그녀는 바닥에 발라당 드러누운 만시의 배를 문지르면서 말했다.

"강을 건널 수 있는 다른 길이 있나요? 다른 다리라거나? 왜냐하면 그 남자들은······." 내가 물었다.

"난 마틸다." 그 나이 든 여자가 끼어들었다. "하지만 나를 마틸다라고 부르는 사람들은 날 잘 모르는 사람들이지. 그러니까 너희는 날 힐디라고 불러라. 그리고 언젠가는 나와 악수할 권리도 얻게 될지 모르지."

나는 다시 바이올라를 봤다. 소음이 없는 사람이 미쳤는지 아닌지는 어떻게 분간해야 하지?

그 나이 든 여자가 낄낄거리며 웃었다. "너 정말 재미있는 아이구나, 얘야." 그녀는 발라당 누워서 이미 그녀를 숭배하는 눈길로 보고 있는 만시를 그대로 놔두고 일어났다. "그리고 너의 질문에 대답하자면, 이틀 정도 거리인 강의 상류로 올라가면 건널 수 있는 얕은 곳이 나온다. 하지만 어느 쪽으로 가든 다리는 없어."

그녀는 내게로 다시 시선을 돌렸다. 침착하고 맑은 눈빛에 입가에는 슬며시 미소를 띠고 있었다. 또다시 내 소음을 읽고 있는 게 분명했지만 남자들이 그러려고 할 때처럼 나를 자극하는 느낌은 들지 않았다.

그리고 그녀가 계속 나를 보는 태도로 봐서 나는 몇 가지를 알아차리고, 몇 가지는 추론해 내기 시작했다. 프렌티스타운이 그 소음 세균 때문에 격리된 건 분명한 것 같다, 안 그런가? 여기 그 세균에 감염돼서 죽지 않은 성인 여자가 있으니까. 그녀는 지금 나를 다정한 눈빛으로 바라보고 있지만 내게서 어느 정도 거리를 두고 있다. 게다가 그녀는 내가 온 방향에서 오는 낯선 사람들을 소총으로 맞을 준비를 하고 있었다.

내게 전염성 세균이 있다는 뜻은, 바이올라는 지금쯤이면 확실히 그것에 감염돼서 우리가 이렇게 이야기하는 사이에도 죽을 수 있다는 뜻이다. 나는 결국 그 정착지에서 환영받지 못할 게 뻔하다. 아마 거기에 들어오지 밀라는 말을 듣게 될 것이고, 그렇게 이 모든 일이 끝날 것이다. 그렇지 않은가? 이 여행은 내가 갈 곳을 찾기도 전에 끝나버리는 거다.

"아, 너는 정착지에서 환영받지 못할 거야. 아마 분명 그렇겠지. 하지만." 여자가 끼어들어서 내게 윙크를, 정말 윙크를 하며 말했다. "하지만 네가 모르는 게 널 죽일 수는 없단다."

"내기할래요?" 내가 말했다.

그녀는 돌아서서 왔던 길을 다시 되짚어 바위 위를 올라갔다. 우리는 그녀가 바위 꼭대기로 올라가서 다시 돌아설 때까지 그 모습을 지켜보기만 했다.

"너희 안 오니?" 그녀는 마치 우리에게 같이 가자고 했는데, 우리가 그녀를 계속 기다리게 하는 것처럼 말했다.

나는 바이올라를 봤다. 바이올라는 위에 있는 여자에게 소리쳤다. "우리는 정착지로 가려는 중이에요." 바이올라가 다시 나를 봤다. "환영을 받든 못 받든."

"아, 너희는 거기 가게 될 거야. 하지만 너희 두 강아지는 먼저 한숨 푹 자고 잘 먹어야 해. 장님이라도 그건 알 수 있을 거다."

잠을 자고 따뜻한 음식을 먹는다는 생각에 솔깃해서 순간 그녀가 우리에게 총을 겨눴다는 사실을 잊어버렸다. 하지만 그것도 순간이었다. 우리에겐 그것 말고도 생각해 봐야 할 일들이 있으니까. 나는 바이올라를 대신해 결정했다. "우리는 계속 가야 해." 내가 바이올라에게 조용히 말했다.

"난 우리가 어디로 가는지도 모르겠어. 넌 아니, 솔직히?" 바이올라도 조용히 말했다.

"벤 아저씨 말로는……."

"너희 둘은 내 농장에 와서 배불리 먹고, 침대에서 자거라. 침대가 푹신하지는 않지만, 그 두 가지는 보장하마. 그리고 내일 아침에 나랑 같이 정착지에 갈 거다." 그녀는 정착지라고 말할 때 눈을 크게 뜨면서, 그렇게 부르는 우리를 놀리려는 것처럼 강조해서 말했다.

우리는 여전히 움직이지 않았다.

"그럼 이렇게 생각해 보렴. 내겐 총이 있다." 그녀는 총을 흔들어 보였다. "하지만 난 지금 같이 가자고 초대하고 있어."

"같이 가는 게 어떨까? 어떤지 보는 거지." 바이올라가 속삭였다.

그 말에 놀라서 내 소음이 조금 올라갔다. "뭘 봐?"

"난 목욕하고 싶어. 잠도 좀 자고 싶고."

"나도 그래. 하지만 우리를 쫓는 남자들이 있잖아. 그들은 다리 하나 떨어졌다고 멈출 사람들이 아니야. 게다가 우리는 저 여자에 대해 아는 게 전혀 없어. 잘은 모르지만 저 여자는 살인자일지도 몰라."

"사람은 괜찮아 보이는데." 바이올라는 그 여자를 힐끗 올려다봤다. "조금 미친 것 같지만 위험하게 미친 것 같진 않아."

"당최 어떤 사람인지 모르겠단 말이야. 소음이 없는 사람들은 도무지 속을 모르겠어." 솔직히 말하면 나는 조금 짜증이 났다.

바이올라가 날 보더니 갑자기 이마를 찡그리면서 턱에 살짝 힘을 주었다.

"흠, 넌 빼고."

"넌 항상……." 바이올라는 무슨 말을 하려다가 고개를 그냥 흔들어 버렸다.

"항상 뭐?" 내가 속삭였지만 바이올라는 그저 눈을 벅벅 문지르고 여자에게로 돌아섰다.

"잠깐만요. 제 물건 좀 챙기고요." 그렇게 말하는 바이올라의 목소리가 짜증이 난 것처럼 들렸다.

"야!" 내가 자기 목숨을 구했다고 해놓고 이게 뭐야? "잠깐만 기다려. 우린 길을 따라가야 해. 정착지에 가야 한다고."

"길을 따라가는 건 어딜 가든 제일 빠른 길이 아니야. 넌 그런 것도 모르니?" 그 여자가 말했다.

바이올라는 아무 대꾸도 하지 않고, 가방만 든 채 오만상을 찌푸리고 있었다. 그녀는 갈 준비가 됐다. 길에서 처음 만난 침묵을 품고 있는 사람이 오라고 달콤한 유혹의 손짓을 하자, 바로 날 버리고 갈 준비를 마친 것이다.

그리고 그녀는 내가 차마 말하고 싶지 않은 그 문제를 눈치채지 못하고 있었다.

"난 갈 수 없어, 바이올라." 나는 낮은 목소리로, 이를 악문 채, 이런 말을 하는 나 스스로를 조금 증오하면서 말했다. 얼굴이 벌겋게 달아올랐는데 그러자 기이하게도 얼굴에 붙인 붕대가 떨어져 버렸다. "내 몸에는 세균이 있어. 난 위험해."

바이올라가 내 쪽으로 돌아섰다. 목소리에 날이 서 있었다. "그럼 넌 오지 말아야겠네."

나도 모르게 입이 떡 벌어졌다. "너 정말 그럴 거야? 그냥 그렇게 가겠다고?"

바이올라는 내 눈을 피해 고개를 돌렸지만, 그녀가 미처 대답을 하기도 전에 나이 든 여자가 말했다. "거기 남자아이야. 네가 그렇게 전염시킬까 봐 걱정되면, 네 여자 친구는 이 늙은 힐디랑 앞에서 가고 넌 뒤에 멀찍이 떨어져서 오면 되잖아. 저 강아지가 널 지켜줄 거고."

"만시!" 만시가 짖었다.

"그러든가 말든가." 바이올라는 홱 돌아서서 그 나이 많은 여자가 서 있는 위쪽을 향해 바위를 올라가기 시작했다.

"그리고 내가 말했잖니. 난 나이 많은 여자가 아니라 힐디라고."

바이올라가 그녀에게 다가갔다. 둘은 단 한 마디 말도 없이 곧바로 출발해서 시야에서 사라지기 시작했다. 순식간에 일어난 일이었다.

"힐디." 만시가 내게 말했다.

"닥쳐." 내가 대꾸했다.

선택의 여지 없이 저들을 따라 바위 위를 올라가는 수밖에 없었다.

그래서 우리는 그렇게 바위와 덤불 사이를 통과하는 훨씬 좁은 길을 따라 걸어갔다. 바이올라와 힐디는 길이 넓어질 때는 나란히 걸었고, 나와 만시는 멀찍이 떨어져서 갔다. 앞에 어떤 위험이 있을지 모르는 길로 계속 갔다. 가는 내내 나는 시장과 프렌티스 주니어와 아론 일당이 모두 우리를 쫓아올 걸 예상하며 어깨 너머를 돌아봤다.

나도 모르겠다. 어떻게 알 수 있겠는가? 어떻게 벤 아저씨와 킬리언 아저씨는 내가 이런 상황에 준비가 됐기를 기대할 수 있었을까? 물론 침대와 따뜻한 음식은 총을 맞을 만한 위험을 감수할 가치가 있는 것 같지만, 어쩌면 그건 속임수고 우린 너무 어리석어서 잡혀도 싼 인간들인지도 모른다.

우리를 쫓는 인간들이 있으니 지금쯤이면 도망치고 있어야 하는데.

하지만 정말 강을 건너는 다른 길은 없을지도 모른다.

그리고 힐디는 우리를 강제로 끌고 갈 수도 있었는데 그러지 않았다.

바이올라는 힐디가 괜찮아 보인다고 했는데, 어쩌면 소음이 없는 사람끼리는 서로의 마음을 읽을 수 있는지도 모른다.

당신은 알겠는가? 어떻게 그런 걸 알 수 있지?

그리고 바이올라가 뭐라고 하건 무슨 상관이야?

"저 두 사람 좀 봐. 만나자마자 금방 친해졌어. 마치 이산가족이 재회한 것 같지 않냐." 내가 만시에게 말했다.

"힐디." 만시가 다시 말했다. 나는 만시의 궁둥이를 찰싹 때리려고 했지만 만시는 앞으로 횡하니 달려가 버렸다.

바이올라와 힐디는 둘이서 이야기를 하고 있었는데, 가끔가다 중얼거리는 소리만 들릴 뿐 당최 무슨 이야기를 하는지 전혀 알 수 없었다. 만약 저들이 소음을 내는 평범한 사람들이었다면 아무리 멀찍이 떨어져 있더라도 상관없었을 것이다. 우리 모두 함께 이야기할 수 있었을 테고 자동적으로 아무도 비밀을 간직할 수 없었을 것이다. 모두 싫건 좋건 열심히 지껄이고 있었을 텐데.

그리고 아무도 소외되지 않았을 것이다. 기회만 주어진다면 아무도 외톨이가 되지 않았을 텐데.

우리 모두 계속 걸었다.

나는 더 많이 생각하기 시작했다.

그러면서 그들과 좀 더 거리를 두기 시작했다.

그리고 더 생각했다.

시간이 지날수록 이 모든 상황이 이해되기 시작했으니까.

이제 힐디와 우연히 만나게 됐으니 아마 그녀가 바이올라를 보살필 수 있을 것이다. 둘은 분명 쌍둥이처럼 닮았다, 안 그런가? 뭐 어쨌든 그들은 나와 다르다. 그러니까 아마 힐디가 바이올라를 도와서 어디든 그녀가 온 곳으로 돌려보낼 수 있을 것이다. 나는 그렇게 못할 게 뻔하다. 나는 분명 프렌티스타운 빼고는 아무 데도 갈 수 없으니까. 내게는 바이올라를 죽일 세균이 있으니까, 어쩌면 아직도 그녀를 죽일 수 있을지 모른다. 어쩌면 내가 만난 모든 사람을 죽이게 될지도 모른다. 내 몸에 있는 세균은 영원히 나를 그 정착지에 들어가지 못하게 할 것이다. 그것 때문에 나는 양들과 사과들을 쌓아놓은 힐디의 헛간에서 자게 될지도 모른다.

"바로 그거야, 그렇지 않니, 만시?" 나는 걸음을 멈췄다. 가슴이 무거워지기 시작했다. "여기는 소음이 없어. 소음을 내는 나 빼고 말이지." 나는 이마에 흐르는 땀을 닦았다. "우린 갈 데가 없어. 더 이상 앞으로 갈 수 없어. 그렇다고 돌아갈 수도 없고."

나는 그 진실을 깨닫고 바위에 털썩 주저앉았다.

"우린 갈 데가 없어. 우리에겐 아무것도 없고."

"토드 있어." 만시는 꼬리를 흔들며 말했다.

이건 공평하지 않아.

이건 정말 공평하지 않아.

내가 속한 유일한 곳이 내가 결코 돌아갈 수 없는 곳이라니.

난 항상 혼자일 것이다, 언제나 영원히.

왜 그랬어요, 벤 아저씨? 내가 뭘 그렇게 잘못했나요?

나는 팔뚝으로 눈을 쓱 문질러 닦았다.

나는 아론과 시장이 지금 당장 와서 날 잡아가길 빌었다.

어서 이 모든 게 완전히 끝나버리길 빌었다.

"토드?" 만시가 짖으면서 내 얼굴 쪽으로 몸을 올려 냄새를 맡으려고
했다.

"날 내버려 둬." 나는 만시를 밀어내며 말했다.

힐디와 바이올라는 여전히 저만치 멀어지고 있었다. 지금 일어나지
않는다면 길을 잃고 말 것이다.

나는 일어나지 않았다.

아직 그들이 이야기하는 소리를 들을 수 있다. 다만 그 소리는 차츰
줄어들고, 아무도 내가 아직 따라오고 있는지 뒤를 돌아보며 확인하지
않았다.

힐디, 여자아이, 쫑쫑 새는 파이프가 폭발했어, 힐디, 불타는 다리.

나는 고개를 들었다.

새로운 목소리였다.

그리고 난 그 소리를 들은 게 아니다. 귀로 들은 게 아니다.

힐디와 바이올라는 점점 더 멀어졌지만, 누군가가 그들을 향해 다가
오고 있었다. 누군가가 한 손을 들어 그들에게 인사를 하고 있었다.

누군가의 소음이 **안녕**이라 말하고 있었다.

15

고통받는 형제들

그 사람은 어떤 노인이었다. 그도 소총을 들고 있었지만, 허리께에 든 채로 총구는 땅바닥을 향하고 있었다. 그 노인이 힐디에게 다가가는 동안 그의 소음이 커졌고, 그가 힐디를 한 팔로 안아서 맞으며 키스하는 동안 계속 커져갔다. 노인이 돌아서는 사이에 소음이 계속 웡웡거렸다. 힐디가 그 노인에게 바이올라를 소개했다. 바이올라는 노인이 힐디에게 아주 진하게 애정 표현을 하는 동안 뒤로 살짝 물러나 있었다.

힐디는 소음이 나오는 노인의 아내구나.

성인 남자가 소음을 마음껏 내면서 걸어 다니고 있다니.

어떻게 이런 일이?

"어이, 거기 남자애!" 힐디가 내게 소리쳤다. "너 거기 하루 종일 앉아서 코딱지나 파고 있을 거야, 아니면 우리랑 같이 저녁 먹을래?"

"저녁, 토드!" 만시가 짖으면서 그들을 향해 달려갔다.

나는 아무 생각도 하지 않았다. 뭘 생각해야 할지도 몰랐다.

"소음을 내는 젊은이가 오다니!" 노인이 외치면서 바이올라와 힐디를 지나서 날 향해 다가왔다. 그는 마치 활기찬 퍼레이드를 벌이는 것처럼 소음을 쏟아냈다. 모두 환영한다는 말과 나에게 사정없이 밀어붙이는 기분 좋은 감정들이었다. **남자애와 떨어지는** 다리들과 **새는** 파이프와 **교통받는** 형제들과 힐디, 나의 힐디 같은 말들. 노인은 여전히 소총을 가지고 있었지만 내게 손을 내밀어 악수를 청했다.

나는 너무 놀란 나머지 정말로 노인과 악수를 했다.

"내 이름은 탬이야!" 노인은 소리치듯이 말했다. "넌 누구니, 애야?"

"토드요."

"만나서 반갑구나, 토드!" 노인은 내 어깨를 한 팔로 안고 사실상 날 앞으로 끌다시피 데리고 갔다. 내가 비틀거리면서 간신히 균형을 잡으며 걷는 동안, 노인은 쉴 새 없이 떠들면서 날 힐디와 바이올라에게 데려갔다. "우리에게 저녁을 같이 먹을 손님들이 찾아온 건 아주 오랜만이야. 그러니까 우리의 초라한 판잣집은 이해해 줘야 한다. 이쪽으로 온 여행자는 10년 만에 처음이지만 아무튼 환영한다! 너희 모두 환영이야!"

우린 여자들 곁으로 다가갔지만 나는 여전히 뭐라고 해야 할지 몰라서 힐디를 보다가 바이올라를 보다가 탬을 보다가 다시 힐디를 봤다.

나는 그저 이 세상이 돌아가는 이치를 이해하고 싶을 뿐인데, 그게 그렇게 잘못된 일인가?

"전혀 잘못된 일 아니다, 토드 강아지야." 힐디가 다정하게 말했다.

"당신은 어떻게 세균에 감염되지 않았죠?" 나는 그렇게 물었다. 그동안 하고 싶던 말들이 마침내 머리에서 튀쳐나와 입을 거쳐 밖으로 쏟아졌다. 내 심장도 갑자기 솟구쳐 올랐다. 너무나 높이 뛰어오르는 바람에 눈이 번쩍 뜨이고, 목이 메고, 내 소음이 희망에 찬 하얀색으로 터져 나왔다.

"당신에게 치료제가 있어요?" 나는 갈라질 것 같은 목소리로 물었다. "치료제가 있는 거예요?"

"치료제가 있었다면." 탬은 여전히 소리치듯이 말했다. "내가 이 머릿속을 둥둥 떠다니는 쓰레기들을 네가 들을 수 있게 놔둘 거라고 생각하니?"

"당신이 그런다면 하늘이 도운 거겠지." 힐디가 싱긋 웃으며 말했다.

"내가 무슨 생각을 하는지 당신이 모른다면 그것도 하늘이 도운 거겠지." 탬이 아내에게 미소를 지어 보이며 말했다. 그의 소음에서 아내를 향한 애정이 물씬 풍겨 나왔다. "아니란다, 애야. 내가 알기로 치료제는 없어."

"흠, 헤이븐에서 치료제를 개발하고 있다던데. 사람들이 그러더구나." 힐디가 말했다.

"어떤 사람들이?" 탬이 미심쩍은 어조로 물었다.

"탈리아. 수전 F. 내 여동생 말이야."

탬은 입술로 쳇 소리를 냈다. "그 이야긴 더 이상 하지 않겠어. 소문의 소문의 소문일 뿐이잖아. 당신 여동생은 자기 이름 하나도 똑바로 말하지 않아서 믿을 수 없는데 거기서 무슨 쓸모 있는 정보를 바라나."

"하지만……." 나는 입을 열고 나서 이 사람에서 저 사람으로 시선을 계속 옮겼다. 이 이야기를 그냥 이렇게 끝내고 싶지 않았다. "하지만 그렇다면 당신은 어떻게 아직도 살아 있을 수 있어요? 소음은 여자들을 죽인다고요. 모든 여자를요." 나는 힐디에게 물었다.

힐디와 탬이 서로를 힐끗 바라봤고, 순간 뭔가 들렸다. 아니, 탬이 자신의 소음 속에서 뭔가를 억제하는 게 느껴졌다.

"아니야, 그렇지 않아, 토드 강아지." 힐디의 대답은 조금 지나칠 정도로 부드럽게 말한다는 느낌을 주었다. "내가 여기 있는 네 여자 친구 바이올라에게 말했던 것처럼, 바이올라는 안전해."

"안전하다고요? 어떻게 바이올라가 안전할 수 있어요?"

"여자들은 그 세균에 면역성이 있어. 운 좋은 사람들이지." 탬이 말했다.

"아니, 그렇지 않아요! 이니라고, 그렇지 않다고! 프렌티스타운에 있는 모든 여자가 그 세균에 감염돼서 전부 그것 때문에 죽었단 말이에요! 우리 엄마도 그것 때문에 죽었고! 아마 스팩족이 우리에게 퍼뜨린 세균이 당신들 것보다 훨씬 더 강했던 모양이지만……." 내 목소리가 점점 커졌다.

"토드." 탬이 내 어깨에 한 손을 올려서 날 제지했다.

나는 몸을 흔들어 그의 손을 털어내 버렸지만, 그다음에 뭐라고 해야 할지 알 수 없었다. 이 소란 속에서 바이올라는 한 마디도 하지 않았다. 나는 그녀를 봤다. 바이올라는 날 보고 있지 않았다. "난 내가 뭘 아는지 안다고요." 사실 지금까지 일어난 말썽의 절반이 그것 때문이지만, 안 그런가?

어떻게 이게 진실일 수가 있어?

어떻게 이게 진실일 수가 있냐고?

탬과 힐디는 또다시 눈빛을 주고받았다. 나는 탬의 소음을 들여다봤지만, 그는 내가 만난 그 누구보다도 아주 노련하게 속마음을 숨겨버렸다. 내 눈에 보이는 거라곤 모두 친절하고 다정한 말뿐이었다.

"프렌티스타운에는 슬픈 역사가 있단다, 애야. 거기서 아주 많은 일이 어긋나 버렸어." 탬이 말했다.

"아저씨가 틀렸어요." 나는 그렇게 말했지만, 심지어 내 목소리에서마저 그 말에 확신이 없는 게 느껴졌다.

"여기는 그런 이야기를 할 만한 자리가 아니다, 토드." 힐디는 바이올라의 어깨를 문질렀다. 바이올라는 그런 힐디에게 저항하지 않았다. "너희는 뭘 좀 먹고 푹 자야 해. 바이올라가 그러는데, 수십 킬로미터를 오면서 잠도 거의 못 잤다며. 든든하게 먹고 푹 쉬면 모든 게 훨씬 좋아 보일 거야."

"얘는 나랑 있어도 안전한가요?" 나는 애써 바이올라를 보지 않으면서 물었다.

"흠, 너에게서 세균이 옮는 문제에 관해서는 확실히 안전하지." 힐디의 얼굴에 미소가 피어올랐다. "다른 면에서 안전한지는 너를 더 잘 아느냐에 달렸겠지."

나는 힐디의 말이 옳기를 바라지만 동시에 그녀가 틀렸다고 말하고 싶었다. 그래서 아무 말도 하지 않았다.

"어서 가자. 가서 잔치를 벌이자고." 탬이 우리 사이에 흐르는 침묵을 깨며 말했다.

"안 돼요!" 나는 다시 우리가 처한 상황이 떠올라 외쳤다. "우린 잔치를 벌일 시간이 없어요." 나는 바이올라를 보며 말을 이었다. "네가 잊었는지 모르겠지만 우리를 쫓는 남자들이 있잖아. 우리의 건강에는 전혀 관심 없는 남자들." 나는 고개를 들어 힐디를 봤다. "당신네 잔치는 확실히 아주 멋지고 근사하겠지만……."

"토드 강아지야." 힐디가 입을 열었다.

"난 강아지가 아니라고요!" 내가 꽥 소리를 질렀다.

힐디는 입술을 오므리면서 눈썹을 찡긋거리며 미소 지었다. "토드 강아지야." 이번에는 목소리가 조금 낮았다. "저 강 너머에 있는 그 어떤 남자도 강을 건너와서 이곳에 발을 들일 수 없어. 내 말 이해하겠니?"

"그렇지. 그 말이 맞아." 탬이 말했다.

나는 두 사람을 번갈아 봤다. "하지만……."

"나는 여기서 10년 넘게 그 다리를 지켜왔다, 강아지야. 그리고 그 전에도 수년간 지키고 관리해 왔어. 저 다리 너머로 누가 오는지 감시하는 게 나란 사람을 이루는 정체성의 일부란다." 힐디는 바이올라를 바라봤다. "아무도 오지 않아. 너희 둘 다 안전해."

"그렇다니까." 탬은 다시 말하면서 선 채로 몸을 앞뒤로 흔들었다.

"하지만……." 나는 다시 입을 열었지만 힐디는 내가 말을 끝내게 놔두지 않았다.

"잔치 시간이다."

그걸로 이야기는 끝난 것처럼 보였다. 바이올라는 팔짱을 낀 채 계속 날 외면하고 있더니 이제는 힐디에게 어깨를 안겨 같이 걸어가고 있었다. 나는 내가 출발하길 기다리는 탬과 단둘이 남았다. 더 이상 걷고 싶은 기분이 들지 않았지만 다른 사람들이 모두 가고 있어서 따라갈 수밖에 없었다. 우리는 탬과 힐디가 만든 작은 길을 따라 계속 걸었다. 탬은 온 동네를 꽉 채우고도 남을 만큼 소음을 쏟아내면서 수다를 떨며 걸었다.

"힐디가 그러는데 너희가 우리 다리를 날려버렸다며."

"내 다리야." 힐디가 앞에서 말했다.

"집사람이 그 다리를 지었지. 뭐 그걸 이용한 사람은 없었지만."

"아무도 없었어요?" 나는 그렇게 물으면서 프렌티스타운에서 사라진 모든 남자를 순간 생각했다. 내가 자라는 동안 사라진 남자들. 그중 아무도 이렇게 멀리까지 오지 않은 것이다.

"저 다리를 지은 공학 기술이 참말 뛰어났는데." 탬은 마치 내 소음을 듣지 못한 것처럼 계속 말했다. 아마도 정말 그런 것 같았다. 워낙 탬이 큰 소리로 떠들어 대서 안 들렸겠지. "다리가 없어졌다니 슬프구나."

"우리에겐 선택의 여지가 없었어요."

"아, 선택의 여지는 언제나 있단다, 강아지야. 하지만 내가 듣기로 너희는 올바른 선택을 한 거야."

우리는 한동안 조용히 걸었다. "우리가 안전한 거 확실한가요?"

"흠, 확신은 할 수 없지. 하지만 힐디 말이 맞아." 탬은 그렇게 말하면서 싱긋 웃었는데, 어쩐지 그 미소가 조금 슬프게 느껴졌다. "그 남자들이 강을 건너오지 못하게 막는 게 다리 하나만은 아니란다."

나는 탬의 말이 진실인지 알기 위해 그의 소음을 읽어보려고 했지만, 죄다 반짝반짝 빛나면서 깨끗하고 환하고 따뜻해서 뭐든 그가 원하는 건 다 진실이 될 수 있을 것 같았다.

프렌티스타운의 남자들 소음과는 완전 딴판이었다.

"난 지금 이 상황이 이해가 안 돼요. 분명 다른 종류의 소음 세균일 거예요." 나는 여전히 그 생각에 사로잡혀 괴로워하면서 말했다.

"내 소음이 너희 마을 소음과 다르게 들리니?" 탬은 정말 궁금하다는 듯이 물었다.

나는 그를 보면서 잠시 들어봤다. 힐디, 프렌티스타운, 빨간 사과들, 양, 정착민들, 새는 파이프, 힐디.

"아저씨는 정말 아내를 아주 많이 생각하는군요."

"힐디는 반짝반짝 빛나는 나의 별이란다, 강아지야. 힐디가 손을 내밀어서 구해주지 않았다면 나는 내 소음 속에서 길을 잃었을 거야."

"어떻게 그럴 수 있죠? 아저씨는 전쟁에서 싸웠어요?" 나는 대체 이 사람이 무슨 이야기를 하는 건가 궁금해하면서 물었다.

내 질문에 탬은 가다가 우뚝 멈춰 섰다. 갑자기 구름이 잔뜩 낀 날처럼 그의 소음이 회색으로 흐려지면서 아무것도 읽을 수 없었다.

"나도 싸웠단다, 강아지야. 하지만 전쟁이란 해가 이렇게 환히 빛나는 밖에서 말할 만한 것이 아니야."

"왜 안 돼요?"

"네가 결코 그 이유를 알아내지 못하게 해달라고 세상의 모든 신에게 기도를 드려야겠구나." 탬은 내 어깨에 한 손을 얹었다. 나도 이번에는 그 손을 뿌리치지 않았다.

"그건 어떻게 하는 거죠?"

"뭘 한다는 거냐?"

"소음을 납작하게 만들어서 내가 읽을 수 없게 숨기는 거요."

탬은 싱긋 웃었다. "늙은 아내에게 비밀을 숨기려고 다년간 연습한 덕분이지."

"그래서 내가 도사가 된 거야! 그이는 숨기는 데 능숙해지고, 나는 알아내는 데 능숙해지고." 앞서가던 힐디가 우리에게 소리쳤다.

부부는 또다시 같이 깔깔거렸다. 나는 바이올라를 향해 웃긴 부부라고 눈을 굴려보려 했지만, 바이올라는 날 철저하게 외면하고 있어서 다시 해보려다가 포기했다.

바위투성이 길을 벗어나 완만하게 경사진 흙길을 돌아가자 갑자기 우리 앞에 농장이 나타났다. 오르락내리락하는 언덕에 밀밭과 양배추밭이 펼쳐지고 양 몇 마리가 풀을 뜯어 먹고 있는 모습이 보였다.

"안녕, 양들아!" 탬이 소리를 질렀다.

"양!" 양들이 대꾸했다.

제일 먼저 보인 건물은 방수 처리된 커다란 목재 헛간으로 다리처럼 튼튼했다. 마치 영원히 무너지지 않을 것처럼 보였다.

"너희가 날려버리지만 않는다면 말이야." 힐디가 또 웃으면서 말했다.

"너희가 시도하는 모습을 보고 싶구나." 탬도 웃으며 말했다.

이 부부가 세상만사를 다 웃어넘기는 모습을 보는 게 슬슬 지겨워지기 시작했다.

그다음에 농장이 나왔다. 그것은 정말 완전히 다른 종류의 건물로 언뜻 봐서는 금속으로 지은 것 같았다. 우리 마을에 있는 주유소와 교회 같았지만 그 정도로 낡거나 상하진 않았다. 건물 절반은 반짝거렸고, 돛처럼 구불구불하게 하늘을 향해 뻗어가다가 살짝 옆으로 기울어지면서 어느 한 지점에 이르자 접힌 삼각형 모양의 굴뚝 하나가 나타났다. 연기는 접힌 부분 끄트머리에서 나오고 있었다. 집의 나머지 절반은 금속 위에 목재를 얹어서 지었는데, 헛간처럼 튼튼했지만 잘라서 접은 모양이 마치…….

"날개군요." 내가 말했다.

"맞아. 어떤 종류의 날개지?" 탬이 물었다.

나는 다시 봤다. 농가의 전체적인 모습은 마치 새 같았다. 굴뚝이 새의 머리이자 목이고, 반짝거리는 건물 전면과 목재 날개가 뒤에서 좍 펼쳐진 모습은 마치 새가 물 위에서 쉬는 것처럼 보였다.

"저건 백조란다, 토드 강아지야." 탬이 말했다.

"뭐라고요?"

"백조라고."

"백조가 뭐예요?" 나는 그 집에서 계속 눈을 떼지 않은 채 물었다.

탬의 소음이 잠시 혼란스러워하는 게 느껴졌다. 그러다가 슬픔이 옅게 흔들리는 듯해서 그에게로 고개를 돌렸다.

"왜요?"

"아무것도 아니다, 강아지야. 오래전 추억들이 떠올라서."

바이올라와 힐디는 저만치 앞에서 가고 있었는데, 바이올라는 눈을 동그랗게 뜨고 입은 물고기처럼 뻐끔거리며 침을 삼키고 있었다.

"내기 뭐랬니?" 힐디가 말했다.

바이올라가 농가 앞에 있는 울타리를 향해 달려가서 농가의 금속 부분을 위아래, 좌우로 훑어봤다. 나도 옆에 가서 같이 봤다. 한동안 아무 생각도 떠오르지 않았다(촌스럽다고 놀리려거든 닥쳐줘).

"이게 백조래. 그게 뭔지는 모르겠지만."

바이올라는 날 철저하게 무시하면서 고개를 돌려 힐디를 바라봤다. "이거 익스팬션3 500인가요?"

"뭐라고?"

"그거보다 오래된 거야, 바이올라 강아지야. 익스팬션3 200이지." 힐디가 대답했다.

"우린 익스팬션7까지 업그레이드 했어요." 바이올라가 말했다.

"그럴 만하지." 힐디가 대답했다.

"지금 대체 무슨 소리를 하는 거야? 익스팬션 뭐시기?" 내가 물었다.

"양!" 멀리서 만시가 짖는 소리가 들렸다.

"우리 우주선 말이야. 익스팬션 3등급 200시리즈 말이다." 내가 그런 것도 몰라서 놀랍다는 목소리로 힐디가 대답했다.

나는 사람들의 얼굴을 차례로 봤다. 탬의 소음 속에서 우주선이 날아가는 모습이 보였다. 그 우주선의 선체 앞쪽이 농장 위의 흰 부분과 일치했다.

"아, 그거." 나는 어렴풋이 예전에 들었던 말을 떠올리면서 처음부터 알고 있던 것처럼 말하려고 애썼다. "처음 집을 지을 때는 가까이 있는 수단부터 이용하는 거."

"바로 그렇지, 강아지야. 혹은 그럴 마음이 있다면 집을 하나의 예술 작품으로 만들기도 하고." 탬이 말했다.

"네 부인이 엔지니어인 데다가 그 고철 덩어리들을 똑바로 서 있을 수 있게 만들 수 있다면 그렇지." 힐디가 대꾸했다.

"넌 어떻게 이런 걸 다 알아?" 내가 바이올라에게 물었다.

바이올라는 내 시선을 피해 땅만 바라봤다.

"너 설마……." 나는 말을 하려다가 중간에 멈췄다.

이제 이해가 되기 시작했으니까.

당연히 이해가 됐으니까.

세상 모든 일에서 그렇듯 나는 매사에 느렸지만 이제는 이해가 됐다.

"넌 정착민이니까. 넌 새로 온 정착민이구나."

바이올라는 여전히 날 외면한 채로 어깨를 으쓱했다.

"하지만 네가 타고 왔다가 추락한 그 우주선은 정착민들이 타고 오기엔 너무 작던데."

"그건 그냥 정찰기였어. 내 모함은 익스팬션 7등급이야."

바이올라는 힐디와 탬을 봤다. 둘 다 아무 말도 하지 않았다. 탬의 소음은 밝고 호기심에 가득 차 있었다. 힐디의 마음은 읽을 수 없었다. 하지만 어쩐지 그녀는 알고 나는 모르고 있었다는 느낌, 바이올라가 힐디에겐 말하고 나에겐 말하지 않았다는 느낌이 들었다. 설사 내가 바이올라에게 먼저 물어보지 않았더라도 기분이 아주 더러워졌다.

나는 하늘을 올려다봤다.

"그건 저 위에 있지? 너의 익스팬션 7등급 말이야."

바이올라는 고개를 끄덕였다.

"너희는 더 많은 정착민들을 데리고 왔지? 더 많은 정착민들이 신세계로 오고 있겠군."

"우리가 추락했을 때 모든 게 고장 났어. 내겐 모함에 연락할 방법이 하나도 없어. 그들에게 오지 말라고 경고할 방법이 하나도 없다고." 바이올라는 그렇게 말하다가 작게 헉 소리를 내며 하늘을 올려다봤다. "네가 그들에게 경고해야 해."

"벤 아저씨가 말한 건 그 뜻이 아니야. 절대 아냐." 나는 다급하게 말했다.

바이올라는 오만상을 찌푸렸다. "왜 아니야?"

"누가 무슨 말을 했다는 거냐?" 탬이 물었다.

"몇 명이야?" 나는 계속 바이올라에게서 눈을 떼지 않고 물었다. 온 세상이 쉴 새 없이 변해가는 듯한 느낌이 들었다. "새 정착민이 몇 명이나 오는데?"

바이올라는 심호흡을 한 번 하고 대답했다. 이건 힐디에게도 말하지 않았을 거라고 내 장담한다.

"수천 명. 수천 명이 오고 있어."

16

아무도 사과하지 않은 밤

"그들이 여기에 도착하려면 몇 달은 남았을걸." 힐디가 내게 으깬 감자 요리를 또 떠 주면서 말했다. 바이올라와 나는 먹기 바빠서 힐디와 탬만 이야기를 하고 있었다.

사실상 두 사람만 떠들고 있었다.

"우주여행은 네가 비디오에서 보는 그런 것과는 아주 많이 다르단다." 그렇게 말하는 탬의 수염으로 양고기 그레이비소스가 흘러내렸다. "우주선이 어디든 도착하려면 시간이 한도 끝도 없이 든단다. 구세계에서 신세계로 오는 데만 64년이 걸리지."

"64년이라고요?" 나는 먹던 음식을 입에서 뿜어내며 말했다.

탬이 고개를 끄덕였다. "그 대부분의 시간 동안 너는 냉동 인간 상태로 있고, 시간은 그런 너를 지나쳐 가지. 네가 중간에 죽지 않는다면 말이다."

나는 바이올라를 바라봤다. "그럼 너는 64살이야?"

"구세계 시간으로 64년이고." 탬이 숫자를 더하는 것처럼 손가락을 탁탁 치면서 말했다. "여기 나이로는 그러니까…… 몇 살이지? 대략 58, 59살……."

하지만 바이올라는 고개를 살래살래 저었다. "나는 우주선에서 태어났어요. 한 번도 수면 상태인 적이 없었죠."

"그러면 네 엄마나 아빠가 분명 관리인이었겠구나." 힐디가 순무 같아 보이는 채소를 툭 소리 나게 부러뜨리고 내게 설명해 줬다. "다들 잠들어 있는 동안 깨어 있으면서 우주선을 관리하는 사람을 말한단다."

"두 분 다요. 우리 아빠 전에는 우리 친할머니와 친할아버지가 관리인이셨고요." 바이올라가 대답했다.

"잠깐만." 나는 언제나 그렇듯 뭔 소린지 몰라서 물었다. "그러니까 우리가 신세계에 이십 몇 년 있었다면……."

"23년이지. 기분으로는 그보다 더 오래 있었던 것 같다만." 탬이 말했다.

"그렇다면 너희 우주선은 우리가 여기 도착하기도 전에 떠났다는 뜻이잖아. 네 아빠나 할아버지나 누가 됐건 말이야." 내가 말을 이었다.

나는 지금 나만 이게 궁금한지 보려고 주위 사람들을 둘러봤다. "왜? 왜 여기에 뭐가 있는지도 모르면서 오려고 했어?"

"왜 첫 번째 정착민들이 왔을까? 왜 누구든 새로 살 곳을 찾을까?" 힐디가 내게 물었다.

"네가 사는 곳이 살 만한 가치가 없는 곳이어서 그런 거야. 네가 있던 곳이 너무 열악해서 떠날 수밖에 없는 거지." 탬이 대답했다.

"구세계는 더럽고, 폭력적이고, 사람들이 너무 많아." 힐디가 냅킨으로 얼굴을 닦으면서 말했다. "그곳은 너무나 심하게 분열돼서 서로 증오하고 죽이고 모두 비참해질 때까지 누구도 행복해지지 못하는 곳이었어. 적어도 몇 십 년 전까진 그랬어."

"난 모르죠. 한 번도 본 적이 없으니까. 우리 엄마와 아빠는……." 바이올라는 말을 끝맺지 못했다.

하지만 나는 그동안 우주선에서 태어나서 살아가는 상황에 대해 생각해 보았다. 별들 사이로 날아가는 동안 성장하면서 원하는 곳은 어디든 갈 수 있다니. 날 원하지 않는다는 의사를 분명하게 밝히는 끔찍한 행성에 발목 잡히지 않고 살 수 있다니. 원하면 어디든 갈 수 있다. 어느 한 곳이 맞지 않으면 다른 곳을 찾으면 된다. 어느 방향으로 가든 자유다. 세상에서 그보다 더 근사한 일이 있을 수 있나?

그런 생각에 빠져 있느라 식탁에 침묵이 내려앉은 것을 미처 눈치채지 못했다. 정신을 차려보니 힐디가 바이올라의 등을 쓰다듬고, 바이올라는 물기 어린 눈으로 계속 눈물을 흘리고 있었다. 바이올라의 몸이 조금씩 앞뒤로 흔들리기 시작했다.

"왜요? 또 뭐가 잘못됐어?"

그 말에 날 보는 바이올라의 이마가 살짝 구겨졌다.

"뭐?"

"내 생각에 바이올라의 부모님에 대한 이야기는 충분히 한 것 같구나. 이제 너희 둘 다 가서 눈을 붙일 때가 된 것 같다." 힐디가 부드럽게 말했다.

"하지만 아직 늦은 시간도 아닌데요." 나는 창밖을 내다보며 말했다. 해도 아직 안 졌다. "우린 정착지에 가야 하는데……."

"정착지는 파브랜치라고 한다. 우리가 내일 아침 일찍 데려다줄게." 힐디가 말했다.

"하지만 그 남자들이……."

"나는 네가 태어나기도 전부터 평화를 지켜왔다, 강아지야. 누가 오든 안 오든 내가 감당할 수 있어." 힐디가 다정하지만 단호한 목소리로 말했다.

나는 그 말에 아무 대꾸도 하지 않았고, 힐디는 그에 대한 내 소음을 무시해 버렸다.

"파브랜치에서 뭘 하려고 그러는지 물어봐도 되겠니?" 탬이 앞에 놓인 옥수숫대 요리를 조금씩 먹으면서, 속으로는 궁금해 죽겠으면서 안 그런 척 물었다.

"우린 그냥 거기 가야 해요."

"너희 둘 다?"

바이올라를 흘끗 보니 울음은 그쳤지만 얼굴은 여전히 부어 있었다. 나는 탬의 질문에 대답하지 않았다.

"흠, 그곳에서 할 일은 많지." 힐디는 일어서서 자신의 접시를 치우면서 말했다. "너희가 원하는 게 그거라면 말이다. 과수원에선 항상 일손이 필요하고."

탬도 일어서서 같이 식탁을 치우면서 접시들을 부엌으로 가져갔다. 나와 바이올라만 남았다. 부엌에서 두 사람이 하는 이야기 소리가 들려왔다. 가벼운 대화였지만 소음이 막혀 있어서 알아들을 수 없었다.

"넌 정말 우리가 오늘 밤새 여기 있어야 한다고 생각해?" 나는 목소리를 낮추면서 물었다.

바이올라는 속삭이는 목소리로, 하지만 아주 격렬하게 내 질문을 싹 무시하며 말했다. "내 생각과 감정이 온 세상에 큰 소리로 끊임없이 흘러나오지 않는다고 해서 내게 아무 생각도 감정도 없다고 생각하지 마."

나는 깜짝 놀라서 바이올라에게로 고개를 돌렸다. "뭐?"

바이올라는 계속 격렬하게 속삭였다. "네가 매번 아, 쟤는 속이 텅 비었어, 쟤는 아무 생각도 안 해, 또는 저 두 사람에게 쟤를 맡길 수 있겠구나, 이런 생각을 할 때마다 내가 그걸 듣고 있다고, 알겠어? 네가 하는 그 모든 멍청한 생각들이 다 들린단 말이야. 그리고 난 원하는 것 이상으로 아주 많은 것들을 이해하고 있어."

"아, 그러셔?" 나도 거기에 화답해 속삭이는 목소리로 대답했다. 다만 내 소음은 속삭이는 수준이 아니었지만. "네가 매번 뭔가를 생각하거나 느끼거나 멍청한 생각을 할 때마다 내겐 들리지 않아. 그런데 내가 어떻게 너에 대해 시바 뭐 하나라도 알 수 있겠어? 네가 그렇게 모든 걸 비밀로 감추고 있는데 내가 어떻게 네 생각을 알겠냐고?"

"난 비밀로 감추고 있는 게 아니야. 난 그저 정상일 뿐이야." 바이올라는 이를 악물고 말했다.

"여기선 그게 정상이 아니거든."

"그걸 네가 어떻게 알아? 저 사람들이 뭐라고 말만 하면 네가 깜짝깜짝 놀라는 소리가 다 들리거든. 너희 마을에는 학교도 없니? 거기서 배운 게 뭐 하나라도 있어?"

"사람이 살아남는 일에 매달리게 되면 역사는 그렇게 중요하지 않아." 나는 아주 작은 목소리로 화가 머리끝까지 나서 뱉어내듯 말했다.

"사실은 그때 가장 중요하단다." 힐디가 식탁 끝에 서서 말했다. "그리고 이렇게 바보 같은 논쟁을 벌이는 것만으로도 너희가 피곤하다는 사실을 깨닫지 못한다면 그야말로 피곤의 한계를 넘은 거야. 어서 일어나."

바이올라와 나는 서로 노려보다가 하는 수 없이 일어나서 힐디를 따라 커다란 방으로 갔다.

"토드!" 만시가 구석에서 반갑게 짖었지만, 탬이 아까 준 양고기 뼈를 계속 붙들고 있느라 일어서진 않았다.

"우린 오래전부터 손님방들을 다른 용도로 쓰고 있거든. 그러니 너희는 여기 소파에서 자야겠다."

우리는 힐디가 소파 위에 시트를 깔아 임시 침대를 만드는 일을 도왔다. 바이올라는 여전히 오만상을 찡그리고 있었고, 내 소음은 붉은색으로 윙윙거렸다.

침대 정리를 다 끝냈을 때 힐디가 말했다. "이제 서로에게 사과해라."

"뭐라고요? 왜요?" 바이올라가 대꾸했다.

"당신이랑 뭔 상관이에요?" 나도 대꾸했다.

"싸운 채로 잠자리에 들지 마. 절대로." 힐디는 허리에 두 손을 얹은 채 꿈쩍도 않고 서 있었다. 덤비면 뼈도 못 추릴 거라는 분위기가 풍겼다. "둘이 계속 친구로 지내고 싶다면 말이야."

바이올라와 나는 아무 말도 하지 않았다.

"쟤가 네 목숨을 구해줬다며?" 힐디가 바이올라에게 말했다.

바이올라는 그 말에 고개를 푹 숙이더니 대답했다. "네에."

"맞아요, 내가 그랬어요."

"바이올라도 다리에서 네 목숨을 구했고, 그러지 않았니?"

으헉.

"그래, 으헉. 너희 둘 다 그게 중요하다고 생각하지 않니?"

우린 그래도 입을 열지 않았다.

힐디는 한숨을 내쉬었다. "좋아. 어른이 거의 다 된 강아지들이라면 사과 정도는 둘이 알아서 하겠지." 힐디는 잘 자라는 인사도 없이 가버렸다.

나는 바이올라에게서 등을 돌렸고, 바이올라도 돌아누웠다. 나는 신발을 벗고 힐디가 '소파'에 펴놓은 시트 밑으로 들어갔다. 말만 그럴싸했지 그냥 긴 의자였다. 바이올라도 똑같이 했다. 만시는 내 소파로 뛰어 올라와 발치에 몸을 동그랗게 말고 누웠다.

방 안은 내 소음과 벽난로에서 치직거리며 불이 타는 소리만으로 채워졌고, 너무 더웠다. 황혼이 내린 지 얼마 안 됐겠지만 쿠션이 너무 부드럽고, 시트도 부드럽고, 불은 어마어마하게 따뜻해서 내 눈은 이미 감겨 있었다.

"토드?" 바이올라가 방 건너편에 있는 소파에서 말을 걸었다.

나는 잠으로 빠져들다가 헤어 나왔다. "뭐?"

바이올라가 잠시 아무 말도 하지 않아서 어떻게 사과할까 고민인 모양이라고 짐작했다.

하지만 그게 아니었다.

"네가 파브랜치에 가면 뭘 해야 한다고 그 책에 나와 있어?"

내 소음이 조금 더 붉어졌다. "내 책에서 뭐라고 하건 넌 신경 꺼. 그건 내 거고, 날 위해 쓴 거니까."

"네가 숲속에서 그 지도를 보여줬을 때 말이야. 네가 그 정착지에 가야 한다고 말했을 때, 그때 거기 밑에 뭐라고 쓰여 있었는지 기억나?"

"당연히 기억나지."

"뭐였는데?"

바이올라의 목소리에 참견하는 기미는 없었지만 당연히 그런 의도가 아니겠는가? 이게 참견이지 뭐야?

"그냥 잠이나 자."

"파브랜치였어. 우리가 가야 하는 마을 이름이 거기 쓰여 있었다고."

"닥쳐." 내 소음이 다시 윙윙거렸다.

"그건 절대 부끄러워할 일이 아니……."

"닥치라고 그랬잖아!"

"네가 너를 도울 수……."

내가 소파에서 벌떡 일어나는 바람에 만시가 바닥으로 밀려나 쿵 소리를 내며 떨어졌다. 나는 시트와 담요를 낚아채서 겨드랑이에 끼고 쿵쿵 소리를 내며 식당으로 갔다. 거기 바닥에 시트와 담요를 휙 던지고 그 위에 누워서 바이올라와 그녀의 사악하고 의미 없는 침묵으로부터 멀찍이 떨어졌다.

만시는 바이올라와 같이 있었다. 배신자.

나는 눈을 감았지만 오랫동안 잠들지 못했다.

그러다가 마침내 잠이 든 것 같다.

왜냐하면 내가 늪이지만 동시에 마을이기도 하고 우리 농장이기도 한 길 위에 있었으니까. 거기에 벤 아저씨와 킬리언 아저씨가 있고 바이올라도 있었는데 모두 "여기서 뭘 하고 있니, 토드?"라고 내게 물었다. 만시는 "토드! 토드!"라고 짖었고, 벤 아저씨는 내 팔을 잡고 문 밖으로 끌고 나갔고, 킬리언 아저씨는 내 어깨를 한 팔로 안고 계속 길을 걸어가게 했고, 바이올라는 우리 농장의 현관문 옆에 그 모닥불 상자를 놓고 있었고, 시장의 말이 바로 우리 농장 현관문으로 달려와 바이올라를 쳐서 넘어뜨렸고, 아론의 얼굴을 한 악어가 벤 아저씨의 어깨 뒤에서 뒷다리를 들고 일어서서 내가 "안 돼!"라고 소리 지르는 순간…….

나는 온몸에서 땀을 뻘뻘 흘리며 벌떡 일어나 앉았다. 심장이 말처럼 사정없이 날뛰고 있었다. 시장과 아론이 날 내려다보고 서 있을 거라는 생각이 들었다.

하지만 그 사람은 그저 힐디였고, 이렇게 말하고 있었다. "대체 여기서 뭐 하니?" 힐디는 문간에 서 있었는데 환한 아침 햇살이 뒤에서 홍수처럼 밀려 들어와서 손을 들어 그 빛을 가려야 했다.

"여기가 더 편해서요." 나는 그렇게 중얼거렸다. 내 심장이 쿵쿵 뛰었다.

"퍽도 편했겠다." 힐디가 방금 잠에서 깬 내 소음을 읽으며 말했다. "아침 다 됐다."

양고기 베이컨 굽는 냄새에 바이올라와 만시도 깼다. 똥을 싸라고 만시를 밖으로 내보냈지만 바이올라와는 아무 말도 하지 않았다. 우리가 아침을 먹는 동안 탬이 들어왔다. 밖에서 양에게 먹이를 주고 있었던 모양이다. 내가 집에 있었다면 그랬을 것이다.

집.

어쨌든.

"기운 내, 강아지야." 탬이 내 앞에 커피 한 잔을 탁 내려놓으며 말했다. 나는 고개를 푹 숙이고 커피를 마셨다.

"밖에 누구 있어요?" 나는 컵에 대고 말했다.

"찍 소리 하나 없다. 그리고 오늘은 아주 화창하구나." 탬이 대답했다.

나는 고개를 들어 바이올라를 힐끗 봤지만 바이올라는 날 쳐다보지도 않았다. 사실 아침을 먹고, 세수하고, 옷을 갈아입고, 다시 짐을 꾸리는 내내 우리는 서로 한 마디도 하지 않았다.

"너희 둘에게 행운을 빈다. 의지할 데 없는 두 사람이 친구면 좋은 거야." 우리가 막 힐디와 함께 파브랜치로 떠나려고 할 때 탬이 말했다.

할 말이 없었다.

"서둘러라, 얘들아. 시간은 우리를 기다려 주지 않아." 힐디가 재촉했다.

우리는 다시 길을 나섰고, 얼마 못 가서 다리로 이어지는 그 길과 다시 만났다.

"이 길이 전에는 파브랜치에서 프렌티스타운으로 가는 주도로였단다. 그때는 거길 뉴 엘리자베스라고 했지만 말이야." 힐디가 자신의 작은 배낭을 들어 올리며 말했다.

"그때 거기가 어딘데요?" 내가 물었다.

"프렌티스타운 말이야. 전에는 뉴 엘리자베스라고 불렸지." 힐디가 대답했다.

"그런 적 없거든요." 나는 눈썹을 치켜올리며 말했다.

힐디는 내 흉내를 내서 눈썹을 치켜올리며 날 바라봤다. "그런 적 없다고? 그럼 내가 착각한 모양이네."

"분명 그럴 거예요." 나는 그녀의 얼굴을 찬찬히 보면서 말했다.

바이올라가 흥 소리를 냈다. 나는 죽일 것 같은 표정으로 그녀를 노려봤다.

"우리가 머물 곳이 있을까요?" 바이올라가 날 본체만체하면서 힐디에게 물었다.

"너희를 내 여동생에게 데려갈 거야. 올해 그 마을의 부시장이 됐어. 너흰 몰랐니?"

"그럼 거기서 우린 뭐 해요?" 나는 걸어가면서 발로 흙을 차며 물었다.

"그건 너희에게 달렸지. 자기 운명은 스스로 책임져야 하는 거 아니니?"

"지금까진 그렇지 않았어요." 바이올라가 조용히 말했다. 나도 속으로 바로 그 생각을 하고 있던 터라 우린 동시에 고개를 들어 서로의 눈을 바라봤다.

우린 미소를 지을 뻔했지만 그러지는 않았다.

바로 그때 소음이 들리기 시작했다.

"아하, 파브랜치다." 힐디도 그 소리를 듣고 말했다.

길이 작은 계곡의 정상에 이르렀다.

거기에 그것이 있었다.

또 다른 정착지. 원래 있어서는 안 될 또 다른 정착민들의 마을.

벤 아저씨가 날 보내려고 했던 곳.

우리가 안전해질지도 모르는 곳.

제일 먼저 내 눈에 들어온 것은 구불구불한 길이 과수원들 사이를 지나가는 풍경이었다. 그 길을 따라 잘 관리된 나무들이 질서 정연하게 서 있고 관개 시설이 곳곳에 갖춰져 있었다. 그렇게 길을 따라 언덕을 내려가면 그 밑에 건물들과 작은 개울이 하나 있었다. 그 개울은 평탄하게 흘러가다가 다시 더 큰 강과 만날 것이다.

마을 곳곳에 남자들과 여자들이 있었다.

사람들 대부분은 두꺼운 앞치마를 입고 과수원에서 일하고 있었다. 남자들은 모두 긴소매 옷을 입었고, 여자들은 긴 스커트를 입고 마체테(날이 넓고 무거운 칼—옮긴이)로 솔방울처럼 생긴 과일들을 따거나 바구니를 들고 딴 과일들을 나르거나 관개 시설의 배수관 작업을 하고 있었다.

남자들과 여자들, 여자들과 남자들.

남자들은 대충 스물너덧 명으로 프렌티스타운 남자들보다 수가 적어 보였다.

여자들이 몇 명이나 있는지는 누가 알겠는가.

카오스 워킹 1

이토록 완전히 다른 세상에서 살고 있다니.

그들의 소음(과 침묵)이 옅은 안개처럼 공중을 둥둥 떠다녔다.

두 개 부탁해, 내가 보기에 그건, 잡초는 낭비야, 그녀가 승낙할지도 몰라, 아닐 수도 있고, 만약 예배가 1시에 끝나면 나는 항상, 이렇게 소음이 끝없이 들려왔다. 아멘.

나는 한동안 입을 떡 벌린 채 길 한가운데에 멈춰 서 있었다. 그 속으로 들어갈 엄두가 나시 않았다.

그건 이상했으니까.

솔직히 말하면 이상한 것 이상이었다.

그 소음들은 모두 다 아주, 나도 모르겠다, 차분하다고 해야 하나. 마치 친구들과 나누는 평범한 수다 같았다. 우발적으로 터져 나오는 소리나 욕설은 하나도 없었다.

그리고 그 누구도 뭔가를 특별히 갈망하지 않았다.

내가 듣거나 느낄 수 있는 곳 어디에서도 끔찍하고도 절망적인 갈망은 없었다.

"여기가 프렌티스타운이 아닌 건 확실하네." 나는 작은 목소리로 만시에게 말했다.

그러자 곧바로 *프렌티스타운?* 이라는 소음이 우리 바로 옆에 있는 들판에서 흘러나왔다.

잠시 후 여기저기서 같은 소음이 들렸다. *프렌티스타운? 프렌티스타운?* 그 순간 근처 과수원에서 과일을 따거나 다른 일을 하고 있던 모든 남자들의 일손이 멈춘 게 느껴졌다. 그들은 서서히 일어서면서 우리를 빤히 바라보았다.

"어서 가자. 계속 걸어. 그냥 다들 궁금해서 저러는 거야." 힐디가 재촉했다.

프렌티스타운이라는 말이 들판 전체로 들불이 번지듯 빠르게 퍼져갔다. 만시가 내 다리 옆으로 바짝 다가왔다. 걸어가는 우리를 사방에서 쳐다봤다. 바이올라조차 가까이 다가와 바짝 붙어서 걸었다.

"걱정하지 마. 너희를 만나고 싶어 하는 사람들이 아주 많……."

힐디는 말을 하다가 멈췄다.

한 남자가 길로 들어오더니 우리 앞을 막았다.

그는 전혀 우리를 만나고 싶어 하는 표정이 아니었다.

"프렌티스타운이라고?" 그렇게 물어보는 그의 소음은 불편할 정도로 시뻘겋게 물들은 데다, 불편할 정도로 빨랐다.

"안녕하신가, 매슈. 난 그냥 아이들을 데려……."

"프렌티스타운이라고." 그 남자의 말은 이제 질문이 아니었고, 그는 힐디를 보고 있지도 많았다.

그는 나를 보고 있었다.

"넌 여기서 환영받지 못해. 절대로."

게다가 그는 내가 지금까지 본 것 중 가장 큰 마체테를 들고 있었다.

17

과수원의 대결

내 손이 번개같이 배낭 뒤에 있는 칼로 향했다.

"그건 그냥 놔둬, 토드 강아지야. 이 상황에서는 그런 식으로 대처하면 안 돼." 힐디는 그 남자를 계속 주시하면서 말했다.

"힐디, 대체 지금 우리 마을에 뭘 들여놓은 줄 알아?" 그 남자는 손에 든 마체테를 치켜올리면서 여전히 나를 바라보며 물었다. 그의 질문에는 정말 놀란 기색이 배어 있었고 그리고…….

저건 마음의 상처인가?

"나는 길 잃은 강아지 한 쌍을 데려온 것뿐이야. 비켜, 매슈."

"여기에 남자 강아지는 안 보이는데." 매슈의 눈이 이글이글 타오르기 시작했다. 그는 키가 어마어마하게 컸고, 어깨는 황소처럼 넓었다. 당황한 기색이 역력한 짙은 눈썹에서 다정함은 찾아볼 수 없었다. 그는 걸어 다니고 말하는 폭풍처럼 보였다. "내 눈엔 프렌티스타운 사내가 보이는데. 소음에 프렌티스타운의 더러움을 사방에 묻힌 사내가 보인다고."

"네 눈에 보이는 건 그게 아닐 텐데. 자세히 봐." 힐디가 말했다.

매슈의 소음이 이미 날 찍어 누르는 손처럼 휘청거리면서 억지로 내 생각을 비집고 들어와 마음속의 방을 사정없이 뒤집어 놓으려 했다. 그의 소음은 분노와 의문으로 가득 차서 불처럼 활활 타오르면서도 울퉁불퉁해서 그걸 피해 숨을 수도 없었고, 이해할 수도 없었다.

"당신도 그 법을 알고 있잖아, 힐디."

그 법이라고?

"그 법은 성인 남자들에게 해당되는 거야." 힐디의 차분한 목소리만 들어보면 마치 우리가 여기 서서 날씨 이야기를 나누는 것만 같다. 이 남자의 소음이 금방이라도 폭발할 것처럼 시뻘게지는 게 안 보이나? 소음이 붉은색인데 무슨 담소야? "여기 이 강아지는 아직 성인이 아니야."

"아직 28일 남았어요." 내가 무심코 말해버렸다.

"너의 그 숫자는 여기선 아무 의미가 없다, 얘야. 네게 며칠이 남았는지 나는 아무 관심이 없다고." 매슈가 말했다.

"진정해, 매슈." 듣는 내가 불안해질 정도로 힐디가 아주 엄격하게 말했다. 놀랍게도 그 말에 매슈는 속상한 표정으로 힐디를 보면서 한 발짝 물러섰다. "이 아이는 프렌티스타운에서 도망쳤어. 도망자라고." 힐디는 조금 부드러워진 목소리로 말했다.

매슈는 여전히 의심스러운 표정으로 힐디를 보다가 나를 향해 고개를 돌렸다. 그의 마체테가 서서히 내려오고 있었다. 아주 조금씩.

"너도 전에 그랬잖아." 힐디가 그에게 말했다.

뭣이라?

"아저씨도 프렌티스타운에서 왔어요?" 나도 모르게 그만 말이 나와버렸다.

매슈가 다시 마체테를 치켜들면서 다가서자 그 험악한 분위기에 만시가 짖기 시작했다. "물러서! 물러서! 물러서!"

"난 뉴 엘리자베스 출신이야. 절대 프렌티스 출신이 아니라고, 이 자식아. 절대 아니야. 절대로 그 사실을 잊지 마." 매슈는 이를 악물고 으르렁거리듯 말했다.

이제 그의 소음에서 아까보다 더 선명한 생각들이 언뜻언뜻 보였다. 도저히 그럴 수 없는 일들, 황당한 일들이 물밀듯이 쏟아져 나왔다. 그로서도 어쩔 수 없는 것 같았다. 해머 아저씨가 옛날에 마을에서 가장 나이 많고 거친 아이들에게 몰래 빌려주던 불법 비디오 영상보다 훨씬 끔찍한 일들, 사람들이 정말 죽는 것처럼 보였지만 확실히는 알 수 없는 일들이 보였다. 이미지들과 사람들이 하는 말들과 피와 비명과 그리고······.

"당장 멈춰! 감정을 좀 억제하란 말이야, 매슈 라일. 당장 멈추지 못해!" 힐디가 소리를 꽥 질렀다.

매슈의 소음이 돌연 진정되기 시작했지만 그래도 여전히 격렬했다. 그는 탬처럼 노련하게 소음을 통제하진 못했지만, 그래도 프렌티스타운에 있는 어떤 남자보다도 나았다.

하지만 내가 그 생각을 떠올리는 순간 매슈가 다시 마체테를 치켜들었다. "너 스스로를 위해서도 우리 마을에서 그 단어는 생각하지 마라."

"내 눈에 흙이 들어가기 전에는 절대 내 손님들을 협박하지 마. 내 말 알아들어?" 힐디가 단호하고 힘 있는 목소리로 말했다.

매슈는 그녀를 봤다. 고개를 끄덕이지도, 알았다고 대답하지도 않았지만 모두 그가 힐디의 뜻을 이해했다는 걸 알았다. 하지만 매슈는 그

때문에 불쾌해하고 있었다. 그의 소음은 여전히 날 쿡쿡 찌르고 눌러대면서 할 수만 있다면 날 후려치려고 했다. 그러다가 그는 마침내 고개를 돌려 바이올라를 봤다.

"이 아이는 누구지?" 매슈가 바이올라에게 마체테를 겨누며 물었다.

맹세하는데 그다음에 벌어진 일은 나도 모르는 사이에 그렇게 됐다.

다른 사람들 뒤에 서 있던 내가 갑자기 매슈와 바이올라 사이에 서서 칼을 들어 그를 향해 겨눴다. 내 소음이 산사태처럼 쏟아지면서 내 입이 이렇게 말했다. "애한테서 멀찍이 떨어져, 지금 당장."

"토드!" 힐디가 꽥 소리를 질렀다.

"토드!" 만시가 짖었다.

"토드!" 바이올라가 소리를 질렀다.

하지만 나는 거기 버티고 서서, 칼을 든 채, 마침내 내가 무슨 짓을 저질렀는지 깨달은 것처럼 쿵쿵 울리는 심장을 느끼고 있었다.

하지만 이제 와서 물러설 순 없다.

대체 어쩌다 이렇게 됐지?

"이유 하나만 대봐, 프렌티스 꼬맹이. 너를 찌르지 않을 이유 하나만 대보라고." 매슈가 마체테를 들어 올리며 말했다.

"그만해!" 힐디가 외쳤다.

이번 힐디의 목소리에는 뭔가가 있었다. 뭔가를 단속하듯 외치는 그 소리에 매슈는 조금 움찔했다. 하지만 그는 여전히 칼은 내려놓지 않은 채로 나와 힐디를 노려봤다. 그런 그의 소음이 상처처럼 욱신거렸다.

갑자기 그의 얼굴이 조금 일그러졌다.

그러더니 느닷없이 울기 시작했다.

덩치는 황소만 한 남자가 손에 마체테를 든 채 감정을 주체 못 하고 엉엉 울었다.

이건 예상 못 했는데.

힐디의 목소리도 조금 작아졌다. "칼 치워, 토드 강아지야."

매슈는 칼을 땅바닥에 떨어뜨리고 한 팔로 눈을 가리면서 훌쩍거렸다. 나는 슬쩍 바이올라를 봤다. 바이올라는 그저 매슈만 빤히 보고 있었다. 아마 나처럼 뭐가 뭔지 이해가 안 가는 듯했다.

나는 칼을 내려 허리로 가져갔지만 손에서 놓지는 않았다. 아직은.

매슈가 심호흡을 몇 번 했다. 이렇게 많은 사람들 앞에서 자제력을 잃고 무너진 이 상황에 대한 고통과 슬픔과 분노가 그의 소음에서 흘러나왔다. "그 일은 끝났어야 했어. 아주 오래전에." 매슈가 중얼거렸다.

"나도 알아." 힐디가 다가가 그의 팔에 한 손을 올려놨다.

"대체 무슨 일이에요?" 내가 물었다.

"마음 쓰지 마라, 토드 강아지야. 프렌티스타운에는 슬픈 역사가 있단다."

"탬도 그렇게 말했어요. 나는 모르는 게 있는 것처럼."

매슈가 고개를 들어 나를 보면서 다시 이를 악물고 말했다. "넌 그 일에 대해 하나도 몰라, 얘야."

"이제 그걸로 충분해. 이 아이는 적이 아니야." 힐디가 그렇게 말하고는 나를 보며 눈을 조금 크게 떴다. "그러니까 저 아이는 칼을 치울 거야."

나는 손에 잡은 칼을 한두 번 돌리다가 배낭으로 손을 뻗어서 도로 칼집에 넣었다. 매슈는 다시 날 노려보았지만 이번엔 그도 정말 물러나기 시작했다. 나는 힐디가 대체 어떤 사람이기에 그가 이렇게 복종하는지 궁금해졌다.

"이 아이들에게는 아무런 죄가 없어, 매슈." 힐디가 말했다.

"세상에 그런 사람은 없어요." 매슈는 침통하게 말하면서 콧물을 훌쩍거리며 다시 칼을 치켜올렸다. "세상 그 누구도."

그는 과수원으로 돌아가면서 단 한 번도 고개를 돌리지 않았다.

다른 사람들은 여전히 우리를 빤히 지켜보고 있었다.

"시간이 벌써 많이 흘렀어." 힐디가 그들에게로 돌아서서 한 차례 둘러보면서 말했다. "이따 만나서 인사할 시간이 있을 거야."

사람들은 다시 하던 일로 돌아갔다. 여전히 우리에게서 눈을 떼지 않는 사람도 몇 명 있었지만 대부분 다시 일을 시작했다.

"당신은 여기 책임자 같은 사람인가요?" 나는 힐디에게 물었다.

"뭐 그런 비슷한 거지, 토드 강아지. 어서 가자. 너희들 아직 마을도 못 봤잖니."

"그 사람이 말한 법이 뭐죠?"

"사연이 길어, 강아지야. 나중에 이야기해 줄게."

사람들과 차들과 말들이 지나다닐 수 있을 정도로 널찍한 그 길, 지금은 남자들만 보이는 그 길은 구불구불하게 이어져서 작은 계곡의 언덕 쪽에 있는 더 많은 과수원들 쪽으로 내려갔다.

"저건 무슨 과일이에요?" 우리 앞에서 여자 둘이 과일이 가득 든 바구니를 들고 길을 건너가는 모습을 보며 바이올라가 물었다. 그 여자들도 가면서 우리를 바라봤다.

"크레스티드 파인이야. 설탕처럼 달콤하고 비타민도 풍부하지." 힐디가 대답했다.

"한 번도 들어본 적 없어요."

"그렇지. 넌 들어본 적 없을 거야."

나는 기껏해야 쉰 명이 넘지 않을 마을치고는 너무 많이 있는 나무들을 바라봤다. "이 마을 사람들은 이런 과일만 먹나요?"

"당연히 아니지. 저기 아래쪽에 있는 다른 마을들과 교역을 해서 먹고산다."

내 소음에서 놀란 기색이 너무 확연히 드러나 바이올라마저도 작은 소리로 웃었다.

"이 넓은 신세계에 마을이 단 두 개만 있을 거라고 생각하진 않았겠지, 안 그래?" 힐디가 물었다.

"아뇨. 하지만 다른 마을들은 전쟁 때 전멸했잖아요." 나는 얼굴이 벌겋게 달아오르는 걸 느끼며 말했다.

"음." 힐디는 아랫입술을 깨물면서 고개를 끄덕이고, 더 이상 아무 말도 하지 않았다.

"그게 헤이븐인가요?" 바이올라가 조용히 물었다.

"뭐가 헤이븐이야?" 내가 물었다.

"다른 마을." 바이올라는 날 쳐다보지 않고 대답했다. "헤이븐에는 소음 치료제가 있다고 말하셨잖아요."

"어이쿠. 그건 다 소문일 뿐이야."

"헤이븐이 진짜 있는 곳이에요?" 내가 물었다.

"그곳은 정착지들 중에서 가장 크고 제일 먼저 생긴 곳이야. 신세계의 대도시라고나 할까. 아주 먼 곳에 있어. 우리 같은 농부들이 살 곳은 아니지." 힐디가 설명했다.

"난 한 번도 들어본 적 없는데." 내가 다시 말했다.

그 말에 아무도 대꾸하지 않았다. 어쩐지 이들이 날 배려해서 예의 바르게 침묵을 지키고 있다는 느낌이 들었다. 바이올라는 아까 길에서 나와 매슈가 한판 붙은 후로 죽 내 시선을 피하고 있었다. 솔직히 내가 왜 그랬는지 나도 모르겠다.

그래서 모두 그냥 계속 걸어갔다.

파브랜치에는 건물이 전부 일곱 채 정도 있는 것 같았다. 여기는 프렌티스타운보다 작고 건물도 평범했지만 분위기가 아주 달랐다. 걷고 있자니 어쩐지 신세계를 떠나 완전히 다른 행성에 온 것만 같았다.

우리가 지나친 첫 번째 건물은 돌로 만든 작은 교회였는데, 아론이 설교하는 어두침침한 우리 교회와 달리 산뜻하고 깨끗하면서 개방적이었다. 더 걸어가자 잡화점이 나왔고, 그 옆에 기계 정비소가 있었다. 다만 근처에 중장비는 거의 보이지 않았다. 여기엔 핵분열 자전거는커녕 고장 난 자전거마저 없었다. 회관처럼 보이는 건물이 하나 있고, 또 다른 건물 앞문에 병원의 상징인 지팡이를 휘감은 뱀 로고가 조각으로 새겨져 있었다. 그리고 헛간처럼 생긴 건물 두 채가 있었는데 창고인 모양이었다.

"별거 없지만 여기가 집이다." 힐디가 말했다.

"당신 집은 아니잖아요. 당신은 마을에서 멀리 떨어진 곳에서 살잖아요." 내가 말했다.

"대부분 그렇게 살고 있단다. 사람들의 소음에 익숙해지긴 했어도 자기 집에는 사랑하는 사람들의 소음만 있는 게 좋지. 마을은 좀 소란스러워지기 마련이니까."

나는 시끄러운 소리가 들리는지 귀를 기울여 봤지만 그래 봤자 프렌티스타운에 비교하면 어림없었다. 확실히 파브랜치에도 소음이 있긴 했다. 일상적이고도 지루한 일을 하는 남자들에게서 별 의미 없는 생각들의 소음이 흘러나오고 있었다. 챠, 챠, 챠, 그 한 다스에 나는 일곱 개만

줄 거야. 저기 그녀의 노랫소리를 들어봐, 그냥 들어봐, 저 닭장은 오늘 밤에 손봐야겠어, 저 자식 저기서 저러다 떨어지겠는데 같은 소음들이 끝도 없이 흘러나왔다. 내가 듣기엔 아무 생각 없이 하는 안전한 생각들로, 프렌티스타운에서 항상 듣는 그 음산하고 어두운 소음에 비교하면 마치 욕조에서 목욕하는 듯한 기분이었다.

"아, 여기 소음도 어두워질 때가 있단다, 토드 강아지야. 남자들은 여전히 성질을 부리지. 여자들도 마찬가지고."

"시도 때도 없이 남자의 소음을 듣는 건 무례한 짓이에요." 나는 주위를 돌아보며 말했다.

"맞는 말이야, 토드. 하지만 넌 아직 남자가 아니잖아. 아까 네 입으로 그렇게 말해놓고." 힐디가 싱긋 웃으며 말했다.

우리는 마을 한가운데에 있는 번화가를 지나갔다. 남자 몇 명과 여자 몇 명이 오갔고, 힐디에게 모자를 살짝 들어 올리며 인사하는 사람들도 있었지만 대부분은 그저 우리를 빤히 쳐다봤다.

나도 그렇게 해줬다.

소리를 자세히 들어보면 마을에서 남자들이 있는 곳만큼이나 여자들이 있는 곳을 선명하게 들을 수 있다. 그곳들은 마치 소음이 씻겨 나가는 바위 같았고, 일단 익숙해지면 그들의 침묵이 어디 있는지 느낄 수 있었다. 그들은 마을 여기저기에 흩어져 있었다. 그들의 침묵은 바이올라와 힐디의 침묵을 합친 것의 열 배쯤 됐다. 만약 여기 멈춰 서서 귀를 기울이면 각 건물마다 여자들이 정확히 몇 명 있는지 알 수 있을 것 같았다.

그 침묵이 수많은 남자의 소리와 섞이면 어떤지 아는가?

침묵은 더 이상 그렇게 외롭게 느껴지지 않는다.

그러다가 덤불 뒤에서 우리를 지켜보는 아주 작은 인간들이 보였다.

아이들.

나보다 작고, 나보다 어린 아이들.

태어나서 처음 보는 아이들.

바구니를 들고 가던 여자 하나가 아이들을 보고 손으로 휘휘 쫓는 시늉을 했다. 그녀는 얼굴을 찌푸리면서도 생긋 웃었고, 아이들은 모두 깔깔거리면서 교회 뒤로 달려갔다.

나는 아이들이 뛰어가는 모습을 지켜봤다. 아이들에게 마음이 조금 끌렸다.

"잘 따라오고 있니?" 힐디가 불렀다.

"가요." 나는 아이들이 가버린 곳에서 여전히 눈을 떼지 못한 채 대답했다. 돌아서서 두 사람을 계속 따라가면서도 고개를 돌려 그들을 봤다.

아이들이다. 진짜 아이들. 아이들이 살아갈 정도로 안전한 마을이구나. 이렇게 선량해 보이는 남자들과 여자들과 아이들이 있는 이 마을에서 바이올라가 집에 온 것처럼 느낄 수 있을지 궁금해졌다. 나는 분명그렇지 않지만, 바이올라는 여기서 안전할지도 궁금했다.

바이올라라면 그럴 것 같았다.

무심코 바이올라를 보니 그녀가 고개를 홱 돌렸다.

힐디는 파브랜치의 건물 중에서 가장 멀리 떨어진 곳에 있는 집으로 우리를 인도했다. 집 앞 현관 계단에 있는 장대에 꽂힌 깃발이 바람에 휘날리고 있었다.

나는 멈췄다.

"여긴 시장의 집이군요, 그렇죠?"

"부시장이야." 힐디는 부츠 신은 발로 나무 계단이 울리게 쿵쿵 소리를 내면서 올라갔다. "내 여동생이지."

"언니 왔군." 한 여자가 현관문을 열면서 말했다. 그녀는 더 통통하고, 젊고, 더 심하게 얼굴을 찌푸린 힐디 같았다.

"프란시아."

"힐디 언니."

두 사람은 서로에게 고개만 끄덕여 보였다. 껴안거나 손을 잡지도 않고 그냥 고개만.

"내 마을에 대체 무슨 생각으로 이런 골칫거리를 데려왔어?" 프란시아가 우리를 위아래로 훑어보며 말했다.

"네 마을이라고? 이젠 그렇게 됐나 보지?" 힐디는 눈썹을 치켜올리고 싱긋 웃으며 말했다. 그리고 우리에게로 돌아섰다.

"아까 내가 매슈에게 말한 것처럼 애들은 그저 안전하게 몸을 피할 수 있는 곳을 찾아다니는 강아지들일 뿐이야." 그리고 다시 동생 쪽으로 돌아섰다. "파브랜치가 피난처가 아니라면, 동생아, 그럼 뭐니?"

"내가 말하는 건 애들이 아니야." 프란시아는 우리를 보면서 팔짱을 끼며 말했다. "애들을 쫓고 있는 군대를 말한 거지."

18

파브랜치

"군대요?" 순간 가슴이 철렁했다. 바이올라도 나와 동시에 같은 말을 했지만, 이번엔 재미있을 구석이 하나도 없었다.

"무슨 군대?" 힐디가 얼굴을 찡그렸다.

"강 반대편에서 군대가 집결하고 있다는 소문이 떠돌고 있어. 말을 탄 남자들, 프렌티스타운 남자들 말이야."

힐디는 입술을 오므렸다. "말 탄 남자 다섯은 군대가 아니야. 그건 그저 이 어린 강아지들을 뒤쫓는 패거리일 뿐이라고."

프란시아는 전혀 납득한 눈치가 아니었다. 팔짱을 저렇게 대차게 끼는 사람은 또 처음 봤다.

"그리고 그들이 건너오는 협곡은 어쨌든 아래쪽이잖아. 그러니까 당분간은 아무도 파브랜치에 들어오지 않아." 힐디가 이야기를 계속하면서 다시 우리에게 시선을 돌렸다. "군대라니." 그녀는 고개를 설레설레 저었다. "말이 되는 소리를 해야지."

"만약 위험한 상황이 닥친다면, 언니, 난 의무를……."

힐디가 눈동자를 데굴데굴 굴렸다. "네 그 잘난 의무에 대해 설교할 생각은 하지 마, 동생아." 힐디는 그렇게 말하면서 프란시아의 옆을 지나 현관문을 열었다. "그 의무란 것도 내가 만들었잖아. 얘들아, 어서 들어가라."

바이올라와 나는 꿈쩍도 하지 않았다. 프란시아도 우리에게 들어오라고 권하지 않았다.

"토드?" 만시가 내 발치에서 짖었다.

나는 숨을 길게 내쉬고 계단을 올라갔다. "안녕하세요, 부민."

"부인." 바이올라가 뒤에서 속삭였다.

"안녕하세요, 부인." 나는 순간 멈칫하지 않으려고 애쓰면서 말했다. "난 토드라고 합니다. 이쪽은 바이올라고요." 프란시아는 그렇게 하면 무슨 상이라도 받을 것처럼 여전히 팔짱을 풀지 않았다. "우리를 쫓는 사람들은 정말 남자 다섯 명밖에 없어요." 군대란 말이 내 소음에서 메아리쳤지만 아무튼 그렇게 말했다.

"그럼 나는 그냥 네 말을 믿어야 해? 도망자의 말을?" 프란시아는 그렇게 말하면서 바이올라를 내려다봤다. 바이올라는 아직도 계단 밑에서 기다리고 있었다. "네가 왜 도망치고 있는지 이해가 된다."

"아, 그만 좀 해, 프란시아." 힐디는 우리를 위해 현관문을 붙잡은 채 말했다.

프란시아는 돌아서서 손을 휘저어 힐디를 문에서 물러나게 했다. "내 집에 누구를 들일지 말지는 내가 결정해, 언니. 성의는 고맙지만 말이야." 그리고 돌아서서 말했다. "아이고, 들어올 거면 얼른 들어와."

그렇게 우리는 처음으로 파브랜치의 환대를 받았다. 우리는 안으로 들어갔다. 프란시아와 힐디 자매는 우리가 여기에 얼마나 머물지는 물어보지도 않고 우리를 재울 장소가 있는지에 대해 입씨름을 벌였다. 힐디가 이겨서 프란시아가 나와 바이올라에게 2층에 나란히 붙어 있는 작은 방 두 개를 보여줬다.

"네 개는 밖에서 자야 한다."

"하지만······."

"지금 네 의견을 물어본 게 아니야." 프란시아는 그렇게 말하면서 방을 나갔다.

나는 그녀를 따라 층계참으로 나갔다. 그녀는 계단을 내려가면서 뒤를 돌아보지 않았다. 1분도 못 돼서 그녀와 힐디가 다시 목소리를 낮추려고 애쓰면서 다시 말다툼하는 소리가 들려왔다. 바이올라도 자기 방에서 나와 그 소리를 들었다. 우리는 잠시 거기 서서 생각했다.

"무슨 생각해?" 내가 물었다.

바이올라는 나를 보지 않았다. 그러다가 날 마주하기로 결심한 것 같았다.

"나도 모르겠어. 넌 무슨 생각해?"

나는 어깨를 으쓱했다. "프란시아는 우리가 마땅찮은 것 같던데. 그래도 사방이 벽으로 둘러싸인 곳에 오니까 간만에 안전해진 느낌이 들어. 벤 아저씨도 우리가 여기 오길 원했고." 나는 다시 어깨를 으쓱하며 말했다.

그건 그렇지만 이렇게 안전한 기분을 느껴도 되는지 사실 아직 확신이 안 섰다.

바이올라는 자신의 두 팔을 꽉 붙잡고 있었다. 프란시아처럼 팔짱을 낀 것 같으면서도 분위기가 전혀 달랐다. "무슨 말인지 알겠어."

"그러니까 우선은 이대로 버텨야지 뭐."

"그래. 우선은."

우리는 두 자매의 말다툼을 조금 더 들었다.

"네가 아까 거기서 한 일은……." 바이올라가 다시 입을 열었다.

"멍청한 짓이었어. 그 이야긴 하고 싶지 않아." 난 다짜고짜 그렇게 말해버렸다.

얼굴이 벌겋게 달아올라 얼른 내 방에 들어가 입술을 잘근잘근 씹었다. 이 방은 노인이 쓰던 곳 같았다. 냄새도 좀 그랬지만 적어도 침대는 진짜였다. 나는 배낭을 놔둔 곳으로 가서 열었다.

따라 들어온 사람이 없는 걸 확인하려고 주위를 둘러본 후에 그 책을 꺼냈다. 그리고 지도가 있는 페이지를 펼쳐서 늪을 지나 강 반대편을 가리키는 화살표들이 있는 부분을 봤다. 지도에 다리는 없었지만 마을이 하나 있고, 밑에 한 단어가 적혀 있었다.

"파이어. 파이어 브로 치이." 나는 혼잣말을 했다.

이 말이 파브랜치인 모양이다.

나는 지도 뒤쪽에 쓰여 있는 말들을 보며 요란하게 코로 숨을 쉬었다. 맨 아래의 넌 반드시 그들에게 경고해야 해(물론 그렇지, 그런 뜻이겠지)란 말에 밑줄이 그어져 있었다. 하지만 바이올라가 말한 것처럼 대체 누구에게 경고하라고? 파브랜치 사람들에게? 힐디에게 경고해?

"뭐에 대해서?" 나는 페이지를 휙휙 넘기면서 대충 훑어봤다. 수십 페이지에 걸쳐 수많은 말들이 적혀 있었다. 마치 쌓이고 쌓여 전혀 이해할 수 없게 된 소음 같았다. 대체 어떻게 이 모든 걸 누군가에게 경고할 수 있을까?

"아우, 벤 아저씨. 대체 무슨 생각을 한 거예요?" 나는 작은 목소리로 중얼거렸다.

"토드?" 힐디가 아래층에서 불렀다. "바이올라?"

나는 책을 덮고 표지를 봤다.

나중에. 나중에 물어봐야지.

그렇게 할 것이다.

나중에.

나는 책을 다시 배낭에 넣고 아래층으로 내려갔다. 바이올라는 이미 그곳에서 기다리고 있었다. 다시 팔짱을 낀 프란시아와 힐디도 보였다.

"난 우리 농장으로 돌아가야 한다, 강아지들아. 사람들을 위해 해야 할 일이 있어. 프란시아가 오늘 너희를 돌봐주기로 했다. 너희가 어떻게 지내고 있는지 보러 밤에 다시 올게."

바이올라와 나는 서로 마주 봤다. 힐디가 떠나지 않았으면 좋겠다는 생각이 불쑥 떠올랐다.

"고맙기도 해라. 언니가 나에 대해 뭐라고 했는지 모르겠지만 내가 사람 잡아먹는 도깨비도 아니고." 프란시아가 얼굴을 찌푸리며 말했다.

"부인에 대해……." 나도 모르게 말이 나와버렸지만 미처 말을 끝내기도 전에 소음에 다 나와버렸다. 아무 말도 하지 않았어요.

"아, 뭐, 우리 언니가 원래 그렇지." 프란시아는 힐디를 노려봤지만 화가 난 것 같진 않았다. "너희는 당분간 여기 머물러도 된다. 아버지와 이모가 오래전에 돌아가셔서 요새 그 방을 쓰는 사람도 없으니까."

내 짐작이 맞았다. 거긴 노인의 방이었다.

"하지만 파브랜치 사람들은 다 일을 한다." 프란시아는 나와 바이올라를 번갈아 보다가 다시 내게로 고개를 돌렸다. "너희도 여기서 지내는 동안 밥값은 해야 해. 설령 하루나 이틀만 있더라도. 너희가 앞으로 어떻게 할지 계획하는 동안 말이다."

"아직 어떻게 해야 할지 잘 모르겠어요." 바이올라가 말했다.

"음. 너희 둘이 과수원의 첫 수확기가 지난 뒤에도 머물 거라면 그 후에는 학교에 가야 해." 프란시아가 잠시 음, 소리를 내며 뭔가 생각하다가 말했다.

"학교요?" 내가 물었다.

"학교와 교회. 그때까지 있으면 말이지." 힐디는 다시 내 소음을 읽고 있는 것 같았다. "너희들 그렇게 오래 있을 거니?"

나도 그렇고 바이올라도 대답을 하지 않자 프란시아는 다시 음, 소리를 냈다.

"저기, 프란시아 부인?" 프란시아가 언니에게 뭔가 말하려고 돌아서는 사이에 바이올라가 불렀다.

"그냥 프란시아라고 해, 애야." 프란시아는 놀란 표정으로 말했다. "왜 그러니?"

"여기에 우리 우주선으로 메시지를 보낼 수 있는 곳이 있을까요?"

"너희 우주선이라. 저기 멀리 어두운 곳을 떠돌아다니는 정착선 말이냐? 사람들이 가득 찬 그런 우주선?" 프란시아가 입술을 오므렸다.

바이올라가 고개를 끄덕였다. "원래 오래전에 우주선에 보고해야 했어요. 우리가 알아낸 것들을 알려야 했는데."

바이올라의 목소리가 너무나 고요하고 희망에 가득 차서, 활짝 열린 표정으로 프란시아를 보는 그 얼굴이 금방이라도 실망하게 될 것 같았다. 다시 그 익숙한 슬픔, 길을 잃은 것 같은 감정을 자아내는 바이올라의 침묵이 모든 소음을 끌어당기는 게 느껴졌다. 나는 휘청거리지 않으려고 한 손으로 소파 등을 잡았다.

"아, 강아지야." 수상하게도 힐디의 목소리가 다시 지나칠 정도로 부드러워졌다. "네가 이 행성을 정찰하고 있을 때 신세계에 있는 우리 같은 정착민들에게 연락하려고 했겠구나?"

"네. 하지만 응답하는 사람이 하나도 없었어요."

힐디와 프란시아는 의미심장한 표정으로 서로를 힐끗 봤다. 프란시아가 입을 열었다. "너는 우리 정착민들이 기독교 신자들이란 점을 잊었구나. 우리는 모든 세속적인 것들을 버리고 우리만의 작은 천국을 세우려고 여기 왔어. 그래서 그런 현대적인 기계들은 다 망가지게 내버려 두고 살아남는 일에 매진했단다."

바이올라의 눈이 조금 커졌다. "그럼 서로 연락을 주고받을 방법이 하나도 없단 말이에요?"

"우리에게는 다른 마을들과 연락할 통신 장비도 없어. 그 너머는 말할 것도 없고." 프란시아가 말했다.

"우린 농부들이야. 단순하게 사는 농부들이 더 단순한 삶의 방식을 찾아 떠나온 거야. 그래서 바로 여기까지 그 먼 길을 날아와서 이렇게 살아보려 애쓰고 있는 거지. 구세계에서 너무나 큰 불화와 다툼을 야기한 모든 것을 내려놓은 거야." 힐디는 테이블에 대고 손가락을 탁탁 두드렸다. "하지만 우리가 바란 대로 일이 풀리진 않았지."

"우린 사실 다른 사람들이 올 거라고는 예상하지 않았어. 우리가 떠날 당시 그때 그 구세계 방식으로 살아가는 사람들이 올 거라곤 말이야." 프란시아가 말했다.

"그럼 전 여기에서 오도 가도 못하게 된 건가요?" 바이올라의 목소리가 조금 떨렸다.

"네 우주선이 도착하기 전까지는 유감스럽지만 그렇단다." 힐디가 대답했다.

"그들이 얼마나 멀리 떨어진 곳에 있니?" 프란시아가 물었다.

"태양계 진입은 24주 후예요." 바이올라가 조용히 말했다. "근일점은 4주 후, 궤도 이동은 그로부터 2주 후고요."

"미안하다, 얘야. 이야기를 들어보니 여기까지 오려면 7개월은 걸리 겠구나." 프란시아가 말했다.

바이올라는 우리를 외면하고 돌아섰다. 이 소식을 받아들이려고 안 간힘을 쓰고 있는 거겠지.

7개월이란 시간 동안 수많은 일이 벌어질 수 있는데.

"흠, 있잖아." 힐디가 일부러 밝은 목소리로 말했다. "헤이븐에는 온갖 것들이 다 있다고 들었어. 핵분열 차들도 있고 거리와 상점 들이 셀 수 없이 많다더구나. 너무 걱정하지 말고 일단 거기로 가보는 건 어떠니?"

힐디가 프란시아에게 눈짓을 하자 프란시아가 말했다. "토드 강아 지? 헛간에서 일할 수 있는 자리를 찾아줄게. 넌 농장에서 컸다던데, 그렇지?"

"하지만……." 내가 입을 열었다.

"농장에는 할 일이 아주 많아. 너도 아주 잘 알겠지만."

이런 식으로 수다를 떨면서 프란시아가 날 뒷문으로 데리고 나갔다. 뒤를 슬쩍 돌아보자 내 귀에 들리진 않지만 힐디가 다정하게 바이올라 를 달래고 있었다.

프란시아는 나와 만시를 데리고 마을의 주도로를 가로질러 아까 이 곳으로 들어왔을 때 본 큰 창고들 중 하나로 갔다. 손수레를 끄는 남자 들이 창고 정문으로 가는 모습이 보였고, 어떤 남자 하나는 과수원에서 딴 과일이 담긴 바구니들을 손수레에서 내리고 있었다.

"여기는 동쪽 헛간이야. 다른 마을들과 거래할 준비가 된 상품들을 보관하는 곳이지. 여기서 기다려."

내가 기다리는 동안 프란시아는 수레에서 과일 바구니들을 내리고 있는 남자에게 걸어갔다. 두 사람이 잠시 이야기를 나눴는데 남자의 소음에서 프렌티스타운?이라는 말과 함께 갑작스럽게 강렬한 감정이 밀려왔다. 전과는 조금 다른 감정이었지만 내가 미처 읽기도 전에 소음이 희미해져 버렸고, 프란시아가 돌아왔다.

"이반이 그러는데 넌 헛간 뒤쪽에서 비질을 하면 된단다."

"비질하라고요? 제가 농장 일을 해봐서 아는데, 부민, 저는……." 나는 경악해서 말했다.

"나도 그건 알지만 지금쯤이면 너도 프렌티스타운 사람들이 우리에게 별로 인기가 없다는 건 눈치챘을 거야. 그러니 우리 모두 너에게 익숙해질 때까지는 다른 사람들과 떨어져 있는 편이 나아. 이 정도면 괜찮지?"

프란시아는 여전히 단호하게 팔짱을 끼고 있었지만, 사실, 그래, 이 정도면 합리적으로 느껴졌고 그녀의 표정도 마냥 매정해 보이지는 않았다.

"좋아요."

프란시아는 고개를 끄덕이고 나를 이반에게 데려갔다. 그는 벤 아저씨 또래로 보였지만, 키가 작고 검은 머리에 팔뚝이 통나무만 했다.

"이반, 얘는 토드야." 프란시아가 날 소개했다.

내가 손을 내밀었지만 이반은 잡지 않고 불쾌할 정도로 눈을 동그랗게 떠서 날 지켜보기만 했다.

"넌 뒤쪽에서 일해라. 그리고 개랑 같이 거치적거리지 않게 잘 처신하고."

프란시아가 가자 이반은 날 데리고 헛간 안쪽으로 가서 빗자루를 가리켰다. 나는 비질을 시작했고, 그렇게 파브랜치에서의 첫날이 시작됐다. 어두운 헛간 한쪽 구석에서 반대쪽 구석으로 먼지를 쓸다가, 저쪽 끝에 있는 문틈으로 파란 하늘 한 점을 가끔 보는 식으로.

젠장, 재밌어 뒤지겠네.

"똥, 토드." 만시가 말했다.

"여기선 안 돼."

여기는 상당히 큰 헛간으로 이쪽 구석에서 저쪽 구석까지 75미터에서 80미터에 달하는 공간에 크레스티드 파인으로 가득 찬 바구니들이 절반 정도 차 있다. 사일리지(가축의 겨울 먹이로 말리지 않은 채 저장하는 풀―옮긴이)를 크게 돌돌 말아놓은 구획도 있다. 얇은 밧줄로 묶은 사일리지 더미가 천장까지 꽉 차 있고, 또 다른 구획에는 제분할 준비가 된 거대한 밀 다발들이 모여 있다.

"이것들을 다른 마을에 파나요?" 내가 이반에게 소리쳐서 물었다.

"수다는 나중에 떨어." 그가 앞쪽에서 소리쳤다.

나는 아무 대꾸도 안 했지만 살짝 버릇없는 영상이 곧바로 내 소음에 떠올랐다. 나는 얼른 다시 비질을 시작했다.

그렇게 천천히 오전이 흘러갔다. 나는 벤 아저씨와 킬리언 아저씨 생각을 했다. 그리고 바이올라를 생각했다. 그리고 아론과 시장을 생각했다. 군대란 말만 떠올리면 뱃속이 움츠러드는 것 같은 기분에 대해서도 생각했다.

나도 모르겠다.

이렇게 멈춰 있는 게 잘한 일 같지는 않다. 그동안 그렇게 쉬지 않고 도망쳤는데.

모두 여긴 안전한 것처럼 굴지만, 글쎄.

만시는 내가 비질을 하는 동안 뒷문을 들락거리면서 가끔 내가 휘저어 놓은 분홍색 나방들을 쫓아다녔다. 이반은 내게 거리를 두었고 나도 그렇게 했지만, 그를 찾아오는 사람들을 다 볼 수 있었다. 그들은 물건들을 내려놓으면서 헛간 뒤쪽 깊숙한 곳을 아주 오랫동안 들여다봤다. 가끔은 어둠 속에서 눈을 가늘게 뜨고 거기 있는 나, 프렌티스타운 아이를 찾아낼 수 있는지 살펴보는 사람들도 있었다.

그러니까 이 사람들은 프렌티스타운을 증오하는구나. 그건 나도 알겠다. 나도 프렌티스타운을 증오하지만, 내겐 여기 있는 그 누구보다도 슬픈 이유가 있다고.

오전이 이울어 가면서 몇 가지가 눈에 들어오기 시작했다. 예를 들어 남자와 여자 둘 다 힘든 일을 하지만 여자들이 더 많은 지시를 내리고 많은 남자들이 거기에 따랐다. 프란시아가 부시장이고, 힐디가 파브랜치에서 어떤 지위에 있건 여기는 여자들이 운영하는 곳이라는 생각이 들기 시작했다. 종종 밖을 걸어가는 여자들의 침묵이 들려왔고, 거기에 반응하는 남자들의 소음도 들렸다. 남자들은 가끔 짜증을 내기도 하지만 대체로 이곳 생활에 순응하고 있었다.

여기 남자들의 소음은 프렌티스타운보다 훨씬 많이 통제되어 있다. 주위에 여자들이 많기 때문에 그럴 것이다. 그리고 프렌티스타운의 소음에서 내가 본 걸로 치면, 천국은 벌거벗은 여자들이 시끄럽게 떠들면서 아주 놀라운 일들을 하는 곳으로 생각된다. 물론 여기서도 가끔 그런 소음이 들린다. 남자들은 뭐 어쩔 수 없으니까. 하지만 여기 남자들의 소음은 주로 노래나 기도나 지금 하고 있는 일에 대한 것들이다.

여기 파브랜치의 소음은 차분하지만 조금 으스스하기도 하다.

가끔 한 번씩 바이올라의 소리가 들리는(정확히 말하면 그럴 수 없지만) 것 같다는 생각이 들기도 했다.

하지만 그건 불가능하고.

점심때가 되자 프란시아가 샌드위치 하나와 물주전자를 들고 헛간 뒤로 왔다.

"바이올라는 어디 있어요?" 내가 물었다.

"고맙다니 천만에."

"뭐가 고마워요?"

프란시아는 한숨을 쉬고 말했다. "바이올라는 과수원에서 땅에 떨어진 과일들을 모으고 있어."

바이올라의 기분이 어떤지 물어보고 싶었지만 참았고, 프란시아도 굳이 내 소음을 읽으려 하지 않았다.

"넌 어땠니?"

"난 이 망할 놈의 비질보다 더 많은 걸 할 줄 안다고요."

"입 조심해, 이 강아지야. 네가 일다운 일을 할 기회는 앞으로 충분히 있으니까."

프란시아는 오래 머물지 않고 앞으로 가서 이반과 몇 마디 나누고는 부시장이 매일 하는 일이 뭐든 그걸 하러 갔다.

이런 말 해도 될라나? 말이 안 되는 소리 같지만 프란시아가 점점 좋아지고 있다. 아마 그녀를 보면 나를 돌게 만들던 킬리언 아저씨가 떠올라 그런 것 같다. 추억이란 참 바보 같다, 그렇지 않나?

샌드위치를 한입 베어 물었을 때 이반의 소음이 다가왔다.

"빵 부스러기는 쓸어놓을게요."

놀랍게도 그가 호탕하게 웃었다. "당연히 그래야지." 자기 샌드위치를 한입 베어 문 그가 잠시 후에 말했다. "프란시아가 그러는데 오늘 밤 마을에서 회의가 열릴 거래."

"나에 대해서요?"

"너희 둘 다. 너와 그 여자아이. 프렌티스타운에서 도망친 너와 그 여자아이 말이야."

그의 소음은 기이했다. 조심스러웠지만 뭔가 아주 센 것이 내 속을 떠보는 것 같았다. 어쨌든 나를 향한 적의는 읽히지 않았지만 그의 마음속에서 뭔가가 부글부글 끓고 있었다.

"우리가 마을 사람 모두와 만나게 되나요?"

"그럴지도 몰라. 우리 모두 발언하겠지만 너희가 제일 먼저겠지."

"투표를 하게 된다면." 나는 샌드위치를 우적우적 씹으면서 말했다. "내가 질 것 같은데요."

"힐디가 너희 편을 들어줄 거야. 파브랜치에서는 그걸로 충분해." 이반은 샌드위치를 꿀꺽 삼켰다. "그리고 여기 사람들은 대체로 순하고 착해. 우리는 전에도 프렌티스타운에서 온 사람들을 받아줬어. 한동안은 안 그랬지만, 오래전에 사정이 안 좋았을 때는 그랬지."

"그 전쟁 말이에요?" 내가 물었다.

그는 내 얼굴을 빤히 바라봤다. 그의 소음이 날 저울질하는 걸 알 수 있었다.

"그래. 그 전쟁." 이반은 그렇게 말하고 아무렇지 않게 주위를 둘러봤다. 어쩐지 그가 우리 둘만 있는지 확인하고 있다는 느낌을 받았다. 그는 다시 돌아서서 날 뚫어져라 바라봤다. 정말 뭔가를 찾고 있는 눈빛이었다. "그리고 그것도 있어. 사람들의 감정이 다 같진 않아."

"뭐에 대해서요?" 나는 그렇게 대꾸했다. 그의 표정도, 그의 웡웡거

카오스 워킹 1

리는 소음도 어쩐지 마음에 들지 않았다.

"역사에 대해." 이반은 낮은 목소리로 말하면서 여전히 내 속을 헤집어 보며 조금씩 내 쪽으로 몸을 기울였다.

나는 거기에 맞춰 조금씩 몸을 뒤로 젖혔다. "무슨 말인지 모르겠어요."

"지금도 프렌티스타운을 지지하는 사람들이 있어. 놀랄 만한 곳들에 숨어 있지." 이반이 속삭였다.

그의 소음에 영상들이 떠올랐다. 마치 내게만 말하는 것 같은 작은 소음 속에서 그것들이 좀 더 또렷하게 보이기 시작했다. 환한 것들, 축축한 것들, 빠른 것들, 해가 지면서 붉은……

"강아지들! 강아지들!" 만시가 구석에서 짖었다. 나는 흠칫 놀랐고 이반도 깜짝 놀랐다. 그의 소음에 나오는 영상들이 순식간에 희미해졌다. 만시가 계속 짖었고 낄낄거리는 소리들이 들렸다. 나는 그쪽을 봤다.

아이들이 무릎을 꿇고 헛간의 갈라진 판자 틈으로 안을 들여다보고 있었다. 그들은 킬킬 웃으며 좀 더 구멍에 가까이 붙으려고 서로를 밀쳐댔다.

아이들이 손으로 날 가리키고 있었다.

모두 아주 작았다.

정말 작았다.

귀여운 놈들.

"거기서 썩 꺼져, 이놈들아!" 이반이 소리를 꽥 질렀지만 목소리와 소음엔 장난기가 있었다. 좀 전에 내게 보여줬던 영상의 흔적은 모두 감춰져 있었다. 아이들이 흩어지면서 벽에 난 구멍으로 깍깍거리며 웃는 소리가 들렸다.

그렇게 아이들은 가버렸다.

마치 내가 아이들을 쫓아버린 것 같았다.

"강아지들, 토드! 강아지들!" 만시가 짖었다.

"나도 알아." 만시가 다가왔을 때 나는 머리를 긁어주며 말했다. "나도 알아."

이반이 손뼉을 짝 쳤다. "점심은 다 먹었지? 다시 일하자." 그는 한 번 더 의미심장한 눈빛으로 나를 보더니 헛간 앞쪽으로 돌아갔다.

"아까 대체 왜 그랬어?" 내가 만시에게 물었다.

"강아지들." 만시는 그렇게 중얼거리면서 내 손바닥에 얼굴을 들이밀었다.

그렇게 오후도 지나갔다. 비질을 하고, 사람들이 들렀다 가고, 물을 마시며 쉬었지만 이반은 그 후로 내게 말을 걸지 않았다. 그리고 비질을 더 했다.

나는 우리가 앞으로 뭘 해야 할지를 생각하면서 시간을 보냈다. 그 결정을 내리는 사람이 우리가 될지도 모르니까. 파브랜치는 우리에 대해 회의를 열 것이고, 분명 우주선이 도착할 때까지는 바이올라를 데리고 있을 것이다. 그건 확실하다. 하지만 나도 여기에 머물게 할까?

그들이 나를 받아들여 주면 나는 여기 머무를까?

내가 그들에게 경고를 하게 될까?

그 책을 떠올릴 때마다 속이 타서 계속 다른 생각을 했다.

영원처럼 느껴지는 시간이 흐른 후에 해가 저물기 시작했다. 더 이상 비질을 할 자리도 없었다. 이미 광활한 헛간을 구석구석 쓸었고, 바구니들을 다 세어보고 또 셌고, 하라는 사람도 없었지만 벽에 난 구멍을 메워보려고도 해봤다. 헛간에서 한 발짝도 못 나가니 내가 할 수 있는 빌어먹을 일에도 한계가 있는 법이다.

"그게 참 맞는 말이지?" 힐디가 갑자기 헛간 문간에 서서 말했다.

"그런 식으로 사람에게 몰래 다가오면 실례죠. 소음이 안 나니 알 수 없잖아요."

"프란시아의 집에 너랑 바이올라 먹으라고 음식을 차려놨어. 가서 좀 먹지 않을래?"

"다른 사람들이 회의할 동안요?"

"그래, 강아지야. 바이올라는 벌써 갔어. 분명 네 몫까지 다 먹어치우고 있을 거다."

"배고파, 토드!" 만시가 짖었다.

"네 밥도 있어, 강아지." 힐디가 허리를 숙여서 만시를 다정하게 쓰다듬으며 말했다. 만시는 곧바로 바닥에 벌러덩 누워 애교를 부렸다. 넌 정말 자존심이란 게 없어.

"무슨 회의죠?"

"아, 새 정착민들이 오고 있어. 그건 빅뉴스지. 물론 너희를 소개하는 일도 있고. 너희를 환영하게끔 사람들의 생각을 바꿔놔야지." 힐디가 만시를 쓰다듬다가 고개를 들면서 말했다.

"사람들이 우리를 환영할까요?"

"사람들은 자기가 모르는 걸 두려워하는 법이야, 토드 강아지야." 힐디는 그렇게 말하면서 일어섰다. "일단 너희와 알고 지내면 모든 문제는 사라지게 마련이야."

"우리가 여기 머물 수 있을까요?"

"그럴 것 같은데. 너희가 원한다면."

나는 아무 대꾸도 하지 않았다.

"집에 가봐. 때가 되면 내가 데리러 갈게."

내가 고개만 끄덕이자 힐디는 손을 살짝 흔들고 점점 어두워지는 헛간을 가로질러 나갔다. 빗자루를 제자리에 갖다 놓으러 가는 내 발자국 소리가 사방에 울렸다. 마을 회관으로 가는 남자들의 소음과 여자들의 침묵이 모이는 소리가 들려왔다. 프렌티스타운이 가장 많이 들렸고 그 다음에 나와 바이올라와 힐디의 이름이 들렸다.

거기엔 분명 두려움과 의심도 섞여 있었다. 하지만 우리를 환영하지 않겠다는 강력한 의지도 느껴지지 않았다. 매슈 라일 같은 분노보다는 의문이 더 많았다.

그러니까, 아마 지금 상황이 생각만큼 나쁘진 않은 것 같다.

"가자, 만시. 어서 밥 먹으러 가자."

"밥, 토드!" 만시가 발치에서 따라오면서 짖었다.

"바이올라는 오늘 어떻게 보냈는지 궁금하네."

헛간 입구로 걸어가는 사이에 소음 하나가 밖에서 웅얼거리는 다른 사람들의 소음에서 떨어져 나오는 게 느껴졌다.

그 소음은 주민들의 소음 물결에서 빠져나왔다.

그리고 헛간을 향해 다가왔다.

지금 바로 헛간으로 오고 있다.

저쪽 헛간 문가에 그림자 하나가 들어왔다.

매슈 라일.

그의 소음이 말했다. 넌 아무 데도 못 가, 자식아.

19

칼의 선택

"물러서! 물러서! 물러서!" 만시가 곧바로 짖기 시작했다.

달빛을 반사한 매슈 라일의 칼날이 순간적으로 번쩍 빛났다.

나는 등 뒤로 손을 뻗었다. 헛간에서 일하는 동안 칼집을 셔츠 속에 숨겨놨던 터라 칼은 확실히 거기 있었다. 확실히. 나는 칼을 꺼내서 앞으로 내밀었다.

"이번에 널 보호해 줄 늙은 엄마는 없어." 매슈는 그렇게 말하면서 마치 공기를 조각조각 베어내려는 것처럼 마체테를 앞뒤로 휘둘렀다. "네가 저지른 짓을 가려줄 치맛자락이 없다고."

"난 아무 짓도 하지 않았어요." 나는 한 발자국 뒤로 물러서면서 소음에서 내 뒤에 있는 헛간 뒷문이 보이지 않게 하려고 애썼다.

"상관없어." 내가 뒤로 물러나는 사이에 매슈가 날 향해 다가오면서 말했다. "이 마을에는 법이란 게 있어."

"난 아저씨에게 불만 없어요."

"하지만 난 있어, 이 자식아." 그의 소음이 분연히 일어서기 시작했다. 그 안에는 분노도 있었지만, 그 기묘한 슬픔이자 혀로 맛볼 수 있을 것처럼 격렬하게 날뛰는 마음의 상처도 있었다. 필사적으로 감추려고 애썼지만 초조한 마음 역시 소용돌이처럼 그를 휘감고 있었다.

나는 다시 뒤로 물러서서 어둠 속으로 더 깊이 들어갔다.

"있잖아, 나는 나쁜 사람이 아니야." 그는 느닷없이 좀 혼란스러운 말을 하면서 계속 칼을 휘둘렀다. "내겐 아내가 있어. 딸도 하나 있고."

"그들은 아저씨가 무고한 사내아이를 다치게 하길 원치 않을 거예요. 분명······."

"조용히 해!" 매슈가 소리를 꽥 질렀다. 그가 마른침을 꿀꺽 삼키는 소리가 들렸다.

지금 자신이 하려는 행동에 확신이 없는 것이다.

대체 이게 다 무슨 일이지?

"아저씨가 왜 화가 났는지 모르겠어요. 하지만 그게 뭐건 미안······."

"네가 대가를 치르기 전에 꼭 알았으면 하는 건." 그는 내 말을 절대 듣지 않으려는 것처럼 싹둑 자르며 말했다. "네가 알아야 하는 건, 인마. 우리 엄마 이름이 제시카라는 거야."

나는 뒤로 물러서다가 멈췄다. "뭐라고요?"

"우리 엄마 이름이 제시카라고." 그는 으르렁거리듯 말했다.

도무지 무슨 소리인지 알 수가 없네.

"뭐라고요? 지금 아저씨가 무슨 얘기를 하는지······."

"들어봐, 인마! 그냥 들어보라고." 그가 소리를 질렀다.

그리고 그의 소음이 활짝 열렸다.

그리고 나는 봤다······.

보고······.

또 보고…….

나는 그가 보여주는 소음을 봤다.

"그건 거짓말이야. 망할 거짓말이라고." 내가 속삭였다.

그렇게 말하지 않았어야 했다.

매슈가 소리를 꽥 지르면서 몸을 앞으로 던지며 날 향해 달려왔다.

"뛰어!" 나는 만시에게 소리 지르면서 돌아서서 뒷문을 향해 힘껏 달렸다. (단도 한 자루로 마체테를 상대할 수 있다고 생각해요?) 매슈가 소리를 꽥꽥 지르고, 날 쫓아오는 그의 소음이 폭발하는 소리가 들렸다. 나는 뒷문에 도착해서 문을 잡고 확 열려다가 깨달았다.

만시가 옆에 없었다.

나는 돌아섰다. 내가 "뛰어!"라고 했을 때 만시는 나와 반대편으로 달려 나를 향해 돌격하는 매슈에게 몸을 날린 것이다.

"만시!"

이제 환장하게 어두워진 헛간에서 나는 매슈의 끙끙거리는 신음과 만시의 짖는 소리와 철썩 소리를 들었다. 잠시 후 고통에 찬 매슈의 비명이 들렸다. 분명 만시에게 물려서 그럴 것이다.

잘했어, 만시. 끝내주게 잘했어.

만시를 이대로 놔두고 갈 수는 없다, 안 그런가?

나는 어둠 속으로 다시 달려갔다. 한 발로 경중대고 있는 매슈의 다리와 이리저리 휘두르는 마체테 칼날 사이에서 춤을 추듯 만시가 이리저리 뛰면서 작은 머리가 떨어져 나갈 듯이 짖고 있었다.

"토드! 토드! 토드!" 만시는 계속 짖었다.

내가 아직 다섯 발자국 정도 떨어진 곳에서 그들을 향해 달려가고 있을 때, 매슈가 칼을 두 손으로 쥐고 나무 바닥을 향해 내리꽂았다. 순간 만시가 깨깽 하고 비명을 질렀다. 만시는 그러고는 아무 말 없이 고통스러운 비명만 내지르며 어두운 구석으로 날듯이 도망쳤다.

나는 고함을 지르면서 매슈에게 몸을 날렸다. 우리 둘 다 허공을 날다가 바닥으로 쓰러지면서 팔꿈치와 무릎을 세게 찧었다. 아팠지만 그래도 매슈를 깔고 눕다시피 해서 그나마 괜찮았다.

우리 둘 다 몸을 굴려서 서로에게서 떨어졌고, 매슈는 고통스러워하며 소리를 질렀다. 나는 곧바로 다시 일어나 칼을 한 손에 쥔 채 그에게서 몇 미터 떨어져 섰다. 이제 나는 뒷문에서 멀리 떨어져 있고 앞문은 매슈가 막고 있다. 어둠 속에서 만시가 낑낑거리는 소리가 들렸다.

마을 회관 쪽 도로 건너편에서 소음이 커지는 소리가 들렸지만, 지금은 그걸 신경 쓸 때가 아니다.

"난 당신을 죽이는 게 두렵지 않아." 말은 그렇게 했지만 사실은 무시무시하게 두려워서 이런 소음을 그가 듣더라도 내 속마음을 눈치채지 못하길 몰래 빌었다.

"나도 그렇거든." 매슈는 그렇게 말하면서 바닥에 꽂혀 있는 마체테를 향해 달려들었다. 그가 아무리 힘을 줘도 칼은 쉽게 뽑히지 않았다. 나는 그 틈을 타서 어둠 속으로 다시 뛰어 들어가 만시를 찾았다.

"만시?" 나는 만시를 부르며 밀 다발들과 산더미처럼 쌓여 있는 과일 바구니들 뒤에서 정신없이 내 개를 찾았다. 매슈가 계속 투덜거리면서 바닥에 꽂힌 마체테를 빼려고 용을 썼고, 마을에서 벌어지는 소란이 점점 커져갔다.

"토드?" 깊은 어둠 속에서 날 부르는 소리가 들렸다.

사일리지 더미 옆, 벽 옆에 있는 아주 좁은 구석 밑에서 나는 소리였다. "만시?" 나는 그쪽으로 머리를 처박으면서 이름을 불렀다.

그리고 재빨리 뒤를 돌아봤다.

매슈가 끙 소리를 내면서 사력을 다해 마체테를 뽑았다.

"토드? 토드?" 겁이 난 만시가 혼란스러워하면서 말했다.

매슈는 이제 더 이상 서두를 필요가 없다는 듯이 천천히 다가왔다. 물결치는 그의 소음에서 이제 어떤 논쟁도 용납하지 않겠다는 의지가 물씬 풍겼다.

선택의 여지가 없었다. 나는 만시가 숨어 있는 구석을 내 몸으로 막아선 채 칼을 치켜들었다.

"내가 떠날게요. 내 개만 데리고 가게 해주면 떠날게요." 나는 목소리를 높여 말했다.

"그러기엔 너무 늦었어." 매슈가 점점 가까이 다가왔다.

"아저씨도 이러고 싶지 않잖아요. 난 알아요."

"닥쳐."

"제발요. 아저씨를 해치고 싶지 않아요." 나는 칼을 휘두르며 말했다.

"내가 네 생각에 관심 있는 것처럼 보이냐, 이 녀석아?"

한 발자국, 한 발자국 점점 더 가까워지고 있었다.

멀리 어딘가에서 탕 소리가 났다. 이제 사람들이 정말 정신없이 달리며 소리를 질렀지만 우린 둘 다 고개를 돌리지 않았다.

나는 그 좁은 구석에 등을 딱 붙였다. 몸을 자유롭게 움직이기엔 사실 너무 좁았다. 나는 주위를 둘러보면서 도망칠 만한 곳이 있는지 찾아봤다.

하지만 그런 곳은 없었다.

이제 내 칼이 힘을 써야 한다. 상대가 마체테더라도 행동해야 한다.

"토드?" 뒤에서 만시 소리가 들렸다.

"걱정하지 마, 만시. 다 괜찮을 거야."

개가 뭘 믿는지 누가 알겠는가?

매슈는 이제 거의 우리를 덮칠 수 있는 거리에 왔다.

나는 칼을 힘껏 움켜쥐었다.

매슈는 내게서 1미터 정도 떨어진 거리에서 멈췄다. 어찌나 가까운지 어둠 속에서 번득이는 그의 눈동자까지 볼 수 있었다.

"제시카." 그가 말했다.

그리고 마체테를 머리 위로 치켜들었다.

나는 움찔하고 뒤로 물러서면서 칼을 들고 마음을 단단히 먹었지만…….

그가 멈췄다…….

그가 멈추고…….

그 틈을 내가 알아챘고…….

그걸로 충분했다…….

나는 속사포처럼 기도하면서(다리에서 하던 기도와는 다르지만) 칼을 내 옆구리를 향해 내리쳐서(고맙습니다, 고맙습니다) 사일리지 더미를 묶어서 고정시키고 있는 밧줄들을 잘라 첫 번째 더미를 풀어냈다. 사일리지 더미의 무게가 한쪽으로 기울면서 다른 밧줄들도 곧장 끊겨버렸다. 내가 두 손으로 머리를 가리고 구석에 몸을 딱 붙이는 사이에 사일리지 더미들이 우레와 같은 소리를 내며 무너지기 시작했다.

쿵쿵 소리와 매슈의 비명이 들려서 고개를 들어보니 그가 한 팔을 옆으로 빼낸 채 사일리지 더미 밑에 깔려 있었고, 마체테는 바닥에 떨어져 있었다. 나는 앞으로 나가서 칼을 멀리 발로 차버리고, 돌아서서 만시를 찾으러 갔다.

만시는 이제 땅바닥에 쏟아진 사일리지 더미 뒤 어두운 구석에 있었다. 나는 만시에게 달려갔다.

"토드?" 내가 가까이 다가가자 만시가 말했다. "꼬리, 토드?"

"만시?" 이곳은 너무 어두워서 만시 옆에 쪼그려 앉아 살펴봐야 했다. 만시의 꼬리가 원래보다 3분의 2나 짧아지고, 사방에 피가 흘러 있었다. 하지만 착한 만시는 여전히 날 보고 꼬리를 흔들려고 애썼다.

"아야, 토드?"

"괜찮아, 만시." 꼬리만 다쳐서 다행이라고 안도하는 내 목소리와 소음이 울먹거렸다. "바로 낫게 해줄게."

"괜찮아, 토드?"

"난 괜찮아." 나는 만시의 머리를 쓰다듬으며 말했다. 만시가 그런 내 손을 물었지만 아파서 자기도 모르게 그러는 것이었다. 만시는 미안해하며 내 손을 핥고는 다시 물었다. "아야, 토드."

"토드 휴잇!" 헛간 앞에서 크게 날 부르는 소리가 들렸다.

프란시아였다.

"나 여기 있어요!" 나는 일어서면서 대답했다. "난 괜찮아요. 매슈가 갑자기 돌아서……."

하지만 프란시아가 내 말을 듣고 있지 않아서 입을 다물었다.

"넌 어서 집 안으로 들어가야 해, 토드 강아지야. 넌……." 프란시아가 정신없이 말하다가 멈췄다.

사일리지 더미에 깔린 매슈를 본 것이다.

"무슨 일이 있었니?" 프란시아가 사일리지 더미들을 하나씩 끌어내면서 물었다. 그녀는 매슈의 얼굴을 누르고 있는 사일리지를 치우고 허리를 숙여서 그가 아직 숨을 쉬는지 살펴봤다.

나는 바닥에 떨어져 있는 마체테를 가리켰다. "저 일이 있었죠."

프란시아가 그걸 보더니, 그다음에 고개를 들어 나를 아주 오랫동안 바라봤다. 프란시아의 표정에 뭔가 의미가 있었지만 나는 그걸 읽을 수 없었고, 짐작도 할 수 없었다. 매슈가 살았는지 죽었는지도 알 수 없었고, 앞으로도 결코 알아낼 수 없을 것이다.

"우린 지금 공격받고 있어, 얘야." 프란시아가 일어나면서 말했다.

"뭐라고요?"

"남자들. 프렌티스타운 남자들. 너희를 쫓는 그 추격대가 우리 마을을 공격하고 있다고."

가슴이 철렁했다.

"아, 안 돼." 나는 그렇게 말하고, 다시 말했다. "아, 안 돼."

프란시아는 여전히 날 보고 있었다. 그 머릿속에서 무슨 생각을 하고 있을지 누가 알까.

"우리를 그들에게 넘기지 말아요. 그들은 우릴 죽일 거예요." 나는 다시 뒤로 물러나면서 말했다.

프란시아가 내 말을 듣고 얼굴을 찡그렸다. "날 대체 뭐로 보는 거야?"

"난 당신을 몰라요. 바로 그게 문제죠."

"난 절대 너를 그들에게 넘기지 않아. 솔직히 지금 마음은 그렇다. 바이올라도 절대 안 넘겨줄 거고. 지금까지 마을 회의 분위기도 그랬어. 우리가 앞으로 닥쳐올 사태에 대비해 너희를 어떻게 보호할지 결정하던 중이었지." 프란시아는 매슈를 내려다봤다. "하지만 아무래도 그건 우리가 지킬 수 없을 약속 같구나."

"바이올라는 어디 있어요?"

"우리 집에 있다." 프란시아는 그렇게 말하면서 갑자기 다시 서두르기 시작했다. "어서 가자. 넌 어서 집 안으로 들어가야 해."

"잠깐만요." 나는 다시 사일리지 더미 뒤로 비집고 들어가서 구석에 앉아 꼬리를 핥고 있는 만시를 찾았다. 만시는 고개를 들어 날 보고 짖었다. 말도 아니고 그저 짧게 한 번 짖을 뿐이었다. "내가 지금 널 들어 올릴 거야. 날 너무 세게 물지 않도록 노력해 봐, 알았지?"

"알았어, 토드." 만시는 낑낑거리면서 작달막해진 꼬리를 한 번씩 흔들 때마다 너무 아파 소스라쳤다.

나는 두 팔을 만시의 배 밑으로 넣어 가슴에 안았다. 만시는 아파서 깽깽거리면서 내 손목을 세게 물더니 곧바로 거길 핥았다.

"괜찮아, 친구." 나는 최대한 조심스럽게 만시를 안으며 말했다.

프란시아는 문 앞에서 날 기다리고 있었다. 그녀를 따라 마을의 주도로로 나왔다.

사람들이 사방으로 달리고 있었다. 소총을 든 남자들과 여자들이 과수원을 향해 올라가고, 다른 남자들과 여자들은 서둘러 아이들을 데리고(아이들이 또 나왔다) 집으로 달려갔다. 멀리서 탕탕 소리와 고함과 비명이 들려왔다.

"힐디는 어디 있어요?" 내가 소리 질렀다.

프란시아는 아무 대답도 하지 않았다. 우리는 그녀의 집에 도착했다.

"힐디는 어쩌고요?" 계단을 올라가면서 내가 다시 물었다.

"힐디는 싸우러 갔어." 프란시아는 날 외면한 채 문을 열면서 말했다. "그들은 힐디의 농장에 제일 먼저 도착했을 거야. 탬이 아직 거기 있으니까."

"아, 안 돼." 나는 바보처럼 아무 쓸모도 없는 그 말만 계속 했다.

집에 들어가자 바이올라가 2층에서 나는 듯이 달려 내려왔다.

"왜 이렇게 오래 걸렸어?" 바이올라가 목소리를 높여 물었다. 내게 하는 말인지 프란시아에게 하는 말인지 알 수 없었다. 그러다가 만시를 본 바이올라가 헉 소리를 냈다.

"붕대 좀 가져와. 그 근사한 붕대 말이야."

바이올라는 고개를 끄덕이고 다시 계단을 달려 올라갔다.

"너희 둘은 여기 있어. 무슨 소리가 들려도 절대 밖으로 나오지 마." 프란시아가 당부하며 말했다.

"하지만 우리는 도망쳐야 해요! 여기서 나가야 한다고요!" 나는 이 사태를 전혀 이해하지 못한 채 말했다.

"아니다, 토드 강아지야. 만약 프렌티스타운이 너희를 원한다면 그것만으로도 우리가 너희를 지켜야 할 이유는 충분해."

"하지만 그들에겐 총이……."

"우리도 있어. 프렌티스타운 패거리가 이 마을을 장악하는 일은 절대 일어나지 않아."

바이올라는 이제 계단을 내려와서 붕대를 찾아 자기 가방을 뒤지기 시작했다.

"프란시아……." 내가 입을 뗐다.

"여기 꼼짝 말고 있어. 우리가 너희를 지킬 거야. 너희 둘 다."

프란시아는 우리의 동의를 얻으려는 것처럼 우리 둘을 뚫어져라 바라본 다음 집 밖으로 나갔다. 자기 마을을 지킬 모양이다.

우리는 잠시 닫힌 문을 물끄러미 보다가, 만시가 다시 낑낑거리는 소리를 듣고 바닥에 내려놔야 했다. 바이올라가 사각 붕대와 작은 외과용 메스를 꺼냈다.

"이게 개에게도 효과가 있을지는 모르겠어."

"없는 것보다는 낫겠지."

바이올라가 붕대를 작게 한 조각 잘라 엉망이 된 꼬리에 빙빙 돌려 감았다. 그동안 나는 만시를 붙잡고 있었다. 만시는 바이올라가 상처 부위를 붕대로 단단히 감쌀 때까지 계속 으르렁거리다가 사과하길 반복했다. 다 끝나고 나서 내가 놓아주자 만시는 바로 붕대를 핥기 시작했다.

"하지 마." 내가 말했다.

"가려워." 만시가 말했다.

"멍청이. 똥 멍청이야." 나는 만시의 귀 사이를 긁어줬다.

바이올라도 부드럽게 만시를 쓰다듬어 주면서, 만시가 붕대를 핥아서 떼어버리지 않게 막았다.

"우리가 안전하다고 생각해?" 잠시 시간이 흐른 후에 바이올라가 조용히 물었다.

"나도 모르겠어."

멀리서 더 많은 총소리가 들렸다. 우리는 화들짝 놀랐다. 아까보다 더 많은 사람들이 소리를 지르고 있었다. 소음도 더 많이 들렸다.

"이 난리가 시작된 후로 힐디가 안 보여." 바이올라가 말했다.

"알아."

우리가 지나치다 싶을 만큼 열심히 만시를 쓰다듬는 동안 다시 침묵이 흘렀다. 마을 위 과수원들에서 더 큰 소란이 일었다.

이 모든 일이 마치 일어나지 않는 것처럼, 아주 멀리서 일어나는 것처럼 느껴졌다.

"프란시아가 그러는데 강을 따라서 죽 가면 헤이븐을 찾을 수 있대."

바이올라가 입을 열었다.

나는 그녀를 바라봤다. 이 말 뜻을 내가 제대로 파악했는지 잠시 고민했다.

그렇다는 생각이 들었다.

"너 떠나고 싶구나."

"그들은 계속 올 거야. 우리 때문에 주위 사람들이 위험해지고 있어. 이미 여기까지 왔는데 그들이 여기서 멈출 것 같니?"

나도 그렇게 생각한다. 정말 그렇게 생각한다. 말은 안 했지만 그렇다.

"하지만 이 사람들이 우리를 보호할 수 있다고 했잖아."

"그 말을 믿어?"

바이올라의 그 말에 대꾸하지 않았다. 나는 매슈 라일을 생각했다.

"여기는 더 이상 안전하지 않을 것 같다는 생각이 들어."

"우리가 어딜 가든 안전할 거라는 생각은 들지 않아. 이 행성 전체에서 말이야."

"나는 우리 우주선에 연락해야 해. 그들은 내게서 소식이 오길 기다리고 있어." 바이올라는 내게 애원하다시피 말했다.

"그래서 연락을 해보겠다고 알지도 못하는 곳으로 도망가고 싶어?"

"너도 그리고 싶잖아. 난 알 수 있어." 바이올라는 그렇게 말하고 고개를 돌렸다. "우리가 같이 간다면……."

나는 그 말에 고개를 들어 그녀를 보면서 그녀의 마음을 보려고, 그 말이 진심인지 알아내려고 애썼다.

바이올라는 그런 나를 물끄러미 보기만 했다.

그걸로 충분했다.

"가자." 내가 말했다.

우리는 더 이상 아무 말도 하지 않고 재빨리 짐을 꾸렸다. 나는 내 배낭을 가져와서 멨고, 바이올라는 자기 가방을 어깨에 멨다. 만시는 다시 제 발로 서서 걸었고, 그렇게 우리는 뒷문으로 나갔다. 그렇게 간단히 다시 길을 떠났다. 파브랜치는 이로써 확실히 더 안전해졌다. 그리고 우리는, 누가 알겠는가? 이렇게 하는 게 옳은 일인지는 아무도 모른다. 우리를 지켜주겠다는 힐디와 프란시아의 약속을 들은 터라 떠나기가 힘들었다.

하지만 우리는 떠났다. 그렇게 하기로 했다.

적어도 우리 스스로 그렇게 하자고 결정했다. 설사 그들이 선의로 말한 것이더라도 이제 사람들이 나를 위해 뭘 해줄 거라는 이야기는 더 이상 듣고 싶지 않았다.

집 밖은 어둠이 끝없이 깊었지만 그래도 두 개의 달이 환하게 빛나고 있었다. 우리가 마을 사람들의 관심에서 벗어난 덕에 도망치려는 우리를 막을 사람은 없었다. 마을을 통과해서 흐르는 개울에 작은 다리가 하나 있었다. 그 다리를 건널 때 내가 작은 소리로 물었다. "그 헤이븐이라는 곳은 얼마나 멀리 있어?"

"좀 멀어." 바이올라도 속삭이는 목소리로 대답했다.

"그러니까 얼마나 먼데?"

바이올라는 잠시 아무 말도 하지 않았다.

"얼마나 **머냐니까?**" 내가 다시 물었다.

"2주 정도 걸어야 해." 바이올라는 돌아보지 않고 말했다.

"2주라고!"

"거기 말고 달리 갈 곳이 있어?" 바이올라가 대꾸했다.

그 말엔 할 말이 없어서 그냥 계속 걸었다.

개울을 건너자 길이 계곡 저쪽의 언덕 위로 이어졌다. 우리는 그 길이 마을을 벗어나는 가장 빠른 길이라 여기고 거기로 가기로 했다. 그다음엔 다시 강을 따라 남쪽으로 계속 가야지. 벤 아저씨의 지도는 파브랜치에서 끝나기 때문에 여기서부터 길잡이라곤 강뿐이다.

파브랜치에서 빠져나가는 동안 답을 결코 알아낼 수 없는 무수한 의문들이 떠올랐다. 왜 시장과 그 몇 안 되는 남자들은 굳이 이 먼 길을 달려와서 마을을 공격하는 걸까? 그들은 왜 아직도 우리를 쫓지? 우리가 뭐가 그렇게 중요하다고? 힐디는 어떻게 됐을까?

내가 정말 매슈 라일을 죽였나?

그가 소음에서 보여준 그 마지막 부분은 사실일까?

그게 프렌티스타운의 진짜 역사일까?

"진짜 역사가 뭔데?" 서둘러 언덕길을 올라가고 있는데 바이올라가 물었다.

"아무것도 아니야. 그리고 내 생각 좀 그만 읽어."

우리가 계곡의 저쪽 언덕 꼭대기에 도착하는 순간 마을에서 또다시 총소리가 울려 퍼졌다. 우리는 멈춰 서서 돌아봤다.

그때 우리는 봤다.

세상에, 그제야 봤다.

"맙소사." 바이올라가 말했다.

두 개의 달빛 아래 계곡 전체가 번쩍이고 있었다. 파브랜치 건물들을 가로질러 과수원들이 있는 뒤쪽 언덕 위까지.

파브랜치의 남자들과 여자들이 다시 그 언덕을 달려서 내려오는 모습이 보였다.

그들은 후퇴하고 있었다.

그리고 그 언덕 꼭대기에서 말을 탄 남자 다섯, 열, 열다섯 명이 행진하고 있었다.

그 뒤를 이어 총을 든 남자들이 다섯 명씩 한 줄로 열을 맞춰 앞에 있는 시장과 그 패거리를 뒤따랐다.

추격대가 아니다. 단순한 소규모 추격대가 아니다.

프렌티스타운 전체가 움직이고 있었다. 그 순간 온 세상이 내 발치에서 무너져 내리는 것만 같았다. 프렌티스타운에 있는 염병할 인간들이 몽땅 쳐들어온 것이다.

그들은 파브랜치 사람들보다 세 배나 많다.

총도 세 배고.

우리는 총소리가 사방에서 울려 퍼지는 가운데 파브랜치의 남자들과 여자들이 자기 집으로 달려가다가 쓰러지는 모습을 봤다.

그들은 아주 쉽게 마을을 장악할 것이다. 한 시간도 채 안 돼서 끝날 것이다.

그 소문들이 사실이었다. 프란시아가 들은 소문이 결국 사실이었다.

그 말이 사실이었다.

그것은 군대였다.

완전한 군대.

완전한 군대 하나가 나와 바이올라를 쫓고 있었다.

PART 4

20

남자들의 군대

우리는 덤불 뒤로 몸을 획 숙이면서 숨었다. 어두운 밤이고, 그 군대는 계곡 건너편에 있고, 그들은 우리가 여기 언덕 위에 있는 걸 모르고, 저 밑에서 벌어지는 아비규환 속에서 내 소음을 들을 가능성은 전혀 없지만 그래도 숨었다.

"네 망원경으로 어두운 곳도 볼 수 있니?" 내가 속삭였다.

바이올라는 대답 대신 가방을 뒤져서 망원경을 꺼내 자기 눈에 댔다. "이게 다 무슨 일이야? 저 남자들은 누구야?" 바이올라는 망원경의 버튼을 여러 개 눌러대며 물었다.

"프렌티스타운 사람들이야. 염병할 마을 사람들이 다 온 것 같아." 나는 손을 내밀며 대답했다.

"어떻게 마을 사람들이 다 올 수 있어? 그게 말이 돼?" 바이올라는 1, 2초 더 보다가 망원경을 넘겨주면서 말했다.

"나도 뭐가 뭔지 모르겠다." 망원경의 야간 설정 기능 덕분에 계곡과 그 안에 있는 모든 것이 밝은 초록색으로 보였다. 말들이 전속력으로 언덕을 내려와서 마을 한가운데로 들어가는 동안 말 탄 사내들이 총을 쏘는 모습이 보였다. 파브랜치 사람들도 간간이 반격했지만, 그보다는 대부분 달아나다가 쓰러져 죽어가고 있었다. 프렌티스타운 군대는 포로를 잡을 생각이 없어 보였다.

"여기서 빠져나가야 해, 토드."

"그래." 말은 그렇게 하면서 나는 계속 망원경만 보았다.

모든 것이 초록으로 보이는 세상에서 사람들의 얼굴을 분간하기는 쉽지 않았다. 나는 좀 더 가깝게 들여다볼 수 있는 버튼들을 찾아서 이것저것 더 눌러봤다.

내 눈에 확실히 들어온 첫 번째 사람은 선두에 있는 프렌티스 주니어였다. 그는 더 이상 총질할 사람이 없을 때는 허공에 대고 소총을 발사해 댔다. 모건 아저씨와 콜린스 아저씨는 파브랜치 남자 몇 명을 창고용 헛간으로 몰아넣으며 총을 쐈다. 오헤어 아저씨도 거기 있었고 시장 패거리인 에드윈 아저씨, 헨레티 아저씨, 설리번 아저씨가 말을 타고 있었다. 빙긋이 웃고 있는 얼굴이 멀리서도 초록색으로 사악하게 빛나는 해머 아저씨도 있었다. 그는 어린아이들을 데리고 정신없이 도망치는 여자들의 등에 대고 총질을 했다. 고개를 돌리지 않으면 저녁도 안 먹은 빈속에 토할 것만 같았다.

말을 타지 않은 사람들은 행군해서 마을로 들어가고 있었다. 많고 많은 사람 중에 제일 먼저 눈에 띈 사람은 잡화점 주인인 펠프스 아저씨였다. 기이한 일이다. 아저씨는 결코 군인 타입으로 보이지 않았는데. 거기에 볼드윈 의사 선생님도 있었다. 폭스 아저씨도 있고, 우리 마을 최고의 젖 짜기 선수인 카디프 아저씨도 있었다. 시장이 책을 금지시켰을 때 태워야 할 책이 가장 많았던 테이트 아저씨도 있었다. 마을에서 수확한 밀을 제분하고, 프렌티스타운의 사내아이들이 생일을 맞을 때마다 다정한 말을 건네며 목제 장난감을 만들어 준 카니 아저씨도 보였다.

이 아저씨들이 대체 저기서 뭘 하고 있는 거야?

"토드." 바이올라가 내 팔을 잡아당기며 말했다.

내가 보기에 행군하는 남자들은 그다지 기분이 좋지 않은 듯했다. 모두 엄숙하고 차가운 데다 해미 아저씨와 달리 겁에 질린 표정이 마치 모든 감정이 빠져나간 듯이 보였다.

그래도 그들은 계속 행군하고, 총을 쏘고, 파브랜치 마을 사람들의 현관문을 발로 차서 열어젖혔다.

"저 사람은 지룰리 아저씨야. 저 아저씨는 자기가 키우는 가축도 죽이지 못해서 쩔쩔 매는 사람인데." 나는 망원경을 눈 위에 바짝 붙인 채 말했다.

"토드." 바이올라가 다시 날 부르며 덤불에서 물러났다. "가자."

대체 저기서 무슨 일이 벌어지고 있지? 물론 프렌티스타운은 형언할 수 없을 정도로 끔찍한 곳이긴 하지만, 어떻게 이 사람들이 다 군인으로 변신할 수 있어? 프렌티스타운에는 지독하게 악질인 인간들도 많지만 다 그런 건 아니다. 절대 그렇지 않다. 지룰리 아저씨가 총을 들고 있는 광경은 너무 황당해서 보고 있는 내 눈이 아플 지경이다.

그러다가 답을 알게 됐다.

총 하나 안 들고 한 손으로 말고삐를 잡고 다른 손은 그저 옆구리에 붙인 프렌티스 시장은 마치 저녁에 말을 타고 산책을 다녀온 사람처럼 평온한 표정을 지으며 마을로 들어오고 있었다. 그는 파브랜치에서 벌어지는 아비규환을 마치 별로 재미없는 비디오를 감상하는 표정으로 지켜보면서 다른 사람들이 각자 하던 일을 하게 내버려 두고 있었다. 하지만 이 상황을 시장이 주도하고 있는 건 누가 봐도 뻔했고, 아무도 감히 그에게 손을 보태라고 하지 못했다.

시장은 어떻게 이 많은 사람을 자기 마음대로 움직일 수 있지? 저렇게 겁대가리 없이 말을 타고 다니다니, 무슨 방탄맨이냐?

"토드. 지금 안 오면 나 혼자 간다." 바이올라가 뒤에서 말했다.

"응, 잠깐만. 1초만 더 기다려 줘."

왜냐하면 난 지금 이 사람 저 사람 얼굴을 계속 보고 있으니까. 나는 저들이 마을로 행군해 오고 있고, 곧 나나 바이올라가 마을에 없다는 사실을 알게 될 것이고, 우리를 좇아 이쪽으로 올 것이란 사실을 확인해야 했다.

난 알아야 했다.

프렌티스타운 남자들이 행군하고, 총질하고, 사람들의 집을 불태우는 동안 그들의 얼굴을 하나하나 살펴봤다. 월리스 아저씨, 아스뵈른센 아저씨, 세인트 제임스 아저씨, 벨그레이브 아저씨, 늙은 스미스 아저씨, 젊은 스미스 아저씨, 손가락이 아홉 개인 스미스 아저씨, 심지어 온몸을 흔들거리며 휘청휘청 걷는 마조리뱅크스 아저씨까지 있었다. 프렌티스타운 남자들의 얼굴을 하나씩 알아볼 때마다 심장이 바짝 죄어들면서 활활 타올랐다.

"그 둘은 저기 없어." 나는 혼잣말을 하듯 중얼거렸다.

"누가 없다는 거야?"

"없어!" 만시가 꼬리를 핥으며 짖었다.

그 둘은 저기 없었다.

벤 아저씨와 킬리언 아저씨는 저기 없었다.

그건 물론 아주 좋은 일이다, 그렇지 않은가? 그들은 당연히 이 살인자 군대의 일원이 아니다. 당연히 아니다. 프렌티스타운의 남자들이 다 그렇더라도 그들만은 아니다. 그들은 절대 그러지 않을 것이다. 절대, 무슨 일이 있어도, 어떤 상황에서도.

두 사람은 선한 사람들, 위대한 사람들이다, 킬리언 아저씨도.

하지만 만약 그게 사실이라면, 다른 것도 사실이지 않겠는가?

두 사람이 저기 없다면, 앞으로도 영원히 그럴 거라는 뜻이다.

그것이 내가 배워야 할 교훈이다.

좋은 일 끝에는 항상 나쁜 일이 따라오기 마련이라는 교훈.

두 사람이 끝까지 최선을 다해 싸웠기를 빌었다.

나는 얼굴에서 망원경을 떼고 고개를 숙여 소매로 눈을 문질렀다. 그런 다음 돌아서서 바이올라에게 망원경을 건넸다. "이제 가자."

바이올라는 망원경을 받고, 당장이라도 떠나고 싶어서 어쩔 줄 모르는 것처럼 살짝 꼼지락거리다가 입을 열었다. "유감이야." 내 소음에서 그걸 본 게 분명했다.

"이미 예전에 일어난 일인데 뭐." 나는 땅바닥을 보며 말하고 배낭을 고쳐 멨다. "어서 가자, 이러다 나 때문에 더 위험해지겠어."

나는 언덕 꼭대기를 향해 뻗어 있는 길을 따라 고개를 푹 숙인 채 세차게 달렸다. 바이올라가 날 따라왔고, 만시가 우리를 따라 뛰면서 자기 꼬리를 물어뜯지 않으려고 애썼다.

얼마 못 가 바이올라가 나를 따라잡았다.

"봤니…… 그 사람?" 바이올라가 숨을 헉헉 몰아쉬며 물었다.

"아론?"

바이올라가 고개를 끄덕였다.

"아니, 생각해 보니 못 봤어. 그 인간이 제일 앞에 있을 거라고 생각했는데."

우리는 한동안 입을 다문 채 서둘러 달려가면서 그게 무슨 의미일지 각자 생각에 빠졌다.

계곡의 이쪽 도로는 전보다 훨씬 넓었고, 우리는 구불구불하게 언덕을 올라가는 도로의 어두운 곳으로 최선을 다해 달렸다. 빛이라곤 달빛밖에 없었지만 하늘에 휘영청 뜬 두 개의 달이 아주 밝아서 도로를 따라 달리는 우리 그림자가 다 보였다. 도망자들에게는 너무 밝은 달빛이었다. 프렌티스타운에서는 어두운 곳을 보는 기능이 있는 망원경을 한번도 본 적이 없지만, 군대도 본 적이 없다. 그래서 그렇게 하자는 말도 없었지만 우린 둘 다 몸을 최대한 움츠린 채 달렸다. 만시는 우리 앞에서 달리면서 코를 땅에 대고 짖어댔다. "이쪽! 이쪽!" 마치 우리가 어디로 가는지 우리보다 더 잘 아는 것처럼.

언덕 꼭대기에 도착하고 보니 길이 두 갈래로 나뉘어져 있었다.

내 이럴 줄 알았다.

"지금 장난해?" 내가 내뱉었다.

길 한쪽은 왼쪽으로 뻗어갔고, 다른 쪽은 오른쪽으로 이어졌다.

(흠, 이러니까 갈림길이라고 하겠지만.)

"파브랜치에 있는 개울은 오른쪽으로 흐르고 있었어. 그리고 우리가 다리를 건넌 후로 강은 항상 우리 오른쪽에서 흘렀고. 그러니까 강으로 돌아가고 싶다면 오른쪽 길로 가야 해." 바이올라가 말했다.

"하지만 왼쪽이 사람들이 더 많이 다닌 길처럼 보이는데." 내가 말했다. 실제로도 그랬다. 왼쪽 길이 더 매끄럽고 평평해서, 거기로 손수레들이 다니는 것처럼 보였다. 오른쪽 길은 더 좁고 올라갈수록 길 양쪽으로 덤불이 무성하게 우거져 있었다. 그리고 밤이긴 하지만 오른쪽 길에는 먼지가 자욱하게 깔려 있었다.

"프란시아 아줌마가 갈림길에 대해 말한 적 있어?" 나는 우리 뒤에서 아직도 폭발하고 있는 계곡을 슬쩍 돌아보며 물었다.

"아니. 그냥 헤이븐이 첫 번째 정착지고 사람들이 서쪽으로 이동하면서 강 하류 쪽으로 새로운 정착지들이 우후죽순처럼 생겼다고 했어. 프렌티스타운이 신세계에서 가장 멀리 있는 마을이고, 파브랜치가 두 번째로 멀리 있다고 했고." 바이올라도 뒤를 돌아보며 말했다.

"저 길은 아마 강으로 가는 길일 거야." 나는 오른쪽 길을 가리키며 말했다. 그리고 왼쪽 길을 가리키며 말했다. "이 길을 똑바로 가면 아마 헤이븐이 나올 거고."

"저 사람들은 우리가 어느 길로 갔다고 생각할까?"

"우린 결정해야 해. 빨리."

"오른쪽." 바이올라는 그렇게 말하더니 내게 고개를 돌려 물었다. "오른쪽?"

그때 크게 **쾅** 소리가 나서 우리 둘 다 깜짝 놀랐다. 버섯 같은 연기구름이 파브랜치 상공에 피어오르고 있었다. 내가 오늘 하루 종일 일했던 헛간이 활활 타올랐다.

우리가 왼쪽 갈림길을 택한다면 우리의 이야기에 다른 결말이 나올지도 모른다, 어쩌면 우리를 기다리고 있는 나쁜 일들이 일어나지 않을지도 모른다. 어쩌면 그 왼쪽 길 끝에는 행복이 있고, 우리를 사랑하며 소음도 침묵도 없는 사람들이 있는 따뜻한 곳이 있을지도 모른다. 거기는 음식도 넉넉하고, 죽는 사람은 하나도 없고, 아무도 죽지 않고, 절대로, 절대로 그 누구도 죽지 않을지도 모른다.

아마도.

하지만 그럴 것 같지 않았다.

나는 흔히 말하는 행운아가 아니니까.

"좋아. 오른쪽으로 가는 편이 낫겠지." 내가 대답했다.

우리는 오른쪽 갈림길로 달렸다. 만시가 우리 뒤를 따라왔다. 우리 앞에는 어두운 밤과 먼지 낀 길이 쭉 펼쳐졌고, 뒤에서는 군대와 재앙이 우리를 쫓았다. 나와 바이올라는 나란히 달렸다.

우리는 더 이상 달릴 수 없을 때까지 달렸고, 그다음엔 다시 달릴 수 있을 때까지 최대한 빨리 걸었다. 파브랜치에서 나는 소리들은 금세 사라졌다. 이제 들리는 것이라곤 길바닥을 탁탁 때리는 우리의 발소리와 내 소음과 만시가 짖는 소리뿐이다. 야행성 동물들이 이곳에 있었다면 우리에게 겁먹고 도망쳤을 것이다.

그건 아마도 좋은 일일 테고.

"다음 마을 이름은 뭐야? 프란시아가 말해줬어?" 나는 30분은 족히 뛰다시피 걸은 후에 숨을 헐떡이며 물었다.

"샤이닝 비콘? 샤이닝 라이트?" 바이올라도 헉헉거리며 대답했다. 그리고 얼굴을 찡그렸다. "블레이징 비콘? 블레이징 라이트?"

"그거 참 대단히 도움이 되는군."

"잠깐만." 바이올라는 길 한가운데에 서서 허리를 숙이고 숨을 돌렸다. 나도 따라 멈췄다. "물이 필요해."

나는 그런데? 라는 의미로 두 손을 번쩍 들어 올리며 말했다. "나도. 너 물 있어?"

바이올라는 눈썹을 치켜올린 채 날 바라봤다. "앗."

"뭐 언제든 강이 있으니까."

"그럼 어서 그 강을 찾아내는 게 좋을 것 같아."

"그러네." 나는 다시 달리기 위해 숨을 크게 들이마셨다.

"토드." 바이올라가 날 제지하며 말했다. "내가 생각을 좀 해봤는데."

"그런데?"

"샤이닝 라이트인지 뭔지 말이야."

"응."

"어떤 면에서 보면 말이야." 바이올라는 슬프고 불편한 목소리로 속삭였다. "어떻게 보면 우리가 파브랜치로 군대를 끌고 온 셈이잖아."

나는 말라버린 입술을 핥았다. 먼지 맛이 났다. 나는 바이올라가 무슨 말을 하는지 알고 있었다.

"네가 반드시 그들에게 경고해야 해." 바이올라는 어둠 속을 바라보며 조용히 말했다. "미안하지만……."

"우린 다른 정착지들에 갈 수 없겠네."

"가면 안 될 것 같다는 생각이 들어."

"헤이븐에 도착할 때까지는."

"헤이븐에 도착할 때까지는. 그곳은 군대를 상대할 수 있을 정도로 충분히 큰 마을이길 바라자."

그러니까 그걸로 끝이었다. 우리 상황에 대해 더 구체적으로 말해보자면 정말 이 세상에서 우리 둘뿐이었다. 정말, 정말로. 나와 바이올라와 만시 옆에는 어둠만이 있었다. 목적지에 도착할 때까지 길에서 우리를 도와줄 사람은 하나도 없다. 설사 있다 쳐도 지금까지의 우리 행운을 떠올려 보면…….

나는 눈을 감았다.

나는 토드 휴잇이다. 자정이 되면 사나이가 되기까지 27일 남는다. 나는 우리 엄마와 아빠의 아들이다. 두 분이 편히 잠드시길. 나는 벤과 킬리언의 아들이다. 그들이……

나는 토드 휴잇이다.

"나는 바이올라 이드야."

나는 눈을 번쩍 떴다. 바이올라는 손바닥을 아래로 한 채 손을 내밀고 있었다.

"그게 내 성이야. 이드. 이, 드." 바이올라가 말했다.

나는 잠시 바이올라를 바라보다가, 그녀가 내민 손을 내려다보고 손을 잡고 잠시 힘을 줬다가 놔줬다.

나는 배낭을 다시 고쳐 메려고 어깨를 움츠리면서 손을 등 뒤로 뻗어 칼이 제자리에 있는지 확인했다. 그리고 꼬리가 절반밖에 안 남은 채 헉헉거리는 불쌍한 만시를 한 번 보고 바이올라와 눈을 마주쳤다.

"바이올라 이드." 내가 말하자 그녀가 고개를 끄덕였다.

우리는 깊은 어둠 속으로 달려갔다.

21

이상한 세계

"어떻게 이렇게 멀 수가 있어? 이건 논리적으로 말이 안 돼." 바이올라가 말했다.

"여기에 말이 되는 게 하나라도 있냐?"

바이올라는 얼굴을 찌푸렸다. 나도 그랬다. 우리는 지친 데다 피로가 점점 쌓여갔고, 파브랜치에서 본 광경을 생각하지 않으려 애쓰고 있었다. 밤의 절반 정도 되는 시간 동안 계속 걷거나 달렸는데 아직도 강이 나오지 않았다. 우리가 어마어마하게 길을 잘못 든 게 아닌지 두려워지기 시작했지만 그렇다고 돌아가려는 길도 없었다.

"돌아갈 길이 없는 거지." 바이올라가 낮은 목소리로 하는 말이 뒤에서 들렸다.

나는 눈을 크게 뜨고 돌아서서 바이올라를 봤다. "그 말은 두 가지 면에서 틀렸어. 첫째 여기서 남들의 소음을 그렇게 계속 읽어대면 절대 환영받을 수 없어."

바이올라는 팔짱을 끼면서 어깨에 힘을 줬다. "두 번째는?"

"두 번째는 내가 어떻게 말하든 내 마음이야."

"그래. 넌 그렇게 말하더라."

나는 소음이 올라가는 걸 느끼며 숨을 들이마셨다. 그때 바이올라가 내게 신호했다. "쉿." 내 뒤쪽을 바라보는 그녀의 눈이 달빛에 반짝였다.

물이 흐르는 소리가 들렸다.

"강!" 만시가 짖었다.

우리는 길을 따라 달려 모퉁이를 돌고 비탈길을 내려가 또 다른 모퉁이를 돌았다. 그러자 강이 나왔다. 강은 마지막으로 봤을 때보다 훨씬 폭이 넓었다. 강바닥은 납작하고 유속은 느렸지만 물이 줄어들진 않았다. 우린 아무 말 없이 강가의 돌멩이들 위에 털썩 무릎을 꿇고 물을 마셨다. 만시는 배가 젖는 곳까지 뛰어 들어가 할짝할짝 핥기 시작했다.

내가 후루룩 물을 마시는 동안 옆에서 물을 마시는 그녀의 침묵이 흘렀다. 우리의 소음과 침묵은 서로 영향을 주고받는다. 내 소음이 바이올라에게 또렷하게 들리는 것처럼, 다른 사람들의 수다나 마을의 소음에서 멀리 떨어져 우리 둘만 있으면 그녀의 침묵 역시 고함을 지르는 것만큼 강하게 나를 끌어당긴다. 마치 세상에 존재하는 가장 큰 슬픔처럼, 거기에 내 몸을 찰싹 붙이고 그 완벽한 허무 속으로 영원히 사라져버리고 싶은 그런 충동이 든다.

지금 같은 상황에서 그렇게 되면 얼마나 좋을까? 이 얼마나 환상적인 위로가 되겠느냔 말이다.

"너도 알겠지만 나도 네 소리를 들을 수밖에 없어. 이렇게 사방이 조용하고 우리 둘만 있을 땐 말이야." 바이올라가 일어서서 가방을 열면서 말했다.

"나도 네 소리를 안 들을 수 없지. 그게 어떤 기분이 들더라도 말이야." 나는 그렇게 대꾸하고 휘파람으로 만시를 불렀다. "물에서 나와. 거기 뱀이 있을지도 몰라."

만시는 물속에 엉덩이를 푹 담그고, 꼬리에 붙인 붕대가 떨어져서 물살을 따라 떠내려 갈 때까지 휙휙 흔들었다. 그리고 물에서 나와 곧바로 꼬리를 핥기 시작했다.

"어디 좀 보자." 내가 말했다. 만시는 "토드!" 이렇게 짖으면서 그러라고 했지만 내가 가까이 다가가자 짧아진 꼬리를 최대한 배 밑으로 말아서 숨겼다. 내가 부드럽게 그 꼬리를 잡아서 푸는 내내 만시는 "꼬리, 꼬리"라고 중얼거렸다.

"와우. 그 붕대가 개에게도 효과가 있네."

바이올라가 가방에서 디스크 두 개를 꺼내서 엄지손가락으로 그 속을 누르자 순식간에 커지더니 물병으로 변했다. 바이올라는 강가에 무릎을 꿇고 앉아 물병 두 개를 채워 내게 하나를 던져줬다.

"고마워." 나는 바이올라를 제대로 보지도 않고 말했다.

바이올라는 자기 물병에 흐르는 물을 닦아냈다. 잠시 강둑에 서 있는 사이에 바이올라가 다시 가방에 물병을 넣었다. 바이올라는 조용했는데, 그동안의 경험으로 봐서 이제부터 뭔가 어려운 말을 하려고 한다는 걸 알 수 있었다.

"너 기분 나쁘게 하려고 하는 말은 아닌데, 아무래도 이제 그 지도에 적힌 내용을 내가 읽을 때가 된 것 같아." 바이올라가 고개를 들어 나를 보면서 말했다.

어둠 속에서도 내 얼굴이 벌겋게 달아오른 게 느껴졌고, 내가 그 말에 반박할 준비가 된 것도 느껴졌다.

하지만 나는 그냥 한숨만 쉬었다. 피곤하기도 했고 밤도 깊은 데다, 또다시 도망치고 있는 이 상황에서 바이올라의 말도 맞지 않은가? 이제 와서 바이올라의 말이 틀렸다고 반박하면 그건 그저 앙탈일 뿐이다.

나는 배낭을 내려서 일기장을 꺼내 표지 안쪽에 접혀 있는 지도를 폈다. 그리고 바이올라의 얼굴은 보지도 않은 채 건넸다. 바이올라는 손전등을 꺼내서 종이 위에 비춰 보고 뒤집어서 벤 아저씨가 적어놓은 메시지를 훑어봤다. 놀랍게도 바이올라는 큰 소리로 그걸 읽기 시작했다. 그러자 갑자기 벤 아저씨의 목소리가 프렌티스타운에서부터 메아리쳐서 강물을 타고 흘러 내려와 내 가슴을 주먹으로 한 방 치는 듯한 느낌이 들었다.

"강물을 따라 내려가서 다리를 건너 그곳에 있는 정착지로 가거라. 파브랜치라고 하는 마을인데, 거기 사람들은 너를 환영해 줄 거야."

"그랬지. 몇 명만."

바이올라는 계속 읽었다. "우리 역사에 대해 네가 모르는 몇 가지가 있단다. 미안하다만 토드, 네가 그것들을 알게 되면 넌 큰 위험에 처하게 될 거야. 네가 그 마을 사람들의 환영을 받을 수 있으려면 그 역사를 몰라야 한단다."

아까보다 얼굴이 더 붉어지는 게 느껴졌지만 다행히 어두워서 보이지 않았다.

"네 엄마의 책에 더 많은 이야기가 나오겠지만 그 전에 바깥세상에 경고해야 한다, 토드. 프렌티스타운 사람들이 움직이고 있어. 그 계획은 몇 년 동안 진행되고 있는데, 프렌티스타운에 있는 마지막 소년이 사나이가 되기만을 기다리고 있단다." 바이올라가 고개를 들어 나를 바라봤다. "그게 너니?"

"그래, 나야. 내가 마을에서 가장 어렸어. 나는 27일 후에 열세 살이 돼서 프렌티스 마을 법에 따라 공식적으로 사나이가 돼."

순간 나도 모르게 벤 아저씨가 내게 보여준 영상을 잠시 생각하지 않을 수 없었다.

소년이 어떻게 사나이가…….

나는 그걸 덮어버리고 재빨리 덧붙였다. "하지만 그들이 날 기다리고 있다고 말한 건 무슨 뜻인지 모르겠어."

"시장은 파브랜치를 정복할 계획이고, 그것 말고도 또 무슨 꿍꿍이가 있는지 누가 알겠니. 실리언과 내가……."

"킬리언. 크 소리가 나게 읽어야 해." 내가 정정해 줬다.

"킬리언과 내가 최대한 늦추려고 애를 써보겠지만 막을 수는 없을 거야. 파브랜치가 위험에 처할 테니 네가 그들에게 경고해야 한다. 우리가 너를 친자식처럼 사랑했고 널 멀리 보내는 것이 우리가 해야 할 가장 힘든 일이라는 사실을 항상, 언제나, 꼭 기억해 주렴. 그럴 수만 있다면 우리는 너와 다시 만나겠지만, 너는 먼저 최대한 빨리 파브랜치에 가서 반드시 그들에게 경고해야 한다, 벤." 바이올라는 고개를 들었다. "이 마지막 부분에 밑줄이 쳐져 있어."

"나도 알아."

우리는 한동안 아무 말도 하지 않았다. 허공에 비난하는 말이 떠돌아다녔지만 모두 내게서 나온 것이었다.

누가 침묵을 지키는 소녀를 비난할 수 있겠는가?

"내 잘못이야. 다 내 잘못이야." 내가 말했다.

바이올라는 그 쪽지를 다시 혼자 읽었다. "이분들이 너에게 말해줬어야 했어. 네가 글을 읽을 수 없는데 그러길 기대했다면 안……."

"내게 말해줬다면 프렌티스타운 사람들이 내 소음에서 그걸 듣고 내가 뭘 아는지 알게 됐을 거야. 그러면 선수 쳐서 도망치지도 못했을 거라고." 나는 바이올라의 눈을 흘낏 봤다가 고개를 돌려버렸다. "내가 그 쪽지를 다른 사람에게 읽어달라고 했어야 했어. 문제는 그거였어. 벤 아저씨는 좋은 사람이야." 나는 목소리를 낮췄다. "좋은 사람이었어."

바이올라는 지도를 접어서 내게 돌려줬다. 이제는 아무 쓸모도 없지만 나는 그걸 다시 표지 안쪽에 조심스럽게 넣었다.

"내가 읽어줄 수 있어. 네 엄마 책 말이야. 네가 원한다면."

나는 계속 바이올라를 외면하면서 일기장을 다시 배낭에 넣었다. "우린 가야 해. 여기서 시간을 너무 오래 낭비했어."

"토드……."

"지금 군대가 우리를 쫓아오고 있어. 더 이상 낭비할 시간이 없다고."

그래서 우리는 다시 출발했다. 최대한 멀리 오랫동안 달리려고 했지만 해가 뜨자 모든 동작이 느려지고, 나른해졌다. 우리는 추웠고, 잠도 못 잤다. 어제 하루 종일 일하고 눈 한 번 붙이지 못했다. 그래서 군대가 우리 꽁무니를 바짝 쫓아온다고 해도 이젠 빨리 걷는 것조차 제대로 할 수 없었다.

하지만 우리는 그날 아침 최대한 빨리 걸어갔다. 길은 우리가 바랐던 대로 강을 따라 계속 뻗어나갔고 주위의 땅은 평평해지기 시작했다. 풀이 자라는 평야가 죽 펼쳐지다가 낮은 언덕들과 그 너머 그보다 높은 언덕들이 나타났다. 적어도 북쪽에는 그 언덕들 너머로 산들이 있었다.

하지만 모두 황무지였다. 울타리는 하나도 보이지 않았고, 농작물이 자라는 밭도 없고, 정착지나 사람이 있다는 표시는 그 어떤 것도 보이지 않았다. 먼지 폴폴 날리는 길만 있었다. 어떤 면에선 좋은 일이었지만 또 어떤 면에선 이상하기도 했다.

신세계 사람들이 전멸하지 않았다면, 다들 대체 어디 있지?

"지금 이 길이 맞을까? 우리가 맞는 길로 가고 있는 걸까?" 먼지 나는 길모퉁이를 또 돌았지만 그 너머에 아무것도 보이지 않고 더 많은 모퉁이들만 보였을 때, 내가 바이올라에게 물었다.

바이올라는 생각에 잠겨 숨을 내쉬었다. "우리 아빠가 예전에 이런 말씀을 자주 하셨어. 우린 그저 앞으로 나아갈 수밖에 없다. 세상에 나가서 전진하는 수밖에 없다."

"앞으로 나아갈 수밖에 없다." 나는 바이올라가 한 말을 따라 했다.

"세상에 나가서 전진한다." 바이올라가 이어서 말했다.

"어떤 분이셨어? 너희 아빠 말이야."

바이올라는 고개를 숙여 땅바닥만 봤는데 옆에서 보니 얼굴에 반쯤 미소가 떠올라 있었다. "아빠에게선 갓 구운 빵 같은 향기가 났어." 바이올라는 더 이상 아무 말도 하지 않고 걸어갔다.

계속 같은 풍경이 나오면서 오전이 오후로 넘어갔다. 우리는 달릴 수 있을 땐 달렸고, 그럴 수 없을 땐 빠르게 걸었고, 정말 어쩔 수 없을 때만 쉬었다. 강은 갈색과 초록색 목초지로 둘러싸인 것처럼 평탄하고 잔잔하게 쉬지 않고 흘러갔다. 푸른 매들이 하늘 높이 떠서 주위를 맴돌며 먹이를 찾았다. 여기에 생명체가 있다는 유일한 흔적이었다.

"여긴 아주 텅 빈 행성이구나." 잠시 멈춰서 바위에 기대 앉아 자연스럽게 형성된 강둑 너머를 바라보며 점심을 먹다가 바이올라가 말했다.

"오, 이 정도면 충분히 꽉꽉 차 있는 거야. 내 말 믿어." 나는 치즈를 우적우적 씹으며 대꾸했다.

"네 말은 믿어. 내 말은 사람들이 왜 여기에 정착하고 싶어 하는지 알겠다는 뜻이었어. 비옥한 토지도 많고, 새로운 삶을 꾸려갈 가능성도 많고."

나는 치즈를 씹었다. "사람들의 판단이 틀렸을 수도 있어."

바이올라는 목을 문지르고 만시를 바라봤다. 만시는 냄새를 맡으면서 강둑 가장자리를 돌아다니고 있었는데, 아마 그 밑에 살고 있는 우드 위버들의 냄새를 맡고 있을 것이다.

"왜 여기서는 열세 살에 어른이 돼?"

나는 깜짝 놀라 바이올라를 봤다. "뭐라고?"

"그 쪽지 말이야. 마을에 남은 마지막 소년이 사나이가 되길 기다리고 있다고 했잖아. 왜 기다려?"

"신세계에선 항상 그렇게 해왔어. 성서에 나오는 의식 같은 거지. 아론은 항상 그게 선악과를 따 먹은 날을 상징하고 그때부터 인간이 죄를 짓게 됐다고 떠들어댔지."

바이올라가 기묘한 표정으로 나를 바라봤다. "상당히 심각한 이야기 같네."

나는 어깨를 으쓱했다. "벤 아저씨가 진짜 이유는 고립된 행성에서 몇 안 되는 사람들끼리 어울려 살아가려면 어른이 최대한 많이 필요하기 때문이라고 했어. 열세 살이 되는 날이 사나이로서 진짜 책임을 지는 날이 된다고 말이야." 나는 돌멩이 하나를 강에 던졌다. "왜 그러냐고 묻지는 마. 내가 아는 거라곤 그게 13년이란 것뿐이니까. 열세 달을 열세 번 도는 거야."

"열세 달이라고?" 바이올라가 눈썹을 치켜올리며 물었다.

나는 고개를 끄덕였다.

"1년은 열두 달이야."

"아니야, 그렇지 않아. 1년은 열세 달이야."

"아마 여기서는 아닐지도 모르지. 하지만 내가 온 곳에서는 열두 달이었어."

나는 눈을 깜박였다. "신세계에서는 1년이 열세 달이야." 그렇게 말했지만 어쩐지 바보가 된 기분이 들었다.

바이올리는 뭔가를 생각 끝에 이해한 것처럼 고개를 치켜들었다. "내 말은 이 행성에서 하루나 한 달이 얼마나 긴 지에 따라, 넌 이미…… 열네 살이 됐을지도 몰라."

"여기서는 그렇게 계산하지 않는다니까. 나는 27일 후에 열세 살이 돼." 이 대화가 어쩐지 불쾌해져서 나는 조금 단호하게 말했다.

"너 실제로는 열네 살하고 한 달 지났어. 그러고 보니 여기선 나이를 어떻게 구분하는지 궁금……." 바이올라는 여전히 마음속으로 계산하며 말했다.

"내 생일까지는 27일이 남았다니까." 나는 아주 확고한 목소리로 말했다. 그리고 일어나서 다시 배낭을 멨다. "어서 가자. 수다 떠느라 시간을 너무 낭비했어."

해가 마침내 우듬지 밑으로 떨어지기 시작하면서 비로소 문명의 첫 번째 흔적들을 볼 수 있었다. 강가에 방치된 물방앗간이 하나 있었는데, 얼마나 오래됐는지 알 수 없었지만 지붕이 불타서 없었다. 우리는 너무 오래 걸어온 나머지 아무 말도 하지 않고, 주위가 위험한지 둘러보지도 않고, 그냥 그 안에 들어가서, 가방을 벽에 던져놓고 아주 푹신한 침대에 앉는 것처럼 땅바닥에 털썩 주저앉았다. 영원히 지치는 법이 없는 것처럼 보이는 만시만 주위를 분주하게 뛰어다니면서 금이 간 마룻바닥 사이로 올라온 온갖 풀들 위로 다리를 치켜들고 다녔다.

"아이고, 발이야." 나는 양말을 벗고 발에 물집이 다섯 개, 아니 여섯 개나 잡힌 것을 확인했다.

바이올라는 맞은편 벽에서 지친 한숨을 내쉬었다. "우린 자야 해, 어쨌든."

"나도 알아."

바이올라가 나를 바라봤다. "만약 그들이 온다면, 네가 그 소리를 들을 거지?"

"응, 들어. 꼭 들을 거야."

우리는 교대로 잠들기로 했다. 내가 먼저 불침번을 서겠다고 하자 바이올라는 잘 자라는 말을 끝내기도 전에 곯아떨어졌다. 햇빛이 희미해지는 동안 자는 그녀를 바라봤다. 힐디 집에서 조금이라도 씻어서 깨끗해졌던 구석은 오래전에 사라졌다. 바이올라의 얼굴은 먼지투성이였고, 눈 밑은 그늘졌고, 손톱 밑에는 때가 끼어 있었다. 나도 분명 그럴 것이다.

나는 생각하기 시작했다.

그거 아는가? 내가 바이올라를 알고 지낸 지 사흘밖에 안 됐다. 내 빌어먹을 평생에서 고작 사흘밖에 안 지났는데 그 전에 일어난 일들은 실제로 벌어지지 않은 것처럼, 그저 내가 밝혀내길 기다리는 커다란 거짓에 지나지 않는 것처럼 느껴졌다. 아니, 그렇게 느껴지는 게 아니라 정말 거대한 거짓말이었고, 지금 이게 진짜 내 인생이다. 그 어떤 해답도 없이, 안전하지도 않은 채로 계속 도망치고 또 도망치기만 하는 삶이 내 인생인 것이다.

나는 물을 한 모금 마시고 귀뚜라미들이 **섹스 섹스 섹스**라고 찍찍거리

카오스 워킹 1

는 소리를 들으면서 지난 사흘 이전에 바이올라의 인생은 어땠을지 생각해봤다. 예를 들어, 우주선에서 자라는 건 어땠을까? 새로운 사람은 결코 만날 수 없는 곳, 우주선 밖으로는 절대 나갈 수 없는 생활은 어떨까?

생각해 보니 프렌티스타운도 그랬다. 거기서 사라진 사람은 결코 돌아오지 않았다.

나는 고개를 들어 바이올라를 바라봤다. 하지만 바이올라는 밖으로 나왔잖아, 안 그런가? 바이올라는 그 추락한 비행선을 타고 엄마랑 아빠랑 7개월 동안 우주선 밖으로 나와 있었다.

그건 또 어떻게 운영되는 시스템이었을까? 궁금하다.

"정찰선들을 먼저 보내서 그곳의 땅을 조사하고 우주선이 착륙하기에 가장 좋은 곳들을 찾는 거야." 바이올라가 누운 채 고개도 움직이지 않고 말했다. "소음이 있는 세상에 사는 사람들은 어떻게 잠을 자?"

"시간이 지나면 익숙해져. 하지만 왜 그렇게 오래 기다려? 왜 7개월이나?"

"첫 번째 기지를 설치하려면 그 정도 걸려." 바이올라는 지칠 대로 지친 모습으로 손을 들어 두 눈을 가렸다. "나와 우리 엄마와 아빠가 우주선이 착륙할 수 있는 최적의 장소를 찾고 첫 번째 기지를 짓기로 되어 있었어. 그다음에 정착민들이 착륙하는 데 필요한 시설들을 지어야 하고. 관제탑, 식량 창고, 진료소. 그게 표준 절차야." 바이올라는 손가락 사이로 날 봤다.

"신세계에서 관제탑은 한 번도 본 적이 없는데."

그 말에 바이올라가 벌떡 일어나 앉았다. "나도 알아. 여기 마을들 간에 통신 장비가 없다는 게 믿기지 않아."

"그러니까 너희는 교회 다니는 정착민들이 아니구나." 이렇게 말하니 어쩐지 내가 무척 똑똑한 느낌이 들었다.

"그게 이거랑 무슨 상관이 있어? 이성이 있는 교회라면 왜 세상으로부터 고립되길 원하는데?"

"벤 아저씨가 그러는데 그들은 좀 더 단순한 삶을 찾아 이곳에 왔다고 했어. 심지어 정착 초기에는 핵분열 발전기들을 다 때려 부술지 말지를 놓고 사람들끼리 싸웠대."

바이올라는 겁에 질린 표정이었다. "그랬으면 모두 죽었을 거야."

"그래서 안 했지. 프렌티스 시장이 다른 기계들은 대부분 없애기로 결정한 후에도 말이야." 나는 어깨를 으쓱하며 말했다.

바이올라는 정강이를 문지르면서 고개를 들어 지붕에 있는 구멍 사이로 하늘에 떠오르는 별들을 바라봤다. "엄마랑 아빠는 어마어마하게 들떠 있었어. 완전히 새로운 세상, 완전히 새로운 시작, 평화롭고 행복하게 살 계획을 세우느라 신났었는데." 그러다가 바이올라는 말을 멈췄다.

"일이 그렇게 돼서 유감이야."

바이올라가 자신의 발치를 내려다봤다. "내가 잠들 때까지 잠깐만 밖에서 기다리면 안 될까?"

"그래. 알았어."

나는 배낭을 가지고 원래 앞문이 있던 자리인 구멍으로 나갔다. 만시가 꼬리를 말고 누워 있던 곳에서 일어나 나를 따라왔다. 내가 앉자 만시는 다시 내 다리 옆에 꼬리를 말고 금방 잠이 들어 기분 좋게 방귀를 뽕뽕 끼면서 한숨을 쉬었다. 개의 인생이란 참 단순하다.

나는 달들이 떠오르고, 이어서 별들이 뜨는 광경을 바라봤다. 프렌티스타운이나 여기나 달과 별은 다를 게 없지만, 여기서 보니 세상 끝에 있는 기분이 들었다. 나는 다시 일기장을 꺼냈다. 달빛에 기름기가 번들거리는 표지가 반짝거렸다. 나는 페이지들을 죽 넘겼다.

우리 엄마도 이곳에 착륙하게 돼서 들떴을지, 엄마의 머릿속도 평화롭고 영원히 지속되는 행복한 생활에 대한 기대로 가득 찼을지 궁금했다.

엄마가 죽기 전에 그중 하나라도 찾았을지 그것도 궁금했다.

그 생각을 하자 마음이 너무나 무거워져서 다시 일기장을 배낭에 넣고 방앗간 판자에 머리를 기댔다. 강물이 흘러가는 소리와 주위에 있는 몇 그루 안 되는 나무의 나뭇잎들이 흔들리는 소리를 들으며, 지평선 멀리 보이는 언덕들의 그림자와 그 위에서 바스락거리는 숲들을 바라봤다.

몇 분 더 기다린 후에 다시 안에 들어가 바이올라가 잘 자고 있는지 살펴봐야지.

그랬는데 어느새 바이올라가 날 깨우고 있었다. 이미 몇 시간이 후다닥 지나버린 데다 머릿속은 완전히 뒤죽박죽이었는데 바이올라가 하는 말에 정신이 번쩍 들었다. "소음이야, 토드. 소음이 들려."

나는 잠이 다 깨기도 전에 벌떡 일어나면서, 졸려서 몸을 제대로 가누지 못하고 잠결에 투덜거리며 짖는 만시와 바이올라의 입을 다물게 했다. 둘이 조용해지자 나는 밤공기 속으로 귀를 기울였다.

속닥 속닥 속닥 소리가 들렸다. 산들바람처럼 아무 단어도 들리지 않았고 멀리서 들렸지만 어쨌든 폭풍우를 몰고 올 구름 같은 **속닥 속닥 속닥**이 맴돌고 있었다.

"가자." 나는 배낭으로 손을 뻗으면서 말했다.

"그 군대야?" 바이올라는 가방을 가지러 방앗간 문으로 들어가면서 물었다.

"군대!" 만시가 짖었다.

"나도 모르겠어. 아마도."

"다음 정착지에서 들리는 소리일 수도 있지 않을까? 우리가 거기서 너무 먼 곳에 있진 않을 거 아니야?" 바이올라가 가방을 어깨에 걸치고 돌아오면서 물었다.

"그럼 우리가 여기 도착했을 때는 왜 그 소리가 들리지 않았지?"

바이올라는 입술을 깨물었다. "망할."

"그래. 망할."

그렇게 파브랜치를 떠난 두 번째 밤도 첫 번째 밤처럼 흘러갔다. 우리는 필요할 때면 손전등을 켜 어둠 속을 달렸다. 아무 생각도 하지 않으려고 애썼다. 해가 뜨기 직전에 강물이 평야에서 흘러나와 파브랜치 옆을 흐르는 강처럼 또 다른 작은 계곡으로 들어갔다. 거기에 샤이닝 비콘인지 뭔지가 있으니 그쪽으로 쭉 가면 정말 사람들이 살고 있을 것이다.

그 마을엔 과수원들도 있고, 밀밭들도 있었다. 다만 파브랜치의 그것들처럼 관리가 잘된 것 같진 않았다. 우리에겐 다행스럽게도 마을의 중심가는 언덕 꼭대기에 있었고, 그곳을 관통하는 것처럼 보이는 더 큰 길이 있었다. 아마도 그 길이 왼쪽 갈림길일 것이다. 거기에 건물이 대여섯 채쯤 있었는데 대부분은 페인트칠을 새로 해야 할 것 같았다. 강 옆으로 우리가 지나가는 흙길에는 보트 몇 척과 벌레 먹은 것처럼 보이는 부두와 부두 위의 집들과 무슨 용도인지 모르겠지만 흘러가는 강물 위에 지어놓은 건물이 있었다.

우리는 누구에게도 도움을 청할 수 없었다. 설사 도움을 받는다 해도, 군대가 오고 있다, 그렇지 않은가? 그들에게 경고를 해야 하지만 이 마을 사람들이 힐디 같은 사람들이 아니라 매슈 라일 같은 사람들이면 어떡할 건가? 그리고 그들에게 경고를 하면 모든 사람의 소음 속에 들리게 될 텐데, 그것이 곧바로 군대를 끌어들일 수도 있지 않나? 만약 이 마을 사람들이 군대가 우리 때문에 오고 있다는 걸 알아내서 우리를 그들에게 넘기기로 결정하면 어떻게 해야 하나 ?

하지만 이들은 경고를 받을 자격이 있다, 그렇지 않은가?

하지만 그러다가 우리가 위험해지면 어떻게 하지?

당신이라면 어떻게 해야 할지 알겠는가? 이 상황에서 뭐가 정답인지?

그래서 우리는 도둑들처럼 마을 옆을 몰래 지나 부둣가의 집들 사이를 달리고, 언덕 꼭대기에 있는 마을 사람들의 눈을 피해 지나갔다. 비쩍 마른 여자 하나가 바구니 하나를 들고 나무들 옆에 있는 닭장 안으로 들어가는 모습을 봤을 때는 최대한 조용히 기다렸다. 마을은 해가 완전히 뜨기도 전에 우리가 통과할 수 있을 만큼 작았다. 우리는 마을 맞은편으로 나와 다시 길로 들어섰다. 마치 그 마을이 세상에 없던 것처럼, 우리에게조차 존재하지 않았던 것처럼 감쪽같이.

"그러니까 저게 그 마을이구나." 모퉁이 너머로 사라지는 마을을 뒤돌아보면서 바이올라가 말했다. "저기 이름이 뭔지는 앞으로도 모르겠네."

"그리고 앞에 뭐가 있는지도 모르고." 내가 속삭이는 목소리로 대꾸했다.

"우리는 헤이븐에 도착할 때까지 계속 가야 해."

"그다음엔 뭔데?"

바이올라는 아무 말도 하지 않았다.

"남의 말 한 마디를 우리가 너무 믿는 거 같다."

"거기엔 뭔가 있을 거야, 토드. 반드시 뭔가 있어야 해." 그렇게 말하는 바이올라의 얼굴이 조금은 단호해 보였다.

나는 잠시 입을 다물고 있다가 말했다. "두고 봐야겠지."

그렇게 또다시 아침이 시작됐다. 길에서 말이 끄는 수레를 탄 남자들을 두 번 봤고, 그때마다 재빨리 숲속으로 숨었다. 바이올라는 만시의 주둥이를 손으로 막았고, 나는 그들이 지나갈 때까지 내 소음에서 프렌티스타운이란 말이 들리지 않게 최대한 노력했다.

시간이 흘렀지만 달라진 건 별로 없었다. 더 이상 군대에서 나오는 속삭이는 소리는 들리지 않았다. 우리가 들었던 게 그 소리라면 말이다. 하지만 그게 정확히 뭔지 알아보려고 해봤자 무슨 소용이 있을까? 아침이 흘러 또다시 오후로 접어들었을 때 멀리 떨어진 언덕 위 높은 곳에 마을이 하나 보였다. 우리도 작은 언덕 하나를 오르고 있었다. 강이 언덕 밑으로 조금씩 떨어졌지만, 멀리서 언덕이 넓게 퍼져가는 모습이 보였다. 우리가 건너야 할 평원이 시작되는 곳 같았다.

바이올라가 망원경으로 그 마을을 한동안 살펴보더니 내게 건넸다. 이번에 나온 마을은 건물이 열 채에서 열다섯 채 정도 보였지만 멀리서 봐도 아주 초라하고 황량했다.

"이해가 안 돼. 정착지의 일반적인 일정에 따라 판단해 보면, 지금쯤이면 자급 농업을 시작한 지 몇 년은 됐을 거야. 마을끼리 교역도 하는데 왜 아직도 이렇게 사람들이 못살지?"

"넌 정착민들의 삶에 대해 정말 아무것도 모르는구나?" 나는 조금 짜증이 나서 말했다.

바이올라는 입술을 오므렸다. "학교 필수 과목이었어. 나는 다섯 살 때부터 성공적으로 식민지를 건설하는 방법을 배웠다고."

"학교에서 배우는 것과 현실은 달라."

"뭐가 달라?" 바이올라는 날 조롱하느라 눈썹을 치켜올리며 물었다.

"내가 전에 뭐라고 했어? 우리는 살아남는 데 급급해서 그 저급 농업에 대해선 배울 수가 없었다고."

"자급이거든."

"그거든 이거든 뭔 상관이야." 나는 다시 출발했다.

바이올라가 쿵쿵 소리를 내며 뒤에서 따라왔다. "우리 우주선이 도착하면 너희에게 가르쳐야 할 게 아주 많겠어. 그거 하나는 확실해."

"허이고, 우리 무식한 촌놈들이 고맙다고 절하는 일은 없을 거다." 화가 난 내 소음이 윙윙거렸다.

"아니, 그렇게 될걸. 다시 중세 시대로 돌아가려던 계획이 너희 마을에선 아주 잘 풀렸나 보지? 우리 우주선이 여기 도착하면 정착지 건설의 정석을 보게 될 거야." 바이올라가 언성을 높이며 말했다.

"그것도 7개월은 걸려야 볼 수 있잖아. 그동안 넌 여기 사람들이 어떻게 살아가는지 볼 시간이 충분할걸." 내가 부글부글 속을 끓이며 대답했다.

"토드!" 만시가 짖는 바람에 우리 둘 다 깜짝 놀랐다. 만시가 갑자기 우리를 앞질러 달려가 버렸다.

"만시! 돌아와!" 내가 만시에게 소리를 질렀다.

그때 우리 둘 다 그 소리를 들었다.

22

월프와 짐승들의 바다

그것은 기이한 소음이었지만 거의 아무 말이 없었다. 그 소음은 우리 앞의 언덕 꼭대기까지 올라갔다가 다시 데굴데굴 굴러 내려왔다. 마치 천 개의 목소리들이 한마음으로 같은 노래를 부르는 것처럼 아주 많은 소리를 내고 있었다.

그렇다.

노래를 하고 있었다.

"저게 뭐야?" 바이올라도 나처럼 더럭 겁이 나서 물었다. "군대는 아니지? 어떻게 저것들이 우리 앞에 있을 수 있지?"

"토드!" 만시가 작은 언덕 꼭대기에서 짖었다. "소, 토드! 큰 소들!"

바이올라가 입술을 비틀었다. "큰 소들이라고?"

"무슨 소리인지 모르겠다." 나는 그렇게 말하면서 이미 그 작은 언덕을 올라가고 있었다.

왜냐하면 그 소리가…….

그걸 어떻게 표현해야 할까?

그건 마치 별들이 내는 소리 같았다. 아니면 달들이 내는 소리 같기도 했다. 산에서 나는 소리는 아니었다. 그러기엔 허공에 둥실둥실 떠다녔다. 그것은 한 행성이 다른 행성에게 불러주는 노랫소리처럼 고음으로 좍좍 늘어졌다. 완전히 다른 목소리들이 각기 다른 음조에서 시작해 또 다른 음조로 내려갔고, 마치 소리로 엮은 밧줄처럼 모두 한데 엮여 있었다. 그 소리는 슬프면서도 슬프지 않고, 느리면서도 느리지 않은 속도로 모두 한 단어를 노래했디.

한 단어.

언덕 꼭대기에 도착하자 또 다른 평야가 우리 밑에서 펼쳐졌다. 강물이 흘러 내려와 그 평야와 암석 하나를 가로지르며 은빛 혈관처럼 흘러갔다. 그 평야의 한쪽에서 반대쪽으로 동물들이 이동하고 있었다.

내 평생 한 번도 본 적 없는 동물들이었다.

그들은 거대했다. 키가 4미터는 될 정도로 어마어마하게 컸고, 커다란 덩치는 텁수룩한 은빛 털로 뒤덮였고, 몸뚱이 끝에 두껍고 솜털 같은 털이 숭숭 난 꼬리가 있고, 이마에는 휘어진 하얀 뿔 한 쌍이 솟아있었다. 그들은 넓적한 어깨에서부터 시작된 긴 목을 수그려서 평야의 풀을 뜯어 먹고 있었다. 넓적한 입술로 풀을 뜯어 먹으면서 마른땅 위를 터덜터덜 걸어가다가 강을 건널 때는 강물을 마셨다. 수천 마리가 우리 오른쪽 지평선에서부터 왼쪽 지평선까지 죽 늘어서서 모두 한 단어를 노래했다. 모두 각기 다른 음조로 각기 다른 때에 불렀지만, 한 단어가 그들을 하나로 묶어 결합하고 있었다.

"여기." 바이올라가 내 옆에서 조금 떨어진 곳에 서서 말했다. "여기라고 노래하고 있어."

그들은 여기라고 노래하고 있었다. 그들의 소음 속에서 서로를 향해 노래하고 있었다.

여기 내가 있어.

여기 우리가 있어.

여기 우리가 간다.

여기가 제일 중요해.

여기.

이건…….

내가 과연 표현할 수 있을까?

이건 마치 만사가 항상 평탄한 가족의 노래 같다. 소속에 대한 노래이자 그 노래를 듣기만 해도 그 가족의 일원이 되게 만드는 것으로, 가족이 너를 항상 보살필 것이고 절대 너를 떠나지 않을 거라고 말하는 노래다. 만약 당신에게 심장이 있다면 이 노래가 당신의 심장을 찢어놓을 것이고, 만약 당신의 심장이 이미 갈기갈기 찢겨 있다면 이 노래가 치유해 줄 것이다.

이건…….

와우.

나는 바이올라에게로 고개를 돌렸다. 그녀는 입을 손으로 가리고 있었고, 두 눈은 촉촉해져 있었다. 손가락 사이로 배어 나오는 미소가 보여서 한마디 하려고 입을 열었다.

"느그들 그렇게 걸어가지고는 멀리 못 갈 틴디." 왼쪽에서 갑자기 다른 목소리가 들렸다.

우리는 홱 돌아서서 그쪽을 보았고, 내 손은 곧바로 칼로 향했다. 황소 한 쌍이 끄는 텅 빈 수레를 모는 남자가 좁은 갓길에서 우리를 내려다보고 있었다. 그는 다무는 법을 잊어버린 사람처럼 입을 벌리고 있었다.

그의 옆자리에는 방금 내려놓은 듯한 산탄총 한 자루가 놓여 있었다.

"소!" 멀리서 만시가 짖었다.

"저것들은 모두 수레를 돌아서 가제. 하지만 그리 걸어가믄 위험하당께. 저것들이 느그들을 바로 밟아버릴 거여." 그 남자가 말했다.

그러더니 또다시 그의 입이 벌어졌다. 소 떼가 부르는 여기 소리에 묻혀버린 그의 소음은 지금 하는 말과 거의 똑같은 것 같았다. 나는 일부 특정 단어들을 생각하지 않으려고 무진 애를 쓴 나머지 벌써 머리가 지끈지끈 아프기 시작했다.

"느그 둘 다 태워줄 수 있는디. 느그들이 그라고 싶음."

그는 한 팔을 들어서 길의 저 앞쪽을 가리켰다. 그곳은 거기를 건너고 있는 소 떼 무리의 발밑에서 이미 사라져 버렸다. 저 소 떼가 우리 앞길을 막을 거라는 생각은 꿈에도 못 했지만 저 사이를 헤치고 나갈 순 없었다.

나는 돌아서면서 아무 말이라도 해서 이 상황을 최대한 빨리 빠져나가려고 했다.

하지만 그때 정말 놀라운 일이 일어났다.

"전 힐디여유." 바이올라가 그 남자를 보면서 말하더니 나를 가리켰다. "야는 벤."

"뭣?" 나는 만시가 짖어대는 것처럼 뱉어냈다.

"윌프." 그 남자가 바이올라에게 말했다. 1초 정도 지나서야 그가 자신의 이름을 말했다는 사실을 깨달았다.

"안녕하셔요, 윌프." 그렇게 인사하는 바이올라의 목소리는 평소와 완전 딴판이었다. 바이올라의 입에서 완전히 새로운 목소리가 나오면서 저절로 길고 짧아지고 구부러졌다가 다시 풀렸다. 말을 하면 할수록 점점 다른 소리가 나왔다.

그러면서 바이올라는 점점 더 윌프 같은 목소리와 말투로 말했다.

"우린 파브랜치에서 왔슈. 아저씬 어디서 왔대유?"

윌프는 엄지손가락을 들어 자신의 어깨 너머로 찔러 보였다. "바 비스타. 난 장을 보러 브로클리 폴스에 가는 길이여."

"와, 우리가 운이 좋네유. 우리도 브로클리 폴스에 가는 길인디."

이 뜻밖의 상황에 두통이 더 심해졌다. 나는 내 소음이 머릿속에서 빠져나오지 못하도록 막으려는 것처럼, 잘못된 생각들이 세상 밖으로 쏟아져 나오지 않게 막으려는 것처럼 두 손을 들어 내 관자놀이에 댔다. 다행히 여기 노래 덕분에 우리가 이미 소리의 바다 속에서 헤엄치고 있는 것처럼 느껴졌다.

"어여 타." 윌프가 어깨를 으쓱하며 말했다.

"서둘러, 벤." 바이올라가 수레 뒤쪽으로 걸어가면서 가방을 수레 위에 올려놓으며 말했다. "윌프 아저씨가 태워주신단다."

바이올라가 홀쩍 뛰어 수레에 올라타자 윌프가 고삐로 황소들의 등을 찰싹 쳤다. 황소들은 천천히 움직이기 시작했는데, 윌프는 내 옆을 지나가면서 쳐다보지도 않았다. 놀란 내가 멍청하게 서 있는 사이에 바이올라가 지나가면서 어서 타라고 미친 듯이 손을 흔들었다. 더 이상 선택의 여지가 없었다, 안 그런가? 나는 그 수레를 따라잡아 두 손으로 붙잡고 위로 올라갔다.

나는 바이올라 옆에 앉아 고개를 한껏 숙여서 턱을 내 발목 가까이 댄 채, 고개를 돌려 그녀를 슬쩍 올려다보며 아주 작은 목소리로 쏘아붙였다. "지금 뭐 하는 거야?"

"쉿!" 바이올라가 조용히 하라고 손짓하면서 고개를 슬쩍 돌려 윌프를 봤다. 그는 이미 우리를 태운 걸 잊어버린 것 같았다. 어쨌든 그의 소음을 들어보니 그랬다. "나도 몰라. 그냥 나 따라서 장단이나 잘 맞춰." 바이올라가 내 귓가에 대고 속삭였다.

"무슨 장단을 맞추란 말이야?"

"우리가 소 떼의 반대편으로 갈 수 있다면, 소 떼가 우리와 군대 사이를 중간에서 막아주는 거잖아, 안 그래?"

그건 생각 안 해봤군. "하지만 시금 뭔 소리를 늘어놓는 거야? 갑자기 여기서 벤 아저씨와 힐디 아줌마가 왜 나와?"

"저 사람은 총을 가지고 있어." 바이올라는 속삭이면서 다시 한 번 월프가 어쩌고 있는지 살펴봤다. "그리고 네 고향 때문에 다른 마을 사람들이 너를 어떻게 대할지 네가 이야기했잖아. 그래서 나도 모르게 불쑥 튀어나왔어."

"그런데 너는 저 사람처럼 말하고 있잖아."

"잘하지도 못했는데 뭐."

"그 정도면 충분히 잘했어!" 아직도 놀라움이 가시지 않아서 목소리가 생각보다 크게 나와버렸다.

"쉿." 바이올라가 다시 한 번 나에게 주의를 주었지만 소 떼가 점점더 가까이 다가오고 있었고, 월프는 언뜻 봐도 어수룩해 보여서 평소처럼 말해도 괜찮을 것 같았다.

"그건 어떻게 하는 거야?" 나는 놀라운 심정을 그대로 쏟아내며 물었다.

"그냥 거짓말하는 거야. 여기 사람들은 거짓말도 안 하니?" 바이올라는 여전히 손사래를 치면서 날 조용히 시키려고 애쓰며 대꾸했다.

흠, 물론 우리도 거짓말을 한다. 신세계와 내 고향 마을(이름은 말하지 말자, 생각도 하지 말자)은 거짓말 빼면 시체처럼 보인다. 하지만 그것과 이건 다르다. 전에도 말했지만 남자들은 항상 스스로에게, 다른 사람들에게, 온 세상에 대고 거짓말을 하지만 그 머릿속에 그 모든 거짓말과 진실이 한데 섞여 둥둥 떠다니고 있으니 누가 그걸 분간하겠는가? 모두 내가 거짓말을 하고 있는 걸 알지만 모두 다 그러니 뭐가 문제겠는가? 그런다고 뭐가 달라지나? 그건 그저 사람이라는 강의 일부이자 소음의 일부다. 가끔은 거기서 거짓말을 집어낼 수 있고, 가끔은 그러지 못할 뿐이다.

하지만 거짓말을 할 때도 결코 자신이 아닌 다른 존재가 되진 않는다.

왜냐하면 내가 바이올라에 대해 아는 전부는 그녀가 내게 해준 말뿐이다. 내가 아는 그녀에 대한 유일한 진실은 다 그녀의 말뿐인데, 좀 전에 바이올라가 자기는 힐디고 나는 벤이고 우리는 파브랜치에서 왔다고 했을 때 바이올라는 윌프와 똑같은 식으로 말했다(윌프는 파브랜치 사람도 아닌데). 마치 바이올라가 말한 그 모든 것이 진실이 되고, 그 순간 세상이 변해버리고, 순간적으로 그게 바이올라의 목소리가 되어버린 느낌이었다. 바이올라의 목소리는 뭔가를 묘사하는 게 아니라 뭔가를 만들어 냈고, 그렇게 우리를 완전히 다른 존재로 만들어 버렸다.

아이고, 머리야.

"토드! 토드!" 만시가 짖으면서 수레 끝을 따라 달려오며 우리를 올려다봤다. "토드!"

"망할." 바이올라가 말했다.

나는 수레에서 풀쩍 뛰어내려서 얼른 만시를 품에 안았다. 그리고 한 손으로 만시의 입을 막으면서 다른 손으로 다시 수레를 잡고 올라탔다. "트드?" 만시가 닫힌 입술 사이로 헐떡이며 말했다.

"조용히 해, 만시."

"이제 괜찮을 것 같기도 해." 그렇게 말하는 바이올라의 목소리가 죽 늘어졌다.

나는 고개를 들었다.

"스." 만시가 말했다.

소 한 마리가 우리 옆을 유유히 걸어가고 있었다.

우리가 소 무리 속으로 들어온 깃이다.

노래 속으로 들어왔다.

그리고 한동안 나는 거짓말 자체를 잊어버렸다.

나는 비디오에서 본 것 빼고는 바다를 본 적이 한 번도 없다. 내가 자란 곳에는 호수도 없고 그저 강과 늪만 있었다. 한때 보트도 몇 척 있었겠지만 내 일생엔 없었다.

하지만 내가 바다에 있다고 상상한다면, 이것이 내가 상상하는 바로 그 바다일 것이다. 소들이 우리를 둘러싸고 모든 걸 삼켜버린 채 하늘과 우리만 남겨놓았다. 소들은 마치 물결처럼 우리 주위를 돌아서 흘러갔다. 가끔은 우리에게 눈길을 주기도 했지만 대체로 무심하게 여기를 노래했다. 소 떼 한가운데에 있으니 그 소리가 너무 커서, 마치 그것이 한동안 나의 몸에서 일어나는 모든 신진대사를 떠맡아서 내 심장에 들어가는 에너지를 공급해 심장을 뛰게 하고 폐가 숨 쉬게 하는 것 같았다.

그 후로 한동안 나는 월프와 다른 모든 것을 잊어버렸다. 나는 수레 위에 벌렁 드러누워서 소들이 지나가는 모습을 지켜봤다. 소들은 코를 킁킁거리고, 풀을 뜯어 먹고, 가끔씩 서로 뿔을 부딪치기도 했다. 무리 속에는 송아지도 있고, 늙은 황소도 있고, 다른 소들보다 큰 놈도 있고, 작은 놈도 있었다. 흉터가 있는 소도 있고 털이 다른 놈들보다 훨씬 지저분한 소도 있었다.

바이올라는 내 옆에 누워 있었고, 만시는 이 장엄한 광경에 압도돼서 혀를 쑥 내민 채 소 떼가 지나가는 모습을 그냥 바라봤다. 월프가 모는 수레를 타고 평야를 지나가는 동안은 이 광경만이 세상의 전부처럼 느껴졌다.

이것이 세상의 전부다.

바이올라를 보자 그녀도 날 보면서 미소를 지으며 고개를 살짝 젓고 나서 눈가에 고인 눈물을 닦아냈다.

여기.

여기.

우리는 여기에 있고 다른 곳은 존재하지 않는다.

왜냐하면 다른 곳은 없고 여기만 있으니까.

"그게 그러니까…… 아론 말이야." 바이올라가 잠시 후에 낮은 목소리로 입을 열었다. 왜 바이올라가 지금 아론 이야기를 꺼내는지는 잘 알았다.

여기 안은 아주 안전하니까 어떤 이야기든 할 수 있는 것이다.

"어?" 나도 목소리를 낮추면서, 작은 소 가족이 춤을 추듯 몸을 슬슬 흔들며 수레 끄트머리를 지나가는 모습을 지켜봤다. 우리를 빤히 보고 있는 호기심 많은 송아지를 엄마 소가 앞으로 가라고 코로 세게 밀고 있었다.

바이올라가 누워 있다가 고개를 돌려 나를 바라봤다.

"아론이 너희 마을 목사니?"

내가 고개를 끄덕였다. "유일한 목사지."

"그 사람은 어떤 설교를 해?"

"보통 하는 설교. 지옥 불, 지옥 가는 거. 최후의 심판."

바이올라가 날 유심히 봤다. "그게 보통 하는 설교인지는 잘 모르겠다, 토드."

나는 어깨를 으쓱했다. "아론은 우리가 종말이 다가오는 시대에 살고 있다고 믿어. 그 인간의 말이 틀린 것 같진 않잖아?"

바이올라는 고개를 흔들었다. "우리 우주선에 있는 목사님은 그러지 않아. 마크 목사님인데, 그분은 친절하고 상냥하고 항상 모든 것이 괜찮을 것처럼 느끼게 해줘."

나는 콧방귀를 뀌었다. "아론과는 완전 딴판이네. 아론은 항상 이런 말만 해. '하느님이 들으신다', '우리 중 하나가 쓰러지면, 우리 모두 쓰러진다' 이런 말. 마치 그러길 바라는 것처럼 말이야."

"나도 그 사람이 그 말 하는 거 들었어." 바이올라는 팔짱을 끼면서 말했다.

여기 노래가 계속 우리를 감싸 안으면서 사방으로 흘러갔다.

나는 바이올라를 향해 고개를 돌렸다. "그자가…… 그자가 널 다치게 했니? 그 늪에서?"

바이올라는 다시 고개를 젓고 나서 한숨을 쉬었다. "그 사람은 고래고래 소리 지르면서 내게 뭐라 뭐라 열변을 토했어. 아마 설교를 하는 것 같았는데, 내가 도망치면 쫓아와서 더 설교를 늘어놓을 것 같았어. 난 울면서 도와달라고 했지만 내 말은 듣지도 않고 설교만 하더라고. 그러다가 그 사람의 소음에 내 모습이 여러 번 보였는데, 그때 난 소음이 뭔지도 모를 때였거든. 내 평생 그렇게 무서운 적은 처음이었어. 우리 우주선이 추락했을 때도 그렇게 무섭진 않았어."

우린 둘 다 고개를 들어 하늘을 바라봤다.

"우리 중 하나가 쓰러지면, 우리 모두 쓰러진다. 그게 대체 무슨 뜻이야?" 바이올라가 물었다.

이제 와서 곰곰이 생각해 보니 나도 모른다는 사실을 깨달았다. 그래서 나는 아무 말도 하지 않았고, 우리는 다시 여기에 빠져서 그것이 우리를 조금 더 먼 곳으로 데려가게 놔뒀다.

여기 우리가 있다.

다른 어디도 아닌 여기에.

한 시간 혹은 1주, 혹은 1초 같은 시간이 흐르고 소들이 줄어들기 시작했을 때, 우리는 소 떼의 반대편으로 나왔다. 만시가 수레에서 뛰어내렸다. 수레는 아주 천천히 가고 있어서 만시가 뛰어내린다 해도 멀어질 위험은 없었다. 그래서 하고 싶은 대로 내버려 뒀다. 하지만 우리는 아직 수레에서 일어나고 싶지 않았다.

"정말 대단했어." 그 노래가 희미해지지자 바이올라는 작은 목소리로 말했다. "발이 얼마나 아픈지도 잊어버렸어."

"그랬지."

"저것들은 뭐야?"

"저것들은 큰 놈들이여." 윌프가 돌아보지도 않고 말했다. "그냥 짐승들, 다 짐승들이여."

바이올라와 나는 윌프가 거기 있다는 사실을 순간적으로 잊고 있던 터라 깜짝 놀랐다.

"저 큰 놈들한테 이름은 없어유?" 바이올라는 일어나 앉아 다시 연기하기 시작했다.

"아, 있지." 소 떼를 빠져나온 윌프가 고삐를 좀 더 느슨하게 풀며 말했다. "페키 바인스나 필드 베이스타나 안타 판트라고 하제." 우리는 그가 어깨를 으쓱하는 모습을 바라봤다. "난 그냥 저것들을 짐싱이라고 불러, 짐싱."

"짐싱들." 바이올라가 따라 했다.

"짐승들." 나도 한 번 따라 해봤다.

월프가 고개를 슬쩍 돌려서 우리를 봤다. "아까 뭐라 그랬제? 느그 둘 다 파브랜치에서 왔다 그랬나?"

"그람요." 바이올라가 날 쩨려보면서 말했다.

월프가 바이올라에게 고개를 끄덕여 보였다. "느그들은 거기서 그 군대 봤어?"

순간 내 소음이 손쓸 틈도 없이 위로 솟구쳤지만, 월프는 또다시 그걸 눈치채지 못한 것처럼 보였다. 날 보는 바이올라의 이마에 수심이 어렸다.

"그게 무슨 군대래요, 월프?" 바이올라의 목소리가 이번에는 살짝 다르게 들렸다.

"그 저주받은 마을에서 온 군대지." 월프는 마치 채소 이야기를 하듯 아무렇지 않게 수레를 몰면서 말했다. "그 군대가 늪을 나와서 정착지들을 차지하면서 점점 더 수가 불어나고 있다는 거 말이여? 느그들 그거 다 봤어?"

"군대 이야기는 어디서 들었대유, 월프 아저씨?"

"이야기들. 강물을 따라 이야기들이 수런수런 흘러 내려왔지. 사람들이 하는 이야기들. 거 있잖여. 이야기들. 너희 둘 다 그거 봤남?"

나는 바이올라를 향해 고개를 저어 보였지만 바이올라가 대답했다. "네, 그거 봤어유."

월프가 다시 고개를 돌려 우리를 봤다. "그렇게 크든?"

"무지 커요. 아저씨도 준비해야 해요. 위험이 닥치고 있어요. 브로클리 힐스 사람들에게 경고해야 한다니깐." 바이올라가 심각한 표정으로 그를 보며 말했다.

"브로클리 폴스." 월프가 바이올라의 말을 정정했다.

"그 사람들에게 경고해줘야 해요."

월프가 툴툴대는 소리가 들렸는데, 좀 지나서야 그게 웃음소리라는 걸 깨달았다. "근디 말이여, 월프 말은 아무도 안 들어." 그는 혼잣말처럼 중얼거리고 다시 황소들에게 고삐를 후려쳤다.

오후가 얼추 다 지나서야 평야 반대편에 도착할 수 있었다. 바이올라의 망원경으로 보니 소 떼는 여전히 남쪽에서 북쪽으로 횡단하고 있었다. 그들은 결코 수가 줄어들지 않는 것 같았다. 월프는 더 이상 군대에 대한 이야기는 하지 않았다. 바이올라와 나는 우리의 정체가 드러나지 않도록 최대한 대화를 자제했다. 게다가 내 소음을 깨끗하게 유지하는 게 너무 힘들어서 거기에 온 정신이 쏠리다시피 했다. 만시는 우리가 탄 수레를 따라오면서, 꽃이 보일 때마다 자기 멋대로 쫓아가서 킁킁거리며 냄새를 맡았다.

하늘에 걸린 해가 낮게 내려왔을 때, 마침내 수레가 삐걱거리는 소리를 내며 멈췄다.

"브로클리 폴스야." 멀리서 강물이 요란한 소리를 내며 낮은 절벽 아래로 굴러떨어지는 광경을 향해 월프가 고개를 끄덕이며 말했다. 폭포 밑에 있는 연못을 빙 둘러싸고 열다섯에서 스무 채 정도 되는 건물들이 모여 있었다. 거기서 강물은 다시 상류로 흘러갔고, 이보다 더 작은 길 하나가 이 도로에서 갈라져서 그 마을을 향해 뻗어나갔다.

"우린 여기서 내릴게요." 바이올라가 그렇게 말했다. 우리는 수레에서 가방을 챙긴 후에 풀쩍 뛰어내렸다.

"그럴 줄 알았어." 윌프는 다시 고개를 돌려 우리를 보면서 말했다.

"고마워유, 윌프 아저씨."

"천만에. 너무 늦기 전에 쉴 곳을 찾는 게 좋을 거여. 비가 올 눈치여." 윌프가 먼 곳을 물끄러미 보면서 말했다.

바이올라와 나는 자동적으로 하늘을 올려다봤다. 구름 한 점 없었다.

"음. 윌프 말은 아무도 안 듣는다고 했지." 윌프가 말했다.

바이올라는 다시 윌프를 바라보면서 원래 목소리로 돌아와 그를 설득하려고 노력했다. "마을 사람들에게 경고해야 해요, 윌프 아저씨. 제발. 군대가 오고 있다는 말은 사실이에요. 대비를 해야 한다고요."

윌프는 그저 "흐음"이라고만 말하며 고삐를 내려쳐서 황소들을 브로클리 폴스를 향해 몰았다. 그는 단 한 번도 돌아보지 않았다.

우리는 그의 뒷모습을 한동안 지켜보다가 갈 길로 돌아섰다.

"아얏." 바이올라는 소리를 지르며 다리를 쭉 뻗더니 앞으로 걸어가기 시작했다.

"그래. 나도 다리 아파 죽겠다."

"윌프 아저씨의 말이 맞을까?"

"무슨 말?"

"군대가 행군하면서 점점 더 불어나고 있다는 말. 오면서 점점 커지고 있당께." 바이올라는 다시 그의 목소리를 흉내 냈다.

"넌 어떻게 그렇게 해? 넌 여기서 태어나지도 않았잖아."

바이올라는 어깨를 으쓱했다. "엄마랑 어렸을 때 이 게임을 자주 했어. 이야기를 하면서 등장인물이 바뀔 때마다 다른 목소리를 내는 거지."

"내 목소리도 할 수 있어?" 나는 시험 삼아 물어봤다.

바이올라가 생긋 웃었다. "그래서 너도 너 자신이랑 대화를 해볼 참이야?"

나는 얼굴을 찡그렸다. "난 그렇게 말하지 않는데."

우리는 다시 길을 걸었고, 브로클리 폴스는 우리 뒤로 점점 멀어져 갔다. 수레를 타고 있을 때는 기분이 좋았지만 그렇다고 잠을 잔 건 아니었다. 우리는 최선을 다해 빨리 가려고 했지만 그래 봤자 걷는 것에 지나지 않았다. 군대가 정말 우리 뒤를 쫓고 있다면 아마도 그 거대한 소 떼 뒤에 한동안 갇혀 있어야 할 것이다.

어쩌면 아닐 수도 있고. 하지만 30분도 못 가서 무슨 일이 벌어졌는지 아는가?

비가 왔다.

"사람들이 윌프 아저씨 말을 꼭 들어야겠네." 바이올라가 하늘을 올려다보며 말했다.

우리가 가던 길이 강가로 접어들었을 때 강과 길 사이에서 그럭저럭 비를 그을 수 있는 곳을 찾아냈다. 우리는 저녁을 먹으면서 비가 그치는지 보기로 했다. 계속 내리면 어쩔 수 없이 맞으며 걸어야지. 벤 아저씨가 배낭에 맥을 챙겨줬는지 확인도 안 해봤는데.

"맥이 뭐야?" 각각 다른 나무에 기대앉으며 바이올라가 물었다.

"비옷 말이야." 나는 배낭을 뒤지면서 말했다. 아니, 비옷은 없었다. 젠장. "그리고 내 생각을 그렇게 가까이서 듣지 말라고 했잖아."

솔직히 말하자면 아직까지는 마음이 편했다. 아마 그래선 안 되는 거지만. 여기 노래가 아직도 들리는 것 같았다. 실제로 들린 건 아니고, 그 소 떼가 여기서 수 킬로미터 떨어진 곳에 있긴 하지만 어쨌든 느낌은 그랬다. 그 노래에 아무런 선율이 없었는데도 어느덧 나는 그걸 콧노래로 부르고 있었다. 나는 그 노래를 부르면서 연결돼 있다는 느낌, 어딘 가에 소속된 느낌, 누군가가 나에게 넌 여기에 우리랑 같이 있어, 라고 말해주는 걸 다시 느껴보려고 애썼다.

나는 봉지에 든 말린 과일을 먹고 있는 바이올라를 바라봤다.

그리고 여전히 내 배낭에 들어 있는 우리 엄마의 일기를 생각했다.

여러 가지 목소리의 이야기들이라고 했지.

우리 엄마의 목소리로 말하는 이야기를 내가 참고 들을 수 있을까?

바이올라는 방금 막 다 먹은 과일 봉지를 우그러뜨렸다. "이게 마지막이야."

"나한테 치즈와 말린 양고기가 조금 남아 있지만, 가는 길에 먹을 수 있는 걸 찾아야 해."

"훔치자는 말이야?" 바이올라가 눈썹을 치켜뜨면서 물었다.

"사냥 같은 걸 하자는 거지. 가끔은 훔치기도 해야겠지, 어쩔 수 없는 경우에는. 야생 열매들도 있고, 끓이면 먹을 수 있는 열매들도 몇 개 알고 있어."

"음. 우주선에선 사냥을 할 필요는 별로 없었어." 바이올라는 얼굴을 찡그리며 말했다.

"어떻게 하는지 내가 보여줄게."

"오케이." 바이올라는 유쾌한 척하려고 애를 쓰며 물었다. "총은 필요 없어?"

"사냥 실력이 좋으면 필요 없어. 토끼는 덫으로 잡기 쉬워. 물고기는 낚싯줄로 잡으면 되고. 칼로 다람쥐를 잡을 수도 있지만 살이 별로 없지."

"말, 토드." 만시가 조용히 짖었다.

나는 웃었다. 마치 영원처럼 느껴지는 시간 만에 처음 웃어봤다. 바이올라도 웃었다. "우린 말을 사냥하지 않아, 만시. 이 바보." 나는 손을 뻗어 만시를 쓰다듬었다.

"말." 만시가 다시 짖으며, 벌떡 일어서서 우리가 방금 온 방향으로 땅바닥을 내려다봤다.

우리는 웃음을 멈췄다.

23

칼은 그걸 쥔 사람이
휘두를 때만 쓸모가 있다

길에서 말발굽 소리가 들려왔다. 멀지만 점점 가까이 다가오는, 전력 질주하는 소리였다.

"브로클리 힐스 사람인가?" 바이올라는 희망과 의심이 둘 다 섞인 목소리로 물었다.

"브로클리 폴스. 우린 숨어야 해." 나는 벌떡 일어서면서 말했다.

우리는 허겁지겁 가방을 다시 챙겼다. 우리는 길과 강 사이에 다닥다닥 붙어 있는 나무들 사이에 비를 피하려고 들어와 있었다. 감히 길을 건널 생각은 하지도 못했다. 강을 등지고 있는 지금 이 상황에서 우리가 숨을 곳은 떨어진 통나무 하나뿐이었다. 우리는 마지막 남은 짐들을 다 챙기고 그 통나무 뒤에 쭈그리고 앉았다. 만시는 내 무릎 사이에 끼워놓았다. 사방에서 빗물이 튕겼다.

나는 칼을 꺼냈다.

말발굽 소리가 가까이 다가오면서 점점 더 커졌다.

"말은 한 마리야. 군대가 아니야." 바이올라가 속삭였다.

"그래, 하지만 그자가 얼마나 빨리 달리고 있는지 들어봐."

우리는 다그닥 다그닥 다그닥 다그닥 소리를 들었다. 나무들 사이로 점처럼 보이는 그가 점점 가까이 다가오고 있었다.

그는 비가 억수같이 퍼붓고 어둠이 떨어지고 있는데도 전속력으로 달려오고 있었다. 희소식을 전하려는 사람이 저렇게 달리진 않을 텐데. 안 그런가?

바이올라는 우리 뒤에 있는 강을 바라봤다. "너 수영할 줄 알아?"

"응."

"잘됐네. 난 못해."

다그닥 다그닥 다그닥 다그닥 다그닥.

말을 탄 사람의 소음이 윙윙거리기 시작했지만, 한동안은 말달리는 소리가 더 커서 잘 들리지는 않았다.

"말." 만시가 내 밑에서 말했다.

그게 거기 있었다. 말발굽 소리 사이로 들리는 잡음. 언뜻언뜻 비치는 영상들. 순간순간 들리는 단어들. **말**……, **아빠**……, **어두워**……, 바보…… 그리고 더 많은 단어들이 들렸다.

나는 칼을 더 세게 쥐었다. 바이올라는 이제 아무 말도 하지 않았다.

다그닥 다그닥 다그닥 다그닥 다그닥.

더 빨리, 밤이 됐어, 총소리, 그게 뭐든…….

그는 이제 달려서, 우리가 불과 100미터 전에 돌았던 모퉁이를 돌아서, 이제 몸을 앞으로 기울이고…….

다그닥 다그닥…….

내가 힘을 주는 바람에 쥐고 있던 칼이 살짝 돌아갔는데 왜냐하면…….

다 쐬버려, 그 여자는 맛이 좋더군, 여긴 어두워…….

다그닥 **다그닥**…….

저 목소리는 들어본 것 같…….

다그닥 다그닥 다그닥 다그닥…….

그는 점점 더 가까워져서 거의…….

그러다가 **토드 휴잇?** 하는 목소리가 빗속에서 대낮처럼 밝게 울려 퍼지고, 그 소리와 함께 말발굽 소리와 빗소리가 들렸다.

바이올라가 헉 소리를 냈다.

그가 보였다.

"주니어." 만시가 짖었다.

프렌티스 주니어였다.

우리는 통나무 밑으로 더욱 깊숙이 숨어보려고 애썼지만 더 이상 공간이 없었다. 프렌티스 주니어가 고삐를 세게 잡아당겨서 말이 뒷다리를 높게 치켜드는 바람에 말에서 떨어질 뻔하는 모습이 보였다.

하지만 떨어지진 않았다.

그리고 한 팔 밑에 끼고 있는 소총을 떨어뜨리지도 않았다.

빌어먹을 토드 휴잇이구나! 그의 소음이 고함을 질러댔다.

"아, 망할." 바이올라가 무슨 뜻인지 충분히 알 만한 말을 내뱉었다.

"와우, **휴이이!**" 프렌티스 주니어가 소리를 질렀다. 우리는 그의 얼굴에 떠오른 미소를 볼 수 있을 정도로 가까이 있었다. 그의 목소리에는 놀라움이 배어 있었다. "너 **큰길**로 가고 있었어? **길에서 벗어날** 생각조차 안 한 거야?"

나는 바이올라와 눈을 마주쳤다. 우리에겐 선택의 여지가 없었잖아?

"난 네 소음을 빌어먹을 평생 동안 듣고 살았거든, 이 자식아!" 그는 타고 있는 말을 이쪽저쪽으로 돌려가면서 우리가 정확히 이 작은 숲 속 어디에 있는지 찾아내려고 애를 썼다. "네가 **숨는다고** 그 소리를 못 들을 줄 알았어?"

그는 기뻐하는 기색이었다. 마치 자신의 행운을 믿을 수 없어 어쩔 줄 모르는 것처럼 진심으로 기뻐하고 있었다.

"잠깐만 기다려." 그가 그렇게 말하며 길에서 벗어나 숲속으로 말을 몰았다. "아주 잠깐만 기다려. 네 옆에 있는 그건 뭐냐? 그 아무것도 없는 텅 빈 공간은 뭐야?"

그가 아주 고약하게 말하는 바람에 바이올라가 움찔했다. 나는 손에 칼을 쥐고 있었지만 그는 말을 타고 있었다. 또한 바이올라와 나는 그에게 총이 있다는 사실을 알고 있었다.

"맞아. 내게는 총이 있단다, 토드 새끼야." 그는 더 이상 찾아다니는 게 아니라 우리를 향해 똑바로 다가오면서 말이 덤불들을 넘고 나무들을 돌아서 오게 했다. "그리고 내겐 또 다른 총이 있지. 아주 특별한 총이야. 너의 그 작은 숙녀를 위한 맞춤용 총이지, 토드."

나는 바이올라를 봤다. 바이올라는 프렌티스 주니어가 지금 떠올리는 생각을, 그의 소음에서 흘러나오는 장면들을 보고 있었다. 바이올라의 얼굴이 일그러졌다. 나는 그녀의 팔을 툭 치고 나서 오른쪽을 눈짓했다. 우리가 도망칠 수 있는 길은 그것뿐이었다.

"아, 제발 좀 도망쳐 줘, 이 새끼야. 제발 내가 널 해칠 수 있는 이유를 달란 말이야." 주니어가 큰 소리로 말했다.

아주 가까이에서 초조하고 흥분한 말의 소음이 들렸다.

우리가 더 이상 숨을 수 있는 공간도 없었다.

주니어가 거의 우리 위에 와 있었다.

나는 칼을 움켜쥐고 바이올라의 손을 한 번 강하게 잡으며 행운을 빌었다.

지금이 유일한 기회다.

그리고.

"지금!" 내가 소리를 꽥 질렀다.

우리는 벌떡 일어났다. 탕 하고 요란한 총성이 울려 퍼지면서 우리 머리 위의 나뭇가지들을 부러뜨렸지만, 우리는 어쨌든 달렸다.

"잡아!" 주니어가 말에게 소리치며 우리를 쫓았다.

주니어의 말은 두 번 뛰어오른 후에 돌아서 다시 큰길로 돌아와 도망치는 우리 뒤를 달려왔다. 길과 강 사이의 좁은 길에 있는 나무들이 몇 그루 안 돼서 우리는 달리면서 서로를 볼 수 있었다. 나뭇가지들이 부러지고, 웅덩이의 물이 튀어 오르고, 달리는 발들이 순간순간 길바닥에 미끄러지면서 주니어는 우리와 보조를 맞춰 달렸다.

우리는 절대 그에게서 도망칠 수 없다. 절대로.

하지만 노력했다. 우리는 구불구불한 길을 따라 쓰러져 있는 통나무들을 넘어가고 덤불 사이를 헤치며 달렸고, 만시는 헉헉거리면서 짖어대며 우리를 따라 달렸다. 빗물이 우리 몸을 타고 내렸고, 길은 점점 좁아지다가 갑자기 강을 향해 휙 꺾어서 들어갔다. 어쩔 수 없이 그 길을 건너려면 주니어 앞을 지나 길 맞은편에 있는 더 울창한 숲으로 가는 수밖에 없었다. 바이올라가 그 경계를 뛰어넘어 큰길로 가서 열심히 팔을 휘두르며 달리고, 프렌티스 주니어가 모퉁이를 돌면서 손으로 뭔가를 빙빙 돌리는 모습이 보였다. 우리는 길 맞은편으로 있는 힘껏 달렸지만 주니어의 말이 큰 소리를 내며 우리 위로 뛰어올랐고, 갑자기 뭔가가 내 두 다리를 휙 움켜쥐면서 순식간에 묶어버렸다. 그게 순식간에 너무 세게 내 다리를 잡아채서 나는 두 발이 묶인 채로 땅바닥에 쓰러져버렸다.

"악!" 나는 비명을 지르면서 나뭇잎이 우수수 떨어져 있는 진흙탕에 얼굴을 그대로 찧어버렸다. 배낭이 내 머리 위로 넘어가면서 팔을 찢어버릴 기세로 등 위로 날아갔고, 바이올라는 내가 쓰러지는 모습을 봤다. 그녀가 길을 거의 건넜다가 순간 멈추려고 발에 힘을 주면서 진흙이 발에 엉기는 모습을 보고 내가 소리를 질렀다. **"안 돼! 달려! 달려!"** 그러자 바이올라의 눈이 나와 마주쳤고, 그녀의 표정에서 뭔가가 변했다. 하지만 그게 무슨 뜻인지 대체 누가 알겠는가? 말이 달려오는 사이에 바이올라는 돌아서서 숲속으로 사라졌고, 만시는 다시 내게 달려오면서 짖었다. "토드! 토드!" 그렇게 나는 잡혀버렸다.

프렌티스 주니어가 숨을 거칠게 쉬면서, 나를 내려다보며, 하얀 말을 타고 우뚝 솟아 있었다. 그는 소총의 공이치기를 잡아당겨 나를 겨냥했다. 나는 이 일이 어떻게 된 건지 알았다. 주니어가 양쪽 끝에 추를 단 밧줄을 내 다리에 던져서 그것이 다리를 빙빙 감으면서 낚아챈 것이다. 사냥꾼이 늪에 사는 사슴을 잡는 듯한 전문가의 솜씨였다. 나는 진흙탕 속에 배를 깔고 엎드린 채 짐승처럼 잡혀서 꼼짝달싹 못했다.

"우리 아버지가 널 보면 아주 기뻐하시겠는걸." 주니어가 말하는 동안 그의 말은 불안해서 좌우로 왔다 갔다 했다. **비**, 말의 생각이 들렸다. **그거 뱀인가?** 하는 소리도.

"난 그저 앞쪽에 혹시 네 소문이라도 났나 알아보려고 왔거든. 하지만 네가 여기 있단 말이지. 소문이 아닌 네가 직접 이렇게 있단 말이야." 프렌티스 주니어가 날 한껏 조롱하며 말했다.

"조까." 내가 방금 욕을 했나?

난 아직 손에 칼을 쥐고 있었다.

"와, 그 칼 겁나 무섭다, 너무 무서워서 온몸이 덜덜 떨린다야." 주니어는 소총을 움직여서 내가 그 총열을 똑바로 볼 수 있게 했다. "그거 내려놔."

나는 두 손을 들면서 칼을 떨어뜨렸다. 칼은 흙탕물을 튀기며 진흙 속으로 떨어졌다. 나는 여전히 배를 깔고 엎드려 있었고.

"네 여자는 의리가 없다, 안 그러냐?" 주니어가 말에서 훌쩍 뛰어내리면서 다른 손으로 말을 다독여서 진정시켰다. 만시가 으르렁거렸지만 프렌티스 주니어는 재수 없게 웃기만 했다. "쟤 꼬리는 또 왜 저래?"

만시가 그 자리에서 훌쩍 뛰어오르면서 이빨을 드러냈지만 프렌티스 주니어가 더 빨랐다. 그는 부츠 신은 발로 만시의 얼굴을 잔인하게 차 버렸다. 만시는 깨깽 소리를 지르며 덤불 속으로 들어가 웅크렸다.

"사방에서 친구들이 널 버리고 가는구나, 토드." 그는 내게 걸어왔다. "하지만 그게 네가 배워야 할 교훈 아니겠어, 엉? 개는 개일 뿐이고 여자도 알고 보니 개란 말이지."

"닥쳐." 내가 이를 악물고 말했다.

그의 소음 속에서 가식적인 동정심과 의기양양한 기분이 다 드러났다. "불쌍한 토드. 너 그동안 여자랑 여행해 놓고도 지금까지 그걸로 뭘 어째야 하는지는 못 알아냈을 거야, 그렇지?"

"그 애 이야기는 하지 마." 나는 침을 뱉었다. 나는 여전히 다리가 묶인 채로 땅바닥에 엎어져 있었다.

하지만 무릎은 구부릴 수 있었다.

주니어의 소음은 점점 더 추해지면서 커져갔지만, 마치 꿈에 나오는 무서운 존재처럼 그의 표정에는 아무것도 드러나지 않았다. "네가 해야 할 일이 뭐냐면." 그는 내게 더 가까이 다가와 쭈그리고 앉으며 말했다. "창녀는 계속 옆에 두고 창녀가 아닌 것은 쏴버리는 거야."

프렌티스 주니어는 내게 좀 더 가까이 몸을 기울였다. 그의 입술 위에 자란 한심한 수염 몇 터럭까지 보였는데 흘러내리는 비에 젖어도 색이 진해지지 않았다. 그는 나보다 고작 두 살 위다. 고작 2년 더 큰 것뿐이다.

뱀이가? 맨시가 생각했다.

나는 두 손을 천천히 땅바닥에 댔다.

그리고 진흙을 살짝 밀었다.

"내가 널 묶은 후에." 주니어는 나를 조롱하며 속삭였다. "네 여자를 찾아서 걔가 어떤 종류의 여자인지 알려주지."

그때 내가 확 뛰어올랐다.

나는 두 손을 위로 밀어 올리면서 다리를 앞으로 세게 차서 내 몸을 주니어의 얼굴을 향해 날렸다. 내 정수리로 주니어의 코를 퍽 치자 그가 뒤로 벌러덩 쓰러지면서 내가 그의 몸 위로 떨어졌다. 주니어가 너무 놀라서 아무 반응도 못하고 있는 동안, 나는 주먹으로 있는 힘껏 그의 얼굴을 내리친 후에 그의 가랑이 사이에 있는 물건을 무릎으로 힘껏 가격했다.

주니어는 벌레처럼 몸을 동그랗게 말면서 낮고 고통에 찬 신음을 내뱉었다. 나는 몸을 굴려 그에게서 떨어져 나와 칼이 있는 곳으로 굴러가, 그걸 집어서 발을 묶은 밧줄에 대고 자른 후에 권총을 멀리 차버렸다. 그리고 말 앞에 뛰어들어서 "뱀이다! 뱀이다!"라고 소리 지르며 두 팔을 미친 듯이 휘둘렀다. 그러자 곧바로 효과가 나타났다. 주니어의 말은 홱 돌아서서 공포에 질려 힝힝거리며, 주인도 내팽개치고 억수같이 비가 퍼붓는 와중에 왔던 길을 다시 달려가버렸다.

그리고 돌아보자 **퍽!** 프렌티스 주니어가 주먹으로 내 인중을 그대로 내리쳤다. 나는 쓰러지지 않았다. 그가 "이 개 새……"라고 내뱉는 사이에 내가 칼을 잡은 팔을 휘두르자 놀란 그가 훌쩍 뛰어 뒤로 물러났다. 나는 다시 칼을 휘둘렀다. 비도 계속 쏟아지고 그에게 눈을 정통으로 맞은 바람에 빗물인지 눈물인지 모를 물이 흘러내렸다. 주니어는 날 피해 뒤로 물러나면서 조금 절뚝거리며 주위를 두리번거리다가 진창 속에 있는 총을 발견하고 몸을 돌렸다. 순간 나는 아무 생각 없이 달려들어서 그를 넘어뜨렸다. 주니어가 팔꿈치로 쳤지만 나는 그에게서 떨어지지 않았다. 내 소음이 고함을 질렀고, 그의 소음도 고함을 질렀다.

어쩌다가 그렇게 됐는지 모르겠지만 어느새 내가 그의 몸을 찍어 누르며 올라타 칼끝을 그의 턱 밑에 대고 누르고 있었다.

우리 둘 다 움직임을 멈췄다.

"너희는 왜 우리를 쫓는 거야? 왜 우리를 추적하느냐고?" 나는 그의 얼굴에 대고 소리쳤다.

그러자 콧수염도 없는 멍청하고 한심한 주니어의 얼굴에 미소가 떠올랐다.

나는 또다시 무릎으로 그의 다리 사이를 세게 쳤다.

주니어는 끙 소리를 내며 내게 침을 뱉었다. 내가 그의 턱 밑에 댄 칼에 힘을 주자 칼날에 그의 얼굴이 살짝 긁혔다.

"우리 아버지가 널 원하셔." 주니어가 마침내 말했다.

"왜? 왜 우리를 원하는데?"

"우리? 빌어먹을 우리 같은 건 없어. 아버지는 토드, 너를 원해. 그냥 너만." 주니어는 눈이 동그래져서 대답했다.

나는 그 말을 믿을 수 없었다. "뭐라고? 왜?"

하지만 그는 대답하지 않았다. 그는 계속 내 소음을 들여다보면서 뭔가를 찾고 있었다.

"야!" 나는 냅다 소리를 지르면서 손등으로 그의 얼굴을 후려쳤다. "야! 내가 지금 물어보고 있잖아!"

하지만 그 멍청한 얼굴에 다시 미소가 떠올랐다. 도저히 믿을 수 없었지만 정말 미소를 짓고 있었다.

"토드 휴잇, 너 우리 아버지가 항상 뭐라고 말하시는지 알아? 아버지는 칼이란 그걸 쥔 사람이 휘두를 때만 쓸모가 있다고 하시지." 그는 날 올려다보면서 교활하게 웃으며 말했다.

"닥쳐."

"넌 싸움꾼이야, 그건 인정해줄게. 하지만 살인자는 아니야." 그는 여전히 싱글거리면서, 턱 밑에서 조금 피를 흘리며 말했다.

"닥치라고!" 나는 소리를 질렀다. 하지만 내 소음에는 내가 이 말을 아론에게 들었던 장면이 있고, 주니어는 그걸 볼 수 있었다.

"아, 그래? 그걸 가지고 뭘 할 건데? 날 죽이려고?"

"그럴 거야. 내가 널 죽일 거라고!" 나는 고래고래 소리를 질렀다.

주니어는 입술 위로 흘러내리는 빗물만 핥으면서 웃었다. 내가 그를 땅바닥에 꼼짝 못 하게 눌러놓고 턱 밑에 칼을 대고 있는데도, 놈은 재수 없게 히죽거리고 있다.

"웃지 마!" 나는 고함을 지르며 칼을 쳐들었다.

그는 계속 웃다가 날 보며 말했는데…….

그는…….

그는 이렇게 말했다.

"너 벤과 킬리언이 자비를 베풀어 달라고 얼마나 비명을 질렀는지 듣고 싶어? 내가 놈들의 눈 사이를 쏘기 전에 말이야."

그때 내 소음이 붉게 윙윙거렸다.

나는 놈을 찌르려고 있는 힘껏 칼을 움켜쥐었다.

나는 놈을 죽일 것이다.

나는 놈을 죽일 것이다.

그리고…….

그리고…….

그리고…….

칼을 휘두르려고 높이 치켜든 바로 그 찰나…….

칼을 내리꽂으려던 그 순간…….

내가 힘을 가지고 원하는 건 뭐든 할 수 있던 바로 그 순간…….

나는 망설였다…….

또다시…….

망설였다…….

딱 1초 동안…….

하지만 빌어먹을 나란 놈…….

나는 영원히 저주를 받아 마땅한 놈이다…….

바로 그 순간 주니어가 다리를 박차며 일어나 날 밀어내고, 팔꿈치로 내 목을 쳐버렸다. 나는 허리를 숙이면서 캑캑거렸고, 그 순간 내가 쥐고 있던 칼을 그가 홱 비틀어 빼버리는 것이 느껴졌다.

갓난아기가 쥐고 있던 사탕을 뺏는 것처럼 아주 쉽게.

"자, 토드. 칼을 휘두르는 법을 내가 한 수 가르쳐 주지." 그가 내 위에 서면서 말했다.

24

아무짝에도 쓸모없는 겁쟁이의 죽음

나는 이런 꼴을 당해도 싼 놈이다. 내가 다 잘못했다. 나는 백번 죽어 마땅한 놈이다. 내게 칼이 있었다면 그걸로 자결했을 것이다. 다만 너무 겁쟁이라 그것마저도 못했겠지만.

"너도 참 물건이다, 토드 휴잇." 프렌티스 주니어가 내 칼을 찬찬히 살펴보면서 말했다.

나는 이제 진창에 무릎을 꿇고, 목에 손을 댄 채, 숨을 쉬려고 애쓰고 있었다.

"싸움에 다 이겨놓고 그다음에 뻘짓을 해서 다 망쳐버리다니. 소리나 꽥꽥 지르지 멍청하기 짝이 없고." 주니어는 칼날에 손가락 하나를 대고 슥 쓸어내렸다.

"그냥 끝내기나 해." 나는 진창에 대고 중얼거렸다.

"방금 뭐라고 했어?" 주니어가 말했다. 그의 미소가 돌아왔고, 소음도 환해졌다.

"그냥 **끝내라고!**" 나는 버럭 소리 질렀다.

"아, 널 죽이진 않을 거야. 그러면 우리 아버지가 별로 좋아하시지 않을 테니까." 주니어는 눈빛을 번득이며 말했다.

그는 내게 다가와서 칼을 내 얼굴 가까이 들이댔다. 그리고 칼끝을 내 콧속에 넣어서 내가 계속 고개를 숙이게 만들었다.

"하지만 사나이를 죽이지 않고도 칼을 가지고 놀 수 있는 방법은 아주 많아."

나는 더 이상 도망칠 방법을 찾지도 않았다.

나는 그의 눈을 똑바로 들여다봤다. 그의 눈은 초롱초롱한 데다 생생하게 살아 있고, 이제 막 승리하려는 눈이었다. 소음도 그랬다. 그의 머릿속에 떠오르는 영상들은 우리 농장에서 전에 일어났던 일들, 내가 그 앞에 무릎을 꿇고 있는 장면들이었다.

내 소음에는 내 멍청함과 무가치함과 증오로 가득 찬 구덩이 외에 아무것도 없었다.

죄송해요, 벤 아저씨.

너무, 너무나 죄송해요.

"하지만 다시 생각해 보면 넌 사나이가 아니잖아, 안 그래? 절대 그렇게 되지도 못할 거고." 그가 목소리를 낮추고 말했다.

주니어는 칼을 손에 쥐면서 칼날을 내 뺨을 향해 세웠다.

나는 눈을 감았다.

그때 뒤에서 침묵이 흘러내렸다.

내 눈이 번쩍 뜨였다.

"흠, 이것 봐라." 프렌티스 주니어가 내 머리 위쪽을 훑어보면서 말했다. 나는 강 맞은편의 울창한 숲을 등지고 있었는데, 내 눈으로 보는 것처럼 거기에 바이올라가 서 있는 걸 확실하게 느낄 수 있었다.

"달려! 여기서 도망쳐!" 나는 돌아보지도 않고 소리 질렀다.

바이올라는 내 말을 무시했다. "물러서." 바이올라가 프렌티스 주니어에게 하는 말이 들렸다. "난 지금 너에게 경고하는 거야."

"네가 나에게 경고한다고?" 주니어는 칼로 자신을 가리키며 말했다. 그의 얼굴에 또다시 미소가 떠올랐다.

그다음에 뭔가가 가슴을 세게 때리는 바람에 주니어가 펄쩍 뛰어올랐다. 그것은 떨어지지 않고 그의 몸에 그대로 꽂혔다. 작은 전선들이 한데 몰려 있고 끝부분에 플라스틱 전구가 하나 달려 있는 것처럼 보였다. 프렌티스 주니어는 칼을 그 밑에 넣어서 떼어내려고 했지만 그것은 꼼짝도 하지 않았다. 주니어는 고개를 들어 바이올라를 향해 능글맞게 웃어 보였다. "이게 대체 무슨 기능을 하는지는 모르겠지만 작동이 안 되는데, 언니."

파바바박!!

갑자기 빛이 폭발했다. 손 하나가 내 뒷목을 확 틀어쥐면서 숨이 막힐 정도로 세게 뒤로 끌어당겼다. 내가 끌려가는 동안 프렌티스 주니어의 몸이 핵핵 움직이면서 경련을 일으켰다. 칼이 한쪽으로 튕겨 나갔고, 불꽃과 작은 번개 같은 불빛들이 그 전선들에서 튀어나와 그의 몸 속으로 들어갔고, 그의 소매와 옷깃과 바짓단 등 사방에서 연기와 김이 피어올랐다. 바이올라는 계속 내 뒷덜미를 잡고 끌어당겨서 주니어가 쓰러질 때 내 몸과 닿지 않게 했다. 주니어는 진흙 바닥에 얼굴을 그대로 박으면서 자신의 소총 위로 쓰러졌다.

바이올라가 날 놓으면서 우리는 도로 옆에 있는 작은 강둑 위로 함께 쓰러졌다. 나는 다시 내 목을 움켜잡았고, 우리는 누워서 잠시 거칠게 숨을 몰아쉬었다. 불꽃들과 번쩍이는 불빛들이 멈췄고, 프렌티스 주니어는 진흙 속에서 온몸을 씰룩거렸다.

"난 걱정이 됐······." 바이올라가 거칠게 숨을 몰아쉬며 말했다. "······주위가 온통 물이라······." 숨 쉬고. "······너와 나까지 저 자식이랑······." 숨 쉬고. "······그런데 저 자식이 널 칼로······."

나는 아무 말 없이 일어섰다. 내 소음은 한곳에 집중됐고, 나는 칼만 바라보며 곧바로 그것이 떨어져 있는 곳으로 향했다.

"토드······."

나는 칼을 집어 들고 그를 내려다보고 섰다. "이 자식 죽었어?" 나는 바이올라를 보지도 않고 물었다.

"그럴 리 없어. 그건 그냥 전압······."

나는 칼을 치켜들었다.

"토드, 안 돼!"

"내게 그럴듯한 이유 하나만 대봐." 나는 칼을 치켜든 채로 주니어를 내려다보면서 말했다.

"넌 살인자가 아니야, 토드."

나는 휙 돌아섰다. 내 소음이 짐승처럼 포효했다.

"그 말 하지 마! 절대 그 말은 하지 말라고!"

"토드." 바이올라는 손을 내밀고 가라앉은 목소리로 말했다.

"우리가 이런 말도 안 되는 똥 밭에 빠지게 된 건 **나** 때문이야! 그들은 **널** 찾으러 다니는 게 아니야! 그들은 **날** 쫓고 있어!" 나는 프렌티스 주니어 쪽으로 돌아섰다. "내가 그들 중 하나를 죽인다면, 아마도 우리는······."

"토드, 아니야, 내 말 들어봐." 바이올라는 내게 더 가까이 다가오며 말했다. "내 말 들어!" 나는 바이올라를 봤다. 내 소음이 너무나 추하고 내 얼굴도 너무나 흉측하게 일그러져 있어서 바이올라가 잠시 멈칫했지만, 그래도 그녀는 다시 내 쪽으로 한 발자국 다가왔다. "내 말을 잘 들어봐."

그러더니 바이올라의 입에서 이제껏 들어본 가운데 가장 긴 말이 쏟아져 나왔다.

"네가 나를 발견했을 때, 그 늪에서 말이야. 난 그 남자, 아론에게서 나흘 동안 도망치고 있었어. 너는 이 행성에서 내가 두 번째로 만난 사람이야. 넌 내게 바로 그 칼을 들고 달려들었고, 그때 내게 넌 아론과 정확히 똑같은 사람이었어."

바이올라는 여전히 두 손을 들고 있었다. 마치 내가 진정시켜야 할 필요가 있는, 오래전에 토낀 프렌티스 주니어의 말인 것처럼.

"하지만 내가 소음이 대체 뭔지, 프렌티스타운은 뭔지 그리고 네 사연은 또 뭔지 미처 알아차리기도 전에 네가 어떤 사람인지 알 수 있었어. 사람들은 알 수 있어, 토드. 네가 사람을 해치지 않는다는 걸 말이야. 지금 이 모습은 네가 아니야."

"넌 나뭇가지로 내 머리를 때렸잖아."

바이올라가 두 손으로 자신의 허리를 짚었다. "흠, 그럼 내가 어떻게 해야 했는데? 네가 칼을 들고 덤비는데 말이야. 하지만 크게 다칠 정도로 때리지는 않았잖아, 안 그래?"

나는 아무 말도 하지 않았다.

"그리고 내 판단이 맞았어. 넌 내 팔에 붕대를 감아줬지. 그럴 필요가 없었을 때도 나를 아론으로부터 구해줬고. 그냥 있다가는 살해당했을 늪에서 나를 꺼내줬어. 그리고 그 과수원에서 그 남자에게 맞서서 내 편을 들어줬어. 우리가 파브랜치를 떠나야 했을 때 나와 함께했고."

"아니. 넌 지금 상황 판단을 제대로 못 하고 있어. 우리가 이렇게 도망쳐야 하는 이유는 그때 내가……." 나는 낮은 목소리로 말했다.

"난 이제야 제대로 상황 판단을 하고 있다고 생각하는데, 토드. 그들이 왜 그렇게 너를 죽어라 추격하는 걸까? 왜 군대 전체가 널 쫓아서 마을들을 횡단하고 강들과 평원들을 가로지르면서 이 멍청한 행성 끝까지 따라오려고 할까?" 바이올라는 프렌티스 주니어를 손으로 가리켰다. "아까 저 애가 하는 말을 들었어. 너는 왜 그들이 그토록 간절히 너를 원하는지 궁금하지 않아?"

내 속에 있는 구덩이는 점점 더 시커멓고 어두워질 뿐이었다. "내가 그 무리에 맞지 않는 놈이라서."

"바로 그거야!"

내 눈이 커졌다. "그게 뭐가 좋은 이야기야? 지금 내가 살인자가 아니라는 이유로 날 죽이고 싶어 하는 군대가 쫓아오고 있다고."

"틀렸어. 너를 살인자로 만들고 싶어 하는 군대가 너를 쫓아오고 있는 거야."

나는 눈을 껌벅였다. "엉?"

바이올라는 나를 향해 한 발자국 더 다가왔다. "그들이 너를 자기들이 원하는 종류의 남자로 바꿔놓을 수 있다면?"

"아니지. 난 아직 진정한 남자가 아니야."

바이올라는 손을 흔들어서 내 말을 무시해버렸다. "그들이 너의 좋은 면들을 완전히 파괴해 버릴 수 있다면, 사람의 목숨을 빼앗지 않는 그 부분을 없애버릴 수 있다면, 그들이 이기는 거야. 모르겠어? 만약 그들이 너를 바꿔놓을 수 있다면, 그들은 누구에게나 그 짓을 할 수 있어. 그러면 그들이 이기는 거야. 승리하는 거라고!"

바이올라는 이제 내 옆에 와서 손을 뻗어 아직도 칼을 쥐고 있는 내 팔에 올려놨다.

"우리가 그들을 이기는 거야. 그들이 원하는 사람이 되지 않는 방식으로 네가 그들을 이기는 거라고." 바이올라가 말했다.

나는 이를 악물었다. "저 자식이 벤 아저씨와 킬리언 아저씨를 죽였어."

바이올라는 고개를 저었다. "아니, 자기가 죽였다는 말만 했지. 너는 그 말을 믿었고."

우리는 프렌티스 주니어를 내려다봤다. 그는 이제 더 이상 몸을 씰룩이지 않았고, 몸에서 피어오르는 김도 점점 줄어들기 시작했다.

"난 이런 종류의 남자아이를 알아. 우리 우주선에도 이런 아이가 있었어. 얘는 거짓말쟁이야."

"얘는 사나이야."

"넌 어떻게 계속 그 말만 할 수 있어?" 그렇게 묻는 바이올라의 목소리에 마침내 날이 섰다. "어떻게 쟤는 사나이고 넌 아니란 말만 계속 할수가 있냐고? 고작 그 멍청한 생일 하나 때문에? 네가 내 고향 출신이라면 넌 이미 열네 살 하고도 한 달이나 나이를 먹었다고!"

"난 네 고향 출신이 아니잖아! 난 여기서 태어났고 여기선 그렇게 정해져 있단 말이야!" 내가 소리를 질렀다.

"흥, 여기서 정한 법칙은 틀렸어." 바이올라는 내 팔을 놓고 프렌티스 주니어 옆에 무릎을 꿇고 앉았다. "놈을 묶자. 아주 단단히 묶어놓고 어서 여길 떠나자, 알았어?"

나는 손에서 칼을 놓지 않았다.

바이올라가 뭐라고 말하건, 어떻게 말하건 간에 절대 이 칼을 손에서 놓지 않을 것이다.

바이올라는 고개를 들고 주위를 둘러봤다. "만시는 어디 있어?"

아, 이런.

우리는 덤불 속에서 만시를 발견했다. 만시는 아무 말 없이 그냥 짐 승처럼 우리에게 으르렁댔다. 만시는 한 발을 댄 채 왼쪽 눈을 감고 있었고, 입가에는 피가 묻어 있었다. 몇 번 시도한 끝에 마침내 내가 만시를 잡는 동안 바이올라가 기적의 의료 가방을 꺼냈다. 내가 만시를 누르고 있는 동안 바이올라가 만시에게 억지로 알약 하나를 삼키게 했다. 그러자 만시가 축 늘어졌고, 그다음에 바이올라가 만시의 부서진 이빨들을 깨끗하게 닦아주고 눈에 크림을 넣어줬다. 그리고 눈에 붕대를 테이프로 붙여줬는데, 그런 만시는 너무나 작고 아파 보였다. 만시가 "토오드?"라고 애꾸눈으로 약 기운에 취해 나를 부르자, 나는 그냥 만시를 꼭 안고 덤불 밑에서 비를 피하며 한동안 가만히 앉아 있었다. 그동안 바이올라는 모든 걸 다 챙기고 진흙탕에 던져진 내 배낭을 가져왔다.

그러더니 잠시 후에 바이올라가 말했다. "너 옷 다 젖었어. 음식은 죄다 부서졌고. 하지만 그 책은 아직 비닐에 잘 싸여 있어. 책은 괜찮아."

문득 아들이 커서 우주 최강 바보가 됐다는 사실을 엄마가 알게 되는 생각을 하자 그 일기장을 강물에 던져버리고 싶어졌다.

하지만 그러지 않았다.

우리는 가서 프렌티스 주니어를 그의 밧줄로 꽁꽁 묶어놓았다. 그의 소총은 그 전기 충격 때문에 망가져 있었다. 우리가 분명 요긴하게 쓸 수 있을 텐데 안타까웠다.

"뭐로 이 자식에게 충격을 준 거야?" 바이올라랑 둘이서 헉헉거리면서 놈을 길가로 질질 끌고 가면서 내가 물었다. 기절한 인간들은 정말 어마어마하게 무겁다.

"내가 행성 어디에 있는지 우주선에 있는 사람들에게 알려주는 장치야. 그걸 분해하는 데 얼마나 오래 걸렸는지 몰라."

내가 일어섰다. "그럼 이제 네가 어디 있는지 너희 우주선에서 어떻게 알아?"

바이올라는 어깨를 으쓱했다. "헤이븐에 뭔가 있기를 비는 수밖에 없지 뭐."

나는 바이올라가 자기 가방을 가지러 가서 집어 드는 모습을 지켜봤다. 나는 헤이븐에 바이올라가 기대하는 것의 절반이라도 꼭 있기를 빌었다. 우리는 떠났다. 계속 큰길로 가는 건 멍청한 짓이라는 프렌티스 주니어의 말이 맞았다. 그래서 길에서 20~30미터 정도 떨어져서 강가는 아니지만 최대한 강이 보이는 곳을 따라가려고 노력했다. 밤이 깊어가는 동안 우리는 교대로 만시를 안고 걸었다.

우리는 말없이 걸어갔다.

바이올라의 말에 일리가 있는 것 같다. 그래, 좋아, 어쩌면 그게 바로 군대가 나를 쫓는 이유인지도 모른다. 그들이 나를 군대에 합류시킬 수 있다면, 누구든 그렇게 만들 수 있을지도 모른다. 어쩌면 나는 시험 대상인지도 모른다. 온 마을 사람이 그런 걸 믿을 정도로 완전히 돌아버렸는지는 아무도 모르지만.

우리 중 하나가 쓰러지면 우리 모두 쓰러진다.

하지만 우선 그 이론으로는 왜 아론이 우리를 쫓고 있는지 납득할 수 없고, 두 번째로 나는 바이올라가 하는 거짓말을 들어본 적이 있다, 그렇지 않은가? 바이올라의 말은 그럴듯하지만, 진실을 말하고 있는지 아니면 그냥 지어내고 있는지 누가 알겠느냐 말이다.

난 절대 군대에 들어가지 않을 거고, 프렌티스 시장도 그 점은 분명하게 알고 있을 것이다. 프렌티스 주니어의 소음이 사실이건 아니건, 그들이 벤과 킬리언 아저씨들에게 한 짓을 생각하면 그렇다. 그러니까 바이올라는 그 부분에서 완전히 틀렸다. 그들이 원하는 게 무엇이든, 내 안에 어떤 약점이 있어서 죽어 마땅한 인간이더라도 내가 그 사람을 죽일 수 없는지에 상관없이 내가 사나이가 되려면 그 점은 변해야 한다. 그렇지 않으면 내가 어떻게 고개를 들고 다닐 수 있겠나?

이 밤이 지나면 내가 사나이가 되기 위해 25일하고도 백만 년이 남았다.

내가 아론을 죽였더라면, 프렌티스 시장에게 마지막으로 날 본 곳이 어딘지 말할 수 없었을 거 아닌가?

내가 예전에 농장에서 프렌티스 주니어를 죽였더라면 그가 시장의 부하들을 이끌고 벤과 킬리언 아저씨에게 오지 않았을 것이고, 만시도 그렇게 심하게 다치지 않았을 텐데.

내가 어떤 식으로든 살인을 했더라면, 그대로 농장에 남아서 벤 아저씨와 킬리언 아저씨를 도와 방어할 수 있었을 텐데.

내가 살인을 할 수 있었더라면, 그들은 죽지 않았을지도 모른다.

그게 우리의 운명을 바꾸는 조건이라면 난 언제고 그렇게 할 것이다.

그러기 위해 필요하다면, 살인자가 될 것이다.

두고 보라지.

지형이 점점 험준해지고 가팔라지는 사이에 강이 다시 협곡들 사이로 들어갔다. 우리는 바위투성이 노두 밑에서 한동안 쉬면서 프렌티스 주니어와의 격투에서 바스라지지 않은 마지막 음식을 먹었다.

나는 만시를 내 무릎 위에 길게 눕혔다. "그 알약에 뭐가 들었어?"

"그냥 사람이 먹는 진통제 부스러기를 먹인 거야. 만시에게 너무 독하지 않았으면 좋겠는데."

나는 만시의 털 속에 손을 집어넣고 쓸어내렸다. 만시의 몸이 따뜻한 데다 자고 있으니 적어도 아직은 살아 있었다.

"토드……." 바이올라가 입을 열었지만 내가 막았다.

"할 수 있는 한 계속 움직여서 멀리 가고 싶어. 우리가 자야 하는 건 알지만 더 이상 갈 수 없을 때까지 가보자."

바이올라는 잠시 기다렸다가 대답했다. "좋아." 우리는 더 이상 아무 말도 않고 남은 음식을 먹어치웠다.

가는 동안 비가 밤새 내렸다. 수많은 빗방울이 수많은 나뭇잎 위로 후드득 소리를 내며 요란하지 않게 떨어졌다. 강물이 불어나면서 포효했고, 우리 발밑에서 진흙이 철벅철벅 소리를 냈다. 멀리서 가끔 소음이 들렸다. 아마 숲속에 사는 생물들이 내는 소리겠지만 그들은 항상 안 보이는 곳에 있었고, 우리가 근처에 가면 이미 사라진 후였다.

"우리를 해칠 만한 게 여기 있을까?" 바이올라가 빗소리에 묻히지 않게 목청을 높여서 물었다.

"셀 수 없을 정도로 많지." 나는 그렇게 말하고 바이올라가 안고 있는 만시를 가리켰다. "아직 자?"

"아직." 바이올라는 근심 어린 목소리로 이어서 말했다. "제발……."

그렇게 우리는 앞에 무엇이 있는지 모른 채 또 다른 바위투성이 노두를 돌아서 그 야영지로 들어섰다.

우린 즉시 멈춰 서서 순간적으로 나타난 광경을 바라봤다.

모닥불 하나가 타오르고 있었고.

갓 잡은 물고기가 그 불 위에 꼬치에 꿰인 채 걸려 있었다.

남자 하나가 돌 위로 허리를 숙인 채, 또 다른 물고기의 비늘을 긁어내고 있었다.

그 남자가 고개를 드는 사이에 우리가 그의 야영지로 들어섰다.

평생 한 번도 안 봤지만 바이올라를 보자마자 여자인 걸 알아차린 것처럼, 나는 즉시 내 칼로 손을 뻗었다. 그가 인간이 아니란 걸 알았으니까.

그는 스패클이었다.

25

살인자

세상이 빙빙 돌다가 멈췄다.

비가 내리다가 그치고, 불이 타오르다가 멈추고, 내 심장이 뛰다가 멎었다.

스패클.

이곳에 스패클은 더 이상 없다.

그들은 모두 전쟁에서 죽었다.

이곳에 스패클은 더 이상 없다고.

그런데 여기 내 앞에 스패클 하나가 서 있다.

그는 비디오에서 본 것처럼 키가 크고 말랐다. 피부는 희고, 손가락과 팔은 길고, 입은 원래 있어야 할 곳과 달리 얼굴 중간에 있었다. 귀는 턱 옆으로 축 늘어졌고, 눈은 늪에 있는 돌들보다 더 까맣고, 옷이 있어야 할 곳에 이끼가 자라고 있었다.

외계인. 그야말로 외계인 그 자체다.

맙소사.

그냥 내가 아는 세상은 사정없이 우그러뜨려서 내다 버리는 편이 낫겠다.

"토드?" 바이올라가 날 불렀다.

"움직이지 마." 내가 말했다.

빗소리 사이로 스패클의 소음이 들려와서 한 말이었다.

그에게서 분명한 단어는 하나도 나오지 않았다. 그저 기이하게 비뚤어진 데다 전부 이상한 색채로 이뤄져 있었지만, 나와 바이올라가 충격을 받은 표정으로 그의 앞에 서 있는 영상들이 보였다.

이제 내가 손에 칼을 쥐고 그에게 내밀고 있는 영상도.

"토드." 날 부르는 바이올라의 목소리에서 작은 경고의 의미가 느껴졌다.

그러나 그의 소음에는 더 많은 경고가 담겨 있었다. 그 소음에서 수많은 감정이 엉켜서 윙윙 울리며 위로 밀려 올라왔다.

공포.

그의 공포가 느껴졌다.

좋았어.

내 소음이 붉게 변했다.

"토드." 바이올라가 다시 날 불렀다.

"내 이름 좀 그만 불러."

스패클이 물고기의 비늘을 벗기고 있던 자리에서 천천히 일어났다. 그는 작은 언덕의 비탈길 아래에서 야영하는 중이었다. 야영지의 바닥은 대부분 말라 있었고, 가방 몇 개와 침구인 듯한 둥글게 말아놓은 이끼 뭉치 하나가 보였다.

그리고 뭔가 길고 반짝이는 것이 바위에 기대어져 있었다.

스패클이 그의 소음 속에서 그걸 떠올리는 영상이 보였다.

그가 강에서 물고기를 잡을 때 쓰는 창이었다.

"하지 마." 내가 그에게 말했다.

순간, 아주 짧은 순간, 내가 이 상황을 얼마나 분명하게 이해하는지, 강 앞에 서 있는 그의 마음을 얼마나 명확하게 볼 수 있는지, 그의 마음을 읽기가 얼마나 쉬운지 생각했다.

하지만 그 순간은 순식간에 지나가 버렸다.

그가 창을 향해 뛰어들려고 생각하는 게 보였으니까.

"토드? 그 칼 내려놔." 바이올라가 말했다.

그리고 스패클이 뛰었다.

나도 동시에 뛰었다.

(두고 보라고.)

"안 돼!" 바이올라가 비명을 질렀지만, 내 소음이 너무나 크게 으르렁거리고 있어서 내게는 속삭이는 소리로밖에 들리지 않았다.

왜냐하면 나는 야영지를 가로질러 달려가면서, 칼을 손에 들고 준비한 채 스패클을 덮칠 생각만 하고 있었으니까. 비쩍 마른 몸에 무릎과 팔꿈치만 툭 튀어나온 스패클은 비틀거리며 자신의 창을 가지러 달려가고 있었고, 내가 생각하고 그에게 보내는 나의 붉고도 붉은 소음 속에 있는 거라곤 이미지들과 말들과 감정들뿐이었으니까. 모두 내가 아는 것들, 나에게 일어난 일들, 내가 칼을 쓰지 못했던 모든 순간, 내가 고함을 지르던 모든 순간이 거기 있었으니까.

누가 살인자인지 보여주겠어.

나는 그가 창에 닿기도 전에 따라잡으면서 달리던 기세를 멈추지 못하고 내 어깨로 그를 쳤다. 우리는 쿵 소리를 내며 흙바닥을 굴렀다. 스패클이 두 팔과 다리로 나를 휘감았는데, 팔다리가 어찌나 긴지 마치 거미와 레슬링을 하는 것 같았다. 그가 내 머리를 쳤지만 그래 봤자 찰싹찰싹 치는 정도에 지나지 않았고 나는, 나는, 나는 깨달았다.

그가 나보다 약하다는 사실을.

"토드, 그만해!" 바이올라가 나를 부르는 소리가 들렸다.

그는 허우적거리면서 내게서 떨어졌고, 나는 주먹으로 그의 옆머리를 쿵 소리가 나게 쳤다. 그는 너무나 가벼워서 내 주먹을 맞고 돌멩이들이 무더기로 쌓여 있는 곳에 쓰러졌다. 그는 날 다시 올려다보면서 입으로 쉭쉭거리는 소리를 냈는데, 그의 소음에서 두려움과 극심한 공포가 미친 듯이 흘러나왔다.

"**그만해!** 그가 얼마나 겁에 질려 있는지 안 보여?" 바이올라가 소리를 꽥 질렀다.

"당연히 그래야지!" 나도 그에 맞서 고함을 쳤다.

이제 내 소음을 멈출 길이 없었으니까.

나는 그에게 다가갔고, 그는 기어서 내게서 도망치려 했다. 나는 그의 길고 하얀 발목을 홱 움켜쥐고 돌멩이 더미에서 떼어내 다시 땅바닥으로 끌고 갔다. 그러자 그 스패클이 계속 끔찍하게 날카로운 소리를 냈고 나는 칼을 내려칠 준비를 했다.

바이올라는 그 사이에 만시를 어디 내려놨는지 느닷없이 옆으로 와서 내 팔을 움켜쥐고 그를 찌르지 못하게 잡아당겼다. 나는 바이올라를 떼어버리려고 애썼지만 바이올라가 내 팔을 놓지 않아서, 우리는 비틀거리며 스패클에게서 몇 발짝 떨어져 나왔다. 스패클은 바위 옆에 웅크리고 앉은 채 두 손으로 얼굴을 감쌌다.

"놓으란 말이야!" 내가 소리를 질렀다.

"제발, 토드!" 바이올라도 소리를 지르면서 내 팔을 잡아당기고 비틀었다. "제발 그만해!"

나는 팔을 돌리면서 남은 한 손으로 바이올라를 밀어버렸다. 그리고 돌아서서 스패클이 재빨리 움직이는 모습을 보고…….

창을 향해 움직이는 모습을 보고…….

그의 손가락이 창끝에 닿았을 때…….

내 속에 있던 모든 증오가 마치 화산처럼 폭발하면서 붉은 용암이 분출되듯 폭발했고…….

그에게 덤벼들어…….

그의 가슴에 칼을 꽂아 넣었다.

그 칼은 스패클의 가슴 속으로 들어가면서 으드득 소리를 내다가 뼈와 부딪치자 방향을 바꾸었고, 그런 내내 스패클은 가장 끔찍한 소리로 비명을 지르며 진하고 붉은 피(그 피는 붉었다, 그들은 붉은 피를 흘렸다)를 분수처럼 뿜어냈고, 그는 긴 팔을 위로 뻗어서 내 얼굴을 할퀴었고, 나는 팔을 뒤로 빼서 다시 그를 찔렀고, 그러자 그의 입에서 또다시 긴 비명이 터져 나오면서 콸콸 소리가 났고, 그는 계속 팔과 다리를 허우적거렸고, 너무나 검은 눈으로 날 바라봤고, 그의 소음은 고통과 당혹감과 두려움으로 가득 차서…….

내가 칼날을 비틀었고…….

그런데 그는 죽지 않았고, 죽지 않았고, 죽지 않았고…….

그러다가 신음하면서 온몸을 떨다가 죽었다.

그의 소음도 함께 멈춰버렸다.

나는 구역질을 하면서 칼을 잡아 빼고 철벅거리며 진창 속을 걸어서 돌아왔다.

나는 내 손을 보고, 칼을 봤다. 모든 것이 피범벅이었다. 칼은 손잡이까지 피가 묻어 있었다. 내 두 손과 팔과 옷 앞쪽과 얼굴에 튀긴 스패클의 피를 내가 문질러 닦으면서 스패클이 할퀴어서 나온 내 피가 섞여버렸다.

철철 내리는 비를 온몸으로 계속 맞고 있는데도 이해하기 힘들 정도로 피범벅이었다.

스패클은 내가…….

내가 그를 죽인 곳에 누워 있었다.

숨이 막혀 헉 하는 소리를 듣고 고개를 들어 바이올라를 봤다. 그러자 그녀가 움찔하면서 나를 피해 뒤로 물러나는 모습이 보였다.

"넌 몰라! 넌 아무것도 모른다고! 그들이 전쟁을 시작했어! 그들이 내 엄마를 죽였다고! 이 모든 것, 지금까지 일어난 모든 일이 다 저들의 잘못이야!" 나는 바이올라에게 바락바락 소리를 질렀다.

그리고 왈칵 토해버렸다.

그리고 계속 토했다.

그리고 내 소음이 진정되기 시작했을 때 다시 한바탕 토해버렸다.

나는 땅바닥에 머리를 처박았다.

세상이 멈췄다.

세상은 여전히 멈춰 있었다.

바이올라에게서 침묵 말고 다른 소리는 들리지 않았다. 몸을 앞으로 숙이자 배낭이 내 목 뒤쪽을 덮치는 게 느껴졌다. 나는 스패클이 있는 쪽을 바라보지 않았다.

"그가 우리를 죽였을 거야." 나는 마침내 입을 열고 땅바닥에 대고 말했다.

바이올라는 아무 대꾸도 하지 않았다.

"그가 우리를 죽였을 거야." 내가 다시 말했다.

"그는 겁에 질려 있었어!" 울음을 터트리는 바이올라의 목소리가 갈라졌다. "아무것도 모르는 나조차도 그가 얼마나 두려워하는지 볼 수 있었단 말이야."

"그는 창을 가지러 갔어." 나는 고개를 들고 말했다.

"네가 칼을 가지고 덤비니까 그랬지!" 나는 이제 바이올라를 볼 수 있었다. 바이올라의 눈은 커진 데다 점점 무표정해졌다. 마치 마음의 문을 다 닫아버리고 몸을 앞뒤로 흔들었을 때 같은 표정이었다.

"그들이 신세계 사람들을 다 죽였어."

바이올라는 머리를 세차게 흔들었다. "이 바보야! 넌 씨발 멍청한 **바보야!**"

바이올라는 시바, 라고 하지 않는구나.

"너 지금까지 네가 들은 이야기가 사실이 아니란 걸 몇 번이나 깨달았어? 몇 번이나 그랬냐고?" 바이올라는 내게 점점 더 거리를 두고 물러서면서 얼굴을 일그러뜨리며 물었다.

"바이올라······."

"스패클들은 전쟁에서 다 죽었다며?" 그렇게 말하는 그녀의 목소리가 너무나 두려움에 차 있어서 미칠 것 같았다. "어? 다 죽었다면서?"

그러자 내 소음에 남아 있던 마지막 분노까지 남김없이 흘러나가면서 내가 얼마나 바보였는지 다시 깨달았고······.

그리고 돌아서서 그 스패클을 보고······.

그의 야영지를 보고…….

꼬챙이에 꿰인 그 물고기를 보고…….

그리고 (안 돼 안 돼 안 돼 안 돼) 그의 소음에서 나오던 그 공포를 보고…….

(안 돼 안 돼 안 돼, 제발 안 돼.)

이제 내겐 더 이상 토할 것도 없었지만 그래도 토하고…….

나는 살인자다…….

나는 살인자다…….

나는 살인자다…….

(아, 제발 안 돼) 나는 살인자다.

나는 떨기 시작했다. 너무 심하게 떨어서 일어설 수도 없었다. 내가 계속 "안 돼"라는 말만 하고 또 하는 것이 들렸다. 그의 소음에 있던 그 공포가 계속 메아리쳐서 내게 돌아왔고, 거기서 도망칠 길이 없었다. 그 소음은 그냥 거기에, 거기에, 거기에 계속 있었고 난 너무나 심하게 떨어서 땅바닥에 손과 무릎을 짚고 있을 수조차 없어 그대로 진창 속에 쓰러졌다. 그래도 여전히 사방에서 피가 보였고, 그건 빗물로도 씻기지 않았다.

나는 눈을 질끈 감았다.

그러자 암흑만이 존재했다.

오직 암흑과 공허만이.

또다시 내가 모든 걸 망쳤다. 또다시 내가 전부 잘못했다.

아주 먼 곳에서 바이올라가 내 이름을 부르는 소리가 들렸다.

하지만 너무 멀었다.

그리고 나는 혼자였다. 항상 그랬듯 혼자였다.

다시 내 이름이 들렸다.

멀리, 아주 먼 곳에서 누가 내 팔을 잡아당기는 게 느껴졌다.

그제야 내 것이 아닌 소음이 들려서 눈을 번쩍 떴다.

"여기에 스패클들이 더 있는 것 같아." 바이올라가 내 귀 가까이에서 속삭였다.

나는 고개를 들었다. 내 소음이 쓰레기와 끔찍한 경험들로 너무 빡빡하게 차 있어서 또렷하게 듣기도 힘들고, 비도 여전히 세차게 퍼붓고 있었다. 나는 잠시 우리의 몸이 다시 마를 수 있을까, 라는 멍청한 고민에 빠져 있다가 나무들 속에서 분명하지 않게 중얼거리는 소리를 들었다. 확실히 어디라고 콕 집어 말하긴 불가능하지만 분명 근처에 있었다.

"그들이 아까까지는 우리를 죽이고 싶지 않았더라도 지금은 분명 그러고 싶을걸." 바이올라가 말했다.

"우린 가야 해." 나는 일어나려고 애썼다. 여전히 온몸이 덜덜 떨려서 두어 번 시도해야 했지만 어쨌든 일어났다.

나는 아직 그 칼을 쥐고 있었다. 칼은 피가 묻어 끈적거렸다.

나는 그 칼을 땅바닥에 던졌다.

나를 보는 바이올라의 얼굴은 슬픔과 두려움과 끔찍한 감정이 범벅이 돼서 엉망이었지만, 언제나 그렇듯 우리에겐 그 어떤 선택의 여지도 없었다. 그래서 그냥 다시 말했다. "우린 가야 해." 그리고 바이올라가 스패클의 야영지에서 그나마 땅바닥이 말라 있고 바람이 들치지 않는 곳에 내려놓았던 만시에게 가서 안아 올렸다.

계속 자고 있던 만시는 찬 손이 닿자 몸서리를 쳤다. 나는 만시의 털 속에 얼굴을 묻고 익숙한 개 냄새를 힘껏 들이마셨다.

"서둘러." 바이올라가 재촉했다.

나는 돌아서서 바이올라가 사방을 둘러보는 모습을 봤다. 그 소음은 여전히 나무들 사이에서 그리고 빗속에서 속삭이고 있었고, 바이올라의 얼굴에서는 여전히 공포가 가시질 않았다.

그러다가 바이올라가 내 쪽을 돌아봤는데, 나는 도저히 그녀와 눈을 마주칠 수 없어 외면해 버렸다.

하지만 그렇게 고개를 돌리는 와중에 바이올라의 뒤에서 뭔가가 움직이는 게 보였다.

바이올라가 서 있는 곳 뒤쪽의 덤불들이 양쪽으로 갈라졌다.

내 표정이 변하는 걸 바이올라도 봤다.

바이올라가 고개를 돌렸다. 뒤에 있는 숲에서 아론이 모습을 나타내고 있었다.

아론은 한 손으로 바이올라의 목을 움켜쥐고는 천 하나로 코를 짓누르고 또 다른 손으로 입을 막았다. 내가 소리를 지르면서 그들에게 한 발짝 다가갔을 때 바이올라가 천 아래에서 지르는 비명이 들렸다. 바이올라가 두 손을 버둥거렸지만 아론은 꿈쩍도 하지 않았고, 내가 두 번째 세 번째 발자국을 디뎠을 때 그 천에 묻어 있는 약이 뭐든 그것 때문에 기절해 버렸다. 내가 네 번째 다섯 번째 발자국을 디뎠을 때 아론은 바이올라를 땅에 떨어뜨렸다. 나는 여전히 만시를 안고 있었고, 내가 여섯 발자국을 다가갔을 때 아론이 자신의 등 뒤로 손을 뻗었다. 내겐 칼이 없는 데다 품에는 만시가 안겨 있었다. 나는 그저 그를 향해 달려가는 수밖에 없었지만, 일곱 번째 발자국을 디뎠을 때 그가 자신의 등 뒤에 묶어놓았던 나무 막대기를 꺼내는 모습이 보였다. 그는 그것을 휘둘러서 내 옆머리를 정통으로 갈겼다.

탁!

나는 쓰러졌다. 만시가 내 품에서 굴러떨어졌고, 나는 그대로 땅바닥에 배를 찧었다. 머리가 너무나 세게 울려서 몸을 가눌 수조차 없었다. 순식간에 세상이 흔들리며 회색으로 변하면서 고통으로 가득 찼다. 나는 바닥에 쓰러졌고, 모든 것이 이리저리 기울어지고 미끄러졌고, 팔과 다리는 너무 무거워서 들 수도 없었고, 얼굴의 절반은 진창에 빠지고 반은 위로 향했다. 아론이 땅바닥에 쓰러진 나를 지켜보고 있었고, 그의 소음과 그 속에 있는 바이올라가 보였다. 내 칼이 진흙 속에서 붉게 반짝였고, 그가 그걸 집어 들었다. 나는 기어서 아론에게서 벗어나려 했지만 몸이 너무 무거워 꼼짝도 못 하고 그가 걸어와 멈춰 서서 날 내려다보는 모습만을 보았다.

"넌 이제 필요 없어, 이 새끼야." 아론은 그렇게 말하면서 칼을 머리 위로 치켜들었고, 내 눈에는 힘껏 내려오는 그 칼의 모습이 마지막으로 비쳤다.

카오스 워킹 1

PART 5

26

모든 것의 끝

떨어진다 안 돼 **떨어진다** 안 돼 제발 도와줘 떨어진다 그 칼 그 칼 스패클 스팩족은 죽었어, 스패클은 모두 죽었어 **바이올라** 미안해, 제발, 미안해 그가 창을 갖고 있었어 **떨어진다** 제발 제발 아론이 네 뒤에 있어! 그가 오고 있어! 넌 이제 필요 없어, 이 새끼야 바이올라 떨어진다, 바이올라 이드 스패클 그 비명과 피와 안 돼 **날 본다** 날 바라본다 안 돼 제발 날 바라본다 그가 우릴 죽였을 거야 벤 아저씨 제발 미안해요 아론이야! 달려! **이, 드** 더 많은 그들 우린 여기서 나가야 해 떨어지고 **떨어지고** 진한 피 그 칼 죽었어 달려 난 살인자야 제발 안 돼 **스패클** 바이올라 바이올라 바이올라……

"바이올라!" 비명을 지르려고 했지만 어둠, 그 어떤 소리도 없는 어둠 뿐이었다. 나는 떨어졌고 나는 목소리가 없고……

"바이올라." 다시 한 번 시도해 봤지만 내 폐 속에 물이 차 있었고 배가 아프고 통증이, 통증이……

"아론." 나는 다른 누구도 아닌 내게 속삭였다. "달려, 아론이야."

그리고 난 다시 떨어졌고 어둠이……

…….

…….

"토드?"

…….

"토드?"

만시다.

"토드?"

내 얼굴을 핥는 개의 혓바닥이 느껴졌다. 그렇다면 내 얼굴을 느낄 수 있다는 뜻이니 여기가 어디라는 걸 분간할 수 있다는 의미다. 요란한 소리와 함께 공기가 세차게 밀려 들어왔고, 나는 눈을 떴다.

만시가 바로 내 머리 옆에 서서 양발을 번갈아 올렸다가 내리면서 자신의 입과 코를 초조하게 핥고 있었고, 눈에는 아직도 붕대가 붙어 있었고, 그런데 만시는 온통 흐릿하게만 보였고, 그래서 잘…….

"토드?"

만시를 진정시키기 위해 이름을 부르려고 했지만 나오는 거라곤 기침뿐이었다. 그러자 날카로운 통증이 등 안쪽부터 거세게 솟구쳐 올라왔다. 난 아직도 배를 진창에 깔고 엎드려 있었는데 아론이…….

아론.

아론이 막대기로 내 머리를 후려쳤다. 고개를 들어보려고 하자 눈이 멀 것 같은 통증이 두개골 오른쪽으로 좍 퍼지면서 턱까지 내려와, 거기 누워서 잠시 이를 악물고 지글지글 타오르는 그 고통을 견뎌야 했다. 그러고 나서야 간신히 다시 입을 떼려는 시도를 해볼 수 있었다.

"토드?" 만시가 낑낑거렸다.

"나 여기 있어, 만시." 마침내 입을 열어 중얼거렸지만 그 소리는 마치 내 가슴속에서 뭔가 찐득찐득한 것에 붙들려 있다가 나온 그르렁 소리 같았고, 그러자 다시 기침이 쏟아졌고…….

그것도 기침이 나오는 순간 등 쪽에서 날카로운 통증이 올라와 기침을 뱉다가 그쳐야 했다.

내 등.

또다시 나오려는 기침을 참자 끔찍하게 두려운 느낌이 배에서부터 전신으로 퍼져갔다.

내가 마지막으로 본 건…….

안 돼.

아, 안 돼.

나는 잔기침을 뱉으면서 등의 어떤 근육도 움직이지 않으려고 무진 애를 썼지만 실패했고, 그 무시무시한 고통이 지나갈 때까지 가까스로 살아남았다. 그 후에 다시 날 죽이지 않고 내 입을 움직이는 일에 몰두했다.

"내 몸에 칼이 꽂혀 있니, 만시?" 나는 쉰 목소리로 물었다.

"칼, 토드." 만시는 무척이나 걱정스런 목소리로 짖었다. "등, 토드."

만시가 다시 앞으로 와서 내 얼굴을 핥았다. 나를 조금이라도 낫게 해주려는 개만의 방식이었다. 내가 한 일이라곤 숨을 거칠게 몰아쉬며 1분 동안 꼼짝도 하지 않는 것이었다. 나는 눈을 감고, 내 폐가 이미 빵빵하게 찼다며 불평을 늘어놓더라도 다시 숨을 쉬어서 공기를 몸속으로 불러들였다.

나는 토드 휴잇이다. 그 생각을 했는데 실수였다. 그러자 그 모든 것이 되돌아와 우수수 떨어지며 나를 아래로 끌어내렸다. 그 스패클의 피

와 날 무서워하는 바이올라의 얼굴과 아론이 숲에서 나와 바이올라를
잡아가는 장면이 한꺼번에 다 나와서…….

울음이 터지기 시작했다. 그러자 살아 있는 불길이 내 팔을 지나 등
을 태워 들어가는 듯한 통증이 느껴져 한동안 몸을 움직일 수 없었다.
나는 온몸이 마비된 듯 꼼짝도 하지 않은 채, 그저 그 불길이 나를 다
태우고 지나갈 때까지 고통받아야만 했다.

천천히, 천천히, 천천히 내 몸 아래에 깔려 있는 팔 하나를 꺼내기 시
작했다. 머리와 등이 너무 아파서 1분 정도 기절한 것 같았지만 다시
깨어나 천천히, 천천히, 천천히 손을 위로 뻗어서 내 등 뒤로 가져가,
척척하고 더러운 셔츠 위쪽을 슬금슬금 기어 축축하고 더러운 배낭 쪽
으로 올라갔다. 믿을 수 없겠지만 나는 여전히 그 배낭을 메고 있었다.
나는 배낭에 닿을 때까지 손가락을 계속 움직였다.

칼자루가 내 등 위로 툭 튀어 나와 있었다.

하지만 그렇다면 나는 이미 죽었을 텐데.

분명 죽었을 텐데.

내가 죽었나?

"안 죽었어, 토드. 배낭! 배낭!" 만시가 짖었다.

칼이 내 몸속에 꽂힌 채, 어깨뼈 사이에서 위로 툭 솟아 있었다. 끔찍
한 통증 때문에 이 모든 걸 아주 구체적으로 느낄 수 있었다. 칼은 먼저
배낭을 뚫고 들어가다가, 배낭 속에 있는 뭔가에 걸려 내 몸을 제대로
관통하지 않았다.

그 책.

우리 엄마의 일기장.

나는 손가락으로 다시 그걸 최대한 천천히 만져봤다. 아론이 팔을 들

340   카오스 워킹 1

어서 칼을 내리찍으면서 내 배낭 속에 있는 일기장과 등을 함께 찌르고 들어가, 칼날이 내 몸속 깊이 박히지 않은 것이다.

(스패클의 몸속까지 박힌 것과 다르게.)

나는 다시 눈을 감고 가능한 한 깊게 심호흡을 해보려고 노력했지만 그럴 수가 없었다. 나는 그 칼을 내 손으로 잡을 수 있을 때까지 참고 있다가 숨을 한 번 쉬고 나서 모든 통증이 지나갈 때까지 기다렸다. 그리고 뽑아내려고 해봤다. 그건 세상에서 가장 무거웠다. 나는 다시 기다리면서 숨을 쉰 후에 다시 칼자루를 잡아서 끌어당겼고, 순간 총에 맞은 것처럼 통증이 확 치솟았다. 나는 끝없이 비명을 지르며 칼이 내 등에서 뽑혀 나오는 것을 느꼈다.

족히 1분 동안 헉헉거리면서 또다시 울지 않으려고 애를 쓰는 내내 나는 등에서 뽑아낸 칼자루를 쥐고 있었다. 그 칼은 여전히 일기장과 배낭에 꽂혀 있었다.

만시가 다시 한 번 내 얼굴을 핥았다.

"착하지." 나는 왜 그러는지도 모르면서 그렇게 말했다.

배낭을 내 팔에서 빼는 데 평생이 걸리는 것만 같았다. 마침내 그 칼과 엉망진창이 된 배낭을 옆으로 던져버릴 수 있었는데, 그렇게 해도 일어설 수가 없었다. 내가 다시 기절한 게 분명하다. 왜냐하면 또다시 만시가 내 얼굴을 핥았고, 나는 억지로 눈을 떠서 숨을 쉬려다가 기침을 했으니까.

여전히 그 흙바닥 위에 누워 있는 동안 나는 아론이 찌른 칼이 내 몸속을 그대로 관통해 버렸기를, 나도 그 스패클처럼 완전히 죽었기를 빌었다. 그래서 그 구덩이로 하염없이 떨어져서 아무것도 없는 검은 어둠만 있기를, 더 이상 토드를 비난하거나, 토드가 일을 망치거나, 벤 아저씨를 도와주지 못하거나, 바이올라를 도와주지 못하는 일이 없기를 세상 그 무엇보다 간절히 바랐다. 그렇게 더 이상 아무것도 걱정할 필요가 없기를 바랐다.

하지만 만시가 내 얼굴을 끝도 없이 핥아댔다.

"저리 가." 나는 만시를 밀어내려고 한 팔을 올렸다.

아론은 날 죽일 수 있었다, 아주 쉽게 죽일 수 있었는데.

그 칼날은 내 목, 내 눈, 내 목구멍을 뚫고 들어갈 수 있었다. 그는 내 숨통을 끊어놓을 수 있었는데 그러지 않았다. 그에게는 분명 어떤 의도가 있었다. 그게 분명하다.

시장이 날 찾게 놔두고 간 것일까? 하지만 아론은 왜 군대를 앞질러 왔지? 어떻게 프렌티스 주니어처럼 말도 안 타고 여기까지 올 수 있었을까? 우리를 얼마나 오랫동안 미행했을까?

덤불 속에서 나와 바이올라를 납치해 갈 때까지 얼마나 기다렸을까?

나는 작게 신음을 내뱉었다.

그래서 그가 날 산 채로 버리고 간 것이다. 그가 바이올라를 데려갔다는 걸 내가 알길 원했기 때문에. 그게 그가 이기는 길 아니겠는가? 그렇게 아론은 내가 고통받게 만들었다. 살아서 그가 바이올라를 잡아가는 광경이 영원히 내 소음에 남아 있게 하려고.

새로운 힘이 내 전신을 휩쓸고 지나갔다. 나는 통증을 무시하면서 억지로 일어나 앉아 몸을 앞으로 숙이고 숨을 쉬었다. 마침내 일어나겠다는 생각을 할 수 있을 때까지. 폐에서 덜거덕거리는 소리가 나고 등의 통증 때문에 또다시 사정없이 기침이 터져 나왔지만, 이를 악물고 그 과정을 버텨냈다.

그녀를 찾아야 하니까.

"바이올라." 만시가 짖었다.

"바이올라." 나는 그렇게 말하면서 아까보다 더 세게 이를 악물고 일어서려고 사력을 다했다.

하지만 너무 고통스러웠다. 참을 수 없는 고통이 다리를 움켜쥐어서 다시 진흙 속으로 쓰러져, 전신이 힘껏 비틀리는 듯한 고통 속에서 숨을 쉬려고 안간힘을 썼다. 머리는 띵하고 열이 났다. 소음 속에서 나는 달리고, 달리고, 거대한 허무를 향해 계속 달렸다. 지금 나는 전신이 펄펄 끓으면서 땀이 나는데 소음 속에서는 달리고 있다. 나무들 뒤에서 벤 아저씨의 목소리가 들렸고 아저씨를 향해 달렸고 아저씨가 노래를 불렀다. 내가 잘 때 불러주는 노래, 사나이가 아니라 소년을 위한 노래를 불러주고 있었다. 그걸 듣자 기분이 좋아졌다. 어느 이른 아침 해가 떠오르고 있을 때, 라는 노래였다.

정신이 돌아왔다. 그 노래가 기억났다.

그 노래의 가사는 이렇다.

어느 이른 아침 해가 떠오르고 있을 때,

저 아래 계곡에서 한 아가씨가 날 부르는 소리를 들었지.

"오, 날 속이지 말아요, 오, 날 절대 떠나지 말아요."

나는 눈을 떴다.

날 속이지 말아요. 날 절대 떠나지 말아요.

그녀를 찾아야 한다.

그녀를 찾아야 한다.

나는 고개를 들었다. 하늘에 해가 떠 있었지만 아론이 바이올라를 잡아간 후로 시간이 얼마나 흘렀는지는 알 수 없었다. 그때는 동이 트기 직전이었다. 구름이 좀 끼어 있긴 하지만 이제 날이 훤해졌으니 늦은 오전이거나 이른 오후일 수도 있다. 어쩌면 같은 날이 아닐 수도 있지만 그 생각은 마음속에서 밀어내야 했다. 나는 눈을 감고 소리를 들어보려고 애썼다. 비가 그쳐서 토닥거리는 빗소리는 사라졌고, 들리는 소음이라곤 나와 만시의 것밖에 없었다. 멀리서 숲속에 사는 생물들이 변함없는 일상 속에서 말없이 재잘거리는 소리가 들렸지만, 그건 나와 아무 상관 없는 소리다.

아론의 소리가 들리지 않는다. 바이올라의 침묵도 없고.

눈을 뜨자 바이올라의 가방이 보였다.

아론과 몸싸움을 하다가 떨어진 그것은, 그에겐 아무 쓸모도 없고 관심도 없어서 땅바닥에 팽개쳐져 있었다.

시시하고 유용한 것들로 가득 차 있는 그 가방.

가슴이 사정없이 조여들어서 나는 고통스럽게 기침했다.

도저히 일어날 수 있을 것 같지 않아서 앞으로 기어갔다. 등과 머리 통증에 숨이 턱턱 막혔지만 그래도 계속 기었다. 만시는 그런 나를 걱정하며 내내 "토드, 토드"라고 짖어댔다. 거기까지 기어가는 데 영원과 같은, 우라지게 오랜 시간이 걸렸지만 마침내 도착했다. 그리고 족히 1분 동안 몸을 사정없이 구부린 채 고통을 참아야 했다. 다시 숨을 쉴 수 있게 됐을 때 가방을 열어서 안을 뒤지다가 그 붕대가 들어 있는 상자를 발견했다. 붕대는 하나밖에 안 남아 있었지만 그걸로 때우는 수밖에 없었다. 그다음에 셔츠를 벗는 지난한 과정을 시작해서 수도 없이 멈추고, 수도 없이 숨을 쉬면서 아주 조금씩 벗었다. 마침내 그것은 내 이글이글 타오르는 등을 떠나서 불타오르는 머리 위로 넘어갔다. 피와 진흙이 셔츠 곳곳에 묻어 있었다.

바이올라의 의료 상자에서 메스를 발견해 붕대를 두 개로 잘라 하나를 머리에 대고 제대로 붙을 때까지 누른 후에, 천천히 손을 뒤로 뻗어서 나머지 하나를 등에 붙였다. 인조 세포인지 뭔지 바이올라가 말한 물질이 상처 속으로 기어 들어가서 상처를 아물게 하느라 한동안 더 심해진 통증을 이를 악물고 참아냈다. 약이 효과를 발휘하기 시작하면서 서늘한 기운이 혈관 속으로 흘러 들어왔다. 그 약 기운이 충분히 몸속에 퍼질 때까지 기다렸다가 일어섰다. 처음 일어섰을 때는 걷잡을 수 없이 흔들거렸지만 마침내 가까스로 1분 동안 서 있을 수 있었다.

그 후로 1분이 더 지난 후에 한 발 뗄 수 있었다. 그다음에 또 한 발.

하지만 어디로 가야 하지?

아론이 그녀를 어디로 데려갔는지는 전혀 모른다. 그동안 시간이 얼마나 흘렀는지도 모른다. 지금쯤이면 이미 군대로 돌아갔을지도 모른다.

"바이올라?" 만시가 짖으면서 낑낑거렸다.

"나도 모르겠어, 친구. 내가 생각 좀 해볼게."

붕대들이 그 역할을 다하고 있다 해도 제대로 서 있을 수 없었지만, 최선을 다해 주위를 둘러봤다. 시야 끄트머리에 걸리는 스패클의 시체를 보고 싶지 않아 몸을 돌렸다.

오, 날 속이지 말아요. 날 절대 떠나지 말아요.

나는 한숨을 쉬었다. 이제 어떻게 해야 할지 알았다.

"우리가 할 수 있는 일이 없어. 군대가 있는 곳으로 가야 해." 내가 만시에게 말했다.

"토드?" 만시가 끙끙거렸다.

"우리가 할 수 있는 일이 없다니까." 나는 다시 그렇게 말하고 움직이는 것 외에 다른 생각들은 다 머릿속에서 몰아내 버렸다.

우선 새 셔츠가 필요했다.

나는 스패클을 등지고 배낭을 향해 돌아섰다.

그 칼은 아직도 배낭에 붙은 옷과 책에 박혀 있었다. 정말 그건 건드리고 싶지 않았고, 어지러운 상황에서도 그 책이 어떻게 됐는지 보고 싶지도 않았지만 일단 그 칼을 빼내야 했다. 그래서 발로 배낭을 밟고 있는 힘껏 잡아당겼다. 몇 번을 그렇게 하자 마침내 칼이 빠져나와 땅바닥에 떨어졌다.

나는 젖은 이끼 위에 있는 그걸 봤다. 여전히 피범벅이었다. 대부분 스패클의 피지만 칼날 쪽에 있는 더 밝은 색 피는 내 것이다. 아론이 저 칼로 나를 찔렀을 때 스패클의 피도 내 몸속으로 들어갔는지 궁금했다. 스패클에게서 직접 옮을 수 있는 또 다른 바이러스가 있을지 궁금했다.

하지만 지금은 그런 걸 궁금해하고 있을 시간이 없다.

나는 배낭을 열어서 그 책을 꺼냈다.

책에는 칼 모양의 구멍이 첫 장부터 마지막 장까지 생겨나 있었다. 칼이 굉장히 날카로운 데다 아론의 힘이 무시무시했는지 책은 거의 망가지지 않았다. 첫 장부터 마지막 장까지 칼 모양으로 길게 구멍이 나고 내 피와 스패클의 피로 가장자리에 아주 살짝 얼룩이 졌지만, 그래도 여전히 읽을 만했다.

난 여전히 그걸 읽을 수 있고, 여전히 읽어달라고 할 수 있다.

그럴 자격만 있다면.

나는 그 생각도 밀어내고 깨끗한 셔츠를 꺼냈다. 그런 내내 기침이 나왔다. 다친 곳에 붕대를 붙였는데도 너무 아파서 고통이 가실 때까지 기다려야 했다. 폐가 물로 가득 찬 것 같았고, 마치 강가에 있는 돌멩이들을 가슴 속에 한가득 짊어지고 가는 것 같았지만 어쨌든 새 셔츠를 입고, 내 배낭에서 쓸 만한 것들을 챙기고, 옷 몇 가지와 내 의료 상자를 꺼냈다. 그것들은 프렌티스 주니어나 비에 망가지지 않아서 내 책과 함께 바이올라의 가방에 들어갔다. 이런 몸으로 배낭은 이제 멜 수 없으니까.

그래도 그 질문은 남아 있었다.

어디로 가야 하지?

길을 따라 군대가 있는 곳으로 가야지. 거기가 내가 갈 곳이다.

군대로 가서 어떻게든 바이올라를 구해낼 것이다. 그녀 대신 내가 잡혀가는 한이 있더라도.

그러려면 무장도 안 하고 갈 순 없잖아, 안 그래?

그럼, 그럴 순 없지.

나는 다시 그 칼을 바라봤다. 그것은 마치 아무 특징도 없는 것처럼, 멍청한 소년과는 아주 별개의 존재처럼, 모든 비난을 그걸 사용하는 소년에게 던지는 것처럼 이끼 위에 가만히 놓여 있었다.

난 그걸 만지고 싶지 않았다. 절대로. 다시는 그러고 싶지 않았다. 하지만 난 군대가 있는 곳으로 가야 한다. 나는 젖은 풀잎에 대고 최대한 문질러서 깨끗하게 피를 닦아낸 후에 아직도 허리에 매달고 있는 허리띠의 칼집에 넣어야 한다.

이런 일들을 해야만 한다. 달리 선택의 여지가 없다.

죽은 스패클이 내 시야 가장자리에서 맴돌았지만 나는 칼을 처리하는 내내 고집스럽게 외면했다.

"가자, 만시." 나는 아주 조심스럽게 한쪽 어깨에 바이올라의 가방을 걸면서 말했다.

날 속이지 마. 날 절대로 떠나지 마.

가야 할 시간이다.

"우리가 바이올라를 찾아낼 거야."

나는 야영지를 뒤로하고 큰길이 펼쳐진 방향으로 출발했다. 그냥 계속 가면서 최대한 빨리 그들에게 돌아가는 게 최선이다. 가다 보면 그들이 오는 소리가 들릴 것이고, 그러면 얼른 피해서 그녀를 구해낼 수 있는 방법이 있는지 보면서 궁리해 볼 것이다.

그러자면 그들과 정면 승부를 펼쳐야 할지도 모른다.

한 줄로 늘어선 덤불들을 밀면서 지나가는데 만시가 짖는 소리가 들렸다. "토드?"

나는 돌아서면서 야영지를 보지 않으려 애썼다. "어서 가자니까."

"토드!"

"어서 가자니까. 나 지금 진지하다고."

"이쪽, 토드." 만시는 짖으면서 반밖에 안 남은 꼬리를 흔들었다.

나는 좀 더 돌아서서 만시를 정면으로 봤다. "지금 뭐라고 했어?"

만시는 내가 가던 길과 완전히 다른 방향에 코를 대고 짖었다. "이쪽." 그리고 눈에 붙어 있는 붕대를 한 발로 문질러서 떼버리고, 다친 눈을 가늘게 뜨고 날 바라봤다.

"'이쪽'이라니 그게 무슨 뜻이야?" 가슴에 뭔가 느껴졌다.

만시는 고개를 끄덕이고, 큰길에서 떨어져 있을 뿐만 아니라 군대가 오는 곳과는 정반대 방향으로 앞발을 내밀었다. "바이올라." 만시는 짖으면서 그 자리에서 한 바퀴 돈 후에 다시 그쪽으로 얼굴을 돌렸다.

"너 바이올라 냄새를 맡을 수 있어?" 나는 가슴이 부풀어 오르는 걸 느끼며 물었다.

만시가 그렇다고 짖었다.

"너 개 냄새를 맡을 수 있어?"

"이쪽, 토드!"

"큰길 쪽으로 돌아가는 게 아니야? 군대 쪽이 아니야?"

"토드!" 만시는 내 소음에서 기운이 올라가는 걸 느끼고 자기도 신나서 짖었다.

"너 확실해? 정말 확실해야 한다, 만시. 반드시 그래야 해."

"이쪽!" 만시는 그렇게 짖은 후에 달려서 덤불 속을 지나 군대 쪽으로 가는 길을 벗어나 강과 나란히 있는 길로 달려갔다.

헤이븐을 향해.

그 이유가 뭔지 누가 알겠으며 누가 상관하겠는가만, 바로 그 순간 나는 다친 몸이 허락하는 한 최선을 다해 만시를 쫓아가면서 앞에서 달려가는 만시를 보며 생각했다. 최고다, 정말 세계 최고의 개야.

27

우리는 계속 간다

"이쪽, 토드." 만시가 짖으면서 나를 이끌고 또 다른 바위 모퉁이를 돌아갔다.

스패클 야영지를 떠난 후 주변에 점점 바위가 늘어갔다. 숲은 한두 시간 정도 계속된 오르막을 따라 이어졌고, 이후로는 내리막과 오르막이 반복됐다. 때때로 우리는 달린다기보다는 하이킹을 하듯 가야 했다. 그러던 중 한 언덕의 꼭대기에 오르자 더 많은 언덕들이 내 눈앞에 구불구불 펼쳐졌다. 나무들이 무성하게 자란 몇몇 언덕은 너무 가팔라서 돌아가야 할 것 같았다. 구불구불 이어진 큰길과 강이 그 언덕들을 통과해 오른쪽으로 조금 떨어진 곳에 있었고, 나는 그저 최선을 다해 길과 강이 시야에서 멀어지지 않게 걸어갔다.

머리와 등에 붙인 붕대들이 최선을 다해 나를 붙들고 있다 해도, 한 발자국 한 발자국 디딜 때마다 등과 머리에 어마어마한 충격이 와서 한 번씩 멈춰 서야 했고 또 가끔은 빈속을 게워내야 했다.

하지만 우리는 계속 갔다.

더 빨리. 더 빨리 가라고, 토드 휴잇. 나는 마음속으로 생각했다.

그들은 우리보다 적어도 반나절, 어쩌면 하루하고도 반나절을 일찍 떠났을지 모른다. 그리고 나는 그들이 어디로 가는지, 아론이 거기 도착했을 때 무슨 짓을 할 계획인지도 모르고 있다. 그래서 우리는 그냥 계속 갔다.

"너 확실해?" 나는 만시에게 계속 물었다.

"이쪽." 만시는 계속 짖었다.

이 상황이 도무지 말이 안 되는 게, 우리가 지금 가는 길은 어쨌든 나와 바이올라가 택했을 그 길이었다. 강을 따라 큰길을 계속 피하면서 헤이븐을 향해 동쪽으로 가는 좁은 길. 아론이 왜 거기로 가는지 모르겠고, 왜 군대에서 이탈했는지도 모르겠지만 만시가 맡은 그들의 냄새가 그쪽으로 가고 있으니 우리도 그쪽으로 갔다.

언덕을 오르락내리락하면서 계속 걸어 나무들 사이를 지나가는 동안 시간은 오전에서 오후로 흘러갔다. 평원으로 오면서 잎이 넓직했던 나무들은 좀 더 솔잎 같은 모양으로 변했고, 키도 더 커지고, 화살처럼 날카로워졌다. 만시와 나는 강으로 흘러 들어가는 온갖 종류의 개울과 시내를 훌쩍 뛰어넘었고, 나는 가끔 멈춰서 물병을 채웠다.

나는 아무 생각도 하지 않으려고 애썼다. 그저 앞을 향해, 바이올라를 향해, 바이올라를 찾을 생각만을 하려고 노력했다. 내가 그 스패클을 죽인 후에 바이올라가 어떻게 날 바라봤는지는 생각하지 않으려고 했다. 바이올라가 얼마나 날 무서워했는지, 혹은 내가 그녀를 해칠까봐 어떻게 나를 피했는지는 생각하지 않으려 했다. 아론이 그녀를 잡으러 왔는데 나는 아무 쓸모가 없었을 때 얼마나 무서웠을지도 생각하지 않으려 했다.

그리고 그 스패클의 소음과 그 안에서 풍긴 두려움, 단지 물고기를 잡으며 살아간다는 이유만으로 어이없이 살해됐을 때 얼마나 놀랐을지 생각하지 않으려 했다. 내 칼날이 그의 몸속에 들어가 으드득 소리를 냈을 때 내 팔에 전해지던 느낌, 그의 진하고 붉은 피가 흘러나왔을 때 쏟아져 나온 그의 당혹감, 그가 죽었을 때 어떤 느낌이었는지 생각하지 않으려 안간힘을 썼다.

그건 생각하지 않았다.

우리는 가고, 또 갔다.

오후가 지나 이른 저녁이 됐는데 숲과 언덕들은 여전히 끝이 없어 보였을 때, 또 다른 문제가 생겼다.

"먹을 거, 토드?"

"남은 게 하나도 없어. 내가 먹을 것도 없다." 흙먼지를 일으키며 만시와 함께 비탈길을 내려가면서 내가 대답했다.

"먹을 거?"

마지막으로 요기를 한 게 언제였는지, 제대로 잠을 잔 게 언제였는지 알 수 없었다. 기절한 건 잠으로 칠 수 없고.

내가 사나이가 될 때까지 며칠이나 남았는지도 잊어버렸지만 너무나 멀게 느껴지긴 했다.

"다람쥐!" 만시가 갑자기 짖어대면서 잎이 뾰족한 나무와 그 너머에 무성하게 자라 있는 고사리 주위를 법석을 떨며 돌아다녔다. 다람쥐는 보이지도 않았지만 **빙글빙글 도는 개**와 "다람쥐!"와 **빙글 빙글 빙글……** 소리가 들리다가 갑자기 뚝 그쳤다.

만시가 털에 윤기가 흐르고 축 늘어진 다람쥐 한 마리를 입에 물고 뛰쳐나왔다. 늪지에 있는 다람쥐들보다 훨씬 크고 털빛이 진한 갈색이었다. 만시는 내 앞 땅바닥에 다람쥐를 떨어뜨렸다. 연골이 다 보이는 피범벅 덩어리가 털썩 소리를 내며 떨어지자 갑자기 허기가 싹 가셨다.

"먹을 거?" 만시가 짖었다.

"난 괜찮아, 만시. 너 다 먹어." 나는 그 다람쥐를 외면하면서 말했다.

나는 비정상적으로 땀을 많이 흘리면서 만시가 먹이를 다 먹어치우는 동안 물을 아주 많이 마셨다. 우리 주위에 작은 각다귀들이 구름처럼 떼 지어 몰려드는 바람에 계속 놈들을 쳐서 쫓아야 했다. 나는 다시 기침을 하면서 등과 머리의 통증을 무시했다. 만시가 다 먹고 갈 준비가 됐을 때, 몸이 조금 휘청거렸지만 다시 길을 떠났다.

계속 움직여, 토드 휴잇. 계속 가는 거야.

나는 감히 잠들려 하지 않았다. 아론이 자지 않을지도 모르니 나도 잘 수 없었다. 계속 그렇게 가는 동안 가끔 나도 모르는 사이에 구름들이 하늘 위로 지나갔고, 두 개의 달이 뜨고, 별들도 몇 개 보였다. 나는 낮은 언덕 밑으로 내려와서 한 무리의 동물들을 겁주면서 그들 사이를 가로질러 갔다. 사슴처럼 보였지만 프렌티스타운에서 본 것들과 뿔 모양이 다른 그 동물들은, 내가 자신들을 봤다는 사실을 알아차리자마자 나와 멍멍 짖어대는 만시를 피해 나무 사이로 달아나 버렸다.

우리는 한밤중에도 쉬지 않고 계속 걸어갔다(이제 24일 남았나? 아니면 23일?). 우리는 그 어떤 소음이나 다른 정착지의 소리도 듣지 못한 채 하루 내내 걸었다. 어쨌든 다른 정착지는 보이지 않았고, 잠시 강과 큰길이 보일 만큼 가까이 갔을 때도 그랬다. 하지만 숲이 울창한 또 다른 언덕 꼭대기에 도착해 달들이 우리 머리 위에 떴을 때 마침내 사람들의 소음이 굉음처럼 또렷하게 들렸다.

우리는 멈춰 서서 한밤중이었는데도 쭈그려 앉았다.

나는 언덕 꼭대기에서 아래쪽을 내려다봤다. 달들이 높게 떠 있었고 언덕 맞은편의 빈터에 긴 오두막 두 채가 있었다. 그 중 한 채에서 잠자는 남자의 소음이 중얼거렸다. *좋리아? 말을 탄, 그렇지 않다고 그에게 말해, 아침에 강 상류에.* 무슨 뜻인지 도통 모를 말들이었다. 꿈을 꿀 때 나오는 소음은 소음 중에서도 가장 기이하니 당연하다. 또 다른 오두막집에서는 듣는 사람의 마음을 미어지게 하는 여자들의 침묵이 흘러나왔다. 여기서도 느낄 수 있을 정도였다. 남자들은 한쪽 오두막집에 있고, 여자들은 다른 오두막집에 있었다. 그것이 수면 문제를 해결하는 한 가지 방식인 듯했다. 여자들 쪽에서 흘러나오는 침묵을 접하자 바이올라가 생각나서 쓰러지지 않기 위해 잠시 나무에 몸을 기대야 했다.

하지만 사람들이 있는 곳에 음식이 있는 법.

"우리가 여길 잠시 벗어난다 해도 다시 원래 길을 찾아올 수 있겠어?" 나는 기침을 참으면서 만시에게 속삭였다.

"길 찾아." 만시는 심각하게 짖었다.

"확실해?"

"토드 냄새. 만시 냄새." 만시가 짖었다.

"그럼 우리가 가는 동안 조용히 해야 해." 우리는 나무와 덤불 사이를 조용조용 지나 살금살금 언덕을 내려와, 마침내 작은 계곡 밑에 도착했다. 우리 위에 사람들이 잠들어 있는 오두막집이 서 있었다.

세상으로 퍼져나가는 내 소음이 들렸다. 뜨겁고 퀴퀴한 것이 마치 내 옆구리로 사정없이 쏟아지는 땀 같았다. 나는 탬처럼 내 소음을 회색으로 조용하고 평탄하게 유지하려고 노력했다. 탬은 프렌티스타운에 있는 그 어떤 남자보다 자신의 소음을 아주 잘 통제했는데…….

그러자마자 뽀록나 버렸다.

프렌티스타운? 남자들의 오두막집에서 바로 그 소리가 들렸다.

우리는 그 자리에서 멈춰 섰다. 어깨에서 힘이 쑥 빠져버렸다. 내게 들리는 소리는 여전히 꿈을 꾸면서 흘러나온 소음이지만, 그 말이 잠자는 남자들 사이에서 마치 계곡에 울려 퍼지는 메아리처럼 퍼져갔다. 프렌티스타운? 프렌티스타운이라고? 프렌티스타운? 마치 그 말이 무슨 뜻인지 모르듯 그렇게 퍼져갔다.

하지만 모두 잠에서 깨면 알 것이다.

바보.

"가자." 나는 그렇게 말하고 돌아서서 우리가 왔던 길로 다시 돌아가기 시작했다.

"먹을 거?" 만시가 짖었다.

"어서 가자."

그렇게 먹을 음식은 하나도 구하지 못한 채 우리는 밤새 최선을 다해 빨리 움직였다.

더 빨리, 토드. 그 망할 놈의 몸뚱이를 움직이란 말이야.

우리는 가고, 또 가고, 언덕들을 올라가고, 가끔은 풀을 움켜쥐면서 내 몸을 끌어 올리고, 언덕을 내려가고, 또 가끔은 균형을 잃지 않으려고 바위에 매달리면서 갔다. 그들의 냄새는 걷기 쉬워 보이는 곳, 예를 들어 큰길 옆의 평평한 부분이나 강둑 같은 곳은 잘도 피했다. 기침이 계속 나왔고, 가끔은 발을 헛디디면서 가다 보니 해가 뜨기 시작했을 때는 더 이상 걸을 수가 없었다. 다리가 푹 꺾이면서 저절로 주저앉게 되는, 정말 더 이상 걸을 수 없는 순간이 왔다.

정말 어쩔 수 없이 앉아야 했다.

(미안.)

등이 아프고, 머리도 아프고, 계속 땀을 흘려서 몸에서 지독한 냄새가 나고, 너무 배가 고파서 정말 나무 밑동에 잠시 기대앉아야 했다. 아주 잠깐만 그럴게. 미안해, 미안, 미안해.

"토드?" 만시가 중얼거리면서 다가왔다.

"난 괜찮아."

"뜨거워, 토드." 내가 뜨겁다는 말이었다.

기침을 하자 폐에서 마치 바위들이 언덕을 굴러 내려오는 듯한 소리가 났다.

일어나, 토드 휴잇. 그 빌어먹을 엉덩이 들고 계속 가란 말이야.

나도 모르게 정신이 흐려지고 있었다. 어쩔 수 없었다. 바이올라 생각에 집중하려고 했지만 내 마음은 어느새 훌쩍 달아나 버렸다. 나는 작고 아파서 침대에 누워 있었다. 내가 정말 아파서 벤 아저씨가 내 방에 계속 머물러 있었다. 내가 열이 나서 헛것들, 끔찍한 것들, 빛을 받아 일렁이는 벽들, 거기 없는 사람들, 벤 아저씨에게서 날카로운 이빨들과 팔이 하나 더 자라는 등 온갖 것들을 보았기 때문이다. 내가 비명을 지르며 벤 아저씨를 피해 움츠러들자 아저씨는 계속 내 옆에서 노래를 부르며 찬물을 주고 약을 꺼내서……

약.

벤 아저씨가 내게 약을 주고 있다.

다시 정신이 들었다.

나는 고개를 들고 바이올라의 가방을 뒤져서 다시 그녀의 의료 상자를 꺼냈다. 그 안에 온갖 종류의 알약이, 너무 많이 있었다. 작은 곽마다 위에 뭐라고 쓰여 있었지만 무슨 소린지 도무지 이해할 수 없었고, 그렇다고 만시를 기절시킨 진통제를 먹는 위험을 감수할 수도 없었다.

나는 내 의료 상자를 열었다. 바이올라의 것만큼 좋진 않지만, 아무리 조잡하더라도 집에서 만들어서 적어도 진통제인 걸 알고 있는 하얀 알약들이 있었다. 나는 알약 두 개를 씹어 삼킨 후에 다시 두 개를 더 먹었다.

일어나, 이 아무짝에도 쓸모없는 새끼야.

나는 일어나 앉아 잠시 숨을 몰아쉬면서 계속 잠이 들려는 나 자신과 싸우고, 싸우고, 또 싸우면서 약 효과가 나타나길 기다렸다. 멀리 있는 언덕 꼭대기에서 해가 조금씩 드러나기 시작하는 사이에 기분이 조금 나아진 것 같았다.

정말 그런지는 모르겠지만 달리 선택의 여지가 없었다.

일어나, 토드 휴잇. 어서 빌어먹을 **계속 가란 말이야!**

"오케이." 나는 거칠게 숨을 쉬면서 두 손으로 무릎을 문질렀다. "어느 쪽이야, 만시?"

우리는 계속 갔다.

그 냄새가 전처럼 큰길을 피하고, 멀리서 보일지도 모르는 모든 건물을 피하면서도 항상 앞을 향해, 헤이븐을 향해 우리를 이끌었다. 왜 그렇게 가는지는 아론만 알겠지. 오전도 중반에 이르렀을 때 강으로 흘러내려가는 또 다른 작은 시내가 나왔다. 악어들이 있기엔 정말 너무 작았지만 그래도 한번 확인해 보고 물병을 채웠다. 만시가 물속으로 첨벙첨벙 들어가 강물을 할짝할짝 핥았고, 그 안에서 유유히 헤엄치면서 그의 털을 살짝살짝 물어대는 작은 황동색 물고기들을 잡으려다가 계속 실패했다.

나는 무릎을 꿇고 앉아서 얼굴에 흐르는 땀을 좀 씻어냈다. 물이 따귀를 갈기는 것처럼 섬뜩하게 차가워서 잠이 조금 깼다. 우리가 그들을 얼마나 따라잡았는지 알았으면 좋겠다. 그들이 얼마나 멀리 앞서갔는지 알고 싶었다.

그리고 아론이 우리를 결코 찾아내지 못했으면 좋았을 것이라고 생각했다.

그리고 그가 애초에 바이올라를 찾아내지 못했으면 좋았을 거라고 생각했다.

그리고 벤과 킬리언 아저씨가 내게 거짓말을 하지 않았으면 좋았을 거라고 생각했다.

그리고 벤 아저씨가 지금 여기에 있었으면 싶었다.

그리고 내가 프렌티스타운에 다시 돌아간다면 얼마나 좋을까, 생각했다.

나는 다시 쪼그리고 앉아 쉬면서 해를 올려다봤다.

아니, 아니, 그렇지 않아. 프렌티스타운에 다시 돌아가고 싶지는 않다. 더 이상은 아니다.

그리고 아론이 그때 바이올라를 찾아내지 않았더라면 내가 그녀를 찾아내지 못했을 것이고, 그것도 좋지 않다.

"가자, 만시." 나는 가방을 다시 집으려고 돌아서면서 말했다.

그때 그 거북이를 봤다. 그것은 바위 위에서 햇볕을 쬐고 있었다.

내 몸이 그대로 굳어버렸다.

이런 종류의 거북이는 처음 봤다. 날카로운 바위 같은 껍데기 양쪽에 진한 붉은색 줄이 세로로 하나씩 있었다. 거북이는 최대한 햇볕을 쬐려고 껍데기를 활짝 벌려서 부드러운 등살을 모조리 드러내고 있었다.

거북이는 먹을 수 있다.

거북이는 그저 **아아아아아아아** 소음을 길게 내며 햇볕 아래서 숨을 내쉬고 있었다. 우리는 별로 신경 쓰지 않는 것처럼 보였다. 아마 우리가 다가가면 껍질을 제꺽 닫아버리고 우리보다 빨리 물속으로 뛰어들 수 있다고 생각해서 그럴 것이다. 설사 거북이를 제때 잡는다 해도 껍질을 다시 벌려서 살을 먹을 수는 없을 것이다.

그걸 죽일 칼이 있지 않는 한.

"거북이!" 만시가 짖었다. 그러면서 계속 뒤로 물러났다. 우리가 아는 늪지에 사는 거북들은 개 한 마리 정도는 쫓아가서 덥석 물어버릴 수 있을 정도로 무섭기 때문이다. 하지만 저 거북이는 그냥 저기 앉아서 우리를 본체만체하고 있다.

나는 칼을 빼기 위해 등 뒤로 손을 뻗었다.

중간쯤 뻗었을 때 어깨뼈 사이에서 통증이 느껴졌다.

나는 멈추고 숨을 들이마셨다.

(스패클, 통증, 좌절.)

시냇물을 힐끗 내려다보자 내 모습이 비쳤다. 까치집 같은 머리 한쪽을 붕대가 가로질렀고, 늙은 양보다 더 꾀죄죄했다.

한 손은 칼을 잡으려고 하고 있는데.

(붉은 피, 두려움, 두려움, 두려움.)

나는 뻗던 손을 멈췄다.

그리고 내렸다.

나는 일어섰다. "가자, 만시." 나는 거북이는 보지도 않고, 그 소음을 듣지도 않았다. 만시는 거북이를 향해 몇 번 더 짖었지만 나는 이미 시내를 건너고 있었다. 그렇게 우리는 계속 가고, 가고, 또 갔다.

그러니까 나는 사냥을 할 수 없다.

그리고 마을들 근처에도 갈 수 없다.

바이올라와 아론을 조만간 찾아내지 못하면 기침하다가 죽든가 굶어 죽을 것이다.

"잘됐네." 나는 혼잣말을 했다. 할 수 있는 한 빨리 가는 것 외에 할 일이 없었다.

아직도 느려, 토드. 빌어먹을 그 발을 빨리 움직이란 말이야, 이 멍청아.

오전이 또다시 정오가 됐고, 정오가 다시 오후가 됐다. 나는 약을 더 먹고, 계속 만시와 함께 갔다. 아무것도 먹지 않고, 쉬지도 않고, 그냥 전진, 전진, 전진. 길이 다시 내리막이 됐으니 적어도 그건 다행이었다. 아론의 냄새가 큰길 가까이로 이동했지만, 내 몸 상태가 너무 형편없어서 가끔씩 멀리서 소음이 들려도 고개조차 들지 않았다.

아론의 소음도 아니고 바이올라의 침묵도 아니었으니 뭐 하러 귀찮게 신경을 쓰겠나?

오후가 또다시 밤이 됐을 때 가파른 언덕을 내려오다가 그만 내가 떨어져 버렸다.

갑자기 다리가 쭉 미끄러졌는데 재빨리 몸의 중심을 잡지 못하는 바람에 언덕 아래로 쭉 떨어졌다. 덤불에 부딪치며 가속이 붙는 사이에 등이 찢어지는 느낌이 들었다. 손을 뻗어서 멈춰보려고 했지만 뭔가를 잡기에는 내 손이 너무 느렸다. 그래서 계속 나뭇잎들과 풀을 따라 죽죽 미끄러지다가, 뭔가 단단한 것에 쿵 소리를 내며 부딪쳐 공중으로 붕 솟았다가 다시 떨어지면서 땅바닥에 어깨를 부딪혔다. 고통에 어깨가 후끈 달아올라 절로 비명이 나왔지만 내 몸은 계속 떨어졌고, 마침내 언덕 밑에 있는 검은 딸기나무 덤불까지 미끄러져 또다시 쿵 소리를 내며 덤불을 들이받았다.

"토드! 토드! 토드!" 만시가 나를 따라 달려 내려오며 소리를 질렀지만 내가 할 수 있는 것이라곤 또다시 고통을 참는 것뿐이었다. 또다시 피로가 몰려왔고, 폐에 들어찬 찐득찐득한 물질과 배 속을 갉아먹는 허기와 함께 사방에서 덤불이 내 몸을 할퀴어 댔다. 조금이라도 기운이 남아 있다면 울음을 터트렸겠다는 생각이 들었다.

"토드?" 만시가 짖으면서 내 주위를 빙빙 돌며 어떻게든 내가 들이받은 덤불숲 속으로 들어올 길을 찾아보려고 애썼다.

"잠깐만 기다려." 나는 그렇게 말하고는 땅바닥에 두 손을 짚고 몸을 조금 위로 밀어 올렸다. 그런 후에 몸을 앞으로 기울이다가 그대로 얼굴을 바닥에 찧고 말았다.

일어나. 일어나, 이 쓰레기야. 일어나라고!

"배고파, 토드. 먹어. 먹어, 토드." 만시는 내가 배고프다는 말을 하고 있었다.

나는 두 손으로 땅바닥을 짚고 몸을 일으키면서, 계속 기침을 하며, 폐에서 나온 찐득찐득한 것들을 뱉어냈다. 이제 적어도 무릎은 꿇을 정도로 일어났다.

"먹을 거, 토드."

"나도 알아. 나도 안다고."

어지러워서 다시 땅바닥에 머리를 대야 했다. "잠깐만 기다려. 잠깐만." 나는 바닥에 떨어져 있는 나뭇잎들에 대고 말했다.

그리고 다시 기절했다.

얼마나 오랫동안 기절했는지 모르겠지만 만시의 짖는 소리에 깼다. "사람들! 사람들! 토드, 토드, 토드! 사람들!" 만시가 계속 짖어댔다.

나는 눈을 떴다. "어떤 사람들?"

"이쪽. 사람들. 먹을 거, 토드. 먹을 거!" 만시가 짖었다.

나는 얕은 숨을 들이쉬면서 내내 기침을 했다. 그러다가 겨우 천근만근 무거운 몸을 들고 덤불을 밀어내며 반대편으로 나와서 고개를 들어 주위를 둘러봤다.

나는 큰길 바로 옆의 배수로에 있었다. 저 앞 왼쪽에서 한 줄로 움직이는 수레들이 보였다. 황소와 말이 끄는 수레들이 모퉁이를 돌아 사라지고 있었다.

"도와줘요." 내가 말했지만 내 목소리는 숨소리처럼 너무 작았다.

일어나.

"도와줘요." 다시 불렀지만 그래 봤자 혼잣말하는 정도밖에 되지 않았다.

일어나.

다 끝났다. 더 이상 일어설 수 없다. 나는 더 이상 움직일 수 없다. 다 끝났다.

일어나.

하지만 이제 다 끝났다.

마지막 수레가 모퉁이 너머로 사라졌고 수레의 행렬도 끝났다.

……포기해.

나는 머리를 숙여서 길바닥에 댔다. 모래와 조약돌들이 뺨을 찔러댔다. 오한이 온몸을 흔들어서 옆으로 누워 몸을 웅크리고는 두 다리를 가슴에 붙이고 눈을 감았다. 나는 실패하고 또 실패했다. 제발 어둠이 날 삼켜주길, 제발, 제발, 제발…….

"거기 너냐, 벤?"

나는 눈을 떴다.

윌프였다.

28

뿌리들의 냄새

"너 괜찮냐, 벤?" 월프는 그렇게 물으면서 겨드랑이에 한 팔을 끼워서 내가 일어설 수 있도록 도와줬다. 그렇지만 나는 몸을 일으킬 수도, 머리를 들고 있을 수도 없었다. 그래서 그의 다른 손이 내 또 다른 팔 밑으로 들어오는 걸 가만히 느끼고만 있었다. 그래도 내가 움직이지 못하자 월프는 아예 나를 통째로 들어서 어깨에 둘러멨다. 그가 수레로 가는 동안 나는 그의 다리 뒤쪽만 멍하니 내려다봤다.

"건 뉘여, 월프?" 그렇게 묻는 여자 목소리가 들렸다.

"벤이여. 상태가 영 안 좋아 보여."

월프가 자신의 수레 뒤쪽에 나를 내려놓았다. 거기에는 가죽으로 덮인 꾸러미들과 박스들이 얼기설기 모여 있고 가구 몇 점과 커다란 바구니들이 쌓여 있었는데, 너무 많아서 몇 개는 굴러떨어져 있었다.

"너무 늦었어요. 다 끝났어요." 내가 말했다.

여자가 앉아 있던 마부석 옆자리에서 일어나 수레 뒤쪽으로 걸어와서 날 보기 위해 내 옆으로 올라왔다. 그 여자는 어깨가 넓은 듬직한 몸

집에 해진 드레스를 입고, 머리는 산발이었다. 입가에 주름이 깊게 파였고, 목소리는 쥐새끼가 찍찍거리는 것처럼 날카로웠다. "뭐가 끝났다는 거여, 아가?"

"그 애가 가버렸어요. 그 애를 잃었어요." 그 말을 하는데 턱이 일그러지면서 목이 멨다.

그때 차가운 손이 내 이마에 닿는 게 느껴졌다. 기분이 너무 좋아서 그걸 잡고 꾹 눌렀다. 여자가 손을 빼면서 월프에게 말했다. "열나."

"그려." 월프가 대꾸했다.

"습포제를 만드는 게 좋겠어." 그 여자는 그렇게 말하고 배수로로 들어가는 것 같았다. 도무지 말이 안 되는 소리기는 하지만.

"힐디는 어딨냐, 벤?" 월프는 나와 눈을 맞추려고 애쓰면서 말했다. 내 눈은 온통 눈물이 고여서 그를 보는 것마저도 힘들었다.

"걔 이름은 힐디가 아니에요."

"나도 알어. 하지만 네가 그렇게 불렀잖어."

"그 애는 떠났어요." 그렇게 말하는 내 눈에 눈물이 가득 찼다. 다시 내 머리가 앞으로 수그러졌다. 월프가 내 어깨에 한 손을 대고 힘주어 잡는 게 느껴졌다.

"토드?" 길에서 조금 떨어진 곳에서 만시가 머뭇거리며 짖는 소리가 들렸다.

"나도 벤이 아니에요." 나는 여전히 고개를 들지 못한 채 월프에게 말했다.

"나도 알어. 하지만 우리는 널 그렇게 부르마."

나는 고개를 들어 월프를 바라봤다. 그의 얼굴과 소음은 내 기억대로 여전히 어수룩했다. 하지만 내가 영원히 명심해야 할 교훈은 한 사람의 마음을 안다고 그 사람을 다 아는 건 아니라는 점이다.

월프는 더 이상 아무 말도 하지 않고 다시 수레 앞으로 돌아갔다. 그 여자는 두 손에 지독한 냄새가 나는 누더기 하나를 들고 돌아왔다. 여러 가지 뿌리와 진흙과 역겨운 약초 냄새가 코를 찔렀지만 나는 너무 지친 나머지 그 여자가 그걸 내 이마, 아직도 내 머리 옆에 붙어 있는 붕대 위로 둘러매게 내버려 뒀다.

"이러면 열이 내릴 겨." 그 여자가 다시 수레에 올라타면서 말했다. 월프가 황소들의 고삐를 잡아채는 순간 우리의 몸이 앞으로 조금 쏠렸다. 여자는 눈을 크게 뜬 채 흥미로운 소식을 찾는 것처럼 내 눈을 들여다봤다. "너도 군대를 피해 도망치고 있는 겨?"

내 옆에 있는 그녀의 침묵 때문에 바이올라 생각이 너무 나서 나는 그녀에게 기대지 않으려고 사력을 다했다. "그런 셈이죠."

"느그가 월프에게 그걸 일러줬지? 너랑 여자애가 월프에게 군대 이야기를 한 거 아녀. 사람들에게 말하라고, 도망쳐 뿌려야 한다고, 그랬지?"

나는 고개를 들어 그녀를 바라봤다. 냄새나는 물이 갈색 뿌리에서 내 얼굴로 줄줄 흘러내리고 있었다. 나는 고개를 돌려서 앞에서 수레를 몰고 있는 월프를 바라봤다. 그는 내가 보는 소리를 들었다. "사람들이 월프 말을 들었어." 그가 말했다.

나는 고개를 들어서 앞에 뻗은 큰길을 바라봤다. 우리 수레가 모퉁이를 돌았을 때 또다시 오랜 벗이자 적처럼 오른쪽에서 세차게 흐르는 강물 소리가 들렸고, 그뿐 아니라 우리 앞에서부터 적어도 다음번 모퉁이까지 수레들이 한 줄로 늘어선 광경을 볼 수 있었다. 수레들은 월프의 것처럼 사람들의 소지품으로 가득 차 있었고, 다양한 행색을 한 사람들이 수레 위에서 자기 물건들이 밑으로 떨어지지 않게 꽉 잡고 있었다.

그것은 포장마차 행렬이었다. 윌프가 그 긴 행렬의 맨 끝에 있었다. 남자들과 여자들과 내 이마를 묶은 그 냄새나는 것 사이로 희미하게 아이들까지 보이는 것 같았다. 그들의 소음과 침묵이 한데 어울려 허공에 둥둥 떠다니며 오락가락했다.

군대란 말이 많이 들렸다. 군대, 군대, 군대.

저주받은 마을도.

"브로클리 폴스 사람들?" 내가 물었다.

"바 비스타에서도 왔어." 여자가 먼저 머리를 끄덕이며 말했다.

"딴 마을들도 왔고. 소문이 강과 길을 따라 날아왔어. 저주받은 마을의 군대가 오고 있는디 그게 계속 커진다고. 남자들이 무기를 들고 거기 들어가고 있다고."

오면서 커지고 있다니.

"사람들 말로는 수천 명에 달한다더라." 여자가 말했다.

윌프가 콧방귀를 뀌었다. "여기서 그 저주받은 마을까지 사람들이 천명도 안 돼."

여자가 입술을 삐죽거렸다. "내 말은 사람들이 그러더라는 거여."

나는 우리 뒤의 텅 빈 길을 돌아봤다. 만시가 조금 떨어진 곳에서 헐떡거리며 뛰어오고 있었다. 그러자 이반이 기억났다. 파브랜치의 헛간에서 나랑 같이 일한 그 남자는 내게 역사에 대한 감정이 다 같은 건 아니라고 말했다. 그러니까 프렌…… 우리 마을을 아직까지 지지하는 사람들이 있다는 소리군. 수천 명은 아니겠지만 아무튼 계속 불어나고 있다고. 행군하면서 계속 그렇게 늘다 보면 언젠가는 아무도 맞설 수 없을 만큼 커지는 거 아니야?

"우린 헤이븐으로 가는 중이여. 거기 사람들이 우릴 보호해 줄 거여." 여자가 말했다.

"헤이븐." 나는 혼잣말로 중얼거렸다.

"거기에 소음병 치료제가 있다는 말도 있더라고. 그거야말로 한번 보고 싶구먼." 여자는 그렇게 말하고 혼자 호탕하게 웃어젖히면서 자신의 허벅지를 철썩 내리쳤다. "아니면 한번 들어보던가."

"기기에 스패클도 있어요?" 내가 물었다.

그 여자가 놀란 얼굴로 나를 돌아봤다. "스패클은 사람들 가까이 오지 않아. 이젠 안 온당께. 전쟁 끝난 후로는 안 그러지. 스패클은 지들끼리 있고 우린 우리끼리 있고, 그래야 평화가 유지되는 거여." 마지막 말은 외워서 하는 말처럼 들렸다. "어쨌든 남은 스패클도 거의 없어."

"난 가야겠어요." 나는 손을 바닥에 짚고 일어나려고 애썼다. "그 애를 찾아야 해요."

그래 봤자 균형을 잃고 수레 밖으로 굴러떨어지고 말 뿐이지만. 여자가 윌프에게 멈추라고 소리 지른 후에 둘이 힘을 합쳐서 다시 나를 수레에 태웠다. 그 여자는 만시도 태웠다. 두 사람은 박스를 몇 개 치워서 자리를 만들어 나를 눕혔고, 윌프가 다시 수레를 움직였다. 이번에는 황소들에게 고삐를 조금 더 세게 때렸고, 수레가 아까보다 빨리 움직이는 게 느껴졌다. 적어도 내가 걷는 것보다는 빠르게.

"먹어라. 먹기 전까진 아무 데도 못 가." 그 여자가 내 눈앞에 빵을 갖다 대면서 말했다.

나는 빵을 받아서 한 입 먹고 난 후에 나머지를 걸신들린 듯이 먹어 치우느라 만시에게 좀 떼어줄 생각조차 못 했다. 여자가 빵을 더 꺼내서 우리 둘에게 나눠주면서 눈을 동그랗게 뜨고 내가 먹는 모습 하나하나를 지켜봤다.

"고맙습니다."

"난 제인이여." 그녀는 당장이라도 뭔가 말하고 싶어 죽겠는 사람처럼 여전히 눈을 동그랗게 뜨고 있었다. "너 그 군대 봤어? 네 눈으로 직접?"

"봤어요. 파브랜치에서."

그녀는 숨을 헉 들이마셨다. "그러니까 그게 사실이네." 내게 묻는 게 아니라 그냥 혼잣말이었다.

"내가 사실이라고 했잖여." 윌프가 앞에서 말했다.

"그놈들이 사람들 머리를 베고 눈알을 끓인다고 들었는디."

"제인!" 윌프가 톡 쏘아붙였다.

"난 그냥 하는 말이여."

"그들은 사람을 죽이고 있어요. 그것만으로도 끔찍하죠." 내가 낮은 목소리로 말했다.

제인이 내 얼굴과 소음을 열심히 훑어봤지만, 그 후에 한 말이라고는 "윌프가 너에 대해 다 말해줬어" 뿐이었다. 무슨 생각으로 미소를 짓고 있는지 당최 그 속을 알 수 없었다.

내 이마에 묶은 누더기에서 떨어진 물방울 하나가 입속으로 들어가는 바람에 나는 구역질을 하면서 침을 뱉다가 다시 기침을 했다. "이게 뭐예요?" 나는 손으로 그 누더기를 누르다가 그 끔찍한 냄새에 움찔하고 놀라면서 물었다.

"습포제지. 열하고 학질에 좋아."

"냄새가 무시무시해요."

"사악한 냄새가 사악한 열을 끄집어내는 법이여." 제인은 마치 모두가 아는 교훈을 이야기하는 것처럼 말했다.

"사악하다고요? 열은 사악하지 않아요. 그냥 열일 뿐이지."

"그려. 그리고 이 습포제는 열을 내려줘."

나는 제인을 빤히 쳐다봤다. 날 집요하게 쳐다보는 제인의 큰 눈을 보자 마음이 조금 불편해졌다. 아론이 상대가 꼼짝 못 하게 두 주먹을 휘둘러 가면서 설교하며 다시는 나오지 못할 구덩이로 몰아넣을 때 그런 표정을 짓곤 했다.

이건 미친 사람의 표정이야. 나는 깨달았다.

이 생각을 하지 않으려고 애썼지만 제인은 그걸 들었다는 어떤 내색도 하지 않았다.

"난 가야 해요. 음식과 습포제를 주서서 고맙습니다만 가야 해요." 내가 다시 말했다.

"이 숲에선 혼자 나다니면 안 돼. 이 숲은 위험해, 엄청 위험하다니까." 제인은 눈도 깜박이지 않고 날 빤히 바라보며 말했다.

"위험하다니 무슨 뜻이죠?" 나는 제인에게서 조금 뒤로 물러나면서 말했다.

"저 위쪽에 있는 마을들." 그렇게 말하면서 제인은 지금보다 눈을 더 크게 뜨고 미소까지 지었다. 얼른 말해주고 싶어서 좀이 쑤시는 것 같은 표정이었다. "다들 홱 돌아버렸어. 소음 때문에 정신을 놔버렸단다. 소문에 모두 가면을 쓰고 있다고 하더라고. 아무도 자기 얼굴을 볼 수 없게 말이여. 또 어떤 마을 사람들은 아무것도 안 하고 하루 종일 노래만 부른대. 그게 다 미쳐서 그렇다네. 또 어떤 마을은 모든 벽이 다 유리로 되어 있는 데다 모두 빨가벗고 있다고 하더만. 소음에는 비밀이란 게 없으니까 말이여, 안 그러냐?"

제인이 내게 좀 더 바짝 다가와 앉자 그녀의 입 냄새가 풍겨왔다. 내 이마에 묶은 누더기보다 더 끔찍했다. 그리고 그녀의 모든 말 뒤에서 침묵을 느낄 수 있었다. 어떻게 이럴 수가 있지? 어떻게 침묵 속에 이렇게 시끄러운 소리들을 담고 있을 수 있을까?

"사람들은 소음 속에서도 비밀을 가지고 있을 수 있어요. 온갖 종류의 비밀들을 간직한다고요." 내가 말했다.

"걔 좀 그냥 내버려 둬." 윌프가 앞에서 말했다.

순간 제인의 얼굴이 축 늘어졌다. "미안하다." 그녀는 조금 마지못해 하며 사과했다.

이 지독한 냄새가 나는 누더기가 효과를 발휘한 건지 아니면 배 속에 들어간 음식 덕분인지, 나는 기운이 나는 걸 느끼며 허리를 조금 더 세워서 일어나 앉았다.

우리 수레가 행렬의 마지막 마차와 가까워지자 뒤쪽에 앉은 사람 몇 명의 뒤통수가 보였다. 오르락내리락하는 남자들의 소음과 마치 시냇물에 있는 돌멩이들처럼 그 사이에 앉아 있는 여자들의 침묵도 좀 더 가까이서 들을 수 있었다.

가끔씩, 대개 남자가 우리를 힐끗힐끗 돌아봤는데 마치 내가 어떤 인간인지 알아보고 있는 듯한 느낌이 들었다.

"난 그 아이를 찾아야 해요."

"네 여자아이?" 제인이 물었다.

"네. 고맙지만 전 가야 해요."

"하지만 넌 열나잖아! 그리고 다른 마을들도 있고!"

"모험을 해볼게요. 가자, 만시." 나는 이마에 묶은 더러운 누더기를 풀었다.

"넌 가면 안 돼. 그 군대가……." 제인은 아까보다 눈을 더 크게 떴다.

얼굴에 근심이 가득했다.

"군대는 내가 알아서 걱정할게요." 나는 몸을 일으켜서 수레에서 뛰어내릴 준비를 했다. 아직 몸 상태가 불안정해서 뭐든 하기 전에 숨을 한두 번 힘겹게 쉬어야 했다.

"하지만 놈들이 널 잡을 거여!" 제인의 목소리가 점점 커졌다. "넌 프렌티스타운……."

나는 고개를 홱 들었다.

제인이 얼른 한 손으로 자기 입을 가렸다.

"이 여편네가!" 윌프가 수레 앞에서 고개를 돌려 소리를 꽥 질렀다.

"그러려고 그런 게 아닌데." 제인이 내게 속삭였다.

하지만 너무 늦었다. 이미 그 말이 너무나 익숙한 방식으로 마차들 사이로 속속들이 퍼져가고 있었다. 말만 퍼진 게 아니었다. 그 말이 내게 지우는 이미지들, 사람들이 프렌티스타운에 대해 알거나 안다고 생각하는 영상들까지 퍼지면서 벌써 사람들이 소나 말의 고삐를 죄면서 몸을 틀어 행렬의 마지막에 있는 수레를 돌아보고 있었다.

수많은 얼굴과 소음이 바로 길 끝에 있는 우리를 향해 날아들었다.

"거기 누구를 태우고 있는 거여, 윌프?" 우리 앞에 있는 마차에 탄 남자가 물었다.

"열이 펄펄 끓고 있는 남자아이여. 아파서 제정신이 아니라 지가 무슨 말을 하는지도 몰러." 윌프가 대꾸했다.

"자네 그 말 확실한 거여?"

"그렇다니깐. 아픈 아이여."

"그 아이 좀 데리고 나와봐요. 어디 한번 보게." 또 다른 여자의 목소리가 들렸다.

"그 아이가 스파이면 어떡해요? 우리 위치를 군대에게 알리면 어쩌라고?" 또 다른 여자가 언성을 높이면서 말했다.

"우린 스파이는 필요 없어!" 또 다른 남자가 소리 질렀다.

"이 아이는 벤이라고 해. 파브랜치에서 왔어. 저주받은 군대가 가족을 죽이는 악몽을 꿨어. 이 아이 신원은 내가 보증한다니깐." 윌프가 사람들에게 말했다.

한동안 아무도 소리치지 않았지만 남자들의 소음이 공중에서 벌떼처럼 윙윙거렸다. 모든 이의 얼굴이 여전히 우리를 향해 있었다. 나는 좀 더 열에 들뜬 표정을 지어 보이려고 애쓰며 파브랜치가 침략당하는 장면을 소음의 제일 앞에 세우려고 노력했다. 그건 어렵지 않았지만 그러자 마음이 찢어질 것 같았다.

그리고 한동안 모두 입을 다물었다. 그건 군중이 고함을 지르는 것처럼 요란한 침묵이기도 했다.

그걸로 충분했다.

천천히, 아주 천천히 황소들과 말들이 다시 앞으로 움직이면서 수레를 끌고 우리로부터 떠나가기 시작했다. 사람들은 계속 뒤를 돌아본 채로 점점 멀어졌다. 윌프는 황소들에게 고삐를 내리쳤지만 다른 사람들보다는 속도를 늦춰서 그들과 거리를 뒀다.

"미안하다. 윌프가 말하지 말라고 했어. 그렇게 말했는디……." 제인이 숨도 안 쉬고 말했다.

"괜찮아요." 나는 그녀가 더 이상 말하지 않길 바라는 마음에 그렇게 대꾸했다.

"정말, 정말 미안해."

갑자기 세차게 흔들리면서 윌프가 수레를 멈췄다. 그는 마차 행렬이

꽤 멀리 떨어질 때까지 기다렸다가 마부석에서 뛰어내려 뒤로 왔다.

"월프 말은 아무도 안 듣지. 하지만 한 번 들으면, 믿는단다." 월프는 얼굴에 어렴풋한 미소를 띤 채 말했다.

"난 가야 해요."

"그래. 여긴 안전하지 않네."

"미안하다." 제인은 계속 사과했다.

나는 수레에서 뛰어내렸고, 만시가 나를 따라 내렸다. 월프가 바이올라의 가방을 집더니 그걸 열었다. 그리고 제인을 보자 그녀도 그의 의중을 읽었다. 제인은 과일과 빵을 한 아름 집어서 가방에 넣어주고, 말린 고기도 또 한 아름 넣어줬다.

"고맙습니다."

"그 아이를 찾길 바란다." 내가 가방을 닫는 동안 월프가 말했다.

"저도 그랬으면 좋겠어요."

월프는 고개를 한 번 끄덕여 주고 다시 수레 앞으로 가서 황소들에게 고삐를 내리쳤다.

"조심혀. 미친 사람들 조심하고." 제인은 내가 이제까지 들어본 가운데 가장 큰 소리로 속삭였다.

나는 잠시 그 자리에 서서 그들이 떠나는 모습을 바라봤다. 계속 기침이 나오고 여전히 열도 났지만, 뿌리 아니면 음식 덕분에 기분이 한결 나아졌다. 나는 만시가 다시 길을 찾을 수 있기를 바라고, 어떻게든 헤이븐에 도착하게 된다면 정확히 어떤 종류의 환영을 받게 될지 생각해 봤다.

29

수많은 이론

우리가 다시 숲속으로 들어가서 만시가 다시 그 냄새를 찾기까지 잠시, (아주 끔찍하게 느껴진) 잠시라는 시간이 걸렸지만 만시가 "이쪽"이라고 짖으면서 우리는 다시 출발했다.

만시는 정말 끝내주게 훌륭한 개다. 내가 그 말 했던가?

이제 완전히 밤이 됐지만 나는 여전히 땀을 흘리고, 기침 대회에 나가서 우승할 정도로 기침을 해댔다. 발은 물집으로 도배가 됐고 머리는 열과 소음에 어질어질했다. 하지만 배도 채웠고 가방에도 며칠 버틸 음식이 있으니 바이올라만 찾으면 된다.

"바이올라 냄새를 맡을 수 있어, 만시? 바이올라 아직 살아 있어?" 개울을 건너기 위해 통나무 다리 위에서 넘어지지 않으려고 균형을 잡고 있을 때 내가 물었다.

"바이올라 냄새 나." 만시는 짖으면서 다리 맞은편으로 훌쩍 뛰어내렸다. "바이올라 무서워."

그 말에 조금 놀라서 발걸음을 빨리했다. 또다시 밤이 됐고(22일? 21

일?) 내 손전등 배터리가 나가버렸다. 바이올라의 것을 꺼냈지만 그게 마지막이었다. 더 많은 언덕이 나오면서 더 가팔라지는 동안 우리는 밤새 걸었다. 밤이라 언덕을 올라가기도 힘들어지고, 내려오는 일은 더 위험했지만 그래도 쉬지 않고 갔다. 만시는 냄새를 맡아가며 길 안내를 했고, 우리는 월프가 준 말린 고기를 먹으면서 가끔씩 발을 헛디디며 앞으로 갔다. 나는 기침을 해대면서, 가능한 한 아주 짧게 나무에 기대서 몸을 앞으로 구부린 채 쉬었다. 해가 언덕 위로 떠오르기 시작하자 마치 자다가 해가 떠서 깬 것 같은 기분이 들었다.

해가 우리를 완전히 비췄을 때 세상이 다시 희미하게 일렁이기 시작했다.

나는 멈춰서 가파른 언덕에서 또다시 균형을 잃고 떨어지지 않도록 고사리를 붙들고 매달렸다. 잠시 정신이 몽롱해져서 눈을 감았지만 아무 소용이 없었다. 눈꺼풀 뒤로 수많은 색채가 밀려들면서 불꽃이 튀고, 몸은 젤리처럼 흐늘거리면서 산들바람에 흔들려 이러다가 언덕에서 굴러떨어질 것만 같았다. 그러다가 그 순간이 지나갔지만(사실 완전히 지나가진 않았지만) 세상은 여전히 기괴하게 밝아 보였다. 마치 꿈을 꾸다가 깨어난 것 같았다.

"토드?" 만시가 걱정스런 소리로 짖었다. 내 소음에서 뭔가 보고 그랬을 것이다.

"열 때문에 그래. 그 쓰레기 냄새가 나는 누더기를 버리지 말 걸 그랬어." 나는 다시 기침을 해대면서 말했다.

이제 와서 후회해 봤자 아무 소용 없다.

나는 내 의료 상자에 남은 마지막 진통제를 꺼내 먹었다.

우리는 언덕 꼭대기에 도착했다. 한동안 우리 앞에 펼쳐진 모든 언덕과 강과 그 밑의 도로가 마치 누가 흔들고 있는 담요 위에서 우르르 소리를 내며 올라갔다 내려가는 것처럼 보였다. 나는 걸을 수 있을 정도로 진정될 때까지 최선을 다해 눈을 깜박여서 그 환영을 털어버렸다. 만시가 내 발 옆에서 끙끙거렸다. 손을 뻗어서 만시를 쓰다듬어 주려다가 발이 걸려 넘어질 뻔해서, 나는 떨어지지 않고 언덕을 내려가는 데만 정신을 집중했다.

나는 다시 내 등에 꽂혔던 칼과, 그게 내 몸 속에 들어갔을 때 묻어 있던 스패클의 피와 내 피가 섞여서 내 몸속에서 어떤 상태로 빙빙 돌아가고 있을지 생각했다.

"나는 그가 알았을지 궁금해." 언덕 밑에 도착했을 때 나는 만시에게, 나에게 말하면서 움직이는 세상을 멈추려고 나무에 기댔다. "그가 날 천천히 죽였을지 궁금해."

"당연히 그렇게 했지." 갑자기 아론이 나무 뒤에서 몸을 내밀면서 말했다.

나는 소리를 지르면서 그에게서 물러나 두 팔을 허우적거리며 그를 때려서 쫓으려다가 바닥에 엉덩방아를 찧었다. 그 순간 얼른 일어나려하면서 고개를 들자…….

아론이 사라져 버렸다.

만시가 고개를 갸웃거리며 나를 보고 있었다. "토드?"

"아론." 그렇게 말하는 내 심장이 천둥처럼 큰 소리로 뛰었고, 숨이 막히면서 점점 더 걸쭉한 기침들이 터져 나왔다.

만시는 다시 허공에 코를 대고 킁킁거리고는 주변 땅바닥의 냄새를 맡았다. "이쪽." 만시는 한 발을 들었다가 다른 발을 들면서 짖었다.

나는 주위를 둘러보면서 기침했다. 뿌옇게 흐려진 온 세상이 사정없이 물결쳤다.

아론은 흔적도 없고, 나 외에 다른 사람의 소음도 없고, 바이올라의 침묵도 없었다. 나는 다시 눈을 감았다.

나는 토드 휴잇이다. 나는 토드 휴잇이다. 나는 빙글빙글 도는 세상에 맞서 계속 생각했다.

눈을 계속 감은 채 손으로 더듬더듬 물병을 찾아서 한 모금 마시고 윌프가 준 빵을 한 조각 찢어서 씹어 삼켰다. 그러고 나서야 다시 눈을 떴다.

아무것도 없었다.

숲과 우리가 올라가야 할 또 다른 언덕 말고 아무것도 없었다.

그리고 일렁이는 햇빛이 있었다.

아침이 지나고 또 다른 언덕 밑에 도착했을 때 또 다른 시내가 나왔다. 나는 물병들을 채우고 손으로 찬물을 떠서 몇 모금 마셨다.

기분이 안 좋았다. 그건 확실했다. 피부가 따끔거리고 가끔은 오한이 나고 가끔은 땀이 비 오듯 흐르고 가끔은 머리가 1톤은 나가는 것처럼 무거웠다. 나는 허리를 숙여서 찬물을 끼얹었다.

그리고 일어나 앉자 수면에 아론이 비쳤다.

"살인자." 그렇게 말하는 그의 너덜너덜한 얼굴에 미소가 떠올랐다.

나는 펄쩍 뛰어 물러나면서 허겁지겁 칼을 찾았지만(그러자 또다시 어깻죽지 사이로 통증이 펄쩍 뛰었다) 다시 고개를 들었을 때 그는 거기 없었고, 만시는 물속에서 정신없이 물고기들을 쫓아다니고 있었다.

"내가 널 찾으러 간다." 나는 바람에 실려 점점 더 세차게 움직이기 시작한 공기에 대고 말했다.

만시가 물속에서 머리를 치켜들었다. "토드?"

"그게 내가 하는 마지막 일이라고 해도 너를 찾아낼 거야."

"살인자." 바람결에 실려 온 그 속삭임이 다시 들렸다.

나는 잠깐 누워서 거칠게 숨을 쉬며 기침했지만, 눈은 계속 뜨고 있었다. 다시 시내로 돌아가서 가슴이 아릴 때까지 찬물을 수도 없이 끼얹었다.

그리고 일어나서 계속 갔다.

찬물이 잠시 효과가 있었는지 가까스로 언덕 몇 개를 넘어가는 사이에 태양이 하늘 한복판에 뜨면서 일렁이는 증상도 덜해졌다. 다시 모든 것이 흔들거리기 시작했을 때 만시를 멈춰 세우고 음식을 먹었다.

"살인자." 우리 주위를 둘러싼 덤불에서 그 소리가 들렸고 숲의 다른 곳에서 또다시 들렸다. "살인자." 또 다른 곳에서 들렸다. "살인자."

나는 고개를 들지 않고 그냥 먹기만 했다.

이건 그냥 스패클의 피 때문이라고 생각했다. 열이 나고 몸이 안 좋아서 그런 것뿐이라고.

"그게 다야? 내가 고작 그런 존재라면 넌 왜 그렇게 나를 열심히 쫓고 있는데?" 빈터 맞은편에서 아론이 물었다.

아론은 프렌티스타운에 있을 때처럼 말짱한 얼굴로, 일요일 설교 때 입는 예복을 차려입고 있었다. 기도를 이끌 준비가 된 것처럼 두 손을 맞잡은 아론이 햇빛을 받아 환하게 빛나는 모습으로 나를 내려다보며 미소 지었다.

내가 징그러울 정도로 잘 기억하고 있는 그 미소 짓는 주먹.

"소음이 우리 모두를 하나로 묶어준단다, 꼬맹이 토드. 우리 중 하나가 쓰러지면, 우리 모두 쓰러지는 거야." 아론의 목소리는 뱀처럼 스르르 미끄러지면서 반짝였다.

"넌 여기 없어." 나는 이를 악물고 말했다.

"여기, 토드." 만시가 짖었다.

"내가 없다고?" 아론은 그렇게 반문하고는 일렁거리는 빛 속에서 사라졌다.

머리로는 이 아론이 진짜가 아니라는 걸 알고 있지만 심장은 납득하지 않아서 마치 달리기를 하는 것처럼 세차게 뛰었다. 숨을 쉬기가 너무 힘들어서, 또다시 일어나서 오후 내내 움직일 수 있을 때까지 오랜 시간이 걸렸다.

음식이 도움이 됐지만(월프와 그의 정신 나간 부인에게 신의 가호가 있기를), 가끔 우리는 발을 헛디뎌서 비틀거리며 걸어갔다. 나는 이제 눈가장자리로 아론이 항상 보이는 지경에 이르렀다. 아론은 나무들 뒤에 숨어 있었고, 바위에 기대 있었고, 쓰러진 나무들 위에 서 있었지만 나는 그를 외면하면서 계속 비틀거리며 걸어갔다.

그러다가 언덕 꼭대기에서 또다시 밑에 있는 강 건너편의 큰길이 보였다. 또다시 보기만 해도 속이 울렁거릴 정도로 풍경이 흔들렸지만, 분명 거기 다리가 하나 있었다. 그 다리를 따라 강을 건너갈 수 있을 것이다.

나는 잠시 지난번 파브랜치에서 우리가 가지 않았던 또 다른 갈림길을 생각했다. 그 길이 이 황무지 어디로 뻗어 나갔을지 궁금했다. 나는 언덕 꼭대기에서 왼쪽을 살펴봤지만 아주 멀리까지 숲만 보였고, 언덕들은 사정없이 흔들렸다. 나는 잠시 눈을 질끈 감고 있어야 했다.

우리는 언덕을 아주 천천히, 너무 천천히 내려왔다. 그 냄새가 우리를 큰길 가까이, 다리 쪽으로 데려갔다. 난간이 달린 그 다리는 높은 데다 금방이라도 무너질 것 같았다. 다리로 가는 길은 물이 고여서 웅덩이와 진창투성이였다.

"그놈이 강을 건넜어, 만시?" 나는 무릎에 손을 대고 숨을 돌리면서 기침하며 물었다.

만시는 미친 듯이 땅바닥에 코를 대고 냄새를 맡으면서 길을 건넜다가 다시 돌아온 후, 다리로 갔다가 다시 우리가 서 있는 곳으로 돌아왔다. "월프 냄새. 수레 냄새." 만시가 짖었다.

"나도 바퀴 자국들이 보여. 바이올라는 어때?" 나는 손으로 얼굴을 문지르며 말했다.

"바이올라! 이쪽." 만시가 짖었다.

만시는 길에서 벗어나 강물이 보이는 쪽으로 계속 걸어갔다. "잘했다, 잘했어." 나는 거칠게 숨을 쉬며 간신히 말했다.

나는 만시를 따라 나뭇가지들 사이로, 덤불 사이로 나아갔다. 강물은 지난 며칠보다 더 오른쪽에서 가까운 곳으로 세차게 흘렀다.

그렇게 나는 한 마을로 들어섰다.

그리고 놀라서 그 자리에 우뚝 서서 기침을 터트렸다.

마을은 완전히 파괴돼 있었다.

여덟에서 열 채 정도 되는 건물들은 다 타서 숯덩이와 재가 됐고, 소음은 그 어디에서도 흔적조차 들리지 않았다.

순간 군대가 왔나 싶었지만 타버린 건물들 속에서 풀이 자랐고, 연기는 보이지 않았다. 망자들만 사는 곳처럼 무심한 바람만 불어왔다가 사라졌다. 나는 주위를 둘러봤다. 강에는 오래된 부두가 몇 개 있고, 다리 바로 밑에 낡은 보트 하나가 쓸쓸하게 강물에 흔들리고 있었다. 반쯤 물에 잠긴 보트 몇 척이 강둑을 따라 반쯤 올라간 곳에 쌓여 있었다. 전에는 방앗간이었던 듯한 그곳에는 그저 타버린 나무만 한 무더기 남아 있었다.

이곳은 신세계에서 자급자족 농업에 성공하지 못해 오래전에 죽어버린 또 하나의 마을이다. 추웠다.

그렇게 주위를 한 바퀴 돌아서 원래 자리로 돌아오자 그 한가운데에 아론이 서 있었다.

그의 얼굴은 악어들이 찢어발겼을 때로 돌아와서, 얼굴 절반은 살점이 뜯겨 니기고 뺨에 길게 찢긴 상처 틈으로 혀가 쑥 빠져나와 있었다.

여전히 싱글거리고 있었다.

"우리와 하나가 되자, 꼬맹이 토드. 우리 교회는 항상 열려 있단다."

"내가 널 죽일 거야." 바람이 내 말을 다 훔쳐가 버렸지만 그가 내 말을 잘 들을 수 있다는 걸 알았다. 나도 그의 말을 다 들을 수 있으니까.

"아니, 넌 못해." 그는 주먹 쥔 두 손을 옆구리에 붙인 채 앞으로 한 발 나오면서 말했다. "넌 살인자가 아니라고 내가 말했잖아, 토드 휴잇."

"어디 한번 시험해 보시지." 내 목소리는 기이하게도 낯설고 금속성으로 들렸다.

아론은 다시 미소 지었다. 그의 이가 얼굴 옆으로 툭 튀어나왔다. 빛이 왈칵 밀려왔고, 그가 바로 내 앞에 있었다. 그는 여기저기 베인 두 손으로 예복을 벌려서 맨 가슴을 드러냈다.

"자, 기회를 줄게, 토드 휴잇. 선악과를 먹을 기회. 날 죽여라." 내 머릿속에서 들리는 그의 목소리는 한없이 낮았다.

바람에 온몸이 사정없이 떨리는 동시에 열과 땀이 났다. 이제 평소 쉬던 숨의 3분의 1밖에 쉴 수 없었고, 음식으로도 해결이 안 될 정도로 머리가 아프기 시작했다. 사방 어디를 봐도 모든 것이 와르르 무너지고 있었다.

나는 이를 악물었다.

나는 아마 죽어가는 것 같다.

하지만 그가 먼저 죽어야 한다.

나는 등 뒤로 손을 뻗어서 어깻죽지 사이로 고개를 치켜드는 고통을 무시하면서, 칼을 뽑아 치켜들었다. 그것은 새 피로 반짝이고 있었다. 내가 지금 서 있는 곳이 그늘인데도 햇빛에 반사돼 번득였다.

아론은 너덜너덜한 얼굴로는 지을 수 없는 미소를 활짝 띠며 나를 향해 가슴을 내밀었다.

나는 칼을 들었다.

"토드? 칼, 토드?" 만시가 짖어댔다.

"어서 해봐, 토드." 아론에게서 분명 어둠의 냄새가 풍겼다고 맹세라도 할 수 있다. "순수의 세계에서 죄악의 세계로 넘어와. 할 수 있다면 말이지."

"난 그렇게 했어. 이미 죽였다고."

"스패클은 인간이 아니야." 아론은 내 어리석음을 비웃으며 말했다. "스패클들은 신이 우리를 시험하기 위해 내린 대상일 뿐이야. 스패클을 죽이는 건 거북이를 죽이는 것과 다를 게 없어." 아론은 눈을 크게 떴다. "다만 너는 이제 그것도 못하지만, 안 그래?"

나는 칼을 힘껏 움켜쥐고 으르렁거리는 소리를 냈다. 세상이 사정없이 흔들렸다.

하지만 칼은 아직 떨어지지 않았다.

갑자기 보글보글 소리가 나면서 아론의 얼굴에 있는 깊은 상처에서 끈적거리는 피가 쏟아져 나왔다. 그가 웃고 있다는 걸 깨달았다.

"그 계집애가 목숨이 끊어지기 전까지 아주, 아주 오랜 시간이 걸렸지."

그가 속삭였다.

나는 고통에 찬 소리를 지르며…….

칼을 더 높이 들고…….

그의 심장을 겨냥했는데…….

그는 여전히 싱글거렸고…….

내가 칼날을 내리쳐서…….

바이올라의 심장을 찔렀다.

"안 돼!" 내가 외쳤지만, 너무 늦어버렸다.

칼에 찔린 상처를 바라보던 바이올라가 고개를 들어 내 얼굴을 똑바로 쳐다봤다. 그녀의 얼굴은 고통으로 가득 차고 스패클처럼 소음을 쏟아냈다. 그건 바로 내가…….

(그녀를 죽였기 때문이다.)

바이올라는 눈물이 가득 고인 눈으로 날 보면서 입을 열었다. "살인자."

내가 손을 뻗자 그녀는 일렁이는 빛 속으로 사라져 버렸다.

피는 한 방울도 묻지 않은 깨끗한 칼이 내 손에 쥐어 있었다.

나는 무릎을 꿇고 앞으로 고꾸라졌다가 깡그리 불타버린 마을의 땅바닥에 그대로 누워 숨을 거칠게 쉬면서 기침하며 울부짖었다. 그동안 내 주위의 세상이 너무나 심하게 녹아내려서 이젠 고체로 느껴지지도 않았다.

나는 그를 죽일 수 없다.

그러고 싶다. 너무나 간절히 그러고 싶다. 하지만 그럴 수 없다.

그건 내가 아니고, 그러면 바이올라를 잃을 테니까.

나는 할 수 없다. 나는 할 수 없다, 할 수 없어, 할 수 없다고.

나는 그 일렁이는 빛에 굴복해 한동안 사라져 버렸다.

사랑하는 만시, 나의 진정한 친구임을 입증한 만시가 혀로 내 얼굴을 핥으면서 그의 소음과 낑낑거리는 소리로 걱정을 드러내며 날 깨웠다.

"아론. 아론." 만시는 조용히, 하지만 긴장된 목소리로 컹컹 짖었다.

"저리 가, 만시."

"아론." 만시가 낑낑거리면서 내 얼굴을 계속 핥았다.

"아론은 정말 여기 없어. 그건 그냥 뭔가……." 나는 일어나 앉으려고 하면서 말했다.

그건 그냥 만시가 볼 수 없는 것이다.

"아론이 어디 있는데?" 너무 빨리 일어나 앉는 바람에 세상 모든 것이 밝은 핑크색과 오렌지색으로 소용돌이치듯 뱅글뱅글 돌았다. 나는 날 기다리고 있는 것으로부터 비틀거리며 물러났다.

백 개의 각기 다른 장소에 백 명의 아론이 날 둘러싼 채 서 있었다. 거기에는 바이올라들도 있었다. 겁을 잔뜩 집어먹은 채 도와달라고 날 보고 있었다. 내 칼이 가슴에 찔린 스패클들도 있었는데, 모두 동시에 내게 말하는 목소리들이 마치 함성처럼 들렸다.

"겁쟁이. 겁쟁이." 그들은 모두 그렇게 말하고 있었다. 거듭 거듭 말하고 있었다.

겁쟁이 겁쟁이 겁쟁이 겁쟁이 겁쟁이 겁쟁이 겁쟁이

하지만 내가 소음을 무시할 수 없다면 나는 프렌티스타운 아이가 아

니다.

겁쟁이 겁쟁이 겁쟁이 겁쟁이 겁쟁이 겁쟁이 겁쟁이 겁쟁이 겁쟁이 겁쟁이 겁쟁이 겁쟁이

"만시, 어딨어?" 나는 일어나면서 모든 것이 이리저리 요동치고 미끄

러지는 모습을 보지 않으려고 애썼다.

겁쟁이 겁쟁이

"이쪽이야. 강 아래쪽." 만시가 짖었다.

겁쟁이 겁쟁이 겁쟁이 겁쟁이 겁쟁이 겁쟁이 겁쟁이 겁쟁이 겁쟁이 겁쟁이 겁쟁이 겁쟁이 겁쟁이

나는 만시를 따라 불타버린 정착지를 빠져나왔다.

겁쟁이 겁쟁이

겁쟁이 겁쟁이 겁쟁이 겁쟁이 겁쟁이

만시는 나를 이끌고 교회였음이 분명한 곳을 빠져나왔다. 나는 그 옆을 지나가면서 그곳을 외면했다. 만시는 강가의 작은 절벽 위를 달려 올라갔다. 그곳에서 바람은 더 큰 소리로 울부짖었고, 나무들은 바람에 이리저리 구부러졌다. 내 눈에만 그렇게 보이는 게 아닌 것 같다는 생각이 들었고, 만시가 더 큰 소리로 짖어서 내게 알려줬다.

겁쟁이 겁쟁이 겁쟁이 겁 쟁 이 겁쟁이 겁쟁
겁 쟁 이 겁쟁이 겁 쟁 이 겁쟁이 겁쟁이
겁쟁이 겁쟁이 겁 쟁 이 겁쟁이 겁쟁이

"아론!" 만시가 짖었다. 그러면서 코를 공기 중에 대고 다시 짖었다.

"맞바람."

겁쟁이
쟁 이 쟁 이 겁 쟁 이 겁쟁 이 겁 쟁 이 겁 쟁
쟁 이 겁쟁이 겁 쟁 이 겁쟁이! 겁쟁이

절벽 위 나무들 사이로 강 하류가 보였다. 수천 명의 바이올라가 겁먹은 얼굴로 나를 보고 있었다.

겁 쟁 이 쟁 이 쟁 이 겁 쟁 이 겁쟁 이 겁 이 겁쟁이
쟁 겁 이 쟁 이 겁 쟁 이 겁쟁이 겁쟁이 겁쟁이 겁 쟁

천 명의 스패클이 내 칼에 찔려 죽어가는 모습도 보였다.

겁쟁이 겁쟁이 겁쟁 이 겁쟁이
겁쟁이 쟁이 쟁 이 겁쟁이 겁쟁이 겁 쟁이

겁쟁이 겁쟁이 겁쟁이 겁쟁이 겁쟁이

천 명의 아론이 날 돌아보면서 "겁쟁이"라고 부르며 이제껏 본 적 없는 끔찍한 미소를 지었다.

겁쟁이 겁쟁이 겁쟁이 겁쟁이 겁쟁이 겁쟁이 겁쟁이 겁쟁이

그리고 그들 너머 강가의 야영지에 있는 아론이 보였다. 그는 날 보고 있지 않았다.

겁쟁이 겁쟁이 겁쟁이 겁쟁이 겁쟁이 겁쟁이 겁쟁이 겁쟁이

아론이 기도하려고 무릎을 꿇는 모습이 보였다.

겁쟁이 겁쟁이 겁쟁이 겁쟁이 겁쟁이 겁쟁이 겁쟁이 겁쟁이

그리고 그 앞 땅바닥에 누운 바이올라가 보였다.

겁쟁이 겁쟁이

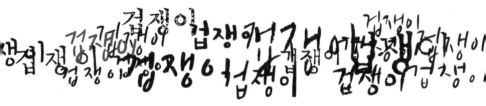

"아론." 만시가 짖었다.

"아론." 내가 말했다.

겁쟁이.

30

토드라는 이름의 소년

"우린 뭘 할 거지?" 그 소년이 내 어깨 위로 살금살금 기어 올라오면서 물었다.

나는 차가운 강물에서 고개를 들고 강물이 내 등 뒤로 후드득 떨어지게 내버려 뒀다. 나는 비틀거리면서 절벽에서 내려오는 길에 날 겁쟁이라고 부르는 이들을 팔꿈치로 계속 밀면서 갔다. 그렇게 강둑에 다다라서 곧바로 강물에 고개를 처박았는데, 이제 그 냉기에 온몸이 사정없이 떨렸지만 동시에 온 세상이 차츰 진정되어 갔다. 이 상태가 오래가지 않을 것이며 열과 스패클의 피에 오염된 상태에 몸이 굴복하리라는 걸 알지만, 지금으로선 최대한 맑은 정신으로 세상을 볼 수 있어야 했다.

"우리가 어떻게 그들에게 갈 건데? 그가 우리 소음을 들을 거라고." 소년은 내 반대편으로 빙 돌아가서 물었다.

온몸이 덜덜 떨리면서 기침이 터져 나왔다. 뭔가 하려고 할 때마다 기침이 나왔다. 나는 폐에서 찐득찐득한 초록색 덩어리를 한 줌이나 뱉어내고 나서 숨을 참고 다시 물속에 고개를 처박았다.

물의 차디찬 냉기가 바이스처럼 죄어왔지만 움직이지 않고 그대로 있으면서, 콸콸 소리를 내며 세차게 내 옆으로 흘러가는 물소리와 내 발치에서 껑충껑충 뛰면서 날 걱정하며 짖는 만시 소리를 들었다. 머리에 붙인 붕대가 떨어져서 물결에 쓸려가는 것도 느껴졌다. 그때 만시가 강물 속에서 꼬리를 흔들어 거기 붙인 붕대를 떼어내던 생각이 떠올라 그만 물속에서 웃음을 터트렸다. 그러자 숨이 막혀서 나는 캑캑거리며 기침을 더 심하게 하면서 고개를 들었다.

그리고 눈을 떴다. 세상은 여전히 비정상적으로 기이하게 반짝였고, 해가 아직 중천에 떠 있는데도 수많은 별이 보였다. 하지만 적어도 땅바닥은 더 이상 둥둥 떠다니지 않았고, 아론들과 바이올라들과 스패클들은 다 사라졌다.

"정말 우리끼리 그걸 해낼 수 있을까?" 소년이 물었다.

"선택의 여지가 없잖아." 나는 혼잣말을 했다.

그리고 돌아서서 그 소년을 봤다.

그는 나처럼 갈색 셔츠를 입었고, 머리에 흉터는 하나도 없고, 등에는 배낭을 메고, 한 손에는 책을 다른 손에는 칼을 들고 있었다. 나는 강의 냉기 때문에 덜덜 떨면서 고작 서 있는 게 다였지만, 그래도 숨을 쉬고 기침을 하면서 온몸을 떨며 소년을 바라봤다.

"가자, 만시." 나는 불에 탄 마을을 가로질러 다시 절벽으로 돌아갔다. 걷는 건 힘들었다. 나는 산보다 더 무거우면서 동시에 깃털보다 더 가벼웠다. 금방이라도 발밑의 땅이 무너져 내릴 것 같았다. 그래도 계속 걷고, 걷고, 또 걸으면서 절벽을 향해 첫 발자국을 옮기고, 그다음 발자국을 옮기면서 주위 나뭇가지들을 붙잡고 내 몸을 위로 끌어 올려서, 꼭대기에 다다라 절벽 위에 있는 나무에 몸을 기대고 주위를 돌아봤다.

"저게 정말 그자야?" 소년이 내 뒤에서 물었다.

나는 눈을 가늘게 뜨고 나무들 너머 강가를 죽 훑어봤다.

거기 강가에 야영지가 있었다. 너무 멀어서 그들은 다른 점들을 배경으로 한 또 다른 점들에 지나지 않았다. 나는 어깨에 메고 있는 바이올라의 가방에 손을 넣어서 망원경을 꺼내 눈에 댔지만, 몸이 너무 떨려서 제대로 볼 수 없었다. 그들은 멀리 떨어져 있었고 바람이 그의 소음을 가렸지만, 거기 있는 바이올라의 침묵이 느껴졌다.

나는 확신했다.

"아론. 바이올라." 만시가 말했다.

그래서 그것이 빛의 일렁임이 아니라는 걸 알았고, 온몸을 떠는 와중에 아론이 여전히 무릎을 꿇은 채 기도를 하고 바이올라는 그의 앞 땅바닥에 누워 있는 모습을 볼 수 있었다.

지금 저기서 무슨 일이 일어나고 있는지 알 수 없었다. 그가 무슨 짓을 하고 있는지도 알 수 없었다.

하지만 그건 정말 그들이었다.

그동안 그렇게 걷고, 비틀거리고, 기침하고, 죽어가면서 왔는데 정말, 정말 그들이, 맙소사, 정말 그들이 저기 있다.

어쩌면 너무 늦지 않았을지도 모른다고 생각하자 가슴이 벅차오르고 목이 메었다. 그러자 그동안 내가 너무 늦었다고 생각해 왔다는 사실을 깨달았다.

하지만 나는 늦지 않았다.

나는 다시 고개를 숙이고 (닥쳐) 울고, 울고, 울었다. 하지만 이제부터 어떻게 해야 할지, 어떻게 이 상황을 해결해야 할지 알아내야 하기 때문에 그쳐야 했다. 여기에는 나밖에 없으니까, 내가 방법을 찾아서, 그녀를 구해내야 한다, 내가 그녀를……

"우리가 뭘 할 건데?" 소년이 조금 떨어진 곳에 서서, 여전히 한 손에는 책을 다른 손에는 칼을 든 채 다시 물었다.

나는 두 손을 눈에 대고 벅벅 문지르면서 똑바로 생각하려고, 집중하려고, 저 소리를 듣지 않으려고 노력했는데…….

"저게 제물이면 어떻게 할 건데?"

내가 고개를 들었다. "무슨 제물?"

"네가 그자의 소음에서 본 제물, 그……."

"왜 저자가 여기서 그걸 하겠어? 왜 여기까지 와서 이 시시한 숲 한가운데에서 그 짓을 하겠어?"

소년의 표정은 변하지 않았다. "어쩌면 그래야 할지도 모르지. 그녀가 죽기 전에."

나는 앞으로 한 발자국 나서면서 넘어지지 않게 중심을 잡았다. "뭐 때문에 죽는단 말이야?" 나는 사납게 쏘아붙였다. 머리가 다시 윙윙 울리면서 통증이 밀려왔다.

"공포." 소년은 그렇게 말하면서 한 발자국 뒤로 물러섰다. "실망."

나는 돌아섰다. "이런 개소리는 듣지 않겠어."

"듣고 있어, 토드? 바이올라, 토드." 만시가 짖었다.

나는 다시 나무에 기댔다. 생각을 해야 했다. 빌어먹을 생각을 해야 했다.

"우린 다가갈 수 없어. 놈이 우리가 오는 소리를 들을 테니까." 내 목소리가 잠겼다.

"우리 소리를 들으면 바이올라를 죽일 거야."

"너한테 하는 말 아니야." 기침하다가 또다시 찐득찐득한 가래를 뱉었는데, 그래선지 머리가 빙빙 돌고 기침이 더 나왔다. "네가 아니라 내개……." 목이 메어서 더 이상 말이 안 나왔다.

"만시." 만시는 그렇게 말하면서 내 손을 핥았다.

"그리고 나는 놈을 죽일 수 없어."

"넌 놈을 죽일 수 없지."

"내가 원한다고 해도."

"그자가 죽어도 싼 인간이라고 해도."

"그러니까 다른 방법이 있어야 해."

"만약 바이올라가 너무 겁을 먹어서 너를 보지 못할 정도가 아니라면 말이지."

나는 소년을 다시 바라봤다. 그는 아직 그 자리에, 여전히 책과 칼과 배낭을 가지고 있었다.

"넌 가야겠다. 다시는 돌아오지 마."

"넌 아마 그녀를 구하기엔 너무 늦었을 거야."

"넌 어쨌든 내게 아무 쓸모가 없다고." 나는 언성을 높이면서 말했다.

"하지만 난 살인자야." 소년의 칼에는 피가 묻어 있었다.

나는 눈을 감고 이를 악물었다. "넌 남아 있어. 넌 여기 남아 있으라고."

"만시가?" 만시가 짖었다.

나는 눈을 떴다. 소년은 거기 없었다. "너 말고, 만시." 나는 손을 뻗어서 만시의 귀를 문질러 주며 말했다.

그다음에 만시를 바라보고 다시 말했다. "너 말고."

그리고 생각했다. 구름 속에서, 빙빙 도는 소용돌이 속에서, 일렁거리는 빛들과 기괴하게 반짝이는 빛들과 두통과 윙윙거리는 소리와 오한과 기침 속에서 생각했다.

나는 생각했다.

그러면서 내 개의 귀를 문질렀다. 나의 멍청하고 끝내주게 **훌륭한** 개. 난 결코 원하지 않았지만 어쨌든 내 옆을 지키면서 나를 따라 늪을 건너고, 아론이 나의 목을 졸라 죽이려고 했을 때 아론을 물고, 바이올라를 잃어버렸을 때 바이올라를 찾아내고, 이제 작은 핑크색 혀로 내 손을 핥고 있는 내 개. 프렌티스 주니어가 걷어찼을 때 다친 눈을 여전히 못 뜨고 있고, 매슈 라일의 칼에 베여서 꼬리가 무지하게 짧아진 나의 개. 날 구하기 위해 마체테를 휘두르는 남자에게 달려들었고, 내가 추락한 어둠 속에서 날 끌어내 줬고, 내가 누군지 잊어버렸을 때 언제든 그걸 말해준 소중한 나의 개.

"토드." 만시가 내 이름을 부르면서, 내 손에 자신의 얼굴을 문지르면서 쿵 소리를 내며 땅바닥에 엉덩이를 대고 앉았다.

"아이디어가 하나 떠올랐어." 내가 말했다.

"그게 안 먹히면 어떡해?" 나무 뒤에서 그 소년이 물었다.

나는 그를 무시하고 다시 망원경을 들었다. 여전히 온몸을 떨면서 아론의 야영지를 다시 한 번 찾아내서 그 주위 지역을 살펴봤다. 그들은 강 가장자리에 있었고, 강둑을 따라 오른쪽에 갈라진 나무 한 그루가 서 있었다. 언젠가 번개에 맞은 것처럼 나뭇잎이 하나도 없고 색이 바랜 나무였다.

저거면 되겠다.

나는 망원경을 내려놓고 만시의 머리를 두 손으로 잡았다. "우리가 바이올라를 구할 거야. 우리 둘이서." 나는 내 개의 얼굴에 대고 말했다.

"바이올라 구해, 토드." 만시는 짧은 꼬리를 흔들면서 짖었다.

"그건 안 먹힐 거야." 소년이 여전히 내 시야 밖에서 말했다.

"그럼 넌 여기 남아 있어야." 나는 허공에 대고 말하면서 기침을 하는 내내 나의 소음 영상들을 내 개에게 보내서 그가 뭘 해야 할지 말해 줬다. "간단해, 만시. 달리고 달려."

"달리고 달려!" 만시가 짖었다.

"착한 자식. 멋진 자식." 나는 만시의 귀를 다시 문질러 줬다.

나는 억지로 몸을 일으켜서 반쯤은 걷고, 반쯤은 미끄러지고, 반쯤은 비틀거리면서 다시 작은 절벽을 내려와 불에 탄 마을로 들어갔다. 이젠 머릿속에서 오염된 내 피가 펌프로 퍼 올려지듯 쿵쿵대는 소리가 들렸고, 세상 모든 것이 그에 맞춰 고동쳤다. 눈을 질끈 감다시피 하면 빙글빙글 도는 빛들은 그렇게 심하지 않았고, 모든 것이 어느 정도는 제자리에 있었다.

내게 제일 먼저 필요한 것은 막대기였다. 만시와 나는 불탄 건물들 속을 헤매고 다니면서 적당한 크기의 막대기를 찾았다. 거의 모든 것이 새까맣게 타서 부서지고 있었지만 그런 건 상관없었다.

"이고, 토오드?" 만시는 그의 몸길이 절반 정도 되는 막대기를 불에 타서 쌓인 의자들처럼 보이는 것 밑에서 입으로 물어 꺼냈다. 여기서 대체 무슨 일이 있었던 걸까?

"완벽해." 나는 만시에게서 그걸 받았다.

"그걸론 안 될걸." 그 소년이 어두운 구석에 숨어서 말했다. 한 손에 들고 있는 칼날이 번득였다. "넌 그녀를 구할 수 없을 거야."

"내가 구할 거야." 나는 그 막대기의 갈라진 부분들을 잘라냈다. 막대기의 한쪽 끝만 까맣게 타서 숯이 돼 있었지만, 그게 바로 내가 원하는 바였다. "이거 운반할 수 있겠어?" 나는 만시에게 그걸 내밀며 물었다.

만시는 물기 편하게 막대기를 허공에 살짝 던졌다가 다시 받았다. "응!"

"좋았어." 나는 똑바로 일어섰다가 쓰러질 뻔했다. "이제 불이 필요해."

"넌 불을 피울 수 없어. 그녀의 모닥불 상자는 부서졌잖아." 소년이 밖에서 우리를 기다리면서 말했다.

"넌 아무것도 몰라. 벤 아저씨가 가르쳐 줬어." 난 그를 보지 않고 말했다.

"벤 아저씨는 죽었어." 그 소년이 말했다.

"어느 이른 아침." 나는 크고 분명한 목소리로 노래를 불렀다. 그 바람에 빙글빙글 도는 세상이 반짝이는 금속 장식처럼 기괴해졌지만 굴하지 않고 계속 불렀다. "해가 떠오르고 있을 때."

"너는 힘이 없어서 불을 피우지 못해."

"저 아래 계곡에서 한 아가씨가 날 부르는 소리를 들었지." 나는 길고 납작한 나무토막을 발견하고 칼로 그 속을 조금 우묵하게 팠다. "오, 날 속이지 말아요." 그리고 그보다 더 작은 막대기의 끝을 동그랗게 깎았다. "오, 날 절대로 떠나지 말아요."

"어떻게 불쌍한 아가씨를 그렇게 이용할 수 있나요?" 소년이 노래를 끝냈다.

나는 그를 무시했다. 나는 동그랗게 깎은 막대기 끝을 그 우묵한 곳에 넣고 힘을 점점 세게 줘 가면서 내 두 손 사이에 끼고 돌리기 시작했다. 막대기를 돌리는 리듬이 내 머릿속에서 들리는 쿵쿵 소리와 맞춰지며 숲속에서 벤 아저씨와 함께 있는 내 모습이 보였다. 아저씨와 나는 불 피우기 시합을 하고 있었다. 아저씨가 항상 이겼고, 나는 절반은 불도 피우지 못한 채 끝났다. 옛날이 좋았는데!

옛날이 좋았지.

"제발." 나는 중얼거렸다. 땀이 나고, 기침이 나오고, 머리가 띵했지만 나는 계속 두 손을 돌렸다. 만시가 나를 도우려고 나무를 향해 짖어 댔다.

손가락 길이만 한 작은 연기가 우묵 파인 곳에서 올라왔다.

"아싸!" 나는 소리 지르며 연기가 바람에 꺼지지 않게 손으로 감싸서 불길이 잡히도록 입으로 불었다. 나는 마른 이끼를 불쏘시개로 썼다. 작은 불길이 처음으로 쑤욱 올라왔을 때 백만 년 만에 처음으로 기쁨 비슷한 감정이 느껴졌다. 거기에 작은 막대기들을 던져 넣어서 불을 살리고 더 큰 나무토막들을 넣었다. 얼마 못 가 내 앞에서 진짜 모닥불이 타오르기 시작했다. 진짜 불.

한동안 모닥불이 타게 내버려 뒀다. 연기가 바람을 타고 밑으로 내려가 아론에게 닿지는 않을 거라고 믿었으니까.

그리고 그 바람에게 기대하는 또 다른 뭔가가 있었으니까.

나는 비틀비틀 강둑을 향해, 부두에 닿을 때까지 쓰러지지 않으려고 나무 밑동들을 짚으며 걸어갔다. "제발, 제발 좀." 나는 작게 말하며 부두로 내려가기 위해 흔들거리는 몸을 바로잡았다. 발밑에서 삐걱거리는 소리가 났고 한번은 강물 속으로 곤두박질칠 뻔했지만, 마침내 아직까지 거기에 묶여 있는 보트에 도착할 수 있었다.

"그거 가라앉을걸." 그 소년은 강물이 무릎까지 차는 곳에 서 있었다.

나는 그 작은 보트에 뛰어올랐다. 몸을 심하게 떨며 기침을 한 후에야 똑바로 설 수 있었다. 금방이라도 부서질 것 같은 보트는 좁은 데다 휘어 있었다.

하지만 물에 떴다.

"넌 보트 조종하는 법도 모르잖아."

나는 보트 밖으로 나가서 부두를 가로질러 다시 마을로 돌아가 노로 쓸 수 있을 만한 평평한 나무 조각을 찾아냈다.

필요한 건 그게 다일 것이다.

우리는 준비가 됐다.

소년은 거기 서서, 양손에 내 물건을 하나씩 들고, 등에는 배낭을 멘 채, 무표정하게 어떤 소음도 내지 않은 채 서 있었다.

나는 그가 불편해질 정도로 뚫어져라 바라봤다. 소년은 아무 말도 하지 않았다.

"만시?" 내가 불렀지만 만시는 이미 내 발치에 있었다.

"여기, 토드!"

"착한 자식." 우리는 불가로 갔다. 나는 만시가 발견한 막대기의 끄트머리를 불 속에 넣었다. 1분 정도 지난 후에 거기가 정말 뜨거워지면서 연기가 나더니 불이 붙었다. "너 정말 이거 물고 있을 수 있겠어?"

만시는 불이 붙지 않은 쪽을 입에 물고 섰다. 우주 최고로 훌륭한 이 개는 적에게 불을 나를 준비를 마쳤다.

"준비됐어, 친구?"

"둔비, 띤구!" 만시가 막대기를 문 채 꼬리를 어찌나 빨리 흔드는지 내 눈에는 흐릿하게만 보였다.

"그자가 만시를 죽일 거야." 소년이 말했다.

나는 일어섰다. 세상이 반짝반짝 빛나면서 빙글빙글 돌고, 내 몸은 마음대로 움직이지도 않고, 내 폐에선 살점을 뱉어내고, 머리는 쿵쿵 울리고, 다리는 부들부들 떨리고, 피는 절절 끓었지만 그래도 서 있었다.

나는 빌어먹을 서 있다고.

"나는 토드 휴잇이야. 나는 널 여기 놔두고 떠날 거야." 나는 소년에게 말했다.

"넌 절대 그렇게 할 수 없어." 소년은 부정했지만, 나는 이미 만시에게 돌아서서 말했다. "가자, 만시." 만시는 불타는 막대기를 입에 물고 먼저 출발해서 다시 절벽을 올랐다가 반대편으로 내려갔다. 나는 1부터 100까지 셌다. 아무도 뭐라고 하는 소리를 들을 수 없도록 아주 큰 소리로 센 후에 다시 1부터 100까지 셌다. 그걸로 충분했다. 나는 비틀거리는 몸으로 최대한 빨리 다시 부둣가의 보트로 돌아갔다. 거기서 보트에 올라 노를 무릎 위에 올려놓고, 그 작은 보트를 부두에 묶어놓은 너덜너덜한 밧줄을 칼로 잘라냈다.

"넌 절대 날 여기 놔두고 갈 수 없어." 소년은 부두 위에 서서 한 손에는 책을, 한 손에는 칼을 든 채 말했다.

"잘 봐." 내가 말하자 소년은 일렁이는 빛 속에서 점점 작아졌고, 보트가 부두를 떠나 하류로 내려가기 시작하면서 점점 더 희미해졌다.

아론을 향해.

바이올라를 향해.

하류에서 날 기다리고 있는 게 뭐든 그것을 향해.

31

사악한 자들은 벌을 받는다

프렌티스타운에도 보트가 몇 척 있었지만, 내 기억으로 그걸 타는 사람은 없었다. 우리 마을에도 물론 이렇게 내 앞뒤로 철벅거리는 것과 같은 강이 있지만 우리 강은 바위투성인 데다 물살이 셌고, 유속이 느려지면서 넓게 퍼지는 유일하게 평화로운 구간은 악어들로 가득 찬 습지다. 그 너머는 온통 숲이 우거진 늪이고. 그래서 나는 한 번도 보트를 타본 적이 없다. 그렇더라도 그냥 강물을 따라 하류로 내려가도록 보트를 조종하는 건 쉬울 줄 알았는데, 실상은 전혀 그렇지 않았다.

그나마 나를 찾아온 행운이 하나 있다면, 이 강은 가끔 바람이 세게 불어서 강물이 튀긴 해도 상당히 잔잔한 편이다. 보트는 물살을 따라 내가 무슨 짓을 하든 상관없이 제멋대로 하류로 흘러 내려갔다. 나는 기침을 하며 쏟는 에너지까지 동원해서 보트가 제자리에서 빙글빙글 돌지 않게만 했다.

그 일에 성공하는데 1, 2분 정도 걸렸다.

"빌어먹을. 망할 보트 같으니라고." 나는 작게 뇌까렸다.

하지만 노를 가지고 얼마 동안 강물을 후려친 후에(노를 한두 번 완전히 뒤집어 버리긴 했지만, 닥치시오) 배를 어느 정도 맞는 길로 가게끔 유지하는 데 성공했고, 고개를 들었을 때는 이미 그곳에 절반쯤 도착해 있었다.

나는 침을 꿀꺽 삼키고 몸을 떨면서 기침했다.

내 계획은 이렇다. 아마 끝내주는 계획은 아니겠지만 그게 끊임없이 흔들거리고 깜박이는 나의 뇌에서 내놓을 수 있는 전부였다.

만시가 아론이 있는 곳에서 부는 바람과 반대 방향으로 불타는 막대기를 가지고 가 어딘가에 떨어뜨려서, 내가 내 야영지에서 불을 피웠다고 아론이 생각하게 만든다. 그다음에 만시가 아론의 야영지로 달려가 요란하게 짖어대면서 내게 아론을 찾았다고 전하려는 척 난리를 피운다. 이건 간단하다. 만시가 해야 할 일이라곤 내 이름을 짖어대는 것뿐인데, 평소에도 항상 그렇게 하고 있으니까.

아론은 만시를 쫓아갈 것이다. 아론은 만시를 죽이려 들 것이다. 만시는 아론보다 빠를 것이다(달리고 달려라, 만시, 달리고 또 달려야 해). 아론은 연기를 볼 것이다. 나를 눈곱만큼도 두려워하지 않는 아론은 연기를 향해 숲속으로 달려가서 나의 숨통을 마지막으로 완전히 끊어놓으려 할 것이다.

내가 배를 타고 하류로 떠내려와서 그의 야영지 쪽으로 가는 사이에 그는 숲속에서 나를 찾고 있을 것이고, 나는 바이올라를 구할 것이다. 그리고 거기서 만시를 배에 태울 것이다. 만시가 쫓아오는 아론보다 앞서서 숲을 한 바퀴 빙 돌아 야영지로 올 때 말이다(달려라, 달려).

그렇다, 그게 내 계획이다.

안다.

나도 안다. 만약 그 계획이 제대로 풀리지 않으면, 나는 그를 죽여야 할 것이다.

만약 일이 그렇게 되면, 내가 어떤 놈이 되고 바이올라가 나를 어떻게 생각할지는 중요하지 않다.

결코 중요하지 않다.

그건 해야 하는 일이고, 나는 그걸 해내야 한다.

나는 칼을 꺼냈다.

칼날에는 여전히 여기저기 내 피와 스패클의 마른 피가 얼룩져 있었지만 나머지 부분은 반짝이면서 일렁이고 깜박거리고, 일렁이고 깜박거리고 있었다. 칼날 끝은 마치 못생긴 엄지손가락처럼 툭 튀어나왔고, 톱니 모양으로 깔쭉깔쭉한 부분은 마치 이를 가는 것처럼 돌출돼 있고, 칼날의 가장자리는 피로 가득 찬 혈관처럼 고동쳤다.

이 칼은 살아 있다.

내가 이 칼을 잡고 있는 한, 내가 이걸 쓰는 한, 칼은 살아 있다. 누군가의 목숨을 빼앗기 위해 살아 있고, 또한 나의 명령을 받기 위해 살아 있다. 이 칼은 내가 죽이라고 말하길 원한다. 이것은 살 속으로 푹 들어가, 찌르고, 베고, 도려내길 원하지만 나도 마찬가지로 그걸 원해야 한다. 칼의 의지에 나의 의지가 합쳐져야 하는 것이다.

칼이 그런 짓을 할 수 있게 허락하는 사람이 나고 책임지는 사람도 나다.

하지만 칼은 그게 더 쉽게 되길 바라고 있다.

만약 그래야 할 때가 오면, 나는 실패하고 말까?

"아니." 칼이 속삭였다.

"그래." 강 아래로 내려가는 바람이 속삭였다.

이마에서 땀방울이 하나 떨어져 칼날에 튀었다. 칼은 다시 그저 칼, 도구이자 내 손에 쥔 금속 한 조각일 뿐이다.

그저 한 자루의 칼.

나는 그것을 보트 바닥에 내려놨다.

내 몸은 여전히 떨리고 있었다. 기침하다가 찐득한 가래를 또다시 뱉어냈다. 나는 고개를 들어 주위를 돌아보면서 흔들리는 세상을 무시하고, 바람에 몸을 식혔다. 강이 구부러지기 시작했고, 나는 계속 강물 위에서 둥둥 떠내려갔다.

이제 다 왔다. 이제 멈출 수 없다.

나는 고개를 들어서 나무들 너머 왼쪽을 봤다.

내 이가 딱딱 소리를 내며 부딪쳤다.

아직 연기가 보이지 않는다.

제발, 만시. 이제 그 일이 일어나야 해.

연기가 보이지 않는다.

연기가 보이지 않는다.

강물의 방향이 바뀌고 있다.

제발, 만시.

연기가 보이지 않는다.

내 이빨에서 딱 딱 딱 소리가 났다. 나는 팔짱을 끼고…….

연기다! 최초의 작은 연기들이 강을 따라 저쪽 밑에서 마치 목화송이들처럼 올라오기 시작했다.

멋진 개다. 훌륭한 개야. 나는 이를 악물면서 생각했다.

보트가 강의 한가운데로 흘러들어가서 나는 최선을 다해 노를 저어 다시 강가로 돌려놓으려 했다.

몸이 너무 심하게 떨려서 노도 간신히 잡고 있었다.

물결의 방향이 또 바뀌었다.

거기에 갈라진 나무, 번갯불에 맞은 나무가 나왔다.

거의 다 왔다는 신호다.

아론이 바로 저 나무 너머에 있을 것이다.

드디어 왔다.

나는 기침을 하고 땀을 흘리면서 온몸을 떨었지만, 노를 손에서 놓지 않았다. 나는 노를 저어 강가로 더 가까이 다가갔다. 어떤 이유로든 바이올라가 도망칠 수 없다면, 내가 바이올라를 데리러 가기 위해 강가에 보트를 대야만 한다.

내 소음에 최대한 아무것도 떠올리지 않으려 했지만 세상이 겹겹의 빛과 일렁임으로 다가와서 그럴 수가 없었다. 그저 바람 소리가 충분히 시끄럽고 만시가…….

"토드! 토드! 토드!" 멀리서 그 소리가 들렸다. 내 개가 아론을 꼬여내기 위해 내 이름을 부르고 있다. "토드! 토드! 토드!"

바람 때문에 아론의 소음을 들을 수 없어서 내 계획이 제대로 진행되고 있는지 알 수 없었지만, 이제 갈라진 나무를 지나고 있으니 어쩔 수 없이…….

"토드! 토드!"

제발, 제발…….

갈라진 나무 옆을 지난다…….

나는 보트 안에 몸을 숙이고 쭈그려 앉아서…….

"토드! 토드!" 그 소리가 점점 희미해지면서 멀어지고…….

나뭇가지들이 부러지고…….

그다음에 **"토드 휴잇!!"**이라고 사자처럼 크게 내지르는 소리가 들렸고…….

사자가 움직이는 사이에…….

"제발. 제발, 제발, 제발……." 나는 혼잣말로 속삭였다.

노를 꽉 움켜쥔 내 두 주먹이 덜덜 떨렸고…….

강의 굽이를 돌아서…….

그 나무를 지나…….

야영지가 보였고…….

거기에 그녀가 있었다.

거기에 그녀가 있었다.

아론은 가고 거기에 그녀가 있었다.

야영지 한가운데 땅바닥에 누워 있었다.

바이올라는 움직이지 않았다.

내 심장이 요란하게 뛰었다. 나는 무의식중에 기침을 하며 "제발, 제발, 제발"이라고 작게 뇌까리면서 노를 미친 듯이 저어 보트를 점점 강변으로 몰아갔다. 그리고 일어서서 물속으로 뛰어들다가 엉덩방아를 찧었다. "제발, 제발, 제발." 나는 배의 앞부분을 두 손으로 잡고 중얼거리면서 일어나 강둑을 향해 보트를 끌고 와서 거기에 놓고, 달리고 비틀거리며 바이올라, 바이올라, 바이올라에게로…….

"제발." 나는 달리면서 중얼거렸다. 가슴이 사정없이 조여들고, 기침이 걷잡을 수 없이 터져 나와 미치도록 아팠다. "제발."

나는 바이올라에게 다다랐다. 바이올라는 눈을 감은 채 입은 조금 벌리고 있었다. 나는 바이올라의 가슴에 머리를 대면서 윙윙거리는 내 소음과, 울부짖는 바람 소리와, 개 짖는 소리와, 숲속에서 고래고래 내 이름을 불러대는 소리를 다 떨쳐버렸다.

"제발." 나는 속삭였다.

쿵, 쿵.

바이올라는 살아 있다.

"바이올라." 나는 필사적으로 속삭였다. 작은 점들이 눈앞을 휙휙 지나가기 시작했지만 무시해 버렸다. "바이올라!"

나는 바이올라의 어깨를 흔들다가 그녀의 얼굴을 두 손으로 쥐고 흔들었다.

"일어나. 일어나. 일어나. 일어나라고!" 나는 속삭였다.

나는 바이올라를 안고 갈 수 없다. 지금 몸이 너무 떨리는 데다 계속 한쪽으로 기울어졌다. 나는 약해질 대로 약해져 있다.

하지만 그래야 한다면 아주 멋지게 그녀를 안고 갈 것이다.

"토드! 토드! 토드!" 숲속 깊은 곳에서 만시가 짖는 소리가 들렸다.

"토드 휴잇!" 아론이 내 개를 쫓아가면서 지르는 소리도 들렸다.

내 밑에서도 소리가 들렸다. "토드?"

"바이올라?" 그녀의 이름을 부르는 순간, 목이 메고 눈앞이 부옇게 흐려졌다.

바이올라가 날 마주 보고 있었다.

"너 꼴이 말이 아니다." 그렇게 말하는 바이올라의 혀가 꼬였고 눈은 졸려 보였다. 바이올라의 눈 밑에 든 멍을 보자 화가 나서 뱃속이 조여들었다.

"일어나야 해." 내가 속삭였다.

"그자가 약을 먹였어……." 바이올라는 눈을 감으면서 말했다.

"바이올라? 그놈이 돌아오고 있어, 바이올라. 우린 여길 어서 떠나야 해." 나는 바이올라를 다시 흔들면서 말했다.

짖는 소리는 더 이상 들리지 않았다.

"우린 가야 한다고. 지금 당장!"

"몸이 너무 무거워." 바이올라의 말이 뭉개지고 있었다.

"제발, 바이올라." 나는 이제 흐느껴 울고 있었다. "제발."

바이올라가 눈을 깜박이면서 떴다.

그리고 내 눈을 들여다봤다.

"날 위해 와줬구나."

"그래." 나는 기침을 하면서 말했다.

"날 위해 와줬어." 그 말을 반복하는 그녀의 얼굴이 금방이라도 울음을 터뜨릴 것처럼 일그러졌다.

바로 그때 만시가 덤불에서 쏜살같이 달려 나오면서 마치 거기에 목숨이 달린 것처럼 내 이름을 짖어댔다.

"토드! 토드! 토드!" 만시는 날 향해 달려오면서 낑낑거렸다. "아론! 와! 아론!"

바이올라가 갑자기 비명을 지르면서 밀어내는 바람에 나는 넘어질 뻔했다. 바이올라는 일어서면서 넘어지는 나를 잡았고, 우리는 서로를 붙들고 균형을 잡았다. 나는 간신히 보트를 손으로 가리켰다.

"저기!" 나는 숨을 고르려고 엄청 애쓰면서 말했다.

우리는 그것을 향해 달렸고……

야영장을 가로질러……

보트와 강을 향해……

만시가 앞장서서 힘차게 달리면서 한 번에 몸을 날려 보트 안으로 뛰어들었고……

바이올라가 내 앞에서 발이 걸려 비틀거렸고…….

그렇게 우린 다섯 발자국…….

네 발자국…….

세 발자국 남았는데…….

그때 아론이 우리 뒤 숲속에서 쿵쿵 소리를 내며 달려 나와…….

그의 소음은 너무 커서 돌아볼 필요조차 없었고…….

"토드 휴잇!!"

그리고 바이올라가 보트 앞에 도착해서 안으로 들어가고…….

두 발짝…….

한 발짝…….

내가 보트에 도착해서 온 힘을 다 쏟아 다시 강 쪽으로 밀려고 하는
데…….

"토드 휴잇!!"

아론이 가까워졌고…….

보트는 꿈쩍도 하지 않고…….

"내가 사악한 자들에게 벌을 내릴 것이다!"

그리고 아론이 더 가까워졌는데…….

여전히 보트는 움직이지 않고…….

그의 소음이 주먹으로 치는 것처럼 날 세게 후려쳤고…….

보트가 움직였고…….

한 걸음 두 걸음 내딛자 내 발이 물에 잠겼고 보트는 움직이고…….

나는 쓰러졌고…….

나는 배에 탈 힘이 없었고…….

보트가 멀어져 가는 사이에 나는 물속으로 쓰러졌고…….

바이올라가 내 셔츠를 잡아서 위로 끌어당겨 내 머리와 어깨가 보트 위로…….

"안 돼, 넌 안 돼!" 아론이 어마어마하게 큰 소리로 고함을 질렀고…….

그러자 바이올라가 소리를 지르면서 날 다시 끌어 올려서 내 몸 앞쪽이 보트에 들어와…….

그러자 아론이 물속에 들어와서…….

내 발을 움켜쥐고…….

"안 돼!" 바이올라가 비명을 지르면서 날 더 세게 잡고 있는 힘껏 끌어 올렸고…….

그렇게 난 허공으로 들렸고…….

보트가 멈추고…….

바이올라의 얼굴은 힘을 쓰느라 뒤틀리고…….

하지만 그건 아론이 이기게 될 줄다리기에 지나지 않았고…….

"토드!" 그때 너무나 사나운 목소리로 짖는 소리가 들려 잠시 물속에서 악어가 나온 줄 알았는데…….

그건 만시였고…….

만시였고…….

내 개, 내 개, 나의 개가 바이올라를 휙 지나서 발로 내 등을 치고 다시 허공으로 뛰어올라 으르렁거리며 아론에게 덤벼들었다. **"토드!"** 만시는 다시 소리쳤고, 그러자 아론이 화가 나서 소리를 지르며…….

내 발을 놨다.

바이올라가 순간 뒤로 휘청거렸지만 그녀는 내 몸을 놓지 않았고, 나는 보트 안 그녀의 몸 위로 굴러떨어졌다.

그 바람에 보트가 강가에서 멀어졌다.

보트는 강물을 타고 떠나기 시작했다.

내 머리가 이리저리 기울어지면서 빙빙 도는 사이에 몸을 돌려서 바이올라에게서 떨어져 보트 바닥을 두 손과 무릎으로 짚어야 했지만, 어쨌든 나는 최대한 몸을 일으켜 외쳤다. "만시!"

아론은 강가에 있는 부드러운 모래에 엉덩방아를 찧으며 넘어졌다. 그의 예복이 다리에 엉망으로 엉켜 있었다. 만시는 이빨과 발톱을 다 드러낸 채 으르렁거리며 아론의 얼굴을 노렸다. 아론은 만시를 흔들어서 떼어내려고 애썼지만, 만시가 아론의 코를 문 채 얼굴을 흔들었다.

그렇게 만시는 아론의 얼굴에서 코를 떼어내 버렸다.

아론은 고통스러워서 비명을 질렀다. 그의 피가 사방으로 솟구쳤다.

"만시! 서둘러, 만시!" 나는 있는 힘껏 소리 질렀다.

"만시!" 바이올라도 소리를 질렀다.

"얼른 와, 만시!"

그러자 만시는 아론에게서 고개를 돌려 자기를 부르는 나를 보았는데…….

바로 그때 아론이 기회를 잡았다.

"안 돼!" 내가 비명을 질렀다.

아론이 사납게 만시의 목덜미를 움켜쥐면서 대번에 허공으로 들어 올렸다.

"만시!"

물이 튀는 소리가 들렸고, 바이올라가 노를 잡아서 보트가 그 이상 먼 곳으로 흘러가지 못하게 막으려는 소리가 멍하니 들려왔다. 세상은 또다시 일렁이는 빛으로 가득 차고 쿵쿵 소리가 나면서…….

아론이 내 개를 잡고 있다.

"이리 돌아와!" 아론이 소리를 지르면서 만시를 잡은 팔을 쭉 뻗어서 저만치 거리를 뒀다. 만시는 그렇게 목덜미를 잡고 들기에는 무게가 나가는 개다. 고통스러워 낑낑거리는 와중에 만시는 고개를 숙여 아론의 팔을 물려고 했지만 잘되지 않았다.

"만시를 놔줘!" 내가 소리 질렀다.

아론이 고개를 숙였는데…….

코가 있던 자리에 생긴 구멍에서 피가 쏟아져 나왔다. 뺨의 상처는 나았지만 여전히 그 사이로 이들이 보였다. 또다시 얼굴이 엉망이 돼버렸는데도, 피가 거품처럼 부글부글 솟는데도 그는 대체로 차분한 목소리로 말했다. "내게 돌아와, 토드 휴잇."

"토드?" 만시가 낑낑거렸다.

바이올라가 미친 듯이 노를 저어서 보트가 물살에 흘러가지 않게 하려고 노력했다. 하지만 그동안 약에 취해 있던 터라 힘이 빠져 있어서 보트는 점점 멀리 흘러갔다. "안 돼. 안 돼." 바이올라가 중얼거렸다.

"만시를 놔줘!" 나는 비명처럼 소리를 질렀다.

"그 여자애냐 아니면 개냐, 토드." 아론은 여전히 차분한 목소리로 말했다. 고함을 지를 때보다 훨씬 무서웠다. "선택은 네가 해라."

나는 칼을 잡아서 앞으로 내밀었지만, 머리가 사정없이 빙빙 돌아서 손이 저절로 미끄러지면서 보트 앞좌석에 이가 그대로 부딪쳤다.

"토드?" 바이올라는 여전히 물살에 맞서서 노를 저으며 나를 불렀다. 보트는 빙글빙글 돌고 있었다.

나는 입속에서 피 맛을 느끼며 일어나 앉았지만, 세상이 물결치듯 흔들려서 다시 쓰러질 뻔했다.

"널 죽일 거야." 나는 그렇게 말했지만 목소리가 너무 작아서 혼잣말이나 다름없었다.

"마지막 기회야, 토드." 아론의 목소리는 더 이상 차분하게 들리지 않았다.

"토드? 토드?" 만시는 여전히 깨갱거리며 비명을 질렀다.

그리고, 안 돼…….

"널 죽일 거야." 하지만 내 목소리는 속삭임이었고…….

그리고, 안 돼…….

이젠 선택의 여지가 없고…….

보트는 물살을 타고 떠내려갔고…….

나는 여전히 물살에 맞서서 노를 저으며, 눈물을 뚝뚝 흘리고 있는 바이올라를 봤고…….

바이올라도 날 마주 봤고…….

이제 우리에게는 선택의 여지가 없고…….

"안 돼. 아, 안 돼. 토드……." 바이올라의 목소리가 미어졌다.

나는 그녀의 팔에 손을 대서 노를 멈추었다.

아론의 소음이 붉은색과 검은색 속에서 포효했다.

물살이 우리를 데려갔다.

"미안해!" 내가 흐느껴 우는 사이에 강물이 우리를 데려갔다. 내 말은 내게서 찢겨 나와 너덜너덜해졌고, 내 가슴은 너무나 심하게 당겨서 숨을 쉴 수조차 없었다. "미안해, 만시!"

"토드?" 만시는 혼란스러운 데다 겁에 질린 채 내가 그를 두고 가는 모습을 지켜보면서 짖었다. "토드?"

"만시!" 나는 비명을 질렀다.

아론이 남은 한 손을 내 개를 향해 내밀었다.

"만시!"

"토드?"

아론이 두 팔을 비틀었고, 탁 소리와 함께 들린 비명과 깨깽 소리가 내 심장을 영원히 두 쪽으로 찢어버렸다.

그 고통은 너무나, 너무나, 너무나 커서 나는 머리에 두 손을 댄 채 일어서서 입을 벌려 내 안에 있는 모든 어둠을 그러모아 결코 끝나지 않는 통곡을 쏟아냈다.

그리고 그 어둠 속으로 다시 떨어졌다.

그다음에 강물이 우리를 멀리, 멀리, 멀리 데려갔다.

PART 6

32

강의 하류

물소리.

그리고 새소리.

어디가 안전하지? 어디가 안전하지? 새들이 노래했다.

그 소리 너머로 음악이 들렸다.

분명 음악이었다.

플루트 소리 같은데, 거기에 기묘하면서 낯선 음악이 여러 겹으로 겹쳐지고······.

그리고 어둠을 배경으로 하얀색과 노란색 막처럼 넓게 퍼진 빛이 있었다.

그리고 온기가 있었다.

그리고 피부에 부드러운 감촉이 있었다.

그리고 언제나 그랬던 것처럼 침묵이 옆에서 나를 강하게 끌어당겼다.

나는 눈을 떴다.

나는 사방이 흰 벽으로 둘러싸이고 두 개의 열린 창문으로 햇빛이 들어오는 작은 사각형 방에서 침대에 이불을 덮고 누워 있었다. 세차게 흘러가는 강물 소리와 나무에서 이리저리 휙휙 날아다니는 새의 소리가(그리고 음악, 그게 음악이었나?) 창 밖에서 흘러 들어왔다. 잠시 나는 여기가 어딘지, 내가 누구인지, 내게 무슨 일이 있었는지, 왜 내 몸에 통증이 느껴지는지 알 수 없었다.

그러다가 바이올라가 침대 옆에 있는 의자에서 몸을 웅크리고 앉아 입으로 숨을 쉬면서, 두 손을 다리 사이에 끼고 잠들어 있는 모습을 보았다.

너무 힘이 없어서 바이올라를 부를 수조차 없었지만, 내 소음이 들렸는지 바이올라가 번쩍 눈을 뜨더니 나와 눈이 마주치자마자 벌떡 일어나서 날 껴안고 내 코를 자신의 쇄골에 사정없이 눌러댔다.

"아, 세상에, 토드." 바이올라가 너무 꽉 끌어안아서 좀 아팠다.

나는 한 손을 바이올라의 등에 대고 그녀의 향기를 들이마셨다.

꽃향기.

"네가 영원히 깨어나지 못할 거라고 생각했어. 네가 죽었다고 생각했다고." 바이올라가 날 꽉 안은 채 말했다.

"내가 그랬어?" 나는 쉰 목소리로 대답하면서 기억을 떠올려 보려고 애썼다.

"넌 아팠어." 바이올라는 여전히 내 침대에 무릎을 꿇은 채 뒤로 물러나 앉으며 말했다. "정말 아팠어. 스노 박사님은 네가 다시 깨어날 수 있을지 잘 모르겠다고 하셨어. 의사 선생님이 그렇게 말할 정도면……."

"스노 박사님이 누구야?" 나는 작은 방의 주위를 둘러보며 물었다.

"여긴 어디야? 여기가 헤이븐이야? 저 음악 소리는 또 뭐고?"

"우린 카보넬 다운스라는 마을에 있어. 우리는 강을 떠내려와 서……." 바이올라가 말을 멈췄다.

내가 침대 발치를 보는 걸 봤기 때문이다.

그 자리에 만시는 없었다.

기억이 났다.

가슴이 죄어들고, 목이 메었다. 내 소음에서 만시가 짖는 소리가 들렸다. "토드?" 만시는 왜 내가 자기를 버리고 가는지 궁금해하면서 묻고 있었다. "토드?" 이렇게 물음표를 달고 내가 왜 자기를 놔두고 가버리는지 영원히 물을 것이다.

"그 녀석이 죽었어." 나는 마치 내게 그걸 일러주는 것처럼 말했다.

바이올라는 뭔가 말할 듯했지만, 내가 힐끗 올려다봤을 때는 반짝이는 눈으로 나를 보며 고개만 끄덕였다. 그녀는 적절하게 처신했고, 그것이 내가 바라는 바이기도 했다.

만시는 죽었다.

만시는 죽었다.

그 일에 대해 대체 뭐라고 해야 할지 알 수 없었다.

"지금 들리는 소리가 소음이니?" 큰 목소리가 들렸고, 그 전에 침대 발치에 있는 문이 열리면서 그의 소음이 먼저 들렸다. 한 남자가 들어왔다. 체격이 큰 남자로, 키가 크고 어깨가 넓은 데다 안경을 쓰고 있었는데 그것 때문에 눈이 튀어나와 보였다. 머리를 뒤로 넘긴 그 남자의 장난기 어린 미소와 소음이 날 향해 달려들었는데, 그 속에는 안도하는 마음과 기쁨이 가득 차 있었다. 그 적극적인 환영에 얼떨떨해서 뒤에 있는 창문 밖으로 기어 나가지 않으려 애쓰는 게 내가 할 수 있는 전부였다.

"스노 박사님이셔." 바이올라는 얼른 침대에서 뛰어내려 자리를 비켜주면서 말했다.

"마침내 이렇게 만나게 돼서 기쁘구나, 토드." 스노 박사는 활짝 미소를 지으면서 침대에 앉아 셔츠 앞주머니에서 기구 하나를 꺼냈다. 그리고 두 개로 갈라진 끝부분을 귀에 걸고 반대편에 있는 나머지 한쪽 끝을 묻지도 않고 내 가슴에 댔다. "숨을 깊이 들이마셔서 보겠니?"

나는 아무것도 하지 않고 그의 얼굴만 멀뚱멀뚱 쳐다봤다.

"네 폐가 깨끗해졌는지 확인하려는 거야." 그의 말에 나는 지금 보고 있는 기구가 뭔지 깨달았다. 그의 말투는 신세계에서 내가 들어본 사람들 중 바이올라와 가장 비슷했다. "정확히 똑같진 않아. 하지만 비슷하지."

"박사님이 널 치료해 주셨어." 바이올라가 말했다.

나는 아무 말 없이 숨을 깊게 들이마셨다.

"좋아." 스노 박사는 그렇게 말하면서 그 끝부분을 내 가슴의 또 다른 부분에 댔다. "한 번만 더." 나는 숨을 들이마셨다가 내뱉었다. 이제는 폐의 밑부분까지 숨을 들이마시고 내쉴 수 있었다.

"넌 상태가 위중했어. 널 살릴 수 있을지 확신이 없었다. 어제까지는 소음조차 안 나왔거든. 이렇게 아픈 사람은 아주 오랜만에 봤다." 박사는 이 말을 하면서 내 눈을 봤다.

"네, 그렇군요." 내가 대꾸했다.

"스패클에게 공격받았다는 이야기는 아주 오랜만에 들었어." 나는 그 말에 아무 대꾸도 하지 않고 심호흡만 했다. "아주 잘했어, 토드. 셔츠를 벗어볼 수 있겠니?"

나는 그를 보고 나서 바이올라를 봤다.

"난 밖에서 기다리고 있을게." 바이올라는 그렇게 말하고 나갔다.

나는 손을 등 뒤로 뻗어서 셔츠를 머리 위로 잡아당겨 벗다가 어깻죽지 사이에서 통증이 느껴지지 않는다는 걸 깨달았다.

"몇 바늘 꿰매야 했어, 그 상처 말이야." 스노 박사가 내 뒤로 돌아가면서 말했다. 그리고 그 기구를 내 등에 댔다.

나는 움찔했다. "차가워요."

"저 아이는 한시도 네 옆을 떠나지 않았단다." 박사는 내 말을 무시하면서 여기저기에 그 기구를 대고 내 호흡을 검사했다. "잘 때도 네 옆에 있었다."

"제가 여기에 얼마나 있었나요?"

"오늘이 닷새째 아침이야."

"닷새요?" 나는 그렇게 외치고, 박사가 그렇다고 대답하기도 전에 이불을 제치고 침대에서 나와버렸다. "우린 여기서 나가야 해요." 일어서자 몸이 조금 휘청거렸지만 그래도 계속 서 있을 수 있었다.

바이올라가 문간에서 고개를 들이밀었다. "나도 계속 그렇게 얘기했어."

"너희는 여기 있으면 안전해." 스노 박사가 말했다.

"그 말은 전에도 들었어요." 바이올라가 내 말에 힘을 보태줄 거라고 생각하며 고개를 돌렸지만, 그녀는 그저 나오려는 웃음을 참고 있었다. 문득 내가 여기저기 구멍이 난 데다 무시무시하게 해진 팬티 하나만 입고 서 있다는 사실을 깨달았다. "보지 마!" 나는 손을 내려 중요 부위를 가리며 외쳤다.

"어딜 가든 여기가 제일 안전할 거야." 스노 박사는 내 뒤에서 그렇게 말하면서 침대 옆에 놓인 깨끗한 옷더미에서 내 바지를 건넸다. "우리 마을은 전쟁 때 최전선에 있는 마을 중 하나였어. 우린 방어하는 법을 알고 있어."

"그건 스패클을 상대로 싸울 때 이야기죠. 이번엔 인간들이라고요. 천 명의 남자들." 나는 바이올라를 등지고 돌아서서 바지에 다리를 밀어 넣으면서 말했다.

"소문은 그렇더구나. 사실상 수적으로 불가능한 이야기지만." 박사가 대꾸했다.

"몇 명인지는 잘 모르겠지만 그들에겐 총이 있어요."

"총은 우리도 있어."

"말들도 있어요."

"우리도 있어."

"그들 편에 설 남자들도 있나요?" 자신만만한 그에게 내가 이의를 제기했다.

그 말에 박사가 아무 대꾸도 하지 않아서 순간 고소했지만, 한편으로는 기운이 빠졌다. 나는 바지의 버튼을 잠갔다.

"우린 가야 해요."

"넌 쉬어야 해." 박사가 말했다.

"우린 여기 남아서 군대가 나타날 때까지 기다리지 않을 거예요." 나는 바이올라 쪽으로 돌아서다가, 내 개가 자기도 끼워달라면서 기다리고 있을 그 공간은 생각지도 않고 휙 돌아서 버렸다.

만시가 있는 내 소음이 방 안을 가득 채우자 모두 조용해졌다. 방 안은 만시가 짖고 또 짖고, 똥을 싸야 한다며 짖는 장면으로 가득 찼다.

죽어가는 모습도.

그 일에 대해서도 대체 뭐라고 말해야 할지 모르겠다.

(만시는 떠났다. 만시는 이제 없다.)

마음속이 텅 빈 것 같고, 가슴이 뻥 뚫린 것 같았다.

"아무도 네가 원하지 않는 일을 시키진 않을 거야, 토드. 하지만 너희가 떠나기 전에 이 마을의 원로들이 너희와 이야기를 하고 싶어 한단다." 스노 박사가 부드럽게 말했다.

나는 입술을 오므렸다. "뭐에 대해서요?"

"뭐든 도움이 될 만한 것에 대해."

"제가 어떻게 도울 수 있는데요?" 나는 빨아놓은 셔츠를 낚아채면서 말했다. "군대는 어쨌든 올 거고, 그들에게 합류하지 않는 사람들은 다 죽일 거예요. 그게 다예요."

"여긴 우리의 집이야, 토드. 우린 여길 지킬 거야. 다른 대안이 없어."

"그럼 저는 빼주시고……."

"아빠?" 그때 그 소리가 들렸다.

문간에 선 바이올라 옆에 꼬마가 하나 있었다.

진짜 남자아이.

아이는 눈을 동그랗게 뜬 채 나를 올려다보고 있었다. 아이의 소음은 웃고, 환하고, 헐렁했다. 그 속에서 내가 **비쩍 마르고 흉터가 있고 잠만 자는 형**으로 묘사되는 걸 들을 수 있었다. 동시에 자기 아빠를 향한 온갖 종류의 따뜻한 생각들이 밀려들면서 **아빠**란 말이 거듭거듭 나왔다. 그 말 속에 그가 원하는 모든 뜻이 들어 있었다. 나에 대해 물어보고 싶은 마음, 자신의 아빠를 알아보고 기쁜 마음, 아빠에게 사랑한다고 말하고 있는 마음이 그 한 단어로 응축돼서 끝없이 반복됐다.

"안녕, 제이콥, 이 형은 토드라고 해. 이제 완전히 깼어." 스노 박사가 말했다.

제이콥은 아주 진지한 얼굴로, 입에 손가락 하나를 넣은 채 나를 보더니 고개를 살짝 끄덕였다. "염소젖이 안 나와요." 아이가 조용히 말했다.

"그래?" 스노 박사는 그렇게 대꾸하며 일어섰다. "그럼 우리가 염소를 설득해서 젖이 나오게 할 수 있는지 한번 가볼까?"

아빠 아빠 아빠. 제이콥의 소음이 계속 그렇게 말했다.

"난 염소를 보러 가봐야겠다. 그다음에 원로들을 소집할게." 스노 박사가 내게 말했다.

나는 제이콥에게서 눈을 뗄 수 없었다. 제이콥도 마찬가지였다.

아이는 파브랜치에서 봤던 아이들보다 아주 가까이 있었다.

그리고 아주 작았다.

나도 저렇게 작았을까?

스노 박사는 계속 말했다. "너희가 우릴 도울 수 있을지 알아보기 위해 원로들을 여기로 데려올 거야. 우리가 너희를 도울 수 있는지도 보고." 박사는 나와 눈이 마주칠 때까지 허리를 숙였다.

그의 소음은 진실하고 진심이 어려 있었다. 그의 말이 진심이라고 믿는다. 그리고 그가 착각하고 있다는 것도.

"어쩌면 그럴지도 모르지. 어쩌면 아닐 수도 있고. 넌 아직 이 마을을 다 못 봤잖아. 어서 가자, 제이콥." 박사는 싱긋 웃으며 말했다. 그는 아들의 손을 잡았다. "부엌에 음식이 있다. 넌 분명 어마어마하게 배가 고플 거야. 한 시간 내로 돌아오마."

나는 문으로 가서 두 부자가 가는 모습을 지켜봤다. 제이콥은 손가락을 계속 입에 넣은 채 아빠와 같이 집을 나갈 때까지 고개를 돌려 날 바라봤다.

"쟤는 몇 살이야? 난 쟤가 몇 살인지도 모르겠어." 나는 여전히 복도 쪽을 바라보며 바이올라에게 물었다.

"네 살이야. 쟤가 내게 그 말을 한 800번은 했어. 염소젖을 짜기에는 좀 어린 나이 같은데."

"신세계에선 그렇지 않아." 내가 대꾸했다. 그리고 돌아서서 바이올라를 보자 그녀는 허리춤에 두 손을 댄 채 심각한 표정으로 날 보고 있었다.

"가서 뭘 좀 먹자. 이야기도 해야 하고."

33

카보넬 다운스

바이올라는 나를 이끌고 침실처럼 깨끗하고 환한 부엌으로 향했다. 밖에선 여전히 강물이 세차게 흐르고, 새들은 여전히 소음을 내고, 음악은 여전히…….

"저 음악은 뭐야?" 나는 창가로 가서 바깥을 내다보면서 말했다. 가끔은 아는 멜로디처럼 느껴지기도 했지만, 자세히 들어보면 음악에 나오는 목소리들이 계속 바뀌면서 반복되고 있었다.

"마을 중심가에 있는 확성기에서 나오는 소리야." 바이올라는 냉장고에서 차가운 고기 한 접시를 꺼내면서 말했다.

나는 식탁 앞에 앉았다. "지금 무슨 축제 중이야?"

"아니." 바이올라는 좀 기다려 봐, 라는 표정으로 대답했다. "축제는 아니야." 바이올라는 빵과 생전 처음 보는 오렌지색 과일을 꺼내고, 그 후에 딸기와 설탕 맛이 섞인 붉은색 음료를 꺼냈다.

나는 걸신들린 듯이 먹었다. "말해봐."

"스노 박사님은 좋은 분이셔." 바이올라는 먼저 내가 이 점을 알아야

426   카오스 워킹 1

하는 것처럼 말했다. "모든 면에서 선하고 친절하신 분이고, 널 구하기 위해 아주 열심히 치료하셨어. 토드, 진심으로 하는 말이야."

"오케이. 그래서 저건 뭔데?"

"저 음악은 하루 종일 나와. 집 안에 있으면 희미하게 들리지만 밖으로 나가면 네가 생각하는 소리를 들을 수 없어." 바이올라는 내가 먹는 모습을 보며 말했다.

나는 빵을 한 입 가득 물었다가 멈췄다. "술집이랑 비슷하네."

"무슨 술집?"

"술집. 프렌티……." 나는 말하다가 멈췄다. "여기 사람들은 우리가 어디서 왔다고 생각하지?"

"파브랜치."

나는 한숨을 쉬었다. "최선을 다해볼게." 나는 과일을 한입 베어 물었다. "고향 마을 술집에서는 사람들의 소음이 들리지 않게 하려고 하루 종일 음악을 틀어놨었어."

바이올라는 고개를 끄덕였다. "내가 스노 박사님에게 왜 여기는 하루 종일 음악을 틀어놓는지 물었더니 이러셨어. '남자들의 생각을 개인적인 비밀로 유지하기 위해서'라고."

나는 어깨를 으쓱했다. "엄청 시끄럽긴 하지만 어느 정도는 말이 되는 이야기지, 안 그래? 소음에 대처하는 한 방식이야."

"남자들의 생각이라니, 토드. 남자들이라고 했다고. 그리고 너 원로들이 우리 조언을 구하러 올 거라고 박사님이 말할 때 뭐 느낀 거 없어?"

갑자기 끔찍한 생각이 들었다. "여기 여자들도 다 죽었어?"

"아, 여자들은 있어." 바이올라는 버터 바르는 칼을 만지작거리면서 말했다. "여자들은 청소하고 요리하고 아이 낳는 일만 하고, 남자들일에는 참견할 수 없도록 마을 밖에 있는 큰 기숙사에 다 모여서 살고 있어."

나는 고기를 찍은 포크를 내려놨다. "내가 널 찾으러 갔을 때 그런 마을을 하나 봤어. 남자들이랑 여자들이 각각 다른 곳에서 자더라고."

"토드." 바이올라는 날 보면서 말했다. "이곳 사람들은 내 말을 들으려 하지 않아. 단 한 마디도. 군대에 대해 내가 한 말들을 귓등으로도 안 들어. 사실상 내 빌어먹을 머리를 다독이면서 날 아무것도 모르는 아이 취급을 하더라고." 바이올라는 팔짱을 꼈다. "그들이 그 문제에 대해 이제 와서 너랑 이야기하고 싶어 하는 이유는 강가 도로에 피난민 포장마차 행렬이 나타나기 시작했기 때문이야."

"윌프."

바이올라는 내 얼굴을 살펴보면서 내 소음을 읽었다. "아니, 아니야. 윌프는 보지 못했는데."

"잠깐만." 나는 음료수를 조금 더 삼켰다. 몇 년 동안 아무것도 못 마신 사람처럼 입이 바짝 말랐다. "우리가 어떻게 군대를 앞질러서 이렇게 멀리 왔지? 난 여기에 닷새나 있었는데 왜 아직도 여기가 그들의 소굴이 안 된 거야?"

"우리는 그 보트에 하루 반 동안 있었어." 바이올라는 테이블에 붙어 있는 뭔가를 손톱으로 긁으면서 말했다.

"하루 반이라. 그럼 몇 킬로미터는 왔겠군." 나는 거리를 생각해보며 말했다.

"우리는 아주 멀리 왔어. 나는 우리가 탄 배가 계속 떠내려가게 내버려 뒀어. 우리가 지나쳤던 마을들이 너무 무서워서 멈출 수가 없었어. 그 이야기를 하면 넌 믿지 못할 거야⋯⋯." 바이올라는 말을 하다 말고 고개를 저었다.

제인의 경고가 기억났다. "벌거벗은 사람들과 유리로 만든 집들?"

바이올라가 이상하다는 눈빛으로 나를 바라봤다. "아니." 바이올라는 입술을 말아 올리며 말했다. "그냥 가난했어. 정말 너무너무 가난했어. 어떤 마을 사람들은 우리를 잡아먹을 것 같아서 그냥 계속 갔지. 게다가 너는 점점 더 심하게 아프고. 그렇게 이틀째 되는 날 아침에 강가에 낚시하러 나온 스노 박사님과 제이콥을 봤어. 박사님의 소음에서 의사란 걸 알았고, 여자들은 이상하게 대하지만 여긴 적어도 깨끗한 마을이었어."

나는 무지하게 깨끗한 부엌 주위를 돌아봤다. "우린 여기 머물 수 없어."

"그렇지, 그럴 수 없지." 바이올라는 두 손으로 자기 머리를 감쌌다. "난 네가 너무나 걱정됐어." 그녀의 목소리에 두려움이 깃들어 있었다. "군대가 오는 것도 너무 걱정됐는데 아무도 내 말을 듣지 않았고." 바이올라는 짜증이 나서 손바닥으로 테이블을 탁 쳤다. "내 기분도 최악이었고……."

그녀는 입을 다물더니 얼굴이 일그러지며 고개를 돌려버렸다.

"만시." 나는 정신이 든 후 처음으로 큰 소리로 그 이름을 불렀다.

"너무 미안해, 토드." 바이올라가 눈물이 가득 고인 눈으로 말했다.

"네 잘못이 아니야." 나는 재빨리 일어서면서 의자를 얼른 뒤로 뺐다. "그자는 널 죽였을 거야. 그다음에 만시도 죽였을 거고. 그냥 그럴 수 있으니까 말이야." 바이올라가 말했다.

"제발 그 이야기는 그만하자." 나는 부엌을 나와서 다시 침실로 돌아갔다. 바이올라가 따라왔다. "내가 그 영감들이랑 말해볼게." 나는 바닥에 있는 바이올라의 가방을 들어서 빨아놓은 옷들을 그 안에 넣었다.

"그다음에 떠나자. 헤이븐에서 우리가 얼마나 떨어져 있는지 알아?"

바이올라는 아주 희미하게 미소를 지었다. "이틀 거리야."

나는 허리를 펴고 똑바로 섰다. "우리가 강물을 타고 그렇게 멀리까지 온 거야?"

"그렇게 멀리 왔어."

나는 조용히 휘파람을 불었다. 이틀이라니. 이틀밖에 안 남았다니. 헤이븐에 뭐가 있건 이틀 남았구나.

"토드?"

"응?" 나는 어깨에 바이올라의 가방을 메면서 대답했다.

"고마워."

"뭐가?"

"날 쫓아와 준 거."

모든 것이 고요해졌다.

"별거 아니야." 갑자기 얼굴이 화끈거려서 고개를 홱 돌리며 말했다. 바이올라는 더 이상 아무 말도 하지 않았다. "너 괜찮아? 그놈이 널 데려갔을 때 말이야." 나는 계속 바이올라를 외면하면서 물었다.

"난 사실……." 바이올라가 입을 열었지만 그때 현관문이 닫히면서 노래를 부르는 것처럼 높아졌다가 낮아지는 **아빠 아빠 아빠** 소리가 복도를 따라 방 안으로 흘러 들어왔다. 제이콥은 방 안에 들어오지 않고 문틀만 껴안고 있었다.

"아빠가 형을 데려오라고 했어."

"어? 이제 내가 그들에게 가야 한다 그 말이야?" 나는 눈썹을 치켜올리며 물었다.

제이콥은 아주 심각한 표정으로 고개를 끄덕였다.

"음, 그렇다면 우리가 가야지. 그다음에 떠나자." 나는 배낭을 다시 고쳐 메면서 바이올라를 보며 말했다.

"완전 동의해." 바이올라가 그렇게 말해줘서 기분이 좋았다. 우리는 제이콥을 따라 복도로 나가려고 했지만 제이콥이 문 앞에서 우리를 멈춰 세웠다.

"그냥 형만." 제이콥이 날 보면서 말했다.

"그냥 형만, 이라니 뭐가?"

바이올라가 팔짱을 꼈다. "제이콥은 지금 너만 원로들과 이야기하러 오라는 뜻이야."

제이콥은 또다시 아주 심각한 표정으로 고개를 끄덕였다. 나는 바이올라를 보고 다시 제이콥을 봤다. "자." 나는 제이콥의 눈높이에 맞춰 쭈그려 앉았다. "네가 아빠에게 가서 나와 바이올라가 곧 갈 거라고 말해주면 어떻겠니? 오케이?"

제이콥이 입을 열었다. "하지만 아빠가……."

"네 아빠가 뭐라고 했는지 나는 아무 관심 없어. 가." 내가 부드럽게 말했다.

제이콥은 작게 헉 소리를 내더니 문 밖으로 달려 나갔다.

"아무래도 남자들이 내게 이래라저래라 시키는 건 그만두게 해야 할 것 같아." 그렇게 말하는 내 목소리에 너무 힘이 없어서 깜짝 놀랐다. 갑자기 다시 저 침대로 돌아가서 또 닷새 동안 잠만 자고 싶어졌다.

"너 헤이븐까지 잘 걸어갈 수 있겠어?"

"못 믿겠으면 어디 한번 막아보든가." 내가 그렇게 말하자 바이올라는 생긋 웃었다.

나는 앞문을 나갔다.

그때 또다시 만시가 달려 나와 우리보다 앞장설 거라고 무심코 생각하고 말았다.

만시의 부재가 너무 커서 마치 이 자리에 있는 것처럼 느껴졌다. 또다시 폐에서 공기가 좍 빠져나가는 것 같아 그 자리에 멈춰서 그 순간이 지나가길 기다리며 심호흡을 해야 했다.

"아, 이런." 나는 혼잣말을 했다.

토드? 만시의 마지막 말이 내 소음에 상처처럼 남아 있었다.

소음에는 또 다른 특징이 있다. 살아오면서 그때까지 일어난 모든 일이 영원히 말을 걸어댄다.

나는 제이콥이 언덕 위를 달려 올라가면서 일으킨 먼지가 나무들 사이로 사라지는 걸 지켜봤다. 주위를 둘러봤다. 스노 박사의 집은 그렇게 크지 않지만 강이 내다보이는 곳까지 길게 뻗어 있었다. 작은 부두가 하나 있었고, 아주 긴 다리 하나가 카보넬 다운스의 중심부에서 강변도로까지 통하는 넓은 길을 이어주는 큰길 맞은편에 길게 뻗어 있었다. 강 건너편 그 길, 우리가 여기까지 오느라 아주 많은 시간을 보냈던 그 큰길은 한 줄로 늘어선 나무들 뒤에 숨겨져 있다시피 했다. 그 도로가 마을을 지나서 헤이븐까지 가는 마지막 이틀 동안 계속 우리 앞에 뻗어 있을 것이다.

"맙소사. 이곳은 신세계의 다른 마을들에 비하면 천국 같네."

"천국에는 근사한 건물들만 있는 게 아니야." 바이올라가 말했다.

나는 주위를 더 자세히 둘러봤다. 스노 박사의 집에는 마을로 가는 길 쪽으로 잘 가꾼 정원이 하나 있었다. 길 위쪽을 보자 나무들 사이로 더 많은 건물들이 보이고 음악 소리가 들렸다.

기이한 음악이다. 듣는 사람이 익숙해지지 않도록 계속 바뀌고 있다는 짐작이 들었다. 내가 알아들을 수 있는 음악은 하나도 없었지만 밖에 나오니 아까보다 소리가 더 컸다. 여기서 알아듣는 음악이 있다면 황당한 소리겠지만 어쩐지 그 속에서 내가 깨어났을 때 들어본 적이 있는 듯한…….

"마을 한가운데에 가면 돌아버릴 것 같아. 여자들 대부분은 기숙사에서 나오려고 하지도 않는다니까. 그게 바로 기숙사의 목적이긴 하겠지만." 바이올라는 얼굴을 찡그리며 말했다.

"윌프 아저씨 부인이 내게 어떤 마을 이야기를 했는데 거기서는 모두……." 음악 소리가 바뀌어서 나는 말을 멈추었다.

다만 그것은 바뀌지 않았다.

마을에서 나오는 음악은 계속 똑같이 정신 사납고 가사는 장황한 데다 마치 원숭이처럼 정신없이 날뛰며 빙빙 돌았다.

하지만 그게 전부가 아니었다.

거기에 더 많은 음악이 있었다.

그리고 그 소리가 점점 커지고 있었다.

"저 소리 들려?" 내가 물었다.

그리고 돌아섰다.

그리고 다시 돌아섰다. 바이올라도 마찬가지였다.

우리는 지금 듣는 소리가 뭔지 알아내려고 애썼다.

"어쩌면 누군가가 강 건너편에 또 다른 확성기를 설치했나 봐. 여자들이 여길 떠나겠다는 건방진 생각을 할 경우에 대비해서 말이야."

하지만 나는 바이올라의 말을 듣지 않았다.

"아니야. 아니야. 그럴 리가 없어." 내가 속삭였다.

"뭐라고?" 그렇게 말하는 바이올라의 목소리가 변했다.

"쉿." 나는 다시 그 소리를 자세히 들어보면서, 제대로 들을 수 있도록 내 소음을 진정시키려고 애썼다.

"저 소리는 강에서 흘러나오고 있어." 바이올라가 속삭였다.

"쉿." 나는 다시 말했다. 내 가슴이 부풀어 올랐고, 내 소음이 너무 크게 윙윙거리기 시작해서 아무 쓸모도 없어지고 있었으니까.

저기 밖에서, 세차게 강물이 흘러가는 소리와 새들의 노랫소리인 소음을 배경으로……

"노래야. 누가 노래를 하고 있어." 바이올라가 아주 조용히 말했다.

누가 노래를 하고 있었다.

그리고 그 노래는.

어느 이른 아침, 해가 떠오르고 있을 때…….

내 소음이 내 말보다 더 크게 치솟아 올랐다.

"벤 아저씨."

34

오, 날 절대 떠나지 말아요

나는 강가로 달려 내려가서 멈추고 다시 들었다.

오, 날 절대 속이지 말아요.

"벤 아저씨?" 나는 그 말을 소리치는 동시에 속삭이려고 애썼다.

바이올라가 쿵쿵 소리를 내면서 뒤에서 나타났다. "너의 그 벤 아저 씨야? 정말로?"

나는 손을 들어 바이올라를 조용히 시키고, 강물 소리와 새소리와 내 소음을 다 떨쳐버리고 그 소리에 귀 기울이려고 노력했다. 그러자 거기 에, 그 모든 소리 밑에……

오, 날 절대 떠나지 말아요.

"강 반대쪽이야." 바이올라가 말하고 다리를 건너기 시작했다. 그녀 는 나무다리를 발로 탁탁 치면서 달려갔다. 나는 바로 뒤에 있다가 바 이올라를 지나쳐 달리면서 계속 듣고 보고 듣고 보다가 거기에, 거기 에, 거기에……

강가 맞은편의 잎이 무성한 관목 속에……

벤 아저씨가 있었다.

정말 벤 아저씨였다.

아저씨는 무성한 잎 뒤에 쭈그리고 앉아서 나무 몸통에 손을 댄 채 내가 그에게 오는 모습을, 내가 다리를 건너 달려오는 모습을 지켜보고 있었다. 내가 가까워지자 아저씨의 얼굴에서 긴장이 풀리면서 그의 소음이 그가 벌린 팔만큼이나 활짝 열렸다. 나는 다리에서 뛰어내려 그 품안으로 날아 들어가듯 관목 속으로 달려가서 아저씨를 쳐서 쓰러뜨릴 뻔했다. 내 심장은 터질 것 같았고 내 소음은 이 파란 하늘처럼 환하게 빛났고……

그리고 모든 것이 다 괜찮아질 것이다.

모든 것이 다 괜찮아질 것이다.

모든 것이 괜찮아질 것이다.

벤 아저씨가 있으니까.

아저씨는 나를 꽉 끌어안고 내 이름을 불렀다. 바이올라는 조금 떨어진 곳에 서서 우리 둘의 재회를 지켜봤다. 나는 아저씨를 끝도 없이 끌어안았다. 아, 벤 아저씨다, 세상에, 정말 벤, 벤, 벤 아저씨야.

"나다." 아저씨는 내가 너무 꽉 끌어안아서 숨이 막힐 것 같아 살짝 웃음을 터트리며 말했다. "아, 너를 보니 정말 좋구나, 토드."

"벤 아저씨." 나는 그렇게 말하고 아저씨에게서 몸을 떼서 뒤로 기울였다. 손은 어찌해야 할지 몰라서 그냥 아저씨의 셔츠 앞쪽을 꽉 쥐고 사랑한다는 뜻으로 아저씨를 사정없이 흔들었다. "벤 아저씨." 내가 다시 말했다.

아저씨는 고개를 끄덕이며 싱긋 웃었다.

하지만 아저씨 눈가에는 주름이 져 있었고, 벌써 그 이야기가 시작되려는 기미를 볼 수 있었다. 그러니까 아저씨의 소음에 금방이라도 나타날 것이라서 내가 먼저 물어봐야 했다. "킬리언 아저씨는?"

벤 아저씨는 아무 말도 하지 않고 그냥 소음으로 보여줬다. 벤 아저씨가 이미 불길에 휩싸여 있는 우리 농장으로 달려가는 모습, 농장이 불타서 무너지고 있는 모습, 그 안에 시장의 부하 몇 명이 있었지만 킬리언 아저씨도 있었다. 벤 아저씨는 아직도, 아직도 슬퍼하고 있었다.

"아, 안 돼." 오래전에 그게 사실일 거라고 짐작하긴 했지만, 그래도 가슴이 한없이 무너져 내렸다.

뭔가를 막연히 짐작하는 것과 확실히 아는 건 다르니까.

벤 아저씨는 천천히, 슬프게 고개를 끄덕였다. 그때 아저씨의 행색이 지저분하고 코에 피가 엉겨 있는 모습이 눈에 들어왔다. 아저씨는 족히 1주일은 굶은 것처럼 보였지만 달라진 건 하나도 없었다. 여전히 유일하게 내 마음을 잘 읽을 수 있는 사람이었다. 아저씨는 이미 소음으로 만시에 대해 물었고 나는 벌써 보여주고 있었다. 마침내 내 눈에 눈물이 가득 고였다가 펑펑 쏟아져 나왔다. 아저씨는 다시 나를 품에 안았고, 나는 내 개와 킬리언 아저씨와 우리가 함께했던 삶의 죽음을 슬퍼하며 목 놓아 울었다.

"내가 놔두고 왔어요. 내가 그 녀석을 놔두고 왔어요." 나는 콧물이 가득 찬 소리로 기침하며 계속 그렇게 말했다.

"안다." 아저씨가 말했다. 그 말이 진실이라는 걸 알 수 있었다. 아저씨의 소음에서도 같은 말이 계속 들렸으니까. 내가 그를 놔두고 왔어.

하지만 잠시 후에 아저씨가 날 부드럽게 밀어내면서 말했다. "잘 들어, 토드, 시간이 별로 없다."

"무슨 시간이 없어요?" 나는 코를 훌쩍였지만 아저씨는 저쪽에 있는 바이올라를 바라보고 있었다.

"안녕하세요." 바이올라가 경계하는 눈으로 말했다.

"안녕. 네가 분명 그 여자아이인 모양이구나."

"그런 것 같네요."

"네가 그동안 토드를 보살펴 줬니?"

"우린 서로를 보살펴 줬어요."

"잘했다. 참 잘했어." 그렇게 말하는 벤 아저씨의 소음이 따뜻하면서도 서글펐다.

"어서 가요." 나는 아저씨의 팔을 잡고 다리 쪽으로 끌고 가려고 했다. "가서 뭘 좀 먹어야죠. 거기 의사도……."

하지만 벤 아저씨는 움직이지 않더니 바이올라에게 물었다. "우리를 위해 망을 봐줄 수 있니? 뭔가 보이면, 뭐든 좋으니 알려다오. 마을에서건 길에서건."

바이올라는 고개를 끄덕이고 나와 눈을 마주치더니 잎이 무성한 관목을 떠나 다시 길로 나갔다.

"상황이 그동안 더 악화됐어. 넌 헤이븐이라는 곳으로 꼭 가야 해. 최대한 빨리." 아저씨는 낮은 목소리로 아주 심각하게 말했다.

"나도 알아요, 아저씨. 왜 아저씨는……?"

"군대가 널 쫓고 있다."

"그것도 알아요. 그리고 아론도. 하지만 아저씨가 왔으니까 이제 우리는……."

"난 너랑 같이 갈 수 없다."

나도 모르게 입이 떡 벌어졌다. "뭐라고요? 당연히 같이 가야……."

하지만 아저씨는 고개를 설레설레 젓고 있었다. "내가 못 간다는 거

너도 알잖니."

"방법을 찾을 수 있을 거예요." 말은 그렇게 했지만 이미 내 소음은 사정없이 빙글빙글 돌면서 지금까지 있던 일들을 생각하고, 기억해 내고 있었다.

"프렌티스타운 남자들은 신세계 어디서도 환영받지 못한다." 아저씨가 말했다.

나는 고개를 끄덕였다. "프렌티스타운 남자아이도 별로 좋아하지 않던데요."

아저씨가 다시 내 팔을 잡았다. "누가 널 다치게 했니?"

나는 조용히 아저씨를 바라봤다. "아주 많은 사람들이."

아저씨는 입술을 깨물었고, 소음은 아까보다 더 슬퍼졌다.

"난 널 찾아다녔다. 밤낮으로 군대를 따라가면서, 군대를 피해 돌아가기도 하고 앞서가기도 하면서 단둘이서 여행하는 소년과 소녀에 대한 소문을 듣고 다녔어. 그런데 네가 여기 있었어. 넌 괜찮아. 괜찮아질 거라는 걸 난 알아." 아저씨는 한숨을 쉬었다. 그 속에 너무나 많은 사랑과 슬픔이 깃들어 있어서 이제 아저씨가 진실을 말해주리라는 걸 알 수 있었다. "하지만 신세계에서는 나와 같이 있으면 네가 위험해진다." 아저씨는 우리가 마치 도둑처럼 숨어 있는 관목을 가리켰다. "남은 길은 너 혼자 가야 해."

"난 혼자가 아니에요." 나는 무의식중에 그렇게 중얼거렸다.

아저씨는 미소를 지었지만 여전히 슬퍼 보였다. "그래, 넌 혼자가 아니야. 그렇지?" 아저씨는 다시 주위를 둘러보면서, 나뭇잎 사이로 강 건너 스노 박사의 집을 바라봤다. "너 아팠었니? 어제 아침에 강물을 따라 흘러 내려오는 너의 소음을 들었는데 열에 들떠서 자는 소음이었어.

그 후로 여기서 계속 기다렸다. 뭔가 정말 잘못됐을까 봐 걱정했어."

"아팠어요." 나는 그렇게 말했다. 수치심 때문에 안개가 퍼지는 것처럼 소음이 흐려지기 시작했다.

벤 아저씨가 날 다시 자세히 들여다봤다. "무슨 일이 있었니, 토드?" 아저씨는 항상 그랬듯 부드럽게 내 소음을 읽어 들어갔다. "무슨 일이 있었어?"

나는 아저씨를 위해 내 소음을 열었다. 처음부터 전부 다. 아론을 공격한 악어 떼, 늪지를 통과했던 그 경주, 바이올라의 우주선, 말을 탄 시장에게 쫓겼던 일, 그 다리, 힐디와 탬, 파브랜치와 거기서 일어났던 일들, 갈림길, 윌프와 여기 노래를 불렀던 그것들, 프렌티스 주니어와의 격투와 바이올라가 날 구한 일.

그 스패클.

내가 저지른 짓.

벤 아저씨를 차마 볼 수 없었다.

"토드." 아저씨가 말했다.

나는 여전히 땅만 보고 있었다.

"토드. 나를 봐." 아저씨가 다시 말했다.

나는 고개를 들어 아저씨를 봤다. 아저씨는 언제나처럼 새파란 눈을 마주치면서 계속 나를 바라봤다. "우린 모두 실수를 한단다, 토드. 우리 모두 그래."

"난 그걸 죽였어요." 나는 침을 한 번 꿀꺽 삼키고 말했다. "내가 그를 죽였다고요. 그건 남자였어요."

"넌 네가 아는 것을 바탕으로 행동한 거야. 그게 최선이라고 생각해서 그랬던 거지."

"하지만 그렇다고 용서가 되나요?"

그때 아저씨의 소음에 뭔가가 있었다. 뭔가가 미묘하게 평소와 어긋나면서 비밀을 드러내려 했다.

"뭐예요, 아저씨?"

아저씨는 한숨을 내쉬었다. "이제 너도 알아야 할 때가 됐다, 토드. 진실을 알아야 할 때가."

그때 나뭇가지들이 부러지는 소리기 나면서 바이올라가 급하게 돌아왔다.

"큰길에 말이 있어요." 바이올라가 숨을 헐떡이면서 말했다.

소리가 들렸다. 말발굽 소리가 강변도로 아래쪽에서 빠르게 다가오고 있었다. 벤 아저씨는 살금살금 관목 속으로 좀 더 깊숙이 들어갔다. 우리는 아저씨를 따라 숨었지만 말을 탄 남자는 우리에겐 아무 관심도 보이지 않고 바람처럼 빠르게 달려가 버렸다. 우리는 그가 천둥처럼 달려서 다리를 건너 곧장 카보넬 다운스로 향하는 소리를 들었다. 다리의 나무판자들이 달가닥달가닥 소리를 내며 울렸고, 이어서 흙길 위를 달리다가 마침내 확성기에서 나오는 소리가 말발굽 소리를 집어삼켰다.

"저건 좋은 소식일 리 없어." 바이올라가 말했다.

"군대 소식일 게다. 지금쯤이면 아마 여기서 불과 몇 시간 떨어진 곳에 있을 거야." 벤 아저씨가 말했다.

"뭐라고요?!" 나는 벌떡 일어섰다. 바이올라도 깜짝 놀랐다.

"시간이 별로 없다고 내가 말했잖니."

"그럼 우린 가야 해요! 아저씨도 우리랑 같이 가고. 사람들에게 말해야……."

"안 돼. 안 돼. 너희는 헤이븐으로 가야 한다. 그 길 외엔 없어. 그게 너희가 가진 유일한 기회야."

우리는 아저씨에게 질문을 퍼부어댔다.

"그럼 헤이븐은 안전해요? 군대로부터 안전하냐고요?" 바이올라가
물었다.

"거기 소음 치료제가 있다는 말이 사실이에요?" 내가 물었다.

"거기 통신 장비들이 있을까요? 제가 우리 우주선과 연락할 수 있을
까요?"

"거기 안전한 거 확실해요? 확실하냐고요?"

아저씨가 두 손을 들어 우리를 제지했다. "나도 모른다. 나도 20년 동
안 가보지 않았으니까."

바이올라가 똑바로 일어섰다.

"20년이라고요? 20년?" 그녀의 언성이 높아지고 있었다. "그럼 우리
가 도착했을 때 거기 뭐가 있을지 어떻게 알아요? 그게 아직까지 거기
있기나 할지 어떻게 아냐고요?"

나는 두 손으로 얼굴을 벅벅 문지르며 생각했다. 만시가 있던 자리의
그 부재, 그 공허감 때문에 전에는 결코 알고 싶지 않던 사실을 깨닫게
됐다는 생각이 들었다.

"우린 모르지. 전에도 그랬고 지금도 몰라." 나는 진실을 말했다.

바이올라는 뭐라고 작게 중얼거리더니 어깨를 축 늘어뜨렸다. "그래.
모르는 것 같다."

"하지만 항상 희망이 있단다. 너희에겐 항상 희망이 있어."

우리 둘 다 아저씨를 봤다. 지금 우리가 느끼는 이 감정을 어떻게 표
현해야 할지 모르겠다. 우리는 마치 아저씨가 외국어로 말한 것처럼,
방금 두 개의 달 중 하나로 이주하겠다고 말한 것처럼, 이건 다 악몽이

었고 끝에 가면 모두 사탕을 받게 될 거라고 말한 것처럼 아저씨의 얼굴을 바라봤다.

"이곳에 희망은 없어요, 벤 아저씨." 내가 말했다.

아저씨는 고개를 흔들었다. "널 지금까지 계속 가게 만든 힘이 뭐라고 생각하니? 뭣 때문에 네가 여기까지 왔다고 생각해?"

"두려움이죠." 바이올라가 대답했다.

"절망." 내가 내답했다.

"아니야." 벤 아저씨는 우리 둘을 찬찬히 보면서 말했다. "아니야, 아니, 그렇지 않아. 너희는 이 행성 대부분의 사람들이 평생 가본 만큼보다 훨씬 멀리까지 왔어. 너희는 수많은 장애와 위험과 목숨을 잃고도 남았을 일들을 견디고 살아남았어. 너희는 군대와 미치광이와 치명적인 부상을 극복했고, 평범한 사람들은 결코 보지 못할 것들을 봤어. 너희에게 희망이 없었다면 어떻게 이렇게 먼 곳까지 올 수 있었겠니?"

바이올라와 나는 눈빛을 주고받았다.

"아저씨 말이 무슨 뜻인지는 알지만……." 내가 말했다.

"희망이야." 아저씨는 그 말을 하면서 내 팔을 꽉 쥐었다. "그건 희망이야. 지금 너의 눈에서 그게 보여. 내가 장담하는데 너희를 위한 희망이 분명히 있어." 아저씨는 고개를 들어 바이올라를 봤다가 다시 나를 봤다. "이 길 끝에 너희를 위한 희망이 기다리고 있어."

"그건 아저씨도 모르는 거예요." 바이올라가 말했다. 마음은 안 그랬지만 내 소음도 바이올라의 말에 동의하고 있었다.

"그래. 나도 모르지. 하지만 난 믿어. 너희를 위해 믿는다. 그래서 그게 희망인 거야."

"아저씨……."

"너희가 믿지 않는다 해도, 내가 믿는다는 건 믿어라."

"아저씨가 우리와 같이 가면 더 많이 믿을게요."

"아저씨가 같이 안 간다고?" 바이올라는 그렇게 말하면서 놀랐다가 다시 고쳐서 말했다. "안 가신다고?"

벤 아저씨는 바이올라를 보고 입을 열었다가, 다시 닫아버렸다.

"그 진실이 뭐예요, 아저씨? 우리가 알아야 할 진실이 뭐냐고요?" 내가 물었다.

아저씨는 코로 천천히 길게 숨을 내쉬고는 말했다. "좋다."

하지만 그때 강 건너편에서 크게 나를 부르는 소리가 들렸다. "토드?"

그때 카보넬 다운스의 음악 소리가 이제 다리를 건너오고 있는 남자들의 소음을 가리고 있다는 사실을 눈치챘다.

아주 많은 남자들.

그게 음악의 또 다른 목적이라는 짐작이 들었다. 그렇게 해서 남자들이 다가오는 소리를 숨기기 위해.

"바이올라? 너희 둘이 여기서 뭐 하고 있니?" 스노 박사가 물었다.

나는 똑바로 일어서서 그쪽을 바라봤다. 스노 박사가 꼬마 제이콥의 손을 잡고 한 무리의 남자들을 인도해서 다리를 건너오고 있었다. 그들은 박사보다는 훨씬 덜 상냥해 보였다. 모두 우리를 위아래로 훑어보다가 벤 아저씨를, 나를, 벤 아저씨에게 말하고 있는 바이올라를 보았다.

그들이 이 광경을 이해하기 시작하면서 소음의 색깔이 바뀌기 시작했다.

몇 명은 소총을 들고 있었다.

"벤 아저씨?" 내가 조용히 말했다.

"너희는 도망쳐야 한다. 지금 당장 도망쳐." 벤 아저씨가 조용히 말했다.

"아저씨를 놔두고 가진 않겠어요. 또다시 그러진 않을 거예요."

"토드……."

"너무 늦었어." 바이올라가 말했다.

이세 그들이 도착했으니까. 그들은 다리를 건너 우리가 서 있는 관목을 향해 오고 있었다.

스노 박사가 제일 먼저 도착해서 벤 아저씨를 위아래로 훑어봤다. "그런데 이 사람은 누구지?"

그의 소음은 결코 기분 좋게 들리지 않았다.

35

그 법

"이분은 벤이에요." 나는 내 소음을 높여서 남자들이 던져대는 모든 질문을 차단하려고 했다.

"그 사람이 너랑 어떤 사이니?" 그렇게 묻는 스노 박사의 눈이 잔뜩 경계하고 있었다.

"벤은 아빠예요." 그건 사실이지 않나? 그게 무엇보다 중요하다. "우리 아빠."

"토드." 벤 아저씨가 뒤에서 속삭이는 말이 들렸다. 아저씨의 소음에 아주 복잡한 감정들이 깃들어 있었지만 그중에서도 경고의 의미가 가장 컸다.

"네 아빠라고?" 스노 박사 뒤에 서 있는 수염 난 남자가 말했다. 그는 들고 있는 소총을 잡은 손가락에 힘을 줬지만 총을 들어 올리지는 않았다.

아직까지는.

"누군가를 부모라고 주장할 때는 신중하게 해야 해, 토드." 스노 박사가 제이콥을 자기 옆으로 끌어당기면서 천천히 말했다.

"저 아이는 파브랜치에서 왔다고 그랬잖습니까." 눈 밑에 보라색 모반이 있는 또 다른 남자가 말했다.

"저 여자아이가 그렇게 말했지. 안 그래, 바이올라?" 스노 박사가 바이올라를 보며 물었다.

바이올라는 스노 박사와 눈을 마주쳤지만 아무 대꾸도 하지 않았다.

"여자 말은 당최 믿을 수가 없어. 저자는 프렌티스타운 사람이야. 딱 보면 알아." 수염 난 남자가 말했다.

"이것들이 우리 마을에 군대를 끌고 왔군." 모반이 있는 남자가 말했다.

"이 아이는 무고해요." 벤 아저씨의 말에 내가 돌아서자 아저씨가 두 손을 들고 있는 모습이 보였다. "당신들이 원하는 건 나잖아요."

"입은 삐뚤어져도 말은 똑바로 해야지. 우리가 원하지 않는 게 너야." 수염 난 남자는 이미 성난 목소리에 노기를 더했다.

"잠깐만 있어 봐, 페르갈. 여기 뭔가 좀 이상해." 스노 박사가 말했다.

"당신도 그 법을 알잖아요." 모반이 있는 남자가 말했다.

그 법이라니.

파브랜치에서도 법이 어쩌고 하던데.

"지금이 정상적인 상황이 아니란 건 다들 알잖나." 스노 박사는 그렇게 말하고는 우리 쪽으로 돌아섰다. "적어도 저 사람들에게 자신의 입장을 해명할 기회는 줘야지."

벤 아저씨가 숨을 들이쉬는 소리가 들렸다. "저기, 나는……."

"너 말고." 수염 난 남자가 끼어들었다.

"대체 이게 어떻게 된 일이니, 토드? 우리에게 진실만 말해야 한다."

스노 박사가 말했다.

나는 바이올라에게서 벤 아저씨로, 다시 바이올라에게로 시선을 돌렸다.

진실은 하나가 아닌데, 그중 어떤 걸 말하란 말이야?

소총의 공이치기를 잡아당기는 소리가 들렸다. 수염 난 남자가 총을 들었다. 뒤에 있는 남자 한두 명도 들었다.

"시간을 끌면 끌수록 더 스파이처럼 보인다." 그 수염이 말했다.

"우린 스파이가 아니에요." 내가 다급히 말했다.

"네 여자가 이야기하던 그 군대가 강변도로로 행군해 오는 모습이 목격됐어. 그들이 도착하기까지 한 시간도 안 남았다고 우리 정찰병이 보고했다." 스노 박사가 말했다.

"아, 안 돼." 바이올라가 속삭이는 소리가 들렸다.

"바이올라는 내 여자가 아니에요." 나는 낮은 목소리로 말했다.

"뭐라고?" 스노 박사가 말했다.

"뭐?" 바이올라도 말했다.

"바이올라는 자기만의 생각이 있는 독립적인 여자예요. 누구에게 속한 사람이 아니라고요."

그러자 바이올라가 정말로 날 뚫어져라 바라봤다.

"그건 됐고. 지금 프렌티스 군대가 우리 마을로 행군해 오고 있어. 그런데 프렌티스타운 사내 하나는 우리 관목에 숨어 있고, 프렌티스 아이 하나는 우리와 지난주 내내 함께 있었단 말이야. 내 개인적인 생각으로는 엄청 수상해 보이는 상황인데." 모반이 있는 남자가 말했다.

"이 아이는 아팠어. 내내 의식불명이었다고." 스노 박사가 말했다.

"그건 당신 얘기죠." 모반이 있는 남자가 말했다.

스노 박사가 아주 천천히 그를 향해 돌아섰다. "지금 나보고 거짓말쟁이라고 주장하는 건가, 던컨? 자네가 지금 원로회 의장에게 말하고 있다는 사실을 기억해."

"지금 여기 있는 음모가 당신 눈에는 보이지 않는다는 겁니까, 잭슨?" 그 모반남은 물러서지 않고 소총을 들면서 말했다. "우린 지금 완전히 무방비 상태예요. 저자들이 자기 군대에 뭐라고 꼰질렀는지 누가 압니까? 그러니까 여기서 이 사태를 정리하자고요." 그는 벤 아저씨에게 소총을 겨누며 말했다.

"우린 스파이가 아니에요. 우린 군대를 피해 열나게 도망 중이라고요. 당신들도 그래야 하고." 내가 말했다.

그러자 남자들이 서로의 얼굴을 쳐다봤다.

그들의 소음 속에서 군대에 대한 내 말과, 이 마을을 지키는 대신 도망치는 생각을 하는 것이 들려왔다. 또한 부글부글 끓어오르는 분노가, 이런 선택을 해야 하는 상황에 대한 분노와 가족을 지킬 최선의 방법을 몰라서 오는 분노가 보였다. 또한 그 분노를 군대나, 바이올라가 며칠 전부터 그렇게 경고했는데도 아무 준비도 안 한 스스로나, 이런 엿 같은 세상에 쏟는 게 아니라 분노 그 자체에 감정을 몰아넣는 모습도 보였다.

그들은 벤 아저씨에게 모든 분노를 쏟고 있었다.

프렌티스타운에 대한 분노를 한 사람에게 돌리고 있었다.

스노 박사는 무릎을 꿇어 아들과 눈을 맞추고 말했다. "어이, 친구. 넌 지금 집으로 가는 게 어떨까?"

제이콥의 소음에서 **아빠 아빠 아빠** 소리가 들렸다. "왜, 아빠?" 제이콥은 나를 빤히 보면서 물었다.

"음, 염소가 심심할 것 같아서. 염소가 심심하면 안 되잖아, 안 그러니?"

제이콥은 아빠를 보더니 나와 벤 아저씨를, 그다음에 주위를 둘러싼 남자들을 돌아봤다. "왜 아저씨들이 화가 났어?"

"아, 우린 그냥 뭘 좀 알아보려고 그래. 곧 다 괜찮아질 거야. 넌 그냥 집에 가서 염소가 잘 있는지 확인하면 돼."

제이콥은 아빠의 말을 잠시 생각해 보더니 말했다. "알았어, 아빠."

스노 박사는 아들의 정수리에 키스하고 머리를 헝클어놓았다. 제이콥은 다시 달려가서 다리를 건너 집으로 향했다. 스노 박사가 다시 돌아섰을 때, 그 옆에는 우리를 겨냥한 수많은 총들이 있었다.

"너도 지금 상황이 안 좋다는 건 알겠지, 토드." 스노 박사는 진심으로 슬퍼하는 목소리로 말했다.

"토드는 아무것도 몰라요." 벤 아저씨가 말했다.

"아가리 닥쳐, 살인자!" 수염남이 소총으로 벤 아저씨를 삿대질하며 외쳤다.

살인자?

"사실대로 말해줘. 너는 프렌티스타운에서 왔니?" 스노 박사가 내게 물었다.

"토드가 프렌티스타운에서 날 구해줬어요. 토드가 아니었다면……." 바이올라가 큰 소리로 말했다.

"닥쳐, 계집애." 수염남이 말했다.

"지금은 여자가 나서서 말할 때가 아니다, 바이올라." 스노 박사가 말했다.

"하지만……." 바이올라의 얼굴이 점점 시뻘게졌다.

"제발." 스노 박사는 바이올라를 제지하고서 벤 아저씨를 봤다. "당신 군대에게 무슨 얘기를 했습니까? 우리에게 남자가 몇 명이나 있는지? 우리 방어 시설이 어떤지 그런……."

"난 군대를 피해 도망치고 있어요. 날 보세요. 내가 군기가 바짝 잡힌 군인처럼 보입니까? 난 그들에게 아무 말도 하지 않았습니다. 난 도주 중이고, 내……." 벤 아저씨는 여전히 두 손을 든 채로 말하다가 잠시 말을 멈췄다. 나는 그 이유를 알았다. "내 아들을 찾고 있었어요."

"법을 알면서도 그렇게 했단 말이에요?"

"나도 법을 압니다. 내가 어떻게 그걸 모를 수 있겠어요?"

"그 빌어먹을 **법**이 뭐예요? 대체 모두 무슨 이야기를 하는 거냐고요?" 내가 소리를 꽥 질렀다.

"토드는 결백해요. 당신들이 아무리 아이의 소음을 뒤져도 내 말이 거짓이라는 증거는 찾아내지 못할 겁니다." 벤 아저씨가 말했다.

"저 인간들은 믿을 수 없습니다. 그건 당신도 알잖아요." 수염남이 여전히 자신의 총을 내려다보면서 말했다.

"우린 아무것도 몰라. 10년 넘게 아무것도 모르고 있었다고." 스노 박사가 말했다.

"놈들이 군대를 양성했다는 건 알죠." 모반남이 말했다.

"그래, 하지만 이 아이에게선 어떤 범죄의 흔적도 보이지 않아. 자네에겐 보여?" 스노 박사가 말했다.

한 무리의 다른 소음들이 막대기처럼 사정없이 나를 쿡쿡 찔러댔다.

박사가 바이올라에게로 돌아섰다. "이 여자아이는 친구의 목숨을 구하기 위해 거짓말을 한 죄밖에 없고."

바이올라는 화가 나서 불그스름해진 얼굴을 돌려버렸다.

"그리고 우리에겐 더 큰 문제가 있어. 우리가 그들에게 어떻게 맞설

지에 대한 정보를 가지고 있는지 없는지 모를 군대가 오고 있다고."

"우린 **스파이**가 아니라고요!" 내가 소리를 꽥 질렀다.

하지만 스노 박사는 내 말에 아랑곳하지 않고 다른 남자들에게 다시 돌아섰다. "두 아이는 다시 마을로 데려가지. 여자아이는 여자들과 같이 갈 수 있을 것이고, 남자아이는 우리와 같이 싸울 수 있을 정도로 회복 됐어."

"잠깐 기다려요!" 내가 소리를 질렀다.

스노 박사가 벤 아저씨에게로 돌아섰다. "당신이 그저 아들을 찾으러 나왔다는 말을 나는 믿지만, 법은 법입니다."

"그게 당신의 최종 판결입니까?" 수염남이 물었다.

"원로들이 동의한다면." 스노 박사가 말했다. 사람들은 못마땅해하 면서도 대체로 고개를 끄덕였다. 모두 표정이 심각한 데다 퉁명스러웠 다. 스노 박사가 날 바라봤다. "미안하다, 토드."

"잠깐만요!" 내가 외쳤지만 그 모반남이 이미 앞으로 나와서 내 팔을 움켜쥐었다. "날 놔줘요!"

또 다른 남자가 바이올라를 잡았다. 그녀도 나처럼 거세게 저항했다.

"벤. 벤!" 나는 벤 아저씨를 돌아봤다.

"가라, 토드." 아저씨가 말했다.

"안 돼요!"

"내가 널 사랑한다는 걸 기억해."

"이 사람들이 뭘 한다는 거죠?" 나는 그 모반남의 손을 뿌리치려고 애쓰면서 물었다. 그리고 스노 박사에게 돌아섰다. "대체 뭘 하려고 그 래요?"

박사는 아무 말도 하지 않았지만 그의 소음에서 볼 수 있었다.

법에 따라서.

"**말도 안 돼!**" 나는 소리를 지르면서 남은 한 손으로 칼을 빼서 그 모반남의 손 위쪽을 그어버렸다. 남자는 꽥 비명을 지르며 내 손을 났다.

"도망쳐요! 어서 도망쳐!" 나는 벤 아저씨에게 외쳤다.

바이올라가 그녀를 꽉 잡고 있는 남자의 손을 물었다. 그 남자가 소리를 지르자 바이올라가 뒤로 비틀거리며 물러섰다.

"너도 도망쳐! 여기서 **빠져나가!**" 내가 바이올라에게 말했다.

"나라면 그러지 않겠어." 수염남이 말했고, 사방에서 소총의 공이치기들이 당겨지는 소리가 들려왔다.

모반남은 욕설을 퍼부으면서 날 때리려고 팔을 치켜들었지만, 나도 칼을 들고 이를 악물며 말했다. "어디 한번 해보시지. **덤벼!**"

"**그만!**" 스노 박사가 소리를 질렀다.

그때 갑자기 침묵이 흐르면서 그 속에서 말발굽 소리들이 들렸다.

달가닥 달가닥 달가닥 달가닥 달가닥.

말들. 다섯. 열. 아마 열다섯 마리일지도 모른다.

마치 악마가 꽁무니를 쫓아오는 것처럼 그들은 큰 소리를 내며 미친 듯이 길 위를 달리고 있었다.

"정찰병들이에요?" 나는 벤 아저씨에게 물었지만 아니라는 걸 알고 있었다.

벤 아저씨는 고개를 저었다. "선발대야."

"그들은 무장하고 있을 거예요. 당신들만큼이나 총을 많이 가지고 있을 거라고요." 나는 스노 박사와 남자들에게 말하면서 정신없이 생각했다.

스노 박사도 생각하고 있었다. 그의 소음이 회오리바람처럼 돌아갔다. 저 말들이 여기 도착하기 전에 나와 벤 아저씨와 바이올라가 얼마나 말썽을 부릴 것인지, 우리 때문에 얼마나 오랜 시간을 낭비하게 될지 생각하는 것도 볼 수 있었다.

나는 그가 결정하는 모습을 지켜봤다.

"저들을 풀어줍시다."

"뭐라고요? 저자는 배신자이자 살인자예요." 수염남이 말했다. 그의 소음은 뭔가 쏘고 싶어서 안달이 나 있었다.

"우리에게는 보호해야 할 마을이 있어. 나에겐 지켜야 할 아들이 있고. 자네도 마찬가지잖나, 페르갈." 스노 박사가 단호하게 말했다.

그 수염남은 오만상을 찌푸렸지만 더 이상 아무 말도 하지 않았다.

도로에서 다가닥 다가닥 다가닥 다가닥 다가닥 소리가 들렸다.

스노 박사가 우리에게 돌아섰다. "가라. 너희가 우리의 운명을 이미 결정짓지 않았기만을 바랄 뿐이다."

"우린 그러지 않았어요. 그게 진실이에요." 내가 말했다.

스노 박사는 입을 오므렸다. "네 말을 믿고 싶구나." 그는 남자들에게 돌아섰다. "서둘러! 각자 맡은 자리로 가세! 어서!"

남자들은 해산해서 재빨리 카보넬 다운스로 향했다. 수염남과 모반남은 가면서도 계속 우리를 보면서 총을 쏠 이유를 찾았지만 소용없었다. 우린 그저 그들이 가는 모습만 지켜봤다.

내가 조금 떨고 있었다는 걸 깨달았다.

"맙소사." 바이올라가 허리를 숙이면서 말했다.

"어서 여기를 빠져나가야 해. 군대는 저 사람들보다 우리에게 훨씬 관심이 많을 거야." 내가 재촉했다.

나는 아직 바이올라의 가방을 메고 있었다. 다만 거기엔 옷 몇 가지와 물병 두 개, 망원경과 여전히 비닐에 싸여 있는 엄마의 책뿐이었다.

이 세상에서 우리가 가진 전부.

그 말은 이제 갈 준비가 됐다는 뜻이다.

"이런 일이 계속 일어날 거야. 난 너희와 같이 갈 수 없어." 벤 아저씨가 말했다.

"아뇨, 갈 수 있어요. 아저씨는 나중에 떠나도 되잖아요. 지금은 같이 가요. 아저씨만 여기 남겨뒀다가 군대에게 잡히게 두지 않을 거예요. 그렇지?" 나는 바이올라를 보면서 말했다.

바이올라는 어깨를 펴고 단호한 표정으로 말했다. "당연하지."

"그럼 이걸로 결정됐어요."

벤 아저씨는 나와 바이올라를 차례로 돌아보고서 미간을 찡그렸다. "너희가 안전하다는 걸 확인할 때까지만 가마."

"말이 너무 많아요. 지금 달려도 부족할 시간에." 내가 말했다.

36

질문에 대한 답들

우리는 당연한 이유로 강변도로에서 멀찍이 떨어져서 나무 사이를 헤치며 최대한 빨리 카보넬 다운스에서 빠져나와 헤이븐으로 향했다.

10분도 못 지나 첫 번째 총성이 들렸다.

우리는 뒤돌아보지 않았다. 돌아보지 않았다.

우리는 달렸고 총소리들은 희미해졌다.

우리는 계속 달렸다.

나와 바이올라 둘 다 벤 아저씨보다 빨라서 가끔 아저씨가 따라잡을 수 있게 속도를 늦춰야 했다.

달리면서 텅 빈 작은 마을들을 하나둘씩 지나쳤다. 그 마을들은 분명 군대에 대한 소문을 듣고 카보넬 다운스보다 대응을 잘한 모양이었다. 우리가 강과 큰길 사이의 숲속으로만 가긴 했지만, 그렇다 해도 포장마차 행렬은 하나도 보이지 않았다. 아주 급하게 도망친 모양이다.

우리는 계속 달렸다.

밤이 와도 쉬지 않고 달렸다.

"아저씨 괜찮아요?" 물병을 다시 채우기 위해 강가에 멈춰 섰을 때 내가 벤 아저씨에게 물었다.

"계속 가거라. 계속 가." 아저씨가 헐떡이며 말했다.

바이올라가 걱정스런 눈빛으로 나를 봤다.

"먹을 게 없어서 죄송해요." 내가 말했지만 아저씨는 고개만 저으며 말했다. "계속 가자."

그래서 우리는 계속 갔다.

밤이 깊었지만 그래도 멈추지 않고 달렸다.

(이제 며칠이나 남았는지 누가 알까? 뭐 아무 상관없지만.)

그러다가 마침내 벤 아저씨가 말했다. "잠깐만." 그리고 멈춰 서서 무릎에 두 손을 짚고 정말 힘들어 보이는 얼굴로 거칠게 숨을 쉬었다.

나는 달빛에 의지해서 주위를 둘러봤다. 바이올라도 그러다가 손으로 가리켰다. "저기."

"저기 위쪽요. 저기 올라가면 사방이 다 보일 거예요." 나는 바이올라가 본 작은 언덕을 가리키며 말했다.

벤 아저씨는 아무 말도 하지 않고, 숨만 헐떡이면서 고개를 끄덕이며 우리를 따라왔다. 언덕으로 올라가는 길은 나무들이 빽빽하게 들어서긴 했지만 잘 관리돼 있었고, 꼭대기에는 넓은 빈터가 있었다.

거기 도착하자 그 이유가 보였다.

"묘지야." 내가 말했다.

"뭐라고?" 바이올라는 그렇게 말하면서 무덤을 표시하는 사각형 돌들을 둘러봤다. 백 개 정도 되는 무덤이 두 줄을 맞춰 늘어서 있었고, 잘 관리된 풀들이 그 사이에서 자라고 있었다. 정착민의 삶은 고단한데다 짧다. 많은 신세계 사람들이 전쟁에서 목숨을 잃었다.

"여긴 죽은 사람들을 묻는 곳이야."

바이올라의 눈이 동그래졌다. "뭐 하는 곳이라고?"

"우주에선 사람들이 안 죽어?"

"죽지. 하지만 우리는 시체들을 태워. 이렇게 구덩이에 파묻진 않아."

바이올라는 그렇게 말하면서 팔짱을 끼고 이마와 입가를 찡그린 채 주위에 있는 무덤들을 유심히 살펴봤다.

벤 아저씨는 아무 말도 하지 않고 한 비석 옆에 털썩 주저앉아 기댄 채 숨을 돌렸다. 나는 물을 한 모금 마신 후에 벤 아저씨에게 물병을 건넸다. 그리고 사방을 둘러봤다. 언덕 밑으로 가는 길이 조금 보였고, 이제 우리 왼쪽에서 세차게 흐르는 강물도 조금 볼 수 있었다. 밤하늘이 맑아서 별들도 나오고, 초승달 두 개도 뜨기 시작했다.

"벤 아저씨?" 나는 고개를 들어 밤하늘을 보면서 아저씨를 불렀다.

"응?" 아저씨는 물을 마시면서 대답했다.

"괜찮아요?"

"그래. 난 농사꾼이지 달리기 선수가 아니거든." 아저씨의 호흡이 서서히 정상으로 돌아오고 있었다.

나는 다시 두 개의 달을 바라봤다. 작은 달이 더 큰 달을 쫓아가고 있었다. 두 개의 달 모두 그늘을 드리울 정도로 환하게 빛나면서 밑에 있는 인간들의 고난에는 무심한 표정으로 떠 있었다.

나는 내 마음속을 들여다봤다. 내 소음을 깊숙이 들여다봤다.

그리고 준비가 됐음을 깨달았다.

지금이 마지막 기회다.

나는 준비가 됐다.

"이제 때가 된 것 같아요." 나는 다시 아저씨를 봤다. "앞으로 때가 온다면 지금이 바로 그때예요."

벤 아저씨는 입술을 핥고 나서 물을 삼키고 물병의 뚜껑을 잠갔다.

"나도 안다."

"무슨 때?" 바이올라가 물었다.

"어디서부터 시작해야 할까?" 벤 아저씨가 물었다.

나는 어깨를 으쓱했다. "상관없어요. 진실이기만 하다면."

벤 아저씨의 소음이 이야기의 강에서 하나의 줄기를 잡아내면서 그 모든 이야기를 모으고 또 모아 마침내 정말로 일어났던 일들을 말해주는, 너무나 오랫동안 너무나 깊이 숨겨져 있어서 내가 성장하는 내내 그런 것이 있는 것조차 몰랐던 그 이야기가 떠오르는 걸 들을 수 있었다.

바이올라의 침묵은 평소보다 깊고 밤의 어둠만큼이나 고요해진 채 벤 아저씨의 이야기를 기다렸다.

벤 아저씨가 심호흡을 한 번 했다.

"그 소음 세균은 스패클과의 전쟁에서 나온 게 아니야. 그게 제일 먼저 해야 할 이야기지. 우리가 여기 도착했을 때부터 세균은 있었어. 공기 중에 자연스럽게 떠다니고 있었지. 항상 그래 왔고, 앞으로도 그럴 거야. 우린 우주선에서 나온 지 하루 만에 모든 사람의 생각을 들을 수 있었어. 우리가 얼마나 놀랐을지 상상해 봐."

아저씨는 이야기를 멈추고 그때를 떠올렸다.

"다만 모두는 아니었죠." 바이올라가 말했다.

"남자들만 그랬죠." 내가 말했다.

벤 아저씨가 고개를 끄덕였다. "아무도 그 이유를 몰랐어. 아직도 몰라. 우리 과학자들은 주로 농업 전문가들이었고 의사들은 이유를 찾지 못했어. 그래서 한동안 난리도 아니었지. 정말…… 너희는 믿을 수 없을 정도로 혼돈 그 자체였어. 그 어마어마한 혼돈에 끝도 없는 소음."
아저씨는 턱 밑을 긁었다. "아주 많은 남자들이 머나먼 곳까지 무리를
이루어 흩어졌어. 길을 낼 수 있는 한 아주 빨리 헤이븐에서 탈출한 거
지. 하지만 곧 사람들은 무슨 수를 써도 그 소음을 어쩌지 못한다는 걸
알아차렸어. 그래서 한동안 어떻게든 그 상태로 살아보려고 애썼지.
각자 다른 대처 방식들을 찾아내고, 다른 공동체에서 자기들만의 방
법을 따랐지. 인간뿐만 아니라 우리 가축들, 반려동물들과 여기서 원
래부터 살던 생물들도 다 말을 한다는 사실을 깨달았을 때도 그런 식
으로 대처했어."

아저씨는 고개를 들어 밤하늘을 보다가 우리를 둘러싼 묘지와 강과
밑에 있는 큰길을 돌아봤다.

"이 행성에 있는 모든 것은 서로 이야기해. 모두. 그게 바로 신세계
야. 네가 원하건 원하지 않건 항상 정보가 끊임없이 흘러 들어오지. 스
패클은 그걸 알고 진화해서 그것과 살아가는 법을 익혔지만, 우린 그럴
준비가 돼 있지 않았던 거야. 어림도 없었지. 게다가 정보가 한꺼번에
너무 많이 들어오면 인간은 미칠 수 있어. 너무 많은 정보는 소음이 되
지. 거기다가 그 소음은 결코, 절대 멈추지도 않으니."

아저씨는 말을 멈췄지만 항상 그렇듯 아저씨의 소음과 내 소음이 그
자리에 있었고, 바이올라의 침묵이란 존재는 오히려 이 소음들을 더 시
끄럽게 만들었다.

"한 해가 가고 또 한 해가 가고, 그렇게 세월이 흘러가는 동안 신세계
에 온 사람들의 삶은 점점 더 힘들어졌어. 농작물은 자꾸 죽고 사람들
은 병이 났지. 우리는 너무나 힘들게 살았고 여기는 천국이 아니었어.
분명 천국은 아니었지. 그러다가 설교가 이 땅에 퍼져나가기 시작했어.

유독한 설교, 비난하는 설교였지."

"그들이 외계인들을 비난했군요." 바이올라가 말했다.

"스패클들." 나는 그렇게 말하면서 다시 수치심을 느꼈다.

"그들은 스패클들을 탓했어. 그러다가 어떻게 된 일인지 그 설교가 운동으로 발전했고, 운동이 전쟁으로 커져버렸지." 아저씨는 바이올라의 말이 맞는다는 것을 확인해 주고 나서 고개를 설레설레 저었다. "그들이 이길 가능성은 없었어. 우리에겐 총이 있지만 그들에겐 없었거든. 그렇게 스패클은 끝났지."

"다 죽지는 않았죠." 내가 말했다.

"그래. 다 죽지는 않았어. 하지만 다시는 인간들에게 너무 가까이 다가가선 안 된다는 사실을 확실히 깨달았지. 그거 하나는 분명해."

잠시 바람이 언덕 꼭대기를 휩쓸고 지나갔다. 바람이 멈추자 신세계에 남은 사람은 우리 셋뿐인 것처럼 느껴졌다. 우리와 묘지의 유령들.

"하지만 전쟁이 그 이야기의 끝은 아니죠." 바이올라가 조용히 말했다.

"그래. 이야기는 끝나지 않았어. 아직 절반도 안 끝났지."

나도 그걸 알고 있었다. 그리고 이 이야기가 어떻게 진행될지도 알고 있었다.

나는 마음을 바꿨다. 이 이야기를 끝내고 싶지 않다.

하지만 한편으론 끝내고 싶기도 했다.

나는 벤 아저씨의 눈을, 그의 소음을 들여다봤다.

"전쟁은 스패클과의 싸움으로 끝난 게 아니죠. 프렌티스타운에서는요." 내가 말했다.

벤 아저씨는 입술을 핥았다. 아저씨의 소음에서 불안과 굶주림과 벌써 우리의 다음 작별을 상상하며 떠오르는 슬픔을 느낄 수 있었다.

"전쟁은 괴물이야. 전쟁은 악마지. 전쟁은 일단 시작되면 모든 걸 먹어치우면서 계속 커져가. 평소에는 정상이었던 사람들도 전쟁 때문에 괴물이 된단다." 아저씨는 혼잣말을 하듯 중얼거리다가 나를 봤다.

"그들은 침묵을 견딜 수 없었어요. 여자들이 자기들에 대한 모든 걸 알면서 자기들은 여자들에 대해 아무것도 알지 못하는 걸 참을 수 없었던 거죠." 바이올라가 고요한 목소리로 말했다.

"어떤 남자들은 그렇게 생각했어. 다 그런 건 아니야. 난 아니었어. 킬리언도 안 그랬고. 프렌티스타운에도 좋은 남자들이 있었어."

"하지만 상당히 많은 남자들이 그렇게 생각했죠." 내가 말했다.

"그래." 아저씨가 고개를 끄덕였다.

또다시 이야기가 끊기면서 진실이 스스로 모습을 드러내기 시작했다.

마침내. 그리고 영원히.

바이올라는 고개를 저었다. "지금 아저씨가……? 아저씨가 하는 이야기가 정말……?"

그렇게 그 이야기가 나왔다.

바로 여기에 이 모든 이야기의 핵심이 있었다.

이것이 바로 내가 늪지를 떠난 후 길에서 만난 남자들의 머릿속에서 언뜻언뜻 보이던 장면들, 매슈 라일의 머릿속에서 가장 뚜렷하게 보였고, 프렌티스타운이라는 말만 들으면 다들 보이던 반응 속에 보인 그 이야기다. 그리고 내 머릿속에서 점점 커지고 있던 이야기이기도 하다.

마침내 그것이 밝혀졌다.

그 진실이.

나는 그걸 원하지 않는다.

하지만 어쨌든 말했다.

"인간들이 스패클들을 죽인 후에, 프렌티스타운 남자들이 프렌티스타운 여자들을 죽였죠." 내가 말했다.

바이올라는 분명 그 사실을 짐작했을 텐데도 헉 소리를 냈다.

"모든 남자가 그런 건 아니야. 하지만 많은 남자들이 그랬지. 그들은 프렌티스 시장과 아론의 설교에 휘둘렸어. 아론은 그 당시 겉으로 드러나지 않는 것은 악마가 분명하다고 말하고 다녔어. 그들은 여자들과 그들을 보호하려고 애쓰던 남자들을 다 죽였어."

"우리 엄마."

벤 아저씨는 고개만 끄덕였다.

뱃속이 울렁거렸다.

우리 엄마가 아마도 내가 매일 봤을 남자들에게 살해되다니.

나는 비석 위에 앉아야 했다.

그것 말고 다른 생각을 해야 했다. 정말 그래야 했다. 내가 참을 수 있도록 내 소음에 다른 걸 집어넣어야 했다.

"제시카는 누구죠?" 문득 파브랜치에서 본 매슈 라일의 소음이 기억나면서 그 속에 있던 폭력이 떠올라 물었다. 이제 그의 소음이 이해가 되면서도 한편으로는 전혀 이해되지 않았다.

"장차 우리 마을에 무슨 일이 닥칠지 예견했던 사람이 몇 명 있었어. 제시카 엘리자베스는 마을의 시장이었는데, 바람이 어느 방향으로 부는지 알고 있었지."

제시카 엘리자베스라, 뉴 엘리자베스군.

"제시카는 어린 여자아이들과 남자아이들 몇 명을 모아서 늪지를 건

너 도망치게 했어. 하지만 제시카 본인이 여자들과 아직 제정신인 남자들과 함께 도망치기 전에 시장의 부하들에게 습격당했지." 벤 아저씨가 이야기를 이어갔다.

"그래서 그렇게 됐군요. 뉴 엘리자베스가 프렌티스타운으로." 나는 머릿속이 멍해졌다.

"네 엄마는 그런 일이 일어나리라고는 생각도 못 했어." 벤 아저씨는 추억에 잠겨 슬픈 미소를 지으며 말했다. "네 엄마는 정말 인간에 대한 사랑과 타인의 선함에 대한 희망으로 가득 찬 사람이었어." 아저씨의 얼굴에서 미소가 사라졌다. "그러다가 그만 때를 놓쳐서 도망치기엔 너무 늦어버렸지. 넌 너무 어려서 멀리 보낼 수도 없었고. 그래서 네 엄마가 우리에게 널 맡기면서 무슨 일이 있더라도 안전하게 지켜달라고 당부했다."

나는 고개를 들었다. "프렌티스타운에서 날 안전하게 지키면서 살기가 어땠어요?"

벤 아저씨는 날 똑바로 바라봤다. 아저씨는 너무나 깊은 슬픔에 휩싸여 있었고, 아저씨의 소음은 그 슬픔의 무게에 극심하게 짓눌려 있어서 이렇게 서 있는 것조차 경이로울 지경이었다.

"왜 아저씨는 떠나지 않았어요?" 내가 물었다.

아저씨는 얼굴을 문질렀다. "우리도 정말 그 공격이 일어날 거라고는 생각하지 않았어. 그래서 떠나지 않았지. 어쨌든 나는 그랬어. 우리는 같이 농장을 세웠고, 나쁜 일들은 그냥 좀 시끄럽다가 사그라질 거라고 생각했어. 그저 뜬소문들과 편집증일 뿐이라고 생각했지, 네 엄마도 그렇게 말했고. 마지막 순간까지 그렇게 생각했다." 아저씨는 얼굴을 찌푸렸다. "내가 틀렸던 거지. 어리석었어. 고집스럽게 현실에 눈을 감고 있었던 거야." 아저씨가 고개를 돌리며 말했다.

스패클에 대해 아저씨가 나를 위로해 주며 했던 말이 떠올랐다.

우린 모두 실수를 한단다, 토드. 우리 모두 그래.

"그다음엔 너무 늦어버렸어. 놈들이 그 몹쓸 짓을 해버렸고, 그들이 한 짓에 대한 소문이 들불처럼 번져갔지. 우리 마을에서 가까스로 도망친 몇 명이 퍼뜨리기 시작한 거야. 프렌티스타운의 모든 남자가 신세계에서 범죄자로 선포됐지. 우리는 마을을 떠날 수 없었어."

바이올라는 여전히 팔짱을 풀지 않고 있었다. "왜 누가 와서 당신들을 데려가지 않았어요? 왜 나머지 신세계 사람들이 당신들을 구하러 오지 않았죠?"

"와서 뭐 하라고? 또 전쟁하라고? 이번에는 중무장을 한 남자들과? 그래서 우리를 거대한 감옥에 가두려고? 사람들은 프렌티스타운에서 어떤 남자든 그 늪지를 건너오면 처형한다는 법을 만들었어. 그다음에 우리끼리 살라고 내버려 뒀지." 아저씨는 지친 목소리로 말했다.

"하지만 그들에게 분명⋯⋯." 바이올라는 두 손바닥을 허공에 치켜들면서 말했다. "뭔가 있었을 텐데. 나도 모르겠다."

"네가 직접 그 일을 당한 처지가 아니라면 이렇게 생각하기가 더 쉬워지지. 왜 굳이 먼 곳까지 가서 말썽을 일으켜? 늪이 신세계와 우리 사이를 가로막고 있었지. 시장이 프렌티스타운은 추방된 마을이라는 말을 동네 사람들에게 전했어. 우리는 천천히 죽어가라는 암울한 결말을 맞게 된 거지. 우린 절대 마을 밖을 떠나지 않기로 동의하고, 그렇게 하는 사람이 있다면 시장이 직접 쫓아가서 죽이겠다고 했어."

"사람들이 시도는 해보지 않았어요? 마을에서 도망치려고 말이죠." 바이올라가 물었다.

"시도했지. 사람들이 사라지는 건 드문 일이 아니었다." 아저씨는 아주 의미심장하게 말했다.

"하지만 아저씨와 킬리언 아저씨는 결백한데……." 내가 말했다.

"우린 결백하지 않아. 결코 그렇지 않았다." 벤 아저씨가 아주 단호하게 말했다. 돌연 아저씨의 소음에 비통한 기색이 어렸다.

"무슨 뜻이에요?" 나는 고개를 홱 치켜들면서 물었다. 뱃속이 메슥거리는 느낌이 가시지 않았다. "결백하지 않았다니 무슨 뜻이냐고요?"

"아저씨들은 그 일을 방관했어요. 그 여자들을 보호하던 남자들과 같이 죽지 않았다는 뜻이죠." 바이올라가 말했다.

"우린 싸우지 않았어. 죽지 않았고. 전혀 결백하지 않아." 아저씨는 고개를 흔들었다.

"왜 싸우지 않았어요?" 내가 물었다.

"킬리언은 싸우고 싶어 했다." 벤 아저씨가 재빨리 말했다. "네가 그건 알아줬으면 한다. 킬리언은 그들을 막기 위해 할 수 있는 건 뭐든 다 하고 싶어 했어. 아마 자기 목숨이라도 내놨을 거야." 아저씨는 다시 우리를 외면했다. "하지만 내가 말렸다."

"왜요?"

"난 알겠어." 바이올라가 속삭였다.

나는 이해가 안 돼서 바이올라에게 물었다. "뭘 알아?"

바이올라는 계속 벤 아저씨를 바라봤다. "두 분은 옳은 일을 위해 싸우다가 죽어서 갓난아기인 너를 그냥 이 세상에 혼자 남겨둘 수도 있었어. 아니면 옳지 않은 일에 연루된 채 네가 살아 있게 지켜줄 수도 있었고."

연루됐다는 말이 무슨 뜻인지는 모르겠지만 짐작은 할 수 있었다.

그들은 날 위해 그랬던 것이다. 나를 위해 그 모든 끔찍한 일을 했던 것이다.

벤 아저씨와 킬리언 아저씨. 킬리언 아저씨와 벤 아저씨.

두 사람은 나를 살리려고 그런 것이다.

그 일에 대해 어떻게 느껴야 할지 도무지 알 수 없었다.

옳은 일은 분명 쉬워야 하는 것 아닌가.

왜 이것마저 이렇게 엉망으로 엉켜버리는 거야.

"그래서 우리는 기다렸다. 마을이라는 감옥에서, 남자들이 자신의 과거들을 부인하기 전부터 세상에서 가장 추악한 소음들로 가득 찬 곳에서. 시장이 자신의 원대한 계획들을 발표하기 전부터. 그래서 우리는 네가 혼자 도망칠 수 있을 정도로 클 때까지 기다렸다. 그런 내내 너를 할 수 있는 한 순수하게 지켜오면서." 아저씨는 한 손을 머리에 대고 문질렀다. "하지만 시장도 기다리고 있었지."

"나를 기다려요?" 나는 물을 필요도 없다는 걸 알면서도 물었다.

"마을의 마지막 소년이 사나이가 되는 날을 기다린 거지. 소년들이 사나이가 되면 그들은 진실을 듣게 된단다. 아니, 완전한 진실은 아니더라도 어쨌든 그들이 지어낸 진실을 듣게 되지. 그다음에 그들도 거기에 연루된다."

예전에 농장에 있을 때 아저씨의 소음이 기억났다. 내 생일에 대해, 어떻게 소년이 사나이가 되는지에 대해.

연루라는 게 정말 무슨 뜻인지, 그리고 그게 어떻게 사나이들에게서 아이들에게로 전해지는지.

그것이 시간이 지나면 어떻게 나에게 전해지는지.

그리고 사나이가 된 사람들에 대해…….

나는 그 의문을 내 머릿속에서 내보냈다.

"말도 안 돼요."

"네가 마지막 아이였어. 시장이 프렌티스타운에 있는 모든 남자아이를 자기가 생각하는 방식대로 사나이로 만들 수 있다면, 그는 신이야. 안 그래?

"우리 중 하나가 쓰러지면." 내가 말했다.

"우리 모두 쓰러진다." 벤 아저씨가 말을 맺었다. "그래서 시장이 널 원하는 거야. 너는 하나의 상징이거든. 너는 프렌티스타운에 마지막으로 남은 순수한 아이야. 만약 시장이 널 타락시킬 수 있다면, 그의 군대가 완성돼. 시장이 직접 만든 군대가."

"그렇게 안 되면요?" 내가 물었다. 그 와중에도 나는 내가 이미 타락한 건 아닌가 하는 생각을 하고 있었다.

"그러면 시장이 널 죽일 거다." 벤 아저씨가 말했다.

"그러니까 프렌티스 시장은 아론만큼이나 미쳤다는 말이네요." 바이올라가 말했다.

"그건 아니야. 아론은 미치광이지. 하지만 시장은 사람들의 광기를 이용해서 자신의 목적을 달성하는 법을 알아. 굉장히 이성적인 자야."

"그 목적이 뭔데요?" 바이올라가 물었다.

"이 세계. 그는 이 신세계를 통째로 원해." 벤 아저씨는 침착하게 말했다.

나는 입을 열어서 사실은 알고 싶지 않은 질문들을 더 많이 던지려고 했지만, 그때 세상에 일어나는 일이라곤 그것 하나밖에 없는 것처럼 가차 없이 길을 따라 달려오는 그 소리가 들렸다.

다가닥 다가닥 다가닥 다가닥 다가닥.

"이럴 순 없어." 바이올라가 말했다.

벤 아저씨는 이미 일어나서 소리를 듣고 있었다. "소리를 들어보니 말은 한 마리뿐인 것 같은데."

우리 모두 달빛에 조금 반짝이는 큰길을 내려다봤다.

"망원경." 어느새 내 옆에 선 바이올라가 말했다. 나는 즉시 망원경을 꺼내서 야간 조명 모드로 세팅해 밤공기에 울려 퍼지는 그 소리의 진원지를 찾았다.

다가닥 다가닥 다가닥 다가닥 다가닥.

나는 길 아래쪽을 계속 찾고, 찾고, 찾고 또 찾아보다가 마침내…….

거기에 있었다.

거기에 그가 있었다.

또 누가 있겠나?

멀쩡하게 살아 있는 데다 밧줄에서 풀려나 다시 말을 타고 달리는 프렌티스 주니어였다.

"빌어먹을." 내가 망원경을 건네주는 사이에 벌써 내 소음을 읽은 바이올라가 말했다.

"데이비 프렌티스?" 마찬가지로 내 소음을 읽은 벤 아저씨가 말했다.

"그 이름도 유명한 그 자식이죠." 나는 물병들을 다시 바이올라의 가방에 넣으면서 말했다. "우린 떠나야 해요."

바이올라가 벤 아저씨에게 망원경을 건네자 아저씨도 직접 주니어를 봤다. 그리고 눈에서 떼더니 재빨리 망원경을 훑어봤다. "아주 실용적인데."

"우린 가야 해요. 항상 그랬듯이." 바이올라가 말했다.

벤 아저씨는 망원경을 손에 든 채 우리 쪽으로 돌아섰다. 아저씨는 바이올라와 나를 번갈아 돌아봤다. 아저씨의 소음에서 무슨 생각을 하고 있는지가 보였다.

"벤 아저씨." 내가 입을 열었다.

"여기서 우린 헤어지자."

"아저씨……."

"망할 데이비 프렌티스 정도는 내가 처리할 수 있다."

"그 자식에겐 총이 있어요. 아저씨는 없고."

벤 아저씨가 내게 다가왔다. "토드."

"아니. 난 안 들을래요." 내 목소리가 점점 커져갔다.

아저씨가 내 눈을 봤다. 아저씨가 더 이상 뜻을 굽히지 않으리라는 걸 눈치챌 수 있었다.

"토드. 나는 널 지키기 위해 과거에 내가 저지른 옳지 않은 일을 속죄하고 있어."

"이렇게 날 떠날 수는 없어요. 다신 안 돼요." 내 목소리가 점점 젖어 들었다.

아저씨는 고개를 저었다. "난 너랑 같이 헤이븐에 갈 수 없다. 너도 알잖니. 난 적이야."

"그때 사정은 설명할 수 있어요."

하지만 아저씨는 계속 고개를 저었다.

"말이 점점 가까워지고 있어요." 바이올라가 말했다.

다가닥 다가닥 다가닥 다가닥 다가닥.

"내가 어른으로 바로 설 수 있었던 건 네가 안전하게 성장해서 어른이 되는 모습을 지켜볼 수 있었기 때문이야." 아저씨는 바위처럼 흔들림 없는 목소리로 말했다.

"난 아직 사나이가 아니에요, 아저씨." 내 목이 메었다. "며칠이나 남았는지도 모른다고요."

그러자 아저씨가 미소를 지었다. 이제 모든 것이 끝났다는 걸 말해주는 그런 슬픈 미소였다.

"16일. 네 생일까지 16일 남았다." 아저씨는 그렇게 말하고 내 턱을 살며시 잡아서 들어 올렸다. "하지만 넌 이미 꽤 오래전에 사나이가 됐어. 남들이 아니라고 말하게 놔두지 마."

"아저씨……."

"가라." 아저씨는 내게 다가오면서 손을 뻗어 바이올라에게 망원경을 건네고 날 안았다. "나보다 더 뿌듯한 아빠는 없을 거야." 벤 아저씨가 내 귀에 대고 말했다.

"안 돼. 이건 공평하지 않아." 내 발음이 흐려졌다.

"공평하지 않지. 하지만 네가 가는 길 끝에는 희망이 있단다. 그걸 잊지 마라." 아저씨는 내게서 몸을 뗐다.

"가지 말아요."

"가야 해. 위험이 다가오고 있어."

"점점 가까워지고 있어." 바이올라가 망원경을 눈에 댄 채 말했다.

다가닥 다가닥 다가닥 다가닥 다가닥.

"내가 그 자식을 막을게. 내가 시간을 벌어주마. 넌 토드를 돌봐주렴. 약속하겠니?" 벤 아저씨가 바이올라를 보며 물었다.

"약속할게요."

"벤 아저씨, 제발. 제발요." 나는 속삭였다.

아저씨는 마지막으로 내 어깨를 힘껏 쥐었다. "기억해. 희망을."

그리고 말없이 돌아서서 언덕을 내려갔다. 언덕 밑에 이르러 뒤를 돌아본 아저씨는 아직 거기 서서 그를 지켜보고 있는 우리에게 외쳤다.

"뭘 기다리니? 어서 가!"

37

아무 의미 없다

벤 아저씨와 헤어져서(이번에는 정말 영원히 헤어졌다. 이제 내게 인생이란 게 남아 있나?) 언덕의 반대편으로 달려서 내려갔을 때 내 기분이 어땠는지는 말하지 않겠다.

삶은 달리기고, 우리가 달리기를 멈췄을 때 아마 삶도 마침내 끝났다는 걸 알게 될 것이다.

"서둘러, 토드. 제발, 빨리 가자." 바이올라가 달리다가 나를 흘끗 돌아보면서 재촉했다.

나는 아무 말도 하지 않았다.

나는 달렸다.

우리는 언덕을 내려와서 강 옆으로 돌아왔다. 또다시. 길은 우리 맞은편에 있다. 또다시.

언제나처럼.

강물은 전보다 더 요란하게, 세차게 흘렀다. 하지만 뭔 상관이야? 그게 뭐가 중요해?

삶은 공평하지 않다.

공평하지 않아.

그럴 일은 거의 없다.

사는 건 아무 의미도 없고, 바보 같고, 오직 고통과 아픔과 날 해치고 싶어 하는 사람들만 있다. 우린 뭐든 누구든 사랑할 수 없다. 다 빼앗기거나 망가져서 결국 홀로 남아 계속 싸워야 하고, 그저 살아남기 위해 계속 달려야 하니까.

내 인생에 좋은 건 하나도 없다. 좋은 건 어디에도 없다.

대체 이게 다 무슨 빌어먹을 의미가 있냐고?

"무슨 의미냐면." 잡목이 울창하게 우거진 숲 한가운데를 달리던 바이올라가 느닷없이 멈춰 서서 내 어깨를 정말 세게 때리면서 말했다. "아저씨가 널 너무나 아끼셔서 널 위해 자신을 희생하셨을지도 모르는데 네가 만약 그냥 **포기한다면**." 이 부분에서 바이올라는 소리를 꽥 질렀다. "그렇다면 너는 아저씨의 희생을 아무 가치도 없는 것으로 만든다는 거야!"

"아야. 하지만 왜 아저씨가 스스로를 희생해야 하는데? 왜 내가 아저씨를 또 잃어야 하냐고?" 나는 어깨를 문지르며 말했다.

바이올라는 내게 더 가까이 다가왔다. "누군가를 잃은 사람이 세상천지에 너 하나라고 생각해?" 바이올라가 위협적으로 속삭였다. "우리 부모님도 돌아가셨어. 그걸 잊었어?"

그랬다.

그만 깜박 잊어버렸다.

나는 아무 말도 하지 않았다.

"이제 내게 남은 건 너 하나야." 그렇게 말하는 바이올라의 목소리는 아직도 화가 잔뜩 나 있었다. "그리고 네게 남은 것도 나 하나고. 나도 아저씨가 떠나서 화나. 우리 부모님이 돌아가셔서 화가 나고, 우리 가족이 애초에 이 행성에 올 생각을 했다는 것 자체에도 화가 나. 하지만 산다는 게 원래 그래. 세상에 의지할 사람이 우리 둘밖에 없다는 게 너무 거지 같지만, 그렇다고 우리가 뭘 어떻게 해볼 수 있는 것도 아니잖아."

나는 계속 아무 말도 하지 않았다.

하지만 거기에 바이올라가 있었고 나는 그녀를 **바라봤다**. 아마 그녀가 늪지에서 통나무 옆에 웅크리고 있을 때, 내가 그녀를 스패클이라고 생각했을 때 이후 처음으로 제대로 본 것 같다.

그건 마치 지난 생에서 있던 일처럼 느껴졌다.

바이올라는 카보넬 다운스에서 지낼 때(불과 어제였다, 불과 어제였다고) 봤던 그 깔끔했던 외모가 조금 남아 있긴 했지만 뺨에는 먼지가 묻고 전보다 훨씬 살이 빠졌다. 눈 밑에는 다크서클이 끼었고, 머리카락은 엉망으로 엉켰고, 손은 숯검댕이 묻어 까맸고, 셔츠 앞쪽에는 한 번 넘어졌을 때 묻은 초록색 풀 얼룩이 져 있었다. 벤 아저씨와 같이 달리다가 나뭇가지에 얼굴이 긁히는 바람에 입술도 찢어져 있었다(이제 거길 치료할 붕대도 없다). 그런 바이올라가 날 바라보고 있었다.

바이올라가 내게 남은 건 그녀 하나라고 말했다.

그녀에게 남은 건 나 하나고.

그러자 그게 어떤 느낌인지 조금 알 것 같았다.

내 소음의 색채들이 달라졌다.

바이올라의 목소리가 아주 조금 부드러워졌다. "벤 아저씨는 떠나셨고, 만시도 떠났고, 우리 엄마와 아빠도 떠나셨어. 그 모든 게 끔찍이 싫어. 너무나 싫어. 하지만 우리는 거의 길 끝에 왔어. 거의 다 왔다고.

그러니까 네가 포기하지 않으면, 나도 포기하지 않아."

"이 길 끝에 희망이 있다고 믿어?"

"아니." 바이올라는 그렇게 짧게 대답하고 고개를 돌려버렸다. "아니, 믿지 않아. 하지만 그래도 갈 거야. 너도 나랑 같이 갈 거니?" 바이올라는 나를 빤히 쳐다보며 물었다.

나는 대답할 필요가 없었다.

우리는 계속 달렸다.

하지만.

"우리는 그냥 저 길로 가야 해." 나는 또 다른 나뭇가지를 붙잡고 말했다.

"하지만 군대가 있잖아. 말들도."

"그들은 우리가 어디 가는지 알아. 우리도 그들이 어디 가는지 알고. 우리 모두 헤이븐으로 가는 같은 길을 선택한 것 같아."

"그리고 우린 그들이 오는 소리를 듣겠지. 이 길이 가장 빠르고." 바이올라도 동의했다.

"이 길이 가장 빨라."

그러자 바이올라가 말했다. "그럼 그냥 이 빌어먹을 길을 달려서 헤이븐으로 가자."

나는 살짝 미소를 지었다. "너 빌어먹을이라고 했어. 정말 빌어먹을이라고 했다고."

그래서 우리는 피곤한 몸을 달래며 그 빌어먹을 길로 최대한 빨리 갔다. 여전히 먼지투성이에 구불구불하고, 가끔은 질벅질벅한 강변도로로 끝없이 뻗어 있고, 전과 똑같이 잎이 무성한 나무들로 가득 찬 신세계가 주위에 펼쳐져 있었다.

카오스 워킹 1

당신이 만약 막 착륙해서 이곳에 대해 정말 아무것도 모른다면 여기가 천국이라고 생각할지도 모르겠다.

우리 주위에 넓은 계곡이 열리면서, 강물이 평평하게 흘러가는 가운데 멀리 보이는 언덕들이 양옆에서 가파르게 올라가기 시작했다. 언덕들을 비추는 빛은 달빛뿐이었고, 멀리 마을의 흔적이나 어딘가가 불타고 있는 광경은 보이지 않았다.

헤이븐도 보이지 않았다. 계곡의 가장 평평한 부분에 다다랐는데 우리 앞뒤로 난 구불구불한 길 외에 다른 것은 보이지 않았다. 숲이 여전히 강 양쪽을 뒤덮고 있었다. 신세계가 전부 닫혀버리고 모두 떠나 우리와 이 길만 남았나, 하는 생각이 들 정도였다.

우리는 계속 갔다.

그리고 또 갔다.

앞쪽의 계곡에서 동이 트기 시작해서야 멈춰서 물병에 물을 채웠다.

우리는 물을 마셨다. 내 소음과 흘러가는 강물 외에 다른 소리는 없었다.

말발굽 소리도 없고, 다른 소음도 없었다.

"이게 아저씨가 성공했다는 뜻이란 건 너도 알지? 아저씨가 어떻게 하셨든 그 말 탄 남자를 막으셨어." 바이올라는 나와 눈을 마주치지 않으면서 말했다.

나는 그냥 음, 하면서 고개를 끄덕였다.

"그리고 우리는 총성도 못 들었어."

나는 다시 음, 하면서 고개를 끄덕였다.

"아까 소리 질러서 미안해. 난 그냥 네가 계속 가길 원했어. 네가 멈추는 걸 막으려고 그랬던 거야."

"알아."

우리는 강둑에 있는 나무 한 쌍에 기대 있었다. 길은 우리 뒤에 있었고 강 건너편에는 나무만 있었다. 위로 치솟은 계곡이 저 멀리 보였다. 그때 하늘이 점점 파란색으로 환해지면서 커지고 텅 비어가다가 마침내 별들까지 떠나기 시작했다.

"우리가 정찰선을 타고 떠났을 때." 바이올라는 나와 함께 강 건너편을 바라보면서 말했다. "친구들을 놔두고 떠나야 해서 정말 속상했어. 몇몇 다른 가족이 돌보는 아이들 몇 명이 전부였지만, 그래도. 나는 7개월 후에 우리 우주선이 도착할 때까지 이 행성에 내 또래 아이는 나 하나일 거라고 생각하며 지냈어."

나는 물을 조금 더 마셨다. "프렌티스타운에 있을 때 내 친구는 하나도 없었어."

바이올라는 내게 얼굴을 돌렸다. "친구가 없다니 무슨 뜻이야? 분명 또래가 있었을 것 아니야?"

"한동안은 몇 명 있었지. 나보다 몇 달 일찍 태어난 아이들. 하지만 아이들이 사나이가 되면 더 이상 아이들과 어울리지 않아." 나는 어깨를 으쓱했다. "나는 마지막 남은 아이였어. 결국엔 나와 만시만 남았지."

바이올라는 희미해져 가는 별들을 올려다봤다. "그건 바보 같은 규칙이야."

"맞아."

우린 더 이상 아무 말도 하지 않았다. 나와 바이올라만 강변에서, 또다시 동이 트는 동안 쉬고 있었다.

나와 그녀만.

잠시 후에 우리는 몸을 움직이면서 다시 떠날 채비를 했다.

"내일이면 헤이븐에 도착할 수 있을 거야. 계속 간다면 말이지." 내가 말했다.

"내일. 거기에 음식이 있으면 좋겠다." 바이올라가 말했다.

이번에는 바이올라가 가방을 들 차례였다. 태양이 계곡 끝에서 조금씩 올라오고 있었다. 햇빛이 계곡 안으로 흘러 들어가는 것처럼 보이는 강물 건너 맞은편 언덕을 비췄을 때, 뭔가가 내 시선을 사로잡았다.

내 소음에서 불꽃이 튀기자 바이올라가 곧바로 돌아봤다. "뭐야?"

나는 새롭게 떠오르는 태양을 피해 눈을 가렸다. 저 멀리 언덕 꼭대기 길에서 작은 먼지가 피어오르고 있었다.

그게 움직이고 있었다.

"저게 뭐지?"

바이올라가 망원경을 꺼냈다. "나무들에 가려서 잘 안 보여."

"누가 여행하고 있나?"

"아마 저게 그 다른 길 같아. 저번 갈림길에서 우리가 가지 않은 길 말이야."

한동안 지켜보자 그 먼지가 계속 허공으로 올라가면서 구름이 흐르는 속도로 헤이븐을 향해 움직였다. 아무 소리도 들리지 않는 상황에서 그걸 지켜보고 있으려니 기분이 이상해졌다.

"군대가 어디 있는지 알았으면 좋겠어. 우리와 얼마나 떨어져 있는지 궁금해."

"어쩌면 카보넬 다운스가 아주 잘 싸웠을지도 모르지." 바이올라가 망원경을 강 상류로 겨냥해서 우리가 왔던 길을 살펴봤지만 너무 납작하고 너무 구불거렸다. 보이는 거라곤 나무뿐이었다. 나무들과 하늘과 정적과 조용히 피어오르는 먼지가 머나먼 언덕 꼭대기에서 계속 앞으로 나아가고 있었다.

"어서 가자. 조금 무서워지기 시작했어." 내가 말했다.

"가자." 바이올라가 조용히 말했다.

다시 길 위로 돌아갔다.

다시 달리는 삶으로.

먹을 게 하나도 없어서 아침 식사는 가는 길에 바이올라가 어떤 나무에서 본 노란 과일을 먹었다. 바이올라는 분명 그 과일을 카보넬 다운스에서 먹었다고 맹세했다. 그걸로 점심까지 때웠다. 없는 것보다는 나았다.

나는 다시 내 등에 둘러멘 칼을 생각했다.

시간이 있다면 사냥할 수 있을까?

하지만 시간이 없었다.

우리는 정오를 지나 오후까지 계속 달렸다. 세상은 여전히 황량하고 으스스했다. 계곡 바닥을 따라 달리는 나와 바이올라만 있을 뿐 그 어떤 마을도 보이지 않았고, 마차 행렬이나 수레도 없었고, 세차게 들리는 강물 소리 너머로 들릴 만큼 큰 소리도 없었다. 강물 소리는 시간이 흐를수록 점점 커져서 이제는 내 소음조차 들을 수 없었다. 우리가 대화를 나누려면 목청을 높여서 소리를 질러야 할 지경이었다.

하지만 우리는 너무 배가 고파서 말도 안 나왔다. 너무 지쳐서 말을 할 수 없었다. 한없이 달리느라 말할 수 없었다.

그래서 계속 갔다.

그리고 언제부턴가 내가 계속 바이올라를 보고 있었다.

우리가 달리는 동안 저 멀리 있는 언덕 꼭대기에서 피어오르는 먼지도 우리를 따라오다가, 날이 점점 저물어 가자 천천히 앞서기 시작하더니 마침내 사라졌다. 서둘러 달리는 동안 바이올라가 그 먼지덩어리를 계속 확인하는 모습을 지켜봤다. 내 옆에서 달리면서 다리가 아파 움찔거리는 모습도 지켜봤다. 쉴 때 아픈 다리를 문지르며 물을 마시는 모습도 봤다.

한번 보니 멈출 수 없었다.

바이올라가 그런 나를 눈치챘다. "뭐야?"

"아무 것도 아니야." 그렇게 말하고 고개를 돌려버렸는데 사실 나도 왜 그러는지 알 수 없었다.

점점 가파르게 올라가며 서로 가까워지는 좌우 계곡 사이로 강과 길이 일직선으로 뻗어나갔다. 왔던 길을 조금 돌아보았으나 아직 군대는 보이지 않았고, 말을 탄 남자들도 없었다. 사방에 소음이 들릴 때보다 고요한 쪽이 훨씬 무섭게 느껴질 정도였다.

황혼이 내리고, 해가 우리 뒤쪽 계곡으로 넘어가 어디건 군대가 있는 곳에, 신세계의 남은 곳에, 군대를 상대로 맞서 싸운 사람들과 군대에 합류한 사람들에게 무슨 일이 생겼건 그곳으로 졌다.

여자들에게 무슨 일이 생겼건.

바이올라는 앞에서 달렸다.

나는 그녀가 달리는 모습을 봤다.

해가 막 지고 난 후에 마침내 또 다른 정착지에 도착했다. 여기도 강에 부두가 몇 개 있는, 또 다른 버려진 마을이었다. 좁고 작은 길을 따라 집이 고작 다섯 채 서 있고, 제일 앞에는 잡화점처럼 보이는 건물이 있었다.

"잠깐만." 바이올라가 말하면서 멈췄다.

"저녁 먹을까?" 나는 숨을 돌리면서 말했다.

바이올라는 고개를 끄덕였다.

발길질을 대여섯 번 하자 잡화점의 문이 열렸다. 여기에 아무도 없는 게 분명한데도, 여전히 누가 뛰쳐나와서 우리를 혼내지 않을까 주의하며 주위를 둘러봤다. 안에는 주로 통조림밖에 없었지만 마른 빵 한 덩어리와 멍든 과일 조금과 말린 고기 몇 조각을 찾아냈다.

"이 음식들은 잘해야 하루나 이틀밖에 안 됐어. 주민들은 어제나 그제 헤이븐으로 도망친 게 분명해." 바이올라가 입에 음식을 가득 넣고 말했다.

"군대가 온다는 소문은 효과가 대단하지." 나는 그렇게 말하면서 말린 고기를 잘 씹지도 않고 삼켰다가 한 조각이 목에 걸렸다.

우리는 최대한 배를 채운 후에 남은 음식은 바이올라의 가방에 쑤셔 넣어서 내 어깨에 멨다. 가방에 음식을 넣다가 내 책을 봤다. 책은 여전히 칼 모양 구멍이 뚫린 채 비닐에 쌓여서 그 자리에 있었다.

나는 비닐 포장 속에 손을 넣어서 표지를 만져봤다. 촉감이 부드러웠고 아직까지 희미하게 가죽 냄새가 났다.

책. 우리 엄마의 일기장. 이 일기장은 처음부터 끝까지 우리와 함께 왔다. 그만의 부상을 견뎌내고 살아남았다. 우리처럼.

나는 고개를 들어 바이올라를 바라봤다.

바이올라는 나의 그런 행동을 다시 눈치챘다.

"뭐야?"

"아무것도 아니야." 나는 일기장을 음식과 같이 다시 가방에 넣었다. "어서 가자."

큰길로 다시 나와 강을 향해, 헤이븐을 향해 돌아왔다.

"오늘 밤이 우리의 마지막 밤인 거 알지? 스노 박사님의 말이 맞는다면 우리는 내일 거기 도착할 거야." 바이올라가 말했다.

"그래. 그리고 세상이 바뀌겠지."

"또다시."

"또다시." 나는 동의했다.

우리는 몇 발자국 더 걸어갔다.

"너 희망이 느껴지기 시작하니?" 바이올라가 궁금한 목소리로 물었다.

"아니." 나는 소음을 흐리면서 말했다. "너는?"

바이올라는 눈썹을 치켜올렸지만 고개를 저었다. "아니. 안 느껴져."

"하지만 어쨌든 가는 거야."

"아, 그럼. 그 어떤 괴로움이나 고난이 있더라도 가야지."

"아마 그 둘 다 닥치겠지."

해가 지고 어제보다 가늘어진 두 개의 초승달이 떴다. 하늘은 여전히 맑았고, 별들도 여전히 떠 있고, 세상은 여전히 고요한 채 세차게 흐르는 강물 소리만 꾸준히 커져갔다.

한밤이 다가오고 있었다.

15일.

15일이 지나면⋯⋯.

지나면 뭐?

우리는 밤새 걸었다. 하늘은 우리 뒤로 서서히 낮아졌고, 저녁 먹은 배가 꺼지기 시작하고 다시 지치면서 우리의 대화도 잠시 멈췄다. 동이 트기 직전에 길 위에 뒤집힌 수레 두 채를 발견했다. 밀 낱알들이 사방에 쏟아진 채로 빈 바구니 몇 개가 맞은편으로 굴러가 있었다.

"이런 걸 다 챙길 시간조차 없었나 봐. 절반은 놔두고 갔네." 바이올라가 말했다.

"아침 먹기 좋은 곳이다." 나는 엎어져 있는 바구니 하나를 뒤집어서 강이 마주 보이는 길가로 끌고 가 그 위에 앉았다.

바이올라도 바구니 하나를 집어서 내 옆에 가져와 앉았다. 해가 뜨려고 기지개를 펴면서 하늘에 빛이 희미하게 깜박거렸고, 길은 그쪽을 향해 곧게 뻗어갔고, 강물 역시 새벽을 향해 세차게 흘러갔다. 나는 가방을 열고 잡화점에서 가져온 음식을 꺼내 바이올라에게 좀 나눠준 후에 같이 먹었다. 그리고 물병의 물을 마셨다.

가방은 내 무릎 위에 열려 있었다. 거기에 우리의 남은 옷과 망원경이 있었다.

그리고 그 책이 있었다.

내 옆에 앉은 바이올라의 침묵과 그것이 나를 끌어당기는 힘과 내 가슴과 배와 머릿속의 구멍들을 느꼈다. 바이올라가 내게 너무 가까이 왔을 때 느끼곤 했던 그 아픔이 기억났다. 그 아픔이 어떻게 슬픔처럼, 상실감처럼, 내가 추락하는 것처럼, 허무로 추락하는 것처럼, 그것이 어떻게 내 가슴을 꽉 움켜쥐고 울고 싶게 만드는지, 실제로 날 울게 만들었는지 기억했다.

하지만 지금은……

지금은 그 정도는 아니다.

나는 바이올라를 봤다.

바이올라는 내 소음 속에서 무슨 일이 일어나고 있는지 알고 있을 것이다. 주위에 사람은 나밖에 없고, 강물이 아무리 큰 소리를 내더라도 바이올라는 내 소음을 읽는 데 점점 능숙해지고 있으니까.

하지만 바이올라는 말없이 앉아서, 조용히 음식을 먹으면서, 내가 말하길 기다리고 있었다.

내가 부탁하길 기다리고 있었다.

그게 바로 내가 생각하고 있는 것이니까.

해가 떠서 헤이븐에 도착하면 내가 평생 본 사람들보다 더 많은 인파로 가득 찬 곳에 도착한다. 너무 많은 소음으로 가득 차 한시도 혼자 있을 수 없는 곳에 도착하게 된다. 다만 거기 사람들이 소음의 치료법을 알아내지 못했다면 말이다. 만일 알아냈다면 소음이 나는 사람은 나밖에 없을 것이고, 그러면 상황은 악화되겠지.

우리는 헤이븐으로 가서, 그 도시의 일부가 될 것이다.

그건 토드와 바이올라 단둘이서 해가 떠오르는 강가에 앉아, 아침을 먹으며, 이 행성의 표면에 존재하는 단 두 사람처럼 있는 것과는 많이 다를 것이다.

이제 모두와 함께 있게 될 것이다.

지금이 우리의 마지막 기회일지도 모른다.

나는 그녀에게서 고개를 돌리고 말을 꺼냈다. "너 그, 목소리를 여러 가지로 내는 법을 알잖아?"

"그래." 바이올라는 조용히 대답했다.

나는 그 책을 꺼냈다.

"프렌티스타운 목소리도 낼 수 있겠어?"

38

나는 한 아가씨가
부르는 소리를 들었지

"나의 사랑하는 토드." 바이올라는 최선을 다해 벤 아저씨의 억양을 흉내 내서 읽었는데, 끝내주게 비슷했다. "내 사랑하는 아들."

우리 엄마의 목소리. 엄마가 말하고 있었다.

나는 팔짱을 끼고 땅바닥에 흩어진 밀알들을 내려다봤다.

"이 일기를 네가 태어난 날, 너를 내 배 속이 아니라 내 품에 처음 안아 본 날 시작한다. 너는 내 배 속에 있을 때와 마찬가지로 밖에 나와서도 아주 잘 차더구나! 그리고 너는 이 우주에서 가장 아름다운 존재란다. 넌 신세계에서 가장 잘생긴 아이일 것이고, 뉴 엘리자베스에 너보다 더 멋진 아이는 없는 게 확실하단다."

내 얼굴이 점점 빨개지는 게 느껴졌지만, 아직 해가 높이 뜨지 않아서 아무도 내 얼굴을 볼 수 없었다.

"네 아빠가 여기서 나와 함께 너를 볼 수 있었다면 얼마나 좋을까, 토드. 하지만 신세계와 하늘에 계신 하느님이 다섯 달 전에 아픈 네 아빠를 데려가기로 결정하셨단다. 그러니까 우리 둘은 다음 생에서 아빠를 볼

카오스 워킹 1

때까지 기다려야만 해.

넌 아빠를 똑 닮았어. 흠, 갓난아기들은 그저 갓난아기처럼 보이긴 하지만 넌 정말로 아빠 판박이란다. 넌 키가 아주 많이 클 거야, 토드. 네 아빠가 훤칠했거든. 자라서 힘도 세질 거고. 네 아빠가 그랬으니까. 그리고 미남이 될 거다. 아, 정말이지 눈부신 미남이 될 거야. 신세계 여자들은 너를 보면 모두 얼이 빠질걸."

바이올라는 한 페이지를 넘겼고, 나는 그녀의 얼굴을 보지 않았다. 바이올라도 내 얼굴을 보지 않았다. 지금은 그녀의 얼굴에 조용히 떠오른 미소를 보고 싶지 않았다.

왜냐하면 그 기묘한 일이 다시 일어나고 있었으니까.

바이올라의 말은 그녀의 말이 아니었고, 그녀의 입을 통해 흘러나오는 거짓처럼 들리는 이야기는 새로운 진실, 우리 엄마가 내게 말해주는 다른 세계를 창조해 내고 있었다. 바이올라는 자신의 것이 아닌 목소리로 말했고, 적어도 잠시 동안은 나만을 위한 세상이 만들어졌다.

"네가 태어난 곳에 대해 말해주마, 아들아. 이곳은 신세계라고 하는 곳인데 오직 희망만으로 채워진 행성으로……."

바이올라는 잠시 멈췄다가 다시 읽기 시작했다.

"우리는 거의 10년 전에 이곳에 착륙했단다. 우리는 새로운 삶의 방식, 깨끗하고 단순하고 정직하고 선한 방식, 모든 면에서 구세계와는 다른 방식으로 우리의 인도자이신 하느님을 믿고 안전하고 평화롭게 인간에 대한 사랑을 가지고 살 수 있는 세상을 찾아 여기에 왔지.

좀 힘든 일들이 있었단다. 너에게 하는 이 이야기를 거짓말로 시작하진 않을게, 토드. 여기 생활은 그닥 쉽지 않았고…….

아, 엄마가 말하는 것 좀 들어봐라. 아들에게 말을 하면서 바르지 않은 표현을 쓰다니. 정착민으로 살아가다 보니 격식을 차릴 여유가 별로 없고 예의를 모르는 사람들처럼 말하기도 쉬운 것 같다. 하지만 그게 뭐 그리 나쁜 일도 아니잖니, 그렇지? 오케이, 그럼 그렇게 정한 거다. 엄마로서 첫 번째로 내리는 불량한 선택이구나. 어법에 맞지 않거나 좀 속된 표현이더라도 마음껏 쓰렴, 토드. 네가 그렇게 말해도 엄마가 고치지 않겠다고 약속하마."

바이올라는 입술을 오므렸지만 내가 아무 말도 하지 않았기 때문에 계속 읽었다.

"신세계와 뉴 엘리자베스에 고난과 질병이 닥쳤단다. 이 행성에는 소음이란 게 있어. 우리가 여기 착륙한 후로 남자들은 이것과 계속 씨름을 해왔지만 너는 여기 와서 태어났으니 그 어떤 차이도 느끼지 못할 아이 중 하나가 될 거야. 그래서 소음이 있기 전의 삶은 어땠는지, 왜 사람들이 지금 이렇게 힘든지도 설명하기가 힘들어질 테지만 최선을 다해볼게.

데이비드 프렌티스라는 남자가 있어. 그 사람에게는 너보다 조금 일찍 태어난 아들이 하나 있단다, 토드. 프렌티스라는 사람은 우리 마을에서 사람들을 끌어모으는 능력이 있는 인물 중 하나인데, 내 기억이 맞는다면 여기로 오는 우주선에서 관리자였을 거야."

바이올라는 이 부분에서 또 멈췄다. 나는 이번에는 무슨 말을 할지 기다렸지만 바이올라는 아무 말도 하지 않았다.

"그는 우리 마을 시장인 제시카 엘리자베스에게 거대한 늪지에서 멀리 떨어진 곳에 이 작은 정착지를 세워보자고 설득했단다. 우리가 허락하지 않는 한 나머지 신세계 사람들의 소음이 절대 이곳에 흘러 들어오지 못하게 하자는 거였지. 다른 곳과 마찬가지로 뉴 엘리자베스에서도 다른 사람들의 소음이 들리지만 적어도 이들은 우리가 아는 사람들이고, 우리가 믿는 사람들이니까. 대개는 그렇지.

이 마을에서 내가 맡은 역할은 정착지에서 북쪽으로 올라간 곳에 밀밭을 만들어서 농사를 짓는 거야. 네 아버지가 돌아가신 후로는 우리와 가까운 친구들인 벤과 킬리언이 나를 도와줬단다. 그 사람들 농장이 우리 농장 바로 옆에 있거든. 네가 어서 그들을 만났으면 좋겠구나. 아, 잠깐만, 벌써 만났구나! 그들은 이미 널 안고 반갑다고 인사도 했으니까. 이것 봐라. 넌 세상에 나오자마자 이미 친구가 둘이나 생긴 거야. 그건 아주 좋은 시작이란다, 아들아.

사실, 네가 아주 잘 크리라고 확신한단다. 넌 2주나 일찍 세상에 나왔거든. 넌 분명 이만하면 충분히 기다렸다고 판단하고 이 세상이 너에게 뭘 해줄지 보고 싶었던 거잖아. 그런 너를 탓할 순 없지. 여기 하늘은 너무나 크고 파랗고, 나무들은 아주 진한 초록색이고, 이곳 동물들은 너에게 말을 한다. 동물들이 정말 말을 한다니까. 그리고 넌 그들에게 말대꾸도 할 수 있어. 이곳엔 경이로운 것들이 너무나 많단다. 그 모든 게 널 기다리고 있어, 토드. 그런 일들이 너에게 지금 당장 일어나지 않는 게, 네가 할 수 있는 수많은 일, 네가 하게 될 많은 일들이 지금 당장 일어나지 않는다는 사실이 거의 참을 수 없을 정도란다."

바이올라는 숨을 한 번 들이쉬고 나서 말했다. "여기서 글이 잠시 중단됐어. 그리고 여백이 좀 있은 후에 나중에, 라고 쓴 걸 보니 너희 엄마가 글을 쓰다가 방해를 받은 것 같아." 그리고 바이올라는 고개를 들어 나를 바라봤다. "너 괜찮아?"

"그래, 그래. 계속 읽어." 나는 팔짱을 낀 채 열심히 고개를 끄덕였다.

하늘빛이 점점 환해지면서 정말로 해가 떠오르고 있었다. 나는 바이올라에게서 몸을 조금 돌렸다.

바이올라가 다시 읽기 시작했다.

"나중에.

미안하다, 아들아. 우리 마을 목사님인 아론이 찾아오는 바람에 잠시 이 글을 쓰는 걸 중단해야 했단다."

바이올라는 또다시 낭독을 멈추고 입술을 핥았다.

"그런 목사님이 있다니, 우리는 운이 좋단다. 하지만 요즘에는 목사님이 하시는 말씀에 솔직히 동의하진 못하겠더구나. 신세계의 원주민에 대해서 말이야. 여기 원주민들은 스패클이라고 부른단다. 아무튼 정말 놀라웠어. 여기 원주민들이 너무 낯을 가려서 구세계에서 처음 우리의 이주를 계획했던 사람들이나 최초 정찰선들도 이들이 여기 있는지 몰랐거든!

그들은 아주 온순하고 상냥하단다. 우리와 다르고 어쩌면 원시적일지도 몰라. 우리가 발견할 수 있는 음성 언어나 문자는 없었거든. 하지만 스패클이 지능이 있는 존재라기보다는 동물이라는 여기 일부 사람들의 생각에는 동의하지 않아. 그리고 아론 목사는 최근에 신이 우리와 그들 사이를 구분하는 선을 어떻게 그어놓았는지에 대한 설교를 많이 하는데……

뭐 이런 문제를 네가 세상에 나온 첫날 토론하는 건 별로 좋지 않은 것 같다, 그렇지? 아론은 믿음이 독실한 데다 여기 와서 지낸 오랜 세월 동안 우리 신앙의 주축이 돼줬어. 누가 이 일기장을 발견해서 읽게 될 경우를 위해 내가 여기 공식적으로 써놓을게. 아론 목사님이 오셔서 네가 태어난 첫날 축복해 주신 일은 정말 영광이었다고 말이다. 알겠지?

하지만 난 또한 네가 태어난 첫날에 권력이 가지는 매력에 대해 네가 너무 나이가 들기 전에 배워야 한다는 말도 해야겠다. 이것이야말로 남자와 소년을 가르는 선이기도 한데, 다만 대부분의 사람들이 생각하는

카오스 워킹 1

것과 다른 면에서 그렇단다.

이 일은 이 정도만 말해둘게. 괜히 남 일을 궁금해하면서 캐고 다니는 사람들도 있고 하니 말이다.

아, 아들아. 이 세상엔 경이로운 것이 너무나 많단다. 그렇지 않다는 사람들 말은 절대 듣지 마라. 그래, 여기 신세계에서의 삶은 힘들어. 너에게 그 점은 인정할게. 이 일기를 시작하려면 처음부터 솔직해야 하니까. 내가 거의 절망에 빠질 뻔했다는 말을 해두마. 지금 이 정착지의 상황은 내가 설명하기에는 너무 복잡하단다. 그리고 좋든 싫든 얼마 못 가 너 스스로 배우게 될 일들이 있단다. 먹을 것을 구하기도 쉽지 않았고, 살다가 아프기도 하고, 네 아버지를 잃기 전에도 너무 힘들어서 하마터면 생을 포기할 뻔도 했단다.

하지만 나는 그러지 않았어. 너 때문에 그랬단다. 내 잘생긴, 한없이 잘생긴, 내 놀라운 아들. 이 세상을 좀 더 낫게 만들지 모를 내 아들, 너를 오직 사랑과 희망만 가지고 키우겠다고 약속하마. 그리고 이 세상이 좋아지는 모습을 보게 될 거라고 맹세하마. 엄마가 맹세한다.

오늘 아침 생전 처음으로 널 품에 안고 젖을 먹였을 때 너에게서 너무나 큰, 마치 고통 같은, 더 이상 견뎌낼 수 없을 듯한 사랑을 느꼈단다.

하지만 그럴 뻔했다는 거지 실제로 견디지 못하는 건 아니야.

그래서 우리 엄마가 내게 불러줬고, 우리 할머니가 엄마에게 불러줬던 식으로 끝도 없이 거슬러 올라가는 노래를 내가 너에게 불러줬단다."

그리고 이 부분에서 놀랍게도 바이올라가 노래를 했다.

정말로 노래를 했다.

내 피부에 닭살이 돋았고, 가슴이 으스러질 것 같았다. 바이올라는 그 노래의 멜로디 전체를 내 소음에서 들었던 게 분명하다. 물론 벤 아저씨도 그 노래를 불렀다. 이제 바이올라의 입에서 마치 종소리가 울려 퍼지는 것처럼 노랫소리가 흘러나왔다.

바이올라의 목소리가 온 세상을 우리 엄마의 목소리로 바꾸면서 그 노래를 불렀다.

"어느 이른 아침, 해가 떠오르고 있을 때,

저 아래 계곡에서 한 아가씨가 부르는 소리를 들었지.

'오, 날 속이지 말아요, 오 날 떠나지 말아요,

어떻게 불쌍한 아가씨를 그렇게 이용할 수 있나요?'"

나는 바이올라를 볼 수 없었다.

나는 그녀를 볼 수 없었다.

나는 머리를 두 손으로 감싸 쥐었다.

"이건 슬픈 노래야, 토드. 하지만 동시에 약속이기도 해. 난 절대 너를 속이지 않을 것이고, 널 떠나지 않을 거야. 그리고 내가 너에게 이 약속을 했으니 언젠가는 네가 다른 사람들에게 약속할 수 있을 거야. 그리고 그 것이 진실이란 걸 알 것이고.

아, 하, 토드! 너 울고 있구나. 네가 아기 침대에서 울고 있어. 네가 태어 난 첫날 처음으로 자다 깨서 울었어. 잠에서 깨서 온 세상에게 와달라고 부탁하고 있구나.

그래서 오늘은 그만 써야겠다.

내 아들이 날 부르니, 내가 대답해 줘야지."

바이올라가 낭독을 중단해 이제 강물 소리와 내 소음만 들렸다.

"더 많이 있어." 내가 고개를 숙이고 있는 동안 바이올라는 가만히 책 의 페이지를 넘기면서 말했다. "아주 많이 남았어." 바이올라는 나를 봤다. "더 읽을까?" 그리고 다시 책을 봤다. "끝까지 읽을까?"

끝.

우리 엄마가 그 마지막 날까지 쓴 부분…….

"아니." 내가 재빨리 말했다.

내 아들이 날 부르니, 내가 대답해 줘야지.

내 소음 속에서 영원히.

"아니. 지금은 거기까지만 하자."

바이올라를 힐끗 보자 내 소음처럼 그녀의 얼굴이 슬픔에 차 있었다. 눈은 젖었고, 턱은 새벽 햇살에 아주 희미하게 비칠 정도로 살짝 떨리고 있었다. 바이올라는 내가 보는 것을 알고, 내 소음이 그녀를 지켜보는 걸 느끼고 고개를 돌려 강을 바라봤다.

그리고 거기서, 그날 아침, 그 새로 떠오르는 태양 속에서, 나는 뭔가를 깨달았다.

뭔가 중요한 걸 깨달았다.

너무 중요해서 마침내 날이 완전히 밝았을 때 몸을 일으켜야만 했다.

나는 바이올라가 무슨 생각을 하고 있는지 알았다.

나는 바이올라가 무슨 생각을 하고 있는지 알았다.

그녀의 등만 보고 있는데도 그녀가 무슨 생각을 하고 느끼는지, 그녀의 마음속에서 무슨 일이 일어나고 있는지 알았다.

바이올라가 몸을 돌리는 방식, 고개를 들고 손을 내려놓고 무릎에 책을 둔 방식, 내 소음에서 이 모든 생각을 들으면서 갑자기 등이 살짝 굳는 방식까지 다 이해할 수 있었다.

읽을 수 있었다.

그녀를 읽을 수 있었다.

그녀는 자신의 부모님 또한 우리 엄마처럼 희망에 가득 차서 여기로 왔다는 생각을 하고 있었다. 그녀는 우리가 가는 길의 끝에 있다는 희망이 혹시 우리 엄마의 길 끝에 있던 것처럼 가짜 희망은 아닐까 생각하고 있었다. 그리고 우리 엄마의 말을 가져가 자신의 엄마와 아빠 입에 넣어서 그들이 그녀에게 사랑한다고, 그녀가 보고 싶다고, 그녀에게 온 세상을 주고 싶다고 하는 말을 듣고 있었다. 바이올라는 우리 엄마의 노래를 가져가 다른 모든 것과 엮어서 그녀만의 슬픈 노래를 만들고 있었다.

그것 때문에 그녀의 마음이 아팠지만 그건 그래도 괜찮은 아픔이었다. 아프긴 했지만 좋은 아픔이었다. 그래도 아픔은 아픔이었다.

바이올라는 마음 아파했다.

나는 이 모든 걸 알았다.

나는 그게 진실이란 걸 알았다.

내가 그녀의 마음을 읽을 수 있기 때문에.

그녀에게 소음이 없는데도 그녀의 소음을 읽을 수 있었다.

나는 그녀가 누군지 안다.

나는 바이올라 이드를 안다.

나는 두 손을 머리 옆에 대서 이 모든 것을 머릿속에 담아두려고 했다.

"바이올라." 나는 떨리는 목소리로 속삭였다.

"알아." 바이올라는 조용히 말하면서, 여전히 나를 외면한 채 팔로 스스로를 감싸 안았다.

나는 그녀가 그렇게 거기 앉아 있는 모습을 봤다. 그녀는 강을 바라보며 앉아 있었고, 우리는 완전히 주위가 환해질 때까지 각자 서로의 마음을 알면서 그렇게 기다렸다.

우리 둘 다 서로의 마음을 안다는 걸 알면서.

39

폭포

해가 슬금슬금 하늘 위로 기어오르고 강물이 요란하게 흐르는 동안, 우리는 강 맞은편을 바라보면서 강물이 계곡 끝을 향해 세차게 흘러가서 급류를 토해내는 모습을 보았다.

우리 사이에 흐르던 마법의 순간을 깨뜨린 사람은 바이올라였다. "너 저게 뭐여야 하는지 알지, 그렇지?" 그녀는 망원경을 꺼내서 강 하류를 봤다. 태양이 계곡 끝에서 올라오고 있었다. 햇빛이 너무 강해서 망원경의 렌즈를 손으로 가려야 했다.

"뭔데?"

바이올라는 버튼을 한두 개 정도 누르고 다시 망원경을 봤다.

"뭐가 보여?"

바이올라가 망원경을 건넸다.

강 하류의 급류를 따라, 물거품을 따라, 바로…….

바로 끝이 보였다.

몇 킬로미터 떨어진 곳에서, 강이 허공에서 끝났다.

"또 다른 폭포군." 내가 말했다.

"월프랑 봤던 것보다 훨씬 크네."

"저 폭포를 지나는 길이 있을 거야. 괜히 신경 쓰지 않아도 돼."

"내 말은 그게 아니야."

"그럼 뭔데?"

"내 말은." 바이올라는 내 아둔함을 답답해하며 얼굴을 조금 찡그렸다. "저 정도로 큰 폭포라면 그 밑에 분명 도시가 있을 거야. 네가 어떤 행성에 처음 와서 정착할 만한 곳을 골라야 한다면 폭포가 떨어지는 계곡 밑이어서 비옥한 농지가 있고, 언제든 물을 쉽게 끌어올 수 있는 곳이 우주에서 보기에 적격이지 않겠냐는 거지."

내 소음이 올라갔지만 그래 봤자 아주 조금이었다.

대체 누가 그런 생각을 하지?

"헤이븐." 내가 말했다.

"내 장담하는데 저기서 뭔가 찾을 수 있을 거야. 우리가 저 폭포에 가면 그 밑에 뭐가 있는지 볼 수 있을걸."

"달린다면 한 시간 안에 갈 수 있어. 한 시간도 안 걸릴걸."

바이올라는 우리 엄마의 책을 읽은 후 처음으로 내 눈을 바라봤다.

그리고 말했다. "우리가 달린다면?"

그러더니 미소를 지었다.

진심에서 우러나온 미소.

나도 그게 무슨 의미인지 알고 있었다.

우리는 얼마 안 되는 소지품을 챙겨서 떠났다.

전보다 더 빨리.

내 발은 지친 데다 아팠다. 그녀의 발도 분명 그럴 것이다. 발에 물집이 잡혔고 화끈거렸다. 내가 그리워하는 모든 것과 떠나버린 모든 것 때문에 마음이 아팠다. 그녀의 마음도 그랬다.

하지만 우리는 달렸다.

와우, 우리는 정말 끝내주게 달렸다.

왜냐하면, 아마도(닥쳐)…….

정말 아마도(그건 생각하지 마)…….

아마도 정말 그 길 끝에 희망이 있을지도 모르니까.

우리가 거침없이 달려가는 동안 강은 점점 넓어지면서 곧게 흘러갔고 계곡의 벽들은 점점 좁아졌다. 우리 쪽 계곡 벽은 너무나 가까이 다가와서 길 가장자리가 가파른 오르막으로 변해가고 있었다. 급류에서 튕겨 나온 물방울들이 허공을 떠돌아다녔다. 우리의 옷이 젖고, 얼굴도 젖고, 손도 젖었다. 폭포 소리는 천둥으로 변해 마치 물질적인 존재처럼 온 세상을 가득 채웠지만 나쁘지 않았다. 마치 그것이 우리를 씻겨주는 것처럼, 소음을 씻어버리는 것처럼 느껴졌다.

제발 헤이븐이 폭포 밑에 있게 해주세요.

제발.

달려가는 동안 바이올라가 나를 돌아보는 게 보였다. 그녀는 환하게 빛나는 얼굴로 나보고 계속 빨리 오라고 고갯짓을 하면서 미소 지었다. 그 모습을 보며 나는 아마도 희망이 우리를 앞으로 끌어당기는 힘일지도 모른다고, 어쩌면 계속 가게 만드는 힘인지도 모른다고 생각했다. 하지만 희망은 위험하기도 하고, 고통스러운 것이다. 희망은 우리가 감히 세상에 도전하게 만든다. 세상이 언제 자기에게 도전하는 이들을 가만히 놔둔 적이 있는가?

제발 헤이븐이 거기 있게 해주세요.

제발 제발 제발 제발.

길이 마침내 조금씩 올라가기 시작했고, 강물은 바위투성이 급류 밑으로 쏟아지면서 부서졌다. 우리와 폭포 사이에 있던 숲은 전부 사라졌다. 이제 우리 오른쪽으로 점점 가팔라지는 언덕만 하나 있었다. 마침내 우리 앞에 강과 폭포만 보였다.

"거의 다 왔어." 바이올라가 앞에서 날 부르면서, 달려갔다. 바이올라의 머리칼이 목덜미 위에서 흔들거렸고, 햇빛이 모든 것을 밝게 비추었다.

바로 그때.

바로 그때, 절벽 가장자리에서 길이 급하게 밑으로 떨어지면서 오른쪽으로 돌아갔다.

우리는 거기서 멈췄다.

그 폭포는 거대했다. 지름이 족히 500미터는 될 것 같았다. 물은 절벽 위로 격렬하게 하얀 물거품을 뿜어내며 수백 미터 아래로 떨어졌다. 우리는 옷을 입은 채 흠뻑 젖었다. 떠오르는 햇빛을 받아 사방에 무지개가 떴다.

"토드." 바이올라의 목소리가 너무 희미하게, 간신히 들려왔다.

하지만 그럴 필요도 없었다.

바이올라가 무슨 말을 하려는지 알고 있었다.

폭포가 떨어지는 곳에서 계곡이 하늘만큼 널찍하게 열려서, 폭포 밑에서 다시 시작되는 강을 품에 안았다. 폭포에서 흘러나온 급류는 앞으로 흘러나갔다가 여러 개의 웅덩이에 고이면서 잔잔해져 다시 강이 됐다.

그 강물이 헤이븐으로 흘러갔다.

헤이븐.

헤이븐이 분명하다.

그곳이 마치 음식이 가득 차려진 식탁처럼 우리 앞에 넓게 펼쳐져 있었다.

"저기 있어." 바이올라가 말했다.

바이올라가 내 손을 잡는 게 느껴졌다.

우리 왼쪽에서 물보라를 뿜어내며 하늘에 무지개를 띄워 올리는 폭포, 우리 머리 위에서 떠오르는 태양, 저 밑에 있는 계곡.

헤이븐이 거기서 우리를 기다리고 있었다.

계곡을 따라 3, 4킬로미터 정도 내려가면 될 것 같았다.

하지만 거기에 있었다.

우리가 아주 끝내주게 잘 온 것이다.

나는 주위를 둘러봤다. 큰길이 우리 발치에서 홱 틀어져서 가파르게 아래로 내려가 오른쪽 계곡의 벽 사이로 들어갔다. 그러다가 다시 언덕 옆에 나타나 강과 만날 때까지 지그재그 형태로 죽 내려갔다.

거기서 그 길은 바로 헤이븐으로 들어갔다.

"제대로 보고 싶어." 바이올라가 내 손을 놓고 망원경을 꺼냈다. 보다가 렌즈에 묻은 물기를 닦아내고, 다시 조금 더 봤다. "아름다워." 바이올라는 그 말만 하면서 물기를 계속 닦아냈다.

잠시 후에 바이올라가 망원경을 건넸고, 나는 처음으로 헤이븐의 거리를 봤다.

폭포에서 흩뿌리는 물방울이 너무 굵어서 아무리 닦아내도 사람들이나 다른 세세한 모습들은 볼 수 없었다. 하지만 거기엔 온갖 종류의 건물들이, 주로 중앙에 있는 교회처럼 생긴 건물을 둘러싸고 있었다. 다른 큰 건물들도 있었고 잘 닦은 도로들이 도시 한가운데를 지나 나무들 사이를 구불구불 통과해서 그 뒤에 몰려 있는 건물들로 이어졌다.

저기엔 못해도 건물이 50채는 있어 보인다.

어쩌면 100채일지도 모르고.

그곳은 내가 지금까지 본 도시들 중에서 가장 컸다.

"사실 기대했던 것보다는 좀 작다." 바이올라가 소리를 질렀다.

하지만 난 그녀의 말을 듣고 있지 않았다.

나는 망원경으로 헤이븐까지 이어지는 강가 도로를 다시 거슬러 올라오다가, 거기에 요새처럼 만든 방어벽 같은 걸 봤다.

"사람들이 준비를 하고 있나 봐. 싸울 준비 말이야."

바이올라는 걱정스런 표정으로 나를 봤다. "저 정도면 충분할 것 같아? 저기가 과연 안전할까?"

"군대에 대한 소문이 사실이냐 아니냐에 따라 다르겠지."

나는 마치 군대가 바로 뒤에서 우리가 움직이길 기다리고 있는 것처럼 본능적으로 뒤를 봤다. 그리고 우리 옆에 있는 계곡의 언덕을 올려다봤다. 저기 올라가면 주위가 더 잘 보일 것 같았다.

"어디 한번 알아보자."

우리는 다시 달려서 길을 조금 내려가, 언덕 위로 기어 올라갈 만한 적당한 곳을 하나 찾았다. 그렇게 올라가는 동안 다리는 전보다 더 가볍게 느껴졌고, 소음은 며칠 만에 처음으로 더 또렷해졌다. 아직도 벤 아저씨와 킬리언 아저씨와 만시 때문에 슬프고, 나와 바이올라에게 일어났던 일 때문에 슬프다.

하지만 벤 아저씨의 말이 맞았다.

이곳에서 가장 큰 폭포 밑에 희망이 있다.

그리고 어쩌면 희망은 우리를 그렇게 아프게 하지 않을지도 모른다.

우리는 나무들 사이로 기를 쓰고 올라갔다. 덩굴을 잡아당기고 바위에 매달려서 조금씩 올라가, 계곡이 바로 우리 밑에 쭉 펼쳐져 있는 광경이 보이는 자리까지 올라섰다.

나는 망원경으로 강 하류와 아래의 큰길과 우듬지들 위쪽을 봤다. 계속 렌즈에 튀는 물기를 닦아내야 했다.

나는 봤다.

"그들이 보여?" 바이올라가 물었다.

나는 봤다. 멀리 갈수록 강이 점점 작아졌다. 나는 우리가 왔던 큰길 저쪽, 더 먼 쪽, 더 먼 쪽을 봤다.

"아니."

그리고 다시 봤다.

그리고 또 봤다.

그리고…….

거기에.

계곡의 가장 깊은 곳에서 가장 안쪽으로 구부러진 길에, 떠오르는 태양을 배경으로 가장 멀리 있는 그늘 속에 그들이 있었다.

군대임이 분명한 대규모 행렬이 행군 중이었다. 아주 멀리 떨어져 있는 터라 그들은 마치 마른 강바닥으로 흘러드는 검은 물결처럼 보였다. 너무 멀어서 세세한 건 보이지 않았고 사람들 하나하나가 따로 보이지도 않았지만, 거기에 말은 없는 듯했다.

그냥 사람들이 대규모로 길을 따라 물밀듯이 밀려들고 있었다.

"얼마나 커? 얼마나 불어난 것 같아?"

"나도 몰라. 300명? 400명? 나도 모르겠어. 너무 멀어서 정말…….'

나는 도중에 말을 멈췄다.

"너무 멀어서 분간이 안 돼. 수십 킬로미터는 떨어져 있어." 나는 또다시 미소 지었다.

"우리가 이겼어." 바이올라의 얼굴에도 미소가 떠올랐다. "우리가 달렸고 그들이 쫓아왔는데, 우리가 이긴 거야."

"헤이븐에 도착하면 거기 책임자가 누구든 경고해주자." 나는 전보다 빨리 말했다. 흥분한 탓에 내 소음도 커지고 있었다. "하지만 헤이븐은 전선을 구축해 놓고 도시로 들어가는 길은 정말 좁은 데다, 군대는 적어도 오늘 하루 정도 완전히 떨어져 있으니 어쩌면 오늘 밤에 올지도 몰라. 그리고 맹세하는데 그들은 천 명은 안 돼."

내가 맹세한다.

(하지만.)

바이올라는 이제까지 본 것 중에서 가장 피곤하면서도 가장 행복한 미소를 지으며 내 손을 다시 잡았다. "우리가 이겼어."

하지만 희망이란 위험이 다시 생기려는 순간 내 소음에서 힘이 조금 빠졌다. "음, 우린 아직 도착하지 않았고 헤이븐이 어쩌면……."

하지만 바이올라가 고개를 흔들었다. "아니야. 우리가 이겼어. 넌 내 말대로 행복하면 돼, 토드 휴잇. 우린 지금까지 군대보다 빨리 달리려고 애썼는데 어떻게 됐는지 알아? 우리가 그들을 앞질렀어."

바이올라는 생글생글 웃는 얼굴로 나를 보며, 내 대답을 기다렸다.

내 소음이 윙윙 울리면서 행복하고 따뜻해졌다. 나는 지쳤지만, 안심하는 한편으로 살짝 걱정도 됐지만, 어쩌면 바이올라의 말이 맞을 거라고 생각했다. 어쩌면 우리가 정말 이겼는지도 모른다. 축하하기 위해 바이올라와 포옹을 해야 할 것 같다는 생각이 들었다. 이렇게 정신없이 생각하면서 나는 바이올라에게 동의했다.

"우리가 이겼어."

그때 바이올라가 정말 두 팔로 나를 안고 마치 우리가 금방이라도 쓰러질 것처럼 꽉 끌어당겼다. 우리는 그 축축한 언덕 옆에 서서 한동안 말없이 숨만 쉬었다.

바이올라에게서 꽃향기 같은 냄새는 나지 않지만 그래도 괜찮았다.

나는 주위를 둘러봤다. 우리 밑으로 폭포가 요란한 소리를 내며 떨어졌고, 헤이븐은 햇빛에 빛나는 물보라 너머로 반짝였고, 강물은 햇빛을 받아 금속 뱀처럼 반짝반짝 빛났다.

내 소음에 작은 행복의 불꽃들이 팍팍 튀어 올랐고, 내 시선은 다시 강을 따라 우리가 왔던 쪽으로…….

안 돼.

내 몸의 모든 근육이 흠칫 놀랐다.

"뭐야?" 바이올라가 놀라 뒤로 홱 물러서면서 물었다.

그리고 고개를 뒤로 돌려 내 시선을 따라갔다.

"뭔데?" 바이올라가 다시 물었다.

그러다가 그녀도 봤다.

"안 돼. 안 돼, 이럴 순 없어." 바이올라가 말했다.

강물을 따라 보트 한 척이 내려오고 있었다.

망원경 없이도 볼 수 있을 만큼 가까웠다.

소총과 예복이 보일 만큼 가까웠다.

그 흉터들과 어마어마한 분노가 보일 만큼 가까웠다.

우리를 향해 격렬하게 노를 저어서, 신의 심판처럼 다가오고 있는 그.

아론.

40

제물

"그자가 우리를 봤어?" 그렇게 묻는 바이올라의 목소리가 바짝 긴장돼 있었다.

나는 망원경을 그쪽으로 겨눴다. 아론이 보트에서 일어났다. 거대하고 무시무시한 모습이었다. 나는 버튼을 몇 개 눌러서 그의 모습을 가까이 당겼다. 그는 보트를 강가에 대려고 엔진처럼 기계적으로 노를 젓고 있을 뿐, 우리 쪽은 보지 않았다.

그의 얼굴은 여기저기 찢어진 데다 피투성이에 얼룩덜룩했다. 뺨에 구멍이 났고, 코가 있던 자리에도 새 구멍이 생겨서 눈 뜨고 봐줄 수 없을 정도로 참혹했다. 그리고 여전히 그 기괴한 얼굴에 흉포하고 게걸스러운, 자비심이라곤 눈곱만큼도 없는, 그 무엇에도 멈추지 않을, 절대로, 절대로 멈추지 않을 표정을 짓고 있었다.

전쟁은 사람들을 괴물로 만들지. 벤 아저씨의 목소리가 들렸다.

우리를 향해 괴물이 오고 있다.

"우리를 본 것 같진 않아. 아직은."

　　　　　　　　　　　　카오스 워킹 1

"우리가 저자를 앞지를 수 있을까?"

"그에겐 총이 있어. 그리고 여기서 헤이븐까지 가는 길은 다 보여."

"그럼 큰길을 벗어나자. 나무들 사이로 가."

"지금 우리가 있는 곳과 저 아래 길 사이에는 나무가 별로 없어. 우린 엄청 빨리 가야 해."

"난 빨리 갈 수 있어." 바이올라가 장담했다.

우리는 나뭇잎들과 젖은 덩굴들을 미끄러져 내려와, 바위들을 손으로 잡으면서 언덕을 내려왔다. 몸을 숨길 수 있는 나무가 많지 않아서 우리는 저 밑의 강에서 노를 젓고 있는 아론을 계속 볼 수 있었다.

이 말은 만약 아론이 제대로 올려다본다면 우리를 발견할 수 있다는 뜻이다.

"서둘러!" 바이올라가 재촉했다.

아래로…….

또 아래로…….

그렇게 죽죽 미끄러져서 큰길을 향해…….

길 옆의 진흙 속을 철벅거리면서…….

큰길에 도착하자 아론은 보이지 않았지만 여전히 강 상류에서…….

하지만 그건 순간일 뿐이었고…….

그가 거기 있으니…….

물결이 그를 빠르게 실어 날라서…….

그가 강을 내려왔고…….

이제 완전히 다 보여서…….

그가 우리를 정면으로 봤다.

폭포의 포효가 우리를 집어삼킬 정도로 컸지만 그래도 그 소리가 들렸다.

내가 이 행성의 반대편에 있다 해도 들릴 그 소리가.

"토드 휴잇!"

그는 소총으로 손을 뻗고 있었다.

"가!" 내가 소리 질렀다.

바이올라의 발이 미친 듯이 땅바닥을 내려치면서 달려갔고, 나는 바로 뒤에서 지그재그 형태로 들어가는 길 가장자리를 향해 뛰었다.

우리가 그 가장자리로 사라지기까지 아마 열다섯, 스무 발자국 정도…….

우리는 지난 2주 동안 푹 쉬었던 사람들처럼 달렸고…….

탁 탁 탁 탁 탁…….

나는 뒤를 돌아보며 확인하다가…….

아론이 한 손으로 총을 잡으려 하는 모습을 보았고…….

그는 보트가 뒤집어지지 않게 균형을 잡으려고 애썼고…….

보트가 급류 속에서 사정없이 출렁거려서 아론은 앞뒤로 흔들렸고…….

"아마 못 할 거야! 노를 저으면서 동시에 총을 쏠 수는……." 내가 바이올라에게 소리를 질렀다.

탕!

내 앞에서 달리는 바이올라의 발 바로 옆에서 진흙 한 덩어리가 길 바깥으로 날아갔고…….

나는 소리를 질렀고, 바이올라도 소리를 질렀고, 우리는 둘 다 본능적으로 움찔하면서 몸을 숙였고…….

그러면서 더 빨리 더 빨리 달렸고…….

탁 탁 탁…….

달려 달려 달려 달려. 내 소음이 마치 로켓처럼 칙칙 소리를 냈고…….

뒤돌아보지 않고…….

다섯 발자국…….

달려 달려…….

셋…….

탕!

그리고 바이올라가 쓰러지고…….

"**안 돼!**" 내가 소리를 지르고…….

바이올라가 길 가장자리로 쓰러져서 반대쪽으로 데굴데굴 구르고…….

"**안 돼!**" 나는 다시 소리를 지르며 그녀를 향해 몸을 날렸고…….

그렇게 비틀거리며 가파른 언덕길을 따라 내려가서…….

그녀가 굴러가고 있는 곳으로 허겁지겁 달려갔고…….

안 돼…….

이렇게는 안 돼…….

지금은 안 돼…….

우리가 막…….

제발 안 돼…….

바이올라는 길가의 낮은 덤불숲으로 들어가서도 멈추지 않고 계속 데굴데굴 구르다가…….

땅바닥에 얼굴을 댄 채 멈췄다.

나는 정신없이 달려가서 무릎을 꿇고 덤불 속으로 들어가 그녀를 잡고 몸을 돌려 눕혔다. 그리고 그녀의 몸에서 피가 나오는 곳과 총에 맞은 부위를 찾으며 계속 말했다. "안 돼 안 돼 안 돼 안 돼 안 돼……."

나는 희망이라는 헛된 약속에 너무 분노하고 절망에 빠져 눈이 멀다시피 한 채 안 된다는 말만 계속 외쳤고…….

그때 바이올라가 눈을 떴고…….

바이올라가 눈을 뜨고 날 세게 움켜쥐었다. "나 안 맞았어. 나 총에 안 맞았다고."

"안 맞았다고? 확실해?" 나는 그녀의 몸을 살짝 흔들면서 물었다.

"그냥 넘어진 거야. 총알이 바로 눈 옆을 날아가서 넘어졌어. 다치진 않았어."

나는 너무나 힘겹게 숨을 몰아쉬었다.

"다행이다. 정말 다행이야."

세상이 빙그르르 돌고 내 소음도 빙그르르 돌았다.

바이올라는 이미 일어섰고, 나도 그녀를 따라 덤불 속에 서서 주변 길가와 우리 아래쪽을 둘러봤다.

폭포가 천둥 같은 소리를 내며 우리 왼쪽에 있는 절벽 밑으로 떨어지고 있었고, 구불구불한 길이 우리 뒤와 앞 양쪽으로 펼쳐졌다. 길은 우리 앞쪽까지 왔다가 되돌아가면서 가파른 지그재그 형태로 폭포 밑으로 내려갔다.

어디서든 명중시킬 수 있는 길이다.

나무도 없고, 그저 키 작은 덤불만 있다.

"그자가 우리를 겨냥해서 쏠 거야." 바이올라는 고개를 다시 들어 길 위쪽을 올려다봤다. 우리 눈에는 안 보이지만, 아론이 분명 강가로 다가와 아마도 요란한 소리를 내며 흐르는 물속을 쿵쿵거리며 걸어오고 있을 것이다.

"**토드 휴잇!**" 다시 그 목소리가 들렸다. 우렁찬 물소리 때문에 희미했지만 온 우주만큼이나 큰 소리였다.

"숨을 곳은 없어. 폭포 밑에 도착할 때까지는." 바이올라는 주위와 아래쪽을 둘러보면서 말했다.

나도 주위를 둘러봤다. 언덕들은 너무 가파르고, 길은 너무 뻥 뚫려 있고, 사이에 있는 관목들은 듬성듬성했다.

어디에도 숨을 곳은 없다.

"**토드 휴잇!**"

바이올라가 위쪽을 가리켰다. "언덕 꼭대기에 있는 저 나무들 위로 올라갈 수 있어."

하지만 거기는 너무 가팔랐다. 이미 바이올라의 목소리에서 희망이 추락하는 소리가 들려왔다.

나는 빙그르르 돌면서 계속 주위를 살펴보다가…….

그러다가 봤다.

작고 희미한 길, 아주 좁디좁아서 길이라고도 할 수 없는 것이 큰길이 처음 방향을 바꾸었을 때 뻗어 나와 폭포를 향해 이어졌다. 그 길은 몇 미터 가다가 사라졌다. 나는 그 길이 어디로 갔을지 계속 찾아봤다.

그 길은 바로 절벽 옆으로 돌아갔다.

그리고 거의 폭포 바로 밑에 있는 어떤 곳으로 급경사를 이루며 내려갔다.

거의 숨겨져 있는, 절벽에서 선반처럼 튀어나온 바위 턱으로.

나는 덤불에서 몇 발짝 걸어 나와 다시 큰길로 돌아갔다. 그 작은 길은 사라졌다.

그 튀어나온 바위 턱도 사라졌다.

"뭔데?" 바이올라가 물었다.

나는 다시 덤불 속으로 들어갔다.

"저기. 저거 보여?" 내가 그곳을 가리키며 물었다.

바이올라는 눈을 가늘게 뜨고 내가 가리키는 곳을 바라봤다. 폭포가 바위 턱 위로 작은 그늘을 드리워서 그 작은 길이 끝나는 부분은 아주 어두웠다.

"여기서는 저기가 보이지만 도로에선 안 보여. 우린 저기 숨을 수 있어." 내가 바이올라를 봤다.

"그자가 네 소리를 들을 거야. 우리를 쫓아올 거라고."

"폭포 소리 때문에 안 들려. 내가 소음에서 소리를 지르지 않는 한 말이야."

바이올라는 이마를 찡그리면서 헤이븐으로 향하는 도로 아래쪽과 아론이 금방이라도 나타날 위쪽을 바라봤다.

"정말 얼마 안 남았는데." 바이올라가 말했다.

나는 바이올라의 팔을 잡아당겼다. "어서 가자. 아론이 지나갈 때까지만, 어두워질 때까지만 있자. 행운이 따라주면 아론은 우리가 왔던 길을 되돌아가서 나무들이 있는 위쪽으로 갔다고 생각할 거야."

"그자가 찾아내면 우리는 독 안에 갇힌 쥐야."

"우리가 헤이븐을 향해 달리면 놈이 우리를 쏠 거야. 이건 기회야. 저 길이 우리에게 기회를 준 거라고." 나는 바이올라의 눈을 들여다보며 말했다.

"토드……."

"나랑 같이 가자." 나는 전력을 다해 그녀의 눈을 들여다보며 내가 끌어모을 수 있는 희망이란 희망을 다 모아 그녀에게 쏟아부었다. 오, 절대 날 떠나지 말아요. "내가 오늘 밤 너를 헤이븐에 데려가겠다고 약속할게." 나는 바이올라의 팔을 잡은 손에 힘을 주었다. 오, 날 속이지 말아요. "약속해."

바이올라는 내 얼굴을 똑바로 보면서, 내가 내는 그 모든 소리에 귀를 기울인 후에 고개를 한 번 크게 끄덕였다. 우리는 그 작은 길로 달려가서 ㄱ 길이 끝나는 곳까지 내려가 관목들을 뛰어넘어 그 길이 이어지는 곳으로…….

"토드 휴잇!"

그는 거의 폭포에 다 왔고…….

우리는 물가 가장자리의 가파른 경사면을 허우적거리며 내려왔다. 경사가 급한 언덕이 위에서 우리를 금방이라도 덮칠 것처럼 우뚝 솟아 있었고…….

우리는 그 경사면을 주르르 미끄러져 내려와 절벽 가장자리로 왔고…….

폭포가 바로 앞에 있었고…….

나는 그 가장자리에 도착했다가 바위 턱 밑으로 굴러떨어질 뻔해서 뒤로 몸을 기울여 바이올라에게 기대야 했고…….

바이올라가 내 셔츠를 붙잡고 위로 끌어 올렸고…….

폭포의 물줄기가 우리 앞을 지나서 그 밑에 있는 바위들로 곧바로 떨어져 내렸고…….

그 튀어나온 바위 턱이 물줄기 밑 바로 저기에 있었지만…….

거기로 가려면 여기서 밑에 있는 바위 턱으로 뛰어내려야 했고…….

"여긴 미처 못 봤네." 내가 그렇게 말하자 바이올라가 우리 둘 다 밑으로 굴러떨어지지 않도록 내 허리를 꽉 움켜쥐었다.

"토드 휴잇!"

그가 가까이, 너무나 가까이 왔고…….

"지금 아니면 기회는 없어, 토드." 바이올라가 내 귀에 대고 말했고…….

그녀가 날 잡은 손을 놨고…….

나는 휙 뛰어내려서…….

허공을 날아…….

폭포가 내 머리 위에서 사정없이 쏟아져 내렸고…….

나는 착지해서…….

거기서 돌아섰고…….

바이올라가 나를 따라 뛰어내렸고…….

내가 그녀를 낚아채서 우리 둘이 함께 그 바위 턱 안쪽으로 쓰러졌고…….

우리는 거기 누워서 숨을 몰아쉬며…….

소리를 들었고…….

잠시 우리 귀에는 이제 위에서 천둥처럼 떨어져 내리는 폭포수 소리만 들렸고…….

그러다가, 그 모든 소리에 맞서, 희미하게…….

"토드 휴잇!"

그러더니 그의 소리가 갑자기 아주 멀리서 들렸다.

바이올라는 내 몸 위에 있었고, 나는 그녀의 얼굴에 대고 거친 숨을 몰아쉬었고, 그녀도 마찬가지로 내 얼굴에 대고 숨을 몰아쉬었다.

그렇게 우리는 서로의 눈을 들여다보았다.

바이올라가 내 소음을 듣기에는 주위가 너무 시끄러웠다.

잠시 후에 바이올라는 두 손으로 바닥을 짚고 몸을 일으켜 세웠다. 바이올라가 고개를 들면서 눈을 동그랗게 떴다.

"와우."

나는 몸을 옆으로 굴리면서 고개를 들었다.

와우.

그 바위 턱은 단순히 밖으로 튀어나온 공간이 아니었다. 그곳은 안쪽으로 이어져서 폭포 바로 밑까지 내려갔다. 우리는 터널이 시작되는 곳에 서 있었다. 이 터널의 한쪽 벽은 바위로, 또 다른 벽은 떨어지는 폭포 수만으로 이뤄져 있었다. 천둥 같은 소리를 내는 하얗고 깨끗한 물은 너무 빨리 떨어지는 나머지 마치 액체가 아닌 것처럼 보였다.

"어서 가자." 나는 그 터널 속으로 들어갔다. 바위투성이 바닥은 축축하고 끈적끈적해서 신발이 죽죽 미끄러졌다. 우리는 천둥소리를 내는 물에서 멀찍이 떨어져 최대한 바위 벽 쪽에 바짝 붙어서 걸어갔다.

이곳에서 나는 소리는 어마어마했다. 마치 맛을 보고 만져볼 수 있는 물체처럼 소리란 소리를 다 집어삼키고 있었다.

너무 소리가 커서 소음 자체가 지워져 버렸다.

너무 소리가 커서 그 어느 때보다 고요하다는 느낌이 들었다.

우리는 비틀거리며 바위들이 울퉁불퉁 튀어나와 있는 곳들과 물이 고여 있는 작은 웅덩이들을 넘어갔다. 그 웅덩이들 속에서 끈적거리는 초록색 식물들이 자라고 있었다. 우리 위의 바위들에 매달려 밑으로 축 늘어진 뿌리들도 있었다. 대체 어떤 종류의 식물들인지는 모르겠지만.

"계단 같지 않아?" 바이올라가 소리를 질렀는데 요란한 폭포 소리 때문에 목소리가 아주 작았다.

"토드 휴잇!!" 백만 킬로미터 정도 떨어진 곳에서 지르는 것 같은 소리가 들렸다.

"저자가 우리를 찾아낼까?" 바이올라가 물었다.

"나도 모르겠어. 그럴 것 같진 않아."

절벽의 표면은 평평하지 않았고, 터널 속은 구불구불하게 휘면서 앞으로 뻗어갔다. 우린 흠뻑 젖었고, 물은 몹시 차가웠으며, 넘어지지 않기 위해 천장에서 늘어진 뿌리들을 붙잡고 매달리는 일도 쉽지 않았다.

터널 바닥이 갑자기 밑으로 쑥 내려가면서 폭이 넓어졌고, 바위를 깎아 만든 계단들이 좀 더 분명하게 드러났다. 아래로 내려가는 계단처럼 보였다.

누군가가 전에 여기 왔었다.

우리는 그 계단을 내려갔다. 폭포수가 바로 옆에서 천둥 같은 소리를 내며 떨어졌다.

계단을 다 내려왔다.

"우와." 바이올라가 뒤에서 외쳤다. 뒤돌아보지 않아도 그녀가 위를 올려다보고 있는 걸 알 수 있었다.

터널이 갑자기 확 트이면서 동시에 바닥도 넓어져 물과 바위로 이뤄진 동굴이 됐다. 바위들이 쭉쭉 뻗어서 우리 머리 위로 올라갔고, 쾅쾅 소리를 내며 쏟아지는 폭포수가 물의 벽이 돼서 그 바위들을 지나 수직으로 떨어져 내렸다. 그 벽은 살아 움직이는 돛처럼 물결치면서 우리가 기대고 있는 바위 벽과 발로 디디고 있는 바닥을 둘러쌌다.

하지만 그게 이 장관의 전부가 아니었다.

"여긴 교회야." 내가 말했다.

이곳은 교회였다. 누군가가 바위들을 여기로 옮겼거나 여기에 있는 바위를 깎아서 소박한 신도석 네 줄을 만들고, 중간에 통로까지 만들어 놨다. 신도석은 모두 그보다 더 큰 바위인 연단을 향해 있었다. 연단의 표면이 평평해서 목사가 그 위에 올라서서, 눈부시게 반짝이면서 우레와 같은 소리를 내며 쏟아지는 폭포 벽을 배경으로 설교할 수 있게 돼 있었다. 아침 햇살이 비친 폭포는 별들이 모여 있는 얇은 막처럼 동굴 구석구석까지 일렁이는 빛을 보내서 번들거리는 동굴 표면을 반짝이게 했다. 햇빛은 바위에 새긴 동그라미와 그 옆에서 궤도를 따라 도는 더 작은 원 두 개도 비췄다. 신세계와 두 개의 달의 상징인 이 원들은 정착민들의 새 희망의 보금자리이자 신의 약속을 표현하는 듯했다. 방수 페인트로 하얗게 칠해진 원들은 바위 벽 위에서 아래 있는 교회를 환히 밝혀주고 있었다.

폭포 밑에 있는 교회였다.

"아름다워." 바이올라가 감탄했다.

"버려진 교회군." 교회를 발견했다는 최초의 충격이 가신 후 자세히 보자 신도석 몇 개가 부서진 채로 나뒹굴고 있었고, 벽마다 글자들이 보였다. 일부는 도구를 가지고 새긴 것이고, 일부는 신세계의 상징을 칠한 것과 똑같은 방수 페인트로 쓴 것으로 대부분 아무 의미도 없어 보였다. P.M. + M.A., 월츠와 칠즈 영원히, 모든 희망을 버리고 우리는 어쩌고저쩌고.

"애들이군. 몰래 들어와서 자기들만의 공간을 만든 거야." 바이올라가 말했다.

"그래? 아이들이 그런 걸 해?"

"우주선에 있을 때 안 쓰는 환기구가 있었는데, 우리끼리 몰래 들어가서 놀곤 했어. 여기보다 더 심하게 낙서를 했지." 바이올라는 주위를 둘러보며 말했다.

우리는 입을 떡 벌리고 주위를 둘러보면서 교회 안쪽으로 더 깊숙이 들어갔다. 폭포수가 절벽에서 떨어지기 시작하는 지점인 동굴 천장은 높이가 족히 10미터는 될 것 같았고, 우리가 발을 디디고 있는 바위 턱의 폭은 5미터 정도 될 것 같았다.

"여기는 천연 동굴인 게 분명해. 사람들은 분명 이런 곳이 있다는 걸 기적이라고 생각했을 거야."

바이올라는 팔짱을 끼었다. "그러다가 여기가 별로 실용적이지 못하다는 걸 알아챘군."

"너무 축축해. 너무 춥고."

"분명 처음 착륙했을 때 발견했을 거야." 바이올라는 신세계의 흰 상징을 올려다보면서 말했다. "그 첫해에 그랬을 거야. 모든 것이 희망에 차 있고 새로울 때." 바이올라는 주위를 둘러보면서 이 모든 것을 눈여겨봤다. "현실을 실감하기 전까지 말이야."

나도 천천히 주위를 돌아봤다. 그들이 정확히 무슨 생각을 했는지 알 수 있었다. 햇빛이 벽을 비춰 모든 것을 눈부신 하얀색으로 바꿔놨고, 사방이 너무 시끄러우면서도 동시에 너무 고요해 연단과 신도석이 없어도 교회에 들어온 것처럼 느껴졌을 것이다. 여기에 그 누구도 발을 들인 적이 없었다 해도 이곳은 성스러운 공간처럼 느껴졌을 것이다.

그러다가 신도석 끄트머리 너머가 텅 비어 있는 것이 눈에 들어왔다. 거기서 절벽이 시작돼 50미터 밑의 바위로 이어졌다.

그러니까 우리는 여기서 기다려야만 한다.

여기서 희망을 가져야만 한다.

폭포수 밑에 있는 교회에서.

"토드 휴잇!" 들릴락 말락 한 희미한 소리가 터널을 따라 우리에게 흘러 들어왔다.

바이올라가 눈에 보일 정도로 몸서리를 쳤다. "이제 어떻게 하지?"

"해가 질 때까지 기다렸다가 그자가 우리를 보지 못하길 바라면서 몰래 나가는 수밖에."

나는 돌 벤치에 앉았다. 바이올라는 내 옆에 앉으면서 가방을 돌바닥 위에 놨다.

"그자가 그 길을 찾아내면 어쩌지?" 바이올라가 물었다.

"그러지 않길 빌어야지."

"하지만 그렇게 하면 어떡해?"

나는 손을 등 뒤로 뻗어서 그 칼을 꺼냈다.

그 칼.

우리 둘 다 그걸 바라봤다. 하얀 물줄기가 반사됐고, 물방울들이 칼날에 튀어서 작은 등불처럼 환하게 빛났다.

그 칼.

"토드 휴잇!"

바이올라는 고개를 들어 출입구를 보다가 두 손으로 얼굴을 감싸며 이를 악물었다. "저자가 원하는 게 대체 뭐야? 군대가 원하는 게 너라면, 대체 내게는 뭘 바라는데? 왜 나한테 총을 쏘냐고? 난 이해가 안돼." 갑자기 화가 치밀어 오른 바이올라가 말했다.

"미치광이에게 무슨 이유가 필요하겠어."

하지만 내 소음에 예전에 늪지에서 아론이 그녀를 제물로 만드는 것을 본 기억이 떠올랐다.

아론은 바이올라를 계시라고 불렀다.

신이 보내주신 선물.

내 소음을 들었는지 혹은 기억해 냈는지 모르겠지만 바이올라가 말했다. "내가 제물 같진 않아."

"뭐라고?"

바이올라가 당황한 표정으로 나를 봤다. "그게 나인 것 같지는 않다고. 그자와 같이 있을 때, 그는 나를 거의 내내 약으로 재웠어. 잠이 깼을 때는 그의 소음 속에서 계속 혼란스러운 것들이 보였고. 도무지 말이 안 되는 것들."

"그자는 미쳤어. 완전 또라이야."

바이올라는 더 이상 아무 말도 하지 않고 그냥 폭포만 내다봤다.

그러다가 손을 뻗어서 내 손을 잡았다.

"토드 휴잇!"

내 심장이 철렁하는 순간 바이올라의 손이 홱 올라갔다.

"아까보다 가까워졌어. 점점 더 가까워지고 있어." 바이올라가 말했다.

"우리를 찾아내진 못할 거야."

"찾아낼 거야."

"그때는 우리가 상대하면 돼."

우리는 둘 다 그 칼을 바라봤다.

"토드 휴잇!"

"그자가 찾아냈어." 바이올라는 내 팔을 와락 붙잡으면서 사정없이 힘을 줬다.

"아직은 아니야."

"우린 거의 다 왔는데. 거의 다 왔다고." 바이올라의 목소리가 올라가면서 조금씩 갈라졌다.

"우린 거기 갈 거야."

"토드 휴잇!"

그 소리가 확실히 더 커졌다.

그가 터널을 찾아냈다.

나는 칼을 힘껏 움켜쥔 채 바이올라를 봤다. 그녀는 터널을 보고 곧바로 나를 돌아봤다. 너무나 무서워하는 표정에 가슴이 아프기 시작했다.

나는 칼을 더 세게 붙잡았다.

만약 그자가 바이올라를 건드린다면…….

내 소음이 마치 테이프를 되감는 것처럼 우리의 여행이 시작된 곳으로, 바이올라가 아무 말도 하기 전으로, 바이올라가 나에게 자신의 이름을 말해줬던 때로, 바이올라가 힐디와 탬과 이야기하던 때로, 월프의 억양을 따라하던 때로, 아론이 그녀를 붙잡아서 사라졌던 때로, 스노 박사 집에서 정신을 되찾아 내 옆에 있는 그녀를 봤을 때로, 벤 아저씨에게 그녀가 약속했을 때로, 우리 엄마의 목소리로 아주 잠깐이지만 온 세상을 바꿔줬던 때로 돌아갔다.

우리가 같이 헤쳐 나온 그 모든 순간들.

우리가 만시를 두고 떠났을 때 그녀가 얼마나 펑펑 울었나.

자기에게 남은 거라곤 나밖에 없다고 말하던 바이올라.

그녀에게 침묵만 흐르건 그렇지 않건 내가 그녀를 읽을 수 있다는 사실을 깨달았을 때.

아론이 그녀를 총으로 쏴서 맞혔다고 생각했을 때.

그 무시무시했던 몇 초 동안 내가 어떤 감정을 느꼈는지.

그녀를 잃는다는 것이 어떤 느낌이었는지.

그 고통과 그 불공평함과 그 부당함.

그 격노.

그때 내가 총에 맞았더라면 좋았을 거라고 얼마나 간절히 소원했나.

나는 잡고 있는 칼을 바라봤다.

그리고 바이올라의 말이 맞는다는 걸 깨달았다.

정신 나간 소리 같지만 처음부터 그 말이 옳았다는 걸 깨달았다.

바이올라는 제물이 아니다.

그녀는 아니다.

우리 중 하나가 쓰러지면, 우리 모두 쓰러진다.

"그가 원하는 게 뭔지 알았어." 내가 일어서면서 말했다.

"뭔데?"

"토드 휴잇!"

그는 이제 분명 터널 속으로 들어오고 있었다.

달아날 곳이 없다.

그가 오고 있다.

그녀도 일어섰고, 나는 그녀와 터널 사이로 자리를 옮겨서 섰다.

"저기 의자 밑에 가서 숨어."

"토드……."

나는 그녀의 팔을 잡은 채 조금씩 그녀에게서 멀어졌다.

"어디 가?" 바이올라가 긴장 탓에 잔뜩 조여든 목소리로 물었다.

나는 우리가 왔던 길, 물의 터널 위쪽을 돌아봤다.

그는 금방이라도 나타날 것이다.

"토드 휴잇!"

"그자가 널 볼 거야!" 바이올라가 말했다.

나는 칼을 앞으로 치켜들었다.

너무나 많은 말썽을 일으킨 칼.

너무나 많은 힘이 있는 칼.

"토드! 뭐 하는 거야?"

나는 그녀 쪽으로 돌아섰다. "아론은 널 해치지 않을 거야. 그가 원하는 게 뭔지 내가 안다는 걸 알면 그러지 않을 거야."

"그자가 원하는 게 뭔데?"

나는 신도석 사이에 서 있는, 하얀 행성과 달들이 위에서 환하게 비추고 폭포수의 물빛이 어른거리는 바이올라를 보며 그녀의 얼굴과 몸의 언어를 살펴봤다. 그동안 바이올라는 거기 서서 나를 지켜보고 있었다. 나는 그녀가 누구인지 알고 있다. 그녀는 바이올라 이드이며, 그녀의 침묵이 공허를 의미하는 건 아니며, 그것은 결코 텅 비어 있지 않다는 걸 안다.

나는 그녀의 눈을 똑바로 들여다봤다.

"난 사나이답게 그를 맞을 거야."

이곳이 너무 시끄러워서 바이올라가 내 소음을 들을 수 없지만, 내 생각을 읽을 수 없지만, 그녀는 나를 똑바로 바라봤다.

그녀가 내 마음을 이해했다는 걸 난 알았다.

바이올라는 허리를 세우고 똑바로 섰다.

"난 숨지 않을 거야. 네가 숨지 않으면 나도 안 숨어."

내게 필요한 건 그게 다였다.

나는 고개를 끄덕였다.

"준비됐어?" 내가 물었다.

바이올라는 나를 바라봤다.

그녀는 단호하게 고개를 한 번 끄덕였다.

나는 다시 터널을 향해 돌아섰다.

나는 눈을 감았다.

나는 심호흡을 한 번 했다.

그리고 내 폐에 있는 모든 공기와 내 머릿속에 있는 모든 소음과 함께 허리를 펴고 서서…….

최대한 크게 소리 질렀다.

"아아론!!!!"

그리고 눈을 뜨고 그가 오길 기다렸다.

41

우리 중 하나가 쓰러지면

그의 발이 먼저 보였다. 그는 서두르지 않고 여유 있게 계단을 내려왔다. 우리가 여기 있다는 걸 알고 있으니까.

나는 오른손에 칼을 쥐고, 왼손을 앞으로 내민 채 준비했다. 그리고 신도석이 있는 통로에 서서 최대한 교회 중앙에 자리를 잡았다. 바이올라는 내 뒤에서 조금 떨어져 좌석들이 한 줄로 늘어선 곳에 섰다.

난 준비가 됐다.

내가 준비가 **됐음을** 깨달았다.

지금까지 일어난 모든 일이 날 여기, 이곳으로 데려와 손에 칼을 쥐게 했다. 내겐 구할 만한 가치가 있는 것이 있다.

구할 만한 가치가 있는 사람.

만약 그녀와 아론 둘 중 하나를 선택해야 한다면, 그건 선택이라고 할 수도 없다. 군대따위 꺼지라고 해라.

나는 준비가 됐다.

앞으로도 이보다 더 준비가 잘될 수는 없다.

나는 그가 뭘 하려는지 알고 있으니까.

"어서 와라." 나는 낮은 목소리로 말했다.

아론의 다리가 나타나고, 이어서 팔이 보였다. 한 손에는 소총을 들고, 다른 손은 벽에 대고 균형을 잡고 있었다.

그다음에 얼굴이 보였다.

너무나 소름끼치는 얼굴.

얼굴 반은 찢겨 나갔고, 뺨에 난 구멍 사이로 이빨들이 보이고, 코가 있던 자리에 생긴 구멍은 벌어져서 이제는 인간 같지도 않아 보였다.

그는 싱긋 미소를 짓고 있었다.

그때 나는 형언할 수 없는 두려움을 느꼈다.

"토드 휴잇." 그는 가볍게 인사하듯 날 불렀다.

나는 물소리에 묻히지 않으려고 목청을 높이면서 목소리를 떨지 않으려고 애썼다. "총은 내려놔도 돼, 아론."

"아, 이제 그래도 돼?" 아론은 눈을 크게 뜨면서 내 뒤에 있는 바이올라를 유심히 봤다. 나는 돌아보지 않았지만 바이올라가 아론을 똑바로 보고 있다는 것을, 그녀에게 있는 모든 용기를 내서 그에게 맞서고 있다는 것을 알고 있었다.

그 덕분에 나는 더 강해졌다.

"네가 원하는 게 뭔지 알아. 내가 알아냈어."

"그랬단 말이야, 꼬맹이 토드?" 아론은 무의식중에 내 소음을 들여다봤다. 물소리 때문에 거의 들을 수 없는데도 말이다.

"그녀는 제물이 아니야."

아론은 아무 말도 하지 않고 그냥 교회에 첫발을 들여놓으면서, 십자가와 의자들과 설교대를 힐끗 올려다봤다.

"그리고 나도 제물이 아니지."

아론의 사악한 미소가 더 커졌다. 뺨에 생긴 구멍 가장자리가 더 넓게 벌어지면서 얼굴에 튄 물방울과 섞인 핏방울이 흘러내렸다. "영악한 자는 악마의 친구지." 그 말은 내 말이 맞는다는 그 나름의 표현이라는 생각이 들었다.

나는 두 발에 힘을 주고, 그가 교회 안으로 반쯤 들어와 연단을 향해 빌길을 돌리는 것에 맞춰 돌아섰다.

"그건 당신이야. 당신이 제물이지."

그리고 나는 내 소음을 최대한 크게 열어서 그와 바이올라 둘 다 내가 진실을 말하고 있다는 걸 볼 수 있도록 했다.

내가 우리 농장을 떠날 때 벤 아저씨가 보여줬던 그것, 프렌티스타운의 남자아이가 사나이가 되는 방식을. 사나이가 된 아이들이 아직 그러지 못한 아이들과 말을 섞지 않는 이유는 프렌티스타운에서 일어난 범죄에 연루되면서 사나이가 되기 때문이고…….

그것은…….

나는 아주 힘들게 그것을 내 입으로 말했다.

그것은 다른 남자를 죽이는 것이다.

순전히 그 아이 혼자서.

지금까지 프렌티스타운에서 사라진 남자들, 사라지려고 시도했던 남자들.

그들은 사라지지 않았다.

로열 아저씨, 우리의 옛날 학교 선생님으로 술독에 빠져 총으로 자살했던 그분은 자살하지 않았다. 로열 아저씨는 셉 먼디의 열세 번째 생일에 총에 맞았다. 셉 먼디는 프렌티스타운 남자들이 지켜보는 가운데 홀로 선생님을 향해 방아쇠를 당겨야 했다. 2년 전 겨울에 우리가 그의 양 떼까지 맡아야 했던 골트 아저씨는 단지 프렌티스타운에서 사라지려고 시도했을 뿐인데, 프렌티스 시장이 도망치려고 늪지를 달려가는 그를 찾아냈다. 프렌티스 시장은 신세계 법에 동의한다는 자신의 말을 그대로 지켜, 직접 그를 처리했다. 그는 자신의 아들인 프렌티스 주니어의 열세 번째 생일이 될 때까지 기다렸다가 다른 이의 도움 없이 아들 혼자서 골트 아저씨를 고문해 죽게 만들었다.

그런 식으로 계속 그 일이 이어졌다. 내가 알던 아이들이 사나이가 되기 위해 내가 아는 사나이들을 살해했다. 만약 시장의 부하들이 소년의 열세 번째 생일을 위해 탈주범을 잡아서 숨겨놨다면 그걸로 좋은 일이고, 그런 사람이 없을 때는 그냥 프렌티스타운에서 자기들 마음에 안 드는 사람을 잡아다가 도망치려 했다고 둘러대면 그걸로 끝이었다.

한 사람의 목숨을 한 소년에게 끝내라고 넘긴 것이다. 그것도 그 소년 혼자서.

사나이 하나가 죽으면, 사나이 하나가 태어난다.

모두 공모자다. 모두 유죄다.

나만 **빼고**.

"세상에." 바이올라의 목소리가 들렸다.

"하지만 나는 달랐지, 안 그래?"

"넌 마지막이었어, 토드 휴잇. 하느님의 완벽한 군대의 마지막 군인이지."

"하느님은 당신 군대와 아무 상관이 없다고 생각하는데. 그 총 내려놔. 나는 내가 뭘 해야 하는지 알고 있어."

"네가 하느님의 사자냐. 아니면 그냥 사기꾼이냐?" 아론은 그렇게 물으면서 고개를 외로 꼬며, 그 무시무시한 미소를 더 크게 지었다.

"나를 읽어봐. 내가 그걸 할 수 있다고 믿지 못하겠으면 날 읽어보라고."

그는 이제 연단에 서서 중앙 통로에 서 있는 나를 내려다보며, 폭포 소리 너머로 자신의 소음을 뻗어 날 향해 밀어대며, 내 속에서 낚아챌 수 있는 건 모조리 잡아챘다. **제물, 신의 완벽한 작품, 성인의 순교.** 그의 소음이 들렸다.

"아마 그럴지도 모르겠군, 꼬맹이 토드."

그리고 총을 연단 위에 내려놨다.

나는 마른침을 꿀꺽 삼키면서 칼을 더 세게 쥐었다.

하지만 그때 아론이 바이올라를 흘끗 보고 빙긋 웃었다. "아니지. 어린 여자아이들은 이런 상황을 이용하려 들겠지, 안 그런가?"

그러더니 아무렇지 않게 그 총을 바위 턱 너머 폭포 속으로 던져버렸다.

총이 너무 빨리 날아가서 사라지는 모습조차 보이지 않았다.

어쨌든 총은 사라졌다.

나와 아론만 남았다.

그리고 칼과.

아론이 팔을 벌리는 모습을 보고 그가 설교하는 자세를 취하고 있다는 것을 깨달았다. 그는 프렌티스타운으로 돌아가 자신의 설교대에 서 있는 것처럼 여기 있는 설교대 바위에 몸을 기댔다. 그리고 두 손바닥을 들어 올린 채 눈을 들어 하얗게 반짝이는 물의 천장을 바라봤다.

그의 입술이 아무 소리도 내지 않으며 움직였다.

그는 기도하고 있었다.

"당신은 미쳤어." 내가 말했다.

아론이 날 바라봤다. "나는 하느님의 축복을 받았어."

"당신은 내가 당신을 죽이길 바라고 있어."

"틀렸어. 토드 휴잇." 아론은 날 향해 한 발짝 다가오면서 말했다. "증오가 열쇠야. 증오가 원동력이지. 증오가 군인을 정화시키는 불길이야. 군인은 반드시 증오해야 해."

그가 또 한 발자국 다가왔다.

"난 네가 날 그냥 죽이길 원하지 않아. 나를 아무 거리낌 없이 살해하길 바라."

나는 한 발자국 뒤로 물러섰다.

그의 미소 띤 얼굴이 실룩거렸다. "아무래도 네 능력을 넘어서는 약속을 한 것 같은데."

"왜?" 나는 다시 몇 발자국 더 물러서면서 말했다. 바이올라도 신세계가 새겨진 바위 밑에서 뒤로 물러섰다. "당신은 왜 이런 짓을 하지? 여기에 대체 무슨 의미가 있어?"

"하느님이 내가 갈 길을 알려주셨다."

"난 이곳에서 거의 13년 동안 살아왔는데, 그동안 들은 소리라고는 남자들 소리밖에 없었어."

"하느님은 인간을 통해 역사하시지."

"악마도 마찬가지야." 바이올라가 말했다.

"아. 악마도 말을 하지. 인간을 달래기 위해 유혹의 말을……."

"닥쳐. 바이올라에게 말 걸지 마." 내가 아론의 말을 잘라버렸다.

나는 이제 신도석의 마지막 줄을 지나 오른쪽으로 움직였고, 아론이 나를 따라왔다. 우리는 천천히 빙빙 돌고 있었다. 아론은 여전히 두 손을 위로 쳐들고 있었고, 나는 칼을 들고 있었고, 바이올라는 계속 내 뒤를 따라왔고, 물방울이 모든 걸 덮었다. 우리는 천천히 실내를 돌았다. 바닥은 물에 젖어 미끄러웠고, 햇빛이 비친 물 벽이 하얗게 반짝였다.

그리고 그 우레와 같은 소리, 그 소리가 끊임없이 들렸다.

"넌 마지막 테스트였어. 마지막 소년. 우리를 완성시키는 아이. 네가 군대에 들어오면 약한 연결 고리는 하나도 남지 않아. 우리는 진정으로 축복받게 될 거야. 우리 중 하나가 쓰러지면 우리 모두 쓰러지는 거야, 토드. 그리고 우리는 모두 쓰러져야만 하지." 아론은 두 주먹을 불끈 쥐고 다시 위를 올려다봤다. "그래야 우리는 다시 태어날 수 있어! 우리는 이 저주받은 세계를 정복해서 다시 새로 만들……."

"난 하지 않을 거야." 열변을 토해내는 도중에 내가 불쑥 끼어들자 아론이 얼굴을 찡그렸다. "난 누구도 죽이지 않을 거야."

"아, 그래, 토드 휴잇. 그래서 네가 그렇게 아주, 아주 특별한 거야, 그렇지 않아? 살인할 수 없는 아이."

나는 내 뒤에서 옆으로 아주 살짝 나와 있는 바이올라를 흘끗 돌아봤다. 우리는 여전히 작은 원을 그리며 빙빙 돌고 있었다.

바이올라와 나는 터널이 있는 쪽으로 다가가고 있었다.

"하지만 하느님은 제물을 요구하시지. 순교자를 원해서. 그리고 그 특별한 아이가 살해하는 자로 신의 대변자보다 더 나은 사람이 어디 있겠어?"

"하느님은 당신에게 아무 말도 하지 않은 것 같은데. 다만 당신이 죽길 바란다는 건 나도 믿겠어." 내가 말했다.

아론의 눈에 순간 무시무시한 광기와 동시에 허무가 비쳐서 오싹해졌다. "나는 성자가 될 거야. 그게 내 운명이야." 그렇게 말하는 그의 목소리에서 작은 불길이 활활 타올랐다.

그는 통로 끝에 이르러 우리를 따라 신도석의 마지막 줄을 지나쳤다.

바이올라와 나는 여전히 뒤로 물러나고 있었다.

터널에 거의 다다랐다.

"하지만 그 아이에게 어떻게 동기 부여를 할까? 어떻게 그 아이를 사나이로 만들까?" 아론은 두 개의 구멍처럼 텅 빈 눈으로 나를 바라보며 계속 이야기했다.

그러더니 그의 소음이 천둥처럼 요란한 소리를 내며 확 열렸다.

내 눈이 커졌다.

가슴이 철렁했다.

어깨가 축 처지면서 힘이 빠졌다.

내게 그것이 보였다. 그건 환상이고 거짓말이지만, 인간의 거짓말은 진실만큼이나 생생하다. 내게 그 모든 것이 보였다.

아론은 벤 아저씨를 살해할 생각이었다.

그렇게 내가 어쩔 수 없이 그를 살해하도록 몰아가려고 했다. 그렇게 일을 처리할 예정이었다. 그들의 군대를 완성하고 나를 살인자로 만들기 위해, 벤 아저씨를 살해하려고 했다.

그리고 내가 그 광경을 지켜보게 만들려고 했다.

내가 아론을 죽일 정도로 증오하게 만들기 위해.

내 소음이 우르르르 소리를 내기 시작하면서 귀에 들릴 정도로 커져갔다. "이 빌어먹을 개새……."

"하지만 그때 하느님이 계시를 보내셨지." 아론이 바이올라를 보며 말했다. 그의 눈이 더 커졌고, 코가 있던 자리에 생긴 구멍이 팽팽하게 당겨지면서 피가 쏟아져 나왔다.

"저 여자아이는 하늘이 보내신 선물이야."

"저 애를 보지 마! 보지도 말란 말이야!" 내가 소리 질렀다.

아론이 돌아서서 나를 봤다. 얼굴에 여전히 역겨운 미소를 머금고 있었다.

"그래, 토드, 그래. 그게 너의 길이야. 그게 네가 가야 할 길이라고. 마음이 약해서 사람을 죽일 수 없는 아이. 그 아이가 뭘 위해 살인을 할까? 그 아이는 누구를 보호하려 할까?"

나는 또다시 한 발자국 뒤로 물러섰고, 또 한 발자국 터널로 가까워졌다.

"저 아이의 사악하고 저주받은 침묵이 우리 늪을 더럽혔을 때, 나는 하느님이 제물을 보내시면서 내 손으로 직접 바치라는 뜻이라고 생각했지. 숨어 있는 악마의 마지막 본보기로 저 아이를 보내셔서 내가 저걸 파괴하고 정화시킬 수 있도록 말이야." 아론은 그 말을 하면서 고개를 옆으로 기울였다. "하지만 그때 저 아이의 진정한 쓸모가 드러났지." 아론은 바이올라를 보다가 다시 나를 봤다. "토드 휴잇은 무력한 이들을 보호하려 할 것이다."

"그녀는 무력하지 않아."

"그때 네가 도망쳤다." 아론은 놀란 척 눈을 크게 떴다. "넌 네 운명을 따르지 않고 도망쳤어." 그는 다시 눈을 들어 교회를 바라봤다. "그래서 너에 대한 승리가 훨씬 더 달콤한 거야."

"당신은 아직 이기지 않았어."

"이기지 않았다고? 이리 와, 토드. 네 가슴에 증오를 품고 내게 와라." 그는 다시 미소를 지으며 말했다.

"그럴 거야. 나는 그렇게 할 거야."

하지만 나는 다시 한 걸음 뒤로 물러섰다.

"넌 전에 거의 그럴 뻔했지, 꼬맹이 토드. 늪지에서, 그 칼을 들고, 내가 저 여자아이를 죽이려 할 때 말이야. 하지만 그러지 않았지. 넌 망설였어. 넌 나를 다치게 했지만 죽이지는 않았지. 그다음에 내가 너에게서 저 아이를 훔쳤고, 너는 저 아이를 쫓아왔어. 네가 그리라는 걸 알고 있었어. 내가 너에게 낸 상처 때문에 고통스러워하면서도 왔지. 하지만 또다시 부족했어. 넌 저 여자아이가 다치는 걸 보느니 차라리 네 사랑하는 개를 희생시켰어. 넌 너의 쓰임을 다하기보다 차라리 내가 네 개의 목을 부러뜨리게 놔뒀지."

"닥쳐!"

그는 내게 두 손을 들어 보였다.

"내가 여기 있잖아, 토드. 네 쓰임을 다하란 말이야. 사나이가 되라고." 그는 나와 눈높이가 맞을 때까지 고개를 숙였다. "어서 쓰려져."

나는 입을 비쭉거렸다.

그리고 허리를 더 똑바로 펴고 섰다.

"난 이미 사나이가 **됐어**." 내가 말했다.

그리고 내 소음도 그렇게 말했다.

아론은 나를 물끄러미 바라봤다. 마치 내 속을 꿰뚫어 보려는 듯이.

그러더니 한숨을 쉬었다.

마치 실망한 것처럼.

"아직 사나이가 아니야. 아마 영원히 안 될 거야." 그렇게 말하는 그의 표정이 바뀌고 있었다.

나는 뒤로 물러서지 않았다.

"안타깝군." 아론이 말했다.

그러더니 그가 내게 덤벼들었고…….

"토드!" 바이올라가 소리를 질렀고…….

"뛰어!" 나도 고함을 질렀고…….

하지만 나는 뒤로 물러서지 않고…….

앞으로 나아갔다.

그렇게 싸움이 시작됐다.

나는 그를 향해 돌격했다. 그는 나를 향해 몸을 던졌고, 나는 칼을 움켜쥐었지만 마지막 순간에 옆으로 훌쩍 뛰어서 그가 벽을 그대로 들이받게 했고…….

아론은 휙 돌아서서 으르렁거리며 한 팔을 휘둘러 나를 치려 했고, 나는 피하면서 칼을 휘둘러 그의 팔뚝 위쪽을 그었지만 그는 꿈쩍도 하지 않았고…….

아론이 또 다른 팔을 휘둘러 내 턱 밑을 명중시켜서…….

날 쓰러뜨렸고…….

"토드!" 바이올라가 다시 날 불렀고…….

나는 뒤로 굴러떨어져서 신도석 마지막 줄에 세게 부딪쳤고…….

하지만 나는 고개를 들었고…….

아론이 바이올라에게로 몸을 돌리는 걸…….

바이올라는 계단 밑에 있었고…….

"가!" 나는 소리 질렀고…….

하지만 바이올라는 크고 넓적한 돌 하나를 두 손으로 들고 있다가 얼굴을 찡그리면서 분노에 찬 고함을 지르며 아론에게 던졌다. 아론은 몸을 휙 수그리면서 한 손을 들어 그것을 쳐내려다가 이마에 맞았다. 그는 비틀거리면서 나와 바이올라에게서 멀어져 바위 턱을 향해, 교회 앞쪽을 향해…….

"어서 일어나!" 바이올라가 내게 꽥 소리를 질렀고…….

나는 허둥지둥 일어났지만…….

그때 아론도 돌아서서…….

그의 얼굴에 피가 줄줄 흘렀고…….

그는 입을 벌려 고함을 질렀고…….

그가 거미처럼 앞으로 홱 뛰어들어서 바이올라의 오른팔을 낚아챘고…….

바이올라가 왼손으로 아론을 미친 듯이 때려서 그의 얼굴에 피가 났지만…….

아론은 바이올라를 놓지 않았고…….

나는 그들에게 몸을 날리면서 소리를 지르며…….

칼을 앞으로 내밀었지만…….

또다시 마지막 순간에 칼날을 옆으로 돌려서…….

그냥 그에게 온몸을 부딪쳐 쓰러뜨렸고…….

우리는 계단 위쪽에 떨어졌고, 바이올라는 뒤로 쓰러졌다. 나는 아론의 몸 위에 있었고, 아론이 팔을 휘둘러 내 머리를 사정없이 치면서 그 흉측한 얼굴을 들이대고 내 목을 물어뜯었고…….

나는 냅다 소리를 지르면서 몸을 홱 뒤로 빼면서 잽싸게 손등으로 그를 퍽 치고…….

허겁지겁 그에게서 벗어나 다시 교회로 들어가 물어뜯긴 부분을 손으로 잡았는데…….

그가 다시 내게 달려들면서 주먹을 날려서…….

내 눈을 맞혔고…….

내 머리가 홱 뒤로 넘어가면서…….

나는 또다시 좌석들이 있는 곳으로 굴러가서 교회 한가운데로 돌아갔고…….

또다시 한 방 맞았고…….

나는 칼을 쥔 손을 들어 막으려고 했지만…….

계속 칼날을 옆으로 대고 있었고…….

아론이 다시 날 주먹으로 쳤고…….

나는 젖은 돌바닥 위에서 허우적거리며 그를 피해 달아나…….

연단이 있는 통로를 향해…….

그때 아론의 주먹이 내 얼굴을 세 번째로 강타해서…….

내 이빨 두 개가 떨어져 나갔고…….

난 거의 쓰러질 뻔하다가…….

정말 쓰러졌고…….

내 등과 머리가 연단의 돌을 탕 내리치면서…….

나는 칼을 떨어뜨렸다.

칼은 덜거덕 소리를 내며 가장자리로 굴러갔다.

언제나 그렇듯 참 쓸모없다.

"네 소음이 너를 드러낸다! 네 소음이 너를 드러낸다고!" 아론이 고래고래 소리를 질렀다. 그러면서 나에게 다가와서, 날 내려다보며 섰다. "이 신성한 곳에 들어선 순간부터 이렇게 될 줄 알았지!" 그는 내 발치에 멈춰 서서, 나를 내려다봤다. 주먹 쥔 그의 손은 내 피로 범벅이 돼 있었고, 얼굴은 자신의 것으로 피투성이가 돼 있었다. "너는 절대 사나이가 되지 못해, 토드 휴잇! 절대로!"

내가 슬쩍 곁눈질을 하자 바이올라가 미친 듯이 또 다른 돌을 찾는 모습이 보였고……

"난 이미 사나이야." 내가 말했지만 나는 이미 쓰러졌고, 칼을 떨어뜨렸고, 내 목소리는 흔들렸고, 내 손은 피가 흐르는 내 목을 잡고 있었다.

"넌 내 희생을 무용지물로 만들었어!" 그의 눈이 불타오르는 다이아몬드로 변했고, 그의 소음은 너무나 붉고 격렬하게 타올라서 사실상 그의 몸 위로 흐르는 물에서 김이 날 정도였다. "내가 널 죽여주지. 넌 내가 저 아이를 천천히 죽였다는 사실을 알면서 죽어갈 거야." 아론은 내게 고개를 숙이면서 말했다.

나는 이를 악물었다.

그리고 몸을 일으켜 세우기 시작했다.

"날 죽이려면 덤벼." 내가 으르렁거리며 말했다.

아론이 소리를 지르며 나를 향해 한 발자국 다가섰고……

날 잡으려고 두 손을 뻗었고……

나는 그를 맞이하기 위해 고개를 들었고……

그때 바이올라가 제대로 들지도 못하는 큰 바위로 그의 머리 옆쪽을 **퍽** 소리가 나게 쳤고……

그가 비틀거리더니……

의자들을 향해 기울어지면서 몸을 바로 세우려고 하다가……

다시 비틀거렸지만……

그는 쓰러지진 않았다.

망할, 절대 쓰러지진 않았다.

그는 비틀거리면서도 나와 바이올라 사이에 서서, 바이올라를 등진 채, 하지만 바이올라보다 큰 키로 그녀를 내려다보면서 서 있었다. 이제 머리에서 피가 시냇물처럼 뿜어져 나오는데도 그는 악몽에 나오는 괴물처럼 우뚝 서서…….

저놈은 정말 괴물이다.

"당신은 사람도 아냐."

"내가 말했잖아, 꼬맹이 토드." 그렇게 말하는 그의 낮은 목소리가 정말 괴물 같았다. 나를 노려보는 그의 소음이 너무나 순수한 격노로 가득 차서 쓰러질 뻔했다. "나는 성자라고."

그는 바이올라가 있는 쪽을 보지도 않고 팔을 세게 휘둘러서 그녀의 눈을 정통으로 맞춰 쓰러뜨렸다. 바이올라는 비명을 지르며 쓰러지다가 좌석 하나를 넘어뜨리면서 바닥에 머리를 세게 찧고…….

일어나지 않았다.

"바이올라!" 내가 소리를 질렀고…….

그의 옆을 지나서 몸을 날렸는데…….

아론은 내가 가게 놔뒀고…….

나는 바이올라에게 갔는데…….

바이올라의 다리가 돌 벤치 위에 올라가 있었고…….

머리는 돌바닥에 있었고…….

머리에서 피 한 줄기가 가늘게 흘렀고…….

"바이올라!" 나는 그녀의 이름을 부르며 안아 올렸는데…….

바이올라의 머리가 뒤로 처졌고…….

"바이올라!" 내가 고함을 질렀고…….

그때 뒤에서 낮게 우르르 소리가 들렸는데…….

웃음소리였다.

아론이 웃고 있었다.

"넌 언제나 그녀를 실망시키게 돼 있었어. 그건 예견된 거야."

"닥쳐!"

"왜 그런지 알아?"

"내가 널 죽일 거야!"

아론은 목소리를 낮춰 속삭였다.

하지만 내 온몸이 전율하는 그런 속삭임이었고······.

"넌 이미 쓰러졌거든."

내 소음이 붉게 타올랐다.

그 어느 때보다 더 진하게.

살기를 품은 붉은색.

"그래, 토드. 맞아. 그렇게 해야지." 아론이 낮은 목소리로 말했다.

나는 바이올라를 조심스럽게 내려놓고 일어서서 그를 마주 봤다.

내 증오가 너무나 커서 동굴 안을 가득 채웠다.

"어서 덤벼, 꼬맹이. 너 스스로를 정화해야지."

나는 칼을 바라봤다.

그것은 물이 고인 곳에······.

아론 뒤쪽의 연단 옆 바위 턱 근처에······.

내가 떨어뜨린 곳에······.

칼이 나를 부르는 소리가 들렸다······.

날 가져가······.

날 가져가서 사용해······.

아론이 두 팔을 번쩍 벌렸다.

"날 살해하고 사나이가 돼."

절대 나를 놓지 마, 칼이 말했고…….

"미안해." 나는 누구에게, 뭣 때문에 그런 말을 하는지 몰랐지만 작은 소리로 속삭였고…….

미안해…….

그리고 나는 뛰어들었고…….

아론은 꼼짝 않고 서서 나를 포옹할 것처럼 두 팔을 벌리고 있었고…….

나는 쏜살같이 달려가서 어깨로 그를 힘껏 들이받았고…….

아론은 저항하지 않았고…….

내 소음이 붉은 비명을 질렀고…….

우리는 연단을 지나 바위 턱을 향해 쓰러졌고…….

내가 그의 몸 위에 있었고…….

그는 여전히 저항하지 않았고…….

나는 그의 얼굴을 주먹으로 쳤고…….

치고…….

또 치고…….

또 치고…….

그의 얼굴을 좀 더 깊이 부셔놓으면서…….

또 쳐서 그의 얼굴을 피떡으로 만들고…….

소나기처럼 쏟아지는 증오가 내 주먹을 통해 나가고…….

계속 그를 퍽퍽 치고…….

계속 치고…….

그의 뼈가 부러지고…….

연골이 끊어지고……

내 손가락 관절 밑에서 한쪽 눈이 으스러지고……

더 이상 내 손에 감각이 없을 때까지……

그래도 계속 치고……

그의 피가 내게 뿜어져 나와 사방으로 튀기고……

피의 붉은색이 내 소음의 붉은색과 혼연일체가 되고……

나는 여전히 그의 몸에 올라탄 채, 그의 피를 뒤집어쓰고, 고개를 뒤로 젖혔고……

그런데도 아론은 웃었고, 계속 웃었고……

그는 부러진 이빨들 사이로 "그래, 그래"라고 말하면서 꾸르륵거리며 피를 뿜었고……

내 안의 붉은 기운이 솟구쳐서……

나는 그걸 억제할 수 없었고……

그 증오……

나는 저쪽을 보면서……

그 칼을……

불과 1미터 정도 떨어져 있는……

바위 턱에……

연단 옆에……

나를 부르고 있는……

부르는……

이번에는 안다……

이번에는 안다……

내가 저걸 쓰리라는 걸.

나는 칼을 향해 몸을 날렸고…….
손을 뻗었고…….
내 소음이 너무나 붉어서 제대로 보이지도 않았고…….
그래, 그 칼이 말했고…….

그래.

날 가져가.
네 손으로 그 힘을 잡아…….

하지만 또 다른 손이 먼저 그걸 집었고…….

바이올라.

내가 그걸 향해 쓰러지는 동안 내 속에서 솟구치는…….
내 소음에서 솟구치는…….
거기 있는 그녀를 보며 솟구치는…….
살아 있는 그녀를 보니…….
그 붉은 기운보다 더 높이 솟구치는…….
"바이올라." 내가 말했다.
그냥 "바이올라."

그리고 그녀가 칼을 집어 들었다.

나는 몸을 날리던 여세를 못 이기고 바위 턱 가장자리로 굴러떨어지면서 어디든 잡으려고 애쓰는 와중에 바이올라가 칼을 집어 드는 모습을 보았고, 그녀가 앞으로 걸어갔고, 나는 바위 턱을 향해 떨어졌고, 내 손가락들이 젖은 돌바닥 위로 미끄러졌고, 아론이 일어나 앉았고, 아론에게는 이제 한쪽 눈밖에 없었고, 그 눈이 바이올라가 칼을 집는 모습을 보았고, 나는 그녀를 막을 수 없었고, 아론은 일어서려고 애를 썼고, 바이올라는 그를 향해 다가갔고, 나는 바위 턱에 어깨를 부딪히면서 그 너머로 떨어지기 직전에 멈춰서 지켜봤고, 아론의 남아 있는 소음에서는 분노와 공포가 뿜어져 나왔고, 아론의 소음이 안 돼라고 말했고…….

너 말고, 라고 말했고…….

바이올라가 팔을 들어서…….

칼을 올렸다가…….

아래로 내려서…….

밑으로…….

밑으로…….

아론의 목 옆을 그대로 찔러버렸고…….

아주 세게 찔러서 칼끝이 살 반대쪽을 뚫고 나왔고…….

으드득, 으드득 소리만이 기억에 남았고…….

아론이 그 힘을 못 이겨 쓰러졌고…….

바이올라가 칼을 놓고…….

뒤로 물러섰다.

그녀의 얼굴이 백짓장처럼 하얗다.

천둥 같은 물소리 너머로 그녀가 숨을 몰아쉬는 소리가 들려왔다.

나는 두 손으로 바닥을 짚고 일어섰고······.

우리는 지켜봤다.

아론도 일어나려고 했다.

그는 일어나려고 하면서 한 손으로 목에 박힌 칼을 긁었지만, 그것은 굳건히 그의 목에 남았다. 그의 남은 눈 하나가 번쩍 뜨였고, 혀는 입에서 쑥 빠져나왔다.

그는 무릎을 꿇었다.

그러다가 일어섰다.

바이올라가 작게 비명을 지르며 뒤로 물러섰다.

내 옆에 올 때까지 계속 뒷걸음쳤다.

우리는 아론이 침을 삼키려고 애쓰는 소리를 들었다.

숨 쉬려고 애쓰는 소리.

그는 앞으로 몇 발자국 다가오다가 연단에 부딪쳐 비틀거렸다.

그가 우리 쪽을 봤다.

그의 혀가 부풀어 오르면서 뒤틀렸다.

그는 뭔가 말하려고 했다.

그가 내게 뭔가 말하려고 했다.

그는 한 마디를 하려고 했다.

하지만 할 수 없었다.

그럴 수 없었다.

그의 소음은 거친 색채와 영상과 내가 결코 말할 수 없는 것들로 가득 찼다.

그와 나의 눈이 마주쳤다.

그리고 그의 소음이 멈췄다.

완전히 멈췄다.

마침내.

중력이 그의 몸을 끌어당겨서 옆으로 풀썩 쓰러졌다.

연단에서 떨어져.

폭포의 가장자리 너머로.

그가 물의 벽 밑으로 사라졌다.

그 칼이 꽂힌 채.

42

헤이븐으로 가는 마지막 길

바이올라가 내 옆에 너무 빨리 너무나 세게, 마치 쓰러지듯 털썩 주저 앉았다.

바이올라는 숨을 거칠게 몰아쉬면서 아론이 있던 그 자리를 멍하니 바라봤다. 폭포를 통해 들어온 햇빛이 그녀의 얼굴에 물결처럼 흔들렸다. 바이올라는 꿈쩍도 하지 않았다.

"바이올라?" 나는 잽싸게 일어나서 그녀 옆에 쪼그리고 앉았다.

"그자가 죽었어."

"그래, 그자가 죽었어."

바이올라는 그냥 숨만 쉬었다.

내 소음은 붉은색과 흰색과 너무나 다른 것들로 가득 차서 추락한 우주선처럼 덜거덕거렸다. 마치 머리가 찢겨나가는 듯한 느낌이었다.

내가 했을 텐데.

내가 그녀를 위해 그렇게 했을 텐데.

하지만 대신……

"내가 그걸 했을 거야. 난 준비가 돼 있었어." 내가 말했다.

바이올라는 눈을 동그랗게 뜨고 나를 바라봤다. "뭐라고?"

"내 손으로 그자를 죽였을 거라고. 나는 그럴 준비가 돼 있었어!" 내 목소리가 조금 커졌다.

그러자 바이올라의 턱이 떨리기 시작했다. 울음을 터트리려는 게 아니라 실제로 흔들렸고, 이어서 어깨도 흔들리기 시작했다. 바이올라의 눈이 점점 커지면서 아까보다 더 세게 몸을 떨었다. 내 소음에서 나간 건 하나도 없었고, 모두 그 자리에 있었고, 그 와중에 또 다른 것이, 그녀를 위한 것이 들어왔다. 나는 바이올라를 와락 끌어안고 그녀가 실컷 몸을 떨 수 있도록 한동안 몸을 앞뒤로 가만히 흔들었다.

바이올라는 오랫동안 아무 말도 하지 않은 채 목에서 끙끙거리는 작은 신음만 흘렸다. 내가 그 스패클을 막 죽이고 난 후가 기억났다. 그의 뼈가 으스러지는 감각이 내 팔을 타고 흘러내렸을 때 어떤 느낌이었는지, 어떻게 그 스패클의 피가 계속 보였는지, 어떻게 내 머릿속에서 그가 죽는 모습이 계속 떠올랐는지 기억났다.

내가 그때 얼마나 가만히 있었는지도.

(하지만 내가 하려고 했는데.)

(난 준비가 돼 있었는데.)

(하지만 그 칼은 사라졌다.)

"누군가를 죽이는 건 이야기에 나오는 것과는 전혀 달라. 완전 다르지." 나는 바이올라의 정수리에 대고 말했다.

(하지만 내가 하려고 했는데.)

바이올라는 여전히 몸을 떨었다. 우리는 천둥처럼 요란한 소리를 내는 폭포 바로 옆에 있었고, 해는 보다 높은 하늘로 올라갔고, 교회에 비치는 햇빛은 줄어들었고, 우리는 흠뻑 젖은 데다 피범벅이었다.

춥고 덜덜 떨렸다.

"어서 가자. 우린 몸부터 먼저 말려야 해, 알았지?" 내가 일어서면서 말했다.

나는 바이올라를 일으켜 세웠다. 그리고 바닥에 떨어져 있는 가방을 챙기고, 다시 바이올라에게 와서 손을 내밀었다.

"해가 떴어. 밖은 따뜻할 거야."

바이올라는 한동안 내 손을 보다가 잡았다.

어쨌든 잡았다.

우리는 아론이 있던 곳을 차마 볼 수 없어서, 연단을 돌아 나왔다. 그의 피는 이미 물보라에 씻겨나갔다.

(내가 그걸 했을 텐데.)

(하지만 그 칼.)

바이올라를 잡고 있는 내 손이 떨리는 게 느껴졌다. 우리 둘 중 누가 떨고 있는지는 알 수 없었다.

우리는 계단으로 갔다. 반쯤 올라가서야 바이올라가 마침내 입을 뗐다.

"토할 것 같아."

"알아."

우리는 멈췄고, 바이올라가 폭포 가까이 몸을 기울이고 토했다.

아주 많이.

현실에서 누군가를 죽일 때는 다들 이렇게 되는 모양이다.

바이올라는 상체를 앞으로 기울이고, 축축한 머리를 사정없이 헝클어뜨렸다. 그리고 침을 뱉었다.

하지만 고개는 들지 않았다.

"네가 하게 놔둘 수가 없었어. 그러면 그자가 이길 테니까."

"내가 했을 거야."

"알아. 그래서 내가 한 거야." 바이올라는 자신의 머리카락에 대고, 폭포에 대고 말했다.

나는 한숨을 내쉬었다. "내가 하게 내버려 뒀어야지."

"아니." 그녀는 몸을 웅크리고 있다가 고개를 들었다. "난 그럴 수 없었어. 하지만 그게 다가 아니야." 바이올라는 입을 닦고 다시 기침했다.

"그럼 뭔데?"

바이올라가 내 눈을 들여다봤다. 크게 뜬 그 눈은 토하느라 핏발이 서 있었다.

두 눈은 전보다 더 성숙해져 있었다.

"그러고 싶었어, 토드." 그 말을 하면서 바이올라는 이마를 찡그렸다. "내가 하고 싶었다고. 난 그자를 죽이고 싶었어." 바이올라는 두 손을 자신의 얼굴에 갖다 댔다. "아, 맙소사. 맙소사. 맙소사."

"그만해." 나는 그녀의 팔을 잡아서 얼굴에 댄 손을 뗐다. "그만해. 그자는 악마였어. 그자는 미친 악마……."

"나도 알아! 하지만 그자가 계속 보여. 칼이 그 사람 몸속으로 들어가는 장면이 계속……." 바이올라가 소리를 꽥 질렀다.

"그래, 좋아. 네가 원했어." 나는 바이올라의 상태가 더 악화되기 전에 막았다. "그래서 뭐? 나도 그랬어. 네가 그렇게 되도록 그자가 만든 거야. 그자는 우리 아니면 그자가 살인을 하도록 상황을 만들었어. 그래서 그 자가 악마인 거야. 너나 내가 아니라 그자가 한 짓이 사악한 거야, 알겠어?"

바이올라는 고개를 들어 나를 봤다. "그자는 약속한대로 해냈어. 날 쓰러뜨렸어." 바이올라의 목소리가 아까보다 조금 조용해졌다.

그러더니 다시 신음하면서 두 손을 입에 댔다. 그녀의 눈에서 눈물이 차올랐다.

"아니야. 아니야, 봐, 내 말을 들어봐, 나는 이렇게 생각해." 나는 강하게 말했다.

나는 폭포와 터널을 올려다봤다. 지금 내가 무슨 생각을 하는지도 모르겠지만 바이올라가 여기 있다. 내 눈에 그게 보였다. 그녀가 무슨 생각을 하는지 모르겠지만 한편으로는 그녀가 무슨 생각을 하는지 알았다. 바이올라가 금방이라도 벼랑 끝에 서서 떨어질 것처럼 흔들거리면서 날 보며 구해달라고 부탁하고 있었다.

그녀가 날 구했던 것처럼.

"나는 이렇게 생각해." 내 목소리에는 아까보다 더 힘이 들어갔고, 생각들이 나왔다. 진실의 속삭임처럼 내 소음으로 똑똑 흘러 들어오는 생각들. "내 생각엔 아마 모든 사람이 쓰러지는 거 같아. 아마 우리 모두 그럴 거라고 생각해. 하지만 중요한 건 그게 아니야."

그녀가 내 말을 듣고 있는지 확인하기 위해 부드럽게 그녀의 팔을 잡아당겼다.

"내 생각에 중요한 점은 쓰러지고 나서 다시 일어설 수 있냐는 거야."

폭포수가 우리 옆에서 세차게 쏟아졌다. 우리는 추위와 그 밖의 다른 모든 것 때문에 덜덜 떨었고, 바이올라는 날 빤히 바라봤다. 그런 내내 나는 희망을 품고 기다렸다.

나는 그녀가 벼랑에서 한 발자국 물러서는 걸 봤다.

그녀가 내게로 돌아오는 것을 봤다.

"토드." 바이올라가 내 이름을 말했다. 그건 질문이 아니었다. 그냥 내 이름을 부른 것이다.

그게 나니까.

"어서 가자. 헤이븐이 기다리고 있어." 내가 말했다.

나는 다시 그녀의 손을 잡았고, 우리는 남은 계단을 올라가서 다시 좀 더 바닥이 평평한 부분으로 돌아와 또다시 미끄러운 돌들 위에서 넘어지지 않으려고 애써 균형을 잡으며 걸었다. 그렇게 구불구불한 길을 지나 바위 턱에 도착했다. 거기서 다시 큰길 경사면 위로 풀쩍 뛰어 올라가는 건 더 힘들었다. 우리는 흠뻑 젖어 있는 데다 기진맥진했다. 나는 저만치 뒤로 물러났다가 힘껏 달려가 점프해서 그곳에 떨어졌고, 이어서 나를 따라오다가 굴러떨어지려는 바이올라를 잡았다.

우리는 다시 햇빛이 쏟아지는 바깥으로 나왔다.

우리는 아주 오랫동안 숨을 들이마시면서 젖은 몸을 대충 말리고 언덕을 올라가, 덤불을 헤치고 다시 원래 가던 큰길로 나왔다.

거기서 언덕 밑의 지그재그로 난 길을 내려다봤다.

그 길은 아직 거기 있었다. 헤이븐도 아직 거기 있었다.

"이제 정말 얼마 안 남았어." 내가 말했다.

바이올라는 몸을 조금 더 말리려고 팔을 문질렀다. 그러고는 눈을 가늘게 뜨고 내게 가까이 다가왔다. "너 얼굴에 아주 많이 맞았어, 그거 알아?"

나는 손가락을 위로 올려봤다. 눈이 퉁퉁 붓기 시작했고, 이빨이 몇 개 나가 입속에 빈틈이 생겼다.

"고맙다. 네가 말하기 전까진 아픈 줄 몰랐는데."

"미안." 바이올라는 살짝 미소를 짓고 손을 들어서 자기 머리 뒤쪽에 대면서 얼굴을 찡그렸다.

"넌 어때?"

"아파. 하지만 죽진 않을 거야."

"넌 천하무적이니까."

바이올라가 다시 생긋 웃었다.

그때 허공에서 이상한 **핑** 소리가 나더니 바이올라가 헉 소리를 냈다. 아주 작은 소리였다.

순간 햇빛 속에서 우리의 눈이 마주쳤다. 둘 다 이유도 모른 채 놀라고 있었다.

그러다가 나는 바이올라의 시선을 따라 그녀의 앞쪽을 내려다봤다.

바이올라의 셔츠에 피가 묻어 있었다.

그녀의 피.

새로운 피.

그녀의 배꼽 오른쪽에 생긴 작은 구멍에서 피가 흘러나오고 있었다.

바이올라는 그 피를 만져보고 손가락을 들어 올렸다.

"토드?"

그리고 앞으로 쓰러졌다.

나는 바이올라를 붙잡으면서 그 무게에 조금 비틀거리며 뒤로 물러났다.

그리고 바이올라의 위쪽을 올려다봤다.

절벽 위에, 길이 시작되는 바로 거기에.

프렌티스 주니어가.

말을 타고 있었다.

그가 내민 한 손에.

권총이 들려 있었다.

"토드?" 바이올라가 다시 내 가슴에 대고 말했다. "누가 내게 총을 쏜 것 같아, 토드."

아무 말이 없었다.

내 머릿속에도 내 소음에도 아무 말이 없었다.

프렌티스 주니어가 말을 발로 차서 큰길에서 벗어났다.

여전히 권총을 우리에게 겨눈 채로.

달아날 곳은 없다.

그리고 내겐 칼이 없다.

세상이 참을 수 없을 정도로 고통스럽게, 또렷하고 천천히 펼쳐졌다. 바이올라는 내 가슴에 매달려 힘겹게 헐떡거리기 시작했고, 프렌티스 주니어는 말을 타고 내려왔다. 우리가 끝났다는 것을, 이번에는 도무지 빠져나갈 길이 없다는 걸, 세상이 나를 원한다면 그걸 얻을 때까지 계속 쳐들어올 거라는 걸 깨달으면서 내 소음이 올라갔다.

내가 뭐라고 그걸 해결할 수 있겠나? 세상이 그토록 간절히 원한다면 내가 뭐라고 그걸 바꿀 수 있겠나? 세상의 종말이 그렇게 계속 온다면 내가 뭐라고 그걸 멈출 수 있겠는가?

"그 애가 널 간절히 원하는 것 같은데, 토드." 프렌티스 주니어가 나를 조롱했다.

나는 이를 악물었다.

내 소음이 붉은색과 보라색으로 홱 치솟았다.

나는 토드 우라질 휴잇이다.

그게 바로 망할 나라니까.

나는 그의 눈을 똑바로 보면서, 내 소음을 곧바로 그에게 쏘아 보내며, 거친 목소리로 뱉어내듯 말했다. "나를 휴잇 씨라고 불러주면 고맙겠어."

프렌티스 주니어가 움찔했다. 진짜로 움찔했다. 아주 조금. 그리고 무의식중에 고삐를 홱 잡아당겨서 순간 말을 뒷다리로 일어서게 했다.

"자, 서둘러." 주니어는 아까보다 자신감이 줄어든 목소리로 말했다.

그리고 우리 둘 다 그 소리를 들을 수 있다는 걸 알았다.

"손 들어. 널 아버지에게 데려갈 거야."

그리고 나는 가장 놀라운 일을 했다.

내가 지금까지 한 일 중 가장 놀라운 일이었다.

나는 그를 무시했다.

나는 바이올라를 안은 채 흙길에 무릎을 꿇고 앉았다.

"거기가 막 타는 것 같아, 토드." 바이올라가 작은 목소리로 말했다.

나는 그녀를 내려놓고 가방을 땅바닥에 떨어뜨렸다. 나는 셔츠를 벗어서 구깃구깃 뭉쳐 총알이 들어간 구멍에 대고 눌렀다. "이걸로 꽉 누르고 있어, 알았지?" 나의 분노가 용암처럼 끓어올랐다. "금방 끝날 거야."

나는 고개를 들어 데이비 프렌티스를 봤다.

"일어나." 그가 말했다. 그의 말은 여전히 안절부절못하는 데다 내게서 올라오는 열기 때문에 초조해하고 있었다. "나 두 번 말 안 한다, 토드."

나는 일어섰다.

그리고 앞으로 걸어갔다.

"내가 손 들라고 했잖아." 데이비가 말하는 동안 그의 말은 힝힝거리면서 콧김을 내뿜으며 발을 굴렀다.

나는 그를 향해 뚜벅뚜벅 걸어갔다.

좀 더 빠르게.

그러다가 달렸다.

"쏜다!" 데이비가 소리를 지르면서, 권총을 휘두르며, 자신의 말을 통제하려고 애썼다. 그 말은 소음 속에서 **돌격! 돌격!**을 사방에 날려댔다.

"아니, 안 그럴걸!" 나는 그렇게 소리를 지르며 말 머리를 향해 곧장 달려가 소음을 쾅 터트렸다.

뱀이다!

말이 뒷발로 일어섰다.

"빌어먹을, 토드!" 데이비가 소리를 지르면서 빙그르르 돌며, 권총을 잡지 않은 한 손으로 말을 통제하려고 애썼다.

그때 내가 홱 뛰어들어서 말의 앞다리를 세게 쳐 말이 깜짝 놀라 물러서게 만들었다. 말은 또다시 힝힝거리면서 뒷다리로 일어섰다.

"너 완전 뒤졌어!" 데이비는 뒷다리로 일어서며 펄쩍펄쩍 한 바퀴를 도는 말 위에서 외쳤다.

"반쯤은 맞는 말이네." 내가 말했다.

그러다가 기회가 보였고…….

말이 큰 소리로 울면서 고개를 앞뒤로 흔들었고…….

나는 기다렸다…….

데이비가 고삐를 홱 잡아당겼을 때…….

재빨리 피하면서…….

기다렸고…….

"빌어먹을 말 같으니라고!" 데이비가 소리를 꽥 지르면서…….

다시 고삐를 틀어쥐려고 했는데…….

말이 다시 한 번 몸을 비틀면서 한 바퀴 돌고…….

나는 기다렸다가…….

말이 데이비를 내 쪽으로 몰고 오면서 안장 위에 앉은 그의 몸이 한쪽으로 쏠리게 달렸고…….

그때 기회가 왔고…….

나는 주먹을 쥔 채 기다리고 있다가…….

쾅!

마치 망치로 내려치는 것처럼 그의 얼굴을 주먹으로 쳤고…….

내 주먹 밑에서 그의 코가 부러지는 걸 느꼈다고 맹세라도 할 수 있고…….

그는 고통스러워 비명을 지르며 안장에서 떨어져서…….

먼지 속에 권총을 떨어뜨리고…….

나는 뒤로 훌쩍 뛰어 물러나고…….

데이비의 발이 등자에 걸리고…….

말이 또다시 뒷발로 일어서서 빙빙 돌았고…….

내가 말의 엉덩이를 있는 힘껏 때렸고…….

그러자 말도 더 이상 참지 못했다.

말은 데이비의 발을 등자에 걸친 채 왔던 길을 다시 힘껏 달려서 올라갔다. 그는 말에 질질 끌려가면서 길가의 바위들과 흙에 세게 부딪쳤고, 그렇게 비탈길을 끌려 올라가서…….

권총은 먼지 속에 있고…….

내가 그것을 향해 움직였는데…….

"토드?" 소리가 들렸다.

시간이 없었다.

시간이 전혀 없었다.

나는 생각할 겨를도 없이, 권총을 그대로 놔두고 덤불 가장자리에 있는 바이올라에게 달려갔다.

"나 죽고 있는 것 같아, 토드."

"넌 죽지 않아." 나는 한 팔을 그녀의 어깨 밑에 넣고 다른 팔은 무릎 밑에 넣으면서 말했다.

"나 추워."

"넌 절대 죽지 않아! 오늘은 아니야!"

나는 그녀를 안은 채 일어서서 헤이븐으로 가는 지그재그 길 꼭대기에 섰다.

이 길은 너무 느리다.

나는 미친 듯이 밑으로, 덤불을 뚫으며 내려갔다.

"어서 가자!" 내 소음이 할 말을 잊어버린 사이에 내가 큰 소리로 말했다. 이제 온 우주에 있는 것이라곤 움직이는 내 다리뿐이었다.

어서 가자!

나는 달렸다.

관목을 헤치고……

큰길을 건너……

더 많은 관목을 헤치고……

다시 돌아가는 길을 건너……

밑으로, 밑으로……

흙덩어리들을 걷어차고 덤불들을 뛰어넘으며……

나무뿌리들에 걸려 비틀거리며……

어서 가자.

"꽉 잡아, 꽉. 알았지?" 나는 바이올라에게 말했다.

바이올라는 우리가 땅바닥에 세게 뛰어내릴 때마다 신음했다.

하지만 그건 아직 숨을 쉬고 있다는 뜻이니까.

내려가고…….

내려가고…….

어서 가자.

제발.

나는 고사리 군락에서 미끄러졌고…….

하지만 넘어지진 않았고…….

큰길과 관목…….

가파른 길에 다리가 아팠고…….

관목과 큰길…….

내려가고…….

제발…….

"토드?"

"꽉 잡아!"

나는 언덕 밑에 도착해서 계속 달렸다.

내 품에 안긴 바이올라는 아주 가벼웠다.

너무 가벼웠다.

나는 도로와 강이 다시 합쳐지는 곳으로 달려갔다. 헤이븐으로 이어지는 큰길이었다. 다시 주위에 나무들이 울창하게 섰고, 강물이 세차게 흘렀다.

"꽉 잡아!" 나는 최대한 빨리 달려갔다.

어서 가자.

제발.

모퉁이를 돌고 돌아서…….

나무들 밑과 강둑 옆에…….

지난번에 언덕 위에서 망원경으로 봤던 그 방어벽, 거대한 목재가 엑스 자 모양으로 도로의 출구 양쪽에 길고 낮게 쌓여 있는 광경이 보였다.

"도와줘요!" 나는 거기로 가면서 소리 질렀다. **"도와주세요!"**

나는 달렸다.

어서 가자.

"나 도저히 안 될…….” 바이올라가 헉헉거렸다.

"넌 할 수 있어! 감히 날 두고 포기하지 마!" 내가 소리 질렀다.

나는 달렸다.

장벽이 다가왔다.

하지만 거기에는 아무도 없었다.

나는 도로의 출구로 달려 들어가서 안쪽으로 들어갔다.

그리고 거기 멈춰서 한 바퀴 돌았다.

아무도 없었다.

"토드?"

"거의 다 왔는데."

"토드, 나 아무래도…….”

바이올라의 머리가 뒤로 축 처졌다.

"안 돼, 안 된다고! 정신 차려! 바이올라 이드! 그 빌어먹을 눈 뜨란 말이야!"

바이올라는 노력했다. 그녀가 노력하는 게 보였다.

바이올라의 눈이 아주 조금이지만 다시 뜨였다.

나는 다시 최대한 빨리 달렸다.

그러면서 계속 "**도와주세요!**"라고 소리를 질렀다.

"**도와주세요!**"

제발.

"**도와주세요!**"

바이올라가 숨을 헐떡거리기 시작했다.

"**우리 좀 도와줘요!**"

제발, 안 돼.

그런데 **아무도** 보이지 않았다.

내가 지나친 집들은 닫혀 있는 데다 텅 비어 있었다. 흙길에서 포장
도로로 바뀌었지만 밖에 나와서 돌아다니는 사람은 하나도 없었다.

"**도와줘요!**"

내 발이 탁 소리를 내며 포장도로를 내리쳤지만…….

앞쪽에 있는 나무들이 쫙 갈라지면서 나온 빈터의 교회로 길이 이어
졌고, 반짝이는 교회 첨탑이 그 앞에 있는 도시의 광장을 내려다보고
있었다.

거기에도 사람은 없었다.

하나도.

"**도와줘요!**"

나는 광장으로 달려가서, 광장을 가로지르면서, 주위를 둘러보며, 귀
를 기울였지만…….

아무도 없었다.

아무도.

이곳은 텅 비어 있다.

내 품에 안긴 바이올라의 숨이 거칠어졌다.

그리고 헤이븐은 비어 있다.

나는 광장 한가운데에 이르렀다.

사람은 보이지도 들리지도 않았다.

나는 다시 제자리에서 한 바퀴 돌았다.

"도와줘요!" 나는 울었다.

하지만 아무도 없었다.

헤이븐은 텅텅 비어 있다.

여기에 결국 희망은 없었다.

바이올라가 내 품에서 조금 미끄러져서 얼른 무릎을 꿇고 붙잡아야 했다. 내 셔츠가 그녀의 상처에서 떨어져 남은 한 손으로 그 부위를 눌렀다.

이제 남은 건 하나도 없다. 가방도, 망원경도, 우리 엄마의 책도. 나는 모든 걸 언덕에 놔두고 왔다는 걸 깨달았다.

나와 바이올라가 우리가 가진 전부였다. 이 넓은 세상에서 우리가 가진 전부.

그런데 바이올라는 피를 너무 많이 흘려서…….

"토드?" 바이올라가 흐릿한 발음으로 날 불렀다.

"제발." 내 눈에는 눈물이 솟구치고 목소리는 갈라지고 있었다. "제발."

제발 제발 제발 제발 제발…….

"흠, 네가 그렇게 공손하게 부탁을 하니." 광장 건너편에서 굳이 목청을 높이지 않고 말하는 목소리 하나가 들렸다.

나는 고개를 들었다.

말 한 마리가 교회 옆을 돌아 나왔다.

거기에 한 사람이 타고 있었다.

"안 돼." 내가 속삭였다.

안 돼.

안 돼.

"그래, 토드. 유감스럽게도 그렇단다." 프렌티스 시장이 말했다.

그는 아주 여유롭게 말을 타고 광장을 가로질러 나를 향해 다가왔다. 언제나 그렇듯 아주 깔끔하고 단정해 보였다. 그의 옷에는 땀방울로 얼룩진 자국도 없고, 심지어 승마 장갑까지 끼고 있는 데다, 신고 있는 부츠도 아주 깨끗했다.

이건 불가능해.

이건 절대 불가능하다고.

"당신이 어떻게 여기 있을 수 있어? 어떻게……?" 내 목소리가 점점 올라갔다.

"바보 천치라도 헤이븐으로 오는 길이 두 개라는 건 알거든." 그는 침착하면서 매끄럽게 나를 조롱하듯, 하지만 조롱하지는 않는 목소리로 말했다.

우리가 본 먼지. 어제 우리가 본, 헤이븐을 향해 움직이던 그 먼지 덩어리.

"하지만 어떻게?" 너무 경악해서 말이 제대로 나오지 않았다. "군대는 적어도 하루는 뒤처져 있었는데……?"

"가끔은 군대에 대한 소문이 군대와 같은 힘을 발휘한단다, 애야. 항복 조건은 이들에게 아주 유리했어. 그중 하나가 거리를 싹 비워서 내가 너를 직접 환영할 수 있도록 하는 거였지." 시장은 그렇게 말하면서 주위를 돌아봤다. "다만 내 아들이 널 데려올 거라고 예상했는데."

나는 광장을 둘러봤다. 이제 유리창과 문 밖으로 살짝 내다보는 사람들이 보였다.

나는 다시 프렌티스 시장을 돌아봤다.

"아, 지금은 프렌티스 대통령이야. 너도 기억해 두는 편이 좋을 거다."

그때 깨달았다.

나는 그의 소음을 들을 수 없었다.

그 누구의 소음도 들을 수 없었다.

"맞아, 들을 수 없을 거야. 그게 아주 재미있는데 네가……."

그때 바이올라가 내 손에서 조금 더 미끄러지면서 자세가 바뀌었다. 극심한 고통에 그녀가 헉 소리를 냈다. "제발! 이 아이를 구해줘요! 당신이 말하는 건 뭐든 다 할게요! 군대에 들어갈게요! 뭐든……."

"인내심이 있는 자에게는 좋은 일이 생기는 법이지." 시장은 마침내 조금 짜증이 난 표정으로 말했다.

그는 아주 수월하게 말에서 내려 한 손가락씩 장갑을 벗기 시작했다.

나는 우리가 졌다는 사실을 깨달았다.

모든 것을 잃었다.

모든 것이 끝났다.

"이 공정한 행성의 새로 임명된 대통령으로서." 시장은 마치 내게 이 세상을 처음으로 보여주려는 것처럼 손을 내밀면서 말했다. "새 수도에 온 너를 제일 먼저 환영한다."

"토드?" 바이올라가 눈을 감은 채 속삭였다.

나는 바이올라를 꽉 끌어안았다.

"미안해. 정말 미안해." 그녀에게 속삭였다.

우리는 덫으로 달려 들어왔다.

우리는 세상 끝으로 달려와 버렸다.

"뉴 프렌티스타운에 온 걸 환영한다." 시장이 말했다.

1편 끝.

옮긴이 **박산호**

한양대학교 영어교육학과에서 영어를 가르치는 방법을 공부했고, 영국 브루넬대학교 대학원에서 영문학을 전공했다. 영어를 처음 배우는 아이들을 위해 초등학생이었던 딸을 모델로 삼아 《깔깔마녀는 영어마법사》라는 책을 썼고, 기본 영단어 100개를 엄선하여 단어와 관련한 정치, 경제, 역사, 문화 등의 상식을 함께 살펴보는 영어 교양서 《단어의 배신》을 비롯 《번역가 모모씨의 일일》, 《어른에게도 어른이 필요하다》와 같은 에세이를 썼다. 《카리 모라》, 《전화하지 않는 남자, 사랑에 빠진 여자》, 《죽음을 문신한 소녀》, 《지팡이 대신 권총을 든 노인》, 《거짓말을 먹는 나무》, 《토니와 수잔》, 《레드 스패로우》, 《하우스 오브 카드 3》, 《차일드 44》, 《싸울 기회》, 《다크 할로우》, 《콰이어트 걸》, 《퍼시픽 림》, 《용서해줘, 레너드 피콕》, 《세계대전 Z》 등 다수의 소설과 에세이를 번역했다.

카오스 워킹 1

초　판 1쇄 발행 2010년　7월 22일
초　판 2쇄 발행 2010년　8월 11일
개정판 1쇄 발행 2021년　3월　5일

지은이 | 패트릭 네스
옮긴이 | 박산호
발행인 | 강봉자, 김은경

펴낸곳 | (주)문학수첩
주소 | 경기도 파주시 회동길 503-1(문발동 633-4) 출판문화단지
전화 | 031-955-9088(마케팅부), 9534(편집부)
팩스 | 031-955-9066
등록 | 1991년 11월 27일 제16-482호

홈페이지 | www.moonhak.co.kr
블로그 | blog.naver.com/moonhak91
이메일 | moonhak@moonhak.co.kr

ISBN 978-89-8392-852-8　04840
　　　 978-89-8392-851-1 (세트)

* 파본은 구매처에서 바꾸어 드립니다.

THE NEW WORLD

패트릭 네스 지음
박산호 옮김

A CHAOS WALKING SHORT STORY

또 다른 이야기 · 신 세 계

카오스 워킹

문학수첩

절대 놓을 수 없는 칼

카오스 워킹

또 다른 이야기 · 신세계

A CHAOS WALKING SHORT STORY

또 다른 이야기 · 신 세 계

카오스 워킹

패트릭 네스 지음 | **박산호** 옮김

◐◑ 문학수첩

THE NEW WORLD

"저기 있다." 엄마는 지난 몇 주 동안 우리가 점점 가까이 다가가고 있는 점을 가리키며 말했다. 더 작은 점 두 개가 주위를 빙빙 돌고 있는 그 점은 그동안 계속 커져서 이제는 디스크만 한 크기로 태양에서 받은 빛을 환하게 반사시키고 있었다. 파란 바다, 초록색 숲, 하얀 극관들이 그 너머 검은 땅을 배경으로 동그랗게 보였다.

저곳이 우리의 새로운 집, 내가 태어나기도 전부터 시작된 항해의 최종 목적지다.

이곳을 망원경이 아닌, 컴퓨터 매핑이 아닌, 심지어 베타호에서 브래들리 텐치 선생님이 가르치는 미술 수업 시간에 내가 그린 그림도 아니고 실물로 보는 사람들은 우

4

리가 처음이다. 단지 조종석 화면으로 보는 거지만.

어쨌든 저곳을 육안으로 보는 사람은 우리가 처음이다.

"신세계야. 저기서 우리가 뭘 발견하게 될까?" 아빠가 내 어깨에 한 손을 올려놓으면서 물었다.

나는 팔짱을 끼면서 아빠가 올린 손을 털어버렸다.

"바이올라?" 아빠가 물었다.

"난 전에도 봤거든요. 아우, 멋지기도 해라. 만세. 얼른 도착하고 싶어 숨넘어가겠어요." 나는 조종실을 나가면서 말했다.

"바이올라." 엄마가 무서운 목소리로 부르는 사이에 나는 조종실 문을 닫아버렸다. 미닫이문이라 쾅 소리를 내며 닫아버릴 수도 없었지만.

그 길로 좁아터진 내 방에 가서 문을 닫기가 무섭게 노크 소리가 들렸다. "바이올라?" 아빠였다.

"피곤해요. 한숨 자고 싶어요."

"지금 오후 1시인데."

나는 아무 대꾸도 하지 않았다.

"네 시간 후면 우리는 궤도에 진입할 거야." 내가 버릇없게 구는데도 아빠는 화도 안 내고 차분한 목소리로 말했다. "두 시간 후부터 네가 해야 할 일이 시작돼."

"나도 내가 해야 할 일은 잘 알고 있어요." 나는 여전히 문을 열지 않은 채 말했다.

잠시 침묵이 흘렀다. "다 좋아질 거야, 바이올라. 너도 가면 알게 될 거야." 아빠는 아까보다 더욱 상냥한 목소리로 말했다.

"아빠가 어떻게 알아요? 아빠도 저 행성은 처음이잖아요." 내가 또 말대꾸를 했다.

"음, 아빠는 아주 큰 희망을 품고 있거든." 아빠의 목소리가 밝아졌다.

또 나왔다. 정말 지겨워서 돌아가실 것 같은 그 말.

"우리가 됐어." 아빠는 그날 그렇게 소식을 전했다. 아빠는 심각한 표정을 지으려고 애썼지만 벌린 입을 다물지 못했다. 우린 그때 저녁을 먹고 있었는데, 식탁 밑에서 아빠의 다리가 들썩거렸다.

"우리가 되다니, 뭐가요?" 무슨 말인지 알 것 같았지만 나는 그렇게 대꾸했다.

"우리가 선정됐다. 우리가 착륙 팀이 됐어." 엄마가 대답했다.

"우리는 91일 후에 떠난다." 아빠가 덧붙였다.

나는 접시에 놓은 음식들을 내려다봤다. 갑자기 입맛이 싹 달아났다. "스테프 테일러의 부모님이 뽑힐 줄 알았는데요."

아빠가 터져 나오려는 웃음을 참았다. 스테프 테일러의 아빠는 모두 함께 비행할 때 옆에 있는 우주선을 치지 않으려고 애쓰는 것만으로도 녹초가 되는 형편없는 조종사다.

"우리가 됐어, 아가." 엄마가 말했다. 엄마는 스테프 테일러의 아빠보다 월등히 뛰어난 조종사로, 엄마 덕분에 우리가 선정됐을 확률이 거의 100퍼센트다. "우리가 전에 이 이야기했던 거 기억나지? 넌 그때 아주 신나 했잖니."

그건 사실이다. 부모님이 처음에 착륙 팀에 지원하겠다고 말했을 때 나는 한껏 들떴다. 스테프 테일러가 분명 자기 아빠가 뽑힐 거라고 떠벌렸을 때는 훨씬 더 신났다.

그 임무는 아주 중요하다. 우리는 자고 있는 정착민들과 다른 관리자 가족들을 여기 두고 작은 정찰선을 타고 떠나서 텅 빈 검은 우주로 고속 비행을 해야 한다. 우리 우주 선단이 그 행성에 도착하려면 아직 12개월이나 남았다. 우리는 5개월 안에 도착해 거기서 7개월 동안 지내면서 부모님뿐 아니라 나도 일을 해야 한다. 정착민들이 탄 다섯 척의 거대 우주선들이 착륙할 장소를 찾고, 최초의 착륙 지점들을 만들 준비를 시작해야 한다.

우리가 뽑힐 수도 있다고 생각할 때는 설렜는데, 우리가 정말 뽑혀버리자 놀랍게도 생각했던 것처럼 기쁘지 않았다.

"넌 앞으로 훈련도 더 많이 받게 될 거고, 더 많이 배우게 될 거야. 네가 바라던 바잖아." 엄마가 말했다.

"이건 영광스러운 일이야, 바이올라. 우리는 우리의 새 집을 제일 먼저 보는 사람들이 될 거라고." 아빠가 말했다.

"처음 갔던 정착민들이 아직 거기 있다면 그렇지도 않잖아요." 내가 말했다.

부모님은 말없이 서로 눈빛만 주고받았다.

"너는 기쁘지 않니?" 엄마가 심각한 표정으로 물었다.

"내가 그렇다고 하면 안 갈 거예요?" 내가 물었다.

그러자 부모님은 또다시 서로 보기만 했다.

나는 그게 무슨 뜻인지 알았다.

"궤도 진입까지 30분 남았어." 내가 다시 조종실로 들어오는 동안 엄마가 말했다. 나는 조금 늦게 왔다. 조종실에는 엄마만 있었다. 아빠는 벌써 엔진실로 내려가서 궤도 진입 준비를 하고 있는 모양이다. 엄마는 앞에 있는 화면에 비친 내 모습을 힐끗 봤다. "드디어 우리 따님도 오셨네."

"이건 내 일이잖아요." 나는 그렇게 말하면서 엄마에게서 90도 떨어진 단말기 앞에 앉았다. 이건 내가 우주선 호송대에서, 그리고 이 정찰선에 타서 보낸 5개월 동안 계속 훈련받은 일이다. 엄마가 우리 우주선을 궤도에 진입시킬 것이고, 아빠가 이 행성의 대기권으로 우리 우주선을 이동시킬 반동 추진 엔진을 준비할 것이고, 나는 착륙 가능한 지점들을 모니터할 것이다.

"네가 삐쳐 있는 동안 새로운 게 나타났단다."

"난 삐지지 않……."

"저거 봐." 엄마가 두 개의 북쪽 대륙 중 더 큰 쪽이 나와 있는 화면에 네모난 상자 하나를 띄웠다.

"저게 뭐예요?"

지금 밤 시간대인 그 행성에서 바다를 향해 동쪽으로 뻗어가는 긴 강이 하나 보였다. 우주선에 스캐너들이 있다 해도 이렇게 먼 곳에서 자세히 보기는 불가능하지만, 강 위쪽에 텅 빈 공간이 하나 있었다. 계곡 같아 보였는데 거기 있는 숲들이 조금 트이면서 그 속에서 불빛일지도 모르는 것들이 몇 개 보였다.

"다른 정착민들일까요?" 내가 물었다.

다른 정착민들은 우리에겐 유령이나 마찬가지였다. 내 평생이나 우리 부모님 평생 그들과 한 번도 연락을 주고받은 적이 없다. 그래서 우리는 그들이 살아남지 못했다고 생각해 왔다. 구세계에서 신세계까지 가려면 수십 년이 걸리는 아주 긴 여행을 해야 한다. 그래서 우리 선단이 떠났을 때 첫 번째 정착민들도 이 행성을 향해 가는 중이었다. 우리는 그들에게서 아무 소식도 듣지 못했다. 아주 멀리까지 보이는 우주 탐색기로도 저 멀리서 여행하는 그 우주선들이 희미하게 빛나는 모습만을 봤을 뿐이다. 그들이 착륙했을 만한 시기, 내가 태어나려면 아직도 몇 년은 남았을 때 우리는 그들에게 더 가까워지면 연락할 수 있기를 바랐다. 그들에게 우리가 가고 있다고, 그곳은 어떤 곳이고 우리가 뭘 준비해야 하는지 물어보고 싶었다.

하지만 그곳에서 우리의 메시지를 듣는 사람이 하나도 없는지, 아니면 더 이상 그곳에 아무도 없는지 답은 오지 않았다. 그리고 그 두 번째 가능성 때문에 모두 걱정하고 있다.

만약 첫 번째 정착민들이 살아남지 못했다면, 우리는 어떻게 되는 거지?

아빠는 그 최초의 정착민들이 이상주의자들이었다고 말

했다. 그들은 전보다 더 단순하게, 기술은 최소한으로 쓰면서 농사를 지으며 종교적으로 신실하게 사는 뭐 그런 인생을 시작하려고 구세계를 떠났다고 한다. 하지만 그들에게 무슨 일이 있었건 우리는 이미 너무 멀리까지 와버렸기 때문에 구세계로 돌아갈 수 없었다. 그냥 그들과 똑같은 길을 가서 똑같은 곳에서 파멸하겠지.

"왜 전에는 저게 안 보였지?" 내가 화면을 좀 더 가까이 들여다보면서 말했다.

"실질적으로 에너지를 쓴 흔적이 잡히지 않아서 그랬겠지. 저 사람들이 자체적으로 동력을 작동시키고 있다면 우리가 기대하는 그런 대형 원자로는 아닐 거야." 엄마가 말했다.

"저기 강이 있어요. 어쩌면 수력 전기를 쓰는지도 모르죠."

"아니면 텅 비어 있을지도. 저게 정말 불빛인지 아니면 그냥 화면에서 깜박거리는 신호인지 분간하기가 힘들구나." 나와 같은 화면을 보며 엄마가 조용히 말했다.

강 옆에 있는 그 조그만 땅은 멀어지고 있었다. 우리는 반대 방향인 서쪽으로 가서 궤도에 진입해 이 행성을 한 바퀴 돌 예정이다.

"우리는 저기로 가는 거예요?"

"시작하기엔 좋은 곳이지. 만약 그 사람들이 버텨내지 못했다면, 우리가 해야 할 첫 번째 일은 그들의 실수로부터 뭔가를 배우는 거야."

"아니면 그들과 같은 방식으로 죽겠죠."

"우리에겐 저들보다 발전한 기술이 있어. 그리고 우리가 알기로 그들은 어쨌든 자신들이 가지고 있는 기술을 불편해했어. 그게 실패한 이유일 수도 있어." 엄마는 나를 바라봤다. "우리에겐 그런 일이 일어나지 않을 거야."

그건 엄마 희망이고요. 나는 속으로 생각했다.

우리 둘은 그 대륙이 우리 밑에서 멀어지는 광경을 지켜봤다.

"준비됐어." 아빠가 통신 시스템을 통해 알렸다.

"그럼 10분 후에 진입한다." 엄마가 카운트다운 버튼을 누르며 말했다.

"거기 위에 있는 분들 다 설레나요?" 아빠의 목소리가 들렸다.

"다 그런 건 아니고." 엄마가 찌푸린 얼굴로 나를 보며 대답했다.

"우리가 안 뽑혔다니 너무 기뻐." 착륙 팀으로 자기 가족이 아니라 우리가 선정됐다는 발표가 난 후 교실에서 스테프 테일러를 처음 봤을 때, 그 아이가 내게 했던 말이다. 베타호에서 브래들리 선생님이 가르치는, 내가 좋아하는 미술 수업 시간이었다. 브래들리 선생님은 우리에게 수학과 농업도 가르치는, 이 선단에서 내가 가장 좋아하는 사람이다. 다만 관리자 가족 중에 내 또래 여자아이는 나와 스테프 테일러밖에 없어서 둘이 같이 앉으라고 한 건 좀 별로지만.

아, 너무 싫다.

"무지하게 지루할 거야. 그 쪼그만 우주선에서 엄마랑 아빠랑 딱 셋이서 5개월이나 짱박혀 있어야 하잖아." 스테프가 손가락으로 머리카락을 빙빙 돌리면서 말했다.

"비디오로 친구들과 화상 통화도 할 수 있고 수업도 볼 수 있거든. 그리고 나는 우리 엄마 아빠가 좋아." 내가 대꾸했다.

스테프는 콧방귀를 뀌었다. "5개월 후에는 생각이 바뀔걸."

"스테프, 너 전에는 너희 아빠가 뽑힐 거라고 열라 자랑을……."

13

"거기 도착하면 어떤 무서운 동물들과 같이 살아야 할지 모르잖아. 가져간 식량으로 얼마나 버틸 수 있을지도 모르고. 거기다가 날씨는 또 어떻고. 바이올라. 진짜 날씨 말이야."

"우리가 그걸 보는 최초의 사람들이 되겠지."

"어머나, 완전 부럽다. 그 버려진 촌 동네를 보는 최초의 사람들이겠지. 그보다는 거기서 최초로 죽는 사람들일 확률이 더 높겠지만." 스테프가 머리카락을 조금 더 세게 꼬면서 말했다.

"스테프 테일러!" 브래들리 선생님이 아이들 앞에서 스테프를 부르자, 대화형 미술 비디오를 보고 있던 다른 아이들이 고개를 들었다.

"전 작업하고 있었는데요." 스테프가 자신의 미술 패드 화면을 손으로 마구 넘기면서 말했다.

"그랬단 말이지? 그럼 앞에 나와서 지금까지 만든 작품을 보여줄 수 있겠니?"

스테프는 오만상을 찌푸렸다. 마음속에 품고 있는 그 아이의 데스노트에 새 목표가 또 하나 추가되고 있는 걸 알 수 있었다. 그 아이는 마지못해 최대한 천천히 일어섰다.

"열세 번째 생일을 완전 혼자서 보내겠구나." 스테프가 내게 속삭였다.

그때 그 계집애의 얼굴에 떠오른 고소한 표정을 보고 내가 그 술수에 넘어갔음을 깨달았다.

"궤도 진입까지 120초." 엄마가 말했다.

"여긴 준비됐어." 아빠가 통신 시스템을 통해 밑에서 말했다. 엔진 소리들이 달라졌다. 우리는 어두운 우주에서 나와 이 행성의 대기를 통과해서 들어갈 준비가 됐다.

"여기도 준비됐어요." 나는 그렇게 대답하면서 지상에 좀 더 가까워져서 우리의 정찰선을 착륙시킬 수 있을 만큼 커다란 빈터를 찾을 때까지는 쓰지 않을 스크린들을 띄워놨다. 내가 맡은 임무를 잘해낸다면 그 빈터에서 실제로 우리가 살아갈 첫 마을을 건설하게 될지도 모른다.

"90초."

"엔진들이 열리고 있어. 연료에 산소를 공급하는 중이야." 아빠가 말했고, 또다시 엔진 소리가 달라졌다.

"좌석 벨트 매." 엄마가 말했다.

"이미 맸어요." 나는 그렇게 말하고는 이제야 매는 걸 들키지 않으려고 좌석을 돌렸다.

"60초."

"1분 후면 우리가 거기에 최초로 도착하는 사람들이 돼!" 아빠가 소리쳤다.

엄마가 웃었다. 나는 웃지 않았다.

"아, 좀 웃어봐, 바이올라. 정말 신나는 일이잖아." 엄마는 여러 개의 화면 중 하나를 확인하고, 손가락 끝으로 그 화면의 조절 장치들을 누르고서 말했다. "30초."

"난 우주선에서 행복했어요. 난 저 밑에서 살고 싶지 않다고요." 내가 조용히, 하지만 아주 심각하게 말하자 엄마가 날 바라봤다.

그러더니 얼굴을 찡그렸다. "15초."

"연료 준비됐어! 자, 대기권 서핑을 갑시다!" 아빠가 외쳤다.

"10." 엄마가 여전히 나를 보면서 말했다. "9."

바로 그때 일이 정말, 정말 심각하게 어긋났다.

"하지만 1년이나 있어야 한다고요." 우리가 떠날 때까지 한 달도 채 남지 않았을 때, 나는 개인 수업을 받다가 브래들리 선생님에게 투덜댔다. "친구들하고도 1년이나 떨어져 있어야 하고, 학교 수업도 1년이나 못 받고⋯⋯."

"네가 여기 있게 되면 너희 부모님과 1년이나 떨어져 있어야 해." 선생님이 말했다.

나는 텅 빈 교실을 돌아봤다. 보통 때 같으면 교실은 다른 관리자 가족의 아이들로 가득 차서, 모두 같이 수업을 듣거나 친구들과 이야기를 하고 있었을 것이다. 하지만 오늘은 나와 브래들리 선생님 둘이서 여행을 대비한 과학 기술 중 일부를 복습하고 있었다. 내일은 감마호에서 시몬(내 짐작에 브래들리 선생님이 몰래 짝사랑하고 있는 것 같은) 선생님이 와서 최악의 경우가 발생했을 경우를 대비한 응급 생존 기술들을 가르쳐 줄 것이다. 하지만 내일도 여기서 다른 아이들은 없이 나와 그 여자 선생님 둘이서만 수업을 할 것이다.

"하지만 왜 우리 가족이어야 해요?"

"너희 가족이 가장 뛰어나니까 그렇지. 너희 어머님은 우리 우주선 최고의 파일럿이고, 아버님은 고도로 숙련된 엔지니어……."

"그럼 나는 어쩌고요? 왜 유능한 부모님 때문에 내가 손해를 봐야 해요?"

선생님이 싱긋 웃었다. "너도 평범한 아이가 아니니까. 넌 반에서 수학 1등이잖아. 그리고 너보다 어린 아이들에게 가장 인기 있는 음악 선생님……."

"그것 때문에 1년 동안이나 따로 떨어져 있어야 하는 벌을 받나요?"

선생님은 날 한 번 쓱 훑어보더니 앞에 있는 학습용 패드의 다이얼을 돌렸다. 너무 빨리 돌려서 뭘 하고 있는지 보이지도 않았다. "이것의 이름을 말해봐." 선생님이 갑자기 아주 엄격한 목소리로 말해서 나도 모르게 곧바로 답을 말했다.

"경토층." 나는 선생님이 고른 풍경 시뮬레이션을 보면서 대답했다. "물은 잘 빠지지만 건조해요. 작물이 제대로 자라기까지 적어도 5년에서 8년은 물을 대줘야 해요."

"이건?" 선생님이 다시 다이얼을 돌렸다.

"온대림. 제한적인 개간이 필요하고 소를 키우기에 좋지만, 환경적으로 우려되는 부분이 크죠."

"이건?"

"여긴 사막 근처. 자급자족 농업만 할 수 있어요. 브래들리……."

"넌 재주가 많아, 바이올라. 똑똑하고 임기응변에도 강하지. 나이는 어리지만 넌 이번 임무에서 아주 중요한 일을 하게 될 거야."

왠지 모르지만 바보처럼 눈물이 나는 게 느껴져서 나는

입을 떼지 않았다.

"네가 정말 두려워하는 게 뭐니?" 브래들리 선생님이 너무나 다정하게 물어봐서 고개를 들어 그의 갈색 눈과 갈색 얼굴에 떠오른 친절한 미소, 관자놀이에서 이제 막 자라고 있는 짧고 희끗희끗한 곱슬머리를 바라봤다. 선생님의 따뜻한 마음이 보였다.

"사람들은 다 희망에 대해서만 말해요." 나는 침을 꿀꺽 삼키면서 힘겹게 말했다.

선생님의 목소리는 참을 수 없을 정도로 다정했다. "바이올라……."

"난 두렵지 않아요. 그냥 나의 열세 번째 생일 파티를 놓칠 테고, 졸업식도……." 나는 다시 침을 삼키면서 거짓말을 했다.

"하지만 너는 다른 누구도 보지 못한 것들을 보게 될 거야. 참 나, 다른 사람들이 거기 도착할 때쯤이면 넌 전문가가 돼 있을걸. 모두 너의 의견을 물어보게 될 전문가 말이다."

나는 두 팔로 내 몸을 감싸 안았다. "사람들은 내가 잘난 척한다고 생각할걸요."

"지금도 그렇게 생각해." 선생님은 그렇게 말하면서 웃었다.

거기 화답해 웃고 싶지 않았다.

하지만 나는 웃었다. 아주 살짝.

우리 정찰선이 대기권에 들어와 첫 난기류에 휘말리는 순간, 우주선의 밑부분에서 작게 탕 소리가 났다.

엄마와 나는 동시에 고개를 번쩍 들었다. 그건 절대 들려서는 안 될 그런 소리였다.

"무슨 소리야?" 엄마가 물었다.

"내 생각에……." 아빠 목소리가 들렸고…….

갑자기 통신 시스템을 통해 **굉음**이 터지면서 아빠가 깜짝 놀라 고함을 지르고…….

"토머스!" 엄마가 소리를 질렀다.

"저기 봐요!" 내가 조종석의 화면들을 손으로 가리켰다. 그것들이 하나씩 차례로 환해지고 있었다.

엔진실이 불길로 가득 차자, 그 불길을 잡기 위해 모든 출구가 자동으로 잠겼다.

그 안에 아빠가 있는데.

"아빠!" 내가 비명을 질렀고…….

순식간에 모든 게 변해버렸다.

엄마는 미친 듯이 앞에 있는 화면들의 버튼을 누르며 엔진의 환기구들을 열어서 불길을 우주선 밖으로 날려버리려고 했지만…….

"모두 작동이 안 돼! 토머스, 내 말 들려?" 엄마가 소리 질렀다.

"지금 무슨 일이 일어나고 있는 거예요?" 대기에서 우르르 울리는 소리가 시뮬레이션을 했을 때보다 훨씬 크게 들렸다.

"이게 이렇게 높아선 안 되는데." 엄마가 내 질문에 소리쳐서 대답했다. 대기의 밀도를 말하는 것이었다. 그 얘기를 듣는 순간 가슴이 철렁 내려앉았다. 혹시 이곳에 제일 먼저 도착한 정착민들도 이런 일을 당해서 행성에 내리지도 못한 게 아닐까.

"내가 내려가서 아빠를 찾아볼게요." 내가 좌석 벨트를 풀면서 일어서려는데…….

그때 또다시 탕 소리가 나면서 우주선이 한쪽으로 심하게 기울었다. 나는 쓰러지다가 의자를 붙들고 겨우 매달렸다. 엄마는 수동 컨트롤 장치들을 두 손으로 꽉 잡고 우주선을 제 위치로 되돌려 놓으려고 씨름했다. "바이올라, 엄마 좀 도와줘. 빨리 착륙 위치를 찾아라. 지금 당장!"

"하지만 아빠가……."

"지금 착륙해야만 해! 어서, 바이올라!"

앞서서 다시 벨트를 매는 손이 덜덜 떨렸다.

"아까 그 강가에 있는 땅을 찾아!"

"그건 이 행성 반대편에 있잖아요." 지금 우주선이 어마어마하게 흔들리는 걸로 봐서 우리는 예정보다 너무 빠른 속도로 대기권을 찢으며 들어가고 있었다.

"그냥 찾아! 거기 사람들이 있다면……."

엄마의 얼굴에서 지금 아빠가 얼마나 걱정되는지 다 보였다. 그런데도 내려가지 않고 지금 우주선과 씨름하고 있다면 이 상황은 내가 생각하는 것보다 더 심각한…….

"네가 그리울 거야." 스테프 테일러가 송별회에서 말했다. 그 계집애의 목소리는 배배 꼬이면서 고음으로 올라가서 평소보다 더 가식적으로 들렸다.

우리 송별회를 하기 위해 모든 관리자 가족이 델타호 회의실에 모였다. 모두 오랜만에 취할 핑계가 생긴 것을 좋아하며 작별 인사를 했다. 스테프는 날 와락 끌어안으면서 사람들이 다 자기 얼굴을 볼 수 있는 각도로 몸을 돌려 내가 떠나 얼마나 슬퍼하는지를 확실히 보여줬다. 그다음에 날 놔주더니 자기 엄마 품에 쓰러져서 엄청 큰 소리로 울어댔다.

브래들리 선생님이 재미있어하는 표정으로 내게 다가왔다. "스테프는 나보다 훨씬 슬픔을 잘 극복할 것 같은데." 선생님이 내게 포장한 선물 하나를 건네면서 말했다. "착륙하기 전까지는 열어보지 마."

"착륙하기 전까지요? 그럼 5개월이나 남았잖아요."

선생님은 빙긋 미소를 지으면서 목소리를 낮췄다. "너 인간과 동물을 구분하는 기준이 뭔지 아니, 바이올라?"

이제부터 또 뭔가 교훈적인 이야기가 나올 것 같아서 절로 얼굴이 찡그려졌다. "기다렸다가 선물을 개봉할 수 있는 능력요?"

선생님이 웃었다. "불이야. 마음대로 불을 피울 수 있는 능력. 불은 우리가 어둠 속에서도 볼 수 있도록 비춰주고, 추울 때 따뜻하게 해주고, 음식을 조리할 수 있는 도구가 되어주지." 선생님은 델타호의 엔진이 있는 곳을 손으로 가리켰다. "불이야말로 결국 저 어두운 우주를 횡단해서 신세계에서 새 삶을 시작할 수 있게 해주는 원동력이고."

나는 그 선물을 내려다봤다.

"너 겁먹었구나." 이번에는 질문이 아니었다.

나는 어깨를 으쓱했다. "조금요."

선생님이 허리를 숙여서 내게 속삭였다. "나도 겁이 나."

"선생님도요?"

선생님은 고개를 끄덕였다. "우리 할아버지는 이 선단의 최초 관리자 중 마지막으로 돌아가신 분이셨어. 우주선이 아닌 땅의 공기를 실제로 숨 쉰 마지막 분이셨지."

나는 선생님이 계속 말하길 기다렸다. "그런데요?"

"할아버지는 지구에 대해 좋은 이야기를 하나도 해주시지 않았어. 구세계는 오염되고, 인구는 너무 많고, 그 속에 있는 유독 물질들 때문에 죽어가고 있었대. 그래서 우리가 떠난 거야. 더 나은 곳을 찾아서. 우리가 구세계에서 했던 것처럼 망가뜨리지 않도록 최선을 다해야 할 신세계를 찾아서."

"나도 그건 다 아는⋯⋯."

"하지만 우리는 다 너와 똑같아, 바이올라. 우린 감마호의 화물칸보다 더 큰 공간을 태어나서 한 번도 본 적이 없어. 나는 교육용 비디오에서 본 것 말고는 실제로 신선한 공기에서 어떤 냄새가 나는지 몰라. 비디오는 현실과 다르잖아. 진짜 바다가 어떨지 넌 상상할 수 있니, 바이올라? 그건 얼마나 크게 느껴질까? 그에 비하면 우리는 얼마나 작을까?"

"지금 저를 격려하시려는 거죠?"

"사실 그렇단다." 선생님은 다시 빙긋 웃으면서 내가 들고 있는 선물을 톡톡 쳤다. "넌 어둠에 맞설 때 도움이 될 뭔가를 가지고 있게 될 테니까."

선물을 들어보니 크기는 작지만 묵직하고 단단했다.

"하지만 도착하기 전까지 제가 기다리지 못할 수도 있잖아요."

"그걸 내가 어떻게 알겠니? 그냥 널 믿어야지."

나는 다시 고개를 들어 선생님을 봤다. "기다릴게요. 약속해요."

"바이올라의 생일 파티도 못 가다니!" 스테프 테일러가 큰 소리로 울면서 날 째려봤는데, 그 눈에 눈물은 한 방울도 없었다.

"12개월 후에 보자, 바이올라. 내가 거기 도착하면 모닥불 옆에서 보는 밤이 어떤지 제일 먼저 말해줘야 한다."

우리의 정찰선은 금방이라도 산산조각으로 흩어져 버릴 것처럼 느껴졌다. 대기가 우주선을 사정없이 후려쳤고, 엄마는 그저 뒤집히지 않도록 최선을 다하는 일밖에 할 수 없었다.

엄마가 가끔 아빠를 불렀지만 여전히 아무 대답이 없었다.

"바이올라, 우리 지금 어디에 있니?!" 엄마가 여전히 조종간과 씨름하면서 소리 질렀다.

"우린 돌아가고 있어요! 하지만 너무 빨라요. 이러다가 목표 지점을 지나칠 것 같아요." 나는 굉음에 맞서느라 고래고래 소리를 질렀다.

"내가 최선을 다해 착륙시켜 볼게. 스캐너에서 뭐 좀 보이니? 그 강 너머 우리가 착륙할 수 있는 곳이 어디든 있을까?"

나는 내 화면들을 꾹 눌렀지만 그것들 역시 우주선에 있는 다른 모든 것처럼 사정없이 날뛰고 있었다. 엔진 때문에 우리는 너무 빠른 속도로 떨어지고 있었고, 속도를 늦출 방법이 전혀 없었다. 거대한 바다 위를 휙 지나가는 동안 엄마가 걱정스러운 표정을 지었다. 이러다가 바다 한가운데에 착륙하게 되는…….

하지만 이제 화면에 대륙이 떴다. 밤하늘을 배경으로 시커멓게 보이는 대륙이 너무 빨리 다가왔고, 갑자기 우리가 그 대륙 위를 날면서 땅바닥이 선체 바로 아래를 휙휙 지나갔다.

"거의 다 왔니?" 엄마가 소리 질렀다.

"잠깐만요! 우리는 거기서 대략 15킬로미터 남쪽에 있어요." 나는 지도를 확인하며 말했다.

엄마는 수동 컨트롤러들과 격투를 벌이면서 우주선을 좀 더 북쪽으로 틀어보려고 애썼다. "빌어먹을!" 우주선이 기울어지면서 팔꿈치를 컨트롤 패널에 찧는 바람에 잠시 지도를 띄운 화면이 사라졌다.

"엄마?" 나는 다시 화면을 띄우려고 애쓰면서 두려움에 가득 찬 목소리로 엄마를 불렀다.

"나도 안다, 아가." 엄마는 끙끙거리면서 조종간을 잡으며 대답했다.

"아빠는 어쩌죠?"

엄마는 아무 말도 하지 않지만 표정에서 알 수 있었다. "먼저 착륙할 장소를 찾아야 해, 바이올라. 그다음에 아빠를 구하기 위해 할 수 있는 일은 다 할 거야!"

나는 다시 지도를 바라봤다. "초원 비슷한 곳이 보여요. 하지만 거긴 지나가야 할 것 같아요." 나는 몇 군데를 더 스캔했다. "늪이 있어요!" 엄마는 우주선을 다시 북쪽으로, 우리가 봤던 그 강 쪽으로 돌렸다. 강물이 조금씩 줄어들면서 늪지로 흘러 들어가는 것처럼 보였다.

"이 정도 고도면 충분히 낮을 것 같니?" 엄마가 소리를 질렀다.

나는 화면을 몇 개 더 띄워서 계산해 봤다. "얼추 될 것 같아요."

갑자기 우주선이 어마어마하게 흔들렸다.

그러더니 기괴한 침묵이 흘렀다.

"엔진들이 다 꺼져버렸어. 환기구들은 열리지 않았고. 불길은 산소가 없어서 꺼진 거야." 엄마가 나를 봤다. "우주선이 급강하할 거야. 비행경로를 프로그램하고 꽉 잡고 있어."

나는 재빨리 화면 몇 개를 더 띄운 후에, 무사히 착륙할 수 있기를 바라는 늪지의 한 지점을 목표로 비행경로를 프로그램했다.

엄마는 수동 컨트롤러를 두 손으로 꽉 잡아당기면서 내가 설정한 경로를 화면에 띄웠다. 정찰선의 둥근 창문들을 통해 보이는 땅이 너무 선명했다. 나무 우듬지들이 점점 가까이 다가왔다.

"엄마?" 나는 정찰선이 하늘에서 점점 떨어져 내려가는 모습을 보면서 엄마를 불렀다.

"꽉 잡아!"

"엄마!"

그때 우리는 추락했다.

"생일 축하해!" 엄마와 아빠가 그날 아침 큰 소리로 외치며 나를 기습했다. 우주 역사상 가장 놀랍지 않은 깜짝 파티군.

"고맙습니다." 나는 중얼거렸다.

우리는 석 달 전에 선단을 떠났다. 우리의 정찰선이 어마어마하게 빠른 속도로 날아가는 동안 선단이 깜빡거리며 멀어지는 모습을 바라봤다. 새 행성에 도착하려면 아직도 8주가 남았다. 8주란 아무리 공기를 정화시킨다 해도 조금씩 냄새가 나기 시작하는 작은 우주선에서 지내기에는 아주 긴 시간이다.

"선물이다!" 아빠가 식탁 위에 내려놓은 선물 상자들을 손으로 쓸어보면서 말했다.

"좀 기쁜 척이라도 해라, 바이올라." 엄마가 말했다.

"고맙습니다." 나는 아까보다 조금 더 큰 목소리로 대답하고 첫 번째 선물을 열었다. 험준한 지형을 걸을 때 신으라고 주는 새 부츠였다. 색은 전혀 내 취향이 아니었지만 어쨌든 마음 써주신 부모님을 위해 고맙다고, 마음에도 없는 말을 했다.

두 번째 선물 상자를 열었다.

"망원경이야. 선단을 떠나기 전에 네 엄마가 알파호 엔지니어인 에디에게 부탁해서 업그레이드했어. 정말 놀라운 성능들이 많아. 야간에도 볼 수 있고, 줌 기능도 대단하고……." 내가 망원경을 꺼내는 동안 아빠가 말했다.

나는 망원경을 들어서 보다가 날 바라보는 아빠의 거대한 왼쪽 눈과 마주쳤다.

"우리 딸이 웃고 있네." 그렇게 말하는 아빠의 거대한 미소가 망원경을 가득 채웠다.

"아니거든요."

엄마는 주방으로 갔다가 내가 좋아하는 아침 식사를 가지고 돌아왔다. 팬케이크였는데, 여러 장의 팬케이크 위에 열세 개의 촛불이 반짝이는 영상이 움직이고 있었다. 부모님이 날 위해 생일 축하 노래를 부른 후에 내가 손을 네 번이나 움직이고 나서야 모든 촛불이 꺼졌다.

"무슨 소원을 빌었어?" 아빠가 물었다.

"말하면 이뤄지지 않잖아요."

"이 우주선을 돌려서 돌아갈 일은 없어. 그러니까 그 소원은 빌지 않았기를 바란다." 엄마가 말했다.

"희망이야!" 아빠가 지나치게 큰 소리로 외치면서 엄마의 말을 막으며 억지로 신난 척했다. "그게 바로 우리 모두 빌어야 하는 거야, 희망!"

또 그 지겨운 말이 나와서 나는 오만상을 찌푸렸다.

"이것도 가져왔단다. 네가 지금 열어보고 싶어 할 것 같아서." 아빠는 브래들리 선생님이 주신 선물 상자를 만지작대며 말했다.

나는 부모님의 얼굴을 봤다. 행복하고 환한 아빠, 끊임없이 툴툴거리는 나 때문에 짜증이 나지만 어쨌든 기분 좋게 생일 축하를 해주려고 노력중인 엄마. 부모님은 순간적으로 내 걱정을 하는 표정도 보였다.

내게 아무런 희망도 없을까 봐 걱정하는 두 사람.

나는 브래들리 선생님의 선물을 봤다. 어둠을 비춰주는 불빛. 선생님이 그랬다.

"선생님이 거기 도착했을 때 풀어보라고 하셨어요. 그때까지 기다릴래요."

우리가 추락했을 때, 도저히 세상에서 들을 수 없을 만큼 거대한 소리가 났다.

우주선은 나무들을 산산조각으로 박살 내면서 그들을 뚫고 지나 땅바닥에 부딪쳤는데, 그 순간 너무 심하게 흔들려서 내 머리가 컨트롤 패널에 부딪치고 말았다. 무시무시한 고통이 치솟았지만 의식은 잃지 않았기 때문에 그 순간 우주선이 부서지는 소리를 들을 수 있었다. 모든 것이 부서지고, 찢어지고, 마찰로 갈려나가는 소리와 함께 우주선은 늪지에 추락해 긴 도랑을 파며 데굴데굴 굴러갔다. 그건 날개들이 다 떨어져 나갔다는 뜻이고, 선실에 있는 모든 것이 천장으로 떨어졌다가 다시 바닥으로 떨어지고 있다는 뜻이다. 거기다가 조종실에 금이 가는 소리가 들리면서 늪지의 물들이 세차게 밀려 들어왔지만 그때 다시 우주선이 구르면서…….

점점 속도가…….

데굴데굴 구르는 속도가 느려지고…….

금속이 뭔가에 부딪쳐서 갈려 나가는 소리에 귀가 멀 것 같았고, 전원이 다 꺼지면서 또 한 바퀴 돌았고, 이어서 곧바로 비상등들이 들어와서 깜빡거렸고…….

그렇게 굴러가는 속도가 계속 느려지면서…….

그러다가…….

멈췄다.

나는 여전히 숨을 쉬고 있었다. 머리는 빙빙 돌면서 찢어질 것처럼 아팠고, 몸은 좌석 벨트에 묶인 채 거꾸로 매달려 있었다.

하지만 여전히 숨을 쉬고 있었다.

"엄마? 엄마?" 나는 주위를 둘러보다가 아래를 봤다.

"바이올라?"

"엄마?" 나는 고개를 돌려 엄마의 의자가 있어야 할 곳을 봤는데…….

거기 없었다.

고개를 더 돌리자…….

거기 엄마가 있었다. 천장에 얼굴을 기댄 채로, 앉아 있던 자리가 바닥에서 찢겨 나와…….

그런데 엄마가 누워 있는 각도가…….

엄마가 저렇게 누워 있다는 건 부러졌다는…….

"바이올라?" 엄마가 다시 나를 불렀다.

엄마의 목소리를 듣자 내 가슴이 마치 주먹을 쥔 것처럼 한없이 죄어들었다.

안 돼. 안 돼.

나는 엄마에게 가기 위해 의자에서 몸을 빼려고 애쓰기 시작했다.

"내일은 중요한 날입니다, 선장님." 아빠가 엔진실로 들어오면서 말했다. 나는 거기서 냉각수 튜브 하나를 교체하고 있었다. 지난 5개월간 내가 심심하지 않도록 부모님이 만들어낸 100만 가지 자잘한 일 중 하나다. "우리가 마침내 궤도에 진입하게 된단다."

나는 마지막 냉각수 튜브를 밀어 넣었다. "끝내주네요."

아빠는 잠시 아무 말도 하지 않았다. "이 항해가 너에겐 쉽지 않았다는 거 나도 안다, 바이올라."

"그렇다 해도 아빠가 무슨 상관이에요? 이 일에서 난 발언권이 없었잖아요."

아빠가 더 가까이 다가왔다. "알았다. 네가 정말 두려워하는 게 뭐니, 바이올라?" 아빠의 질문이 브래들리 선생님이 했던 것과 너무 똑같아서 나는 아빠의 얼굴을 다시 바라봤다. "우리가 거기서 뭔가 발견하게 될 게 두려운 거니? 아니면 그냥 변화가 두려운 거니?"

나는 땅이 꺼져라 한숨을 쉬었다. "우리가 행성에서 사는 게 끔찍하게 싫어질 경우에 무슨 일이 일어날지 아무도 궁금해하지 않는 것 같아요. 만약 거기 하늘이 너무 크면 어떡해요? 공기에서 지독한 냄새가 나면? 거기서 굶주리게 되면 어떡하느냐고요?"

"만약 공기에서 꿀맛이 나면 어떡하지? 거기 먹을 게 너무 많아서 우리 모두 뚱뚱해지면 어떡해? 하늘이 너무 아름다워서 하늘만 보느라 아무 일도 못 하게 되면 어떻게 하지?"

나는 아빠에게 돌아서서 냉각수 튜브 케이스들을 다 닫았다. "하지만 그렇지 않으면 어쩔 건데요?"

"그러면 어쩔래?"

"그렇지 않으면요?"

"그러면 어쩔래?"

"이러다 하루 다 가겠어요."

"엄마와 내가 너에게 희망을 품고 살라고 키우지 않았니? 너의 증조할머니가 그래서 이 우주선의 관리자가 되기로 하신 거잖아. 언젠가는 증손녀인 네가 더 나은 삶을 살 수 있게 하려고 말이야. 증조할머니는 희망에 가득 차 있으셨어. 네 엄마와 나도 그렇고." 아빠는 내가 원한다면 껴안을 수 있을 정도로 가까이 다가와 있었다. "왜 너도 우리처럼 희망을 품어보지 않는 거니?"

그런 아빠의 얼굴이 너무나 큰 애정과 수심에 가득 차 있어서 차마 말할 수 없었다. 나는 그 단어조차 끔찍하게 싫다는 말을.

희망. 선단에 있을 때도 모두 그 말만 했다, 특히 거기에 가까워질수록 더욱 자주 했다. 희망, 희망, 희망.

"거기 날씨가 좋기를 희망해야지." 비디오에서 본 거 말고는 날씨라는 걸 접해본 적도 없는 사람들이 이런 말을 했다.

아니면 이런 말. "아, 거기 신기한 야생동물들이 많았으면 좋겠어." 델타호에서 키우는 고양이 스캠퍼스와 범퍼스 말고는 동물이라곤 만나본 적도 없는 사람들이 그랬다. 우주선 안에 꽁꽁 얼려놓은 1만 마리의 양과 소 배아들은 예외로 하고. 또 이런 말도 했다. "거기 원주민들이 싹싹하기를 바라야지." 다들 이 말을 하면서 한 번씩 웃었다. 거기엔 원주민도 없을 텐데. 적어도 우주 탐색기로 살펴본 결과로는 그랬다.

모두 뭔가를 희망하면서, 다가올 새로운 삶과 거기서 그들이 바라는 모든 것에 대해 이야기했다. 신선한 공기, 대체 그게 무슨 뜻이냐. 가끔씩 우주선 안에서 끊기는 (열다섯 살 이상의 어른들은 그게 얼마나 재미있는 일인지 결코 인정하지 않는) 가짜 중력이 아닌 진짜 중력. 우리가 가지게 될 탁 트이고 널찍한 공간들, 우리가 깨웠을 때 만나게 될 새로운 사람들에 대해 이야기했다. 우리보다 먼저 그 행성에 간 정착민들에게 무슨 일이 일어났을지는 싹 무시해 버리고, 우리는 그들보다 **훨씬** 근사한 장비들을 갖추고 있으니 나쁜 일은 하나도 일어나지 않을 거라고 다들 너무나 확신했다.

다들 그렇게 큰 희망을 품고 있는데 나는 마침내 그곳에 너무나 가까이 다가가서, 어둠 속에서 그곳이 다가오는 걸 제일 먼저 보면서 그곳이 실제로 어떻게 생겼는지 눈으로 확인하게 된다.

하지만 만약 그곳이 그런 곳이 아니라면?

"희망을 품는 게 두려워서 그러니?" 아빠가 물었다.

나는 깜짝 놀라 아빠의 얼굴을 다시 바라봤다. "아빠도 그렇게 생각해요?"

아빠는 애정이 가득한 얼굴에 활짝 미소를 띠었다. "희망은 너무나 무서운 것이란다, 바이올라. 아무도 인정하고 싶어 하지 않지만 정말 그래."

내 눈에 다시 눈물이 고이는 게 느껴졌다. "그런데 아빠는 어떻게 참을 수 있어요? 어떻게 그걸 생각하는 것조차 참아낼 수 있어요? 그걸 생각했다는 것만으로도 벌을 받을 것처럼 위험하게 느껴지는데."

아빠는 가볍게 내 팔을 만졌다. "왜냐하면 바이올라, 인생이란 희망 없이는 훨씬 더 무섭기 때문에 그래."

나는 나오려는 눈물을 억지로 참았다. "그러니까 아빠는 지금 내가 할 수 있는 유일한 선택이 평생 어느 쪽을 무서워하며 살 것인지, 그거 하나란 말을 하는 건가요?"

아빠는 웃으면서 두 팔을 번쩍 벌렸다. "적어도 웃으며 살아야지."

그리고 날 꼭 안아줬다.

나는 반항하지 않았다.

하지만 나는 여전히 두려웠다. 그게 어떤 종류의 두려움인지는 알 수 없었다. 희망이 있어서 두려운지 아니면 없어서 두려운지.

벨트를 푸는 데 걸리는 시간이 꼭 평생처럼 느껴졌다. 좌석에 거꾸로 매달려 있을 때는 생각만큼 그게 쉽지 않다. 나는 마침내 벨트를 풀고 의자에서 떨어져 조종실 벽을 타고 미끄러져 내려왔다. 조종실 벽은 마치 접힌 것처럼 휘어 있었다.

"엄마?" 나는 서둘러 가면서 엄마를 불렀다.

엄마는 조종실의 천장이었던 곳에 얼굴을 대고 있었는

데, 다리가 차마 볼 수 없는 각도로 뒤틀려서…….

"바이올라?"

"나 여기 있어요, 엄마." 나는 엄마 위로 떨어진 파일들과 스크린 패드들을 치우면서 대답했다. 고정돼 있지 않던 물건들은 우주선이 추락하면서 데굴데굴 굴렀을 때 모두 산산조각으로 부서져 버렸다.

나는 엄마의 등에 박혀 있는 커다란 금속 조각 하나를 잡아서 빼려다가…….

그걸 봤다…….

엄마가 앉아 있던 조종석 의자가 바닥에서 찢겨 나오면서 그 밑에 있던 패널까지 찢겨졌고, 그때 의자 등받이 금속이 날카로운 금속 파편으로 변해…….

엄마의 척추를 찌르며 들어갔고…….

"엄마?" 나는 한껏 긴장한 목소리로 부르면서 그걸 엄마의 등에서 빼려고 했지만…….

내가 그걸 잡아당기자 엄마에게서 이 세상 사람이 아닌 것 같은 비명이…….

나는 멈췄다.

"바이올라?" 엄마는 숨을 헐떡이면서 나를 다시 불렀다. 엄마의 목소리가 고음으로 갈라졌다. "너 거기 있니?"

39

"나 여기 있어요, 엄마." 나는 엄마의 얼굴 가까이 가려고 엄마 옆에 누우면서 말했다. 나는 엄마의 뺨에 쏟아져 있는 유리 조각들을 치우고 정신없이 주위를 돌아보는 엄마의 눈을 봤다.

"아가?" 엄마가 말했다.

"엄마." 나는 울면서 엄마의 얼굴에 흩어져 있는 유리 조각들을 더 치웠다. "내가 어떻게 하면 돼요?"

"아가, 너 다쳤니?" 엄마는 숨을 쉴 수 없는 사람처럼 가냘프게 헐떡거리며 말했다.

"나도 몰라요. 엄마, 엄마 움직일 수 있어요?"

나는 엄마의 어깨 밑에 한 손을 넣어서 엄마를 들어보려고 했지만 엄마가 다시 비명을 질렀다. 그 바람에 나도 모르게 따라서 비명을 지르면서 엄마를 다시 원래대로 천장에, 배를 깔고 엎드려 있게 했다. 엄마의 등에 계속 박혀 있는 금속 파편 주변에서 마치 별일 아닌 것처럼 천천히 피가 나왔다. 주위의 모든 것은 박살 나 있었다.

"네 아빠." 엄마가 헐떡였다.

"나도 모르겠어요. 그 불이……."

"네 아빠는 널 사랑했다."

나는 말을 멈추고 엄마를 바라봤다. "뭐라고요?"

나는 꿈틀꿈틀 엄마의 배 밑에서 나오는 엄마의 손을 조심스럽게 잡았다. "나도 널 사랑한다, 바이올라."

"엄마? 그런 말 하지……."

"잘 들어, 아가, 내 말 잘 들어."

"엄마!"

"아니야, 들어……."

엄마는 기침을 하다가 고통스러운 나머지 다시 비명을 질렀다. 나는 엄마의 손을 더 세게 잡았고, 내가 엄마와 함께 비명을 지르고 있다는 것조차 의식하지 못했다.

엄마는 비명을 멈추고 다시 헐떡이면서 나를 바라봤다. 이번에는 더 집중해서, 정말 열심히 노력하는 것처럼, 마치 엄마 평생 그보다 더 뭔가를 노력한 적은 없는 것처럼 필사적인 눈빛으로 나를 바라봤다.

"엄마, 그만해요, 제발……."

"넌 훈련을 받았어. 넌 살아 있고. 넌 지금 살아 있어, 바이올라 이드. 내 말 듣고 있니?" 엄마의 목소리가 점점 커졌다. 고통이 얼마나 큰지 목소리에서 느껴졌다.

"엄마, 엄마는 지금 죽지 않……."

"내 희망을 가져가, 바이올라. 네 아빠의 희망도. 내가 지금 그걸 네게 주고 있는 거야, 알겠니? 내가 너에게 내 희망을 줄게."

"엄마, 난 이해가 안……."

"그러겠다고 말해, 아가. 내게서 가져가겠다고 말해."

목이 메었다. 지금 내가 울고 있다는 생각이 들었지만, 그 어떤 감정도 느껴지지 않았다. 나는 처음 온 행성에 추락해서 박살 난 우주선 안에서 엄마의 손을 꼭 쥐고 있었다. 선체의 틈 사이로 한밤중의 어둠이 보였다. 엄마는 죽어가고 있었다. 나는 요 몇 달 동안 엄마에게 너무나 버릇없게 굴었는데…….

"말해라, 바이올라. 제발." 엄마가 속삭였다.

"가져갈게요. 내가 엄마의 희망을 가져갈게요. 이제 받았어요, 됐죠? 엄마?"

하지만 엄마가 내 말을 들은 것 같지는 않았다.

엄마는 더 이상 내 손을 잡고 있지 않았으니까.

그때 뭔가가 일어났다. 모든 게 지금 현재로 압축되면서 지금까지 있던 과거를 다 잘라내 버리는 뭔가가 일어났다. 우주선단과 그 안에 탄 모든 사람과 과거가 다 잘려나가고, 여기에, 지금 나만 남았다. 그 일이 너무 빨리 일어나서 현실처럼 느껴지지도 않았다.

아빠. 추락. 엄마. 이건 현실이 아니다.

마치 내가 다른 곳에서, 나까지 포함한 이 모든 일을 지켜보고 있는 것처럼 느껴졌다.

나는 엄마 옆에 있는 내가 일어서는 모습을 지켜봤다.

내가 뭘 어째야 좋을지 모른 채 한동안 추락한 우주선 잔해 속에서 기다리는 모습을 지켜봤다.

마침내 뭔가 해야 한다는 걸 깨달을 때까지 시간이 흘러갔다. 나는 내가 조종실 벽의 갈라진 틈으로 올라가서 생전 처음 이 행성을 내다보는 모습을 봤다.

어둠 속을 내다봤다. 어둠 밖에 어둠이 있었다. 모든 것을 가려주는 어둠이.

여러 가지 소리도 들려왔다.

거의 사람의 말처럼 들리는 동물의 소리들.

나는 내가 그 어둠에서 물러나 우주선 안으로 돌아가는 모습을 지켜봤다. 내 심장이 둔탁하게 뛰었다.

그다음에 눈을 깜박거리는 것 같았고, 그 후에는 내가 엔진실로 통하는 부서진 패널을 끌어냈다.

좀 더 멀리서 내가 아빠를 찾아내는 모습도 보였다. 아빠는 악몽에서나 볼 수 있는 것처럼 가슴 아래가 다 타버렸고, 이마에는 치명상이었을 것이 분명한 끔찍한 상처가 나 있었다.

나는 온몸을 흘러내리는 냉기를 느끼며 날 지켜봤다. 그 냉기가 너무 차가워 아빠의 시신 앞에서 울 수조차 없었다.

나는 다시 눈을 깜박였고, 그다음에 내가 다시 조종실의 엄마 옆으로 돌아온 걸 봤다. 나는 무릎을 꽉 끌어안고 엄마 옆에 쪼그리고 앉았다. 패널의 배터리 빛들이 깜박거리면서 서서히 희미해져 가고 있었다.

바깥 어딘가에서 새소리 같은 게 들렸는데 다른 소리보다 훨씬 컸고, 이상하게도 먹이 또는 기도라고 말하는 것 같았다.

나는 다시 내 눈 속으로 돌아왔다.

저기 뭔가 굴러떨어진 게 보였으니까.

엄마가 내 방에서 가져와 조종실에 갖다 놓은 게 분명한 뭔가, 우리가 착륙하는 순간 내게 주려고 했던 것이. 그걸 보자 마음속 어딘가 아주 먼 곳이 찢어질 듯 아팠다.

그 잔해 속에.

브래들리 선생님의 선물이 있었다.

그것은 그 오랜 시간이 흘렀는데도, 내 생일이 지났는데도 여전히 포장된 상태였다. 이 모든 것이 아직도 꿈처럼 있을 수 없는 일로 느껴졌다. 그러니 열어봐도 될 것 같았다. 이게 만약 엄마와 아빠가 원했던 일이라면, 이 행성에 도착해서 제일 처음 하는 일이 이것이어야 할 것 같았다.

내가 그걸 집어서 포장지를 찢었다. 그 상자를 여는 순간 마지막 배터리 전원이 꺼지면서 완벽한 어둠이 내려왔다.

하지만 괜찮았다.

이미 그 상자 속에 뭐가 있는지 봤으니까.

어둠이 너무 짙어서 나는 더듬거리면서 잔해 밖으로 나와야 했다. 아직도 멍하니, 꿈을 꾸는 듯한 기분이었다. 어둠이 너무나 완벽하게 나를 감싸서 여전히 꿈속인 것 같았다. 하지만 지금 내 손에는 선생님의 선물이 있다.

나는 이 행성으로 나왔고, 내 발이 약 10센티미터 정도 되는 물속으로 들어갔다.

늪지.

이건 괜찮다. 어차피 우린 늪지를 목표로 하고 왔으니까.

나는 계속 걸었다. 가끔 발이 진흙에 달라붙기도 했지만 그래도 계속 걸었다.

땅바닥이 좀 더 단단하고, 우주선에서 좀 떨어진 곳에 도착할 때까지 계속 걸었다.

이제 어둠에 눈이 익으면서 작은 빈터 하나가 보였다. 나무들에 둘러싸이고, 머리 위 하늘은 내가 방금 그 사이로 날아온 별들로 가득 차 있었다.

동물 소리들이 아까보다 더 많이 들렸는데, 실제로 말을 하는 소리 같았다고 맹세라도 할 수 있다. 그러니 나는 분명 아직도 쇼크 상태에 빠져 있는 것 같다.

세상에는 어둠밖에 없는 것 같았는데.

그 어둠이 내게 서서히 다가오고 있었다.

브래들리 선생님의 선물을 써야 할 때다.

빈터 한가운데에 적당히 마른자리가 있었다. 아주 크지도 않고 완벽하지도 않은, 딱 적당한 정도였다. 나는 그 선물을 내려놓고 주위를 더듬어 잔가지 몇 개와 나뭇잎들을 찾아내 한 줌 그러모아서 그 선물 위에 쌓았다.

그리고 선물의 버튼을 누르고 뒤로 물러섰다.

젖은 나뭇잎들과 나뭇가지들이 곧바로 불길에 휩싸이며 타올랐다.

그리고 빛이 생겼다.

작은 빈터를 가로지르는 빛, 우주선의 금속에 반사되는 빛, 그 속에 서 있는 나를 비추는 빛이 생겼다.

불에서 빛이 나왔다.

브래들리 선생님은 내게 모닥불 상자를 줬다. 거의 어디서건, 어느 환경에서건, 어떤 연료로도 곧바로 불을 피울 수 있는 상자.

어둠에 맞서 빛을 비추는 상자.

한동안 나는 멍하니 그 불을 바라보기만 하다가 내가 덜덜 떨고 있음을 깨닫고, 그 떨림이 멈출 때까지 불가 가까이로 가서 앉았다.

그러기까지 아주, 아주 긴 시간이 걸렸다.

이제 내가 볼 수 있는 건 불밖에 없었다.

조금 있다가 앞으로 살아남기 위해 물자들이 얼마나 남아 있는지 봐야 한다. 조금 있다가 선단에 연락을 시도할 수 있는 통신 장비들이 얼마나 남았는지 봐야 한다.

조금 있다가…… 엄마와 아빠의 시신을 옮겨서…….

하지만 지금이 아니라 조금 있다가…….

지금은 모닥불 상자의 불만 있다.

어둠에 맞서는 아주 작은 불빛 하나만 있다.

다음에 무슨 일이 생기건 그건 조금 있다가 하면 된다.

엄마가 무슨 말을 하려고 했는지 사실 잘 모르겠다. 희망이 남에게 줄 수 있고, 받을 수 있는 건지는 모르겠다.

하지만 나는 그러겠다고 대답했다.

그래서 브래들리 선생님의 모닥불 상자 앞에 앉아, 이 어두운 행성에서 내가 아닌 엄마와 아빠의 희망을 품고 있다.

그것으로 충분하리라는 희망은 없지만.

내 머리 위와 뒤쪽의 하늘이 밝아오기 시작했다. 나는 돌아서서 이 행성의 해가 떠오르는 모습을 지켜보면서 아침이 다가오고 있음을, 내가 아침까지 살아냈다는 사실을 깨달았다.

내가 아침까지 버티기에 충분한 희망을 가지고 있었다는 걸.

오케이, 나는 생각했다.

오케이.

나는 이제 뭘 해야 할지 생각하기 시작했다.